Zu diesem Buch

«Ein beeindruckendes Buch... Es schildert die Situation der Juden im nordenglischen York über acht Jahre hinweg; von der relativen Geborgenheit unter dem Schutz des alten Königs Henry bis zu den furchtbaren Pogromen kurz nach der Krönung seines Nachfolgers Richard Löwenherz... Die Suche nach den Motiven, die aus einem – latent vorhandenen – Antisemitismus den Pogrom, den brutalen Massenmord werden lassen, ist das uns heute Angehende und macht aus dem mittelalterlichen Geschehen eine bedrückend aktuelle Geschichte... Auch von der Gestaltung her hat das Buch Gewicht. Je länger man liest, um so eindeutiger erschließt sich der Spannungsbogen von der ersten Szene, in der der angehende Yorker Jude Baruch in aller Pracht seines Reichtums den aus Frankreich vertriebenen Glaubensbrüdern entgegenzieht, bis zur letzten, in der sein Sohn Abram mit nicht mehr als dem kaum geretteten Leben am Morgen nach dem großen Pogrom zusammen mit einem zweiten Überlebenden, einem Kind, über neblige Straßen aus der Vaterstadt flieht...
Hannah Greens ‹Knechte des Königs› ist kein bequemes Buch, es ist ein Buch voller Abgründe, in dem es sich die jüdische Autorin auch mit der Darstellung ihres eigenen Volkes – bei aller unübersehbaren Liebe – nicht leichtmacht. Es ist ein ehrliches, ungeschöntes Buch.»
(Evangelischer Pressedienst)

Hannah Green (eigtl. Joanne Greenberg), 1932 in New York geboren, studierte in Washington, London und Denver. Heute lebt sie, verheiratet mit einem Psychotherapeuten, in Colorado und hat zwei Söhne. Zusammen mit ihrem Mann arbeitete sie im Rahmen eines Rehabilitationsprogramms mit erwachsenen Gehörlosen und lernte deren Zeichensprache. Weltweite Beachtung fand ihr Bericht einer psychotherapeutischen Heilung «Ich hab dir nie einen Rosengarten versprochen» (rororo Nr. 4155), der auch verfilmt wurde. Eindrucksvolle Schilderungen menschlicher Schicksale in Grenzsituationen sind auch ihr Roman «Mit diesem Zeichen» (rororo Nr. 4869) und ihre Erzählungen, die in den Bänden «Wenn es Sommer wird» (rororo Nr. 4992) und «Ohne sich zu berühren» (rororo Nr. 5661) gesammelt sind. Außer dem vorliegenden Band liegen als rororo-Taschenbücher ferner vor: «Eine Zeit wie im Paradies» (Nr. 5901), «Herbstzeitlose oder Glückliche Fügung?» (Nr. 12186) und «Landleben» (Nr. 12396).

Hannah Green

Knechte des Königs

Historischer Roman

rororo

Rowohlt

Titel der Originalausgabe
Joanne Greenberg THE KINGS'S PERSONS
Die Originalausgabe «THE KINGS'S PERSONS» erschien
im Verlag Henry Holt and Company, Inc., New York
Deutsch von Sonja Ott und Klaus-Peter Burkarth
(Die deutsche Erstausgabe erschien unter dem Titel
«Kammerknechte» by Radius-Verlag GmbH, Stuttgart)

Veröffentlicht im Rowohlt Taschenbuch Verlag GmbH,
Reinbek bei Hamburg, April 1991

Umschlaggestaltung Walter Hellmann
(Ausschnitt aus dem Gemälde «Martertod des hl. Thomas
von Canterbury» von Meister Francke, um 1424.
Hamburger Kunsthalle. Foto: Elke Walford)
Gesamtherstellung Clausen & Bosse, Leck
Printed in Germany
1080-ISBN 3 499 12710 5

To Julius L. Goldenberg:
«Gute Ruhe, gute Ruhe.»

»Sciendum quoque quod omnes judei ubicumque in regno sunt, sub tutela et defensione regis ligea debent esse, nec quilibet eorum alicui diviti se potest subdere sine regis licentia. Quod si quispiam detinuerit eos vel pecuniam eorum perquirat rex si vult tamquam suum proprium.«

Frühes, Edward dem Bekenner
zugeschriebenes Judenprivileg

I

Juni 1182

Als Philipp II. den Thron von Frankreich bestieg, ließ er alle seine jüdischen Untertanen gefangensetzen. Die Juden von England, deren Schutzgebiet auf dem Kontinent die Bretagne und Anjou miteinschloß, mußten entsetzt mitansehen, wie aus Philipps Kerkern eine Flut von Briefen mit der Bitte um Auslösung strömte. Für manch einen traf das Lösegeld ein. Aus Frankreich und der übrigen Christenheit, von überall her schickten es Freunde und Verwandte. Für manch einen blieb es aus. Als der Geldstrom versiegte, verbannte Philipp die Freigekauften und befahl ihnen, Frankreich noch im gleichen Jahr, 1182, vor Ablauf des Monats Juni zu verlassen. Der kümmerliche Rest einer einst mächtigen und wohlhabenden Gemeinde zerstreute sich und fand Zuflucht in den Armen seiner deutschen, spanischen und englischen Befreier. Zerlumpten Geistern gleich kamen die Verbannten nach London und Norwich und zogen ohne Ziel mit verlorenem Stolz durch die nebelverhangenen, feuchtkalten Straßen. Weit im Norden erwartete die jüdische Gemeinde Yorks voll Neugier und Mitleid, voll Sorge und bitteren Zynismus den ihr zugedachten Teil der Irrfahrer. Über Generationen hinweg hatten die jüdischen Familien in York mit ihren christlichen Nachbarn in Frieden gelebt, doch ihre Brüder in den französischen Kerkern brachten es ihnen mit lauter Stimme in Erinnerung zurück: zu leiden ist des Menschen Bestimmung.

»Es ist uns vergönnt, an einem großen historischen Augenblick teilzuhaben«, hatte Rabbi Elias gesagt.

»Bereits Gestorbene nähren wir von unserem Munde«, sagte der Schlächter. Sie saßen im Hause des Rabbiners, hielten Rat und ließen darüber die Nacht verstreichen. Männer und der Geruch von Männern füllten den Raum, und die Frau des Rabbiners hatte Mühe, ihren wässrigen Wein über die Schultern der zahlreich um den kleinen, hölzernen Schragentisch Versammelten auszuschenken.

»Wir wollen sie würdig empfangen«, sagte der Rabbiner. »Wir wollen sie mit offenem Herzen willkommen heißen.«

»Sobald sie in York eingetroffen sind, sollten wir ein Fest feiern«, schlug jemand vor. »Wir wollen sie mit unserem Gesang begrüßen; ihre Verbitterung soll sich in Freude auflösen und ihr Klagen in Lachen verklingen.«

Eine Hand hob sich gemäß des alten Ritus, um einen Einwand geltend zu machen: »Aber werden nicht viele frisch Verwitwete, frisch Verwaiste unter ihnen sein, die Trauer wie Verbannung tragen? Ist es denn angebracht, diese mit Festmählern und Fröhlichkeit zu begrüßen?«

Rabbi Elias blickte zu Baruch, der mit seinem Sohn auf einem Ehrenplatz saß. Baruch zählte zu den wohlhabendsten Männern in England, und seiner Stimme wurde, wenn es auch keiner der beiden je zugegeben hätte, mehr Gewicht als der des Rabbiners beigemessen. Der Geldverleiher wischte ein paar Krümel unter seinem prächtig bestickten Ärmel fort. Seine Gebärden waren flink und entschieden, als wäre er ungehalten über eine Welt, die ihre Zeit in solch langen Minuten maß. »Wie wir sie hier empfangen, darum geht es doch gar nicht«, sagte er. »Es geht darum, was wir mit ihnen anfangen werden, wenn sie erst einmal hier sind. Meine Verwandten sind auch darunter«, fügte er hinzu, als wollte er sich vor dem erstaunten Blick des Rabbiners rechtfertigen. »Sie sind krank und hilfsbedürftig. Und sie besitzen nichts mehr. Für die ersten Jahre werden wir ihre Steuern wohl aufbringen müssen; aber sind wir denn auch wirklich verpflichtet, ihnen zu einem neuen Anfang zu verhelfen?«

»Oh, Herr!« Rabbi Elias hob beide Arme. »Sind es nicht schon wenig genug? Und für diese sollten wir kein Unterkommen finden? Wir wollen sie als geschätzte Gäste, nicht als Last empfangen.«

Abram, Baruchs Sohn, machte das vom Brauch verlangte Handzeichen, um in Gegenwart des Vaters das Wort ergreifen zu dürfen, aber sein Gesicht war voller Sorge. Er hatte noch nicht zum Sprechen angesetzt, als Baruch schon ungeduldig aufseufzte. »Ihr Männer von York...«, begann Abram. Baruch hüstelte hinter vorgehaltener Hand. »Wir weinen bei Hochzeiten; warum also sollten wir bei Beerdigungen nicht fröhlich sein? Laßt uns den Kelch der Schmach, aus dem diese Menschen so lange Zeit getrunken haben, mit ein wenig Freude füllen. Die Reise nach London war lang genug, um erste Wunden zu heilen. Und ein bißchen Frohsinn –«

»Es ist einfach nicht angebracht«, fiel ihm ein anderer ins Wort.

Und so redeten sie hin und her. Und es steht geschrieben: Wir lebten im Garten Eden, wäre ein jedes Wort eines Juden ein Grashalm. Und das Gras – Englands, nicht Edens – wuchs, unterdessen sie wieder und wieder berieten, was zu tun sei.

Die Hähne krähten, der Tag brach an, und Gott hatte bestimmt, wie es sich mit den Juden Yorks und den Juden Frankreichs begeben sollte. Dicke Nebelschwaden verfingen sich in den Bäumen, rissen auf, und Wassertropfen sammelten sich an den Rändern der Blätter. Wie ein letzter rachsüchtiger Peitschenhieb des Winters schien die Kälte, die auf den Wangen der den Morgen ankündigenden Wachposten brannte und ihre Hände rötete. Und die Mägde stocherten in ihren Kübeln, um zu sehen, ob das Wasser darin gefroren war. Als das spärlich durchsickernde Licht den vollen Tag verkündete, machten sich die Juden Yorks auf, ihren Glaubensbrüdern entgegenzugehen. Da einige der Verbannten nach Spanien weiterzogen, andere in London blieben, wußte niemand recht, wie groß die Zahl derer sein würde, die ihre wenigen, traurigen Habseligkeiten – Erinnerungsstücke an vergangene Zeiten – die York Road, die an diesem Tag ein zäher, brauner Schlammpfad war, entlangschleppen würden. Zu Pferde würden sie sicherlich nicht kommen. Und niemand zweifelte auch daran, daß sie auf der Reise ihr sorgsam verborgenes Geld wo nicht für Essen, dann doch für den Schutz opfern mußten, den nur Bestechung gewährte – in Kleider eingenähtes und heimlich wieder aus Mantelfutter und -nähten herausgetrenntes Geld; Geld, das für eine Gefälligkeit, ohne Worte, von einer Hand in die nächste wechselte. Nein, fürstlich würde er sicher nicht ausfallen, dieser Einzug.

Die Wolken peitschten ihre grauen Pferde über das Hochmoor, und der Nebel verschluckte die kleinen blauen Blumen, die in den lieblichen Gärten wuchsen. Durch das Mickletor, das Große Stadttor, schritten Yorks Juden hinaus, ihren Brüdern entgegen, und stapften jenseits der Stelle, wo die Grenzsteine anzeigten, daß hier durch Jesu Christi Gnaden die Stadt York beginne, durch den zähen Schlamm. Die Männer gingen voran – Rabbi Elias in der ihm eigenen, rundum schäbigen Erscheinung; Baruch, prächtig in Pelz gehüllt und ausschreitend, als nähme er an einem Wettrennen teil; Abram, nur mühsam mit seinem Vater Schritt haltend und elend in seinem neuen roten Hemd; Josche, Baruchs Geschäftspartner, in einem mit Marder besetzten Umhang. Er lachte über seinen unsinnigen Kampf mit dem Schlamm. Dazu Freunde und Verwandte der Verbannten, auf Neuigkeiten begierig und im Zweifel, ob sie Trauer tragen oder Freude zeigen sollten. Auf beides waren sie vorbereitet, und sie versuchten, mit den Augen den vor ihnen liegenden Nebel zu durchdringen, als wäre er Geschichte.

Den Männern folgten die Frauen. Geplapper ging ihnen voran. Sie brannten vor Neugierde zu sehen, was die französischen Damen mitbringen würden – und seien es auch nur die zerlumpten Reste davon –, und waren gespannt, in ihren Erzählungen von neuen Gedanken, Bräuchen und Geschichten zu hören. Für manch eine würde es nur betrübliche Neuigkeiten geben, denn viele waren in Philipps Kerkern umgekommen. Doch das Verlangen nach Neuigkeiten war größer als aller Kummer. Die Männer von York kamen häufig in Geschäften nach Frankreich, und jede Woche trafen aus Troyes und Montpellier Boten mit Briefen ein. Die Frauen jedoch blieben zu Hause, standen abseits und glaubten sich von der großen

Welt ausgeschlossen. London war Tagesreisen entfernt, und sie sehnten sich in der Abgeschiedenheit Yorks nach einem Hauch städtischen Lebens. Und nun kam ihnen auf dieser versumpften Straße wenigstens eine Ahnung von der großen Welt entgegen. Der kalte, regennaße Wind zerrte so an den Festtagskleidern der Frauen, daß sie sich beinahe ineinander verhedderten. Rana, Baruchs Frau, ging, ohne sich umzusehen. Sie war eine dralle, noch jugendlich aussehende Person, doch fiel ihr Blick auf ihren Sohn und ihren prächtig gekleideten Gatten, die mit den Männern vorausgingen, zeigten sich um ihre Augen kleine Fältchen des Kummers und der Ratlosigkeit. Die beiden waren so verschieden. Baruch zwang Abram, sich zu kleiden, als wäre er ein Prinz, und der Sohn haßte die grelle Pracht ebenso wie die Stellung, die solches zu erfordern schien. Rana wußte, selbst bei diesem traurigen Zusammentreffen würde es ohne eine große Zurschaustellung nicht abgehen: die namhaftesten der Flüchtlinge würden in ihr Haus aufgenommen werden, und Baruch würde auf die Qualität seiner Weine und auf die Schätze seines Besitztumes zu sprechen kommen. Nun ja, würde er sagen, selbst Betty, unsere Magd, trägt einen karmesinroten Umhang. Ranas Gedanken wanderten zu ihren häuslichen Geschäften zurück. Hoffentlich kümmerte sich das Mädchen um alles, was vorbereitet werden mußte. Sie faßte zum Schutz gegen die für die Jahreszeit ungewöhnliche Kälte ihr Halstuch aus feinem Linnen enger.

Es war Vormittag geworden, und von den Klöstern und Kirchen hörte man die Glocken, denen ganz York, Christ wie Jude, Aufmerksamkeit schenkte, um nach ihnen den Tag einzuteilen. Außer dem jüdischen Empfangskomitee waren zu dieser Stunde kaum Menschen auf der York Road unterwegs. Einige wenige Bauern, ein, zwei umherziehende Bettler und zwei Mönche aus dem Kloster Welbeck mit ein paar Schafen. Als sie die Juden erblickten, wandten die Mönche ihre Gesichter ab und sprachen das alte Gebet »pro judeis...«, das Gott flehentlich bat, auch diese verlorenen Seelen mit seinem Licht zu erleuchten und sie auf den rechten Weg zu führen.

Ein bleiernes Gefühl der Kälte befiel Abram, als er beobachtete, wie sie sich bekreuzigten und für ihn beteten. Er blickte zu seinem Vater. Doch es gelang ihm nicht, den Ausdruck zu deuten, der auf Baruchs Gesicht lag.

Aus der Gruppe heraus vernahm man Josches Stimme auf Hebräisch, damit von den vorübergehenden Brüdern nichts verstanden werde: »Besäße ich die Muskeln von dem dort, so würde auch ich für die Juden beten!«

»Du bist ungerecht«, erwiderte Elias. »Hier in York herrschte bislang nur Friede und Eintracht.«

»Heuchler!« murmelte Baruch.

Sie kamen über eine Anhöhe, und dort, nur zwanzig Meter entfernt, sahen sie in dem sich kurz lichtenden Nebel Mäntel flattern. Die Pilger waren angekommen.

»Shalom Alejechem, Brüder. Friede sei mit euch«, schrie Josche in den Nebel hinein.

»Friede sei mit dir«, kam es aus dem vor ihnen liegenden Nichts.

Sie eilten auf die Stimmen zu, rangen mit dem Nebel, bis die Umrisse der Menschen, die sie suchten, zu sehen waren. Beinahe Auge in Auge standen sie vor ihren Gästen, und erschrokken hielten sie inne. Dann setzte ein fieberhaftes Suchen nach der Schwester, dem Freunde, der Schwiegertochter unter den Gestalten ein. Man lachte und weinte, und über die Gesten der Erleichterung oder der Verzweiflung über einen Verlust hinweg flogen Namen, und als Antwort wurden andere Namen genannt. »Wer weiß von Moses, dem Pfandleiher?« – »Wer hat von meiner kleinen Schwester gehört, die als Braut nach Frankreich geschickt wurde?«

Rabbi Elias bahnte sich einen Weg in die aufgeregte Menge, und er rief keinen Namen. Ihn hatte mit einem Mal eine Art von Verzweiflung befallen, die ihn nicht sprechen ließ, obwohl auch er seine Lieben hatte, nach denen zu fragen ihn verlangte. Für ihn hatten diese zerlumpten Menschen, die hilfesuchend ihre geisterhaften Hände in die Nebelschwaden ausstreckten, dieses Weinen, dieses Lachen, das zu nahe lag an dem Schrei, wie ihn nur der schlimmste Schmerz im Menschen hervorbringt, etwas Grauenhaftes an sich. Taumelnd und stumm suchte er sich einen Weg aus dem Gewühl. Der Nebel lichtete sich ein wenig in der Senke, in der sie sich befanden, und als er zur Seite ging, sah er einen anderen Mann, einen großen, schon älteren Mann bewegungslos am Rande stehen.

Elias ging auf ihn zu und blieb vor ihm stehen. Der Mann wandte sich um, und Elias erkannte, wer es war. Nach Atem ringend streckte der Rabbiner beide Hände aus und berührte die rabbinische Kleidung des anderen, als wollte er sich vergewissern, ob ihn seine Augen nicht betrogen hatten. Dort stand, verbannt und die Verbannung als eine Art rituelle Wiederholung hinnehmend, Jomtow aus Joigny, einer der größten unter den lebenden Rabbinern; ein Heiliger, wie manche sagten, ein glänzender Schriftgelehrter, ein Poet, ein scharfsinniger Geist, eine strahlende Seele unter den Juden; und er stand mit Elias auf ein und derselben kotigen York Road. Einen Augenblick standen die beiden Rabbiner so da, dann begrüßten sie sich mit einer Umarmung; doch Elias schien, als fiele Jomtow ihm in die Arme. Plötzlich umfing sie der Lärm der anderen, als hätten sich die Irrfahrer wieder der Berühmtheit erinnert, die sie mit sich gebracht hatten, damit sie ihnen Türen öffnete. Sie sammelten sich um ihn. Baruch begrüßte den berühmten Rabbiner als seinen Gast und nahm ihn bei der Hand. Als er diese Geste sah, wurde Elias mit einem Mal bewußt, daß er nicht länger Haupt der jüdischen Gemeinde von York war. Denn scheint die Sonne, vermag man selbst den Morgenstern nicht mehr zu erkennen. Und Elias schämte sich, so etwas überhaupt gedacht zu haben. Er schloß sich Baruch und Rana und den Bediensteten der Synagoge an, die den erschöpften Jomtow beinahe in einem Triumphzug zu Baruchs prächtigem, Erquickung versprechenden Haus führten.

Abram, Baruchs Sohn, hatte sich zurückfallen lassen, um sich nach den Nachzüglern umzusehen. Er sah Männer, die in jedem Gesichtszug, mit jedem noch so leichten Atemzug Verbitterung und Leid zum Ausdruck brachten. Und in seinem Jammer, sein Volk so sehen zu müssen, in seinem Zweifel an einem Gott, der mitansehen konnte, wie sich die Menschen um seinetwillen zerfleischten, fluchte Abram. Er verfluchte die Schlechtigkeit der Menschen, und er verfluchte Gott, der dazu schwieg, und er verfluchte sich selbst, weil er am Leben war, weil er das Leben haßte und weil er doch mit seiner ganzen Kraft daran hing. Genügte denn im Leben nur ein Name, wo sich der Mensch so häufig veränderte? Was nahm es Wunder, daß seines Vaters Haus ständig voller Gäste und Speisen und Wein und lärmender Feste war? Besser er schwieg, bevor der Schrei aus ihm herausbrach. Nach der Begrüßungsfeier würde er einem Teil der Asylsuchenden im Hause seines Vaters wiederbegegnen. Ein anderer würde eine Zeitlang in den Hütten seiner Verwandten oder in der Gemeindehalle bleiben müssen, die größere jüdische Gemeinden für Reisende einrichteten. Oder für Opfer, dachte Abram, oder für Opfer.

Sie betraten die Stadt wieder durch das Mickletor, gingen vorbei an den von den Nonnen von St. Trinity sorgsam gepflegten Gärten, vorbei an Lehm- und Strohhütten, über denen schwer die Rauchschwaden mittäglicher Herdfeuer hingen. Nur wenige der Straßen waren gepflastert, und der Unrat schwamm in den Wagenspuren und Abwasserrinnen zu beiden Seiten der Straße, und die stickige Luft war erfüllt von seinem Gestank. Am Anfang der Northstreet bog die Gesellschaft ab, vorbei an der Schenke von Willy, der Eule. Die Northstreet war gepflastert und ihre Häuser in gutem Zustand. Eine Sackgasse schloß die Straße ab, und hier standen sich wie Wachposten zwei große Steinhäuser gegenüber. Sie gehörten Josche und Baruch und waren für alle, die sie sahen, als Hinweis darauf gedacht, daß Baruch und Josche zu den wohlhabendsten Juden in England zu rechnen waren. In den Fenstern glänzten Glasscheiben, und Baruch durchströmte eine Woge von Stolz, als den Irrfahrern der Atem stockte angesichts des wundersamen Umstandes, am, wie sie meinten, Ende der Welt einen solchen Luxus anzutreffen. Mit einer bedächtigen Bewegung seiner beringten Hand bat Baruch sie in das prächtige Haus. Nachdem alle im Haus und begrüßt waren, bemerkte Baruch, daß Jomtow und Elias sich nicht unter den Gästen befanden. Als er, im stillen darüber fluchend, daß er sie aus den Augen verloren hatte, nach ihrem Verbleib fragen wollte, sagte sein Sohn Abram mit dem ihm eigenen verächtlichen Lächeln, als genösse er die Niederlage seines Vaters: »Wie schade, verehrter Vater, die Rabbiner meditieren in Elias Strohhütte.« Ungeduldig klatschte Baruch in die Hände und rief Rana lauter, als er es sonst getan hätte, zu: »Bringt Becher, Frauen, und den französischen Wein!«

Französischer Wein war im Norden Englands eine kostspielige Angelegenheit. Wie oft hatten die französischen Juden mit herablassend überlegenem Lächeln zugesehen, wie die schweren Fässer auf die Schiffe verladen wurden, die zu den kalten Inseln fuhren, deren Bewohner ihrer Meinung nach etwas unter ihnen standen. Nun wurde ihnen ihre eigene Weinlese – Erinnerung an ein verlorenes Land und verlorene Weinberge – wieder angeboten. Einen Augenblick lang ließ sie der Gedanke, dies sei eine teuflische Art der Nächstenliebe, vor den schweren Pokalen zurückzucken. Doch als sie die weinende Rana und den finster blickenden Abram anschauten, erinnerten sie sich, daß hier endlich Freunde waren, deren Hände sich zur Begrüßung öffneten und deren Freude darüber, ihnen Zuflucht gewähren zu können, französischen Wein fließen ließ – nur deshalb, weil es der beste war. Weinend tranken die zerlumpten Reisenden.

2

Die Northstreet begegnete ihren erschöpften Gästen mit der althergebrachten Mischung aus Mitleid und Neugier, Verachtung und Liebe. Manche der zerlumpten, bemitleidenswerten Irrfahrer waren völlig verarmt und zeigten ihren Gastgebern gegenüber eine sonderbare Verbitterung, als wären diese dafür verantwortlich zu machen, daß sie unbehelligt und in Wohlstand lebten. Manche saßen an die Wand gelehnt da und starrten unbewegten Auges vor sich hin, als hätte sie ein vorüberrauschendes Spektakel, dem ihre Augen nicht zu folgen vermochten, mit stierem Blick zurückgelassen. Doch die meisten weinten in den ungewohnten Betten ein wenig, standen auf, einem sonnigen Morgen entgegen, und als sie feststellten, daß sie mit dem Leben davongekommen waren, fuhren sie fort mit diesem Leben. Und nach einiger Zeit lachten sie wieder, denn es war ihnen so Gewohnheit. An reichgedeckten Tafeln erzählten dann die Männer von ihrem Leben in Frankreich und von ihren Erlebnissen im Gefängnis und in der Verbannung. Bald gehörte es fast zum guten Ton, seine Gäste von den gegen sie erhobenen Anklagen erzählen zu lassen. Baruch hielt in seinem geräumigen Steinhaus ein ständiges Bankett ab und saß dabei behaglich an dem mit Geflügel und Fisch und Gebäck und französischem Wein beladenen Tisch. Immer lud er Jomtow, den Gelehrten, auf den Ehrenplatz ein, doch meistens sandte der Weise nur höfliche Entschuldigungen und blieb bei Rabbi Elias in dessen verräucherter Lehmhütte. Trafen diese Entschuldigungen ein, hob Baruch nur verwundert die Hände und meinte, er verstehe das nicht; doch er log. Und er wußte, daß er log. Setzte er sich dann wieder, war sein Gesicht trotz schmeichelhafter Beleuchtung verzerrt; und blickte er dann zum anderen Ende des Tisches hinunter und schaute in das vielleicht spöttische Gesicht Abrams, seines Sohnes, wurde sein eigener Gesichtsausdruck noch härter.

Und dann schickte Jomtow die Botschaft, daß er kommen werde. Er hatte die ganzen Wochen über geschwiegen, hatte vermieden, das Vergangene anzusprechen, hatte von keinem seiner Erlebnisse lang und breit erzählt. Die Leute sagten, das Exil hätte ihn in einen Zustand der Lähmung versetzt. Nun, da er an Baruchs Tafel sitzen sollte, summte die Northstreet vor Aufregung. Vielleicht würde dies der Abend sein, an dem der große Poet und Gelehrte mit seinen Worten der Zeit sein Siegel aufdrückte. Sein Kommentar würde irgendwie das Geschehen in Geschichte verwandeln. Im Laufe des sich langsam dahinschleppenden Nachmittags füllte sich das Haus mit Neugierigen, so daß hinter dem Rücken der am Tisch Sitzenden noch zahlreiche Männer standen, und Baruchs Frau Rana und ihre Mägde sich durch eine Menschentraube kämpfen mußten, um das Essen auftragen zu können. Baruch saß, für ein historisches Ereignis angemessen gekleidet, auf dem Platz des Gastgebers. Zu seiner Rechten, wie ein grauer Schatten, saß Jomtow. Stundenlang hatte sich der Geldverleiher wegen seines Mantels, seiner Ringe, seines Haushaltes und der Tafel Gedanken gemacht und sich gefragt, ob dieses wichtige Blatt in der Chronik ihn in seinen besten Kleidern und mit gekämmtem Bart oder zwanglos zeigen sollte, als geschähen ihm solche Dinge ungerufen und jeden Tag. Einer, der eine Goldmünze zu Boden fallen läßt, muß sie aufheben, als könnte er sie ebensogut liegenlassen.

Es wurde über dieses und jenes gesprochen, während Baruch dem Gelehrten Fleisch und Wein aufdrängte, ihn zum Essen und dazu nötigte, sich verwöhnen zu lassen. Als Rana ein Tranchierbrett vom Tisch abräumte, fing sie kurz einen Blick ihres Gatten auf und versuchte, sich rasch ein Bild seiner Stimmung zu machen, ohne sich anmerken zu lassen, daß sie überhaupt etwas wahrgenommen hatte. Baruch von York war kein einfacher Mensch. Rana fragte sich, ob er wohl das Essen mit einem Vortrag oder einer Standpauke unterbrechen würde. Während der ganzen Jahre ihrer Ehe mit dem lebhaften Mann hatte sie sich immer wie eine Wand aus Rauch zwischen ihn und die Welt gestellt, um beide voreinander zu schützen.

Am anderen Ende des Tisches saß der ruhelose Abram. Baruch warf ihm einen Blick zu, und Jomtow, der diesem Blick folgte, sah einen kostbar, doch nachlässig gekleideten jungen Mann, dessen Gesicht abweisend wie eine Wand war. Hinter diesem Gesicht schien sein Geist in einer eigenen Welt zu weilen, weit entfernt von Lärm und Geschäftigkeit, an denen der Körper nur widerwillig teilnahm. Jomtow wollte diesen Geist aus seinen Träumen holen und wandte sich daher mit einem harmlosen, geistreichen Wortspiel an Abram. Die aufgeschreckten, traurigen Augen kehrten aus der anderen Welt zurück. Der junge Mann gab eine unbeholfene Antwort. Baruchs Gesicht verfinsterte sich, und er hüstelte in seinen Ärmel. Rana sah es und fühlte, wie ihr das Blut in den Kopf schoß – das vertraute Warnsignal, wo immer etwas ihre Familie anging. Dieses Gefühl brachte sie mehr als eine aufsteigende Wut aus dem Gleichgewicht; denn sie verfiel dann in Panik und fühlte sich jedesmal beflissen, irgend etwas Beschwichtigendes oder Herunterspielendes zu sagen, womit sie die Situation nur noch zerfahrener und sich selbst lächerlich machte. Baruch fuhr sie dann immer scharf an. Nun schlängelte sich diese dünne, ängstliche Stimme wieder durch ihren Kopf, doch noch wußte sie nicht warum.

»Ja, Rabbi«, sagte Abram. »Das Französisch, das man hier spricht, muß sich für Euch, die Ihr in Frankreich aufgewachsen seid, barbarisch anhören.«

»Manchen Juden«, sagte Josche, Baruchs Geschäftspartner, »ist außer Hebräisch nichts wichtig, doch mich erfüllt es mit Stolz, wenn ich sehe, wie viele Sprachen manche von uns sprechen.«

»Ja«, sagte Rabbi Elias, »doch alle mit einem gediegenen angelsächsischen Akzent.« Sie lachten und Jomtow meinte: »Das ist nicht wahr«, und zeigte auf Abram. »Ich habe ihn gehört, als er das Brot segnete, und mit seinem Hebräisch könnte er gut einen Gelehrten abgeben.« Rana erstarrte, und unter dem zu Ehren der Gäste angelegten Festtagsputz fing ihr Herz zu pochen an, als wollte es den Brustkorb und die Schranken ihrer guten Erziehung und ihres langen Daseins als Ehefrau sprengen. Alles, nur nicht das – von allen Themen nur das nicht! Es hieß den Finger auf eine offene Wunde legen. Baruch warf einen nachdenklichen Blick zum anderen Ende des Tisches und ließ, obwohl er das Wort an Jomtow richtete, seine Augen auf seinem Sohn ruhen.

»Glaubt Ihr, Rabbi? Ich bin da ganz Eurer Meinung. Ich hatte etwas beiseite gelegt, damit er sich auf den besten Schulen in Ost und West der Gelehrsamkeit widmen konnte.« Er hob seine Stimme. »Er hat einen scharfen Verstand, aber nach zwei Jahren Studium in unserer Schule hier bat er mich, ihn vom

Lernen zu befreien. Als ich auf rabbinische Studien hinwies, bat er um Bedenkzeit. Als ich ihm riet, bei den großen Rabbinern in Spanien zu studieren, zuckte er mit den Schultern. Als ich ihn überzeugen wollte, verhärtete er sein Herz gegen mich.«

Der ganze Tisch verstummte. Abram glühte auf seinem Platz vor Scham. Er hatte den Gesichtsausdruck eines Menschen, der hunderttausende solcher Tode gestorben war, und Rabbi Jomtow hatte Mitleid mit ihm. Er schaute auf die Hand des jungen Mannes, die mit einem Fleischmesser nervös in den Brotkrumen herumstocherte. Er hatte auf die Tischdecke einige kleine Bildchen geistesabwesend hingekritzelt, und nun bewirkte Jomtows Blick, daß er selbst hinschaute. Er wurde über den unbewußten Fehltritt seiner Hand und seines Willens verlegen und erbleichte. Rasch wischte er die Stelle sauber und schaute Jomtow mit verletztem, trotzigem Gesichtsausdruck an, und Jomtow sprach in Gedanken: Ich werde heute abend nicht sprechen. Der Weise wandte sich daher an seinen Gastgeber und sagte: »Auch ich habe einen Sohn, und er ist mir lieb. Die Söhne berühmter Männer müssen wohl manchmal das Gefühl haben, die väterliche Fürsorge sei nichts anderes als die Sorge um das eigene Ansehen.«

»Wo ist Euer Sohn, Rabbi?« fragte jemand.

»In London«, antwortete Jomtow leise. »Er fängt wieder ganz von vorn an.«

Doch Baruch war nicht mehr aufzuhalten. »Er war mein ganzer Stolz, mein einziger Sohn ... Nicht einmal heiraten will er! Er ist der Meinung, er brauche nicht, was meine Macht kaufen kann. Er könnte auf dieser Welt alles haben, und doch ist's er zufrieden, nur ein Schreiber zu sein und den ganzen Tag im Schreibzimmer der Synagoge oder auf dem Markt zu sitzen und Briefe für schweinefressende Christen zu entwerfen!«

Peinlich berührt tauschten die Männer Blicke. Jomtow wechselte das Thema, indem er sich mit einer Frage an Elias wandte, doch während des ganzen Essens kochte Baruch vor Wut, und Abrams Augen waren wieder verhangen. Jomtow waren viele Gerüchte und jene geschwätzigen feinen Seitenhiebe, die einem die Zeit vertreiben sollen, zu Ohren gekommen; doch erst nach diesem Wortwechsel zwischen Vater und Sohn verstand er, was mit dem Gerede über Baruch gemeint gewesen war: ein mächtiger Mann, der seine christlichen Nachbarn verachtet, der seinem Sohn verbittert begegnet und ihn dennoch liebt, der seine Freunde beleidigt und seine Feinde wegen Geldes belügt. Elias hatte über Baruch gesagt: »Wäre er nicht reich, könnte man ihn für verrückt halten.«

Immer mehr Speisen wurden aufgetragen, als wollten sie kein Ende nehmen, und Rana huschte herein und hinaus, gab sich geschäftig und wies ihre Mägde durch Zurufe und Zeichen an, wann sie auftragen sollten. Mit ihrem geröteten Gesicht und der schief sitzenden Haube wirkte sie wie eine ältere Nachfahrin der Tänzerinnen von Syrien, die sich bei ihren religiösen Bräuchen in einen Zustand der Empfindungslosigkeit tanzen. Und vielleicht war es auch so, denn Rana stiftete Frieden, indem sie den Trost des Essens gewährte. Zwischen Küche und Tafel sagte sie ihre Gebete auf und dankte Gott, einen flüchtigen Blick auf ihre Mägde werfend; denn Ranas Gott war ein Gott der sauberen Trinkbecher und des reinlichen Strohs, und ihre Danksagungen waren Danksagungen einer umsichtigen Ehefrau. Sie dämpfte Baruchs Wut mit Kapaunen und Wein und tischte ihren Gästen reichlich auf, so daß sie beschäftigt und ihre Gedanken von ihrem seltsamen Sohn abgelenkt waren. Eher hätte Rana die Welt im Herd verfeuert, als daß sie es ertragen hätte, ihren Sohn oder ihren Gatten auch nur einen Augenblick lang hungern zu sehen.

Elias und Jomtow machten vor dem Abendläuten einen Verdauungsspaziergang. Mit ihnen genossen Unzählige das Vergnügen und die Annehmlichkeit, über die Brücken und an den Ufern entlang zu schlendern; Bettler und Liebespaare bevölkerten die Obstgärten und die Anlagen um die Kathedrale. Zum erstenmal seit Jahren wieder glaubte Jomtow in der milden Luft des Sommerabends einen Hauch von Frieden zu spüren. Für einen langen Augenblick lauschte er den Geräuschen des zu Ende gehenden Tages: Die Seminaristen der Kathedrale sangen ein für Singstimmen eingerichtetes obszönes Lied. Möglicherweise hatten sie die skandalösen Worte selbst auf irgendeine liturgische Melodie gedichtet. Männer und Frauen spielten auf den Grünflächen Ball, und eine Gruppe junger Lehrlinge flirtete lachend und hüpfend auf unerhörte Weise mit jeder häßlichen Frau über dreißig. Elias lächelte den alten Mann an: »Ja, das ist gut«, sagte er.

»Ich habe so lange keinen Frieden mehr gesehen, daß ich fast schon vergessen habe, was für eine alltägliche Sache er in manchem Leben ist. In solch einem Frieden möchte ich sterben.«

»Oh, warum denn an den Tod denken, mein Freund?« sagte Elias ein wenig vorwurfsvoll. »Das ist jetzt dein Zuhause – lebe dich erst einmal ein.«

»Dazu brauche ich eine Beschäftigung. Oder ein Handwerk, das ich ausüben könnte. Ich wünschte, ich wäre Arzt. Ein so guter, wie Rabbi Moses einer ist, den die Christen Maimonides nennen. Sein Ruf als Gelehrter hat seinen Ruf als Arzt fast vergessen lassen. Ich war unglückerlicherweise Weinbauer. Da ich keinen Wein mehr mein eigen nennen kann, muß ich mich wohl nach einer anderen Arbeit umschauen.«

»Der Geldverleih öffnet hier die Pforten zu großen Reichtümern. Du kannst es an den zwei Steinhäusern ablesen«, sagte Elias.

Jomtow merkte, er mußte, um völlig gerecht zu bleiben, umsichtig anworten. »Ehrenhaft betrieben«, sagte er lächelnd zu Elias, »ist es ein ehrenhaftes Geschäft.«

»Ich für meinen Teil«, antwortete Elias mit einem Lachen, »versorge den Wind, doch nur, wenn er von Ost nach West bläst.« Beide lachten. »Oh, und ich verarbeite Schafshäute zu Pergament; vielleicht auch mal zu einem Paar Hausschuhe; und manchmal verkaufe ich Leder. Im letzten Jahr hatte ich auch genügend Gummiarabikum, um damit sämtliche Farben aller Maler in England anzumischen – wenn ich nur genügend davon abgesetzt hätte! Und ich habe auch schon mit Fischtran gehandelt.«

»Vielleicht könntest du einen Partner brauchen.«

Sie gingen weiter, vorbei an den Gärten und dem Deich; vorbei am Cliffordturm, einst Teil einer gräflichen Feste; vorbei am Schloß, in dem der König und sein Gefolge abstiegen, hielten sie sich in der Grafschaft auf; vorbei an den schon für die Nacht geschlossenen Fischbuden. Der Himmel verfärbte sich langsam; in diesen, weiter nördlich als Frankreich liegenden Breiten dauerte die Dämmerung länger und tönte alle Farben der Stadt und des umliegenden Landes sanft ab. Jomtow nahm staunend die ruhige Heiterkeit wahr, die alles ausstrahlte, denn gestern noch war er ohne jede Empfindung gewesen. »War das immer schon so?« fragte er und schaute auf den Fluß hinaus.

»Ja«, antwortete Elias. »Als ich ein Knabe war, gab es in Norwich Ausschreitungen gegen Juden, und im Laufe der Jahre flackerte hier und da der Haß kurz auf, doch niemals hier in York. Unser Schutzbrief vom König allein ist es nicht; es muß etwas anderes sein. Unser Volk und die Christen –.« Er brach ab, da er merkte, daß ihm der Rabbiner nicht zuhörte. Er drehte sich nach der Richtung um, in die Jomtow schaute. Wo sich das Flußbett verengte, standen zwei Männer am Ufer. Es waren Kaufleute, die Elias vom Sehen kannte. Sie fischten. Einfache Männer. Eine alltägliche Beschäftigung. Elias konnte nichts Bemerkenswertes an ihnen ausmachen, das den berühmten Jomtow hätte dazu bewegen können, ihnen seine Aufmerksamkeit zu schenken. Und doch sah er sie scharf an. »Was ist denn?« fragte Elias.

»Ich habe im Vorübergehen ein paar Fetzen ihres Gespräches aufgefangen«, antwortete Jomtow schleppend. »Der eine in Blau sagte: ›Das ist einer von ihnen. Wo kommen nur all die Juden her?‹ Und der andere zuckte mit den Achseln und sagte: ›Schaben im Winter und Juden im Frühling. Und doch dünkt mich, es gäbe schon genug Heiden in York.‹« Beschwörend schaute Jomtow seinen Freund an, und seine Stimme klang so alt wie das Leid selbst. »Mit einem Mal riecht die Luft brenzlig und nach Gefahr. Der Wind hat sich gedreht. Laß uns zurückgehen.«

Wie lebensmüde er ist, dachte Elias traurig, während er den alten Rabbiner beim Arm nahm. Es war ohnehin Zeit zu gehen; bald würden die Abendglocken läuten und die Wachen sich vor dem Gefängnis sammeln, um ihre Posten zu beziehen. Als sie durch die Straßen gingen, ertappte sich Elias dabei, wie er sich durch die langsam hereinbrechende Dämmerung hindurch seine christlichen Nachbarn genauer anschaute; er schaute sie prüfend an und versuchte, anhand eines Zittern oder eines verstohlenen Blickes auszumachen, was in ihren Köpfen vorging. Zeigte sich da nicht eine ungekannte Ungeduld oder eine ungekannte Unruhe in ihren Augen, wenn sie an ihm vorübergingen? Oder lag es vielleicht am Licht oder am Schatten oder an der Sorge, nach Hause zu kommen, bevor die Stadt sich schlafen legte?... Sie erreichten die Northstreet und machten vor der Tür zu Baruchs großem Haus halt. »Ich werde heute nacht hier schlafen«, sagte Jomtow.

»Selbstverständlich«, stimmte Elias zu. »Schon aus Gründen der Höflichkeit.« Doch er wußte, Jomtow brauchte in dieser Nacht die dicken Steinwände von Baruchs Festung.

»Ich bin ein Schwert, das rostet, weil es nicht benutzt wird«, sagte Baruch. »Ich erwarte gut hundert Schiffsladungen, mein ganzes Geld ist verliehen, und Steuern sind noch früh genug fällig.«

Josche konnte nur nicken. Er wußte, Baruch beklagte sich, um sich so vor Gottes Tadel zu schützen. Josche wußte, das Geschäft mit dem Geldverleih war selten besser gegangen. Anlagemöglichkeiten wechselten ebenso sicher wie die Jahre. Da Kriegs- und Handelsgeschäfte immer verwickelter wurden, benötigte man immer mehr Geld, um damit Fachmänner anzustellen, die sich um Armeen und Kriegsgerät kümmerten. Langsam schwand der alte Reichtum des Landes dahin, und man nötigte die Adeligen, sowohl das Geld als auch die Männer für den Krieg aufzubringen. Damit dieses Geld aufgebracht und die Steuern bezahlt werden konnten, die ringsum zu wachsen und zu wuchern schienen, wurde Juden und anderen angestammtes Erbland als Bürgschaft für die benötigten Summen überlassen. Ländereien, Juwelen und sogar die Heiligtümer der Kirchen wurden verpfändet, doch die Gesetze der Grundbesitzer und die Gesetze der grundbesitzenden Kirche schlossen den Handel mit Silber und Gold aus. Das Gesetz verbot das Verleihen von Geld gegen Zinsen, und so handelten die deshalb als Geldverleiher und notwendige Außenseiter geduldeten Juden mit Geld – welche Zinsen sie auch immer veranschlagten. Der König belegte sie mit einem Dutzend verschiedener Steuern, und die Zinssätze stiegen. Einige der Schuldner kamen, da ja der Geldverleih gegen Zinsen gesetzwidrig war, ihren Verpflichtungen nicht nach, und die Zinssätze stiegen noch höher. Trotz der veralteten Gesetze, trotz des Gezeters der Kirche, trotz der althergebrachten Vorurteile der Leute wurde Geld gebraucht, und da der Verlust durch die Steuern aufgefangen und der Verlust durch die ihren Verpflichtungen nicht nachkommenden Barone ausgeglichen werden mußte – warum also nicht durch pelzbesetzte Ärmel und Juwelen an jedem Finger? Josche warf einen Blick auf den ihm am Tisch gegenübersitzenden, stolzen Baruch und dann etwas kläglich auf seine ebenso kostbare Kleidung.

Baruch bemerkte seinen Blick und hob die Augenbrauen: »Was schaust du denn?«

Josche lachte leise. »Ich schaue mir an, wie wir uns dafür rächen, daß die Christen uns zu Ausgestoßenen und Rechtlosen gemacht haben. Seht herab, ihr Engel, welcher Christ trägt wohl solches Gepränge am Leibe? Beschämt es dich nicht manchmal, Baruch, daß wir allzu prächtig einhergehen in einem Land, in dem Pracht ein Lehensgut bedeutet und in dem das Fehlen von Landbesitz uns in unseren Pelzen und mit unseren Rubinen zu Lügnern stempelt?«

»Was bleibt uns denn sonst?« murmelte Baruch. »Es bleibt kein Erbe, das nicht von den Steuern geschüttelt wird wie ein Baum voller Nüsse. Keine Ländereien, die wir unser nennen dürfen, kein Grundbesitz, kein Titel, kein Teil der Welt, der unser sein darf. Könige kommen und gehen, und von ihrer Herrschaft bleiben Ruinen, doch die Barone sitzen fest im Sattel und sagen uns: ›Seid gewissenhaft, und ihr werdet leben.‹ Die Gesetze, die sie uns auferlegen und die Aufgaben, die sie uns noch lassen, erfüllen wir gewissenhaft, und doch haben wir nichts in der Hand, was uns versicherte, daß wir leben werden.«

»Wir sind nicht gewissenhaft«, sagte Josche. »Wir stehlen und übervorteilen, wir schmälern den Wert der Münzen, beschweren unsere Waagschalen mit falschen Gewichten – das weißt du ebensogut wie ich.« Josche schaute Baruch an und fragte sich, ob sich hinter den schlauen Augen ein ehrlich gemeinter Glaube an das von den Lippen Vorgebrachte verbarg. Ihn selbst verbitterte der Umstand, als Jude leben zu müssen, von Zeit zu Zeit; seine Verbitterung schärfte seinen Verstand, so daß Josche sich bei Verhandlungen mit einem Adeligen oder irgendeinem für seinen Judenhaß bekannten Hofmarschall in einen Mann verwandelte, der an einer Feuerprobe mit rotglühenden Pflugscharen teilnahm, und sich mit wohlbedachten Schritten auf den brennenden Worten bewegte. Juden war es verboten, Schwerter zu tragen; Worte mußten das Rüstzeug für Rache und Ehre sein. Es kam Josche mit einem Mal in den Sinn, daß nur die vier oder fünf reichsten Männer der jüdischen Gemeinde einer solchen Rache bedurften. Für den bescheidenen Handwerker und Krämer lag der Besitz eines Titels, eines Familienwappens oder gar von eigenem Land so fern, daß ihn gar nicht nach diesen Dingen verlangte. Ein reicher Geldverleiher, der ein Steinhaus mit Glasfenster besaß, wartete immerzu auf die Erhebung in den Adelsstand, und immerzu wurde ihm die Türe vor der Nase zugeschlagen. Wie golden schienen doch die Ehren auf der anderen Seite und wie schäbig und dürftig die eigenen.

Er richtete seinen Blick auf seine Hände, die mit einem halbleeren Pokal spielten. »Nun ja«, sagte er, »so lange es noch Geschäfte abzuwickeln gibt, werden wir auf jeden Fall zur Stelle sein, um sie abzuwickeln. Mein jüngster Sohn brennt voller Eifer darauf, dich auf deiner Reise nach Acaster zu begleiten, wenn du von Baron Malabestia dein Darlehen zurückforderst.«

»Er ist ein guter Junge«, sagte Baruch ein wenig ärgerlich darüber, daß dieser Knabe ihn mehr als sein eigener Sohn achten und bewundern sollte.

»Er wird zur rechten Zeit bereit sein«, sagte Josche, »und hofft, viel zu lernen.«

»Ich wünschte, auch mein Sohn würde solche Hoffnungen hegen –.« Doch die Rabbiner waren an der Haustür, und Baruch hörte sie durch das plötzliche Aufwallen seines Kummers hindurch, brach ab und bedeckte die alte Wunde mit dem Laub alltäglicher Sorgen und Verbindlichkeiten.

Rana ging zur Tür, vorbei an einem, auf seinem grob gezimmerten Hocker eingeschlafenen Gast, dessen Schnarchen wie das Todesröcheln eines alten Pferdes klang. Als sie den Rabbinern öffnete, hörte man die Wachposten von den Wachtürmen der Stadt rufen. Sie klangen wehmütig, diese durch die hereinbrechende Dunkelheit rufenden Stimmen, und doch erweckte ihr Klang das Gefühl von Sicherheit und nächtlicher Ruhe.

»Es ist schon spät – zu spät, um zurückzugehen«, sagte sie. »Bleibt über Nacht.«

»Meint Ihr nicht, Denicosa wird mich vermissen?« fragte Elias lächelnd.

»Soll sie doch vor Sehnsucht sterben.« Rana lachte. »Kommt, laßt uns ein wenig Wein trinken.« Sie führte sie zum Feuer. Mit verschlafenen Augen brachte Betty, die Magd, Wein und ein paar Gläser, die, was nicht zu übersehen war, Ranas ganzer Stolz waren.

»Gute Frau«, sagte Jomtow, »sind das nicht persische Gläser?«

»Och«, antwortete sie unbestimmt und versuchte, ihren Stolz zu verbergen. »Die stehen hier so rum.«

Baruch brach in schallendes Gelächter aus: »Was für ein Meisterstück an Logik!«

Aus einer Ecke des Zimmers drang ein Geräusch, als würden Sägen auf Metall kratzen. Der schlafende Gast hatte seine Stellung verändert und atmete in großen Zügen durch den Mund.

»Endlich ein Mann, der weiser als Rambam ist«, meinte Josche. »Und wenn schon nicht weiser, dann ist er wenigstens lauter.«

»Auf, Rabbi«, sagte Baruch. »Gebt uns endlich Euer Mitbringsel aus Frankreich. Erzählt uns ein französisches Rätsel, um unseren englischen Verstand zu prüfen.«

»Nun denn... Ich werde euch ein Rätsel aufgeben: Was reitet auf keinem Pferd und kann dennoch nicht eingeholt werden, fährt in keinem Boot und überholt dennoch den Schiffer, ist größer bei Hungersnöten und kleiner bei Festen?« Einige Augenblicke lang kosteten sie es zusammen mit ihrem Wein aus.

»Der Wind!« gab Josche zum Besten.

»Das Elend?« grübelte Baruch.

»Beides sehr gut«, meinte Jomtow. »Doch meine Rätselmeister sagten mir, es sei eine Stunde der Zeit.«

»Ein höflicher Hinweis, guter Rabbi. Kommt.« Baruch führte sie in einen anderen Raum, in dem ein riesiges Lager auf frischem Stroh ausgebreitet worden war. Während sie ihre Oberkleider ablegten, empfahlen sie ihre Seelen mit dem süßen und würdigen Nachtgebet der Obhut Gottes. Zuerst Rana, dann Baruch, quietschvergnügt, dann Jomtow und dann Rabbi Elias. Sie ließen Platz für den schlummernden Gast, sollte er ins Bett gehen wollen. Abram lag zusammengerollt in einer auf dem Stroh ausgebreiteten Pelzdecke.

In den sich anschließenden Unterkünften der Dienstboten wurde ein anderer Name um Schutz angerufen, doch die gleichen Gebeine machten es sich auf dem gleichen Boden bequem, und die Nacht, eine einzige Decke, bedeckte sie alle.

Bevor der Schlaf kam, dachte Elias: Nun sind sie endlich alle hier, und wir werden ein wunderbares Leben führen. Er dachte an die alte, endlose Reihe von Exilen – Persien, Babylon, Rom – und langsam glitten seine Gedanken in den Traum hinüber, und er wußte nicht mehr, wo der eine aufhörte und der andere begann.

3

Die Zeugen standen unruhig in der großen Halle und warteten. Draußen bogen sich die Heidegräser unter dem späten Juliwind, und der Duft der jungen Welt strömte herein. Es war ein Tag wie geschaffen für die Jagd, für eine Belagerung oder für ein Turnier, und nicht dafür, ihn mit dem Bezeugen der Rückzahlung eines Zehntels einer Schuld an irgendeinen Juden zu vergeuden. Richard de Kuckney, der neue Knappe des Barons, trat von einem Fuß auf den anderen und fragte sich, was er tun solle. Er dachte an das Spiel, das sein Onkel immer mit ihm gespielt hatte, als er noch klein war. Wenn Gerste geschrotet wurde, hatte der Onkel ihn immer mitgenommen, damit er sich anschaute, wie das Mehl aus dem großen Steinrad herausgemahlen wurde. Der Onkel hatte dann immer eine Handvoll Mehl durch die Finger rieseln lassen, und nur der feinste, ganz weiße Puderstaub war auf den sonnigen Boden gesunken. »Das sind die Könige und die mächtigen Erzbischöfe«, hatte der Onkel dann gesagt. Ein zweites Rieseln: »Und das sind die Barone von hohem Rang – die Percies und die Malabestias.« Und dann noch ein Rieseln, ein grobkörnigeres: »Und das sind wir.« Was Richard in der Erinnerung haften blieb, waren nicht die harten, dunklen Körner, die der Onkel in der noch fast vollen Hand hatte – die Armen, die Gemeinen, die Erdigen, auf denen sein Adel ruhte. Er erinnerte sich an die dritte Spreu – seine Spreu. Nun war er Knappe des mächtigen Baron Malabestia, und der Knabe fühlte sich verschreckt und verängstigt. Malabestia war ein gewalttätiger Mann; viele sagten: ein schlechter Mensch und witzelten über seinen Namen, der ihm mit dem Charakter und der seltsamen Grausamkeit vom Vater vererbt worden war. Der Knabe sah die anderen an, die darauf warteten, daß der Baron eintraf. Und der Jude. Es waren ältere Knappen, sie standen schon länger in des Barons Diensten, waren abgehärteter und gieriger. Wie nervöse Rösser standen sie da, angeschirrt in diese lästige Pflicht und im Geschirr zerrend aus Sehnsucht nach dem süßen Wind, der über die Halme auf den sommerlichen Feldern strich.

Baron Malabestia trat in die Halle. Er sieht wie die zweite Spreu aus, dachte Richard. Über hundert Jahre lang hatte seine Familie nichts als die unumschränkte Herrschaft über die Dörfer und Ländereien ihrer Lehen gekannt. Für ihre Lehnsmänner waren sie wie Könige, und ihre Ländereien, auf denen ihr Wille und ihre Willkür eins galten, waren zwei- oder dreimal so weitläufig wie die von Richard de Kuckneys Vater oder Großvater. Der am Baron so offenbare Ausdruck der zweiten Spreu lag auch auf den Gesichtern der anderen, und Richard hoffte, auch auf seinem. Ehre bedeutete nicht das Recht auf Herrschaft, denn zu herrschen war ihnen von Anbeginn der Geschichte von Gott bestimmt; Ehre bedeutete die Verteidigung von Geschlecht und Namen, das Vermehren der Macht, der Huldigungen, das Vermehren des Landbesitzes und der gebeugten Vasallenkniee; und ein jeder von ihnen hier würde belagern, würde den Kelch der Folter auf sich nehmen, würde sterben, und dies glücklich – und nur für die Ehre.

»Bring uns zu trinken!« befahl Malabestia.

Der Jude war dem Baron in die Halle gefolgt. Es war ein Mann von durchschnittlicher Statur und mittleren Alters. Und er hatte einen strengen Gesichtsausdruck, einen irgendwie eigensinnigen Blick an sich, den man sonst nur auf den Gesichtern von Edelleuten finden konnte. Seine Augen waren flink und wachsam; sie ruhten nie sehr lange auf einem Gegenstand, doch als sie über ihn glitten, hatte Richard den Eindruck, als wäre alles, sein Scharfsinn, sein Reichtum und seine Strenge genau kalkuliert und berechnet. Wäre er Christ, würde dieser Mann sicherlich dem Adelsstand angehören. Und doch besaß er keinen Titel, und man wußte nicht recht, wie man ihm begegnen sollte. Juden redete man wie gemeine Leute an, als zählten sie nichts. Und doch gab es viele Reiche und Mächtige, wie diesen hier. Der Jude hob eine Hand; Ringe glänzten an den Fingern. Richard hatte sich schon zu lange aufgehalten, den Fremden zu betrachten. Schnell verließ er die Halle.

»Und bring Wein, keinen Met, du Miststück«, schrie Malabestia hinter ihm her.

Während sie warteten, nahm Malabestia Platz und wies mit einer Handbewegung seine Knappen an, sich ebenfalls zu setzen. Der Jude blieb, wo er war. Die Edelleute fingen an, sich über alltägliche Dinge zu unterhalten – über eine Jagd, über die Aussaat nach der Ernte –, als wäre der Jude für sie nicht vorhanden. Als der Knappe Richard mit dem Wein zurückkehrte, winkte Malabestia den Juden zu einer in der Nähe stehenden Bank: »Setz er sich!«

Der Jude benahm sich, als hätte er nur die Worte und nicht den beleidigenden Ton gehört. Ruhig setzte er sich. Einer der Knappen kicherte. Malabestia musterte den Juden, den er bis zu diesem Zeitpunkt noch nicht recht in Augenschein genommen hatte. »Er ist nicht der Jude aus Lincoln!«

»Nein, Euer Gnaden, ich bin es nicht.« Der Fremde lächelte müde. »Dieser hat Eure Schuld an mich verkauft – ich habe sie ihm abgekauft. Die Schuld bleibt jedoch die gleiche.«

Malabestia erbleichte vor Wut. Zwar waren nur seine Knappen Zeugen, doch diesen – diesen Dienstboten zu schicken, war eine Beleidigung vom Lincolner Juden, die man nicht einfach hinnehmen durfte. »Kanaille, wer ist er dann?«

»Ich heiße Baruch von York... Ihr sagt Benedikt, glaube ich«, antwortete der Jude sanft.

»Ist er Herr oder Diener des Wucherers aus Lincoln? Ist er dessen Lehnsmann oder dieser seiner?«

Für Malabestia gab es zwischen Menschen, die nicht blutsverwandt waren, keine andere Beziehungen. So hatten seine Vorväter gelebt und so lebte er, und er war außerstande, sich eine andere Lebensform vorzustellen. Gerade das Fehlen dieses Kanons von Rangordnungen und Abhängigkeiten ließ in ihm manchmal die Frage auftauchen, ob Juden aus dem gleichen menschlichen Material wie er selbst gemacht seien.

»Ich bin keines von beiden«, antwortete Baruch mit so sanfter Stimme, daß sie die flinken Augen und die energische, beringte Hand Lügen strafte.

»Ich bin Schuldner des Juden aus Lincoln«, fuhr Malabestia

fort. »Wenn ich mich entschließe, ihm das Geld nicht zu geben, wie kann der Lincolner mir dann Schaden zufügen?«

»Eure Schuld, Euer Gnaden, gleicht den Münzen, die von Hand zu Hand gehen.«

Den Knappen Richard erstaunten diese Dinge aus irgendeinem ihm unbekannten Grund. Dieser Jude eines Juden, der noch geringer als der gemeine Mann war, erklärte einem der mächtigsten Barone der Grafschaft York Geld- und Finanzangelegenheiten! Auf Malabestias Gesicht vermischte sich Wut mit Überraschung, denn aus den Worten waren weder Sarkasmus noch Schmeichelei herauszuhören. Und doch argwöhnte er, eine Spur von Verachtung läge im Tonfall des Geldverleihers.

»Ein Baron hat Verpflichtungen...«, sagte Malabestia. »Er hat viele Kirchen zu unterstützen und viele Steuern zu bezahlen. Um Geld dafür zu beschaffen, borge ich von Juden, was ein Verbrechen ist. Und da es gesetzwidrig ist, können sowohl König als auch Kirche, sofern sie es wünschen, die von mir aufgenommene Schuld jederzeit für null und nichtig erklären. Was wäre, wenn ich mich entschließen würde, nicht zu zahlen?«

»Uns ist keine Macht gegeben, Euch dazu zu zwingen, und dies wißt Ihr. Doch die Bedürfnisse sind auf unserer Seite. Und ebenso sind es Zeit, Sitten, Steuern und Ansprüche. Wenn Eure Schuld an mich nicht getilgt wird, wird Euch kein Geldverleiher, sei es ein Jude oder ein anderer, auch nur einen einzigen Pfennig mehr leihen. Kurzum, Ihr hättet Eure Kreditwürdigkeit für immer verloren.«

Richard kam mit einem Mal der Gedanke, daß das Verleihen von Geld und die Entrichtung des Zehnten und der Steuern dem Interesse von Kirche und König nur entgegenkomme. Er schämte sich dieses scharfsinnigen Gedankens... Auf diese Weise arbeitete der Verstand von Juden. Doch jetzt war ihm klar, warum man die Juden Kammerknechte nannte und warum der König sie beschützte. Malabestia ließ ein verdrießliches Knurren hören und löste einen mit Münzen gefüllten Beutel von seinem Gürtel.

Der Jude erhob sich und ging zu der großen Tür. Er öffnete sie einen Spalt weit und rief jemanden vom Hof herein. Die Tür ging ein Stückchen weiter auf, und aus dem blendenden Sonnenlicht trat ein Knabe herein. Die Tür schloß sich wieder, und die beiden kamen an den Tisch zurück. Das muß eine Art Lehrling sein, dachte der Knappe. Er trug eine Pergamentrolle und einen Beutel mit Schreibutensilien.

»Der Sohn meines Freundes...«, sagte Baruch entschuldigend.

Der Knabe reichte Baruch die Pergamentrolle und richtete die Schreibgeräte her, die er in einer an seiner Taille befestigten Tasche trug – dort, wo jeder adelige Knabe seines Alters einen Dolch getragen hätte. Ein wenig übertrieben zeremoniell holte er einen Block Tinte hervor, auf den Baruch spuckte und auf dem der Knabe rieb, bis die Tinte verwendungsfähig war. Rasch wurden die Schreibfedern, das Pergament und schließlich der ganze, in Buchstaben gefaßte Geschäftsvorgang vor ihnen ausgebreitet.

»Morgen werde ich in die Kathedrale von York gehen«, sagte Baruch, »und diese Rolle im Gewölbe der Verträge aushängen, damit jedermann wissen möge, Christ und Jude, welcher Teil dieser Schuld bezahlt worden ist.«

Da gab es also noch mehr Ungeheuerlichkeiten! Diese Heiden, die zu verachten Richards Christenpflicht war, durften mit ihren schimpflichen Wucherverträgen Kathedralen betreten. Wenn schon dieses notwendige Übel toleriert werden mußte, warum dann noch auf heiligem Boden? Durfte ein Mann denn von seiner Hure direkt zum Abendmahl gehen? Er hatte so viele Predigten gegen die Juden und ihre üblen Machenschaften gehört, daß er stillschweigend annahm, die Männer Gottes würden keine Geschäfte mit ihnen machen und sie verabscheuen... In die Kathedrale...?

»Und was wäre, wenn ich noch mehr bräuchte?« fragte der Baron. Im Raum wurde es sehr still.

Baruchs Gesicht verzerrte sich zu einem müden Lächeln, und allen war in diesem Augenblick klar, daß Malabestia so lange an diese Art des ewigen Borgens und Zurückzahlens gefesselt war, so lange noch die alten Gesetze herrschten. Der König wollte es so, die Kirche wollte es so, die Juden wollten es so, und der Baron würde mehr und mehr und immer mehr von den Münzen brauchen, die die neuen Lebensumstände forderten. Jede Silbermünze bedeutete einen kleinen Tod für die Herrschaft der Edelleute. Jede Goldmünze bedeutete einen neuen Funken Leben für den landlosen, namenlosen Kaufmann und Handwerker, der allein einer von einem König geführten Nation die Treue gelobte.

Eine Zeitlang sprach Baruch schleppend und ein wenig gequält vom Risiko des Geldverleihs, von Zinsen und von der Ehre der Schuldner, die das einzige sei, was sie verlieren konnten.

Als er begann, an diesem Gegenstand Gefallen zu finden, schnitt ihm Malabestia das Wort ab: »Lehr er das seinen Bediensteten, nicht uns!«

Baruch lachte leise vor sich hin: »Ich vergaß mich. Auf, Samuel, kommen wir zum Geschäft.« Der Knabe rollte das Pergament wieder aus.

»Baron, Euren Namen hierher, bitte – damit Ihr als Schuldner ausgewiesen seid.« Malabestia packte die Feder mit der Faust. »Meinen Namen kann ich sehr wohl schreiben«, sagte er und malte grobe Schriftzeichen unter die sorgsam geformten Buchstaben, die auf Latein und in der Sprache der Juden seine Person beschrieben. Die beiden älteren Knappen traten vor und unterschrieben; dann kam die Reihe an Richard. Er beugte sich vor, nahm das seltsame, leichte Schreibgerät in die Hand und drückte es auf das Pergament, so daß die Tinte im hohen Bogen herausspritzte und die Feder sich spreizte und barst. Der gesetzt wirkende Knabe konnte nicht länger an sich halten. Er brach in schallendes, in der Halle widerhallendes Gelächter aus. Schnell verbarg er sein Gesicht hinter seiner Hand.

»Samuel«, donnerte der Jude tadelnd. Doch es war schon zu spät. In seinen eigenen Augenwinkeln spielte ein Zwinkern, das zu viel des Luxus in einer Welt finsterer Männer war. »Vollende dein Werk«, fuhr er den Knaben scharf an.

Eine andere Feder, und wieder näherte sich Richard dem

Pergament. Als er sich nach vorn beugte, um sein Zeichen zu setzen, schaute ihn Baruch mit einem kurzen durchdringenden Blick an und fragte: »Seid Ihr nicht der Enkel von Thomas de Kuckney?«

Dem jungen Knappen zitterten die Knie, während er ungeschickt sein Zeichen malte. Der alte Thomas de Kuckney war einer der Mörder des nunmehr heiliggesprochenen Thomas Becket gewesen. Den Mord hatten ihrem König treu ergebene Gefolgsleute begangen, die ihren König von einem ihn quälenden Feind befreien wollten. Als ihnen zu Bewußtsein kam, daß sie einen Priester Christi vor dem Altar des Herrn getötet hatten, loderten sowohl in England als auch in Rom schon die Flammen der Empörung auf. Als sich die Reue einstellte, mußten die Barone der Grafschaft York nicht nur den Mord an einem Erzbischof, sondern auch das Martyrium eines Heiligen bereuen. Die Schmach, mit der das Haus de Kuckney besudelt war und die es, in Form von Stiftungen und Opfergeldern, die Hälfte seines Besitzes gekostet hatte, saß auch noch tief in dem jungen Knappen.

Richard blickte von seinen Mühen auf und antwortete mit dem übertriebenen Stolz der sich Schuldigfühlenden: »Ja, ich bin der Enkel des Thomas de Kuckney.«

»Ein ehrenwerter Mann«, räumte Baruch ein und nahm das ausgefertigte Pergament an sich, rollte es flink zusammen, legte es in ein für diesen Zweck bestimmtes Lederfutteral und bedeutete dem Knaben, die Federn und die Tinte einzusammeln.

Malabestia hatte lange Zeit geschwiegen, doch nun hob er unerwartet und schroff den Kopf und fragte: »Wie viele Juden gibt es denn eigentlich zur Zeit in York?«

»Nun«, antwortete Baruch, »die Zahl der Namen der gemeldeten Familien beträgt dreizehn. Zu diesen ist jedoch die Zahl jener Seelen hinzuzuzählen, die eben erst aus Frankreich verbannt wurden und nach York gekommen sind. Ungefähr dreihundert, würde ich sagen. Einige werden, denke ich, nach Spanien oder Afrika weiterreisen. Euer Gnaden, ich versichere Euch, England wird durch sie blühen und gedeihen. Wir tun das dafür Notwendige; wir sind wie die Regenwürmer im Boden; wir pflügen die Erde um, und durch unser Pflügen wird sie um so fruchtbarer.« Die geheimnisvollen, prächtig gekleideten Fremden nahmen ihre Gerätschaft und verließen die Halle Malabestias.

Weil sein Vater einen Heiligen getötet hatte, hatte Lord Robert de Kuckney seinen Sohn in die härteste Schule der Ritterschaft geschickt – den Despotismus Malabestias. Und weil er eine Anspielung auf den mit Schande überhäuften Großvater gemacht hatte, wurde Richard de Kuckney zum erbitterten Feind Benedikts aus York und mit ihm seines ganzen fremdartigen Volkes, das dem ritterlichen Kodex und dem Leben, das Richard um jeden Preis wieder führen wollte, so fern stand.

Dem jungen Knappen schien es unerträglich, daß sich das Land mit diesen Menschen füllen sollte. In ihrem geheimnisumwitterten Auftreten waren es vielleicht anziehende Menschen, doch er war zu der Überzeugung gelangt, daß es sich hierbei um die Anziehungskraft des Teufels handeln mußte. Sie kleideten sich wie Fürsten und zerstörten doch der Fürsten und Barone Lebensordnung.

»Wird denn nicht unser König seine Edelleute vor dem Zugriff verrückter Juden beschützen?«

Malabestias knappe Antwort hatte gelautet: »Der König würde eher deinen und meinen Titel nehmen und ihn in ihre Truhen werfen. Die Juden sind seine Kühe. Wir füttern sie an einem Ende, und er melkt sie am anderen. Zwischendrin geht aber noch genügend verloren... Ich würde eines Tages ja gern mal etwas von dem, was zwischendrin verlorengegangen ist, herausschneiden.«

So lernte der Knappe Richard immer besser die Wogen des Hasses kenne, die gegen die Tiere brandeten, die sich selbst Juden nannten. Und wegen seiner Familie und deren Schande und auch wegen der Familie seines Herrn und deren Stolz haßte auch er sie; doch in seinem einfachen Knappenschlaf sah er die Buchstaben, die dicken und dünnen Linien, die über die geheimnisvolle Pergamentrolle hinflogen, und er erwachte mit der Erinnerung an die Hand des jüdischen Jungen, die schuf, was ein Wort im Geiste, ein Wort auf der Zunge und nun ein Wort für ewig war.

4

Es war ein heiterer und klarer Tag; ein Tag, der selbst Steine hätte zum Jubilieren bringen können. Brausende Wasser sprudelten freudig aus ihnen hervor, wäre es, wie ehedem, der Wille des Herrn (gelobt sei sein Name). Abram erinnerte sich der Verse. Einer um den anderen fiel ihm ein. Er mußte lächeln. Sein Volk glich Kindern. Selbst der Glaube Jomtows schien ihm zu unbekümmert, und er, Abram, stand ganz allein mit seinem Zweifel, den er vor sich selbst mit der bestechenden Logik rechtfertigte, die ihn die gottesfürchtigen Lehrer der Gesetze gelehrt hatten. Abram hatte viele Geheimnisse – seinen Unglauben, seine Begabung, seine Sehnsucht. Wie konnte ein Gott gut sein, den jeder, der einen Feind hatte, so leichtfertig auf den Plan rief? Welches ist das einzig gerechte Volk? Er erinnerte sich des schmerzlichsten aller Witze, die er je gehört hatte. Ein alter, sorgengebeugter Jude hatte ihn bei der Nachricht von einem Massaker und vom Tode seines einzigen Sohnes gemacht. Er hatte die Hände zum Himmel erhoben und gesagt: »Oh Herr! Oh Herr! Erwähle ein anderes Volk!« Jomtow hatte zu der Verbannung aus Frankreich gemeint: »Wir haben schwer gesündigt. Der Wille des Herrn geschehe.«

Abram war auf einen Botengang nach Southwell geschickt worden, und in seinen Satteltaschen trug er Speisen, die ihm die besorgte Rana trotz der Einwände Baruchs aufgezwungen hatte. Ein jeder wußte, alle jüdischen Haushalte zwischen York und Southwell wären beschämt, dürften sie ihn nicht an ihren

Tischen bewirten. Und dennoch, es war alles da – um auf dem Weg weggeworfen oder an einen Bettler verschenkt zu werden. Links von der Straße stand ein alter verwitterter Felsen, den Abram als Spielplatz von Kindesbeinen an kannte; er war Stuhl, Thron, Aussichtspunkt, Stützpunkt und Festung gewesen. Abrams Knie und Finger kannten jede Mulde in ihm. Er schaute ihn an, lachte und sagte laut: »So gut ich dich auch kenne – würde ich dich mit einem Stock berühren, es käme kein Wasser.« Da hörte er, oder meinte vielmehr zu hören, wie die Stimme Jomtows ihm antwortete: »Also bist du auch nicht Moses.«

Er ritt zügig, nach der Weggabelung weiter auf der Selby Road, vorbei an Selby, Goole und Doncaster und durch das Barnbymoor. Die sommerliche Schönheit der Hügel und der strahlend blaue Himmel und die lichten Sommerkleider ließen ihn die Vorhaltungen und Ermahnungen seiner Eltern vergessen; er sang, zitierte Verse oder unterhielt sich laut und in Reimen mit seinem Pferd. Noch ehe er eine leichte Müdigkeit und Hunger verspürte, hatte er schon ein gutes Stück seines Weges zurückgelegt und ritt an der Abtei Welbeck vorüber. Der Weg war, wie immer, morastig und von den Hufen schwer beladener Tiere aufgewühlt. Er blickte über die Ländereien und bemerkte an den sorgsam gepflegten Feldern und Häusern voller Bewunderung die Zeichen mühseliger Arbeit. Diese Mönche besangen nicht die Sterne, währenddessen der Boden unter ihren Füßen verkam. Er wußte, ein Großteil dieses Landes gehörte Juden, und jüdische Geldverleiher zwangen die Klöster, deren Mönche nur noch Pächter waren, stillschweigend, fällige Zinsen durch die Abgabe ihrer Erzeugnisse zu begleichen. Doch hier verrichteten die Mönche ihre Gebete unter ihrem eigenen, nicht unter jüdischem Patronat. Sie hatten sich Land genommen, das niemand anderer der Nutzung wert gehalten hatte, und ihre Gebete und ihre Mühen in es investiert, bis es unter ihren Händen wieder zu neuem Leben erwachte.

Die Mönche nannten sich Prämonstratenser – ein französischer Orden, einer der wenigen ausländischen Orden in England – und waren gute Arbeiter, die sich und ihre große Abtei selbst versorgten. Wer hatte ihm das noch erzählt? Ach ja,

Betty, ihre christliche Magd, mit dem ihr eigenen, glühenden Stolz. Laut ihr hatten die Brüder die Sümpfe trockengelegt und das Sumpfland von Yorkshire zum Leben erweckt – zum Ruhme Gottes und der Erde. Als er sich nun den großen Schafpferchen näherte, erfaßte er die Umsicht dieser Männer wie auch die Schwierigkeiten der übernommenen Aufgabe. Sie hatten zwar nicht, wie Betty erzählt hatte, das ganze Sumpfland urbar gemacht, aber jeden fruchtbaren Zoll Boden genutzt und das Land an vielen Stellen, wo bislang nur stehendes Wasser und verrottete Vegetation gewesen war, kultiviert. Auf den morastigen Erhebungen in der Heide weideten sie große, gesunde Schafe; dort, wo das Land brachliegen und eine Zeitlang ruhen sollte, bemerkte er abgezäunte Stellen. Die Abtei selbst sah sehr neu aus; alles spiegelte in seiner Ausführung den Stolz dieser Männer wider. Das Gotteshaus war nüchtern und streng gehalten; kein Kunstwerk, nichts Anmutiges belebte die weiten, einem Schiff ähnlichen Konturen. Um das Gotteshaus herum standen viele kleinere Gebäude: Speicher, Geräteschuppen, Web- und Waschstuben; zudem Schafpferche. Auch einen kleinen Fischteich gab es. Abram saß ab, nahm einen Teil seines Proviantes aus dem Paket und ging auf die Pferche zu, in deren Nähe auf einem kleinen Flecken weichen Grases ein paar Bäume standen.

Auf dem Zauntritt eines Pferches saß ein junger Mönch und betrachtete angestrengt den Himmel. Abram hatte zwar schon gesehen, wie die Christen das Kreuzzeichen schlugen, doch eigentlich nie, wie sie beteten, und einen Augenblick lang glaubte er, es könnte sich hierbei vielleicht um eine Art rituelle Handlung oder so etwas handeln. Er fragte sich, ob er wohl mitten in eine heilige Zeremonie dieses seltsamen Glaubens hineingeplatzt sei, doch da schlug der Bruder die Hände über dem Kopf zusammen und lachte so sehr, daß er auf dem Zauntritt schwankte wie eine Elster auf einem Ast und seine dunkle Schürze um die weißen Unterkleider flatterte. Dann sah er Abram, hielt sofort inne und errötete wie ein junges Mädchen.

»Der alte Knabe hatte die fünfbeinige Kuh doch schon so lange gejagt, und jetzt, gerade als er sie eingeholt hat, haben sich beide in drei Jagdhörner verwandelt.«

Abram schaute in den Himmel hinauf, an dem sich über dem Kamm der Hügel im Norden die dicken Juliwolken auftürmten und immer wieder neu formten.

»Unsinn«, sagte er, »jeder Dummkopf sieht doch, daß das keine Hörner sind, sondern ein Kaninchen mit Bart, das eine Tischlampe anzündet. Siehst du die Pfoten abstehen?« fragte er und zeigte mit dem Finger darauf. Beide schauten sich die Wolken an. Nach einer Weile musterten sie sich gegenseitig. Sie waren im gleichen Alter – lang, dünn und eckig, mit plumpen, knochigen Händen und offenen Gesichtern. Beiden war zumute, als blickten sie in einen Spiegel, der zwei Spiegelbilder warf und dabei den Mönch als Juden und den Juden als Mönch wiedergab. Der Mönch machte es sich auf dem Zauntritt bequemer. Er baumelte mit den Beinen, die beinahe den schweren Schlamm berührten, wo die Lämmer warteten und lustige, Schafen nur entfernt ähnliche Laute ausstießen.

»Meine Kleinen«, meinte der Mönch, »noch im Wollkleid ihrer Kindheit. Einer der Brüder kommt heute runter, um nach ihnen zu schauen, sie zu zählen und ihnen einen Namen zu geben. Die Namen werden dann in unser Jahrbuch eingetragen. Sie sind im Mai geboren, und da es Gott gegeben hat, daß sie noch am Leben sind, dürfen wir sie als unser betrachten.«

»Warum zählst du sie nicht selbst?« fragte Abram.

»Na ja, ich bin eben auch erst frisch auf die Welt gekommen, ich meine, frisch in den Orden, und eine Zeitlang muß ein Bruder noch meine Arbeit kontrollieren, selbst die kleinsten Sachen. Aber noch ein bißchen, und ich werde ebensoviel Verantwortung tragen wie alle anderen.«

»Ich wünschte, ich könnte auch so bequem dasitzen«, sagte Abram. »Normalerweise sitze ich in einer Bude auf dem Markt, schreibe Briefe und lese sie denen vor, die es selbst nicht können. Manchmal sitze ich auch in einem düsteren Haus und schreibe Rechnungen für meinen Vater.« Seltsam genug – seine andere Beschäftigung erwähnte er nicht: die Abschrift der Thora in den prächtigen, klangvollen, dicken schwarzen Lettern auf die glatte und sorgfältig vorbereitete

Pergamentrolle. Der Mönch schaute ihn lange an. Er verschlang den Anblick eines mit geschriebenen Zeichen so Vertrauten fast.

»Ich kann nur ein bißchen schreiben«, sagte er (und er log, denn er konnte überhaupt nicht schreiben). »Unsere Brüder gehören nicht zu denen, die Gott durch Buchmalerei oder durch vieles Lesen oder durch Studien ehren.«

In beiden stieg noch während sie einander ansahen zur gleichen Zeit eine unbändige Neugierde auf. Sie hörten auf zu sprechen und schwiegen lange. Ein jeder wollte fragen; doch ein jeder wollte auch abwarten, bis der andere den ersten Schritt tat. Schließlich brach Abram das Schweigen und fragte: »Wie kommt man denn in einen Orden? Ich meine, wie bist du hingekommen?«

»Nun«, sagte der Junge, »bis vor kurzem sind viele schon als Säuglinge und im Kindesalter eingetreten, weil ihre Eltern geglaubt haben, dies sei das für sie bestimmte Leben. Oder wegen eines Gelübdes, das während einer Krankheit abgelegt wurde. Oder als Fürbitte um bessere Zeiten. Der Eintritt wurde dann schon als Gnadenbeweis betrachtet. Manche haben sich, wie es scheint, schon immer nach diesem Leben gesehnt – wie ich selbst. Solange ich mich erinnern kann, habe ich meine Eltern um Erlaubnis gebeten, zu Gott gehen zu dürfen.«

»Warum denn?« platzte Abram heraus. Sofort schämte er sich dafür und wünschte, er hätte die Frage nicht gestellt. Er wandte sein Gesicht ab.

Armer Jude! dachte der Bruder gerührt. »Och«, sagte er, »hast du denn keine alten Erinnerungen – deine ersten auf dieser Welt, an denen du mehr als an allen anderen hängst? Meine sind die an einige Mönche, die einmal im Jahr in unsere kleine Gemeindekirche kamen, um die frohe Botschaft der Geburt Christi mit Gesang zu verkünden. Sie betraten die dunkle Kirche immer im Gänsemarsch, und ihre langen Kutten schwangen einträchtig dabei, und der Abt ging voran, und ein Knabe hielt das Weihrauchfaß; ein himmlischer Duft. Und dann sangen sie. Ihre Stimmen erfüllten jeden Winkel, und man war plötzlich ganz glücklich darüber, daß man leben durfte – wenn es auch nur dazu reichte, um zu frieren, hungrig zu sein und sich im Dunkeln zu fürchten. Doch das spielte keine Rolle mehr. Gott war da und schaute auf seine armen Sterblichen herab und liebte sie. Nun ja, in der Schmiede meines Vaters habe ich mich nicht sehr geschickt angestellt. Außerdem gab es zu viele Kinder, die gefüttert und versorgt werden mußten. Daher ging meine Familie schließlich zu unserem Herrn, dem Baron Robert de Kuckney, und bat ihn, mir mit einer Gabe beim Orden Pate zu stehen – als Akt der Frömmigkeit sozusagen. Lord Robert ist ein großherziger Förderer unseres Ordenshauses, und da bin ich also. Hier gibt es zwar nicht die besten Sänger Englands, aber ich habe festgestellt, daß ich auch nicht dazu gehöre.«

»Dann liegt Welbeck also nicht weit weg von deinem Zuhause?«

»Meine Leute dienen noch auf Schloß Kuckney und sind sehr stolz darauf, daß ich hier bin. Ich bete für die Seelen aller Barone de Kuckney. Die englischen Brüder unter uns kommen zum Teil aus den besten Familien der Grafschaft York.« Er verfing sich in einer der ihm erst seit kurzem bekannten Schlingen – der Sünde des Hochmutes. »Mea culpa«, sagte er, und auch dies wußte er erst seit kurzem zu sagen. »Ich bin ein Unwürdiger unter den Brüdern. Ihr habt keine Ordensbrüder, nicht wahr?«

»Na ja.« Abram versuchte, ein Lächeln zu unterdrücken. »Es gibt zwar fromme Männer bei uns, aber sie sind zu Hause. Manchmal gehen sie weg, um bei berühmten Gelehrten zu studieren. (Sein Herz verkrampfte sich, und er biß sich auf die Lippen bei dem Gedanken an den letzten Streit mit seinem Vater und dessen Gesichtsausdruck.)

»Aber ihr legt natürlich Profeß ab.« Der Mönch meinte es ganz ernst.

»Unsere Liebe zu Gott ist eine ausgemachte Sache. Das versteht sich von selbst.«

»Aber was ist mit euren Gehorsamsgelübden? Ich meine, was ist mit dem Keuschheitsgelübde?«

Abram lachte schallend. »Für unsere Keuschheit vor der Ehe verbürgen sich unsere Nachbarn, die klatschsüchtig sind und sich in alles einmischen.« Wieder lachte er. »Und überhaupt, ist denn Keuschheit nicht Sünde?«

Dem jungen Mönch war klar, daß der Jude sich über ihn lustig machte, und sei es auch nur ein klein wenig. Doch der klare Tag verbot es ihm, wütend zu werden. Außerdem meinte der Jude es ehrlich. Und überhaupt, mußte man denn nicht Mitleid für die Verirrungen eines Heiden aufbringen? »Ich bin Bruder Simon«, sagte er.

Abram mußte über seine eigene Dummheit lächeln. »Ich bin Abram, Sohn des Benedikt von York.«

»Aha«, meinte Bruder Simon. »Dann kennst du sicher meine Base. Ich habe nämlich eine Base, Betty, die die Frauen im Hause des Benedikt von York unterrichtet. Sie lehrt sie, wie man einen Haushalt führt.«

Abram mußte sich mühsam beherrschen, daß ihm vor Lachen nicht die Tränen kamen. Er konnte sich gut das Gesicht seiner Mutter vorstellen, falls er ihr von dem »Unterricht« Bettys, ihrer Magd, erzählen würde. Doch er wußte, er würde niemals darüber reden. Rana war eine Frau, die völlig in ihrer eigenen Welt und in ihrer Familie aufging; die Christen gehörten weder zu der einen noch zu der anderen. Es käme ihr gar nicht in den Sinn, daß sie Zielscheibe eines Scherzes eines Christen sein könnte.

»Wissen denn die jüdischen Frauen etwa nicht, wie man einen Haushalt führt?« fragte er gequält.

»Nun ja.« Der Junge streckte sich ein wenig. »Betty sagt, sie kochen ziemlich gut. Aber was sie mir von dem Essen und den Feiertagen im jüdischen Kalender erzählt hat, hört sich doch ziemlich eigenartig und unnatürlich an.«

»Warum sollte ein Hähnchen auf dem Teller eines Juden irgendwie anders aussehen?« Abram war der Kluft, die sich zwischen ihm und dem Christentum ständig auftat, mit einem Mal müde. »Was ist denn schon so eigenartig an unseren Gebräuchen? Die Christen glauben dauernd, sie sähen mehr, und doch sehen sie nur die Gebilde in den Wolken, die auch wir sehen oder auch nicht sehen.« Ihm fiel auf, daß er noch immer stand. »Kann ich mich neben dich auf die Stange setzen?« fragte er.

Simon machte ein ängstliches Gesicht, doch er sagte: »Selbstverständlich.«

Als Abram sich hinaufschwang, um sich neben ihn zu setzen, ertappte er den Mönch bei einem schnellen Stoßgebet.

»Ich bin nicht die Inkarnation des Teufels. Es kommt mir langsam so vor, als riefe ich ständig jemandem über einen großen Graben hinweg zu und würde dabei dauernd mißverstanden; nicht das, was ich gemeint habe, kommt als Echo zurück. Du wehrst also das Gottlose in mir ab? Ich wünschte, ich hätte Kraft genug, wirklich gottlos zu sein. Statt dessen bin ich nur, was auch du bist – ein unruhiger Schläfer, der sich mit hundert Fragen hin und her wälzt.«

»Kannst du denn nicht versuchen, deine Oberen dahin zu bringen, daß sie den Geschmack an christlichem Blut bei ihren Ritualen verlieren?« fragte der Mönch ganz ernsthaft.

Empörung und Lachreiz zugleich stiegen in Abram auf, während er sich mit Simon unterhielt. Dennoch fühlte er, daß sich der Mönch seinen Worten nicht verschloß und seine Aufrichtigkeit nicht fürchtete.

Er erzählte Simon von dem Wein – nicht Blut –, mit dem alle heiligen Speisen und Feste gesegnet wurden und sprach von der Abscheu der Juden vor dem Unreinen. Beim Reden merkte er, daß der Mönch seine Worte förmlich aufsog. Abrams Gebärden wurden ausladender und überschwenglich, er genoß seine Argumente und erweiterte fast genüßlich einzelne Punkte seiner Erklärungen. Er fühlte sich wunderbar frei.

Als er fertig war, schaute ihn der Mönch lange an, die Augen vor Staunen über so viel Neuartiges weit geöffnet. Dann meinte er stockend: »Ich habe das alles nicht gewußt. Leben wir denn in der gleichen Welt? Erzähl mir doch, was du über meinen Glauben weißt.«

»Dein Glaube...« Vor Abram spulten sich die ganzen Jahre haßerfüllten Geflüsters unter seinem Volk ab; er sah den Haß und erkannte, wie sehr auch sein Volk haßte. »Für mich... ist es eine Religion des Todes, deren Symbol, das Kreuz, ein Werkzeug des Todes ist und deren Gott gestorben ist. Die Christen leben zölibatär und vergeuden so die ihnen von Gott geschenkte Gabe des Lebens. Ich weiß, es ist gemein, das gerade dir zu sagen, doch das denke ich eben... Du siehst, wir Juden sagen wenigstens unerschrocken unsere ehrliche Meinung.«

»Wie kommst du dazu anzunehmen, daß es bei deinem Volk um die Ehrlichkeit und die Fähigkeit, Erklärungen abzugeben, besser bestellt ist?« rief Simon. »Ich habe dein Volk immer für töricht eingebildet gehalten. Nun merke ich, es ist nur irregeleitet.«

»Und was ist schwerer zu heilen?« fragte Abram müde lächelnd. »Es wäre besser, wir wären Narren und Spitzbuben, doch die traurige Wahrheit ist, daß wir – das heißt, die meisten von uns – in unserem Glauben ebenso tief verwurzelt sind wie du in deinem und genausoviel Liebe und Eifer in ihn investieren wie du es tust. Und wenn ihr eure Hand gegen uns erhebt, bedauert uns Gott im gleichen Maße, wie er dadurch mit uns geehrt wird.«

Der junge Mönch bot Abram seine Hand und sagte: »Dann laß mich lernen und lerne auch du.«

Und noch während Abram dem Mönch zulächelte, dachte er: Du sollst mit keinem deiner Worte den noch jungen Trieb seines Glaubens erschüttern. Es sind wenige genug, die ihr Seelenheil gefunden haben und den ruhigen Schlaf der Gerechten schlafen und nie ausgerufen haben: Erwähle ein anderes Volk! Er sagte: »Ich werde tun, was ich kann, und mit dir lernen.«

Danach zogen sie sich in sich zurück; beide fühlten, sie hatten zu viel gesagt. Und dennoch – es war geschehen. Sie waren jung, sie waren Brüder und fühlten sich in ihrer Not zueinander hingezogen. Abram war es noch nie widerfahren, daß er erzählen oder lehren durfte. Mag sein, daß er seine eigene Stimme gern hörte, die vom würdevollen Gewicht großer Worte, von denen ein jedes seit zweitausend Jahren gesprochen wurde, so klangvoll tönte. Dieser junge Mönch war Abram, was er selbst einst Baruch gewesen war. Der Vater hatte alles zu einer reinen Angelegenheit von Zeremonien und bequemen frommen Versen gemacht, die zu einem Gott gesprochen wurden, den anzusprechen englischen Zungen ungewohnt war.

Simon seinerseits war selten zugestanden worden, daß er lernen oder kritische Fragen stellen durfte. Und wird Wissen im Austausch weitergegeben und nicht von der Höhe herabgeschüttet, behält es sich leichter im Kopf und sinkt tiefer ins Herz. Bruder Simon freute sich.

Gedankenversunken saßen sie im freundlichen, sommerlichen Summen der Insekten, als eine Stimme über sie hereinbrach, eine nasale, schneidende Stimme. Sie drehten sich um und sahen einen stattlichen, hochgewachsenen Mönch vor sich aufgetürmt. Er schien größer als sie, obwohl sie doch auf dem Zauntritt saßen.

»Ave, pastor bonus«, grüßte er mit seiner schneidend scharfen Stimme, die ihnen, abgesehen davon, daß sie überrascht waren, Furcht einflößte. »Hütet der gute Schäfer seine Schafe?«

Seine Stimme wurde so sanft, daß sie beinahe nur noch ein Flüstern war. Doch sie hatte etwas an sich, das von der gleichen Natur wie sein Gesicht war: beherrschter Wahnsinn. Abram konnte sich gut vorstellen, wie er mit derselben Stimme flüsterte: Töte ihn!

Das Haar des Mönches war kurz und rostfarben. Ein dünner, unbeschreibbarer Bart wucherte zottelig um Kinn und Kinnbacken des finsteren Gesichtes. Die Augen waren wässrig und der Blick irgendwie verhangen. Doch das Lächeln – er lächelte jetzt – machte einen irren und furchterregenden Eindruck. Es war ein Lächeln ohne Heiterkeit, ohne das mindeste Anzeichen von Leben. Ein Lächeln, das sich ein- und wieder ausschaltete, um das dahinterliegende maskenhafte Anlitz eines Leichnams freizulegen.

»Der gute Schäfer!« Ein trockenes und zynisches Lachen. »Oh! Mein Herr?« Er hatte in Abram an dem unverwechselbaren Schnitt seiner Kleidung und seines Bartes den Juden erkannt. »Mein Herr!« Wieder ein Lächeln ohne Heiterkeit, ein Lächeln ohne Tiefe. Dann klärte sich der verhangene Blick plötzlich auf, als hätte ihn ein leidenschaftliches Gefühl klargewischt. Dieser Blick kannte keine Gnade, nur Haß.

Wieder lächelte er, hielt dann plötzlich inne und betrat den

Schafpferch. Er hatte leise gesprochen, doch jedes Wort sehr sorgfältig betont. Er sprach Französisch, ein hervorragendes Französisch. Sicherlich war er von Adel. Der junge Bruder Simon wurde vor ihm wieder zum Knaben – ungeschickt, unbeholfen und schüchtern. Er sprang strauchelnd vom Zauntritt und kam mit gespreizten Beinen im Schlamm auf. Die kleinen Lämmer liefen erschreckt blökend weg. Der finstere Mönch musterte beide, doch dann richtete er seinen klargewischten stechenden Blick wieder auf Abram, als wolle er ihn damit wie mit einer Lanze durchbohren. Bruder Simon war zur Nichtexistenz zusammengeschrumpft.

»Mein Herr –« (wieder das furchterregende Lächeln und die dünne scharfe Dolchspitze der Worte) »– wir kennen uns nicht. Ihr seid ...?«

»Ich bin Abram, der Sohn des Benedikt von York.«

» Sohn *wessen*?« fragte der Bruder, und sein Blick umwölkte sich wieder, als hätte er seine Entscheidung längst getroffen und aufgehört zuzuhören.

»Sohn des Benedikt von York«, sagte Abram laut. Ihm schien, als hätte er zu laut und dennoch gegen eine taube Wand gesprochen.

Langsam entfaltete sich das Lächeln, um dann wie ein Leichentuch zu Boden zu sinken. »Ich bin Bruder Louis ...«, sagte er langsam. »Fauconbridge.« Er ließ den Namen so langsam aus seinem Mund kriechen, daß zwischen Anfang und Ende Minuten zu liegen schienen. Doch es kam Abram nur so vor, denn seine Gedanken trudelten aufzuckend durch seinen Kopf, und Panik peitschte wirbelnd sein Blut. Er wünschte Guten Tag und machte sich davon. Am Rande des Feldes blieb er stehen. Seine Hände waren feucht vor Angstschweiß. Er zwang sich weiterzugehen, ohne sich nach den Mönchen umzuschauen, die sich nicht von der Stelle gerührt hatten. Der Tag breitete sich in seiner ganzen Schönheit vor ihm aus – Sonne, duftgetränkte Luft, Vogelgesang. Heiterer Juli ... Doch warum nur war ihm so kalt?

5

Februar 1183

»Golden bin ich, blaß golden. Mein Haar gleicht der Wintersonne, und meine Haut ist hell und zart. Auf meinem schwarzen Zelter reite ich aus an diesem frostigkalten Februartag; flink wie ein Wiesel ist er, schnuppert in die Luft und schlägt mit seinem schönen Kopf. Golden bin ich, blaß golden. Scharlachrot ist mein Umhang, der hinter mir weht. Mit lohfarbenem Marder ist er eingefaßt, weich und warm. Ein goldner Haken verschließt ihn mit goldner Öse. Der Ruf meines Horns geht vor mir einher und kündigt von meinem Kommen. Schlank sind die Fesseln meines Pferdes. Funken schlagen seine Hufe auf der eisbedeckten Straße. Die Herzogin von Burgund bin ich, die über alle Maßen schöne Herzogin von Burgund, und zu meinem Vergnügen reite ich aus...«

»Heeehh, Betty, biste unterwegs, rauf zu deinen Leuten auf'm Kuckneyberg?«

Das war Peter, der Müller, der breit über das große runde Gesicht grinsend und mit hängenden Armen an der Straße stand. Sie sagte Ja.

»Bist ja ganz schön rausgeputzt«, meinte er und zeigte auf den zahmen grauen Esel, den Baruch ihr überlassen hatte. Sie sagte Ja. Hatte sie auch etwas dabei, was ihren Eltern zeigte, daß ihr Herr mit ihr zufrieden war? Sie sagte Ja und Aufwiedersehen, und die über alle Maßen schöne Herzogin von Burgund ritt weiter, immer der Straße entlang... »Vier Jagdhunde begleiten mich; grau und ungestüm sind sie. Im Sonnenschein putzt sich mein edler Falke sein Gefieder. Golden bin ich, blaß golden...«

Was sie gelernt und wie sie sich verändert hatte, das war Betty selbst nicht klar. Sie war ungefähr neun gewesen, als Baruch sie im schlammigen Hof von Schloß Kuckney, wo ihre Mutter als

Küchenmagd arbeitete und ihr Vater Zimmermann war, hatte stehen sehen. Baruch hatte eine Magd für sein Haus im Yorker Judenviertel gebraucht, ein junges Mädchen, das man noch an die eigenartigen Bräuche in seinem Heim gewöhnen konnte. Er hatte ihre Eltern aufgesucht und sich mit ihnen unterhalten; Worte, die sie nicht verstand, waren gewechselt worden, und als man sich geeinigt hatte, wurde ihr mit einem Mal bewußt, daß das alles bedeutete, diesen Ort und diese Menschen, die doch ihr ganzes Leben lang ihr Zuhause bedeutet hatten, zu verlassen. Alles würde sich ändern. Sie bereitete sich eben darauf vor, im richtigen Augenblick Abschiedstränen zu vergießen, als der reiche, ungewohnt riechende und merkwürdig gekleidete Fremde sie auch schon auf ein schmales Kissen hinter dem Sattel seines stattlichen Pferdes hob. Bevor sie aus ihrem zitternden Staunen herauskam, war sie schon in das Leben eingetreten, das das Leben im Steinhaus Yorks war; das Leben mit anderen Bräuchen; das Leben von Juden. Fünf Jahre waren seither vergangen, dazwischen Besuche im Elternhaus, bei denen sie Seite an Seite mit den Eltern arbeitete, bald im Schloßhof, wenn es an Kerzen mangelte, bald im Schweineverschlag, bald, wenn ein Fest vorbereitet werden mußte. Sie sah ihre Eltern, unterhielt sich mit ihnen – doch die Kinder, ihre Geschwister, hatten sie vergessen, und die Freunde ihrer im Schlamm des Schloßhofes verbrachten Kindertage schienen die Fremdheit zu spüren, die sie und ihre neuen Verhaltensweisen umgab. Sie ging gut gekleidet – Baruch wollte es nicht anders –, und sie hatte die Verbindung mit dem Schloß und dem dortigen Leben verloren – das einzige, das ihre Familie kannte. Die Heuernte, die Hirse- und die Haferernte, die Molkerei, die Küchen und die Ställe – lange schon war sie nicht mehr mit diesem Alltag und den nur in ihm verständlichen Feinheiten der Scherze und den lärmenden Aufgeregtheiten vertraut, die in das Leben dieser nun Fremden Abwechslung brachten. Die Sense war einst eine Verlängerung ihres Armes gewesen; doch jetzt war sie zu einem eigenartigen und gefährlichen Ding geworden, dessen Gebrauch ihr Schmerzen verursachte. Denn Betty war, ohne daß jemand darum gewußt hätte – von ihr selbst ganz zu schweigen –, zu einem Stadtmenschen geworden und war nun dabei, Jüdin zu werden.

Wie ein Kind, dem das Lauschen verboten worden war, hatte sie gelauscht; hatte jedes Wort, jede Gebärde dieser so andersartigen Fremdlinge, in deren Haus sie arbeitete, aufgesogen; hatte mit großen Augen und gespitzten Ohren die zahllosen Unterhaltungen Baruchs, Josches und Abrams, Ranas und Annas mitangehört; hatte eine schreckerfüllte Nacht lang die heilige Jungfrau (gelobt sei ihr Name) um Gnade angefleht, als sie vom grauenhaften Tod der Juden von Arles durch die Hand des aufgebrachten Pöbels erfahren hatte; hatte zu Jesus Christus, der in ihrer Vorstellung seltsamerweise Abram ähnelte, um die Gnade guten Wetters zu den hohen Feiertagen und, wenn möglich, auch fürs Laubhüttenfest gebetet. Sie hatte weit mehr von den Zeremonien im Haus gelernt, als Rana vermutet hätte, und kaum hätte Rana geglaubt, welchen Schock der Anblick des vertrauten Saucenlöffels in der Milch bei Betty auslösen konnte. Vor allem aber hatte sie auf die eigenartige, nur halb bewußte Art der Kinder Namen, Währungen, Bräuche und Geschichten aus den vielen Erzählungen gelernt, die die Reisenden ins Haus des Baruch von York brachten. Nur wenige Mädchen von elf Jahren wußten, daß Philipp der Zweite den Thron von Frankreich bestiegen hatte und daß in den Ländern am Rhein die Lage höchst unklar war. Nur wenige Engländer verschwendeten einen Gedanken daran, daß in Köln das Land teurer geworden war; nur wenige Barone wußten, daß es Gerüchte aus Cordoba gab...

Sie war nun fast fünfzehn, und die Namen, die sie hörte, nährten ihre Träume, die so verschieden von denen ihrer Schwestern waren. Die wollten Spangen tragen, wie sie die Damen auf Kuckney trugen. Betty aber war darüber im Bilde, daß dieses als ziemlich provinziell galt. Heutzutage mußte man schon, wollte man wirklich gut gekleidet sein, die französische Mode studieren.

Träumend ritt sie dahin, bald Herzogin, bald Königin, bald Äbtissin in einem großen Kloster – denn Betty war fromm. Sie und die anderen Dienstboten Baruchs besuchten regelmäßig die Messen und gaben, da Baruch darauf bestand, Almosen an Arme und Spenden für die Kirche. Doch seit kurzem überfiel sie, ihr selbst noch kaum bewußt, große Einsamkeit, wenn sie vor dem Herrn niederkniete und betete. Der Gott, von dem die Priester sprachen, war für sie der Gott der Diener, der Gott von Priestern und Nonnen. Sie wünschte, der Christus, an den sie in der schönen Kirche ihre Bittgebete richtete, möge auch der Tafel in der Northstreet angehören und die heilige Jungfrau möge die fremdartigen, bestickten Umhängetücher tragen, die Rana zum Putze trug. Im Geiste pries sie Gott in seltsamem Latein – Benedictus es Domine...; und in ihrem Inneren hallte ein Echo wider – Boruchu es Adoshem...

Die Ländereien de Kuckneys begannen. Betty konnte die Spuren seiner Fürsorge erkennen. Eifrig umhegt überstanden da kleine Bäumchen den strengen Winter, um zukünftigen Generationen die gleiche Wohlfahrt zu bieten, die die jetzige genossen hatte. Nicht ein einziger Zweig fand sich auf dem Boden, denn hier fehlte das übliche Geschenk der Moore, der Torf, und zum Schutze vor der winterlichen Kälte konnte man nur Holz verbrennen – rares Holz, kostbares Holz, auf dessen Suche die Kinder das Gehölz durchstreiften und die winterlichen Weinberge plünderten. Bald schon machten die Wälder gerodetem, in ordentliche, taschentuchgroße Parzellen abgeteiltem Land Platz – eine Scholle für Tim, eine für Sim und eine für Kim und für den Bischof den Zehnten vom Ertrag des Angebauten und für den Lehensherrn einen Zehnten. Dahinter erstreckten sich die Felder des Herrn – Haferfelder, Wiesen und Brachland –, und dann, auf einer kleinen Anhöhe, erschien das Schloß, und Betty dachte: Ganz schön beeindruckend, auch noch nach so langer Zeit. Im Laufe der Jahre hatte sie eigentlich erwartet, daß es ihr gleichgültig werden würde, wie das Land aussah, ob kahl und grau im Winter, ob mit den sommerlichen grünen Gärten und Feldern geschmückt. Aber nie betrat sie es, ohne daß ihr Herz nicht einen kleinen Hüpfer machte. Ein Knabe trieb ein paar Schweine die Straße entlang, und sie wurde mit einem Mal traurig, weil sie ihn nicht kannte. Sie trieb ihren kleinen Esel zur Eile an, doch der Knabe und seine Schützlinge waren schon um eine Biegung herum und in einem kleinen Gehölz verschwunden. Jungen und Mädchen, die ihr Leben ausgemacht hätten, waren nun Fremde. Die Juden hatten das getan. Und heftiger als sonst stieß sie dem Esel in die Flanken.

Im Schloßhof war alles beim alten geblieben. Sie fand ihre Mutter in einer kleinen, windgeschützten und vom schwachen Sonnenlicht erwärmten Nische. Sie rupfte ein Huhn. Einige andere Frauen bereiteten ebenfalls Geflügel und verschiedene Vögel für den Abend vor. Ihre Mutter war eine kleine Frau, und als sie aufsah und ihre Tochter erkannte, legten sich um ihre Augen, die sie, von der Sonne geblendet, zusammenkniff, Falten.

Die Mutter begrüßte Betty nüchtern und erkundigte sich nach ihrer Gesundheit. Betty erwiderte den Willkommensgruß, und schon gab es auch nichts mehr zu reden. Um sie herum plauderten und schwatzten die Frauen; unterdessen flogen die Federn. Das Kleid, das sie trug, war zu fein, um mit Innereien und Federn besudelt zu werden; Betty blieb daher eine Zeitlang vor ihrer Mutter stehen, als wartete sie auf etwas.

»Siehst gut aus«, sagte die Mutter schließlich. In ihrer Stimme schwang Groll und Verbitterung mit. Betty wußte nichts zu erwidern. Endlich sagte sie: »Gibt es in der Hütte etwas für mich zu tun? Du mußt doch vielleicht heute abend beim Fest des Lords auftragen.«

»Ich weiß schon selbst, wo ich hingehöre«, antwortete die Mutter spitz. »Sobald ich kann, komme ich. Und du magst, wenn du noch dazu imstande bist, deinem Vater auftragen. Scheinst ja sein Liebling zu sein, jetzt, wo du nur selten da bist. Ich bringe Reste von Kuckneys Essen mit. Ist so gut wie das Yorker, da kannst du sicher sein.« Die anderen Frauen kicherten.

Früher war es Betty noch gelungen, sich in den Kreis der Frauen auf dem Schloßhof, der jetzt fremd geworden war, als eine der ihren einzufügen. Es hatte nur eines Scherzes und Lachens bedurft, den Weg in ihre Mitte zu bahnen, und bald schien es, als wäre sie nie fortgegangen. Doch nun war es nicht nur ihre gute Kleidung, die den Frauen ihr gegenüber die faltigen Münder verschloß. Diesmal würde sie schon etwas mehr aufwenden müssen als das übliche unauffällige Hineinstehlen. Sie war eine Frau geworden; seit ihrem letzten Besuch hatten sich ihre Brüste ein wenig entwickelt. Sie gingen vor ihr her, als wollten sie sagen: Eine Frau bin ich, ein erwachsener Mensch und kein Kind mehr, das man wie den Regen und die Grippe einfach hinnimmt. Zudem hatte sie etwas unbestimmbar Städtisches an sich.

Sie traf ihn in der Mühle beim Ausbessern einer Wand an. Wie alt er geworden war! Die Mutter war unverwüstlich; sie ließ keines dieser warnenden Vorzeichen, kein sich Krümmen, kein sich Beugen, kein sich Vergröbern der Gesichtszüge erkennen. Er sah sie und ließ den Hammer fallen, der klirrend auf den Boden fiel. Der große, stämmige Mann: Er war wie einer seiner Balken, grobschlächtig und roh und solide. Nun war er ein alter Mann. Der Vater kam auf sie zu und legte ihr die kräftigen Hände auf die Schultern, wo sie große weiße Mehl- und Sägemehlflecken hinterließen.

»Oh, das ist ja meine Betty! Bin ich froh, daß du gekommen bist«, sagte er. Hätte sie Rubine und Gold und das Diadem der Könige getragen, er hätte es nicht bemerkt. Und dieses Mal ärgerte sie sich irgendwie darüber. Mußte sie denn immer und immer und immerdar die kleine Betty bleiben, des Zimmermanns Betty? Sie schaute den stämmigen Mann an, der so wenig Ähnlichkeit hatte mit Baruch (Baruch, dessen Art, dessen Gewohnheiten und dessen Volk so alt waren wie Adam).

»Oh, du bist ja eine richtige Frau geworden.« Sie merkte, es verwirrte ihn irgendwie. »Wenn bloß dein ältester Bruder noch am Leben geblieben wäre, um dir zur Seite zu stehen... Tja, du mußt jetzt so um die vierzehn sein.«

»Fünfzehn«, erinnerte sie ihn.

»Stimmt ja«, meinte er. »Du warst das Zweite. Wie die Zeit vergeht. Deine Mutter und ich sind nicht mehr die Jüngsten.«

Er griff nach seinem Hammer und nahm, da er alles mit ihr

geteilt hatte, was er geben konnte, seine Arbeit an der Wand wieder auf.

»Ich bin in der Hütte«, rief sie ihm durch die Staubwolke aus Mehl zu, die bei jedem Schlag seines Hammers aufwirbelte. Wahrscheinlich hörte er sie gar nicht.

Sie saßen am Feuer beisammen und ließen anhand der mitgebrachten Essensreste das Festmahl de Kuckneys wieder aufleben. Betty war daran gewöhnt, denn auch in Baruchs großem Haus in York wurde das gleiche gemacht. Und abgesehen von den köstlichen Stückchen Schweinefleisch sahen die Reste ganz ähnlich aus und schmeckten auch ähnlich. Gierig schlang Betty das Schweinefleisch in sich hinein. Für sie war es ein besonderer Festschmaus. Sie vermißte es sehr bei den Mahlzeiten im Hause ihres Herrn.

Ihre Mutter lachte. »Die Juden essen wohl kein ordentliches Fleisch, und deshalb kommst du uns besuchen.« Es lag verletzter Stolz darin. Die Mutter warf einen Blick auf den roten Umhang und ihre Schuhe.

Bettys Einfühlungsvermögen ihren Eltern gegenüber war nicht größer als das von Abram den seinen gegenüber. »Er schickt dir etwas derben Stoff – fast drei Ellen – und eine Elle feines blaues Linnen für ein gutes Kopftuch.«

»Üppige Geschenke machen mir keinen Eindruck«, meinte die Mutter kurzangebunden. »Er kann es sich ja leisten.«

»Jill!« In der Zurechtweisung ihres Mannes schwang Staunen mit. Das Geschenk kam dem Wert eines guten Pferdes gleich. »Der Jude von York ist ein gütiger Mann und hat unsere Betty immer gut behandelt. Er schuldet uns diese Geschenke nicht.«

Die Frau schob dem Mädchen die Platte mit Schweinefleisch zu.

»Ich kenne bloß Kälte und Hunger, die nie aufhören, und Arbeit ohne Ende. Den Pflug zieh ich selber und hocke mich in die nächste Furche und laß ein Kind rausfallen wie eine Kuh. Um in den Himmel zu kommen, bin ich arm genug. Aber ich werd wohl trotzdem nie reinkommen, weil ich meine Tochter dem Satan verkauft hab. Schau sie dir doch an! Sogar Schuhe! Und ein farbiges Kleid wie eine Dame! Judas hat unsern Heiland für dreißig Silberlinge verkauft, sagt der Priester. Du hast deine Tochter für einen verschachert!«

»Sei friedlich, Weib!« brüllte der kräftige Mann. »Deren ihr Geld hat uns über ein paar Winter geholfen. Und unsre Betty ist da gut aufgehoben und lebt gut bei Leuten, die sie schätzen. Der Jude hat geschworen, daß er sie zur Messe gehen und den Priester hören und zur Beichte gehen und die Sakramente bekommen läßt!«

»Das sind Versprechungen des Teufels! Der ist kein Christenmensch!«

Die Frau duckte sich unter der erhobenen Hand des Zimmermanns weg. Die Kinder fingen zu greinen an. Da erkannte Betty, daß es bei ihrem Streit nicht um sie oder tatsächlich um den Juden ging, sondern um ihre Wünsche und ihren Glauben und ihren geliebten Heiland, dessen Priester ihnen im Diesseits ein Himmelreich verweigerten wegen des einen, das da kommen sollte; um die heilige Jungfrau ging es, die Gehör schenkt, doch nichts gewährt; um die Erde, die grausame und sich um nichts scherende Erde, die sie an Kindern reich hatte werden lassen und durch den Hungerstod wieder zurechtgestutzt hatte. Und Betty wartete ab und schwieg, und bald verrauchte ihr Zorn, und sie aßen erschöpft.

Die Kinder waren unersättlich, was die Neuigkeiten aus dem eigenartigen Leben ihrer Schwester anging. Man verließ die Gegend nie, doch sie hatte es getan. Man kam nie über Lumpen hinaus, doch sie trug schöne Sachen. Keine Frau hielt auf Wahrheit oder auf die heilige Weisheit, die doch nur ein Gefäß voller Unrat war, doch Betty konnte ihren Namen schreiben und war, wie sie sagte, dabei, alle Schriftzeichen zu lernen und würde, wie sie sagte, auch lesen lernen. Die Kinder baten und bettelten. Was machte sie den ganzen Tag? Fraßen die Juden kleine Kinder? Hatten die Juden wirklich Schnäbel wie Vögel? Wie war es, wenn man in York lebte? Trug sie immer rote Kleider? So war es immer – die Kinder sehnten sich wie toll nach einer Prinzessin, auch wenn es nur ihre Schwester Betty sein sollte.

»Nun«, sagte sie schließlich. »Ich werde euch ein Rätsel aufgeben. Es ist ein französisches Rätsel: Was reitet auf keinem Pferd und kann dennoch nicht eingeholt werden, fährt in keinem Boot und überholt dennoch den Schiffer, ist größer bei Hungersnöten und kleiner bei Festen?«

Sie saßen still wie Vögel, denen sich der Jäger nähert. Ihre Münder standen halb offen, als dächten sie durch sie nach.

»Um daraus schlau zu werden, habe ich nicht genug Verstand«, sagte der Vater murrend.

»Wie ist die Lösung?« fragte eine Schwester.

»Nun... ihr solltet doch raten«, antwortete Betty... Stille. Schließlich sagte sie: »Wißt ihr, Josche meint, es ist der Wind, und mein Herr, Baruch, meint, es ist das Elend, doch der Gelehrte, Jomtow aus Joigny, der bei uns im Steinhaus wohnt und aus Frankreich kommt, sagt, es ist eine Stunde der Zeit.«

»Blödsinniger Heidenunsinn«, murrte die Mutter. »Entweder ist es das eine oder das andere.«

»Aber verstehst du denn nicht« – und Betty versuchte etwas verzweifelt, ihr die Pointe zu erklären –, »sie alle haben recht; es könnte das eine wie das andere sein.«

»Nun ja, als Dienstherren mögen die Juden ja was taugen, aber es sind keine rechtschaffenen Me-«

»Aber das Rätsel-«

»Hexe!« schrie die Mutter. »Verdorbenes Ding!«

»Aber haben denn nicht auch wir Rätsel?« fragte Betty.

»Die sind überhaupt nicht damit zu vergleichen«, antwortete die Mutter finster und verbarg ihr Gesicht.

Auf diese Weise lernte Betty im klirrend kalten Monat Februar, daß sie eine Fremde war, nicht Jüdin, nicht Christin, weder aus der Stadt noch vom Lande, weder zum Adel noch zum gemeinen Volk gehörend, nicht mehr gebunden und doch nicht frei. In der Stadt York gab es noch andere wie sie, doch keine schien ihr so verwirrt zu sein wie sie selbst. Am nächsten Morgen klaubte sie mit den anderen Frauen im Schloßhof Flachs, doch nun wußte sie, daß sie für jene eine Fremde war.

»Lord Robert meint, im Herbst wird hier ein Turnier stattfinden«, sagte eine der Frauen, »ein großes, und alle drei Grafschaften werden dabei sein.«

»Eine ziemlich unbillige Gnade ist das«, antwortete eine andere. »Wir tun gut daran, alle hinzugehen – wegen dem Essen und dem Wein und dem Spektakel. Aber die Schlägereien und die Vergewaltigungen und die Plünderungen der Betrunkenen werden eine Woche dauern, und die Herren, die wie Herren in den Kampf ziehen, geben sich auch herrenhaft beim Saufen und bei ihren Schweinereien.«

»Was soll's, wenn man ein zusätzliches Schaf aufzieht, eine gute Ernte einbringt oder eine Tochter vorteilhaft verheiratet, wenn man weiß, daß die Plünderer uns sowieso jedes Maul voll Fleisch und Getreide hinwegfegen und statt dessen die Sense des Hungertodes, die schön in der Sonne glänzt, zurücklassen. Meine Gänse für seine Tafel und meinen Flachs für seine Hure.«

»Du vergißt wohl die Ehre des Hauses.«

»Die freß ich doch lieber und rülps so kräftig hinterher, als wär's ein Festschmaus gewesen.«

»Die Ehre soll meinetwegen die Gebeine meines Herrn kleiden. Ich aber bin eine gemeine Frau und brauche Brot.«

Gegen Mittag blickte Betty vom Tisch auf und sah de Kuckney selbst über den Hof gehen. Er schaute sie lange und eindringlich an und ging dann weiter in Richtung der Stallungen. Nichts Hübsches, dachte sie, er hat überhaupt nichts Hübsches an sich. Und sie ertappte sich dabei, wie sie sich Abram vorstellte.

Der phlegmatische Zimmermann stand mit Unbehagen vor seinem Herrn. Viele Male hatte er seinen Dienstherrn gesehen und gesprochen, doch immer war es um Holz oder Arbeit oder um einen Weihnachtssegen gegangen. Herr und Diener, jeder nach seinem Stand, teilten das gleiche Leben: dieses Land, dieses Schloß. Halb ahnte er, worum er sich auf Wunsch seines Herrn kümmern sollte. Auf quälende Weise unbeholfen stand er wartend vor dem Tisch. Er hatte geholfen, diesen Tisch zu zimmern, doch dieser gab ihm nun keine Hilfestellung als Gegenleistung.

»Geht es seiner Tochter gut?« fragte de Kuckney.

»Oh, recht gut, Gott sei's gedankt«, platzte der Vater heraus. »Sie macht sich gut im Dienste bei ihrem Herrn.«

»Hat er denn von ihr und ihren Diensten eine gute Meinung?«

»Oh ja. Die hat er, my Lord.« Er war stolz auf seine Betty. Mit stolzgeschwellter Brust hatte er ihr beim Abschied nachgeblickt, als sie in ihren schönen Kleidern auf dem kleinen Esel davongeritten war. »Der Jude schickt sie immer wohlauf und gesund zu uns.« Etwas hielt ihn davon ab, das geschenkte Tuch zu erwähnen – nicht, daß de Kuckney irgendwelche Rechte darauf hätte, aber... Und seine Gedanken legten sanft und eindringlich den Finger auf seine Lippen.

»Was erzählt sie denn so von ihrem Leben dort? Erzählt sie irgend etwas über ihren Dienst?«

Der Vater kannte seine Rechte so gut wie jeder andere, und sein Recht als Diener war es, dumm zu sein. »Oh ja, sie erzählt, daß sie dort gern in Diensten steht. Sie hat uns auch ein Rätsel aufgegeben – etwas mit einem Pferd und einem Schiffer und dem Wind –, ich hab's nicht richtig verstanden. Sie taugt zur Arbeit in York. Sie sagt, sie geht oft auf den Jahrmarkt.«

Lord Robert entließ seinen sich abmühenden Diener. Er stand auf, ging zum Fenster und lehnte sich über den breiten Innensims hinaus. Gegen Osten erstreckten sich seine Ländereien, die bald schon an jenen Juden, der seinem Leben und seinem Fall gleichgültig gegenüber stand, verpfändet werden müßten. Er wußte nicht, welche Ziele diese Leute verfolgten oder für welche veränderten Lebensformen ihre Macht stand; er wußte nur, daß die alten Namen und die alten Ländereien auseinandergerissen wurden; Barone und Ritter und nahezu alle kirchlichen Einrichtungen schuldeten den Juden Geld und bezahlten große Summen für das bloße Privileg, das zu behalten, was immer schon ihnen gehört hatte. Lord Robert dachte an den Lehenszins, den er dem König schuldete, und an seine Schulden bei der Kirche. Die Hälfte des Reichtums und der Ländereien seines Hauses war von Wiedergutmachungszahlungen und Strafen aufgezehrt worden. Und nun durften die ständig steigenden Lehensabgaben nicht mehr nach alter Sitte abgegolten werden: nicht durch Dienste, Nutznießung oder handwerkliches Können oder aber mit der Zeit, sondern durch knappes Münzgeld. Man akzeptierte byzantinische Münzen, Münzen aus Deutschland, sogar das heidnische Geld der Sarazenen und schwarzen Mauren. Alles wurde angenommen. Jeder brauchte es, begehrte es, verpachtete altangestammtes Land dafür.

»Verflucht sollen sie sein!« Er drehte sich um und stampfte auf den Boden. Juden und ihre Verwandtschaft, Könige und die Kirche hatten ihn mit ihren Gesetzen und Forderungen umzingelt, und er war gefangen, saß in einem ihn ertränkenden Strom von Schuld und Schande in der Falle. Und es gab einen Sohn, einen geliebten Sohn, dem er diese Schande hinterlassen würde... ein Sohn, der niemals zum Ritter geschlagen würde, denn man mußte die Zeremonie kaufen und wurde dafür bis zu den Haarspitzen mit Steuern belegt. »Verflucht sollen sie sein! Verflucht!«

6

»Warum nur habe ich solche Angst?« fragte Jomtow. »Die Sonne scheint auf mich herab und dennoch schmiege ich mich fröstelnd in meine Kleider; der Mond zeigt sein klares Antlitz, und nicht ein Geräusch stört die Nacht, und dennoch schlafe ich nicht, aus Furcht, ich könnte zu spät aufwachen, um einem unbemerkt sich nahenden Übel zu entfliehen. Sollte ich mich denn so sehr ans Sterben gewöhnt haben, daß darüber alles Leben aus mir gewichen ist?«

»Ich nehme an, das Weglaufen vor einer Gefahr kann so zur Gewohnheit werden, daß man es selbst dann noch tut, wenn es nicht mehr nötig ist«, meinte Elias.

Sie saßen in der Gemeindehalle vor dem großen Feuer, dessen Hitze gegen ihre Gesichter schlug, während ihnen die beißende Kälte den Rücken hinaufkroch. Sie hatten sich hier getroffen, um die sich in ganz York im Laufschritt verbreitenden Neuigkeiten zu besprechen: der junge Prinz, des alten Königs Henry ganze Hoffnung, war tot. Nun messen die Brüder ihre Kräfte über der verwaisten Krone, erzählte man; und man sprach davon, wie schwer es sei, König zu sein, wenn rund um den Thron Söhne heranwachsen, die im junihaften Reifen der Natur auch die eigenen Kräfte und die Lebenslust steigen spüren und danach gieren, den eigenen Willen zu erproben. Ein Rang, ein Thron und ein alter Mann, der schon schwerfällig und vorsichtig zu werden begann. Seine Söhne, konnten sie denn anders, als sich fragen: Wie lange noch will sich das verdorrte Blatt halten?

Häufig ging die Rede von den gegen ihren Vater verbündeten Brüdern, und voller Ehrfurcht und Sorgen sprachen die Männer davon. Ungeachtet der drückenden Steuern war König Henry gut zu den Juden, seinen Kammerknechten, gewesen. Wieder kamen sie auf die Angst zu sprechen, die ihre Herzen beschlichen hatte, seit dies Unerwartete, Ungerufene geschehen war; sie sprachen von Kriegen, von Anklagen und von Verfolgungen.

Es verwundert nicht, daß Menschen auf solche Leiden stolz sind, in denen sich ihre Gesinnung in strahlendem Glanz zeigt. Doch viele brüsten sich mit Leiden, die sie erniedrigen – als wäre Leid an sich gut und zu leiden eine Tugend und erstrebenswert. »Warst du am Karfreitag in Paris?« – »Nun ja, verglichen mit Angers war Paris ein Eden!« – »Diese neumodischen Weh und Achs sind doch nichts als Schall und Rauch. Wer hier war in Blois?« Und unter den Zuhörern entstand zustimmendes oder verneinendes Gemurmel.

»Ich war dort«, sagte einer, »und obwohl es mehr als zehn Jahre zurückliegt, glaube ich, daß es das Schlimmste, das Allerschlimmste war...« Sich erinnernd, fuhr er sich mit der Hand über das Gesicht.

»Ich hatte geschäftlich in Montpellier zu tun gehabt und ritt auf dem Rückweg durch die grüne Julilandschaft, und ich erinnere mich, daß ich so glücklich war…« Und seine Stimme stockte, denn zu dieser Erinnerung gesellte sich noch etwas, über das er aber nicht sprechen wollte.

»Ich war auf dem Heimweg. Wer kann die Geheimnisse des Herrn ergründen? Weder in all dem Grün noch im fröhlichen Klang der Hufe meines Pferdes noch im heiteren Sonnenlicht lag etwas, das mir, einem glücklichen Mann, hätte sagen können: ›Bevor der Tag zu Ende geht, wirst du dem Tod ins Angesicht schauen und deine Lieben tot in deine Arme schließen.‹ Nichts warnte einen armen, törichten, aus Montpellier kommenden Mann. Als ich mich der Stadt näherte, hörte ich einen Schrei und dann noch einen. Es war kein Freudenschrei, und es schien mir seltsam, dieses Geräusch. Doch ich war glücklich und ein Narr. Und meine Neugier war die eines Glücklichen, und ich sagte: ›Was heute wohl für ein Spektakel in der Stadt gegeben wird.‹ Die Straßen waren ausgestorben. Ich bog in die Dreikönigsstraße ab und sah einen Mann auf mich zurennen. Er winkte mir wild gestikulierend zu. Ich starrte ihn an. Er machte einen so eigenartigen Eindruck auf mich, daß ich mein Pferd zum Stehen brachte, um ihn mir genauer anzusehen. Es war, als betrachtete man ein verängstigtes Tier, und ich mußte ihn schon aufmerksam anschauen, bis ich merkte, daß ich ihn kannte. Ehe ich ihn fragen konnte, was denn geschehen war, rief er: ›Sie brennen das Judenviertel nieder! Lauf um dein Leben.‹ Ich erkannte den ganzen Schrecken, der in seinen Worten lag und zur gleichen Zeit eine noch schrecklichere Wahrheit, schrecklicher als die Überraschung – daß ich nämlich nicht überrascht war, daß ich keinen Augenblick lang zweifelte… Ich erinnere mich, daß ich flüsterte: ›Es ist geschehen… Schließlich ist es doch geschehen.‹ Und während ich innehielt, unfähig, eine Entscheidung zu treffen, was ich tun sollte oder wie ich zu meiner Familie kommen konnte, sah ich den Mob die Straße herunterkommen. Ein paar darunter erkannte ich – Lümmel, die ständig an der Schmiede herumlungerten; auch ein Schwachsinniger war dabei; und andere. Ich wendete mein Pferd, und der Mann fing an zu rennen, doch als wir die Kreuzung erreichten, schien sich dort ein weiterer Haufe zusammengerottet zu haben. Sie warteten, und ich sah einige von unserem Volk mitgeführt.«

Ungeduldig flüsterte jemand: »Hast du die Rabbiner gesehen, die berühmten Rabbiner?« Der Mann tat, als hätte er nichts gehört.

»Sie zogen mich vom Pferd, ein Meer von Waffen und furchteinflößenden Gesichtern; wie ein Holzspan im Mühlgerinne wurde ich zum Platz vor der Kathedrale hinuntergewirbelt. So viele Menschen, eine johlende, schreiende Meute. Ich versuchte zu horchen, zu fragen, den Grund für diesen ganzen Wahnsinn herauszufinden, doch um mich waren nichts als Waffen und dumpfe, irr blickende Gesichter. Ich hatte kein Pferd mehr, meine Kleider waren mir teils vom Leib gerissen worden... Und dann roch ich es... Roch diesen Geruch, der entsetzlicher war als alles andere, entsetzlicher als der Geruch der erregten, aufgebrachten Masse um mich. Sie hatten angefangen, einen Scheiterhaufen zu errichten. Dann bekam ich einen Schlag, mir wurde schwarz vor Augen, und dann erinnere ich mich an nichts mehr.«

»Hast du die Rabbiner gesehen?« insistierte der, dem zuvor die Frage abgeschnitten worden war.

»Ja... Später sah ich sie... Das heißt, ihre Körper... Nur ihre Körper«, und er bedeckte sein Gesicht mit den Händen.

Eben diese Einzelheit, diese eine Antwort hatte Abram die ganze Zeit über hören wollen. Zwei große Rabbiner waren an jenem Tag in Blois gewesen und den Märtyrertod gestorben. Ein fester Bestandteil dieser, allmählich zu rituellem Gedenken anwachsenden Verehrung war, daß jene beiden Söhne des einen Gottes ihren irrsinnigen Folterern nicht gewichen waren, den Lästerungen heilige Gebete entgegnet hatten und daß sie, zuerst einzeln und dann aneinander gefesselt, in das furchtbare Feuer gestoßen worden waren, umringt vom johlenden Mob. Man erzählte sich, wie sie sich dann erhoben, wie Feuer und Flammen ihre Fesseln verbrannt und beide sich in frommer Verzückung inmitten der Flammen umarmt hatten und gemeinsam aus den Flammen gestiegen und unter die Menge getreten waren, barmherzig lächelnd, unversehrt, unverletzt. Der Pöbel war entsetzt zurückgewichen, einige auf die Knie gefallen.

Einem großen, von einer Viehbremse gequälten Tier, das mit einer Drehung seines entsetzlichen Kopfes Tod oder Leben bringen kann, ähnelt die Masse. Auch sie kann sich von einer Minute auf die andere völlig verwandeln. Ein Templer war aus der Menge hervorgetreten und rief: »Hexerei!« Eben noch Gegenstand der Verehrung, wurden die beiden vom Mob in einem plötzlichen Wutausbruch geschlagen und mißhandelt und zu Tode gesteinigt. Die Christen hielten sie auf diese Weise im Gedächtnis: als entsetzlich entstellt. Die Juden gedachten ihrer als der Gelehrten, die sich das Leid teilend umarmten und drangen in die Überlebenden von Blois, diese Vorstellung zu bestätigen.

»Das Wunder«, rief Abram verzweifelt aus, »wie war das mit dem Wunder?«

»Ich – Ich wurde zu Boden geschlagen – Ich weiß nichts – Aber er war dort – Frag ihn doch.« Er zeigte auf einen anderen alten Mann, der still beiseite saß.

Hundertmal hatte man diese Frage an ihn gerichtet, und er konnte doch immer nur dasselbe dazu sagen: »Ja, ich war in Blois. Es war eine solche Meute von Menschen dort, daß man bloß schaute, daß man wegkam.«

Abram zitterte vor Ungeduld. Wäre ich nur dort gewesen – ich hätte es bestätigen oder widerlegen können – hätte diesen Wenns und Abers, die mir wieder und wieder durch den Kopf gehen, ein für alle Mal ein Ende bereiten können... Sollten selbst die Zeugen eines Wunders es nicht als solches erkannt haben? Berühmte Männer! Wer, der wirklich darum wußte, würde reden?

Das Gespräch ging weiter – andere Opfer, andere Todesarten. Der Weinhändler erzählte von den englischen Ausschreitungen in Norwich und Lincoln, von den unsinnigen Anklagen gegen unschuldige Männer, und nachdem er zu Ende erzählt hatte, schien es, als erwache in den Opfern ein Abglanz, ein Echo derselben Grausamkeit. Die Schatten der Vergangenheit hatten sie eingeholt, und wachsender Haß veränderte den

Klang ihrer Stimmen. Immer gieriger lauschten sie den Erinnerungen, fast genossen sie die erduldeten Erniedrigungen und die Bösartigkeit des Mobs, der sie gequält hatte. Nach jeder Schilderung entstand wütendes Knurren. Hier, hier fand sich doch der Beweis, daß die christliche Welt nichts war als eine Herde von Tieren. Beispiele ausgesprochener Bösartigkeit von Nachbarn wurden angeführt. War es denn nicht offensichtlich, bestätigten sie sich kopfnickend, daß das keine wirklichen Menschen, sondern nur verkommene und von Geburt an verrohte Halbmenschen waren? Mit einem Mal wurde der kleinen Zurücksetzung im täglichen Umgang, der zur Eile antreibenden Ungeduld, der unüberlegten Geste eines jeden Christen die größte Bedeutung beigemessen. Und der Haß schmiedete die kleine, auf diesem Meer der Heimtücke treibende Gruppe zusammen, und im Sog der Strömung fühlte sie ihre eigenen, oft verbissen geführten Streitigkeiten dahinschwinden. Einer legte den Arm auf die Schulter des schweigsamen Abram, und zwei langjährige Feinde, die selbst der Bibel Ermahnungen zur Nächstenliebe nicht hatte vereinen können, beschworen Arm in Arm erlebte Schrecken.

»Sind unseren christlichen Dienstboten die Speisevorschriften denn etwa nicht gleichgültig?« meinte einer der Franzosen.

»Sicher, aber wenigstens kommen sie mit Essen und mit Haushaltsgeräten nur dann in Berührung, wenn auch wir anwesend sind. Aber selbstverständlich hat auch der Zuverlässigste unter ihnen keinen Begriff von natürlicher Abscheu.«

»Genau! Man stelle sich bloß den Ekel vor, der in ihrem eigenartigen Blut entsteht, wenn sie (mit Verlaub Gottes gesagt) etwa ein Fleischmesser zum Käseschneiden benutzen würden!«

»Tiere haben eben keinen natürlichen Abscheu vor dem Unreinen!«

»Eins verstehe ich aber wirklich nicht«, sagte ein anderer, »die Christen haben uns durch die ganze Welt gehetzt, und trotzdem gehen sie mit ihren Kindern zärtlich um... Sie beten sogar schlecht und recht.«

»Glaubst du etwa, die sind wie wir? Schau dir doch deine

Nachbarn an, wenn sie sich gegen dich wenden – du wirst Menschen sehen, die nur wenig mehr sind als Tiere.«

»Was erwartest du denn? Die besitzen eben nicht unsere moralischen Werte. Ihre Priester sind widernatürlich lebende Männer. Und erst ihre Frauen! Sie vergessen das Gebot Gottes und treten in Klöster ein, ohne auch nur einen Gedanken an ihr eigen Fleisch und Blut zu verschwenden. Das sind doch keine Menschen! Die haben doch keine Moral!«

»Die Hauptschwäche der Christen liegt nicht in ihren Seelen«, meinte Baruch pedantisch, »sondern in ihren Gehirnen. Jeder Jude liest und lernt, doch sie nicht. Und deshalb vertrocknet ihr Gehirn, wird unbeweglich, und ihr Verstand läßt sie im Stich, und sie sind nicht mehr imstande zu denken.«

»Beobachte doch einmal ein Kind – unwissend wird es einen anderen immer schlagen, und sei es seinen eigenen Vater. Es wird nicht aus Haß oder Bösartigkeit so handeln, sondern einfach deshalb, weil es unwissend ist.«

»Es sind nichts als mordgierige Kinder mit den Waffen von Männern und dem Vorstellungsvermögen von Männern. Du irrst dich, wenn du annimmst, sie besäßen eine Seele – sie sind einfach degeneriert.«

Jomtow von Joigny stand auf und warf dabei seinen bequemen Hocker um. Groß stand er vor ihnen, den Rücken dem Feuer zugewandt. Er riß seine Hände hoch und seine Stimme hallte laut durch das erstaunte Haus: »Nennt sie Kinder; nennt sie schlecht und sprecht ihnen jegliche Menschlichkeit ab – und ihr werdet für diese Hoffart mit den Leibern eurer eigenen Kinder bezahlen. Leicht ist es, die eigene Eitelkeit, Schlechtigkeit und Grausamkeit zu vergessen; die prächtigen Kleider, die Neid hervorrufen; die vielen Scherze, die Unmut erzeugen; den vielfältigen Hohn, der Haß erweckt. Dies ist eure Hoffart, mit der ihr tändelt und dabei lügt und stehlt und euer Verhalten mit wohlfeilen Ausflügen in vergangene Qualen entschuldigt. Tändelt also; lacht und fühlt euch behaglich und vergeßt euren eigenen Hochmut und eure eigene Dummheit und eure eigene Grausamkeit – und ihr werdet mit dem euch teuersten Blut und den euch kostbarsten Gebeinen bezahlen. Eure Kinder werden bezahlen und eure alten Männer werden doppelt bezahlen!«

»Aber Rabbi! Sie sind nicht wie wir!«

»Nein«, sagte Jomtow. Die Wut in seiner Stimme ebbte ab und wurde zur Sorge. »Sie sind nicht wie wir. Doch was sind wir? Gott hat uns unter allen Völkern erwählt, mehr zu erdulden, dem Nächsten gegenüber größere Verantwortung zu zeigen und für unsere Brüder zu sorgen und unsere Nächstenliebe ständig zu hinterfragen, damit sie rein und von edelstem Ursprung sein möge. Wir wurden nicht erwählt, um selbstgerecht zu sein; wir werden dafür bezahlen. Wir wurden nicht erwählt, unsere Brüder zu richten; wir werden dafür bezahlen. Wir wurden nicht erwählt, um hochmütig und zornig zu sein; wir werden dafür bezahlen. Und sind wir zweier Vergehen schuldig, werden wir siebenmal das bezahlen, dessen wir schuldig sind.«

Er senkte den Kopf. Er wirkte bedrückt und wandte sich dem Feuer zu. Er weinte.

Der Abend senkte sich auf die Straßen der Stadt. An den Straßenecken lauerte der Winter Vorübergehenden auf, um gegen ihre Kleider zu peitschen. Die Abwasserrinnen waren gefroren, und vagabundierende Bettler, Bänkelsänger und Taschendiebe kauerten an den Hauswänden. Bald würde Frühling und die Erde von der betäubenden Knechtschaft befreit und die Straßen voller Menschen sein. Alle paar Monate gingen die Stadt und der Klerus gegen die Vagabunden und Irren vor. Herdenweise wurden sie jenseits der Stadtgrenzen Yorks in den Wald von Galtres getrieben mit dem Befehl, irgendwo anders hinzugehen oder, wenn sie im Sterben lagen, wenigstens außerhalb Yorks zu sterben. Ein, zwei Tage lang atmeten dann die Yorker eine heimeligere und bekömmlichere Luft, dann strömte der Pöbelhaufe wieder zurück. Der Winter trieb sie in die Stadt, und heute waren sie wieder da mit dem untrüglichen, angeborenen Instinkt der Bettler und Irrsinnigen für Neuigkeiten. Sie wußten, etwas war geschehen oder geschah. Der junge Prinz war tot, und jene, die den König liebten – wozu nahezu alle Grund hatten –, klagten ihre Sorge dem alten, stolzen Henry; und jene, die ein so großes Ding wie England liebten – und nur wenige liebten es –, beklagten das nun so unsichere Schicksal Englands. Da war ein wortkarger John; ein fröhlicher, junger Richard, ewiger Knabe, dem der Hof nur ein Turnier und dessen einziges Interesse das Ritterspiel war; ein gutverheiratetes, aber nutzloses Dreiergespann an Töchtern; und Geoffrey, der Bastard, den England liebte, da er die Frucht einer großen Liebe war, und den niemand anerkennen konnte. Männer, die über ihr leibliches Wohl und ihre eigene Bequemlichkeit hinauszudenken imstande waren, taxierten den neuen Wind und fragten sich, ob er nicht nach Verrat rieche.

In der Allerheiligenkirche betete man für das Seelenheil des jungen Prinzen. Der Priester, ein alter, vom Eifer für die Schlacht Gottes erfüllter Soldat, war überzeugt, daß der ruhmreiche Kreuzzug tatsächlich noch zu seinen Lebzeiten aufgenommen werde, vorausgesetzt, Richard bestieg den Thron. Die Gnade veredelte die Christen, schien ihm, und vor allem die Gnade, das Land des Herrn in den Händen der Ungläubigen zu wissen und unter dieser Schmach zu leiden. Im Geiste sah er sie schon gegen die Heilige Stadt vorrücken. Die Heerscharen Gottes schienen verändert durch den Boden, auf den sie ihren Fuß setzten: keine Plünderungen, kein Mord marterte ihr Gewissen. Seit dem Tag, an dem er hinkend von einem der zahlreichen Fehlschläge, dem Christentum den Ort seiner Geburt zurückzuerobern, heimgekehrt war, sehnte sich Pater Odo nach dem Tag, an dem ein neuer und endlich siegreicher Kreuzzug beginnen würde. Prinz Richard hatte immer schon ein glühender Eifer für die heilige Aufgabe erfüllt. Und während er, sich die Hüfte haltend und mit seinem zerschundenen Bein schlenkernd, durch das Kirchenschiff hinkte, glaubte der Priester, die Trompeten der Erlösung um sich herum schmettern zu hören. Und voller Ehrfurcht erhob er das Antlitz beim donnernden *Tedeum* der siegesgewiß Marschierenden.

7

Abram wollte seinen neuen Freund mit Geschenken und Kostbarkeiten überhäufen. Es schien ihm, als hätte er sein ganzes Leben lang in trostloser Einsamkeit verbracht. Die ungewohnte Öffnung ließ in ihm endlich eine ungeahnte Großzügigkeit und Liebe an den Tag treten. Doch da zwischen ihnen kein Gold, keine Speisen und kein Schmuck ausgetauscht werden durften – beider Gesetze verboten es –, opferte Abram begeistert lange, wunderbare Nächte dem Sichten und Sammeln von Wissen, das er seinem Freund dann wie eine honigsüße Gabe darbrachte. Bald schon trank der junge Mönch an der alten Quelle jüdischen Geistes und jüdischen Gesetzes, deren Früchte Abram an den mit Krümeln übersäten Tafeln seines Vaters und der Rabbiner aufgelesen hatte. Bereitwilliger reiste er nun für seinen Vater an den einen oder anderen Ort, um dort Aufträge zu erledigen. Er wirkte dabei ungewohnt fröhlich und vergnügt, was Rana Freude machte und selbst dem in dieser Hinsicht knausrigen Baruch ein Lob entlockte. Doch je häufiger sich Abram mit Simon unterhielt, desto bohrender wurden seine eigenen Fragen an die Lehren seines Volkes. Er verbrachte nun Stunden damit, sich von den Rabbinern ihre Lehren belegen zu lassen.

»Ist die Häresie denn nicht zauberhaft?« fragte ihn Jomtow, während sie die erneut über den Häusern in der Luft tanzenden Vögel beobachteten. »Ist es denn nicht zauberhaft und verführerisch, an Gott zu zweifeln, seine Zweifel für sich zu behalten und darauf zu warten, daß er einen mit seinem Blitz in einem wunderbaren Feuer den Märtyrertod sterben läßt? Ich will verscheuchen, was dich verführt – laß dir sagen, daß ohne Zweifler und Frager das Judentum so tot wäre wie ein Stein. Der Herr (geheiligt sei sein Name) kann uns keine Antwort geben, bevor wir nicht gefragt haben. Und ein Mann, der von seinem Vater eine versiegelte Schachtel übernimmt und nicht fragt: ›Was ist da drin, und wozu kann ich es gebrauchen?‹, unterscheidet sich in nichts von einem gewöhnlichen Tier.«

»Ich habe die Probe gemacht. Ich habe Gott geflucht.«

»Dann sag mir doch: Hat sich Gott wieder erholt oder ist er daran gestorben?«

»Rabbi, Ihr macht Euch über mich lustig!«

»Ist das denn verwunderlich? Weißt du, es ist schon komisch. Da liegt ein kleiner Junge in seinem Bett und sagt: ›Wenn es einen Gott gibt, dann soll er es blitzen lassen.‹ Nun gut, der Herr (gelobt sei er) besitzt zwar einen unerschöpflichen Sinn für Humor, aber keine unerschöpfliche Geduld. Er steht nicht ständig auf Abruf bereit, um sofort zur Stelle zu sein, wenn kleine Jungen es wünschen.«

»Sagen wir also, daß er sich zwar erholt hat, nicht aber ich.« Er überlegte hin und her auf der Suche nach etwas, das er dem Rabbiner entgegenhalten konnte. »Ein jeder geht so lärmend auf Gottes Erde einher. Die Christen behaupten, Gott sei mit ihnen, und meine Mutter und mein Vater und ihre Freunde sind in seinem Namen voll frommen Geschwätzes und Bosheit, und jetzt stehen auch noch die Kreuzfahrer auf dem Plan und rühren die Trommeln Gottes, als hätten sie ihn erschaffen. Vielleicht ist Gott ja nichts anderes als die vielen kläffenden Stimmen auf dieser Welt.«

»Vielleicht bist du ja gar nicht so sehr ein Zweifler, als vielmehr ein Tiefgläubiger, der in einer sündigen Welt erwacht und in seinem jugendlichen Halbschlaf überzeugt ist, er hätte diesen Umstand als erster entdeckt. Und ja doch, wir entdecken die Sünde in jeder Generation wieder aufs neue.«

»Meinetwegen soll er also existieren. Ich jedenfalls hasse ihn – ich hasse ihn, weil er mich, wie mein Freund Simon sagt, auf dem Weg in die Hölle wohl sieht, aber seine Hand trotzdem nicht ausstreckt, um mich zu retten.«

»Woher willst du wissen, daß er es nicht tut?« sagte Jomtow wie zu sich selbst und sah weg. »Manchmal während dieser letzten schweren Jahre in Frankreich hatte ich das Gefühl, ich könnte beinahe hören, wie er den Fanatikern zurief, sie mögen aufhören; wie er für sie betete, daß sie sich ihrer doch so kostbaren Menschlichkeit erinnerten. Hier in York platzen die Leute fast vor Eitelkeit und Grausamkeit. Und Gott weint, weil sie den Abgrund, auf den sie so eilig zurennen, nicht sehen.«

»Rabbi, dürfen diejenigen, die es sich leisten können – dürfen sie sich denn so gut anziehen, wie sie es wollen?« Und Jomtow konnte einen kurzen, einen flüchtigen Blick auf die im Verborgenen schlummernde Liebe werfen, die Abram für seinen Vater empfand, dessen Geschmack und dessen Eitelkeit er so verabscheute.

»Sicher dürfen sie. Es könnte nur sein, daß sie für ihr Privileg, sich als Söhne Salomons in Erinnerung zu bringen, damit bezahlen müssen, daß man sich ihrer auch als Söhne Judas', des Makkabäers, erinnert. Und die Rechnung könnte höher sein als das, was sie zu zahlen gewillt sind. Glaube mir, mein Sohn, ich habe das alles schon einmal erlebt, und nicht die Samt und Seide Tragenden waren es, die allein bezahlt haben, sondern das ganze jüdische Volk. Wir alle.«

Beiden stand plötzlich dasselbe Bild vor Augen: das Bild von Baruchs weichen, reich beringten Händen, von seinem Gesicht über dem Pelzkragen, von dem ihm eigenen Ausdruck, wenn er mit einem Geschäftsabschluß zufrieden war. Und beide wußten, was der andere sah, und beide wurden mit einem Mal verlegen.

»Na ja«, sagte Abram grob. »Dann findet man ihn also bei den zwei auf dem Scheiterhaufen von Blois tanzenden Rabbinern und bei Euch, der Ihr in der Gemeindehalle sitzt und weint und sagt: ›Wir wurden nicht erwählt, um hochmütig und zornig zu sein.‹ Himmel, Himmel! Ich wünschte, ich könnte das malen!«

Als Abram sprach, hatte Jomtow das eigenartige Gefühl, um Jahre zurückversetzt zu sein und mit einem seiner älteren Studenten, der rabbinischer Gelehrter werden wollte, zu sprechen. Beide besaßen etwas, das mit ihnen flirtete wie eine hübsche Frau, die ihren Rocksaum hinter einem Pfeiler hervorflattern läßt, ein Wink nur, der darauf hinweist, daß sie sich selbst versteckt hat. Abram besaß eine Frömmigkeit, die ihn zu erwarten, an ihm zu zupfen, mit ihm zu spielen schien – komm und kümmre dich um mich.

»Ihr wißt ja«, sagte Abram plötzlich, »zeichnen ist gegen das Gesetz. Ich aber möchte Menschen und Götter malen, wie es die Christen tun.«

»Wie lange schon wünschst du dir das?«

»So lange ich denken kann. Und auch das habe ich geheimgehalten.«

»Ich glaube, ich verstehe jetzt. Die Kunst der Schreiber ist der Zeichenkunst der Christen näher als jede andere, und deshalb hat dein Vater–«

»Mein Vater!« unterbrach ihn Abram. »Wenn ich Hunger leide und nach Nahrung rufe oder durstig bin und nach Wasser rufe, wieso muß mein Vater – wieso muß er dann immer fort sein oder keine Zeit haben; und wenn ich gesättigt bin und nach nichts mehr verlange, wieso muß er dann mit einem Granatapfel in der Hand daherkommen?« Sein Zorn war ihm entschlüpft und überrannte die Wälle, die er errichtet hatte, um ihn zurückzuhalten. Jomtow saß da und schaute ihn an, als wartete er auf Regen. Als der junge Mann, von seinem Zornausbruch erschöpft, schwieg, wartete Jomtow einen langen, stillen Augenblick lang ab.

»Liegen dir Offenheit und vertrauensvolle Bekenntnisse so fern, daß dir alles zum Geheimnis gerät? Zeichnen ist ganz sicher nicht gegen unser Gesetz, nur räumen ihm die Juden wenig Platz in ihrem Leben ein. Wir wollen nur seinen geheimnisvollen Namen in unserem Herzen nicht durch das Bild irgendeines Malers ersetzen. Im Gegensatz zu den Christen erlauben wir keine Bilder in unseren Synagogen, in unseren heiligen Büchern oder bei der häuslichen Andacht, doch wenn du es wirklich willst, dann werden wir einen Weg finden, um deiner Neigung ein Ziel und deinem Wunsch Erfüllung zu verschaffen.«

»Ich möchte die Welt zeichnen. Ich möchte das Leben zeichnen, so wie es ist.«

»Gottes Wille wirkt in dir«, sagte Jomtow. »Und sein Wille wird geschehen. Doch laß es nicht zu, daß deine Verbitterung dir zur Lebensphilosophie wird. Du sollst deinen Vater nicht hassen und deswegen seine Liebe verschmähen und ihm in seiner Sterblichkeit, die näher ist als deine, dein Mitleid verweigern.« Er schaute Baruchs Sohn an und war mit einem Mal froh, daß der Tag warm und die Luft mild waren und der Aufruhr in dieser rebellischen Seele nicht in den üblichen Fragen der Yorker Juden bestand: »Rabbi, dürfen wir das und das Fleisch essen?« und »Rabbi, ist das und das noch erlaubt?« Das wirkliche Gesetz umgingen sie leider weit häufiger als dieser gequälte Unruhestifter. »Abram, die Frage nach der Nächstenliebe, die doch so viel mehr als die bloß äußerliche tugendhafte Erscheinung sein müßte und es doch so selten ist, mußt du selbst beantworten. Was mich betrifft, so höre ich dich voller Wohlwollen an. Deine Leidenschaft vermag einem alten, exilierten Franzosen und der Menschheit die Welt zu verjüngen. Ich bin froh, daß ich eine Zeitlang die zwei Silbermünzen vergessen durfte, die der und der am Sabbat in seinem Mantel gefunden hat. Weißt du, vielleicht wird Gott, der Herr, schließlich doch die Geduld verlieren und dich wie Jonas emporheben und dich in den Glauben hineinschleudern. Solltest du in der Zwischenzeit zeichnen wollen, mußt du erst einmal sehen und schauen; die Welt ist schön und manchmal – manchmal sogar der Mensch; möge der Herr deine Augen segnen. Gehe in Frieden.«

Abram verließ die Bank, auf der der Rabbiner saß, und ging in Richtung Ousebrücke. Als Geschenk würde er seinen Freund betrachten, wenn er die endlosen Fäden einer logistischen Überlegung – dieser Mischung aus Schulung, Gebet und Konversation, die seinem Volk so sehr behagte – vor ihm entwirrte. Bedeutungen und Schatten von Bedeutungen: wie schillernd und vielfältig sie waren! Er hatte schon einmal versucht, vor seinem Freund ein Thema mit seinem ganzen schmückenden Beiwerk auszubreiten – Simon hatte zwar bis zum Schluß aufmerksam zugehört, dann aber gemeint: »Nun gut... Und was weiter?« und ihn dabei mit einfachem, offenem und verwirrtem Blick angeschaut. Was des einen Volkes ganzer Stolz war, war dem anderen eben nur wertlose Zeitvergeudung. Aber er würde Simon lehren, das wunderbare, allein um seiner Schönheit willen gesponnene Netz der Worte und Gedanken zu erkennen. Und vielleicht würde Simon ihn lehren, mit welchen einfachen Einwänden des gesunden Menschenverstandes man das Netz abtasten und seine Festigkeit prüfen konnte. Abram schaute sich um, als er die Brücke überquerte, die unter dem Gewicht der halb lebendigen und halbtoten, am Holzgeländer angelnden und herumlungernden Bettler ächzte. Es war ein strahlend klarer Tag. Der Himmel leuchtete, und die Vögel flitzten schnell und fröhlich durch die klare Luft, um hundert Botengänge zu erledigen. Einer der Bänkelsänger sang am Flußufer eines seiner halb obszönen, halb süßen Lieder:

Blühe,
lieber Frühling.
Blühe,
meine Rose,
blüh in meiner Glut.

Öffne dich,
Blättchen,
vorbei ist die Zeit
winterlicher Düsterkeit.

Im Schein der Sonne,
welch' Wonne,
öffnet sich die Knospe
meiner Rose.

Und ich nippe
an ihrem Kelch.
Ich nippe und nippe,
bis ich satt niedersinke.

Die Sonne schien warm. Abram lächelte gequält über das Lied und über die Worte Jomtows und über den Gott, an dem er zweifelte. Aus der Braut Frühling würden im endlosen Kreislauf der Dinge die Matrone Sommer und Mutter Herbst werden. Und ihrem Frühlingsrhythmus gehorchend, würden die Mägde bald dastehen und die Sänger auf der Ousebrücke angaffen. Er dachte an Betty: wie sie zuhören und weinen und hingehen und ihre hartverdienten Pfennige den süßholzraspelnden Lügnern schenken würde. Er strengte sich an, mit Verachtung an sie zu denken, doch wie bei Simon wollte seine Verbitterung nicht so weit reichen. Die beiden waren voller Liebe für die Welt, eine Liebe, die aus ihren Seelen leuchtete. Manchmal schaute Abram sie an und dachte: Eure Kirche entsagt in ihren Gebeten der Welt; und dennoch hat sie euch das Leben geschenkt. Ich wünschte, ich wäre Christ. Zweifel und Qualen. Er schaute in den leuchtenden, Unschuld heuchelnden Himmel hinauf und knirschte mit den Zähnen: »Betrüger!« murrte er. »Betrüger!«

8

Auf Welbeck arbeiteten die Brüder nach ihrem Sommerplan, doch sie mochten sich anstrengen, wie sie wollten – Mußestunden ließen sich immer schwieriger abzweigen; die Brüder sahen sich gezwungen, schwitzenden Rennläufern gleich, durch ihre Gebete zu hasten, um rechtzeitig fertig zu sein, wenn die Abendglocke sie dumpf in den Schlaf beförderte. Eben davon sprach Abt Adam zu der im Schatten des grünen Baumes im Innenhof vor sich hindösenden weißen Schar.

»Es ist viel zu tun und wohl kaum anzunehmen, daß uns noch ein zweiter August zugestanden wird. Unsere Schafpferche sind voll, das Getreide steht gut, und Bruder Unam Sanctam ist es irgendwie gelungen, die Trauben in seinen Fässern zu einem exzellenten Wein zu verarbeiten. Der Sauerampfer vom letzten Jahr gehört bald der Vergangenheit an. Aber ich bin und bleibe ein armer Teufel, denn dauernd gibt es etwas, worüber ich mir Sorgen machen muß... Es herrscht Unruhe hier. Irgend etwas scheint mich ständig am Ärmel zu zupfen. Und ich frage mich, liegt es an uns oder nur daran, daß wir uns mehr, als wir eigentlich wollen, um die Welt und ihre Verirrungen kümmern müssen. Eine nervöse Unruhe herrscht mitten im blühenden Sommer. Mag sie von einem Wurm herrühren, der stetig an der Wurzel des Baumes nagt, den unsere Gemeinschaft darstellt?«

»Eure Sorgen sind vielleicht nur die Sorgen eines Vaters. Fast jedes Jahr entsteht ein neues Tochterkloster, und wir selbst sind die ganze Zeit gewachsen und größer geworden.«

»Du magst recht haben, Bruder Simon. Wie schwer ist es, sich vorzustellen, daß wir erst seit dreißig Jahren bestehen. Mit Gottes Hilfe und mit der unserer würdigen Schirmherrn, der Barone dieser Grafschaft, gedeihen wir. Und jedes Jahr verdreifacht sich leider auch unsere Verantwortung. Im Oktober reise ich in unser Mutterkloster nach Premontre, um Bericht zu erstatten. Und auch wir haben Tochterklöster, die wir visitieren und zur Ordnung rufen müssen. Oh, liebe Brüder! Die Ordensregel ist leider nicht alles, um das man sich sorgen muß. Und man hat nie Zeit, einen so tiefen Einblick zu bekommen, wie man wollte. Kennt Ihr das Gefühl, das einen befällt, wenn man auf dem Kornspeicher aus dem Augenwinkel heraus und nur einen Bruchteil einer Sekunde lang etwas rascheln, etwas aufschrecken, etwas huschen sieht? Sogleich denkt man: War das eine Ratte, die da so rasch und so häßlich zwischen den Hirsehaufen sich bewegte? War es eine Gefahr? War es eine Staubflocke? Oder war es eine im Augenwinkel vergessene Erinnerung, die mich täuschen soll? Und so ist es auch mit den Visitationen. Man macht sie in der Hoffnung, daß der Einblick, den man gewinnt, das Eigentliche auch wahrnimmt und nicht nur auf die schöngefärbten Nebensächlichkeiten achtet.« Er schob seinen dicken Bauernkörper weiter in das Halbdunkel des Schattens. Selbst während des Sprechens fragte er sich, ob es denn unter den Brüdern nicht einen winzigen Funken der Zwietracht gäbe. Doch vielleicht war es auch nur das Gewicht der Welt, das auf diese doch nach dem vollkommenen Leben strebenden Seelen drückte. Manchmal träumte dieser derbe, handfeste Abt von irgendeiner geheimnisvollen Krankheit, die in der Gemeinschaft ausbrechen und sich in einem Anfall von Blasphemie oder Wahnsinn entladen würde. »Nun gut…«, sagte er und reckte sich. »Eben deshalb erbitten wir ja den Beistand Gottes. Bald werden die Visitatoren aus Frankreich zu uns kommen und nachprüfen, ob die Ratten in unserem Kornspeicher tatsächlich Ratten oder aber Geister sind, die in unserem Augenwinkel herumspuken.«

»Vater Abt, wenn die Visitatoren kommen, werden sie mir dann verbieten, von dem Juden zu lernen?« Bruder Simons Frage kam überraschend und ernst. Er hatte sie eigentlich für eine passendere Gelegenheit aufbewahren wollen, doch die Zunge, dieser verderbte Dämon, hatte die Frage aufgepickt und sie vor den Abt in die Hitze hinausgeworfen, mitten in die nachmittägliche Unterredung hinein und in Gegenwart von Bruder Lewis Fauconbridge, einem Mann, den er fürchtete.

»Ich weiß nicht, was sie tun werden, Bruder«, antwortete Abt Adam gelassen. »Ich selbst habe dir ja erlaubt, den jungen Mann zu sehen und mit ihm zu sprechen. Denn meiner Meinung nach ist er reif für die Erlösung durch unsere Heilige Kirche. Unsere Besucher könnten dich jedoch fragen – und auch ich wollte es schon längst tun –, warum du dies alles tust. Ich frage mich, was dich an diesem Ungläubigen so anzieht; denn bislang zeigtest du dich, wie ich meine, nicht daran interessiert, irgend jemanden zur Konversion zu bewegen. Ist dir etwa langweilig, Bruder?«

Das Gesicht des jungen Mönches war ganz blaß.

Bruder Lewis Fauconbridge, der neben ihm saß und bisher undurchdringlich und finster vor sich hingestarrt hatte, wandte sich nun ihm zu. Der Mönch aus guter Familie, der Sohn eines Barons, schaute seinem bäuerischen Bruder in Christi mit dem verschlossenen Blick des Städters, der durch ein Wappenschild auf die Welt zu blicken und über dem ein Wappen eingebrannt schien, ins Gesicht. Sein Mund aber lächelte.

»Er ist reif für eine Konversion«, sagte Simon ruhig. »Doch wenn ich ehrlich sein soll, so spricht Abram von York auch von vielen Sachen, die ich bislang noch nie vernommen habe; aber ich versichere Euch, daß wir immer nur über geistliche und nie über weltliche Dinge gesprochen haben. Wir unterhalten uns über die Feste der Juden, die doch, soweit ich mich erinnere, auch diejenigen unseres Herrn sind. Ich habe ihn auch nach dem Passahfest gefragt, und als er mir die Bräuche seines Volkes beschrieben hat, hatte ich plötzlich das Gefühl, als sähe ich den Herrn mit seiner heiligen Mutter und dem weisen, alten Joseph vor mir sitzen.«

Bruder Lewis grinste... »Dann ist der Teufel also auch noch ein guter Geschichtenerzähler.«

»Brüder, die Zeiten sind schwer für wahre Christen«, sagte Abt Adam in der Hoffnung, die gefährliche Woge von Bruder Lewis Zorn noch eindämmen zu können, bevor sie losbrach. »Elf vakante Bistümer in ganz England und kein Bischof, der der Heiligen Kirche seine Kraft und Stärke zur Verfügung stellen wollte, um den einfachen Leuten das Wort Gottes nahezubringen, die es doch so nötig haben wie Brot und Bier. Elf Kathedralen in ganz England, die verwaist, verödet und ohne Bischöfe sind – und der Würgegriff der Juden raubt uns immer mehr den Atem. Fürst und Prälat gehen denselben Weg. Es ist nun an uns Klöstern, jenen Menschen, für die sich nicht einmal mehr ein Priester findet, Trost und die Gnade der Sakramente zu erteilen. Die Priester lassen die ländlichen Pfarrgemeinden bei ihrer hastigen Suche nach einer fetten Pfründe und weltlicheren Aufgabe, nach einer Stadt, die keine zu großen Ansprüche an sie stellt, nach einem günstigen Ausgangspunkt für ehrgeizige Pläne und nach einem Startloch für größere Vorhaben allzu bereitwillig im Stich. Doch wenigstens wissen die Kanoniker, daß sie auf diesem Wege ihr Heil nicht finden werden. Nicht wegen Gold oder Silber begeistern sie sich für Christus.« Er merkte plötzlich, daß er sich in seiner Rede der Sünde des Hochmuts schuldig gemacht hatte. Weder waren alle Kanoniker so gottesfürchtig noch alle Priester so sündig oder dumm. Und er verrichtete ein *mea culpa*, indem er sich schnell und unauffällig, und ohne daß dadurch der Gesprächsfluß unterbrochen worden wäre, auf die Brust schlug, so, wie er es sich im Laufe der Jahre angewöhnt hatte, wenn er sich bei einer Sünde ertappte.

»Die Gemeindekirchen sind der Kanoniker doch nicht wert«, meinte Bruder Lewis. »Das Kirchenvolk ist doch schon mit dem unwissenden und von Bauern abstammenden Priester zufrieden. Was wissen die schon über die Texte, über die sie predigen sollen!« Abt Adam entging die Bemerkung über den von Bauern abstammenden Priester nicht. Er lächelte das Lächeln eines Bauernsohns. Längst schon konnten ihn solche Sachen nicht mehr in Wut versetzen. »Ich werde nie den vergessen, den wir einst in Bury erlebt haben«, fuhr Bruder Lewis fort. »Wir befanden uns auf einer Reise – mein Vater und ich, und am Sonntag unterbrachen wir sie, um die Predigt zu hören. Ich schwöre euch beim Leib Christi, ich habe nicht ein Wort von den tausenden, die er sprach, verstanden. Außerdem – wenn sie nicht völlig verrückt sind, dann sind sie noch Schlimmeres, nämlich abscheulich stumpfsinnig!«

»Es gibt aber sehr wohl einfache Priester, die mit Heiligkeit begnadet sind«, bemerkte Bruder Simon. Er schaute auf seine Hände, die er wie eine Schale hielt und durch die imaginäres Wasser floß. »In dem winzigen Dorf, in dem ich geboren wurde, gab es eine alte Kirche und einen Priester, der den Eindruck erweckte, er sei mit Methusalem Kind gewesen. Du hast schon recht, Bruder – er war kein gebildeter Mann. Doch zu uns ist er immer so gütig gewesen, daß ich mich nicht erinnere, einmal ein böses oder zorniges Wort von ihm gehört zu haben. Eines Tages lag im Dorf eine Frau im Kindbett im Sterben. Das Kind war nicht von ihrem Mann; er stand draußen vor der Tür und verfluchte seine Frau und Gott und lästerte. Dann sah er den alten Priester die Straße entlang auf sich zukommen; der alte Priester weinte. Er hielt sein Haupt gesenkt, und sein Bart war zerzaust. Schluchzer schüttelten ihn. Jener betrogene Bauer war ein rauher, harter, erdverbundener Mann und nicht etwa ein Schwachkopf, doch als der Priester ihn erreicht hatte, fielen beide auf die Knie, und der Mann hörte auf zu toben. Danach ging jener rauhe Mensch zu seiner Frau hinein, vergab ihr und betete mit ihr, bis sie starb und betrauerte sie nach ihrem Tod. Man erzählte, daß jener Priester alles Übel vergab, auch wenn es jemandem angetan worden war, den er liebte.«

»Und das nennst du heilig?« fragte Bruder Lewis. »Das nennst du fromm? Einen armen, schwachen Mann – zu schwach, um zornig zu sein? Simon, ich sage dir: die Kirche sollte besser damit anfangen, sich gegen ihre Feinde zu wappnen und sie mit gerechtem Zorn niederringen. Jerusalem schreit nach Rache. Vom Teufel gesätes Ketzertum treibt giftige Früchte und vergiftet unsere christlichen Brüder. Die Furcht muß mit der Wurzel ausgerissen – die Ungläubigen müssen erschlagen werden! Dein Bauernpriester würde das niemals tun! Man verschwört sich gegen uns, und es ist an der Zeit, daß wir wie die Erzengel Christi aufstehen und unsere Sache verteidigen, statt dem Teufel zu vergeben. Schon ist es so weit, daß christliche Nachsicht selbst dem Satan vergibt und unsere Feinde entschuldigt... Du sagst, dein Priester war heilig? Ich dagegen sage, er war ein Dummkopf, ein sabbernder, vertrottelter, alter Bauer! Wie ich diese lammfrommen Männer der Kirche hasse! Sie vereiteln doch nur, daß Gott uns endlich den Sieg über die Heiden und Sünder in die Hand gibt – einen Sieg, der mit Schwert und Feuer–«

»Aber Bruder–«

»Es ist an der Zeit, daß man die läppischen Probleme der kleinen Leute beiseite schiebt und statt dessen einen Blick auf die ungeheuren und widerwärtigen Schandflecken wirft und sie endlich beseitigt. Während wir unsere Gewänder nach Flöhen absuchen, stehlen sich geflügelte Ungeheuer weg. Die Kirche muß gegen ihre Feinde aufstehen... Sie muß –«

»Brüder!« Abt Adams Stimme dröhnte gegen die drückende Mauer der Hitze. »Brüder! Setzt euch!« Beiden fiel auf, daß sie standen. Schwerfällig setzten sie sich wieder. »Wo bleibt eure Barmherzigkeit?« fragte Abt Adam, als redete er mit zwei kleinen Jungen. »Im Namen Gottes – das hier ist unsere mittägliche Ruhepause; die anderen wollen sich von der Mühe des Tages und der Hitze erholen! Ihr heizt mit eurer Leidenschaft die Mittagsglut nur noch weiter auf – eine Leidenschaft, die ihr besser mit einem Gebet oder einem Gottesdienst abkühlen solltet.«

»Ja, rede ich denn etwa von Wahngebilden, Vater Abt?«

fragte Bruder Lewis mit zwar leiser, doch immer noch schneidender Stimme. »Leide ich denn unter Hirngespinsten, oder ist es etwa nicht so, daß die Juden unserem kleinen, kuhäugigen Ordensbruder ihre ketzerischen Lehren beibringen? Stimmt es etwa nicht, daß sie ein gefährliches Spiel spielen, die kleinen Kälber unseres Herrn?«

Trotz der Anspielung blieb Bruder Simon schweigend in der Hitze sitzen. »Sie verschütten Milch, und die anderen Brüder lachen, und Bruder Norbert sagt: ›Wir wollen Gott für unseren kleinen Bruder Kalb danken.‹ Die Brüder lieben Bruder Kalb und vergeben ihm – nicht etwa wegen seines Lerneifers oder seines Verstandes oder seiner guten Ratschläge! Nein, sie sagen: ›Armer Bruder Kalb!‹ Und sie sagen es mit dem Ton jener besonderen Zuneigung, die die Menschen für das Schwache und Unbeholfene empfinden. Nun gut. Bruder Kalb pflegt jedoch Umgang mit dem Teufel und betet mit dem Sohn Satans!«

Bruder Simon wagte ein zaghaftes: »Aber Bruder, er stammt aus York, er ist ein Sohn Yorks und den Priestern in Allerheiligen gut bekannt... Er ist nicht Satan, er ist wie ich und du!«

»Jetzt sprichst du schon als des Teufels Advokat!« Bruder Lewis stand auf. Sein Schatten fiel in die grelle Helle jenseits des schützenden Schattens des Baumes. »Trau den Juden nicht, Bruder Kalb – fürchte sie. Sie und das Übel, das sie verursachen, gehen über deine Begriffe hinaus.« Sein weißes Gewand schwebte davon – ein Stück loderndes Tuch in der Hitze.

»Ein stolzer Mann aus einem stolzen Haus«, sagte Abt Adam gelassen. »Sein Stolz erinnert mich jedoch sehr schmerzlich an meinen eigenen, als ich jung war. Wie oft habe ich zum Knotenseil gegriffen, um einen Stolz zu geißeln, der sich nicht besiegen lassen wollte. Und wenn mich meine Erinnerung an meine Jugend, die in diesem Manne wieder aufzuerstehen scheint, nicht täuscht, dann wird er hinkend, mit blutigem Rücken und mit von Schuldgefühl und Schlägen zur Übelkeit gereiztem Magen zu Tisch kommen, um sein abendliches Mahl einzunehmen. Und er wird essen, eben weil er nicht essen will. Wir alle mißhandeln unseren Körper, um ihn gefügig zu machen. Der Bauer jedoch hat gelernt, die für sein Leben notwendigen Grenzmarken zu setzen, und so besteht seine ganze Tugend in folgendem: so und so viel Ertrag pro Morgen; so und so viel Mühen für die Tafel des Herrn; so und so viel Schläge zur Buße. Er kniet nieder, demütigt sich, steht auf und legt die Rute wieder weg. Er hat das Notwendige getan und findet nun, der Herr sollte das wissen und zufrieden sein. Die anderen jedoch, und unter ihnen sind so viele Adelige, Wohlhabende und Gelehrte, sind stolzere Naturen. Sie geißeln sich, sie schwitzen, sie zittern, ihnen schwinden die Sinne und doch ist es nie genug. Es reicht nicht, des Leids unseres Herrn zu gedenken. Sie müssen es selbst gekostet haben, auch wenn dies bedeutete, den Himmel mit Gewalt zu erzwingen. Unersättlich sind sie in ihrer Gier, obwohl Gott ihnen befiehlt, gesättigt zu sein. Wir mögen es schwierig finden, diese Heiligen (falls Gott es geben sollte, daß ihre ungestüme Belagerung sie zu Heiligen macht) zu lieben, aber sie stellen doch eine große Kraft in unserer Kirche dar...« Er wußte, er sprach von Bauer zu Bauer, in tröstlichen, verständlichen, alltäglichen Wendungen. Gemeinsame Erinnerung an ihre Herkunft und an ähnliche, nicht besiegte Sehnsüchte verband den Franzosen Adam und den Engländer Simon mehr als die beiden Engländer Lewis und Simon. Und weil diese Vertrautheit untersagt war, meinte der Abt etwas barsch: »Bruder Simon, was deine Schirmherrschaft über diesen – äh – diese Person betrifft, so bin ich zwar nicht der gleichen Meinung wie Bruder Lewis, möchte dich aber doch bitten, vorsichtig zu sein und mir häufig und aufrichtig von deiner und seiner Seelenverfassung zu berichten und zum Heiligen Norbert um besonderen Beistand zu beten. Wir wollen keine Furcht davor haben, einen Heiden zur Konversion zu bewegen – denn Gott ist unendlich in seiner Gerechtigkeit und erbarmt sich der Gerechten.«

Der Abt lächelte und stand ein wenig schwerfällig auf, denn der Tag war heiß, und ihre Kutten waren lang und schwer durch die Stückchen rauhen Büßerflachses, die, wie Bruder Simon einmal geschworen hatte, vorsätzlich dort eingewoben waren, wo sie höchst grausam kratzten.

»Brüder, Brüder–« Er lächelte sanft. »Werdet nie Abt. Während wir doch schon mit Heu und Roggen beschäftigt und in den täglichen Rhythmus unserer Gebete eingespannt sind, lastet nun auf uns auch noch das Gewicht der Seelen dieser Welt... Und einige von uns versagen... Der Duft Frankreichs... Nun gut!« Er klatschte in die groben Hände. »Geh in Frieden und mit dem Segen des Herrn, Bruder Simon. Der Herr möge dir helfen, auf deine Weise zu gedeihen.«

Er beobachtete, wie der junge Mönch davonschlenkerte; seine Füße schienen ständig gegeneinander zu arbeiten, jeder auf seinen eigenen Vorteil bedacht. Der Knabe ging auf die Kapelle zu, wo sie sich bald zum Gebet einfinden würden. Sollte irgend jemand imstande sein, eine Seele für Gott zu gewinnen, dann ist er es, dachte Abt Adam lächelnd. Sich der Vorliebe, die er für den unbeholfenen Knaben niederer Herkunft empfand, bewußt, unterdrückte er sein Lächeln. »Es gibt Heilige, die den Himmel gewaltsam erobern, die die Engel mit ihrer Qual aufstören und sie durch ein triumphales Opfer erzittern lassen; doch die andere Sorte Heilige«, sagte er laut zu den im Baum summenden Sommerinsekten, »ist die, die über die Türschwelle des Himmels stolpert und über die eigene Kutte strauchelt und der Länge nach vor den Thron des Herrn fällt.«

9

Oktober 1183

Einhundertfünfzig Gefolgsleute in Braun und grüne Standarten mit dem Kopf der Rehgeiß. Zwölf Pferde in schwerem Harnisch, so daß die Erde unter ihnen bebte. Lanzenträger in Braun und Grün mit silbernen Speeren und Schwertern, die in der Sonne wie Feuer glühten. Der Baron Malabestia und sein Gefolge.

Einhundertzwanzig Lehensmänner und Ritter in Scharlachrot. Zehn mächtige Pferde in rot-weißem Aufputz und die berühmte Meute Jagdhunde, in vier Grafschaften wohlbekannt. Die Barone Fauconbridge.

Einhundertsechzig Lehensmänner und Ritter in Gelb und Braun. Bienen gleich. Zehn paarweise angeschirrte Pferde, die ihre wilden Köpfe schlugen und kampfeslustig wieherten. Die Gefolgschaft der Barone Percy.

Über dem blühenden Land war der Sommer langsam verklungen; nun war Oktober und die Luft am Morgen frostig. Die erste Frucht war geerntet und eingebracht, und die frische Luft und der Gedanke an die übervollen Speicher stimmte die Männer glücklich und verwegen. Es war die Jahreszeit der Turniere.

Turniere waren von König Henry unter Androhung einer beträchtlichen Geldstrafe für rechtswidrig erklärt worden. Henry, der weniger Krieger als vielmehr Staatsmann war, hatte erkannt, daß die Gewalttätigkeit auf den Turnieren Fehden den Weg bereitete, daß die Zusammentreffen Brutstätte für Verschwörungen waren und daß gerade Turniere die Macht der örtlichen Edelleute stärkten und seinem längst in die Schranken verwiesenen Traum von einer Nation Abbruch taten. Obwohl keine offiziellen Turniere mehr abgehalten wurden, trafen gute alte Freunde doch noch zusammen und probierten neue Rüstungsteile oder neue Helme an und fochten dann miteinander, um nicht aus der Übung zu kommen. Dabei wurde das Turnierreglement natürlich nicht offiziell angewandt; doch lag es den Zweikämpfen der Ritter selbstverständlich zugrunde.

Das Lager der Gefolgsleute war auf einem ein paar Tage zuvor abgemähten Roggenfeld aufgeschlagen worden; über den fluchenden, krakeelenden, saufenden und hurenden Männern hing noch der warme, süße Geruch der abgeschnittenen Halme in der Luft. Verwandte und Freunde trafen sich hier und schlossen Wetten ab; Heiraten wurden abgesprochen und Neuigkeiten ausgetauscht. Vor ihnen lag eine Woche des gemeinsamen Singens und Kämpfens, eine Woche der gebrochenen Rippen, ausgerenkten Schultern und schönen Erinnerungen.

Auch im Schloß traf man sich im wiedervereinten Kreis der adeligen Familien, stiftete Ehen, kämpfte miteinander und trank. Die Säuglinge stolzer Häuser brüllten in ihren Wiegen, und in den Zimmern der Frauen zwitscherte es wie in Vogelkäfigen.

Voller Ungeduld hatte Lord Robert de Kuckney darauf gewartet, den Mann zu sehen, der aus seinem kleinen Jungen geworden war, den er weggeschickt hatte, damit er als Knappe bei Baron Malabestia den ritterlichen Kodex und ritterliche Tapferkeit erlerne. Sobald es ihm möglich war, verließ er die mit den anderen Familien bevölkerte Halle und bahnte sich seinen Weg dorthin, wo man die Pferde des Barons zusammengezogen hatte. Lord Robert war erleichtert, als er Malabestia dort nicht fand. Daß zwischen ihnen Jahre und Schlösser lagen, war schon genug. Der zusätzlichen Komplikation durch Protokoll und Formalien bedurfte es nicht auch noch. Der Knabe stand an einem Wasserlauf, der an den Pferdewiesen vorüberfloß. Lord Robert rief ihn. Der Junge drehte sich um, und den Bruchteil einer Sekunde lang erkannte er seinen Sohn nicht. Einen Jungen mit dunklen, leuchtenden Augen hatte er fortgeschickt; einen fröhlichen, wißbegierigen und sanften Jungen; und was nun auf dem noch knabenhaften Gesicht lag, war ein unbekannter Ausdruck, den der Vater weder benennen noch beschreiben konnte. Sie begrüßten und umarmten einander. Lord Robert tastete unwillkürlich nach den Fäden, aus denen dieses unbekannte Gewebe gesponnen war, das seinen Sohn so veränderte. Lord Robert haßte den Krieg; Gewalt flößte ihm Angst ein, und die Heuchelei, die es Ehebrechern und Lügnern erlaubte, sich Christen zu nennen, widerte ihn an. Ein kleiner Edelmann aus der Provinz zu sein, der die Dinge so betrachtete, hieß, ein ausgesprochen einsamer Mensch zu sein. Auf dem Gipfel der Einsamkeit fiel der Skandal um die Rolle, die sein Vater bei der Ermordung von Thomas Becket gespielt hatte, wie ein Henkersbeil auf Lord Robert herab. Längst schon hatte er aufgehört zu leben und sich allen von ihm so gehaßten Konventionen und seiner Frau und dem Kodex seines Standes unterworfen. Und hätte er nicht einen Sohn besessen, so wäre er zu einem lebendigen Leichnam geworden.

Sie gingen zum Schloß zurück, grüßten auf dem Weg zusammenstehende Männer und überquerten das Feld, auf dem das Turnier stattfinden sollte. Die Begrenzungsseile waren schon gespannt worden, und man war gerade dabei, hölzerne Barrikaden aufzubauen, die die Zuschauer vor den galoppierenden Streitrössern schützen sollten. Zur Feier des Tages hatten sich sämtliche Huren der drei Grafschaften einen Zweig Petersilie hinters Ohr gesteckt und waren nach Schloß Kuckney hinausgetrottet. Das Aphrodisiakum zur Hilfe, hofften sie, von diesem Riesengeschäft als reiche Frauen zurückzukehren – auch wenn Kuckney im Vorübergehen von einigen gesagt hatte, sie würden wohl nichts anderes mehr zustande bringen als Urenkel. Auf ihrem Weg zum Schloß, wo sie die Mutter des Knaben treffen wollten (Lady Agnes de Kuckney glaubte mit ganzer Seele an den Kodex und wäre niemals einen Krieger besuchen gegangen, selbst wenn es sich um ihren eigenen Sohn handelte), sahen sie Malabestia im Gewoge seiner Männer. Seine harten, aber hübschen Augen stießen auf sie; und er trennte sich von seinen Gefolgsleuten und kam auf sie zu. Lord Robert mußte mit eigenen Augen ansehen, wie der Knappe förmlich zusammenschmolz. Alles, was übrigblieb, war der willfährige Körper eines Dieners.

»Aha, du besuchst deinen Herrn Sohn, meinen Knappen«, meinte Malabestia zur Begrüßung. »Bist wohl stolz auf ihn?«

»Ich hoffe, ich habe Grund dazu«, antwortete Lord Robert. »Er hat mir erzählt, er reite gut, viel sicherer als früher, und könne mit dem schwersten meiner Schwerter umgehen und es kaum erwarten, mir zu zeigen, wie er zu Tische bedient.«

»Frag ihn doch, ob er sich schon an das Lagerleben gewöhnt hat«, sagte Malabestia zynisch. »Ob ihn die Frauen schon erlegt haben.«

»Ich habe noch keine gefunden, die mir gefallen hätte.« Es

war mitleiderregend zu sehen, wie der Junge seine Würde zu wahren versuchte.

»Pah!« Malabestia spuckte vor ihnen auf den Boden. »Erzähl ihm doch, was mit den Geschlechtsteilen eines Mannes passiert, wenn er zu hochmütig dazu ist, seine Nachkommenschaft großzügig zu verschenken. Erzähl ihm doch von dem angestauten Gift, das den ganzen Körper schwächt, und davon, wie seine Geschlechtsteile vertrocknen und faulen.«

So ausgedrückt hatte Lord Robert diesen Gedanken noch nie gehört; er wußte aber, daß, während die heilige Kirche bei Mann und Frau die Tugend der Keuschheit pries, einige an eine noch ältere Lehre glaubten und die streng eingehaltene Tugend fürchteten; noch war der Knabe jung und schüchtern, und Lord Robert war empört über das widerwärtige Verhalten, das Malabestia einer solch unversuchten Männlichkeit gegenüber an den Tag legte. »Komm«, sagte er zu seinem Sohn, »laß uns zu deiner Mutter gehen und ihr von deinen Fortschritten berichten.« Mit eisigem Blick schaute er Malabestia an, aber er wußte, daß er die Gastfreundschaft seines Hauses nicht verletzen durfte. Noch ein Gesetz, dessen Gewicht auf ihm lastete.

Als die beiden sich vom Baron abwandten, hielt dieser den Knappen am Ärmel fest, zog ihn zu sich, schlug ihm hart ins Gesicht und streckte ihn mit blutender Nase zu Boden. Als Lord Robert in seiner Wut instinktiv zum Messer griff, sagte Malabestia mit dem ihm eigenen charmanten und einnehmenden Lächeln: »Wie ein liebender Vater diszipliniere ich meine Knappen. Wann nur wird der Junge endlich lernen, einen Sattel richtig aufzulegen? Mögest du gute Fortschritte machen«, sagte er freundlich zu dem blutbeschmiert im staubigen Schloßhof sitzenden Jungen. Es war das Recht des Barons, einen widerspenstigen Knappen zu disziplinieren. Ein weiteres Unrecht legte sich um Lord Roberts Hals und würgte ihn.

Der Vorfall war in der Tat aufmerksam verfolgt worden. Hinter vorgehaltener Hand über den Streich kichernd, wandten sich die Zuschauer nun ab. Lord Robert zwang sich zur Selbstbeherrschung und ließ den Knaben allein aufstehen.

Nicht mehr Arm in Arm, wie zuvor, betraten sie die Halle. Während sie durch die Flure zur Mutter gingen, fragte Lord Robert sanft: »Was hast du denn angestellt, daß er uns so beschämt?«

»Nichts«, antwortete Richard. »Vielleicht habe ich heute morgen den Sattelgurt nicht fest genug angezogen. Aber das spielt sowieso keine Rolle. Ich habe nichts angestellt, doch ich wußte, daß er sich so benehmen würde.«

»Du wußtest es?«

»Nicht wann oder warum es passieren würde, doch ich wußte, daß er mich hier, in deinem Haus, vor dir und deinen Gästen schlagen würde.«

»Aber warum?«

»Weil es ihm Spaß macht.«

Und da war Lord Robert klar, daß sein Sohn eben das abgelegt hatte, von dem er sich gewünscht hätte, daß er es behalte. Daß der Junge um die überspannten Vergnügen dieses Barons wußte, hatte ihn traurig gestimmt; doch was ihn krank vor Kummer machte, war der Ton, in dem der Junge gesprochen hatte: als handelte es sich hierbei um Tugenden.

Die Feiernden bevölkerten die Halle; in wellenförmigen Bewegungen erhoben und setzten sich sich, gingen hinaus in den Hof, um sich zu erleichtern oder alte Freunde zu begrüßen, während drinnen das Festmahl in vollem Gange war. Die de Kuckneys hatten ihre Vorräte geplündert, um Wein, Met, Schweine, Hühner und Fisch anbieten zu können. Ihre Gastfreundschaft sollte weder Schranken noch Grenzen kennen. Betrunkene fielen vom Tisch weg ins Stroh oder nach vorn, um auf den gekreuzten Armen zu schlafen. Worte flogen hin und her, und Aufforderungen zum Trinken oder Kämpfen wanderten über den Schragentisch.

Am Abend, an dem es schon fast als Beleidigung galt, wenn das Gesicht nicht vom Trinken erhitzt war, saß ein Mann einsam auf seinem exponierten Platz am Tisch und starrte vor sich hin: Baron Malabestia – ernst und stumm wie ein Fisch. Er hatte mit den anderen angestoßen, in großen Zügen getrunken und die Krüge dann weitergegeben – allein, es war bekannt, daß das Trinken ihn auf seltsame Weise veränderte, und die Leute bekreuzigten sich, wenn sie davon sprachen. Andere gingen mit zunehmender Trunkenheit aus sich heraus, wurden menschlicher. Sie fochten oder fluchten oder machten ungestüm Liebe. Manche benahmen sich säuisch, fielen zu Boden und schnarchten im schmutzigen Stroh. Doch Malabestia legte alles, was ihn noch als Menschen kenntlich machen konnte, ab und verwandelte sich in eine Statue. Es war bekannt, daß er in betrunkenem Zustand auch tötete – nicht polternd oder bärengleich, nicht in einem Anfall von Eifersucht oder Wut über eine Beleidigung, den man später wieder bereut. Er schien zu Eis zu erstarren, zog sein Messer schnell und tötete ohne Worte und ohne daß danach in seinen Augen irgendeine Veränderung zu bemerken war.

Als die rüpelhaften Witze alle erzählt und die alten Kriegslieder alle gesungen waren, erhob sich Malabestia langsam, fast wie im Traum, und stand wartend auf seinem Platz. Einige bemerkten ihn und hielten inne, da sie sich plötzlich des großen Unterschiedes zwischen ihm und ihnen mit ihren zerdrückten Kleidern und fettglänzenden, roten und grinsenden Gesichtern bewußt wurden. Einige, die nichts bemerkten, wurden von Richard zum Schweigen gebracht, der mittlerweile gelernt hatte, wann er die für einen Knappen geltenden Höflichkeitsformen verletzen durfte. Der Baron sprach mit sanfter, gelassener und spöttischer Stimme. Ihr Klang brachte alle dazu, sich vorzulehnen und angestrengt zuzuhören.

»Ich habe diesen Würgegriff satt... Wieviel Steuern werden wir noch zu zahlen haben, bis man uns endlich trocken gewrungen hat? Bei den Wunden des Heilands! Wie gern würde ich mein Entgelt mit einem scharfen Schwert entrichten!« Wem entrichten? fragte sich mancher in seiner Weinseligkeit. Dem König hatten sie einen Eid geschworen. Er gab ihnen Macht und Schutz. Der König war das Gesetz und die Ordnung. Mit heiligen Ölen hatte man ihn zum König gesalbt. Und dennoch war auch er nur ein Mensch. Sie rutschten auf den Bänken hin und her; warum wollte man sie gerade jetzt, wo der Abend doch so lustig gewesen war, zum Denken zwingen? Und doch fragten sie sich insgeheim, was man unternehmen könnte und gedachten ihres einstigen Reichtums, ihrer einstigen Ehre und ihrer einst uneingeschränkten Herrschaft über ihre Ländereien.

»Wir können das Geforderte nicht aufbringen«, fuhr Malabestia fort, »und schon stehen die Juden da, diese Kammerknechte, die der König schützt und die ihm helfen, uns bis aufs Hemd auszuplündern. Wenn wir, wir Männer des Nordens, uns zusammentun und dem König zeigen könnten, daß wir uns nicht entehren und ausplündern lassen – wer weiß, ob wir unserer Sache nicht zum Sieg verhelfen könnten. William von Schottland und seine verrückten Wilden reiben uns mit ihren Geplänkeln auf. Wir müssen dem ein Ende setzen, so daß dem König keine Ausflüchte mehr bleiben, was eigentlich seine Hände in unseren Truhen zu suchen haben. Und nach William wird der König mit uns verhandeln müssen!«

»Leute!« rief Lord Robert in die kurzwährende Stille des Schreckens und Staunens hinein. »Ihr sitzt ja auf dem Trockenen! Bringt doch Wein für diese Männer! Nehmt einen kräftigen Schluck, liebe Freunde!« Er hatte gefährliche Blicke, hatte Anzeichen des Verrats gesehen und sich gedacht: Sie mögen hassen, wen sie wollen, aber nicht in meinem Haus und schon gar nicht noch vor dem Wettstreit des Turniers. Dann ging er nachsehen, was er ihnen noch vorsetzen konnte. Als er die Halle verließ, bemerkte er, daß Richard, eine andere Absicht vorgebend, ihm nachkam, und er duckte sich beim Hauseingang an die Ecke, um auf seinen Sohn zu warten.

Richard war jetzt ganz Knappe: »My Lord, Malabestia wurde beleidigt.«

»Ich weiß, Knappe«, sagte der Vater förmlich. »Aber ich werde nicht dulden, daß die Halle sogar noch vor dem Turnier durch Streit mit Blut besudelt wird. Ich habe Freunde und loyale Untertanen zu Gast, und manche werden es übelnehmen, sollte irgend etwas gegen den König gesagt werden.«

»Ich weiß, Sir. Aber vielleicht könntet Ihr den Baron besänftigen.«

»Vielleicht... vielleicht... Ich werde ihm sagen–«

»My Lord« – es war sein Sohn, nicht der Knappe des Barons, der ihn nun unterbrach – »Nicht mit Worten. Er ist ein zu stolzer Mann. Ich habe schon Sand gefressen, weil ich es gewagt habe, ihn anzureden, als er übellaunig war.«

»Mein Sohn, du vergißt, daß ich nicht Knappe des Barons bin.«

»Trotzdem, my Lord.« (Wieder sprach der unterwürfige Diener.)

»Nun gut. Was soll ich tun? Ich sehe ihn dort wie einen gespannten, zum Abschuß bereiten Bogen sitzen, und die Leute um ihn herum schauen nach, ob sie ihre Waffen griffbereit haben.«

»Spielt mir einen Streich, my Lord, irgendeinen grausamen Streich. Das wird ihn von seiner üblen Laune ablenken, denn manchmal findet er Gefallen daran, wenn andere gequält werden.«

»Er mag seine Launen ausleben, wo er will, aber ich werde meinen eigenen Sohn in meinem eigenen Haus nicht...« Ihn fröstelte. Dann erinnerte er sich an den nun verschwundenen Liebreiz des Knaben, der, nun fast zum Manne geworden, vor ihm stand. Alles in allem war sein Sohn besser dran als er. Er war fest mit diesem Gewebe verwoben und machte sich keine Probleme damit. Ihn würde keine Ehefrau wegen Feigheit verachten. »Dann geh und bereite deinen Streich vor, mein Sohn. Ich werde dir helfen.« Ihm war bewußt, er mußte ein weiteres Stück von der Würde seines Namens und seines Hauses opfern, um zu verhindern, daß die Stimmung umschlug und sein Haus zum Schlachtfeld des Verrates wurde. Anderen gelang es ohne weiteres, ihre Söhne hierfür zu opfern, aber Lord Robert war mit einer Liebe geschlagen, die größer war als sein Stolz. Diese Opfer trafen ihn daher wie schwere Hiebe, und der vertraute, von ihnen ausgelöste Schmerz saß ihm seit langem schon tief in den Knochen.

Der nächste Tag war klar und hell. Hervorragendes Wetter. Die Herren standen auf, und da die Vorräte knapp waren, ritten sie aus, um zu sehen, was Glück und Geschicklichkeit einbrächten. Man erinnerte sich (nicht ohne ein verstohlenes Lächeln hinter vorgehaltener Hand), daß der Baron Malabestia mit der Verwaltung der königlichen Vorratskammer betraut war – ein altes Privileg der Familie, das eine kleine, nicht zu verachtende jährliche Rente für den Lord oder Ritter abwarf, der für den Fall, daß der König sich in York aufhalten sollte, seine Speisekammern wohl gefüllt hielt; zudem unterhielt die Familie auch den Ententeich des Königs, und der jetzige Malabestia trug darüber hinaus den Titel eines königlichen Richters, der allein schon wegen der Bestechungsgelder recht einträglich war. Man lächelte darüber, daß der Mann, der auf der Suche nach Silber die Waagschalen der Gerechtigkeit hundertemale geplündert hatte, niemals auf die Idee kommen würde, den königlichen Ententeich seinen Jagdgästen zuliebe auch nur um eine Ente zu schmälern.

Es war ein beispielloses Gefecht gewesen. Das Feld war übersät mit Rüstungsteilen, zerbrochenen Speeren und Pferdegeschirr, mit blutbefleckten Fetzen, die man besser nicht näher ins Auge faßte, und sechs toten Vögeln.

Richard de Kuckney ließ seinen Blick über das Trümmerfeld schweifen und versuchte, sich zu erinnern, was aus den fünf Faustwaffen Malabestias geworden war. Man hatte ihn zurückgelassen, damit er sie suche. Der Tumult hatte ganz einfach und so wie immer angefangen: Mann gegen Mann reitend, mit zwei Chancen, den Gegner aus dem Sattel zu heben, eine im Hin, die andere im Her; irgend jemand hatte sich ungerecht behandelt gefühlt. Längst war vergessen wer. Es gab keine Regeln, die festlegten, was ein unfairer Schlag war, oder ob das faire Herunterzerren vom Pferd dem Aus-dem-Sattel-Heben gleichkam; Worte waren hin und her geflogen; jemand traf das Pferd des jungen Percy mit einem Pfeil; und schon war der Kampf blutiger Ernst geworden.

Richard hatte Malabestias Sattel festgezurrt und ihm die Waffen gereicht, und zusammen mit den anderen war der Baron auf die Kampfbahn geritten, um seine Ehre zu verteidigen. Bald schon saß keiner mehr im Sattel. Alle kämpften wie betrunkene Hufschmiede. Der Kampf wurde gewalttätiger, Groll stieg in ihnen auf, und schließlich schlug man auch noch die wenigen bislang noch beachteten Regeln des ritterlichen Zweikampfs in den Wind und ging wild fluchend und dreinschlagend aufeinander los.

Viel später erst, als den Männern die Köpfe dröhnten und es ihnen vor den Augen flimmerte, verlangsamte sich das Tempo des Kampfes. Schwerfällig klirrte nun mit gezieltem Hieb Waffe gegen Waffe. Der junge Tampton zog sich mit einem abgehauenen Ohr vom Kampf zurück; ein anderer wurde bewußtlos geschlagen. Und immer weiter und weiter ging es, damit die Männer später mit stolzer Befriedigung sagen konnten, ihr Kampf habe einen ganzen Tag gedauert.

Schließlich verfingen sich die Sonnenstrahlen in den Bäumen und tauchten das Land in ihr gelbes Licht, und die Adeligen humpelten zurück zum Schloß, einem labenden Becher Met entgegen. Richard blieb, um unter den wirklichen Überbleibseln dessen, was über Nacht zu einem packenden Augenblick im Leben tapferer, edler Männer geworden sein würde, nach noch Brauchbarem zu suchen. Er fand einen Speer, der sich bis zur Hälfte in den Boden gegraben hatte. Ein anderer war an einem Felsbrocken zerbrochen. Jemand hatte einen Morgenstern verloren, der nun bösartig auf der Erde lag – eine Waffe für Wilde und wirklich nicht für Barone und Christenmenschen, die doch nur mit dem Tod spielten. Er sammelte die Speere und zwei Speerspitzen, die er noch entdeckt hatte, ein. Sie würden mit einem neuen Schaft versehen und für Übungen benutzt werden; Waffen waren nur schwer zu bekommen und durften nicht vergeudet werden.

Richard richtete sich auf und schaute in den dunkelnden Himmel. Schon war die Luft frisch und würzig. Er sog den Herbstduft der Welt ein. Der Abend senkte sich herab, als würde er sich gedankenversunken dem Unabänderlichen fügen und brachte den ersten Stern mit, der verschwiegen und still am Himmel stand. Noch war es ein wenig hell. Er versuchte, sich gegen die Schönheit zu verschließen, die sich in dem dunkler werdenden Kreis der Felder und Bäume sammelte, als wollte sie sich ihm als Geschenk darbringen. Er wußte, in der Nacht würden Sieger und Besiegte unter dem stillen Sternenhimmel ein demütiges Nachtgebet sprechen und einen Gott des Friedens preisen, der schon morgen in der Hitze des mittäglichen Gefechts wieder vergessen sein würde. Er verschloß sich diesem Widersinn. Mit einem lauten Fluch sperrte er ihn in die leuchtende Nacht hinaus und ging seinen Pflichten nach.

10

»Dreimal mit Kräutern und dreimal mit drei Wässerchen, in denen Goldmünzen kochten, und teile es dir ein, damit es drei Tage fließe.« Betty versuchte, ihr Haar zu bleichen. In den vergangenen Jahren hatte es ihr irgendwie nichts ausgemacht, daß ihr die braunen, glatten Strähnen ins Gesicht hingen und voller Stroh und fettig waren; aber eines Tages, vor einer Woche, war sie mit einer Botschaft zu Abram gegangen. Er hatte von seinem Tisch in der Marktbude aufgeschaut und gewitzelt: »Sieh da, die Northstreet schickt die schönste ihrer Rosen; ein Röschen, eine Rose, eine wahrhaftige Rose: gut gedüngt und voller Dornen!« Das hatte ihr ins Herz geschnitten. Warum aber nicht schon früher in all den Jahren, in denen er schon seine geistreichen Scherze machte? Sollte sie denn nicht mittlerweile daran gewöhnt sein und mitlachen können?

Plötzlich schien sie sich zweizuteilen, und ein Teil schaute beständig den anderen an und bemängelte das fettige Haar und das dünne Gesicht. Schon hatte sie eine weise Frau zu Rate gezogen und getan, was getan werden mußte, um ein unscheinbares Mädchen in ein schönes Mädchen zu verwandeln. Die Frau hatte ihr gesagt, sie brauche noch unbedingt das passende Paar Augen, damit sich ihre Schönheit darin spiegeln könne.

Abrams Augen jedoch blieben ihr gegenüber immer so kalt, daß sie, selbst während sie Salben auftrug und Zaubersprüche aufsagte, wußte, es war alles umsonst. Und dabei war er doch ledig, ungebunden, ein loser Knopf, den die Hausfrau in ihr so gerne angenäht hätte.

Baruch, der Vater, kam immer einmal wieder bei Tisch auf diese oder jene gute Partie zu sprechen: hier hundert Goldmark, dort das Ansehen, irgendwo anders ein hoch geachteter Name. Und jedes Mal entzog sich Abram dem Vater und der Mutter, entzog sich allen Phantomeltern, die mit gespannten Gesichtern, verzerrtem Lächeln und unverheirateten Töchtern über den Tisch geisterten. Viele Juden verlobten ihre Kinder schon im Säuglingsalter in der Hoffnung, ihnen auf diese Weise wenigstens etwas für künftige Zeiten zu sichern. Der Vater erzählte dann der Tochter, die eben erst laufen lernte, daß, falls er sterben sollte, ihre zukünftige Familie sie an Kindes Statt aufnehmen und mit der ganzen Liebe aufziehen würde, die sie ihrer eigenen Tochter entgegenbringen würde. Das gleiche geschah mit den Söhnen. Dennoch hatte Baruch gewartet, und Abram war schon fast dreizehn gewesen, ehe sein Vater ihm Aussichten auf eine äußerst vorteilhafte Verbindung gemacht hatte. Er hatte immer Angst, die Eltern der Braut könnten ihr Vermögen verlieren oder durch einen Skandal ihren Ruf zerstören, und Abram wurde des ewigen Hin und Her und Überlegens und Zutageförderns von Skandalen und Klatsch langsam überdrüssig und erklärte seinen erstaunten Angehörigen, kaum daß er volljährig geworden war, daß er überhaupt nicht heiraten werde... Betty durfte also träumen, und in letzter Zeit träumte sie viel von ihm.

Als sie mit ihren Kuren und Zaubersprüchen fertig war, schlenderte sie wie zufällig dort am Haus entlang, wo die Glasscheiben, der Stolz der Familie, den hellen, glänzenden Strahlenkranz ihres Haares widerspiegeln würden – widerspiegeln mußten. Als sie an ihnen vorüberging, konnte sie in einer ihren Kopf gerade noch sehen. Es war Bettys Kopf, es waren Bettys Haare – kein bißchen verändert. Sie wußte nicht, ob sie fluchen oder weinen sollte, und eine Minute lang stand sie sprachlos zwischen den Fenstern und zwischen den zwei Möglichkeiten. Dort sah er sie, einfach so dastehend.

»Wär es nicht an der Zeit, an die Arbeit zu gehen? Oder sind wir schon so vornehm, daß wir uns eine Magd leisten können, die sich ihre eigenen Dienstboten zum Scheuern der Tranchierbretter hält?« Dann bemerkte er, daß sie nicht aus Faulheit, sondern aus Verzweiflung sprachlos dort stand. Zwei dicke große Tränen waren ihr in die Augen gestiegen und tropften nun, die Wangen kaum berührend, von ihrem Gesicht auf den fettigen Rock. »Was ist los?« fragte er betreten. Sein Unbehagen ließ seine Stimme hart klingen.

Sie riß sich vom Sims los und wollte zur Haustür rennen und drehte dann wieder um, als könnte sie nicht entscheiden, wohin sie sich in ihren Tränen wenden sollte. Abram hielt sie am Arm fest. Die Berührung, der harte Griff seiner Hand schienen über ihre Kraft zu gehen. Sie brach in lautes Schluchzen aus. Nun hielt er eine schluchzende, widerstandslose Kreatur am Arm, die vor ihm hin und her schwankte und taumelte. »Sei still!« Mit feuerrotem Gesicht fuhr er sie an. »Man wird glauben, ich hätte dich geschlagen!« Die Schluchzer wurden lauter. Und um sie zum Schweigen zu bringen, drückte er ihren Mund fest gegen seine Schulter, und ganz plötzlich war ihm ihr ganzer Körper nahe, und ihr frischgewaschenes Haar berührte weich sein Gesicht. Er wußte, stieß er sie weg, fing sie wieder zu schluchzen an. Daher blieb er mit ihr in dieser seltsamen Haltung stehen – mit einem Arm stützte er sie ungeschickt, mit dem anderen preßte er ihren Kopf gegen seine Schulter. Wäre es nicht so steif und befangen gewesen, hätte es eine Umarmung sein können. Es verging einige Zeit, ihr Schluchzen ließ nach, und er merkte, daß sein Arm einschlief. Als er ihn bewegte, um ihn zu entlasten, löste sie sich aus seinem Griff und drehte sich, ein klägliches Häufchen Elend, mit hängendem Kopf zur Seite.

»Ich wollte Euch doch etwas sagen«, meinte sie, »etwas Wichtiges, und jetzt habe ich über Euren dummen Scherzen vergessen, was es war.«

Ihr unschuldiges Wesen hatte ihn sonst immer angezogen,

so daß er immer gern mit ihr gescherzt und sich in ihrer Gegenwart frei und unbeschwert gefühlt hatte. Nun flößte sie ihm Angst ein. Dieselbe Unschuld, dieselbe Aufrichtigkeit, die ihn sonst fröhlich gestimmt und dazu gebracht hatte, seine Welt ohne Vorbehalte mit ihr zu teilen, schien ihm nun irgendwie eine mächtige und raffinierte, gegen ihn gerichtete Waffe. Er tastete in Gedanken dieses neue Gefühl ab. »Was wolltest du mir sagen?«

Sie rang nach Atem, bemühte sich, die Selbstbeherrschung nicht zu verlieren.

»Was war es denn? Etwas von meiner Mutter oder meinem Vater?«

Sie holte tief Luft, ihr Gesichtsausdruck veränderte sich und wurde ruhiger. Er war erleichtert.

»Nein... nein«, sagte sie. Sie überlegte und erinnerte sich in ihrer Verwirrung an das, was sie ihm hatte sagen wollen. Es war etwas Wichtiges, etwas, das man nicht auf die leichte Schulter nehmen durfte.

Sie hatte mit ihrer Familie die traditionelle Adventswallfahrt nach Welbeck gemacht und mit Bruder Simon, ihrem Vetter, gesprochen. »Mein Vetter hat mich nach Euch gefragt. Er hat mich gefragt, wer von Euren Besuchen auf Welbeck weiß. Ich habe ihm gesagt, daß Ihr sie sicherlich nicht verheimlicht und daß wahrscheinlich ganz York davon weiß.«

Abram wußte nicht recht, wozu dies die Einleitung sein sollte. Nirgendwo im Gesetz stand geschrieben, man dürfe keine Christen als Bekannte haben. Freundschaft jedoch billigten die Leute nicht so richtig; das war etwas, das Anlaß zum Klatsch, zum verächtlichen Schürzen der Lippen gab. Eine Freundschaft mit einem Mönch bot in der Tat noch mehr Anlaß dazu. »Was soll das heißen?« Er fragte sich, ob sie ihm helfen oder nur boshaft sein wollte.

Betty machte eine Handbewegung und gab ihm lachend das Rätsel auf, das sie vor Jahren an Baruchs Tafel gehört hatte: »Woran leidet ein Jude im Winter?«

Abram war verwirrt, als es ihm einfiel: an Stummheit, da seine Hände in seinen Ärmeln stecken. »Was soll das heißen?

Was willst du mir damit sagen?« fragte er lauter und sah sie streng an.

»Seid also stumm, seid der Jude im Winter. Wir haben Angst um Euch, denn Ihr habt feindlich gesinnte Menschen gegen Euch, die weit mächtiger sind, als Ihr wißt. Und sie hassen Euch, sind gewalttätig und warten nur darauf, sich rächen zu können.«

»Wenn du diesen Bruder Lewis meinst... Ich weiß, daß er–«

»Hört zu, Herr«, sagte sie aufgeregt. »Er ist mit Malabestia verwandt.«

»Ach Mädchen, wir haben eine lange Geschichte hinter uns, während derer wir auch mit den Königen vieler Nationen zu tun hatten – mit den größten Königen, die die Welt je gesehen hat. Wir waren in Rom, Tyrus und Babylon. Wir verzagen doch nicht vor irgendwelchen zweitrangigen Baronen aus der Grafschaft York. Du weißt, wenn mein Vater es wünscht, schenkt ihm der König Gehör. Sollte er oder sein Sohn also vor irgendeinem wahnsinnigen Mönch aus Welbeck zittern? Dieser Verrückte fällt Simon mehr als mir lästig. Simon muß schließlich mit ihm und seiner Raserei leben.« Nun sah er sie beide im Geiste getrennt, sie als Christin, sich selbst als Jude, und aus irgendeinem ihm unbekannten Grund glaubte er, vor ihr seine Macht verteidigen zu müssen.

»Herr, Herr! Ist denn eine Kerze schon eine Feuersbrunst? Ist denn ein Strohhalm schon eine Ernte? Nein, werdet Ihr sagen; doch steht die Kerze für alle Kerzen und hat die Macht, sie für ihre Sache zu entflammen, und steht der Strohhalm für alle Strohhalme und hat die Macht, sie in seine Garbe zu binden, dann muß man die Kerze fürchten wie eine Feuersbrunst, dann muß man auf den Strohhalm achtgeben. Und so müßt Ihr jetzt...« Erstaunt hielt sie inne. Ihre groben Bauernhände hatten vor ihr wild gestikuliert, hatten ausgeschmückt, illustriert, ihren Standpunkt erläutert, und ihr Redefluß war (Gott vergebe mir, Christus vergebe mir) jüdisch, wenn nicht rabbinisch gewesen. Ihr hartes Angelsächsisch, eine Sprache von Kriegern, klar, bestimmt und redlich, hatte in ihrem Mund eine andere Färbung angenommen. Ein älterer Rhythmus war hinein gekommen und hatte von ihr Besitz ergriffen. Sie wich zurück und schlug ein Kreuz in die Luft zwischen ihnen beiden. »Vielleicht sollte auch ich mich fürchten«, sagte sie.

Ihre Tränen hatten ihn erschreckt und verlegen gemacht, doch dieser unerwartete Einblick in ihr Innerstes erschreckte ihn fast noch mehr. Er drehte sich um und ging am Haus vorbei auf die Straße. Betty blieb dort stehen, wo er sie verlassen hatte. In dem schwächer werdenden Licht war ihr Gesichtsausdruck der ihres Vaters, als er vor dem Baron gestanden hatte: der Gesichtsausdruck eines Dienstboten – nichtssagend, grobschlächtig, dumm und geschult darin, nichts zu sehen und kein eigenes Leben zu besitzen. Dies war die erste Lektion, die ein Bauernkind lernte, und Betty hatte sie nicht vergessen. Hinter einem solchen Gesichtsausdruck konnten die Gedanken schweifen, wohin sie wollten, und die seelischen Erschütterungen angesichts des Lebens und des Todes blieben den Augen aller anderen verborgen. Abram kannte sie nicht, vertraute ihr nicht und nahm sie nicht wahr – trotz ihrer langjährigen Liebe zu ihm, trotz der vielen Geheimnisse, die sie für sich behalten hatte, trotz der vielen feinen Hinweise, die ihm bewiesen hatten, daß sie ihn verstand und liebte. Sie hätte ebensogut ein Pferd oder eine Kuh sein können. Und wie eine Kuh senkte sie ihren Kopf und trottete zum Haus.

Es wurde abendlich frisch, und der erste Stern erschien kalt glänzend am Himmel, obwohl es noch nicht dämmerte. Als Abram auf der Straße stand, fragte er sich, ob in den vertrauten Winkeln wohl Feinde lauerten, um sein Volk und ihn wegen der Freundschaft, die ihn mit dem jungen Mönch verband, zu vernichten. Josche kam singend des Weges. Er dachte an die Verlobungsfeier seines kleinen, erst zweijährigen Sohnes. Er lachte, als er den jungen Mann vor seinem Haus stehen und den frühen Stern anschauen sah.

»Oh Abram, Abram«, sagte er. »Ist die Welt nicht schön!«

»Die Welt ist eine Falle, ein Angelhaken, ein verderbtes Netz, in das wir gegen unseren Willen verstrickt sind!«

»Mein Junge, ein Philosoph ist auch nur ein gemeiner Mann;

er hat nur einen größeren Floh im Hemd.« Er winkte Abram zu sich. »Und wenn er dazu dann noch eine faule Nuß ißt, wird er zum Theologen.«

»Josche, du bist ausgesprochen respektlos.«

»Nun ja, das stimmt schon. Aber wenn die Suppe kalt ist, neigt der Mensch in seiner Enttäuschung eben dazu, über das Unendliche nachzugrübeln. Am Zweifeln ist ja an sich nichts auszusetzen, aber deine Mutter sollte vielleicht auch einmal nach deinem Hemd schauen.«

»Wie ich die Christen manchmal beneide«, sagte Abram. »Zumindest ihre Einsamkeit.«

»Wir wissen von allen Völkern am besten«, erwiderte Josche, »was es bedeutet, nur ein winziger Jemand in der Geschichte, in der Nacht und unter den Sternen zu sein. Mitten aus der Gemeinde heraus ruft der Kantor den Herrn an – wurde denn jemals eine bittende Stimme einsamer erhoben?«

»Josche«, – Abram wurde sehr ernst –, »bist du eigentlich schon immer Geldverleiher gewesen? Ist Elias immer schon Rabbiner gewesen, mit festen Gewohnheiten und mit Denicosa, die seine Wäsche wäscht? Bist du nie anders gewesen?«

Josche lachte lang und laut, und das sagte Abram, was er hören wollte.

»Oh Abram... Ich habe geglaubt, daß wenigstens du mich hinter meiner Verkleidung erkennst. Ich sehe mich immer noch als jungen Mann, aber die Natur hat sich mit mir einen Scherz erlaubt und bezichtigt mich wegen ein paar grauer Haare des Selbstbetrugs.« Josche überlegte fieberhaft: Wie kann ich ihn nur überzeugen? Ich habe genügend graue Haare, um weise zu sein, aber ich bin es nicht. Vielleicht kann Jomtow ihm eine Antwort auf seine brennenden Fragen geben? Die dummen und verängstigten unter den Alten vergessen ihre Vergangenheit, aber Jomtow erinnert sich und sieht vieles nach. Wie jung er doch ist, dieser Abram. Und die ganze Kraft und der ganze Eifer, die hier in den Wind gestreut werden...

Dann überlegte er hin und her, fand schließlich etwas und sagte: »Ich wollte dich heute abend um einen Gefallen bitten. Du weißt, mein Jüngster ist Annas Lieblingssohn. Die Älteren sind so etwas wie Fremde geworden, seit sie in der Schule und schon lange entwöhnt sind. Der Jüngste – nun, mit ihm hat sie sich sehr schwer getan; sie ist bei seiner Geburt fast gestorben. Und schon bald soll sie ihm bei einer anderen Zeremonie wieder Aufwiedersehen sagen. Frauen nehmen solche Sachen eben wichtig. Die Familie der Braut ist aus Norwich heraufgekommen, um das Fest auszurichten. Und Anna wird nichts zu tun haben. Leiste ihr doch Gesellschaft, Abram. Sei fröhlich und versuche, sie ein wenig von ihren wehmütigen Gedanken abzulenken. Denn bei jeder Zeremonie, die die Kinder betrifft, schießt der Jäger der Zeit einen weiteren Pfeil ab und zerfetzt ihre Jugend. Anna liebt dich wie einen Sohn – sie hat dich an Mutterstelle gestillt, du weißt es –, und wenn du lustig bist, kannst du selbst ein Stück Holz zum Lachen bringen und bewirken, daß englischer Wein wie französischer schmeckt. Tust du mir den Gefallen?«

»Ich kann nicht auf Befehl lustig sein«, sagte Abram mürrisch.

»Mein Gott! Was deine Fröhlichkeit angeht, so halte es mit ihr wie mit deinem feierlichen Ernst – diese fragwürdige Tugend bist du doch immer bereit vorzuführen wie eine Mutter ihren Erstgeborenen. Du bist doch so stolz auf sie, daß du sie wie eine Perlenkette um den Hals hängst. Sei jetzt mal ein bißchen verschwenderischer mit deiner Fröhlichkeit und ein bißchen knausriger mit deinem säuerlichen Segen.«

»Wenn du es wünschst, werde ich es versuchen«, antwortete Abram verdrießlich.

»Ich wünsche es«, sagte Josche lachend.

Und Betty beobachtete ihre Unterhaltung vom Haus aus. Sie gab acht, wohin Abrams Schritte gingen, damit sie ihre eigenen so bemessen konnte, daß sie mit ihnen übereinstimmten. Es war kindisch, aber sie verschaffte sich damit einen seltsamen Trost – wenigstens konnte man ihr diesen Liebesbeweis nicht nehmen. Mag er also lachen; sie würde ihre Schritte, ihren Atem, ihren Blick und die Bewegungen ihres Kopfes den seinen anpassen. Sämtliche jungen Lehrlinge und Gesellen, sämtliche Diener und Boten in York hatten schon einmal etwas von ihr gewollt, ein paar hatten sogar heiraten wollen, doch nie, mit keinem von ihnen, war Gehen, war Atmen oder Sehen so gewesen.

Die erste Wunde, die die Liebe schlägt, mag vielleicht nicht die tiefste sein. Doch sie trifft ein noch unversehrtes Herz, das sich in wirklichem Beisammensein und bei wirklichem Abschiednehmen noch keine Narben geholt hat, und der Schmerz ist groß. Der Körper würde nun gequält und die Seele großen, geheimnisvollen Prüfungen unterzogen werden, damit sie würdig waren am Tag der Wahrheit, der für Betty höchstens in ihren Träumen kommen würde.

II

Es begann zu schneien. Die Kälte, an den Mauern von Welbeck geschliffen, strich mit scharfer Klinge über die Wangen der arbeitenden Mönche, aber in diesem erwartungsfrohen Monat erschien selbst sie als Segen: Denn die Zeit, die da kam, war eine heilige Zeit, Weihnachtszeit, eine Zeit, in der die Bibelverse geheimnisvoll zart klangen. Sein Triumph über das Grab und sein Todeskampf waren große und wunderbare Dinge. Doch daß er geboren wurde und ein kleines Kind gewesen war, das die Mutter in unschuldigem Glück auf den Armen wiegte, war eine Freude, die alle Menschen nachvollziehen konnten. Mit weich federndem Gang wandelten die Mönche durch diesen wundersamen Monat. Und dann noch die Reinheit des Schnees. Still fiel er auf die Zweige der Bäume, türmte sich in den Ecken des Hofes auf.

Die Brüder hatten die Kapelle auf Hochglanz geputzt und holten nun ihre besten Kerzen und die feinsten ihrer einfachen

Kutten heraus. Hätte ihr Orden ein wenig mehr zur Pracht geneigt, hätte man vielleicht ein Krippenspiel veranstaltet oder wenigstens drei der Brüder die drei Weisen vorstellen lassen. Aber die Prämonstratenser waren ein neuer und strenger Orden. Noch war die Reform stolz präsentierter Bestandteil ihrer Gründungsurkunde. Und außerdem – Bruder Lewis merkte das, im Hof stehend, sarkastisch an – war niemand in Welbeck weise genug, die Rolle eines der drei Weisen zu übernehmen, und gleich drei würde man schon gar nicht finden.

»Aber einen wird es doch sicher geben, Bruder Lewis«, sagte Bruder Unam Sanctam. »Du willst dich doch sicher nicht mit den Dummköpfen in einen Topf werfen, oder?«

»Halt den Mund, du Sohn einer räudigen Hündin!«

Zwei in der Nähe stehende Brüder griffen nach ihren Messern, doch ließen sie, als sie gewahr wurden, was sie tun wollten, ihre Hände wieder sinken. Gewalttätigkeiten waren in Welbeck wie überall an der Tagesordnung, und viele Brüder meinten als Franzosen stolz: »Wir sind eben heißblütig, wir Franzosen – wir sind leidenschaftliche Männer!« Bruder Lewis entfernte sich. Obwohl hier alles an die menschliche Demut vor Gott erinnern sollte, konnte er nicht vergessen, daß er Ritter, daß er Sohn eines Barons war, während Bruder Unam Sanctam, dieser Bauerntölpel im falschen Stand, weder Franzose noch von hoher Geburt war.

Bruder Lewis beobachtete von dem kleinen Kreuzgang aus den Schnee. Der Hügel schien sich unter ihm zu bewegen wie ein Mensch, der sich unter seiner Bettdecke auf der Suche nach einer bequemeren Schlafstellung vergnüglich räkelte. Abt Adam erschien in der Tür und kam zu ihm herüber.

»So weiß, so vollkommen und so still wie der Schnee vom Himmel kam unser Jesukind aus dem Leib unserer lieben Frau.«

»Ja.« Bruder Lewis sprach wegen der Kälte durch zusammengebissene Zähne. »In eine kalte Welt voller Haß und Verachtung. Weihnachten dauert nur einen Tag. Sonst gibt es nur Karfreitage.«

»Du redest wie ein Engländer«, meinte der Abt, sich in der

Schlinge der Voreingenommenheit verfangend. »Warum genießt du nicht wenigstens diese so kurze Zeit? Bruder Norbert singt bei der Arbeit, und Bruder Simon lächelt in dieser frohen Zeit selbst über die Bußen, die man ihm auferlegt.«

»Der würde doch über alles lächeln, dieses Kalb. Selbst über seine verteufelten Juden.«

Beide blickten lange auf den Schnee hinaus, und doch nahmen ihre Augen ganz Verschiedenes wahr. Zwischen ihnen fielen die weißen Flocken nieder. Während er den Schnee betrachtete, fiel Bruder Lewis ein, daß seine Frömmigkeit nie wie die anderer gewesen war. Liebe, das hieß für ihn zittern, immer am Rande der Ohnmacht stehen. Buße tun, das hieß für ihn, den Körper geißeln, bis die Peitsche zerbrach. Und haßte er, so trug er den Haß in den Augen, nährte sich von ihm, beschuhte und bekleidete sich mit ihm. Als Diener Gottes wußte er, er liebte die Kirche – doch Gott schien ihm fremd und fern. Bruder Lewis ersetzte die Liebe durch Buße und geißelte sich fast zu Tode. Und auch der Haß blieb. Und da waren nun diese Juden, ein heidnisches Übel, gegen das die Prediger eiferten. Und seine Herkunft und sein Haß eiferten ebenfalls gegen sie, denn sie hatten den Jesus getötet, den er nicht zu lieben vermochte. Und hatte er im gerechten Zorn gegen sie gepredigt, hatte die Kirche ihm entgegnet: »*Caritas*, *Humilitas* – versuche, sie zur Konversion zu bewegen!«

Laut sagte er zu Abt Adam: »Sie haben unseren Herrn getötet, und dennoch heißt es *Caritas* und *Humilitas*. Was die meisten Menschen können, kann ich nicht: auf zwei Festen tanzen. Mein Haß hat sich mit dem Ende der Predigt nicht verflüchtigt!«

»Bruder, auch ich mag die Juden nicht, aber dadurch, daß du eigensinnig an deinem Haß festhältst, verletzt du das Gebot Gottes.«

»Unsere ganze Kraft vergeuden wir damit, diese verbohrten Seelen zur Konversion zu bewegen!«

»Nicht an uns hier ist es, darüber nachzusinnen«, sagte Abt Adam sanftmütig. »Überlaß die Kreuzzüge den Orden, die sich das zu ihrer Sache gemacht haben. Wir haben nach etwas anderem zu suchen, womit wir unser Seelenheil erringen können, Bruder Lewis.« Der Abt wußte, daß der feurige Blick dieses Bruders, hätte er selbst die Wahl gehabt, nie auf dieses Kloster und diesen Orden gefallen wäre. Seine Familie war Schirmherr der Prämonstratenser, weil sie es sich nicht leisten konnte, Häuser zu gründen oder zu unterstützen, die für ihren Unterhalt so viel forderten wie die Schwarzen Brüder, die »Intellektuellen« der Kirche. Die Weißen Mönche hier waren gutmütige, bescheidene und schwer arbeitende Bauern, die übers Jahr keine einzige Besitzurkunde, kein Gold, keinen Lapislazuli oder italienische und französische Schnitzereien für ihre Kapellen bekamen. Dem Kloster zur Ausstattung hatte jene Familie unbedeutender Provinzgrafen ihren unruhestiftenden Sohn gegeben; und wo er den Schwarzen Brüdern zur Zierde geworden wäre, war er für die Weißen nichts als ein ständiger Anlaß zur Sorge. Der Abt berührte die Schulter seines sich am falschen Ort befindenden Sohnes und sagte versöhnlich: »Laß ab vom Haß, Bruder Lewis. Der Haß läßt die Seele verdorren. Der Haß vernichtet die Demut, er vernichtet die Gnade Gottes und die heilige Freude. Auch die Demut bietet Freuden. Ich habe gesehen, wie du mit einigen unserer weniger gebildeten und weniger klugen Brüder die Geduld verloren hast – doch nicht auf das Diesseits, sondern auf das Jenseits ist unser Leben hier ausgerichtet, und dein weltliches Wissen könnte dabei hinderlich, nicht segensreich sein.«

»Es muß ja nicht immer so bleiben, wie es ist.« Sein Groll ließ Lewis schneidend scharf werden: »Meine Familie wünscht, daß ich eines Tages Abt werde ... Dann werde ich wählen.«

»Deine Rede kann ich nur fehl am Platze nennen!« Abt Adam war mehr als sonst über ihn verärgert. »Beim Ordenskapitel werde ich dich auffordern, deine hochmütige Seele deinen Brüdern offenzulegen. Wir können Gott dafür danken, daß die Wahl der Äbte von Premontre und nicht von hier aus erfolgt. Ich kenne dich als recht fromm und doch überwältigt dich in manchen Augenblicken eine erstaunliche Eitelkeit ... Ich frage mich, was die fünf Jahre in unserem Orden bei dir überhaupt ausgerichtet haben.«

Die Glocke begann zu läuten. Der fallende Schnee ließ ihr Läuten gedämpft klingen, doch auf Bruder Lewis wirkte es wie eine Wunde, die mit jedem Schlag klopfte. Abt Adam verschränkte die Arme unter dem enganliegenden Umhang. Sein Gesicht war ausdruckslos; seine Seele hatte sich aus seinem Blick zurückgezogen; er betete. In Bruder Lewis' Kopf wuchs der Schmerz an, den die Glocke verursachte, bis er mit seinem Pochen alles Denken vertrieben hatte. Wie blind ging er in den Schnee hinaus. Wie die schlagende Glocke in sein Gehirn, so schien sich der Schnee in seine Haut einzubrennen. Vor ihm gingen seine Brüder in einer schaukelnden Reihe im Gänsemarsch zur Kapelle. Ihre Umrisse verschafften ihm Trost in seinem Schnee-Glocken-Irrsinn. Er sah nun nicht mehr einzelne, deren Stimmen, deren Keuchen, deren pfeifender Atem und grunzendes Schnarchen ihm wohl bekannt, allzu bekannt, zum wahnsinnig werden bekannt waren. Nun waren sie ihm eine namenlose Schar Frommer auf ihrem Weg zu Gott und glichen den Heiligen in den Büchern und auf den Wänden der Kathedralen der Schwarzen Mönche. Er schloß sich ihnen daher an, sein Gesicht blicklos verhüllt, und in seinem Innern schlug die Glocke.

Sie betraten die Kapelle und knieten auf dem einfachen Steinboden nieder. Schmucklos war die Kapelle; nichts gab es, was das Auge von Gott hätte ablenken können. Keiner rührte sich. Fast konnte er den Schnee fallen hören, so ruhig knieten sie auf ihren Plätzen. Die *conversi*, Laienbrüder, kamen in ihren schmutzigen dunklen Gewändern; schwerfällig und schweigsam, wie geduldige Tiere, knieten sie nieder. Sie schienen weder Hoffnung noch Trauer zu kennen. Die Mönche hoben zum Gesang an, und Lewis bemerkte, wie Simons Schultern vor Vergnügen hüpften, als die Melodie in dem kalten Steingemäuer aufstieg. Er würde nicht vergessen, dies vor dem Ordenskapitel als eine Sünde wider das Fleisch zu erwähnen – wollüstiges Vergnügen... Schlangengleich kam es, ein sanftes Gift für die Seele, und bald schon verzehrt sich Körper und Geist in Wollust. Lewis sang, hob oder senkte die Stimme nach dem Steigen und Fallen der Melodie des Kirchenliedes, doch irgendein Teil seiner selbst war nicht in Andacht versunken, wanderte, von Krankheit, von einer braunen, galligen Flut getragen, weit fort von Gott.

Nach den Gebeten begaben sie sich zur Ruhe, denn heute war ein besonderer Tag; der übliche Tagesablauf mit den alltäglichen Arbeiten und Geschäften war außer Kraft gesetzt. In ihrer vom Kerzenschein erleuchteten Kapelle würden sie wieder wach werden, um in der geheimnis- und wundervollen Zeit um Mitternacht die Geburt des Herrn zu feiern. Nun aber wurde ihnen ein kurzer Schlaf gewährt, damit sie in Christus ruhten vor seiner Geburt und dann aufstanden, munter, auch sie neu geboren; ihre Büßergürtel würden sie in dieser Nacht nicht zu eng schnüren und voll frommer Freude zu seinem Geburtstag gehen. Zusammen mit seinen Brüdern und doch allein ruhte auch Lewis Fauconbridge...

Langsam sank er in den Traum, seinen Traum von dem großen Tal. Er begann schon, als er einschlief und an hohe Berge und einen frischen Wind dachte, der ihn umspielte. Und während er bergauf und immer höher, dem Gipfel zu, stieg, wurde er zu einem träumenden Bergsteiger. Als er die Spitze erreicht hatte, blickte er über ein weitläufiges, unglaublich schönes und grünes Tal. Die Blumen in diesem Tal strömten einen betörenden Duft aus, und die Sonne schien warm auf seinen ganzen Körper. Ihm war plötzlich klar, daß dies sein Tal war, ein schöner Ort des Friedens und des Glückes, der ihm allein gehörte. Er rannte den Berg hinunter, und je näher er kam, desto verzweigter und verlockender wurden die Bäume, desto weicher das Gras und verführerischer der Duft der Blumen. Am Ende des Tales stand ein kleiner, schöner Pavillon, dahinter ein weißes Schloß; über dem massiven Portal hing ein Wappenschild – es war sein Familienwappen, von keinem Ruß beschmutzt oder Vogeldreck befleckt, sondern neu und sauber und mit leuchtenderen Farben, als er es je gesehen hatte.

Weiter rannte er im frischen Wind und in der Sonne. Dann, ein wenig müde geworden, ging er, von der Schönheit um ihn herum bezaubert, langsamer. Er blieb stehen. Und während er schaute, während er sein Schloß, seinen Pavillon, sein Tal und seinen Himmel anschaute, veränderte sich die ganze Szene, als wäre sie von Anfang an Trug und eine Falle gewesen, um ihn irrezuführen. Das Laub rollte sich zusammen, die Bäume stürzten um, das grüne Gras lichtete sich in breiten Streifen und ließ die Erde, öd und leer, darunter zum Vorschein kommen. Das Schloß fiel in Stücke wie ein Haus aus Holzscheiten und versank in einem jäh aufklaffenden, rauchenden Abgrund. Wie eine Blattlaus im Netz einer Spinne hatte er sich in den Maschen seines Traumes verfangen. Er sah sich im Traum seinen eigenen Weg gehen, den er beinahe wie aus Gewohnheit zurücklegte, auf einer Straße, die zu gehen ihm von Anfang an bestimmt war. Er beobachtete sich selbst voll ahnungsvollem, seltsamen Schrecken. Alles Äußerliche und aller Schein in seinem Leben lösten sich auf, und nichts blieb dahinter zurück als das Grauen. Hinter seinem Namen und Haus lag der Tod. Er war tot. Er war in der Hölle.

So weit das Auge reichte, nichts als nackte, braune Erde und ein gähnender Abgrund, aus dem ein übler, bräunlicher Gestank stieg. Das ungeheuerliche Ausmaß der Täuschung hielt ihn in Bann. Dann tauchte aus dem Abgrund ein Kopf auf – eine furchterregende Spinne mit zittrigen, behaarten Beinen. Sich streckend und reckend arbeitete sie sich aus dem Abgrund heraus. Sie kam auf ihn zu. Voller Abscheu und Entsetzen starrte er sie an. Näher und näher... Und er schrie: »Jesus Christus!« Die Spinne lachte, und er erkannte, es war der Teufel. Der Körper der Spinne machte sich an die Arbeit, und das Netz begann, sich auszuspannen. Er verfing sich in den klebrigen Fäden. Überall um ihn war es, er konnte sich weder dagegen wehren noch atmen. Und die Spinne spann und spann, bis schließlich nur noch seine Augen frei waren. Dann kam sie näher, ganz nah, mit seinen eigenen schrecklichen Augen, bis die beiden nur noch ein kleiner Abstand trennte. Auge in Auge. Schreckliche Augen, uralte Augen, vertraute Augen. Und Bruder Lewis erwachte schweißgebadet und schrie: »Jesus Christus! Ich bin erwürgt!«

Singend gingen sie zur Kapelle. Der Himmel war hell und klar, wie er manchmal in Schnee- und Vollmondnächten im Winter sein kann. Die Sterne standen ganz nahe, und der Gesang, erwärmt durch die Stimmen der Männer, stieg mit den weißen Atemwolken aus ihren Mündern in die klare Nacht. Die Tür der Kapelle stand offen, die Laienbrüder hatten sich schon drinnen versammelt, die Kerzen waren noch nicht angezündet worden. Alles lag im Dunkeln, und nur der kalte Mond schien durch das mittlere Fenster des Lichtgadens. Sie sangen, um das Jesuskind willkommen zu heißen, und vergaßen doch in ihrer frohen Stimmung keinen Augenblick lang, daß die Welt, auf die der heilige Geist immerwährend niederstieg, arm und kalt und häufig schlecht war. Um Mitternacht herrschte atemlose Stille, eine endlose Minute lang, dann wurde langsam, Kerze um Kerze, Licht, damit die Welt zu ihm und er in die Welt gebracht werden konnte. Im flackernden Licht konnte man die Wände der Kapelle und des Nachbarn Gesicht wieder erkennen.

Bruder Lewis' Haar war noch angstfeucht und sein Geist noch traumversunken. Er sang wie ein Schlafwandler, hob und senkte seine Stimme nur mit großer Anstrengung. Er wollte nichts als ausruhen und schweigen. Sein Körper schmerzte von dem Würgegriff, und während sein Geist sich durch die Fäden des Netzes tastete, hörte er sich flüstern: »Der Teufel hat mein Leben erstickt wie ein Jude! Betrüger! Betrüger!«, und er merkte, daß er vor Wut weinte. Schließlich war der kurze Gottesdienst vorüber. Die Eifrigsten im Glauben blieben, um bis zur Dämmerung an der Wiege eine symbolische Wache zu halten, doch dieses Mal konnte er sich nicht dazu durchringen zu bleiben. Als er sich von den Knien erhob, schwindelte ihm, und er stützte sich an einem massigen Pfeiler ab. Etwas streifte seine Hand. Er sprang beiseite, doch das Ding war nun auf seiner Hand. Groß und weich war es. Das Licht war schwach, und um zu sehen, führte er benommen die Hand an die Augen. Es war eine Spinne. Er begann zu zittern. Sein Blick suchte an vertrauten Gegenständen Halt, doch die Spinne wuchs in seiner Vorstellung und in seinen Augen. Die Kapelle entschwand ihm und verwandelte sich in die braune Erde aus seinem Traum. Er sah sich nach einer Waffe um, mit der er kämpfen konnte, doch das Ding war nun größer als er geworden, größer als die Kapelle und größer als der Sternenhimmel. Es umgab ihn völlig. Ihm schien, als würde er fortgerissen und wirbelte ohne festen Grund unter den Füßen durch die Dunkelheit. Er hörte verwirrte Stimmen durcheinandersprechen. Ihm schien, als wäre er an den Boden der Hölle genagelt worden. Sein Blut pochte, unendliches Grauen ergriff ihn. Als der Anfall vorüber war, öffnete er die Augen und sah die Mönche auf ihn herunterschauen, während er sich auf dem kalten Steinboden der Kapelle wand. Sie machten besorgte Gesichter, und er hörte sich schreien: »Jesus Christus! Der Teufel ist ein Jude!«

12

Januar 1184

»Wie sieht es denn aus?«

»Wie soll es schon aussehen?«

»Tut es denn weh?«

»Nicht mehr als an jeder anderen empfindlichen Stelle.«

»Fehlt denn viel?«

»Nicht genug, um mir meine Anmut zu nehmen.«

»Du machst dich über mich lustig, Abram.«

»Tut mir leid, Simon. Das war doch nur ein harmloser Scherz.«

»Ich zittre schon beim Gedanken daran, während du es doch sehr tapfer trägst.«

»Ich schwör dir, es ist kein Martyrium.«

»Zeig's mir mal... Beim heiligen Norbert! Es sieht ja ganz

nackt aus – wie ein abgezogener Hase! Um nichts in der Welt möchte ich beschnitten werden!«

»Die Bibel gebietet es uns. Das Beschneidungsfest ist eines der wichtigsten Freudenfeste unseres Glaubens. Wenn dir das Haus, in dem ich meine Saat verwahre, zu wenig geschützt scheint, wirst du dich wohl mit dem Herrn selbst anlegen müssen.«

Sie standen sich am Schafpferch gegenüber. Plötzlich verlegen, schloß Abram den Schlitz in seinem Gewand. »Ich trage dieses Gebot an mir, weil ich Jude bin«, fügte er hinzu. »Wenn auch nur ein verwirrter Jude.«

»Oh«, sagte Simon, und sein Gesicht hellte sich auf. »Dann glaubst du schließlich also doch an unseren Heiland und an unsere Kirche?«

Armer Simon – er redete davon, als wäre das so einfach wie Niesen; und trotzdem war er vielleicht klüger, als er wußte, dachte Abram. Ein frommer Mann kann fromm sein in jeder Sprache und vor jedem Gott. Die Zweifler melden ihre Zweifel bei allen Göttern an und wüten gegen die Finsternis in einem jeden Land und jeden Volk. Der junge Mönch sah ihn nun besorgt an. Es gab Abram einen kleinen Stich, als ihm klar wurde, daß sein Freund vielleicht nur darauf wartete, daß er endlich Interesse zeigte, Christ zu werden. Zögernd sagte er: »Tut mir leid, daß ich mich nicht schon früher deutlicher ausgedrückt habe – ich interessiere mich für deinen Glauben, aber nur wie einer, der ihm niemals angehören wird.«

Der junge Mönch errötete verlegen und blickte auf den Boden. Nach einiger Zeit schaute er seinen Freund wieder an: »Ich glaube, ich habe nicht wirklich den Wunsch, dich zu ändern – du gefällst mir, so wie du bist. Um so schlimmer ist meine Verfehlung! Ich interessiere mich sowieso schon mehr, als ich sollte, für das Leben deines Volkes. Aber –«

»Aber?«

»Aber ich habe da eine Frage: Steht denn nicht im Testament – in eurem Testament: ›Du sollst nicht Zinsen nehmen und Aufschlag‹?«

Abram fragte sich, wer, welcher Graf oder Baron, wohl im

Kloster auf Besuch gewesen war und wer ihnen gesagt hatte, wieviel er über die eigentliche Schuld hinaus schuldig war. »Wer hat dir denn das erzählt?« fragte er ein wenig zynisch.

Simon antwortete mit der ihm eigenen offenen Art: »Der alte Percy war da, und er hat davon erzählt.«

Die Aufrichtigkeit in seinem Blick verlosch, und Abram war klar, daß der junge Bursche den Rest dessen, was gesprochen worden und was ihm dann durch den Kopf gegangen war, verschwieg. Sicherlich hatte der alte Percy die Juden und ihre Methoden verflucht, und Simon wollte seinen Freund vielleicht vor diesen Worten schützen. Dieser sehr durchsichtige Versuch, ihn zu schonen, verletzte Abram irgendwie mehr, als es die grausamen Worte vermocht hätten. Es lag am alten Percy, daß er sich hier so empfindlich zeigte. Der alte Percy hatte bei seinem Vater Schulden gemacht, und Baruch hatte dazu gemeint: »So mag er denn schwitzen. Zinsen steigen nun mal mit den Launen, und er ist verzweifelt. Uns dankt sowieso keiner – soll er uns doch wegen der Zinsen doppelt verfluchen!« Baruch hatte den Baron Percy betrogen; Abram war sich dessen fast sicher. Mit einem verzweifelten Mann machte man in dem Steinhaus mit den Glasfenstern kurzen Prozeß.

»Hör zu«, sagte er. »Die Stelle findet sich auch in eurem Testament. Lies das Deuteronomium noch einmal und finde selbst heraus, was drin steht. Wenn du dich wirklich für das Verleihen von Geld und dafür interessierst, warum wir dazu ermuntert werden, obwohl es gegen eure Gesetze ist, dann kann ich ja Männer mitbringen, die mehr darüber wissen. Mein Vater könnte kommen. Oder Josche...«

»Wird er mich denn nicht zum Narren halten? So viele aus deinem Volk halten andere zum Narren.«

»Ein richtiger Mann betrachtet eine Frage nicht gleich als Angriff. Wenn du es wünschst, kann ja Josche kommen...«

»Nein... Nein... Ich hätte Angst – ich meine... Könntest du denn nichts darüber erzählen?«

Abram fürchtete sich, darüber zu sprechen. So oft schon hatte er im stillen die Rechtfertigungen seines Vaters kritisiert, wenn Baruch seinen maßlosen Wucher mit den ermüdenden, ewig gleichen Ausreden entschuldigte. Daß seine Gründe stichhaltig waren, tröstete Abram nicht, denn er hatte mitangesehen, wie sie gedreht und gewendet wurden und als Entschuldigung für jedes unerbittliche Schröpfen und jede unmäßige Forderung seines Vaters und anderer herhalten mußten. Er stieß einige Sätze hervor und hoffte irgendwie, daß sie sich von jenen seines Vaters unterschieden.

»Du weißt doch, Simon, daß wir aus den gleichen Textstellen oft verschiedene Bedeutungen herausgelesen haben, je nachdem, wie es uns unser Glaube vorzeichnete. Wir betrachten den Wucher als unmäßigen Zins, Zins, der das Leben erstickt oder den Willen eines Menschen bricht; dagegen wehren wir uns. Gegen Zinsen Geld zu verleihen, gehört jedoch zum Handel; ohne das würde es überhaupt keinen Handelsverkehr geben – es gäbe kein spanisches Leder oder deutsches Metall.«

»Aber die Lords verlieren dabei ihre Ländereien, und die Kirche sitzt wie die Klippenschwalben abwartend da und schaut, wo das Meer wohl als nächstes auf ihre Nester übergreifen wird.«

»Simon... Kann denn ein Mann sein Tor offenstehen lassen und im Ernst erwarten, daß seine Pferde nicht hinausrennen? Diese Barone haben Schulden. Wenn sie wollen, daß ihre Söhne Barone werden und ihre Bischöfe ihnen freundlich gesinnt sind, dann müssen sie zahlen. Der Papst verlangt von den Bischöfen nicht nur Handküsse, sondern auch harte Münzen. Und er ist es, nicht wir, der es so wünscht.«

»Aber einige von euren Verleihern berechnen doch übermäßig viel...«, sagte Simon und wunderte sich, daß ein Baron, der als solcher geboren war, bezahlen mußte, um es zu bleiben. »Ein solches Verhalten erzürnt einen anderen doch. Wenn deine Leute die Ehrlichkeit lieben, warum hören sie dann nicht damit auf?«

»Nicht alle Schulden sind gleich. Manche bleiben über lange Zeit stehen, andere nur kurz, und manche sind groß und manche werden von Leuten mit einem schlechten Leumund gemacht...« Es waren die gleichen Worte, die Baruch zu seiner Verteidigung benutzt hatte, als er eine der stolzesten Familien in der Grafschaft York beinahe in den Ruin getrieben hatte. Abram spürte den bitteren Geschmack, den sie in seinem Mund zurückließen. »Simon« – die gleichen Worte... die gleichen Worte – »Weder König noch Kirche beschützen uns, und für den Treuebruch eines Schurken bezahlen alle ehrlichen Männer mit ihrem Geld. Es muß doch auch dir zu Ohren gekommen sein, daß die Barone diese Schulden freiwillig eingehen. Andernfalls würden sie sie doch nicht machen.«

»Oh, Abram« – der Mönch hob seine Arme –, »wägt denn ein Mensch das Verhängnis ab, bevor es über ihn hereinbricht? Da gibt es Männer, die sagen: ›Nächstes Jahr wird mein Roggenfeld eine gute Ernte einbringen, ich könnte auch meine Schafe schlachten und sie zu Markte tragen, und außerdem wird der Honig, den meine Frau macht, dann fertig sein.‹ Das sagt er und verspricht sich selbst, daß er zahlen wird. Dann kommt die Erntezeit: der Roggen ist verfault und der Honig knapp. Wie soll er bezahlen? Ob Hungersnot oder Überfluß: für beide hat der Mann schwer gearbeitet. Was aber allein bleibt, sind die drückenden Schulden des Überflusses. Das Jahr wechselt, und mit ihm erhöhen sich auch die Schulden. Die Fesseln seiner Not werden durch die Zinsen nur noch enger. Sein Wille erlahmt... *Pecuniam non dabis*...«

»Sehr schön – jetzt hat also die Erde schuld – oder Gott hat schuld! Wie wenig fest dein Glauben ist! Ich dagegen sage, daß der Mann Schuld hat. Wenn er Baron sein will, muß er auch zu der Musik der Barone tanzen, auch wenn seine Füße der Melodie nicht folgen können. Leidet er dabei, dann ist das allein seine Sache. Die Gesetze werden von den Baronen und dem König gemacht; sie sind es, die befehlen und verbieten; sie sind es, die die Juden aufsuchen und sie dann verfluchen; sie sind es, die uns ausnutzen und dann nach Mitleid schreien. Nun ja, wenn eure Päpste wirklich so ehrenwert und so fromm sind, dann sagt doch zu denen, sie sollen dafür sorgen, daß der Geldverleih auf Reliquien eingestellt wird!«

»Der Herr beschütze uns! Laß bloß den Papst aus dem Spiel. Der Papst ist ein frommer Mann und kein auf Silber versessener Heide!« Sie wurden laut.

»Du Narr! Er hat seinen Thron gekauft!«

»Nein! Nein! Dieses Amt ist göttlichen Ursprungs!«

»Pah! Noch ein paar Mark mehr, und er könnte seine Bischöfe dazu bringen zu sagen, er *sei* Gott!«

»Der Papst ist unser Heiliger Vater! Der Herr selbst setzt ihn in sein Amt ein!«

»Der Papststuhl ist jüdisches Geld! Er kauft seine Macht, und sitzt er erst einmal auf seinem jüdischen Thron, dann zitiert er das Deuteronomium. Und weil es sich um die Bibel handelt, hört keiner mehr zu!«

»Gotteslästerer! Ketzer!«

»Narr! Blinder Narr!«

Halb zornig, halb ängstlich fixierten sie sich. Der Ton ihrer Stimmen war so viel verbitterter als ihre Worte gewesen. Beide sahen sich unversehens in ihre Kindheit zurückversetzt, als ihnen gesagt worden war: »Fürchte die Christen!« oder »Fürchte die Juden!« Ihre vernünftigen Worte, die Worte junger Männer, trugen ein Echo aus älteren Zeiten in sich, Zeiten, in denen man nicht vernünftig argumentieren mußte.

»Wir sind keine Blutsauger!« rief Abram. Er packte Simon bei der Schulter und zitterte vor Wut, als ließe der körperliche Kontakt ein schreckliches Feuer in ihm ausbrechen. Simon hob schützend eine Hand. Er schlug Abrams Hand fort, stolperte dabei ein wenig nach vorn, und plötzlich explodierte in ihren Köpfen die Wut wie Kaskaden von Licht und Dunkelheit. Sie kämpften wie wilde Hunde, knurrten, fluchten, spuckten; Arme flogen in die Höhe; Keuchen; dumpfe Schläge. Keiner der beiden jedoch fühlte den geringsten Schmerz – sie wußten nicht einmal, daß sie schlugen und geschlagen wurden. Die Sinne taub und blind und stumm, waren sie doch quicklebendig vor Zorn. Irgendwo floß Blut, und die Schläge wurden feucht und glitschig. Sie wurden müde, und endlich matt geworden, begannen sie zu taumeln, die Hände in das Kleid des anderen verkrampft. Weiter und weiter kämpften sie. Schließlich befreite sich Simon mit einer letzten großen Anstrengung, trat einen Schritt zurück und streckte seinen Körper zum letzten großen Schlag seiner großen, knochigen Faust. Er fand sein

Gleichgewicht, versuchte, es zu halten, und holte dann weit aus. Nichts. Das Gewicht seiner Wut drehte sich mit ihm, und blind und aus dem Gleichgewicht gekommen verfehlte er seinen Gegner. Verwirrt drehte er sich um die eigene Achse, doch dann kam er wieder zu Verstand und zu Sinnen, und da stand Abram, blutüberströmt. Schwer keuchend standen sie da, starrten einander mit trüben Augen an. Abram streckte seine Hand aus; Simon ging auf sie zu, doch er hatte keinen Stand, und sie fielen gegeneinander und dann zu Boden. Beim Anblick des Blutes wurde ihnen nun elend, und unfähig zu sprechen lagen sie da, während sich das Gras vom Blut ihrer Gesichter rot verfärbte.

»Oh... Simon... Ich fürchte mich!«

»Ich auch. Es ist fast Vesperzeit. Ich muß zurück, damit ich rechtzeitig in der Kapelle bin.« Er wischte über seine Lippen. Auf seiner Hand blieb eine Blutspur zurück. Er schaute sie an. Sein Gesichtsausdruck wurde ruhiger. »Was soll ich ihnen sagen? Man kann mich aus dem Orden ausstoßen.«

»Eher nehme ich die ganze Schuld auf mich«, sagte Abram heiser. »Sag, ich hätte dich angegriffen. Kannst du aufstehen?« Eine Minute später halfen sie einander, die Bänder ihrer Kleider zu schnüren, die Gürtel festzuziehen und das von ihren Nasen und Lippen strömende Blut zu stillen.

»Kletter über den Zaun! Wir nehmen ein bißchen von dem Wasser für die Schafe. Vielleicht sieht man ja gar nicht so viel, daß jemand nachfragt.«

Doch Simon war zu optimistisch; es war ein leidenschaftlicher Kampf gewesen, und beide hatten Blutergüsse und Wunden. Als sie sich in dem warmen, trüben Wasser gewaschen hatten, war die Erregung des Kampfes völlig verschwunden. Eine große Müdigkeit überfiel sie. Sie ließen sich auf die weiche, aufgewühlte Erde des Schafpferches fallen. Während des Kampfes war Abrams Tasche von seinem Gürtel gerissen und mit dem Fuß weggestoßen worden. Sie lag in ihrer Nähe, und Simon langte aus, zog sie zu sich und reichte sie träge Abram. Abram kramte aus ihr ein böse zugerichtetes Stück Gerstenfladen und ein Stück gelben Käse. Er warf Simon den Käse zu. Der Mönch hatte seinen Beutel noch unter seiner Kutte. Er entnahm ihm ein Messer und schnitt den Käse in zwei Hälften. Eine Hälfte warf er Abram zu und fing das ihm zugeworfene Brot auf, schnitt auch dies in zwei Hälften und warf eine Hälfte wieder zurück. Das Essen in den Händen haltend saßen sie da, und ein Hauch von zeremonieller Handlung schwebte über dem Ganzen.

»Im Lichte meines Glaubens besehen ist das Essen jetzt unrein«, sagte Abram langsam. »Aber ich betrachte es nicht als unrein.«

»Auch mir wäre es eigentlich verboten«, sagte Simon leise mit gesenktem Kopf.

»Komm.« Sie rückten zusammen gegen das drückende Gewicht, das sie auf sich lasten fühlten – die Welt der Christen und die der Juden zeigte dieses eine Mal dem gleichen Feind die Zähne. In ihrer Vorstellung hörten sie das schockierte Gemurmel der Patriarchen, die in einer nicht enden wollenden Reihe bis auf Abraham zurückgingen. Die beiden Knaben standen auf und rezitierten die von den Vätern stammenden Segnungen, um Gott für das Menschsein und die Speise zu danken, ein jeder in seiner toten Sprache. Als sie fertig waren und den Dreck und die Krümel von ihren Kleidern gewischt hatten und kein Blitz sie erschlagen hatte, stellten sie sich beide in einer zeremoniellen Geste der Freundschaft nebeneinander. Nach und nach füllte der Klang der Vesperglocken das Hochmoor. Die der Welt eingeräumte Zeit war vorüber; nun begann die Zeit Gottes, die Zeit verschiedener Götter. Bruder Simon sah eine kleine, flinke Gestalt auf sie zukommen. Bruder Unam Sanctam (den man so nannte, weil er bei diesen Worten mit geschlossenen Augen den Finger auf seine Lippen gelegt hatte) kam rasch auf den Schafpferch zu.

»Bruder!« Das Wort glich einem geworfenen Messer. »Was tust du da? Jesus Christus beschütze uns!« Er hatte die hochroten Wangen und geschwollenen Kiefer gesehen.

»Bruder Unam... Ich bin vom Zaun gefallen, als ich versuchte, auf dem Zauntritt zu balancieren. Der Bursche hier« – er durfte nicht wagen, »Freund« zu sagen, und wollte doch auch nicht »Jude« sagen –, »hat über meinen Versuch gelacht, es mir nachgemacht und wurde vom gleichen Schicksal ereilt.« Abram stand im Hintergrund und beobachtete Simon, amüsiert über die lahme Ausrede und dennoch um ihn fürchtend. Wer konnte schon wissen, was diese fürchterlichen Menschen dem antun würden, der die Ordensregeln übertrat und sich in das verdächtige Licht brachte, nach seinem eigenen Willen gehandelt zu haben? Bruder Unam Sanctam war alles andere als überzeugt von dem stammelnden Simon. Sie unterhielten sich noch kurz, wobei sie einander mit den Blicken und Stimmen abschätzten. Dann gingen die zwei Mönche fort, wieder in ihren Alltag zurück, und Abram machte sich auf den Weg zu seinem Pferd und auf die Straße nach York. Im Geiste sah er Jomtows Gesicht vor sich, das einen eigenartigen, halb mitleidigen, halb amüsierten Ausdruck zeigte, und er hörte ihn sagen: »Nun, da du einen Freund hast, wird dir dein Leben lieb werden. Um seinetwillen wirst du leben wollen. In der Hölle kann ein jeder vollkommen ehrlich sein – dort gibt es ja nichts zu verlieren. Du aber hast die Welten gewechselt und bist menschlich geworden. Willkommen im Leben.«

Abram trat einen Stein auf der Straße mit dem Fuß, der Stein flog in sein Inneres und traf den Rabbiner. »Seid friedlich!« sagte er zu dem Stein und zu dem Rabbiner. »Haltet euch da raus!« Aber sie verschwanden nicht.

13

Januar 1185

In der Verwirrung über seinen widerspenstigen Sohn besiegte Baruch schließlich sein Schamgefühl und ging, Rabbi Jomtow um Rat zu fragen. Der Rabbiner saß vor Elias' Feuer und legte

Stückchen für Stückchen gestochenen Torf nach, denn sein Gastgeber war arm. In Baruch regte sich Entrüstung und schließlich Zorn über diese unangemessene Beschäftigung, obwohl er den Gelehrten solche Dinge schon häufig hatte tun sehen. »Ihr hättet gut bei uns wohnen können«, sagte er und legte seine Hand vor den Mund. »Ihr hättet gut kommen und bei uns bleiben können, und es wäre Euch wohl und warm gewesen.« Vor Verlegenheit stotterte er. »Ihr... wir haben Mägde für solche Sachen!«

Jomtow blickte zu ihm auf und sagte verschämt: »O weh! Ich bin dir ein schlechter Gastgeber. Setz dich, guter Baruch. Darf ich dir etwas Warmes zum Trinken holen?«

Dieser Mann brachte Baruch immer wieder aus dem Konzept. Da er aber seine Hilfe brauchte, sagte er rasch: »Nein, nein, Rabbi – ich bin gekommen, um Euch um einen Rat zu bitten.«

»Nun, mein Freund, kommst du denn als weiser Mann oder aber als Narr?« fragte der Rabbiner. Und auf Baruchs erstaunten Blick hin: »Erinnere dich, was geschrieben steht, bevor du fragst: Nur der Weise kommt um Rat; andere wollen nur ihre Meinung bestätigt sehen.«

»Ich komme um Rat, Rabbi. Ich weiß nicht mehr aus noch ein.«

Baruch schüttete ihm seinen Kummer mit seinem Sohn aus, und während er sprach, erkannte Jomtow, daß der Mann seinen Jungen liebte und an dieser Liebe litt. Der Rabbiner antwortete, indem er von Abrams Vorzügen als Mensch und seiner künstlerischen Begabung sprach. Baruch antwortete, daß Abram als Sohn eines wohlhabenden Mannes, der ihm durch seine Macht die beste und schönste aller Bräute beschaffen könnte, ein Versager sei. Schon zerrissen sich die Frauen die Mäuler über den blind durchs Leben torkelnden Sohn. Er sei ein Außenseiter; er sei nicht wie andere. Manchmal schrie ihn der Vater an: »Du bist verrückt!« Und Abram schrie dann zurück: »Ich bin normal – die Welt ist verrückt!« Baruch hob dann immer die Hände und schrie, es sei vollkommen gleichgültig, wie es darum stünde, nur bestehe zwischen Abram und der Welt ein erheblicher Unterschied. Als er fertig war, schüttelte der Geldverleiher seine Hände und murrte: »Unverschämt! Unverschämt!«

»Mein guter Baruch – ich sehe, du liebst deinen Sohn. Du liebst ihn mehr, als ich gedacht habe. Ich glaube, du liebst ihn in seiner gefühlvollen Art, in seiner Verrücktheit, seiner Aufrichtigkeit und seiner Klugheit, die manchmal fast an Weisheit grenzt. Warum also willst du ihm diese Liebe nicht zeigen? Er empfindet deine Macht und dein Ansehen als Feinde, nicht als Freunde. Und erscheint uns nicht gerade der Feind, der genausogut ein Freund sein könnte, noch viel furchterregender?«

»Aber er verachtet mich; er weist meine Angebote zurück.«

»Dann biete um seinetwillen und nicht aus Eigennutz an. Biete reinen Herzens, ohne Vorbehalt an, und du wirst sehen, er ist gar nicht so unempfänglich.«

»Einfach aus Liebe?«

»Einfach aus Liebe.«

Die Einfachheit dieser Lösung erfüllte Baruch mit Staunen. Sein Gesicht entspannte sich, seine Hände wurden ruhiger, und Jomtow hätte ihn wohl noch davor gewarnt, daß einfache Wahrheiten das Paradies der Narren sind, doch in diesem Augenblick kam Josche mit Elias herein und wollte dies und das besprechen, und ehe Jomtow ihn noch warnen konnte, war Baruch mit dem strahlenden und ungeduldigen Gesicht eines Bräutigams gegangen. Jomtow hatte dem Unterschied, wie er seine Worte gesagt und wie Baruch sie aufgenommen hatte, nicht genügend Bedeutung beigelegt. Als Jomtow von Liebe und vom Geben gesprochen hatte, wäre es ihm lieb gewesen, wenn Baruch etwas von dem vernommen hätte, was in diesen Worten mitschwang: Kameradschaft, Weisheit, Anteilnahme und Zeit. Doch Baruch hatte in einer anderen Sprache zugehört.

Baruchs ganze Leidenschaft galt plötzlich einem Rubin. Er hatte den Edelstein, ein Exempar von seltener Größe und flammendem Rot, im Griff des Schwertes eines Barons gesehen. Er war der ganze Stolz des Hauses und der berühmteste Solitär in den drei Grafschaften. Der weise Rabbiner hatte ihm gesagt, er solle seinem Sohn seine Liebe beweisen. Und Baruch würde sie ihm beweisen. Er würde Abram den Rubin beschaffen, damit er ihn trage. Er würde dieses unmögliche Geschenk möglich machen und sagen: »Hiermit beweise ich dir meine Liebe.« Baruch fiel ein, daß er Abram schon viele prachtvolle Kleider geschenkt hatte, sie aber immer mit einer Geste, die das Schenken wieder zurücknahm, oder mit kritischen Bemerkungen überreicht hatte: »Du bist eine Schande für mich in dieser alten Jacke – da, nimm diesen feinen Mantel.« Und einmal, als er gesagt hatte: »Da, trag diesen goldenen Ring, sonst denken die Leute noch, daß wir uns mehr mit dem Verlust als dem Erwerb von Vermögen beschäftigen«, hatte er beobachtet, wie sein Sohn zurückzuckte, als würde er geschlagen. Er hatte diese Dinge nicht sagen wollen – es lag einfach daran, daß er selbst beim Schenken nicht den richtigen Ton und die Offenheit fand; ihm lagen die Worte auf der Zunge, doch wenn er sie herauswürgte, kamen sie so verschieden von dem, was er eigentlich hatte sagen wollen, heraus, daß er manchmal selbst überrascht war. Diesmal würden die Worte richtig herauskommen. Der Rubin würde nur für Abram allein sein. Für ihn selbst blieb die Gelegenheit, sein ganzes Können zum Einsatz zu bringen, der Ehrgeiz, wie es die Christen nannten. Er würde dem geliebten Sohn seinen Sieg mit der schon immer empfundenen und nie gezeigten Zärtlichkeit präsentieren. Baruch blickte in den klaren Wintermorgen hinaus, und mit einem Mal schien ihm die Welt – die ganze Welt – schön.

Während er in seiner kleinen Schreiberbude über einer Verkaufsrechnung saß, mußte Abram plötzlich an Betty denken. Indem ihm sein Verstand einen kleinen Streich spielte und von einem Gedanken zum nächsten sprang, erinnerte er sich inmitten eines Wortes daran, wie sie geweint hatte und wie sie ihn nun mied und das gutgemeinte Scherzen, das jahrelang ihr Spiel gewesen war, nicht mehr ertrug. Abram lachte häufig, doch es war ein verbittertes Lachen über eine Welt, in der nie ganz angemessener Dünkel die Eitelkeit oder die Dummheit verdeckten, die seine Mitmenschen zu verbergen suchten. Nur mit Betty war sein Lachen herzlich und manchmal sogar aufrichtig gewesen. Erst hatte er geglaubt, dies sei so, weil sie Magd und daher bedeutungslos war; dann, weil sie jung und unschuldig wie Simon war. Jetzt nahm er wahr, daß sie von gleicher Herzensgüte wie Simon war. Während er an diese Herzensgüte dachte und sich so lange an ihr wärmte, bis er merkte, daß ihm der Kunde in seiner Bude auf sein Lächeln hin mit einem Lächeln antwortete, kam ihm in den Sinn, daß sie ihn vielleicht liebte und sich deswegen quälte. Inmitten des lärmenden, geschäftigen Ortes fühlte er eine Art Stille über sich kommen, die alles anhielt, und alles schien darauf zu warten, daß er seinem Innern Rede und Antwort stand. Er schüttelte sich und fuhr mit der Arbeit fort, doch im Laufe des Morgens schien sich die Stille noch auszubreiten, und er wußte, daß er mit keiner Arbeit diese Stille würde vertreiben können.

Am Nachmittag war er außerstande, in die Synagoge zu gehen, um dort, wie üblich, einige Zeit mit Kopieren zu verbringen. Auf halbem Weg dorthin wurde ihm klar, er würde die kleine, enge Empore nicht ertragen können. Er drehte um und floh über die Ousebrücke und über die Fossbrücke und zum Stadttor hinaus dorthin, wo die flachen Hügel braun und verlassen auf das Ende des Winters warteten. Er wollte nicht nachdenken und ging daher ins Hochmoor, wo sich das lange Ginsterstroh unter dem Wind bog. Seine Willfährigkeit wollte er studieren – Millionen ohne Widerstand und Wunsch gebeugter Rücken. Abram hungerte nach Gehorsam, nach dem selbstverständlichen und frohen Akzeptieren, das er überall um sich her sah und das ihm für immer fremd bleiben würde, wie ihm schien. Er fühlte sich allein, der einzige sich gegen den Wind stemmende Halm … Er schaute zur Brücke hinunter, sah Menschen umhereilen. Jemand bog weder nach rechts noch nach links ab, sondern folgte dem Weg, den auch er eingeschlagen hatte, und dieser Weg führte die Hügel hinauf. Er schaute zu und war gleichzeitig verärgert und fasziniert, daß seine Freiheit und die Souveränität seiner Einsamkeit angegriffen wurde.

Die Gestalt ging um eine Buschgruppe am Fuße des Hügels

herum und tauchte dort wieder auf, wo der Weg nach oben führte. Er sah, es war eine Frau. Dann sah er, daß es Betty war. Wäre da nur die junge Frau Betty gekommen, hätte er sich beinahe gefreut, aber es kam die Magd Betty, die Botin der Wünsche seines Vaters, und er knirschte vor Ärger mit den Zähnen. Was wollte der strenge Baruch jetzt schon wieder von ihm? Oder hatte der Rabbiner etwa nicht gemerkt, daß er vorgearbeitet hatte und schickte nach ihm, um ihn an das Rad der Zeit, der Stunden und Tage zu binden?

»Was gibt's?« rief er barsch.

Sie schaute auf, und auf ihrem Gesicht malte sich Überraschung. Da merkte er, daß sie ihn hier nicht erwartet hatte. Er wurde verlegen. Zu schüchtern, um umzukehren und zur Stadt zurückzugehen, und sich dennoch bewußt, daß sie die im Hochmoor gesuchte Einsamkeit nicht mehr finden würde, kam sie auf ihn zu, als erwartete sie eine Bestrafung. Sie ging zu ihm hin, kletterte dabei das letzte, kleine Stück Weges mit dem schwerfälligen, matten Schritt der Dienstboten hinauf, als würde sie arbeiten.

»Ich wollte etwas Ginsterstroh sammeln«, sagte sie. (Warum nur ist es eine solche Sünde, allein sein zu wollen? Wo sonst kann ich denn träumen oder weinen, ohne daß man gleich über mich zu Gericht sitzt?)

»Ich wüßte nicht, daß das hier besonders gut gedeiht.« (Ich habe nie bemerkt, daß sie, wie ich, auf der Suche nach Einsamkeit hierher kommt. Wieso nur habe ich das nie bemerkt?)

»Doch... Master Baruch hat mir erlaubt, nach der Morgenarbeit ein bißchen zu lesen. Er scheint froh zu sein, daß ich das Alphabet lernen will.«

Und Abram erinnerte sich plötzlich der ein paar Jahre zurückliegenden, nicht ganz aufmerksam verfolgten Diskussion über das Lesen Bettys. Er hatte nicht einmal bemerkt, daß sie es gelernt hatte. Nun erinnerte er sich auch daran, wie Baruch seinen Freunden und den Bediensteten der Synagoge erzählt hatte, daß er nun wirklich der erste in ganz England sei, der eine Magd hatte, die schreiben und lesen konnte. Baruch hatte sich in Szene gesetzt, hatte mit seinem Glück prahlen wollen.

Betty jedoch hatte den Vorteil wortlos genutzt – bauernschlau hinter dem verschlossenen Gesicht und dem widerspruchslosen Blick.

»Dann kannst du also lesen?« fragte er.

»Nur Hebräisch«, antwortete sie. »Aber ich habe jetzt in diesem Jahr mit Latein angefangen. Pater Odo in Allerheiligen erlaubt mir, vor der Tür zum Klassenzimmer zu sitzen.«

Abram war überrascht, daß er dieses Mädchen, die ruhige, unauffällige Arbeiterin in seinem Haus, nie zuvor wirklich wahrgenommen hatte. Als ein Licht in seinem finsteren Haus hatte er sie geschätzt; nun nahm er sie als junge Frau, als besondere, einzigartige, unverwechselbare junge Frau wahr. Weinend, mit bleichem Gesicht und frisch gewaschenem Haar hatte sie an seinem Körper gelehnt, und in ihm hatte sich etwas geregt, das mehr als nur Verlegenheit oder Mitleid gewesen war. Nicht die bekannte Wollust war es gewesen, die er manchmal empfand, wenn er eine Frau auf der Straße sah oder in Sommernächten unter der Fossbrücke auf Liebespaare stieß. Dieses glatthaarige Küchenmädchen mit den groben Händen und der unweiblichen angelsächsischen Ausdrucksweise ließ vielmehr ein Wesen erkennen, das so zart und sanft war, daß er fürchtete, es allein schon durch eine Berührung mit seiner Hand zu zerstören. Wie war es möglich, daß ein Scheit aus Hartholz verbrannte und eine so feine Asche zurückließ? Mit anderen Augen und in vollem Licht betrachtet, erschien sie Abram mit einem Mal wunderschön, und er beugte sich vor und hätte sie geküßt, doch ein einzelnes, zitterndes Haar, das ihr der Wind ins Gesicht strich, erinnerte ihn an ihre Zerbrechlichkeit. Sein Zittern zeigte ihm, wie zerbrechlich sie wirklich war – eine Magd, eine Christin in einem jüdischen Haushalt, ohne Titel, weder von einem Rittergut noch aus der Stadt stammend. Nirgendwo gehörte sie hin. Und weil er begann, sich dem Wissen um seine Liebe zu öffnen, drehte er sich um, ließ sie stehen und ging an seine Arbeit.

Baruch verbrachte den Nachmittag im feuchten Keller der Yorker Kathedrale zwischen Truhen voller Urkunden und Schuldbriefen, deren Schriftrollen in großen, verschlossenen Holzkästen aufbewahrt wurden. Gegen die übliche Gebühr hatten der Dekan und der Schatzmeister die Schuldentruhe geöffnet. Baruch hatte ihnen jedoch noch einen großzügigen Zuschlag gegeben, damit er ungestört blieb. Und so waren sie abgezogen und hatten ihn mit den verstaubten Schriftrollen und den bekannten Unterschriften und den formellen, dunklen Worten zurückgelassen. Irgendwo auf einer dieser Rollen, vielleicht sogar auf einer von ihm selbst geschriebenen, stand das Wort, nach dem sein Auge suchte. Ein Wort ist ein Gedanke, und zu diesem Gedanken fügen sich andere hinzu, durch sein Erwachen geweckt. Oft schon hatte Baruch versucht, seinem Sohn nahezubringen, wie erregend es war, mit einem einzigen Wort oder einer einzigen Zahl das Schicksal von vielen Menschen zu entscheiden. Doch dieser hatte sich nicht dafür interessiert.

Mit diesem unbedeutenden Landadel des Nordens hier hatte er nie viel zu tun gehabt. Wer waren seine Nachbarn? Wo besaß er Land? Was für Einkünfte hatte er? Wo lagen seine Schwächen? Über ein Augenzwinkern, eine Geste, über Umwege, nicht schriftlich festgehalten, sondern nur vermutet, über die Angelegenheiten anderer Familien, die nichts damit zu tun hatten, fügte sich alles zusammen. Langsam begann er, eine Vorstellung zu bekommen. Warum nur sah Abram nicht, wie erregend das war?... Ein durch den Verlust des Schirmherrn in Schulden geratenes Kloster. Plötzlich wird das Geld zurückbezahlt und die Schirmherrschaft erneuert. Das gleiche geschieht sieben Jahre später. Dann fünf Jahre später und dann noch einmal nach vier Jahren – den Schirmherren ging es also einmal schlecht und einmal gut, ohne Regelmäßigkeit; sporadisch gelangten sie zu Vermögen, verloren es und beschafften es sich dann wieder. Woher? Pferde? Nein, dazu war das Land zu karg. Schafe? Schafe bringen einen bescheidenen und regelmäßigen, keinen sporadischen oder großen Ertrag ein. Sieben, fünf und vier Jahre. 1171 hatten sie etwas Land ungünstig verkauft. Hier lag der Angelpunkt. In diesen Jahren, genau diesen Jahren mußten sie sich gesagt haben: »Jetzt gehen wir hin und beschaffen uns Geld.« Aber sie besaßen keine einflußreichen Beziehungen oder königliche Ehrenämter. Minen? Schätze? Wo lag ihr Land? An einem felsigen, windgeplagten Ort mit einem kleinen, trüben Fluß und in einem anderen, reicheren und bewaldeten Gebiet, wo der Fluß durch Nebenflüsse angeschwollen war. Warum hatten sie das erste Mal so lange gezögert? Sollten sie erst 1178 zu Wohlstand gekommen sein? Aber 1178 war für alle ein schlechtes Jahr gewesen. Stürme hatten die ganze Schiffahrt lahmgelegt...! Im Gewölbe der Kathedrale zwischen den Schriftrollen brach Baruch in schallendes Gelächter aus. Klar stand ihm das Wort, das Bild vor Augen. Schmuggel! Die neuen Forderungen der Zeit – Geld und Steuern –, die einen hart ankamen, die größer werdenden Verpflichtungen gegenüber den Klöstern – ein erster, vielleicht zufälliger Schmuggelversuch – das Geld wird zum festen Bestandteil des täglichen Bedarfs – die Furcht und die Schuldgefühle – der Schwur, nur in äußerster Not zu solchen Mitteln zu greifen – die langsam sich verringernden Abstände zwischen den Jahren der äußersten Not – der Vater, der noch Ausflüchte brauchte – der Sohn, der sich um dergleichen nicht mehr schert – der Stolz der Familie – der große, dunkle Rubin... Baruch sah das Land und die Leute und die Nation und stellte sich vor, wie ein Mann den Verdacht zu zerstreuen suchen würde, der auf sein Geld und seine Person gefallen war. Wie ein in sich geschlossenes Bild auf einem großen Gobelin übersah er mit einem Mal das Ganze!

Was für ein Abenteuer! Nun hatte er Jäger wie Gejagte ausgemacht. Nun konnte er an der Jagd teilnehmen und sie zu seinen Gunsten umleiten. Erpressung, Bestechung, Piraterie – so würde sich Baruch ins Spiel bringen, und zu guter Letzt würde Abram, sein Sohn, den berühmten Rubin vor aller Augen tragen. Das war genau die richtige Jagd für einen landlosen Juden, der auf keiner angestammten Heide Füchse mit der Meute hetzen durfte. Doch dies Abenteuer war tausendmal erregender als eine Jagd oder ein Turnier. Mit dem gleichen Vergnügen wie die Männer beim Loshetzen der Meute die frische Novemberluft einsogen, sog Baruch die feuchte Luft des Gewölbes in seine Lungen.

14

März 1185

Die Kreuzzugsaufrufe zu Ehren Christi schienen wie Wasser von durstigem Land aufgesogen zu werden. Ebenso naturhaft und gierig, wie sich die Erde am Regen labt, erquickten sich die Menschen beglückt an dieser großen Idee. Die begeisternden Worte gingen von Mund zu Mund, und es schien, als lauschten und frohlockten selbst die Steine auf der Straße. Nicht nur der Frühling war Grund für die Fröhlichkeit in York; die ganze Stadt schien von Liebe erfüllt. Im Juni versprach eine Kongregation sittenloser und liederlicher Nonnen Besserung und tat mit solcher Hingabe und Anmut öffentliche Buße, daß die ganze Stadt mit ihnen weinte und betete. Das Übermaß an Gewalttätigkeit und Verbrechen hatte sich erheblich verringert, und in den heiligen Stätten gingen Almosen in ungekannter Zahl und Höhe ein. Abram glaubte, nie so viel Gesang auf der Straße gehört zu haben. Auf dem Marktplatz schienen Höflichkeit und Zuvorkommenheit Ungeduld und Faulheit verdrängt zu haben, und er bemerkte, daß die Händler unverfälschte Gewichte benutzten – nicht aus Furcht vor den Schergen, sondern aus einer irgendwie wohlwollenden Stimmung heraus. Vielleicht… Man konnte fast meinen, die Welt würde besser. Selbst Baruch strahlte, und wenn er Abram nach seiner Arbeit fragte, so geschah es voller Interesse.

»Selbstverständlich geht meine Arbeit an den heiligen Büchern wie immer gut voran. Und wie immer habe ich auch Verträge und Abhandlungen zu schreiben. Der Bürgermeister sucht Leute für die Abfassung des neuen Gesetzeskodex' der Stadt und der Grafschaft, und da habe ich mich als Schreiber beworben. So hätte ich die Möglichkeit, ein bißchen zu zeichnen. Vielleicht überläßt man mir ja am Schluß eines Paragraphen auch noch eine Extraseite zum Zeichnen.«

Er hatte sich schon auf die väterliche Wut und Verachtung auf diese Mitteilung hin eingestellt, doch Baruch lächelte nur und meinte: »Das hast du gut eingefädelt! Wenn du die Arbeit bekommst, werde ich dir selbst ein zusätzliches Pergamentblatt kaufen, damit du dir deinen Herzenswunsch erfüllen kannst.«

Die Worte waren für Abram so ungewohnt, als stammten sie aus einer längst vergessenen Sprache. Er machte große Augen und schnappte nach Luft, aber Baruch, der im Begriff war, auf eine Geschäftsreise zu gehen, lächelte, und weg war er, nachdem er ihn noch rasch – fast fröhlich, schien es Abram – gesegnet hatte. Als er, noch immer verwundert den Kopf schüttelnd, die Northstreet verließ, um auf den Marktplatz zu gehen, sah er einen kranken Bettler, der am Straßenrand zusammengebrochen war. So viele Vagabunden – Habenichtse, die in diesen Zeiten durch die Maschen des Gesetzes und der Gesittetheit schlüpften – fanden auf diese Weise ihr Ende, und die Leute gingen bald abgestumpft und verhärtet an sterbenden Bettlern vorüber, bis ihr Gestank ein rasches und unfeierliches Begräbnis außerhalb der Stadtmauern erzwang. Zu Abrams großer Verwunderung blieben aber ein paar Vorübergehende stehen, knieten neben dem gestürzten Bettler nieder, hoben ihn auf und trugen ihn gemeinsam zum Kloster St. Mary, das ein Armen- und Siechenhaus unterhielt. Abram strich sich über das Kinn und murmelte: »Sollte sogar ich eines Tages Gott für die Erschaffung des Menschen loben? Etwas ist über uns gekommen – endlich ist etwas Gutes und Edles über uns gekommen.«

Baruch saß mit schwerem, schlaffem Körper auf seinem dahintrottenden Pferd, den Kopf voller Pläne. Es wäre nicht ratsam, seine adeligen Schmuggler dem Gesetz auszuliefern. Nach dem

Gesetz würden sie aufgehängt und den Raben zum Fraß vorgeworfen werden, und ihr konfiszierter Besitz samt dem Rubin verfiel dann dem König. Man mußte einen Weg finden, ihrem Reichtum den Hahn abzudrehen oder ihnen wenigstens den Zugang dazu zu versperren, ohne gleich die Streitkräfte der königlichen Gier zu mobilisieren. Henry war ein guter König, ehrwürdig und gerecht, doch er brauchte dringend Geld. Die Prediger, die so kräftig für den Kreuzzug die Trommel rührten, vergaßen dabei, auch die abertausend Münzen zu erwähnen, die ein König brauchte, um einen weltlichen Sieg und den Zugang zum Paradies zu erringen. Was die Priester zu erwähnen vergaßen, darüber grübelten Juden, Könige und Adelige gleichermaßen nach. Baruch kam auf seine Überlegungen zurück, wie die Quelle ausgetrocknet werden konnte, der den Baum nährte, an dem seines Sohnes roter Apfel hing. Ein launiger Einfall, ein Wort – und er lachte und rief es gut gelaunt in den Wind: »Höre, ein Sprichwort heißt: Was ist der Fluch des Sünders? ... Ein rechtschaffener Feind.« Man müßte es irgendwie einrichten, daß einer, der diesen Edelmann nicht mochte, bei Tische und in seinem Schloßhofe die Ohren spitzte – irgend jemand, dem Intrigen nichts Fremdes waren. Die Spur führte zu Baron Malabestia, den man ja nur so weit einzuweihen brauchte, damit er erst später merkte, daß er benutzt worden war. Baruch nahm die Zügel seines Pferdes wieder auf und verwandelte den Trott mit den Sporen in einen zielsicheren Trab.

»Master Abram«, sagte Betty, »endlich ist Christus wieder auf die Welt gekommen. Darf ich Euch zur Versammlung auf der Fossinsel mitnehmen? Dort könnt Ihr selbst sehen, was uns alle verändert.«

»Ich habe schon genug Predigten gehört«, sagte er ein bißchen schroff. »Jeden Tag töten hinterhältige Christen euren Christus und verfluchen uns dann einmal im Jahr dafür, daß wir ihn getötet haben. Was muß man denn noch mehr wissen?«

»Es gibt etwas Neues – etwas Wunderbares und Gutes«, sagte sie. Sie nahm seine Hand und wollte ihn, wie sie es schon häufig getan hatte, mit sich ziehen. Genauso hatte sie ihn damals von seinen Studien abgeholt und auf dem Nachhauseweg gezogen, damit er nicht trödelte – eine kleine, resolute Magd, die den träumenden Sohn ihres Herrn wie ein Kalb hinter sich herzerrte. Und wieder nahm sie erstaunt wahr, daß viel Zeit vergangen war und sie jetzt die Hand eines Mannes hielt. Und sie ließ sie los, als habe sie sich an ihr verbrannt. Sie versuchte zu lachen, doch war ihr nach Weinen zumute. Sie wandte den Kopf ab und machte sich auf den Weg zur Fossinsel. Er folgte ihr.

Das Lager bot ein so buntes Bild wie die Wochen- und Jahrmärkte. Alte Männer, Bettler und Kinder – alles, was bei solchen Anlässen normalerweise zusammenströmte. Hier und da sah man hungrige, begierige Handwerksburschen, die auf der Walz waren; dann und wann tauchte ein Pelzkragen auf. Priester, Mönche und Nonnen, die in großen Gruppen umhergingen. Ein Mann wurde auf die Neuankömmlinge aufmerksam und hieß sie überschwenglich willkommen. Daß auch ein Jude hierher fand, war ihm keine Bemerkung wert, und daran merkte Abram, daß diese Versammlung sich von allen anderen, die er je gesehen hatte, unterschied. Die Menschen strahlten Glück und erwartungsvolle Freude aus; und doch fand sich von den auf Jahrmärkten üblichen Possenreißern oder Akrobaten keine Spur; es war nicht die Vorfreude auf Spektakel und Keilereien, das Trinken und Feilschen und Spielen und Huren. Der Mann sah, wie sich Munterkeit auf Abrams wißbegierigem Gesicht zeigte, als sein Blick über das Lager hinwegglitt, und er erzählte ihnen, daß viele gekommen waren, um einen der engelsgleichen Prediger zu hören, und viele einfach nur deshalb, um mit anderen zusammenzusein, miteinander zu hoffen, miteinander die Freude an diesem großen Traum zu teilen – ein Traum von einer neuen Welt, einer Welt der Schönheit, der Reinheit und der bereitwilligen Aufopferung. Drei Taschendiebe waren am Tag zuvor mit der Hoffnung ins Lager gekommen, den entrückten Zuhörern der Predigten ein Vermögen stehlen zu können. Aber auch sie mußten dann, von sich selbst überrascht, plötzlich beichten und leisteten Buße, und die

Menge, die normalerweise den letzten Funken Leben aus ihnen herausgeprügelt hätte, jubelte sich heiser, weinte mit ihnen und feierte gemeinsam den Sieg, der größer als alles andere zu sein schien.

»Wird heute eine Predigt gehalten?« fragte Abram.

Von Abrams gleichgültigem Tonfall vielleicht etwas gereizt, trat der Mann von einem Fuß auf den anderen: »Nein, aber vor Sonnenuntergang bekommen wir vielleicht die Geschichten derer zu hören, die schon im heiligen Land unseres lieben Herrn waren – oder wenigstens mit jemandem gesprochen haben, der dort war. Jedes Detail wird ein Leckerbissen sein, der uns nährt und unsere Seele bis zu dem einen Tag am Leben erhält – bis zu dem einen Tag.«

Abram wollte fragen, um was für einen Tag es sich denn handelte, denn ihm war eingefallen, daß ja auch sein Volk »den einen Tag« erwartete. Aber Betty schnippte mit dem Finger gegen sein Bein, und er schwieg. Der Mann forderte sie auf, sich unter die Leute zu mischen, sich dieser Erfahrung auszusetzen und sich an dem neuen, hier ausgeschenkten, wunderbaren Trank der Liebe und Frömmigkeit zu erfrischen.

Sie gingen zusammen weiter, Arm in Arm und Hand in Hand – hier, an einem Ort, der dem Garten Eden glich, schien ihnen das nur selbstverständlich. Sie trafen Pater Odo, der ihnen zulächelte und sie »meine Lieben« nannte. Zu dritt genossen sie den Anblick des langsam im Westen verlöschenden Lichtes. Pater Odo, dem die Sehnsucht nach einem Reich Gottes auf dieser Welt Tränen in die Augen trieb, sagte freundlich zu ihnen: »Nicht das Schwert, nicht Folter, nicht Brandschatzung und nicht Gewalt, sondern die Liebe wird es bringen. Der Tag bricht an … lang ersehnt. In meinem Innersten fühle ich, daß der Tag anbrechen wird, an dem alle Menschen Brüder sein werden.«

Abrams Blick wanderte über das ruhig hinfließende Wasser, über die gesenkten Häupter der Männer und Frauen, die zum Abendgebet niedergekniet waren, hinweg zum klaren Himmel hinauf, an dem keine Wolke, die dem widersinnigen Geschehen widersprochen hätte, zu sehen war. Fast schenkte er dem freundlichen, dürren, ausgemergelten Soldatenpriester Glauben, daß die anbrechende Epoche, daß das neue Leben sich von allen bisherigen unterscheiden würde. Da er nicht knien wollte, aber auch zu wohlerzogen war, um stehenzubleiben, ging Abram einen Kompromiß ein und hockte sich unbeholfen neben Betty. Als die Gebete zu Ende waren, half er ihr auf. Seine Gelenke knackten, und er spottete darüber, daß selbst inmitten der erhebensten und ergreifendsten Augenblicke des Lebens der Mensch an seine Natur erinnert würde. Noch ganz im Bann des Erlebten, wandte sie sich ihm zu, und Hand in Hand, Arm in Arm, Schulter an Schulter gingen sie weiter – in inniger, ohne ihren Willen zustande gekommener Umarmung, die sie stark machte. Ganz natürlich, so wie man ein- und ausatmete, hatte sie sich ergeben.

Hand in Hand verließen sie die Fossinsel – wie zwei traumverlorene Schlafwandler. Doch wie man im Traum die Abendglocken hören und davon erwachen kann, so kamen auch sie am Ende der Brücke wieder zu sich. Langsam lösten sie ihre verschlungenen Hände, das Lächeln erlosch auf ihren Gesichtern und mit ihm wich der Glanz. Einzeln und schweigend erreichten sie Baruchs Steinhaus: Herr und Magd. Auch schauten sie sich nicht mehr an.

Es wurde später Nachmittag. Die Wachen bezogen ihre Posten. Der Mond ging auf. Baruchs großem Haus gegenüber, auf der anderen Straßenseite, hatten sich Josche und Anna zur Ruhe gelegt und betrachteten durch die Glasscheiben der Fenster den Mond, der kalt am Himmel stand. Die Nacht war klar und frostig. Sie flüsterten, um die Kleinen, die im angrenzenden Zimmer schliefen, nicht aufzuwecken.

»Fast glaube ich, die Menschen sind durch diesen von ihnen so ersehnten Kreuzzug tatsächlich besser geworden«, sagte Josche und erzählte Anna, wie man den Bettler von der Straße getragen hatte. Auch er war Zeuge dieser Szene. »Die Leute bezahlen sogar ihre Schulden.«

»Gerade heute kam es mir auch so vor«, sagte seine Frau und rückte in der Dunkelheit näher zu ihm hin. »Erinnerst du dich an die Magd, die wir vor ungefähr vier Jahren hatten? Die, die dein Sohn ›Schneeflocke‹ nannte, weil sie wie Goliath stampfte. Ein Jahr, bevor die Verbannten aus Frankreich hierher kamen, hat sie geheiratet. Ich hatte sie die ganzen vier Jahre über völlig vergessen. Heute war sie da. Sie kam herein und legte eine Silbermünze auf den Tisch, stellte einen kleinen Eisentopf daneben und sagte: ›Frau, das habe ich genommen, als ich noch in Euren Diensten stand.‹ Und ehe ich mich so weit gefangen hatte, daß ich etwas sagen konnte, war sie auch schon wieder auf und davon. Auch unsere eigenen Leute scheinen ein bißchen wie von Engelshand berührt.« – »Tatsächlich?« fragte Josche. Wohl wissend, daß sie noch mehr zu erzählen hatte, ging er auf sie ein.

Sie schöpfte Atem.

»Schau dir doch Baruch an. Bevor er seine letzte Geschäftsreise antrat, schien er selbst seiner Familie gegenüber viel von seiner Überheblichkeit und Reserviertheit abgelegt zu haben. Ich habe mich immer vor anderen und mit Rana über seine üblen Scherze und Wutanfälle geschämt. Jetzt scheint er ganz verändert, und ich bin für uns alle froh.«

Josche schaute den klaren Mond an, der in den Fensterscheiben wie Flüssigkeit in einem Glas schwamm. Und da er sie liebte, versteckte er auch seine Skepsis vor ihr nicht: »Ich bin für York und für die Welt froh, daß so viele jetzt die Liebe entdecken – denn sie sind doch alle total verliebt in diesen Kreuzzug. Für eine Woche lang scheinen sie dadurch ja auch bessere Menschen geworden zu sein. Trotzdem habe ich so meine Zweifel – und was Baruchs verändertes Verhalten betrifft, sogar starke Zweifel.«

Er wollte ihr erzählen, was er schon Rabbi Jomtow erzählt hatte – daß nämlich er und Baruch für die Gemeinde eine große Gefahr darstellten: Baruch wegen seines übertriebenen Hochmuts, seiner Prunksucht und seinen Betrügereien; doch auch das Lebenswerk ihres geliebten Josche stand in üblem Ruf. Er und Baruch und viele andere in der christlichen Welt – seien es Christen oder Juden – würden diese Wallfahrt der Liebe finanzieren und dabei ganz genau wissen, daß die Handelswege, die Geschäftskontakte und -abschlüsse, die doch Lebensgrundlage vieler waren, damit zerstört und ihr Geld fast ebenso sehr gehaßt werden würde wie die Sarazenen selbst. Er schaute zu ihr hinüber. Gerade und mädchenhaft, wie sie manchmal sein konnte, lag sie auf dem Rücken und beobachtete den Mond. Er scheute sich mit einem Mal, von der geheimsten aller seiner Ängste zu sprechen – daß der Kreuzzug nämlich irgendwie zu ihrer Vernichtung führen könnte. Er sagte daher: »Baruch ist deshalb fröhlich, weil er wie ein Ritter einem gut trainierten Feind entgegentreten darf. Er fühlt sich herausgefordert. Er wird gewinnen, und ich fürchte mich vor seinem Sieg. Mir sind Gerüchte zu Ohren gekommen, daß er im Süden Nachforschungen über eine bedeutende Familie anstellt, und ich glaube, obwohl ich nicht genau weiß, wieso und warum, daß er eine Hetzjagd gegen sie veranstalten will, die umschlagen und sich gegen uns richten könnte.«

»Baruchs Abenteuer! Soll sich doch Rabbi Jomtow die Zeit damit um die Ohren schlagen! Wenn er zu weit geht, gibt es ja schließlich noch das Gemeindegesetz.«

»Für die Christen in unserer Nachbarschaft sind wir alle Baruchs. Wir halten zusammen wie die Ziegel in einer Mauer. Liebste, meine liebste Anna – wie tausend Ziegel in einer Mauer. Nimm einen davon heraus; wird sie gleich zusammenfallen?«

Unter dem schweren Leintuch suchte er nach einer anderen Stellung, denn was er zu sagen hatte, ging ihm schon lange durch den Kopf – schwer und drückend lag der knorrige Wust der Sorge auf ihm. »Auch ich muß wieder abreisen. Es gibt da in London ein Geschäft zu erledigen.«

Josche ging oft fort. Der jüdische Handel schuf der Welt ihren Marktplatz. Doch seit die Ankunft der Verbannten aus Frankreich auch das Sicherheitsgefühl der Yorker Juden erschüttert hatte, fürchtete sich Anna und hatte schon im voraus Angst vor der Einsamkeit. Sie berührte seinen Arm und sagte: »Bei keiner deiner Reisen, selbst bei der längsten nicht, war mir deine Abwesenheit Anlaß zu Ärger oder Furcht. Bis jetzt. Du magst es abergläubisch nennen, aber gib mir bitte diesmal keine Scheidungsurkunde.«

»Für einen Geldverleiher bist du schon eine seltsame Frau«,

sagte er. Aber er fühlte sich ein wenig gedemütigt, weil er wußte, wie sehr sie an ihm hing, ihm aber auch klar war, daß er selbst um ihretwillen nicht unsterblich war. Juden, die auf Reisen gingen, übergaben ihren Frauen vor der Abreise einen Scheidungsbrief – für den Fall, daß sie nicht zurückkehrten. Den Frauen stand es dann frei, wieder zu heiraten. Sie mußten auch nicht für die Schulden ihrer Männer oder die Sondersteuer, mit denen der König ihre Geschäfte belegte, aufkommen. »Die Juden wissen, daß wir ein Fleisch sind und daß die Urkunde nur ein Stück Papier ist, eine reine Formsache...«

»Es ist, als forderten wir mit diesem Papier den Todesengel heraus. Als die Franzosen kamen, habe ich mir die Welt um mich herum angeschaut, und sie hat mir mit einem Mal Angst gemacht. Wenn du unbedingt mußt, mein liebster Mann, dann gib das Ding jemandem zur Aufbewahrung. Gib es aber bitte nicht mir! Ich möchte es nicht mehr sehen!« Eine Zeitlang lauschten sie schweigend den Atemzügen im angrenzenden Zimmer. »Sind *sie* denn nicht schon Grund genug zur Vorsicht und Furcht?« fragte sie.

»Angst hat der Rabbi«, sagte er. »In seinen Adern fließt eine Angst, die sich um die Sicherheit eines jeden von uns sorgt. Wir haben doch nur vier, und du machst dir Sorgen für zehn.«

Sie lachte ihr herrliches Lachen, schwieg dann und meinte: »Ach ja. Aber sie werden heiraten.«

»Warum jetzt an Verlobungsfeiern denken?« neckte er sie. »Denk lieber an die Zeit nach der Verlobungsfeier.« Sie lachten.

»Erinnerst du dich an Abrams seltsames Benehmen damals?« Sie ließ ein verwundertes, glucksendes Lachen hören. »Wirkte er nicht wie vom wilden Affen gebissen? Überallhin hat er mich verfolgt und mit dem seltsamsten Gesichtsausdruck einen verrückten Witz nach dem anderen gerissen.«

»Glaub mir, meine Liebe, mit diesem Gesichtsausdruck wollte er nur zeigen, was er sich unter Sympathie, unter zu Witzen aufgelegter Laune, unter geselligem Beisammensein vorstellt.«

»Heiliger Vater!« fluchte sie. »Warum braucht er eigentlich mehr Zeit zum Erwachsenwerden als andere Kinder?«

»Armer Abram. Er nimmt sich sein eigenes Wissen übel – daß er nämlich klug und vielleicht sogar berühmt werden könnte. Und daß berühmt sein bedeutet, mehr als andere leiden und opfern zu müssen. Und die ganze Zeit über möchte er doch nichts anderes, als unsichtbar und allein sein. Aber leider leuchtet ihm das Licht der Erkenntnis immer weiter.«

»Ich bin froh, daß unser Sohn nicht ist wie er.«

»Ein bißchen sind auch wir ihm Eltern.«

»Eltern – war es nicht erst gestern, daß wir unsere eigene Verlobung und Hochzeit gefeiert haben? Ich war so stolz«, sagte sie leise, »so stolz. Du sahst so vornehm und gütig aus. Und dein Vater weinte. Und mein Vater weinte noch viel mehr.«

Einen Augenblick lang sahen sie sich selbst vor sich, wie sie, eben noch Braut und Bräutigam, jetzt selbst das Fest ihren Kindern ausrichten mußten. Diesmal würde der alte, weinende Vater Josche sein. Und die weinende Frau auf der Frauenempore in der Synagoge würde diesmal Anna sein, die über die Grausamkeit der Zeit Tränen vergoß.

Tiefer noch als er empfand sie es und sagte: »Ich bin alt, mein Liebster, und meine eigenen Söhne stoßen mich auf den Friedhof und ins Grab.«

»So höre denn – ich werde dich wieder jung machen. Ich werde neu schaffen, was Gott geschaffen hat.« Er lachte. »Ich werde neu segnen, was Gott gesegnet hat.«

»Mein lieber Mann, ich bin müde.«

»Du wirst bereit sein müssen, meine Gute, ob du nun in der Blüte deiner Jugend stehst oder nicht.«

»Mein lieber Mann, der Mond steht in keiner günstigen Phase. Es ist nicht die Zeit, sich sorglos zu lieben. Ich werde empfangen.«

»Meine Gute, deine Ausflüchte sind wie Gras unter meiner Sichel. Weißt du denn nicht, warum ich die Fensterscheiben habe einsetzen lassen? Etwa nur, weil ich eitel bin? O nein. Der klare Mond gleitet über die Binsen am Boden, und dort liegst du, schlafend. Er streichelt dein lockiges Haar, er läßt es erglänzen; er liebkost deine Lider und deine Wangen. Und wenn ich des Nachts erwache, während du noch schläfst, sehe ich, wie der Mond mit meinem Himmel spielt und bin glücklich, daß ich Glasfenster besitze.«

Er legte seine Hand auf ihr weiches, schwarzes Haar, das sie unter die Haube geschlagen hatte. Warm und duftend war es. Langsam und tief atmete er ein. Dann liebkoste er mit den Lippen ihr Gesicht: »Er küsse mich mit dem Kusse seines Mundes; denn deine Liebe ist lieblicher als Wein.«

Sie rückte ein wenig fort von ihm, dann rückte sie näher. »Mein Lieber, es ist nicht die rechte Zeit...«

»Da ist die Stimme meines Freundes, der anklopft: ›Tu mir auf, liebe Freundin, meine Schwester, meine Taube, meine Reine.‹«

»Morgen bricht der Tag früh an für uns...«

»Oh, meine Taube in den Felsklüften, im Versteck der Felswand...« Und wie ein Blinder, der sich etwas ertastet, begann er, mit seinen Fingern über ihren Körper zu streichen, obwohl ihm der Mond schien, um herrlich zu machen, was er sah. Die Geräusche der Schlafenden um sie schwanden. Die beiden dagegen wurden wacher und wacher. Ihre Herzen schlugen rasend an ihre Brust. Lippen, Augen und Hände suchten sich. Sie warteten. Näher und näher. Größer und größer. Langsam und doch immer schneller bewegten sie sich, bis die Schönheit des Steigens zu groß war, als daß sie sie noch ertragen konnten. An ihr schluchzte Josche aus seinem Innersten heraus: »Mein Kelch, mein Kelch! Meine Wonne!«

Sie sanken voneinander und lächelten in der Dunkelheit. Dann hörten sie die Schlafenden sich im Stroh regen. Sie lächelten, weil diese Schläfer ihre Früchte waren, und es schien ihnen, als sähen sie, sich in der bezaubernden Mondnacht in den Armen liegend, in die Zukunft und zugleich in die Vergangenheit – die Schöpfung und die Zeit vor der Schöpfung. Sie waren göttergleich.

15

Juli bis November 1185

Als Abram den Auftrag bekam, den Kodex der Stadt neu zusammenzustellen, zu binden und zu illustrieren, lief er als allererstes zum Fluß, zu Betty, die dort Wäsche wusch. Über Frauen und verknotete Haufen ausgewrungener Wäsche gebeugt, berichtete er ihr davon. Mit dem Eifer eines Kindes malte er sich aus, was er auf die ihm überlassene Extraseite zeichnen, wie er leer gebliebene Stellen am Blattrand ausschmücken und welchen Schrifttypus er wählen würde. Als er dabei war, seine neueste Idee auszubreiten, sah er seine Mutter mit einem vergessenen Wäschestück auf sie zukommen. Er wurde bleich, fing zu stottern an, und seine Beine sagten gleichzeitig: »Renn weg!« und »Bleib!«, so daß er beinahe aus dem Gleichgewicht gekommen und umgekippt wäre. Bettys Gesicht bekam wieder den verschlossenen Ausdruck, und während Abram fast strauchelte, stand sie stumm und steif da. Rana kam, übergab Betty das Kleidungsstück und musterte ihre Gesichter, Augen und Beine. Sie hatte wohl bemerkt, daß sie sich nicht mehr unbefangen einander gegenüber verhielten, und anfangs glaubte sie, es habe damit zu tun, daß die beiden allmählich in die für sie schon vor der Geburt bestimmten Rollen hineinwüchsen. Doch vor kurzem hatte sie gewittert, daß der Wind sich gedreht hatte. Und das wollte ihr nicht gefallen.

Der Sommer löste den Frühling ab, und Tag und Nacht hatte die Sorge Rana mit Peitschenhieben gemartert. Tausend Kleinigkeiten nahm sie jetzt wahr. Es erzürnte sie, daß eine christliche Magd sich vermaß, ihre Liebe auf etwas zu richten, das so weit über ihr stand. Sie fing an, Betty der kleinsten Versäumnisse wegen auszuschimpfen, in der Hoffnung, das Mädchen durch ihre Kritik und niedere Arbeiten häßlich zu machen. Sie wollte ihren Sohn vor diesem Bauernmädchen retten und vergaß dabei die gemeinsam mit Betty verbrachten Jahre völlig.

Aus dem Sommer wurde Herbst, die Feiertage wollten vorbereitet sein, und die Häuser der Juden waren erfüllt von emsiger Geschäftigkeit. Rana geriet zusehends außer sich angesichts des bedrückenden Schweigens von Abram. Mit Schatten, mit Geistern kämpfte sie. Einen Brosamen ihrer Furcht teilte sie Baruch mit, der sie fragte, was sie denn gesehen oder gehört habe. Und da sie eigentlich nichts Richtiges in der Hand hatte, verstummte sie völlig. Die Welt zog ihr trauriges Winterkleid an, und Ranas nicht faßbare Geister lasteten wie tausend Jahre auf ihr. Josches Frau, Anna, ging schwanger. Das bedeutete noch mehr Arbeit. Rana hatte genug damit zu tun, die kleinste Vertraulichkeit als böses Omen zu deuten, dazu beim Spinnen und Weben neuer Wickelbänder und Leintücher für die Geburt zu helfen, und so blieb ihr weniger Zeit, als ihr recht war, auch noch das Kommen und Gehen ihres Sohnes zu überwachen.

Für Abram war der Umfang einer Seite des Codex Eboracum, des Kodex' der Stadt York, zum Maß für einen großen Teil seiner Tage und Nächte geworden. Baruch hatte ihm seine Extraseite versprochen, und Abram hatte sie bereits vom Pergamentbündel aussortiert. Er hatte angefangen, die hundertmal ausradierten und abgeänderten Schnitzel und Schnipsel der Gesetze abzuschreiben, wobei er hier und da kleine menschliche Figuren einfügte und sich bemühte, die Initialen nach irischer Art zu formen. Doch das war nichts Ganzes und nur Übung. Auf seine Seite sollte ein Teil des Lebens, ein kleiner Ausschnitt der Welt gezeichnet sein. Immer wieder, in immer neuen Anläufen zeichnete er und entwarf und skizzierte in Mußestunden seine Entwürfe auf die flachen Felsen am Flußufer, auf den Tisch, auf den Boden, auf die Wand neben der Feuerstelle, wischte sie weg und begann wieder von neuem. Sollte er zeichnen, was er an der Welt liebte? Was er haßte? Schwatzende Frauen am Brunnen? Die Straßen der Juden? Die Straßen der Christen? Die Tragikomödie, die sich auf dem Marktplatz abspielte? In seinen Träumen tauchten die Bilder auf und verblaßten wieder, bis ihm schließlich keine Zeit mehr blieb, und er die vernachlässigte Arbeit am Gesetz seines eigenen Volkes nachholen, in seiner Bude auf dem Marktplatz sitzen und das mechanische Abschreiben des Kodex fortsetzen mußte. Die Wochen vergingen. Der Bürgermeister und der Gerichtsdiener bekamen die ersten Blätter der Abschrift zu Gesicht und waren des Lobes voll über die Zuverlässigkeit seiner Feder. Zum ersten Mal in seinem Leben – abgesehen von seinen Gesprächen mit Simon – schwang in Abrams Antwort der Stolz auf die Traditionen seines Volkes mit. Er erläuterte ihnen, daß die jüdischen Schreiber sich ihr Leben lang durch die Abschrift der Gesetze und der Schriften der Propheten zu vervollkommnen suchten, wobei man sich bei keinem einzigen Wort oder Buchstaben verschreiben durfte. Glücklich stand er in der Sonne, die durch das Fenster des Rathauses schien und hörte sich selbst, wie er die höchsten Würdenträger der Stadt belehrte. Und im Verlauf der Wochen meinte er wahrzunehmen, daß man ihm mit größerem Respekt begegnete. Die gewöhnlichen Bürger der Stadt konnten nichts von seiner Arbeit am Kodex wissen. Er vermutete daher, daß die Amtmänner hatten durchblicken lassen, er fertige von ihrem Buch eine Abschrift von größter Kunstfertigkeit und höchstem Rang an. Ihm wurde vage bewußt, was für seinen Vater Schmeichelei und Prunk bedeuten mochten – und auch ihm gefiel diese neue Erfahrung.

Baruch unternahm den ganzen Sommer hindurch bis in den Herbst hinein zahlreiche Reisen durch die Grafschaft. Abram kam hier und da zu Ohren, er mache mit mächtigen Freunden des Baron Malabestia Geschäfte oder Pläne. Abram strahlte vor Freude, denn er glaubte, durch eigenes Verdienst endlich aus dem Schatten der übermächtigen Gestalt Baruchs getreten zu sein. Josche brachte es nicht über sich, Abrams Trugbild zu zerstreuen und ihn aufzuklären, daß die Respektbezeugungen nicht ihm, sondern Baruchs Freundschaft mit den mächtigsten Männern der Grafschaft galten.

»Er hätte es verdient«, sagte Josche zu Jomtow, während sie auf der Haustreppe saßen und das Yorker Leben an diesem Herbstabend beobachteten. »Wenn es bei Schmeicheleien gerecht zuginge, müßte man zu Abram allein um seiner selbst willen ›Sir‹ und ›Zu Euren Diensten‹ sagen. Ich habe die ersten paar Seiten des Kodex' gesehen und muß sagen, was Zusammenstellung und Abschrift angeht, ist er ein Meisterwerk. Schon allein die Schrift ist ein wahres Kunstwerk.«

»Richtet sie sich an uns, wird die Sprache der Christenheit zweideutig«, sagte Jomtow. »Männer ohne Rang und Grundbesitz haben überhaupt kein Anrecht darauf, ›Sir‹ genannt zu werden. Es gibt gar keine Anrede, mit der man einem Juden seine Hochachtung bezeugen könnte. Derjenige, der in diesem Land einen Juden mit ›Sir‹ anspricht, ist ein Speichellecker und Heuchler, und wenn Abram dahinterkommt, wird es für ihn ein böses Erwachen geben. Halb ahnt er schon, daß die Ehrerbietung geheuchelt ist. Grausam wird es dann für ihn, wenn er feststellt, daß diese Verstellung nicht einmal ihm, sondern Baruch galt.«

Der Gelehrte streckte seine Beine weit von sich, reckte die Arme hoch in die Luft und holte tief und ausgiebig Atem. Am Himmel segelten die Möwen, glitten auf und nieder, und Jomtow reckte sich, als wollte er höher und höher hinauf und schließlich fliegen. »Wie schön sie sind«, sagte er, während er beobachtete, wie sie einen plötzlichen Aufwind nutzen und sich von ihm tragen ließen. »Wie gut und froh und schön sie sind!«

Als die Bäume in herbstlichem Feuer erglühten, wurde das Verlangen nach einem Kreuzzug noch stärker: »Brüder in Christi – Sein Land ist besetzt, Sein Grab entweiht, Sein Name verleumdet. Soll Er denn noch einmal gekreuzigt werden?!«

In den Kirchen antworteten tausend Stimmen und an den Straßenecken zehntausend und in den frostig kalten Herbstwäldern und Feldern hunderttausend: »Nein!« Das Kreuz zu nehmen und das Land Christi zu retten wurde das Gelöbnis des reuigen Sünders, das Versprechen an einen Sterbenden, der Schwur der Frommen, der Wunsch für die Zukunft der Kinder und der trügerische Traum der vom Leben Geschlagenen und der Habgierigen, die den Gewürzhandel in ihren Händen und geheimnisvolle Goldschätze durch ihre Finger rieseln sehen wollten. Selbst die königlichen Söhne ließen einen Augenblick davon ab, über den Kopf des traurigen Henrys hinweg Intrigen zu spinnen, um den Erzbischof Baldwin anzuhören, der zu einem siebenjährigen Landfrieden aufrief: denn die Krieger sollten mit ihren Waffen die Sache Christi unterstützen. Der ungeduldige Prinz Richard war in Frankreich und plante den Sturz seines alternden Vaters. Ungeduld ist ein Vorrecht der Jugend, und Richard war Ende zwanzig. Die Predigten schürten in dem jungen Mann die Glut der Begeisterung. Wie herrlich wäre es, unter dem in der klaren Luft wehenden Banner, mit Gesang und Schwertergeklirr und der Hoffnung auf sichere Erlösung auszureiten; nicht mehr diese Kriegszüge mit dem schmierigen, das Lagerleben verfluchenden Söldnerhaufen, sondern mit Seelen, die Reinheit gelobt hatten und wunderbare Psalme vom Sieg sangen; ein Heer, das sich »Das Heer des einzig lebenden Gottes« nennen durfte. Für den gemeinen Mann, der seinem Herrn im Fußvolk folgte, war der Kreuzzugsaufruf ein Aufruf zu großen Taten. Für die Juden war er ein böses Omen des kommenden Schreckens – ein großer, schwarzer, finster drohend über ihren Köpfen kreisender Geier. Das Blut kocht; die Christen schwenken ihre Banner – Gott helfe uns! Den Seeweg nach Ägypten oder den Landweg nach Byzanz zu nehmen, hieß wieder einmal, sein Leben aufs Spiel zu setzen. Und auch das jetzt schon knappe Geld würde noch knapper werden. Einer witzelte: »In ganz York knirscht Metall auf Metall – in der Northstreet knirscht man mit den Zähnen.«

Betty stand im Hintergrund und lauschte dem Gespräch am Tisch. Von ihrem Herrn, seinen Freunden und Gästen hatte sie oft schon von den Moslems und ihrem weitgespannten Handelsnetz gehört. Betty wußte, die Moslems glichen in vieler Hinsicht den Juden, und im Geiste hatte sie sich ein Bild dieser Menschen, die sie nie gesehen hatte, zurechtgelegt. Klug, geistreich und eitel waren sie – ein kultiviertes, aber tatkräftiges Volk, das auf die Christen als Barbaren herabschaute, die mit den Wissenschaften wenig, mit der Medizin fast gar nicht vertraut waren, und deren Kultur grobe, bäurische Edelmänner hervorbrachte, die, kaum besser als ihre Leibeigenen, an einem Stückchen Land und an ihren wenigen Vorrechten klebten. Nach jahrelangem Zuhören hatte sich dieses Bild in Betty festgesetzt. Nun war das Bild dazugekommen, das die glühenden Verfechter des Kreuzzuges in den Kirchen entworfen hatten. Die Sarazenen ihrer Erzählungen waren verschlagen, viehisch und verderbt. Der Teufel verlieh ihren Waffen Stärke und vermehrte zugleich ihre perversen und sündhaften Kräfte. Sie waren abscheulich, sie waren grausam und schlecht... Sie waren faszinierend.

Während die Juden redeten und überlegten und die Wanderprediger ihre ganze Begeisterung, Glut und Beredsamkeit aufwandten, waren die Grafen, Barone, Ritter und Lehensherrn überall dabei, ihre Ernten, ihr Gold, ihre Lehensmänner und ihre Ehre für einen Vorstoß zu neuen ruhmreichen Taten zu verplanen. Baron Malabestia schaute von seinem Fenster aus den im Schloßhof Christ-und-Heide spielenden Kindern zu und fluchte, daß er diese nie wiederkommende Gelegenheit ungenutzt vorüberziehen lassen mußte. Er war nie gern königlicher Richter gewesen, und jetzt stand dieses wenig einträgliche Erbamt auch noch dem Reichtum, Ruhm und Abenteuer im Wege. Er würde sich seinen Schatz eben von den benachbarten Bäumen schütteln müssen. Lord Robert de Kuckney hatte vor, das Kreuz zu nehmen, teils, um seiner Familie wieder einen Namen zu machen, teils, um die Verachtung seiner Frau Lügen zu strafen – eine Frau, dazu bestimmt, Krieger zu gebären, und verheiratet mit einem Feigling. Er würde seinen Sohn mitnehmen und sah, obwohl ihm das alles verhaßt war, wenigstens einen Hoffnungsschimmer aufleuchten – die Aussicht, seine verlorene Ehre wiederzugewinnen und über gemeinsam bestandene Gefahren und geteilte Freude auch seinem Sohn wieder näherzukommen.

Nur wenige noch dachten an das eigene Land, das ohne die Männer schweren Zeiten entgegenging. Neue Lieder würden geschrieben werden müssen, Lieder, die nicht nur die Ruhmestaten, das vergossene Blut und die flatternden Fahnen verherrlichten; man würde auch von gebrandschatzten, schutzlos den Plünderern ausgelieferten Gütern singen; von verfaulenden Ernten auf den Feldern, von verhungernden Menschen; von den fehlenden Händen bei der Feldarbeit; von Schulden und Hungersnöten, von freudlosen, einsamen Wintern; von niemals Wiederkehrenden...

In diesem rauschhaft durchlebten Jahr hatten die Menschen schwere Träume. Konnte man sich nicht mit der Kreuzfahrt ins heilige Land das Seelenheil verdienen? Die Teilnahme an einem heiligen Krieg galt den Christen als großes Verdienst und würde am schrecklichen Tag der Abrechnung und des Jüngsten Gerichts, wenn Himmel und Erde umstürzten, für sie in die Waagschale geworfen.

In der ganzen Grafschaft, der ganzen Nation und der ganzen Welt begann die Ungeduld zu wachsen, daß das Leben so langsam vorankam. Für Anna, Josches Frau, war dies alles jedoch nur ein Spiegel und ein Abbild des Lebens, das in ihr wuchs. Mit schwerem Schritt und schläfrig war sie durch den herbstlichen Oktober gegangen und hatte oft gebetet. Im Dezember gebar sie ihr Kind. Im Lichte der einbrechenden Dämmerung erwachte sie an der längst bekannten anschwellenden Wucht einer ersten Wehe. Trotz ihrer Furcht vor der ungesunden Nachtluft legte sie ein Umschlagtuch um und ging in ihren kleinen Kräutergarten hinter dem Haus. Eine Zeitlang wollte sie noch allein sein, verborgen, ehe Nachbarn, Freunde und Verwandte kamen, um in das zeremonielle Wehklagen einzustimmen, das jedes Krümmen ihres gebärenden Körpers begleiten würde. Denn steht nicht geschrieben: »Unter Schmerzen sollst du gebären«? Leise seufzte sie auf: »O Gott, dein Wille geschehe, möge er nur Leben bringen.«

Und so geschah es. Als die Wehen stärker und länger wurden, atmete sie tief und scharf durch. Die Frauen kamen. Sie kamen mit Hockern und Umschlagtüchern und Brot für den Fall, daß sie hungrig würden. Fröhlich schwatzend kamen sie, denn eine jede muß einmal Kinder gebären, doch bot sich hier auch eine

Gelegenheit zum Schwatz. Die Männer mochten an diesem Tag ruhig auf ihr Essen warten; dies ist unsere wichtigste und größte Anstrengung – außer dem Tode das einzig wirklich große Ereignis für eine Frau. Anna lag, wie es Gesetz und Brauch aus anderen Zeiten und einer weit entfernten Gegend vorschrieben. Sauberes Stroh war gebracht und zu einem kleinen Bettchen aufgeschüttet und mit süßen Kräutern und wichtigen Arzneien bestreut worden: Senf, um dem offenen Leib die Hitze zu nehmen, Ysop für die Reinheit, Wasser und Öl und Salz, um das Kind zu salben, und Schalen für das Blut der Mutter. Die Frauen begrüßten Anna, tätschelten ihr die Hände, rieben ihre Füße und ließen sich dann häuslich nieder, um sich ihrer wichtigsten Aufgabe zu widmen: dem Schwatz. Einmal ums andere rupften sie die Gerüchte, wendeten sie in ihren Händen hin und her und steckten sie wie Kastanien in den Mund – ganz vorsichtig. Weitere Nachbarinnen kamen. Die Frauen machten ihnen auf dem frisch aufgeschütteten Stroh Platz. Schließlich war eine ganze Schar lachender und essender Frauen und Kinder da. Hin und wieder trösteten sie die Gebärende, wenn ihr Leib sich unter Wehen zusammenkrampfte. Bald würde es soweit sein.

Zwischen den heranrollenden Schmerzen kam Anna die Erinnerung an ihre Nachbarin Chere und an die stundenlangen Schmerzensschreie, als sich ihr Leib über dem Körper des Kindes wieder geschlossen hatte. Dann, mitten in ihrer eigenen Not, als ihr Körper unter Krämpfen das Leben in ihr herauszustoßen suchte, dachte sie an all die anderen; an die blonde Alis und ihr rasendes Fieber; an Reine und die Ströme dunklen Blutes; an Mira, Sara, Lisa. Wie viele waren es doch. Sie hörte, wie die anderen mit ihr litten, doch das vermochte sie nicht zu trösten. Es war wie der Trost, den sich die blinden Bettler am Ufer des Foss zusprachen: Der Weg ist einfach, Bruder; wir werden ihn zusammen gehen. Ihre Erlösung kam erst, als die Wehen wieder nachließen. Die Frauen beendeten ihr langes, wehklagendes Stöhnen und wandten sich wieder dem Schwatz zu.

»Rana«, meinte eine von ihnen, »deine kleine Magd ist in diesem Jahr ja recht aufgeblüht. Steht in voller Blüte!«

»Sollte sich besser einen Mann besorgen«, sagte eine andere. »Hab sie hinter Abram herschauen sehen, als er an ihr auf der Straße vorbeiging.«

»Ja, ja. Auch ihn habe ich hinter ihr herschauen sehen. Und auf dem Markt haben sich ihre Hände zufällig berührt, und beide haben die Hand weggezogen, als hätten sie ins Feuer gefaßt.«

Eine ältere Frau lachte: »In der Tat, meine Damen: Feuer!«

Rana fiel wütend über die Frauen her: »Wie könnt ihr es wagen, so etwas zu sagen? Mein Junge und dieses Weibsbild! Nie käme ihm so etwas in den Sinn! Nie!«

Als Denicosa Ranas Zorn sah – viel zu viel Zorn über ein so kleines, halb im Scherz gesagtes Wort –, stieg Mitleid in ihr auf; sie konnte nicht verhindern, daß ihr Gesicht nur noch Mitgefühl ausdrückte und machte dadurch die Sache noch schlimmer.

»O Frauen, Frauen!« Annas Schmerzen näherten sich dem Höhepunkt, und man wandte ihr wieder die ganze Aufmerksamkeit zu. Noch ein Augenblick des Wehklagens, Weinens und Flehens und ein kleines weibliches Leben floß zur Erleichterung ihres Leibes in Denicosas Hände. Das Wehklagen verklang in einem langen Seufzer der Freude: heil war das Kind, und die Geburt hatte keinen Anlaß zur Besorgnis gegeben. Aus dem Vorderzimmer, wo die Männer warteten und tranken, kam eine barsche Frage. Als die Männer hörten, daß Josche eine schöne Tochter geboren war, ließen sie einen lauten Freudenschrei hören – auch wenn es kein Sohn war.

Wie es vorgeschrieben war, trat Josche ein; und wie es vorgeschrieben war, erkundigte er sich in formellen Wendungen bei seiner Familie, die Zeuge der Geburt gewesen war. Die Schwiegermutter erhob sich schwerfällig und ließ sich Zeit für die ihr zugewiesene Aufgabe – nichts fehle, nichts sei vertauscht, nichts getan, was der Ehre des Hauses schaden könnte. Nach altem Brauch und mit einer Stimme, die schon sein Vater und dessen Vater und wieder dessen Vater in einer langen Reihe von Vätern und Menschen hatten ertönen lassen, erklärte Josche das Kind für sein eigenes und verkündete seine Vaterschaft. Er dankte für das Kind; dankte den Helferinnen seiner Frau. Dann ging er, um im Vorderzimmer anzustoßen und zu scherzen.

Inmitten des Jubels und Dankes bewegte sich Rana wie ein Geist, und als Betty ins Haus kam, um ihre Glückwünsche zu überbringen, sich mit den Frauen unterhielt und über das Neugeborene auf hebräisch den wohlbekannten Segen sprach, erbleichte Rana, als hätte man sie geschlagen.

»Geh!« fuhr sie das Mädchen an. »Geh, bevor du etwas berührst, was zur Zeremonie gehört und es damit entweihst...!«

Ein Raunen ging durch die Frauen. Rana hatte sich durch ihre hilflosen Worte, ihren Blick und ihren Ton bloßgestellt. Eine einzige Minute der Verzweiflung hatte sie ein Geheimnis gekostet, das sie mit ihrem Leben verteidigt hatte; und Denicosa, die sanfte Frau des Rabbi Elias, fühlte mit ihrem formlosen Körper den ganzen Kummer der schönen, geschmückten Rana. Und ihr Mitleid wanderte über ihr reizloses Gesicht, und sie verschlimmerte die Angelegenheit dadurch tausendmal mehr, als es Ranas schlimmster Feind hätte tun können.

16

April 1186

Als die Woge der Begeisterung für den Kreuzzug zu Ehren Christi ihren Höhepunkt erreichte, konnte überkommene Sitte manchen nicht mehr in Schranken halten. Für viele war Jerusalem nicht mehr das Zeichen, unter dem sich das Leben von Grund auf erneuerte, sondern wurde zur fiebrigen und zersetzenden Krankheit. Langeweile, lang unterdrückte, schwelende

Leidenschaften und Einflüsterungen des Fleisches nährten in vielen Klöstern die Begeisterung für den Kreuzzug. Geißeln, Nägel und endlose Gebete konnten das Verlangen nach der siegreichen Schlacht längst nicht mehr zum Verstummen bringen. Augen und Münder der Mönche waren davon entzündet; es überflutete ihre Sinne; es übermannte sie. Als der Aufruf noch bezwingender und die Heilsversprechungen über das Grab hinaus reichten, entwichen aus den Klöstern alte Mönche und junge, Nonnen und Novizinnen; ersetzten Chorhemd und Kutten durch Pilgermantel und Kriegerhelm. Und die heilige Kirche, die mit ihrer ganzen wunderbaren Begeisterungs- und Beschwörungskraft zu diesem Kreuzzug ermuntert hatte, hatte bald schon Mühe, ihre eigenen Klostergemeinschaften zusammenzuhalten. Ihre Gesetze waren vergessen, hinweggeschwemmt von der Beredsamkeit verführerischer Stimmen; ihren Edikten, die die Brüder und Schwestern zum Bleiben aufforderten, wurde der Gehorsam verweigert. Die Mönche und Nonnen – aus den Klöstern entlaufen, der Vergangenheit, Herkunft und Familie entfremdet, ohne Geld und Anführer und ohne Kontakt zu den sich langsam sammelnden Heeren –, vagabundierten hungrig umher, nirgendwo hingehörend; und bald schon fielen sie auf der Suche nach Nahrung und Obdach in die Dörfer ein. Manche wurden zu Dieben und zu Schlimmerem noch; manche mordeten, und alle gaben sich dem Selbstbetrug hin, die Siege im heiligen Krieg würden ihre Seelen wieder reinwaschen. Die von Tag zu Tag anwachsende Zahl der Entwurzelten vereinte sich mit den ruhe- und ziellos Umherirrenden, die sich gezwungen sahen, das Land zu verlassen und anderswo ein neues Leben zu beginnen. Sie waren aus einer Gesellschaft der festgefügten Ordnungen und klar gezogenen Grenzen hervorgegangen, in der jedem sein Platz und seine Bestimmung vorgezeichnet war, und schienen in einem Wirbelwind der Willkür und der Gewalt zu verwildern. Gewohnt, von Pflicht und Ordnung an knappem Zügel gehalten zu werden, suchten sie, bis ins Innerste verstört, nach ihrer Bestimmung in den sich neu eröffnenden Ecken und Winkeln dieser Tage. Und in der Zwischenzeit mußten sie sich am Leben erhalten. Es gab jedoch auch andere, die sich behutsamer, doch ebenso unbewußt aus dem Räderwerk der Traditionen lösten.

Gegen Ende des Jahres hatte Baruch seiner Beute die Schlinge um den Hals gelegt. Noch war sie locker und zog sich erst langsam zu, denn er hatte noch nicht selbst Hand angelegt. Viele andere Geschäfte hatten seine Zeit in Anspruch genommen: der Umlauf des Geldes beschleunigte sich immer mehr; um der dringlicheren Nachfrage willen waren selbst die skrupulösesten Kaufleute und Geldverleiher zu härterem Geschäftsgebaren gezwungen. In den moslemischen Ländern sah es nicht anders aus. Und dort, wo bald Pfeile fliegen sollten, flogen vorerst Byzantiner und Goldmünzen zwischen den zwei großen Welten hin und her. Aber während er seine Arbeit erledigte, Verschiffungsaufträge nach Spanien entgegennahm, für die englischen Münzstätten Silber und Gold aus Minen im weit entfernten Ägypten und Byzanz aufkaufte, waren Baruchs ganze Aufmerksamkeit und sein ganzer Eifer auf eine einzige Beute gerichtet, die sich noch im Schwert eines unbedeutenden Barones befand.

Die Jahreszeiten wechselten; Baruch zog seine Schlinge enger und enger. Der aus dem Gleichgewicht geratene Markt war ihm von Vorteil. Um zu verhindern, daß seine Beute alles riskierte und den Schmuggel, der sie ins Gefängnis und an den Galgen bringen konnte, wiederaufnahm, bewerkstelligte es Baruch, daß sie sich langsam und behutsam in einem Netz von Schulden verstrickte, wobei er ihr ständig den goldenen Apfel der Hoffnung auf die nächste Ernte, den nächsten Erlös aus dem Fischhandel vor Augen hielt. Die Preise für Waffen und Rüstung schnellten in die Höhe; das ganze Anwesen verwandelte sich in eine riesige Schmiede- und Lederwerkstatt; doch die Lords kannten sich weder im Geschäft noch in der Welt draußen aus, und ihre Mühen waren zum Scheitern verurteilt.

Zwei Jahre, nachdem Baruch frohlockend im düsteren Kellergewölbe der Kathedrale gesessen hatte, erhielten seine Mittelsmänner zur Tilgung eines Teils einer immensen Schuld das mit dem Rubin besetzte Familienschwert. Als ihm die näheren Umstände des Niedergangs dieser Adelsfamilie hinterbracht wurden, überfiel ihn mit einem Mal Angst vor der eigenen unglaublichen Macht. Eine Familie zu ruinieren, war nie zuvor seine Hauptabsicht gewesen – der Ruin war immer nur ein Nebeneffekt seiner Geschäfte gewesen. Und um seiner Selbstachtung willen versuchte er ihn, wenn er konnte, erträglich zu gestalten. Gegen diese Familie jedoch hatte er seinen Bogen gespannt und abgeschossen und sie vernichtet, so gründlich wie eine Feuerbrunst. Zwei Generationen noch und ihr Name würde nicht mehr existieren. In Gedanken stritt und haderte er mit dieser seiner Macht. Wehe dem, gegen den ich meine Hand erhebe! Wie Gott beinahe! Zwar flößte es ihm Schrecken ein, doch war es auch das erregendste Abenteuer, das er je erlebt hatte. Mochten sich die Edelleute mit der Fuchsjagd zufriedengeben – ein Mensch stellt eine größere Herausforderung dar als ein Fuchs. Und Abram würde es erfahren, würde endlich vom Ruhm seines Vaters und der Größe seiner Liebe erfahren.

Am Vorabend des Purimfestes zwang Baruch seine Familie, so lange vor der Tür der Synagoge zu warten, bis sich die ganze Northstreet versammelt hatte. Beständig hatte er geträumt und Pläne gemacht, hatte hin und her überlegt, wie und wo er seinem Sohn den Rubin, sein großes Geschenk, überreichen sollte. Anfangs hatte er an einen ganz privaten Rahmen gedacht – an einen gemeinsamen Spaziergang durch das Hochmoor. Das hätte Abrams Art am ehesten entsprochen; auch jetzt war sich Baruch dessen bewußt. Seine eigenen Ansprüche jedoch verboten ihm, so zu handeln, und daher hatte er im Laufe der Zeit den ersten Teil dieses Planes fallengelassen. Baruch hatte sagen wollen: »Dies ist meine Liebe. Nimm sie und zeige sie niemandem. Oder trage sie offen, wenn du es wünschst. Oder wirf sie weg, gib sie einem Bettler. Denn sie ist dein. Möge dieses Geschenk ein geheimer Bund der Liebe zwischen uns sein.« Jedes einzelne Wort hatte er sich zurechtgelegt; doch dann war ihm eingefallen, daß es ihn zornig machen und in ihm eben jene Verbitterung auslösen würde, die er im Umgang mit seinem Sohn abzulegen versuchte, wenn Abram das Juwel nicht trug oder es tatsächlich niemandem zeigen oder weggeben würde. Als die Jagd hitziger und die Herausforderung größer geworden war, hatte Baruch die Idee einer ganz privaten Übergabe aufgegeben. Es war ihm klar: nie würde er imstande sein zu geben und dann zu vergessen. Er entschuldigte sich vor sich selbst: »Das ist nun einmal meine Art – so bin ich eben. Und wenn er mich als Vater annimmt, muß er mich hinnehmen, wie ich bin.«

Triumphierend und glücklich erwartete Baruch Jomtow und Elias. Der Abend war voller Festtagsfreude. Der Frühling brach die strenge Herrschaft von Kälte und Schnee; die alten Lieder Esthers und ihre Geschichte klangen durch Straßen und Häuser; Baruch fühlte, sein Auftritt wäre der krönende Höhepunkt. Kostbare Kleider hatte er angelegt und trug wie die Ritter die Farben seines vernichteten Feindes um die Taille – ein Vorrecht des Ritterstandes, das ihm von der Christenheit verweigert wurde. Als die Rabbiner erschienen, erhob Baruch die Hand. Ein Gedanke blitzte ihm durch den Kopf: Ich werde auf die Rede verzichten. Wie ein Feuerball holte er den großen Rubin aus seinem Mantel, nahm seinen Sohn beiseite, zog Abrams Arm zu sich und sagte mit kräftiger Stimme: »Baruch von York bezeigt seinem Sohn seine Liebe.«

Ein Raunen ging durch die Menge: »Was ist das?«, »Ein Juwel, ein großes Juwel!« und dann »Es ist der große Rubin!« Und »Oh! Oh« und »Wundervoll! Sieh nur!« Baruch hatte den Stein aus der Waffe herausbrechen und in Gold einfassen lassen, damit er als Schnalle oder Brosche getragen werden konnte.

Abram nahm ihn entgegen und schaute ihn lange Zeit ungläubig an, so daß Baruch dachte: Er ist überwältigt. Er ist geblendet von meinem Geschenk. Und sein Herz schwoll vor Stolz. Dann änderte sich Abrams Gesichtsausdruck. Selbst im flackernden Licht der Fackeln konnte man den Wechsel des Gesichtsausdrucks erkennen, dessen Bedeutung Baruch nicht zu ergründen vermochte. Und dann machte Abram etwas Seltsames – etwas, das der erstaunte Vater fast nicht glauben konnte. Abram schloß seine Hand über dem Stein genauso wie die Männer einst bei der Feuerprobe. Keinen Rubin, sondern ein Stück brennender Kohle hielt er; er brach in Schweiß aus, biß die Zähne zusammen, um den Schmerzensschrei zu unterdrücken, der ihn für schuldig erklärt hätte; sein Körper war erstarrt. Er behielt das Ding in der Hand, bis schließlich Jomtow und Elias die Stufen zu ihm hinaufstiegen. Jomtow hielt den fast Ohnmächtigen, während Rabbi Elias die geballte Faust öffnete und den Rubin an sich nahm. Es hätte ihn nicht überrascht, wenn die Handfläche vom Juwel wundgebrannt gewesen wäre. Doch die Haut war heil und unverletzt. Abrams Schmerz blieb in seiner Seele. Elias aber war Gott dankbar, daß es hier keine Gerüchte von Wundmalen geben würde – im Guten oder im Bösen –, und dankte ihm mit einem Stoßgebet. Ohne ein weiteres Wort und ohne einen Blick für Baruch betraten die Rabbiner das Heiligtum. Der Gottesdienst begann.

Baruch war sprachlos. Er versuchte, während der Gebete in Jomtows Gesicht zu spähen, sah dort aber nichts, was ihn aufgeheitert hätte. Mehrere Male drehte er sich zu dem neben ihm stehenden Abram um, doch dieser befand sich in einem Schockzustand. Er schien sich nicht einmal bewußt zu sein, wo er war. Als der Gottesdienst vorüber war, verließ der junge Mann wortlos die Versammlung.

An Feiertagen war es Sitte, noch ein wenig im Hof der Synagoge zu verweilen, Freunde zu treffen und zu singen, während die Frauen nach Haus eilten, um letzte Hand an die Festtagstafel zu legen. Nun ging Baruch zu Rabbi Elias, der mit einer wenig festtäglichen Miene schon auf ihn zu warten schien. Baruch lag daran, eine Szene zu vermeiden. Mit Abram stimmte etwas nicht, doch darum wollte er sich später kümmern. Im Augenblick wollte er nichts anderes, als seinen Rubin und nach Hause gehen. Als er näher kam, lud ihn Rabbi Elias mit einer Geste zum Bleiben ein. »Ich muß fort…«, sagte er hastig. Er fürchtete eine öffentliche Diskussion dessen, was letztendlich Privatsache war und bleiben würde.

Er war erleichtert, als Elias den anderen, die neugierig auf das Gespräch zwischen Baruch und den beiden Rabbinern warteten, einen Wink gab, sich zu entfernen. Die Männer gingen und geleiteten sich gegenseitig mit ihren Fackeln nach Hause. Als Jomtow kam, war es daher fast finster, und wie ein weißer Schatten stand er neben Baruch.

»Können wir denn von Gott erwarten, daß er uns auf immer vor falschen Entscheidungen bewahrt?« sagte er sanft. »Baruch, Baruch – was hast du uns nur angetan?«

Das gewohnte ungezwungene Lachen wollte Baruch nicht recht gelingen. »Rabbi – was regt Ihr Euch so auf? Es ist schon wahr – immer schon eifert Ihr gegen Eitelkeit und prunkvolle Kleidung. Mir ist aber erst eben klargeworden, daß dieser Rubin... Daß ich einen Fehler begangen habe. Und trotzdem – wenn es einem Mann freigestellt ist, sein Vermögen beim Geldverleih zu riskieren, dann nimmt er dieses Risiko auf eigene Verantwortung in Kauf. Ich habe aus Liebe gefehlt. Ich folge in meinem Verhalten nur christlicher Logik, die mir selbst diesen Platz zugewiesen hat.« Daß Baruch in solch glatten, weltläufigen Wendungen vor den Rabbinern zu sprechen wagte, war ungewöhnlich.

»Wenn das die Argumente zu deiner Verteidigung sein sollen, dann können wir also die moralischen Vorstellungen zweier Jahrtausende ruhig vergessen«, sagte Jomtow. »Was dann noch bliebe, wäre die eigennützige Berechnung – damit wir am Leben bleiben, wir, die wir hier von den Christen, die uns hassen, nur stillschweigend geduldet werden.«

Jomtows Klage löste in Baruch finstre Wut aus: »Wer hat denn hier einen Christen beleidigt«, sagte er. »Wer ist denn hier den Christen ein Dorn im Auge? Um jeden Rülpser und jedes Stirnrunzeln hätten wir uns dann zu scheren. Zu solch einem Irrsinn sind vielleicht die Juden in Köln gezwungen – wir, die wir frei sind, jedenfalls nicht.« Ehe der Rabbiner zu Wort kommen konnte, fuhr der aufgebrachte Baruch fort: »Worum geht es hier eigentlich? Warum sollten wir uns auch nur einen feuchten Kehricht darum scheren, was die von uns halten? Sollen sie doch wie die Zwiebeln mit dem Kopf nach unten der Hölle zuwachsen. Wir sind reicher, klüger und frömmer als sie; wir lesen, sind stattlicher und sauberer, kleiden uns besser, leben besser und wissen unseren Verstand besser zu gebrauchen.

Warum sollten wir unterdrücken, was wir fühlen? Warum sollten wir uns überhaupt über sie unterhalten? Sie sind den Atem nicht wert!«

Je lauter Baruch wurde, desto leiser fiel die Antwort Jomtows aus. Nun strich er sich mit dem Arm über die Augen und sagte besänftigend: »Wer ist schon groß? Wären wir groß, Elias und ich, würden wir sagen: ›Um der Menschheit willen muß dies geschehen!‹ Doch wir sind einfache, kleine Leute, verloren stehen wir in der christlichen Welt. Und daher sagen wir: ›Um unser selbst willen müssen wir es tun, um jener simplen Umsicht willen, die den Juden in einer Welt voller Haß am Leben erhält!‹«

»Was kümmert es uns schon, ob sie uns lieben oder hassen?«

»O Gott!« Unter Jomtows Schrei zerbarst seine bisherige Gelassenheit in tausend Stücke. Seine Stimme überschlug sich, so plötzlich wechselte er den Ton.

»Rabbi, alles was ich möchte, ist, daß wir hier nicht bloß in York, sondern wie im Himmel leben«, sagte Baruch, wohl wissend, daß alle Argumente für ihn sprachen. Denn so lagen die Dinge nun einmal.

»Nicht nur in York! Nicht nur in York!« Jomtow rang nach Atem. »Ist das deine Entschuldigung, du eitler Pfau? Du selbstgerechter Schurke? Wer treibt denn die Zinssätze so in die Höhe, daß die Leute bluten, bis nur noch eine leere Hülle bleibt? O ja, ich weiß wohl, was du sagen willst –«, seine Stimme war zornentbrannt, seine Hände zitterten, »– es ist die Unsicherheit, die die Zinsen in die Höhe treibt, es sind die Bestechungsgelder, die zu zahlen sind und die Risiken, die man eingeht. O ja, ich kenne sie alle, deine Ausflüchte. Doch nie ist das Risiko so groß gewesen, daß du dich nicht mit Juwelen überhäufen und in Pelzen vergraben hättest können; nie so groß, daß nicht zwei Männer in York Millionen besitzen! Wenn du schon so rechtschaffen in deiner Selbstgerechtigkeit bist, warum erklärst du dann nicht auch einmal die Hypotheken von Witwen für getilgt? Wenn du schon so edelmütig bist, warum verleumdest du dann die Christen unter deinesgleichen und behandelst die einfachen Leute unter ihnen, als wären sie ein Stück Dreck? Wenn du schon so ehrlich bist, warum verfälschst du die Münzen?«

Baruch rang nach dieser letzten Salve, bei der ihm der Rabbiner die Gesetze um die Ohren schlug, nach Atem. Die Gemeinde hatte diesen wunden Punkt aufgrund einer stillschweigenden Übereinkunft nie erwähnt. Münzverschlechterung war nach christlichem Gesetz ein Verbrechen. Auch das heilige Buch der Juden verbot es. Und dennoch machten es so viele, daß es längst nichts Besonderes mehr war, obwohl die Gesetze dagegen aus dem Boden schossen wie Pilze nach dem Regen. Eine kleine, von einer Silber- oder Goldmünze abgekratzte Ecke ergab übers Jahr eine fette Summe. Diese Summe wurde nicht registriert, nicht besteuert und war Grundstock vieler Vermögen in diesen geldknappen Zeiten.

Der Rabbiner schaute Baruch an. Der Geldverleiher fühlte die Anklage in seinem Blick und wurde rot. »Wer verfälscht hier Münzen?« fragte er. »Ich jedenfalls nicht mehr als jeder andere – ein jeder hat ein Anrecht darauf, die Gelegenheiten zu nutzen, die sich ihm bieten. Und wenn diese hirnlosen Böcke es nicht besser wissen, verdienen sie es nicht anders, als betrogen zu werden!«

»Steht das im Gesetz? Im Gesetz Gottes, der Menschen und des Überlebens?«

»Ist ja gut!« schrie Baruch. »Doch wenn ich nehme, so gebe ich meinerseits wiederum eine ganze Menge. Wißt Ihr eigentlich, wie hoch meine Steuern sind? Wißt Ihr, wieviel von meinem Geld als Bestechungsgelder in Ämter fließt, wie viele Almosen, wie viele ›Stiftungen‹ an die Stadt, wie viele milde Gaben an arme Christen?« Ihm war klar, eine Verteidigung war unmöglich. Doch die Worte waren ihm so gekommen, und er mußte, fast automatisch, weiterreden: »Wer gibt schon, was ich gab! Ja, selbst an arme Christen!«

Jomtows Stimme schnitt wie ein Messer durch die Dunkelheit. »Deine Nächstenliebe gleicht einem stinkenden Misthaufen.« Endlich, endlich war es ihm gelungen, Baruch durch einen Seitenhieb in die Enge zu treiben: »Jene, denen man ein Almosen gewährt, hassen dieses ebenso wie den Spender. Jene, denen man Gerechtigkeit gewährt, lieben sie und den, von dem sie ausgeht. Spiel ein weniger seltener den Heiligen des Almosens und höre statt dessen auf, Münzen zu verfälschen und Silber mit Blei einzuschmelzen. Dein Wort ähnelt dem Blei, nicht dem Silber – falsch und fett klingt es. Hast du etwa jemals eine Schuld nicht gnadenlos eingefordert, hast du jemals Land genommen und es nicht gnadenlos dem Feinde des Schuldners übergeben? Bist du etwa niemals in deinen besten Kleidern zu einer Verpfändung gegangen und hast mit ringglänzender Hand eine bedauernde Geste gemacht: ›Oh, aber guter Freund... Dir fehlt es an Klugheit.‹«

»Was wissen die schon, diese Stalladeligen und Strohmatratzengeistlichen?« fragte Baruch.

Elias schaute in die Stille hinaus, in der die letzten Worte verhallten. Verzweifelt hatte Jomtow versucht, seine Worte und Gedanken deutlich zu machen. Nun war er außer sich. In die Stille hinein sagte Elias gelassen: »Als ich noch sehr klein war, starb in der Nachbarschaft ein Kind. Ich sagte: ›Gottes Wille geschehe‹, und meine Mutter gab mir eine Ohrfeige. Als ich fragte, wofür, antwortete sie: ›Du sollst vom Willen Gottes nicht leichtfertig sprechen, indem du deine Hände in deinem oder deines Nachbarn Kummer wäschst.‹ Nun sage ich wieder: ›Gottes Wille geschehe.‹ Hier, nimm dein Juwel, Baruch, das Herzblut von tausend Menschen.« Der Geldverleiher nahm den Stein, den er nur ertasten konnte, denn die Fackeln, die seinem Feuer Licht gegeben hatten, waren längst entfernt. Geistesabwesend steckte er den Rubin in seinen Beutel und ging.

Elias wandte sich seinem Freund zu und legte seine Hand beruhigend auf dessen Arm. Unter dem Ärmel fühlte er die angespannten Muskeln, die weit kräftiger waren, als er vermutet hätte. Jomtow wandte in der Dunkelheit sein Gesicht ab, und Elias fühlte, wie eine Träne auf sein Handgelenk fiel.

»Etwas Gutes ist doch dabei herausgekommen – der Rubin wird wenigstens nicht getragen werden.« Doch der alte Mann war weit weg, in Frankreich, und horchte in sein Innerstes hinein. Tränenblind, in die noch immer fremdartige Nacht des Exils hinein sagte er: »Meine Geschwister, meine Frau – hätte ich sie denn nicht doch retten können? Habe ich die Gefahr denn etwa nicht rechtzeitig genug erkannt und alles darangesetzt, sie zu retten?« Auf Elias' erschreckte Beschwichtigung hin sagte er: »Ich kam von einer Reise nach Hause zurück und fand mein Heim und die Welt in Trümmern und die Toten in hastig ausgehobenen Gräbern verscharrt – ohne mein Geleit. Und da schwor ich, daß ich bis ans Ende meiner Tage eine lebende Glocke sein wollte, die ihr Volk warnt und weckt, damit es sich retten kann. Oder, wenn es schon sterben mußte, daß es wenigstens reinen Gewissens sterben sollte.«

Er hielt inne und lächelte in der Dunkelheit seinem Freund traurig zu: »Du siehst, ich bin weder stark noch ist meine Tugend so unerschütterlich; auch ich habe meine Geister, die mich heimsuchen. Wenn ich nur irgend etwas und irgendwen in diesem Land retten könnte, dann... Dann –« Er hob die Hände, doch auch sie konnten das kaum Beschreibbare, kaum Faßbare, kaum Benennbare nicht ausdrücken, und er ließ sie, wie von einem zu großen Gewicht beschwert, wieder sinken. Zu schwach waren sie für eine solche Last. »Außerhalb dieser Mauern liegt ein jüdischer Friedhof, und die dort Begrabenen sind nicht in Aufruhr und Gemetzel abgeschlachtet worden. Doch ich war in Ländern und Städten, in denen die Gräber der Märtyrer so eng nebeneinander liegen wie die Kerne in einem Granatapfel. Gott – o Gott!«

Er schwieg und drehte sich mit einem Lächeln wieder um: »Warum hadere ich mit dem Einen unter uns, der keine Schuld trägt? Mensch – oh Mensch! Gibt es denn nicht schon Gräber genug?«

17

Januar 1187

Für Abram war eine Welt zusammengebrochen. Baruch und er wechselten kaum mehr ein Wort. Taten sie es dennoch, so lauerte in ihren Stimmen an allen Ecken und Enden der Zorn. Schon eine harmlose Bemerkung über eine Wolke am Himmel oder einen fallengelassenen Löffel konnte dazu führen, daß sie sich kurz darauf in heller Wut anstarrten. Rana hatte ihren scharfen Blick wie Lanzen auf ihren Sohn und die von ihr gegängelte Betty gerichtet, so daß sie vermieden, im Haus das Wort aneinander zu richten und ihr Kommen und Gehen mit den umständlichsten und unglaublichsten Ausflüchten rechtfertigten. Solche Täuschungsmanöver waren ihnen eigentlich fremd, und die Notwendigkeit, lügen und schwindeln zu müssen, hatte zur Folge, daß sie sich, wenn sie sich einmal trafen, in schuldbewußtem Schweigen gegenüberstanden. Hörte Abram, wie Betty Rana mit Ausflüchten zu beschwichtigen suchte, ging ein Zucken über sein Gesicht, und er dachte: es ist meine Schuld, daß sie sich erniedrigen und katzbuckeln muß. Stolz und ehrlich war sie. Ich habe sie gezwungen, diesen Weg mit mir zu gehen.

Nach Neujahr hatte der Gerichtsdiener ihn aus seiner Bude auf dem Markplatz geholt und vor den Bürgermeister gebracht. Es regnete. Auf dem Fenstersims zeigte sich ein dünnes Rinnsal. Abram war es aufgefallen, als der Rat der Stadt zu sprechen angefangen hatte. Bis sie mit ihren Komplimenten und umständlichen Einleitungen zu Ende waren und ansetzten, ihm zu sagen, was sie eigentlich von ihm wollten, hatte das Rinnsal auf dem Boden eine Lache gebildet. Und inmitten der einlullenden Floskeln dachte Abram: Vielleicht werden die Menschen eines Tages den Grad ihres Ansehens so abstufen: »Meine Herren, ich bin ein Rinnsal von sechs Zoll wert – genau die Strecke vom Fenster bis zum Boden. Baruch von York ist ein Rinnsal von einer Elle wert, genau von der Decke zum Boden.« Wie lange mußte es wohl für den armen König Henry regnen? Ihm war zum Lachen zumute.

Er wußte, weshalb sie ihn hatten rufen lassen. Trotz der ganzen Schöntuerei, trotz des Rinnsals von sechs Zoll, war auf dem Weg zum Rathaus der Verdacht in ihm aufgestiegen, daß man ihn rufen ließ, um ihn zu bitten, die Arbeit am Kodex einzustellen. Ein Feuerwerk war seine Freude gewesen – schnell entzündet und schnell abgebrannt, einen Augenblick nur – schon war es wieder verschwunden. Seine große Aufgabe. Die Abschrift und die Chance, das Geschehen in dieser Menschenwelt auf seine Weise zu zeichnen. Sie meinten: »Ihr müßt verstehen – wir können für Dinge wie Gesetze und Bücher kein Geld ausgeben in einer Zeit, wo man jeden Pfennig braucht, um die jungen Prinzen bei der Eroberung des heiligen Landes zu unterstützen. In Stadt und Land wird man Abgaben erheben, und das Geld im Stadtsäckel ist ohnehin knapp. Doch schlagt die Hoffnung nicht in den Wind. Wenn Jerusalem erst einmal unser ist…«

Eine Zeitlang spielte er mit dem Gedanken, die Arbeit am Kodex auf eigene Rechnung fortzusetzen. Doch ihm war klar, mit dem wenigen, was er in der Marktbude verdiente, würde er sich das viele Pergament niemals leisten können. Außerdem war ihm der Elan verlorengegangen. Nicht einmal vor sich selbst würde er es rechtfertigen können, wenn er monatelang, vielleicht jahrelang immer wieder Zeit und Aufmerksamkeit von seiner eigentlichen Arbeit in der Synagoge abziehen müßte – eine Arbeit, für die ihn die Gemeinde schließlich unterstützte. Nein, nein. Es war vorbei – genau so aus und vorbei wie seine Beziehung zu seinem Vater, dem Vertrauen zu seiner Mutter und der Liebe zu der anmutigen, verliebten Betty. Als Rana erfuhr, was bei seinem Besuch im Rathaus herausgekommen war, rümpfte sie die Nase und meinte: »Schweinefresser.« Als er Baruch erzählte, daß er die schon fertiggestellten Seiten dem Gerichtshof schenken wolle, ließ der Geldverleiher nur ein Brummen hören und drehte sich weg. Abram dachte: Wenn er mich noch liebt, spricht daraus Verwirrung und Wut. Wenn er mich verachtet, spricht vielleicht nur Ungeduld und Selbstmitleid daraus.

Doch Abram mußte feststellen, daß die Welt nicht unterging. In der Stadt nahm das wechselvolle Leben weiterhin seinen Lauf: ein neuer Dekan für Yorks Kathedrale; ein neuer Schatzmeister. Das Rad der Zeit trug manchen nach oben; andere kamen zu Fall. Doch die alltäglichen Intrigen hatten ihren alten Reiz verloren. Das Versprechen von einem großen Abenteuer lag wie ein Schatten über dem ganzen Land. Für Englands Edelleute und ihre Lehensmänner wurde die Zeit jetzt nach den Hammerschlägen in ihren Schmieden bemessen, wo für den großen Kreuzzug Pflugscharen zu Schwertern geschmiedet wurden. Deutschland rüstete, auch Frankreich und Flandern und die Länder am Rhein. Mit wenig leistungsfähigen Münzstätten konnte England nicht einmal ein Zehntel des benötigten Geldes prägen. Und es fürchtete sich vor diesen symbolischen Reichtümern. Die Münze ist ein Betrüger. Man konnte sie verschlechtern, verfälschen, das Gewicht verringern. Leicht konnte man sie stehlen oder, schlimmer noch, abwerten, je nachdem, ob mehr oder weniger Gold im Jahr geschürft oder geprägt wurde, je nachdem, um wieviel ärmer oder reicher ein Land wurde.

Die Juden mühten sich ab, Geld zu beschaffen. Überall machten sie Anleihen. Selbst ihr Privatvermögen setzten sie ein. Und indem sie so schufteten, nahmen sie die fragenden Blicke ihrer Nachbarn gar nicht wahr.

Sollte man einfach zulassen, daß Heiden und Ungläubige an diesem Kreuzzug reich wurden, der doch das Land Christi den ihm Geweihten zurückerobern sollte? Wieder ertönten die schon in Frankreich vor der Verbannung gehörten Warnungen. Wieder verengten sich Augen beim Anblick von Juden.

An einem ruhigen, ganz gewöhnlichen Mittwochnachmittag, noch vor dem nächstfälligen Steuertermin, ritt ein Bote des Königs in die Stadt und schlug an die Tür der jüdischen Gemeindehalle in der Northstreet eine Bekanntmachung. Ein zufällig Vorübergehender las sie und trommelte, von Haus zu Haus rennend, die Leute zusammen. Sie kamen, standen vor dem Anschlag und flüsterten: Was soll das heißen? Kann das sein? Betrifft das auch mich?

Abram kam, drängte sich näher und las laut vor:

»Die jüdische Bevölkerung dieser Stadt ist aufgefordert, ein Viertel aller beweglichen Güter, als da sind: Silber und Gold, Metall in Form von Zierat, Juwelen, Münzen und Hausrat zu spenden, damit die Sache Christi im Heiligen Land befördert werde. Die Schenkungen wird der Sheriff der Grafschaft entgegennehmen, zusammen mit den Richtern des Königs, als da sind: (Und hier war ein Platz freigelassen worden, damit die Namen der örtlichen Richter eingesetzt werden konnten. Und eine unleserliche Hand hatte geschrieben:)

Robert Mantel
Rannulf Glanville
Hubert Walter
William fitz Robert
Richard Malabestia

Diejenigen, die den festgesetzten Betrag verweigern oder, in welcher Weise auch immer, diesem Befehl zuwiderhandeln, verfallen der Gerechtigkeit des Königs.
HENRY II REX ANGLORUM, DUX NORMANNORUM ET AQUITANORUM ET COMES ANDEGAVORUM.«

Baruch war nicht anwesend. Abram war klar, daß er jetzt eigentlich gehen und seinen Vater unverzüglich davon in Kenntnis setzen sollte. Vielleicht gelang es noch, irgend etwas zu retten oder zu verstecken – verschiedene Möglichkeiten schwirrten ihm durch den Kopf; und dann beruhigte er sich wieder und dachte: Wieso denn überhaupt? Ich bin um keinen Deut besser als er! Es ist ungerecht, unser Vermögen für eine Sache, an die wir nicht glauben, zu vergeuden; und Ungerechtigkeit fordert zu Betrug und Verrat auf – und dennoch … Rana näherte sich der Schar, und Abram meinte, um den Aufruhr in seinem Inneren etwas zu dämpfen, mit der ihr so verhaßten falschen Fröhlichkeit: »Meine Herren, steht denn nicht geschrieben: ›Gott werde ich loben, selbst wenn ich nackt und bloß bin?‹ Nun, jetzt haben wir ja die Gelegenheit dazu.« Ein sehr geschmackloser Witz, das war ihm klar. Aber er hatte ihn machen müssen. Die Männer schauten ihn finster an. Wieder öffnete er den Mund, doch Rana trat von hinten an ihn heran und sagte: »Behalt's für dich.« Er riß sich los und rannte fort, um seinen Vater zu informieren.

Mit polternden Schritten kamen die Richter und der Sheriff in die Häuser. Halb verlegen, halb begehrlich lächelnd machten sie sich über Truhen, Schränke, Töpfe und Pfannen her. Einen Teil des Schmuckes steckten sie in ihre eigenen Taschen. Und mehr denn je faszinierte sie, was sie in den jüdischen Häusern sahen. Der Sheriff war ein höflicher Mann, alt, und schon lange mit den Leuten aus der Northstreet bekannt. Es lag ihm nicht, in Häuser einzudringen und wie ein Hund in jeder Ecke herumzuschnüffeln. Aber die anderen schnüffelten los, ohne zu fragen. Wer letztendlich sollte sie schon in Schranken halten? Der König war weit weg, in London. Und diese Männer von Rang und Namen haßten den König und seine Schützlinge, die Juden. Einst hatten die Väter und Großväter dieser Richter der Wildnis Land entrissen, um es selbst zu nutzen; Land, das kleinen Königreichen glich; Vorfahren, die, abgesehen von einer sehr lockeren Bindung, noch keinem König verpflichtet waren. Doch die alten Zeiten waren vorbei; nun erließ ein König von London aus Befehle, und die Barone mußten in York einfallen. Und das, während titellose Juden wie Fürsten einherschreiten durften. Robert Malabestia begann seine Sammlung daher mit einem Lächeln, schüttelte an den Ärmeln der Gewänder von Frauen und Männern; und als aus Ranas Rock ein Löffel fiel und zwei Ellen purpurnen Tuches verführerisch unter ihrem Rock hervorblitzten, ließ er sie Bänder und Haare lösen und stand abwartend vor ihr, während sie die aus ihren Schränken und Kisten geretteten Kleider eins ums andere ablegte.

Rana stand noch in der Blüte ihres Lebens. Und sie weinte. Und Malabestia sah es gern, wenn Frauen weinten. Als sie ihr Haar löste – noch vor keinem Mann außer ihrem eigenen in der

Hochzeitsnacht hatte sie es bisher gelöst –, fiel es in dicken, schwarzen Strähnen über ihr Gesicht. Sie fürchtete und schämte sich. Und auch dies sah Malabestia gern bei Frauen.

»Rück deine Schätze raus, du Hündin!«

»Aber Baron Richter, besitzt denn nicht auch Eure Frau Schmuck, eine Aussteuer und Geschenke, an denen sie besonders hängt und die sie an die Vergangenheit erinnern? Diese Sachen hat mir meine Mutter geschenkt, und ich wollte sie einmal an meine Kinder weitergeben. Was für einen Vorteil hätte ich denn davon?... Ich bewahre sie doch nur auf...«

Die Northstreet wußte, daß die Hoffnung, es bleibe bei dem anbefohlenen Viertel, vergeblich war. Der König forderte wohl nur ein Viertel, aber die Richter nahmen, was sie wollten; und solange der König zufrieden war, war auch das Königreich glücklich.

»Seid froh, daß ich euch nicht auch noch das Leben nehme«, sagte Malabestia. Im Flüsterton sagte er noch etwas anderes, aber sie konnten es nicht verstehen. »Auf, Judenweib! Rück die Ringe raus... Auf, auf!... Rück die Schätze raus, die ihr dem Papst gestohlen habt!«

Als er das Haus verließ, hatte er nicht nur eine Vorstellung vom Reichtum der Juden bekommen. Auch das Bild der Frau trug er im Gedächtnis mit sich nach Hause – Ranas Weinen, ihre Furcht und ihre Scham und ihr üppiges, schwarzglänzendes Haar.

Rana weinte wieder. »Der kleine Löffel gehörte mir. Meine Mutter hat mich damit gefüttert, als ich klein war. Der kleine, abgegriffene Fleck am Griff und die kleine Zeichnung – sie waren mir so vertraut. Jetzt ist er weg...« Sie schlug die schmucklosen Hände vors Gesicht.

»Beruhige dich... Beruhige dich«, sagte Baruch sanft und berührte kurz ihre Schulter. Es war ihm nicht gegeben, seine Gefühle zu zeigen; zudem fühlte er sich beschämt, daß ihm jemand die Stirn geboten hatte, den er kaufen oder verkaufen konnte. »Du wirst andere Löffel bekommen!«

Rana ließ ihn allein und ging an den Herd, wobei sie die Erinnerungsstücke wieder und wieder leise aufzählte, die nun in Malabestias Händen lagen.

Hätte der Baron nichts anderes getan, als seine Pflicht erfüllt, hätten sie ihm wohl vergeben, daß er mit seinen grobschlächtigen Händen in ihren Schätzen, die sie in den Jahren allmählich und mühevoll zusammengetragen hatten, herumwühlte. Er war jedoch voller Verachtung, lachend und mit lüsternem Blick gekommen, und so verfluchten ihn die mit einem Mal schutzlos Gewordenen mit verbittertem Flüstern.

»Sie haben gelacht!« stöhnte Rana. »Haben sich an unserem Kummer ergötzt! Dieser Christ hat mir die noch körperwarmen Kleider und Juwelen vom Leib gerissen, als hätten sie schon immer ihm gehört.« Wieder weinte sie wegen des kleinen Löffels, Erinnerungsstück an längst vergangene Zeiten. Als Abram zur Tür hereinkam, sah sie ihn an; ihre ganze Verbitterung entlud sich an ihm: »Wo warst du, als das Schwein mich anschaute? Weißt du denn nicht, daß allein schon die Anwesenheit von Männern Schutz bedeuten kann?«

»Ich – ich war bei Betty. Ich dachte – nun, du weißt, daß sie es nicht gern sehen, wenn in unseren Häusern christliche Dienstboten arbeiten. Wenn man sie gesehen hätte, wäre vielleicht –«

»Wer ist sie denn schon, mein Sohn, daß du dich um sie kümmern mußt?« Baruch war wütend. Auch wenn er nicht bemerkt hatte, wie Rana, als Bettys Namen erwähnt wurde, bleich geworden war, hatte er schon genug vom Klatsch in der Northstreet mitbekommen, um verärgert zu sein.

»Schutzlos ist sie! Allein ist sie!« antwortete Abram.

»Hört, hört«, rief Baruch sarkastisch. »Mit einem Akt der Nächstenliebe sucht mein Sohn sein Seelenheil zu erreichen!«

Rana beeilte sich, sich zwischen die beiden wütenden Männer ihres Hauses zu stellen. »Bitte«, sagte sie und legte ihre Hand auf Abrams Arm. Schockiert fiel ihr Blick auf ihre Hand; für kurze Zeit hatte sie den Verlust ihres Schmuckes und die Blöße ihrer Hand vergessen.

»Keine Sorge!« sagte Baruch. »Er kann gehen.« Abram beugte sich nach vorn und bezeugte seinem Vater, wie es der Anstand erforderte, seine Ehrerbietung, indem er ihm die

Hand küßte. Doch selbst in der Verbeugung des jungen Mannes, einem Akt der Unterwerfung, blitzte sein rebellisches Wesen unübersehbar auf. Baruch wußte nicht, warum er seinen Sohn nicht einfach schlug.

Jomtow lag in seinem Bett; Gedanken, so kalt wie die Nacht, die den verhaßten Nebel dieser Inseln entstehen ließ, gingen ihm durch den Kopf. War mir denn jemals warm? Er erinnerte sich der Landschaft jenes Landes, in das er nie zurückkehren würde. Wie eigenartig, daß für einen besitzlosen Juden das Exil so bitter sein konnte. Wie lautete der Witz noch? – »Vielleicht ist es klüger, Gott aus den Augen zu bleiben.« Abram fiel ihm ein, diese junge, leidenschaftliche Seele, die sich hartnäckig gegen ihre Berufung sträubte. Freilich, diese neue Prüfung seines Volkes würde ihn hart ankommen. Er würde sein lärmendes Fragen einstellen und von seiner stolzen und einsamen Position abrücken müssen. Die ganze Gemeinde würde zusammenrükken müssen, ein einziger Körper des Glaubens und der Würde angesichts der Prüfung, die da kommen mochte. Das *Ich* ist ein Luxus der Friedenszeiten. Und während er sich umdrehte, um zu schlafen, sagte der Rabbiner leise vor sich hin: »Wenn er eine unserer Stärken und nicht unsere Schwäche sein soll, wird ihn der gute Gott schon noch mit Fußtritten in seine große Aufgabe stoßen müssen.«

18

September 1188

Etwas weit Bedrückenderes als das Fehlen der Juwelen schwebte über der Northstreet. Schwer fiel es, jetzt aus dem

Haus ins Freie zu treten, um den sonnigen Morgen anzulachen und sich in ihm zu räkeln. Für die Frauen wurde es irgendwie – aus keinem genau auszumachenden Grund heraus – bequemer, den kleinen, verfallenen Ziehbrunnen bei der Gemeindehalle zu benutzen, anstatt die Wäsche weit weg von Abfallrinnen und Straßenschmutz hinunter zum Fluß mit seinen flachen Steinen, weiten Plätzen und lustigen Unterhaltungen zu tragen. Da sie nicht mehr zum Fluß gingen, konnten Anna und Denicosa nicht mehr wie sonst immer erfahren, wer von den Christen krank war und ihrer Heilkräuter bedurfte. Sie hörten auf, ihr heilkundiges Wissen anzubieten und warteten, bis die Leute von selbst und voller Sorge kamen, um ihre Hilfe zu erbitten. Die Northstreet kapselte sich vom Rest der Stadt ab; ein allmähliches Abkapseln, eine Reihe kleiner, ganz privater Abschiede, ganz natürlich und ohne Haß. Doch die Haßerfüllten kniffen die Augen zusammen und begannen, von dem »Judennest da unten am Fluß« zu reden.

Das Leichentuch, das sich über der Northstreet ausgebreitet hatte, lastete auf Abram. Eines Tages, gegen Ende des Sommers, trieb es ihn auf die Fossinsel. Oft hatte er an das Kreuzzugslager gedacht, hatte mit Simon darüber gesprochen, hatte zugelassen, daß seine Erinnerung daran ihm neue Hoffnung einflößte. Die Jahre zerrannen mit immer neuen Aufschüben und Tumulten unter denjenigen, die sich zum großen Sturm auf Jerusalem gesammelt hatten. Henry lag wegen der Krone mit den eigenen Söhnen im Krieg. Wenn es überhaupt noch Liebe und Sanftmut und Nächstenliebe (diese widersinnigen Nebenerscheinungen eines Kreuzzuges) gab, dann dort auf der Fossinsel. Er bat Betty, ihn zu begleiten; doch sie fürchtete, Rana zu einem erneuten Wutausbruch zu reizen und bat ihn, allein zu gehen. Als er aufbrach, meinte sie: »Ich werde hier auf dich warten. Ich werde hier sein und warten, wenn du zurückkommst.« Die Worte und ihr Ton verwirrten ihn, doch brachte er sie nicht mit dem Umstand in Verbindung, daß sie seit ihrem gemeinsam im Kreuzzugslager verbrachten Nachmittag einige Male dort gewesen war. Zufrieden mit dem Tag, der für einen Besuch eines Feldlagers genau richtig schien und fast froh über seine wochen- und monatelange Verzweiflung wegen des »Geschenkes« und des verlorenen Auftrages, schritt er über eine wacklige Brücke. Der Stimmungswechsel und etwas Linderung des Leidens an seiner Existenz würden ihm guttun – etwas Lachen, Schweigen und Gebete, die zu beurteilen er nicht aufgerufen war.

Als er das Feldlager auf der Fossinsel erreicht hatte, glaubte er, sich verlaufen zu haben. Vielleicht war das Lager aber auch verlegt worden. Anstatt der großen Gemeinschaft waren nur kleine Grüppchen von zwei oder drei Männern zu sehen, die auf dem festgetrampelten Boden saßen oder lagen. Schmutzige, zerlumpte Menschen; ein Teil davon trug geistliche, um der Bequemlichkeit willen geschürzte oder hochgegürtete Gewänder. Hier und da blubberten auf Feuerstellen Töpfe mit Essen vor sich hin, und schon der Anblick und Geruch verriet, daß hier Gestohlenes und Erbetteltes wahllos und notdürftig zu einer Mahlzeit verkocht wurde. Die Männer hockten gekrümmt über ihren kleinen Töpfen, fluchten und schauten sich verbittert und ängstlich um. Abram erinnerte sich an die großen Gemeinschaftsfeuerstellen und das Essen, das die Frauen aus der Stadt gebracht hatten für alle, die gekommen waren, um die Wunderworte zu hören. Nun sah er, wie die Hände der Männer unter die Lumpen fuhren, um sich des griffbereiten Messers zu vergewissern, und er merkte, daß er vor Wut darüber, was York und der Welt in diesem endlosen Warten verlorengegangen war, die Hände vor dem Mund gefaltet hatte. Huren drehten sich nach ihm um, grüßten ihn mit übertriebenen Gesten und machten sich über ihn lustig, um ihn zu beschämen. Er wußte, was diese Leute auf die Fossinsel getrieben hatte. Viele von ihnen würden sterben, wenn der Winter kam. Nirgendwo gehörten sie hin, geistliches und weltliches Gesetz hatte für sie keine Geltung mehr. Auch wenn er sich um Verständnis bemühte, so wurde doch hier all das, an was er glaubte, verraten und verkauft. Der geliebte, zum Nachfolger bestimmte Sohn des Königs war tot. Die jüngeren Brüder kämpften gegen den alten und müden Vater. Würde er unterliegen, würden sie die Waffen vielleicht gegeneinander richten. Noch ein Jahr Aufschub, dann noch eins, und der strahlende Glanz ehrgeiziger Pläne und das Streben nach Ruhm war aus diesem Lager verschwunden und hatte es ohne Hoffnung im kalten Dämmerlicht zurückgelassen. Ein ungezügelter Haufen von Huren und Gesetzlosen, von verwahrlosten Mönchen – versprengt, erschöpft, Sklaven ihrer leeren Bäuche – waren das Überbleibsel des »Heeres des einzig Lebenden Gottes«. Irgendwann einmal würde ein Frühjahr kommen, wo sich die Geduldigen und die Reichen nach Acris einschiffen würden, und dann wäre vergessen, wieviel Zeit zwischen dem ersten, begeisternden, das Schicksal beschwörenden Aufruf und dem schließlichen Besteigen der Pferde vergangen war.

In Gedanken versunken, achtete Abram nicht auf den Weg. Plötzlich stieß er gegen ein längliches, auf Pfosten befestigtes, baldachinähnliches Lumpengebilde und stolperte fast darüber. Eine Stimme brüllte fluchend aus dem Obdach hervor; dann fuchtelte eine Hand, bewehrt mit einem spitzen Nagel, ziellos durch die Luft; ein Schwall Obszönitäten begleitete jeden Stoß. Abram wich rasch zurück und machte sich, so schnell er konnte, weg. Die mit vernunftlos blindwütigem Haß zustechende Hand unter den Lumpenfetzen dieser Behausung vor Augen und die Flut an Obszönitäten, die jedes Stechen des Nagels begleitet hatte, im Ohr, wälzte er sich die ganze Nacht im Bett. Am Ende werden die Krieger auf ihren Pferden davonreiten und ihre Gestrandeten zurücklassen... bei uns... Und als er schließlich einschlief, waren seine Träume voller lauernder Schatten.

Von den »Jungen Königen« entschloß sich nur Geoffrey, der Bastard, mit seinem Vater zu reiten. England verfolgte das Geschehen abwartend. Die Kirche, von ihren englischen und französischen Truppen betrogen, schickte einen Gesandten um den anderen, um die beiden großen Könige zur Versöhnung zu bewegen. Die Heere in den Niederlanden und am Rhein waren kampfbereit, Frankreichs Osten war es, Norwegen wartete darauf loszuschlagen, Flandern war ungeduldig. Die Heilige

Kirche wußte besser als alle anderen, wie schnell Verzögerungen auch die glühendste Begeisterung abzukühlen vermochte. Da standen die eifersüchtigen Prinzen. Und trotz aufrichtiger Bemühungen von allen Seiten, schiffte sich Henry, müde und verzweifelt, mit nur einem Sohn nach Frankreich ein.

Pater Odo, Priester in Allerheiligen, sah die Begeisterung in den Kreuzzugslagern verlöschen und die Vernichtung allen Glaubens einsetzen. So gut er konnte, predigte er Geduld und Umsicht, bat den Herrn um ein baldiges Beginnen. Er sah diesen Krieg kommen – eine weitere Verzögerung, die das Christentum von seiner Pflicht und seinem Ruhm fernhielt. Nur Heilige finden den Weg zu Gott, predigte er seiner Gemeinde... wartet noch, holt Rat ein, seid geduldig. Doch er hatte zuviel Mitleid mit seinen Zuhörern. Letztendlich waren sie nichts anderes als verlassene Christen, die ein isoliertes Leben auf einer kalten Insel lebten. Daß die Söhne den Vater und der Bruder den Bruder bekriegten, beantworteten sie mit einem Achselzucken, denn gestorben wurde schließlich auf der anderen Seite des Kanals. Vor dreißig, vierzig Jahren war er mit einem der Dutzend schlecht geplanter und einzeln aufgebrochener Kreuzzüge nach Acris und Jerusalem gekommen; er wußte, was seine Christen vor allem brauchten: das wahre Christentum. Er predigte der Gemeinde, sie möge auf ein Zeichen von Gott warten, das sie in ihrer Sache bestätigen würde.

Die Juden, wohl wissend, daß sie diesen und auch den Krieg, der da kommen würde, finanzieren halfen, sahen, wie die alten, friedenssichernden Bande um sie herum abgeschüttelt wurden und fragten sich, ob die Erschütterung nicht auch ein paar ihrer eigenen Bindungen als Schutzjuden lösen würde. Manche versteckten die ihnen verbliebenen Schätze, manche vertrauten sie den Händen christlicher Freunde an, damit sie aus dem Land gebracht und neu investiert werden konnten. Baruch verdoppelte seine Zinssätze und bewerkstelligte es, durch einen christlichen Mittelsmann Land von seinen Schuldnern zu kaufen.

Als sich in den Nachrichten, die aus Frankreich kamen, mehr und mehr die Niederlage abzeichnete, ersetzten mehr und mehr Zungen den Namen Henrys durch den der Söhne Richard und John. Der König, erzählte man, rase, halbtot vor Gram, gegen die überwältigende Gegenmacht an und liefe Gefahr, in Anjou zu verhungern. Er hatte auf die Dankbarkeit der Volksmasse gehofft, auf Huldigungsgeschenke und Festmähler, denn Anjou war schließlich seine Provinz. Statt dessen erwartete ihn ein rebellischer Haufen mit Dreschflegeln und mit Steinen. Wie David über dem Leichnam Absaloms weinte der König, als der Kränkung über die Abtrünnigkeit seiner Söhne auch noch der Stachel des Treuebruchs seiner Untertanen hinzugefügt wurde. Wie ein Tier wurde ein Würdenträger, ein König nun verflucht und seinen mit Prügeln und Schandworten bewaffneten Häschern ausgeliefert. »In Chinon werde ich stehen«, hatte er gesagt. Bald würde der Krieg beendet und die wichtigere Aufgabe, der Kreuzzug, wieder in Angriff genommen werden. Die Kirche stöhnte ungeduldig auf.

Der Sommer war vorbei: versickert und ausgetrocknet die Bäche; die Flüsse verlangsamten ihren Lauf. Knochentrocken lagen die Ländereien der Grafschaft York unter den herbstlichen Winden. In einer Nacht mit wenig Sternen und keinem Mond am Himmel raste über die schlafenden Dächer plötzlich die Sturmglocke der Stadt. Im Erwachen dachten manche an den Krieg und an Frankreich und riefen: »Richard hat gesiegt!« Andere, aus Kreuzzugsträumen aufgeschreckt, riefen: »Jerusalem ist unser!« Die Besonnenen aber, die den Herbst und das trockene Fachwerk wohl kannten, wußten, was sie rufen mußten; und dieser Ruf lautete: »Feuer!«

Die Johanniskirche stand in Flammen. Vielleicht entzündet von den Funken einer Fackel, die zwischen die trockenen Dielenbretter gekrochen oder auf das wartende Stroh gefallen waren. St. Johann war eine Pfarrkirche, in der die ledernen Wasserkübel und andere Gerätschaften – Leitern und Stangen – für den Einsatz nicht bereitlagen. Man mußte die Hilfsmittel also aus der Nachbargemeinde besorgen; schnell rannten die Männer, sie zu holen. Und während sie rannten, fraß sich das Feuer tiefer in das Kirchenschiff hinein. In der Verwirrung beging man Fehler auf Fehler. In der Meinung, sie liege am nächsten, rannten manche zu St. Helena; manche liefen nach Allerheiligen, schlugen an die Tür und versuchten, Pater Odo zu wekken. Doch nichts vermochte ihn zum Erwachen zu bringen. Später würde er seinen todesähnlichen, tiefen und friedlichen Schlaf bedauern und jenen vergeben, die die Tür einschlugen, um an die im Keller aufbewahrten Löschgeräte zu gelangen. Doch unwiederbringlich war kostbare Zeit verloren. Als die schweren Kübel, Piken und Leitern herausgeholt und zur Kirche geschafft und an Ort und Stelle aufgebaut waren, war jegliche Hoffnung auf eine Rettung St. Johanns geschwunden.

Unter der Schar, die gekommen war, um das Schauspiel des rasenden Feuers zu sehen und die Furcht vor einem Übergriff der Flammen auf Nachbargebäude zu teilen, bemerkte die Feuerwehr einen Mann, der eine aufreizende Rede hielt. Die Menge begann, sich um den Redner zu drängen und behinderte die Feuerwehrmänner, so daß sie nichts mehr aus der brennenden Kirche zu retten vermochten. Jemand blickte in die vom Feuerschein erhellte Nacht über dem brennenden Dach und sah den schweren, juwelenbesetzten Schrein mit den Gebeinen des heiligen Brithonus. Der Schrein schwebte wie ein Vogel über dem in Flammen stehenden Gebäude. Auf das aufgeregte Rufen und Gestikulieren hin schauten die Männer hinauf: »Oh! Ein Wunder! Ein Wunder!«

Baron Malabestia war in dieser mit Gerüchten geplagten unsicheren Jahreszeit nach York gekommen, um zu hören, wie die Stadt die Nachrichten über Henry und seine Söhne und die Mühen für Jerusalem aufnahm. Die stolzen, landbesitzenden Lords hatte es verbittert, daß die Städte nun eine Stimme bei der Gesetzgebung besaßen, und daß die Wogen der Zeit nun gegen die Erben großer Namen und Besitztümer anzurennen begannen. Malabestia hatte es nicht mehr verbittert als die anderen, er hielt es aber, anders als die anderen, für zweckmäßig und nicht unter seiner Würde, in den neuen Schritt miteinzufallen und ihn zu seinem Vorteil zu nutzen. Mit dem Gedanken im Hinterkopf, daß er vielleicht etwas einfädeln könnte, um hinterher daraus Gewinn zu schlagen, hatte er Richard de Kuckney mitgebracht, der noch immer sein Knappe war. Sie waren in den für sie bereitgehaltenen Zimmern der St. Georgskirche abgestiegen, die der Baron unterstützte.

Malabestia hörte die Glocken, war mit einem Sprung aus dem Bett und ließ seinen Knappen, der nicht aufgewacht war, zurück. Allein ging er durch die Straßen. Menschen rannten durch die Dunkelheit. Einer, dem er etwas zurief, hatte gerade noch Zeit zu antworten: »Feuer!« – »Wo?« Keine Antwort. Vorbei an den Kirchen, Häusern und Gassen, die Walmtorstraße hinauf, über die Brücke hinüber folgte er den aufgeregten Männern. Dann sah er das Licht. Um Straßenecken herum rannten sie weiter zur lichterloh brennenden Kirche. Sofort war ihm klar, daß er im günstigsten Augenblick gekommen war. Die Kirche war ein Flammenmeer, man konnte nichts mehr tun, als mitanzuschauen, wie sie abbrannte und nur hoffen, daß kein gefräßiger Funke zufällig andere Gebäude in Brand setzte. Feuer war in den Städten, in denen es noch meist Holzbauten und Strohdächer gab, an der Tagesordnung. Und im Herbst waren Nächte mit Feueralarm häufig. Die Aufregung hatte ihren Höhepunkt erreicht, die Leute wollten handeln, das Blut stand in Wallung.

Den Rücken dem brennenden Gebäude zugewandt, trat der Baron vor die Menge hin. Es schien, als lehnte er sich daran an. Kaum hatte er wahrgenommen, daß es sich um ein Feuer, um eine Kirche, die dazu noch in der Nähe des Judenviertels lag, handelte, dämmerte ihm, daß sich ihm hier alles bot, was er gesucht hatte, und plötzlich und greifbar vor ihm stand. Lachend war er weiter gerannt. Nun, den Rücken dem Feuer zugewandt und in der Position des Mahners, hob er die Hände und fing an, mit seinen Worten in die vom Anblick des Feuers berauschten Gesichter seiner Zuhörer zu peitschen.

»Endlich reden die Juden eine deutliche Sprache!« schrie er. »Wir haben uns schon gefragt, wann und wie es wohl anfangen würde. Mit diesem Feuer haben sie jetzt angefangen. Und danach werden sie uns eine Plage schicken!«

»Plage...« Einer hatte das Wort aufgeschnappt. Mehrere andere drehten sich um, denn auch noch im Herbst lauerte der Schädling verborgen in den Armen einer guten Ernte.

»Ja, ja. Der Weg ist vorgezeichnet – das ist der gezogene Wechsel, und die Schuld ist mit Blut unterzeichnet. Und nun fangen sie an. Eine Plage werden sie uns schicken. Brandstiftung an Kirchen ist für sie der erste Akt des Glaubens – sie bringen ihrem in Blut gebadeten Heidengott ein Opfer dar. Nach dem Feuer kommt die Plage; nach der Plage die Hungersnot.«

Halb auf das Feuer, halb auf die glühenden Worte aufmerkend, lauschte schon eine kleine Schar. »Hat sich denn keiner bei der Kirche rumgetrieben?« fragte einer. »Wer hat mit den Wachen gesprochen? Vielleicht wissen sie –«

»Wen sieht man schon im Dunkel der Nacht?« fragte Malabestia. Er dämpfte seine Stimme, so daß sie Mühe hatten, ihn zu verstehen, und nutzte ihre Mühe für seine Zwecke. »Schwarz bemäntelt schreiten die Finsterlinge des Teufels durch die Nacht. Mit ihrem Busen beschützen sie die Funken. Meßdiener des Teufels sind sie, und wir müssen sie vernichten oder selbst untergehen!«

Jemand schrie: »Sie haben ein Sakrileg begangen!«

»Ihr Glaube, ihr Leben ist es! Mit blutbefleckten Händen verrichten sie ihr Gebet!«

»Wir werden dem schon ein Ende bereiten!« schrie jemand. »Ja!«, »Ja!«

Nur ein bißchen noch und sie würden ihm zu Willen sein. Bald schon wären sie bereit, ohne jegliche Vernunft seiner Macht zu gehorchen.

Doch da stieg, noch während er sprach, ein unerwarteter Schrei aus einer Ecke auf; ihm folgte ein allgemeines Rufen ganz in der Nähe: »Der Schrein! Ein Wunder!« Und dann ging ein Raunen durch die Menge: »Wo? Wo?« Und Gedanken, Augen und Träume wandten sich dieser unmittelbaren Kundgebung göttlichen Willens zu.

Malabestia versuchte, das Ganze zu unterbrechen, doch war ihm von Anfang an klar, daß es sinnlos war. Das große idiotische Kind Mob hatte sich seinem neuesten Spielzeug zugewandt und vergessen, was ihm kurz zuvor noch so lebenswichtig erschienen war. Einige verfielen in fromme Verzückung, andere in hektische Verwirrung. Er wandte sich ab; sein Kopf schmerzte. Nur knapp hatte er sein Ziel verfehlt. Fast hätte er erreicht, daß sie nach der Melodie eines Barons getanzt und für die Sache eines Barons gekämpft hätten, die Straße hinunter und zur Northstreet geströmt wären und jeden Juden in York getötet hätten. Fast wären die Männer zu seinen Jagdhunden geworden. Kaum eine Autorität hielt sich noch in der Stadt auf; Henry war in Frankreich – wie einmalig und günstig wäre die Gelegenheit gewesen: ohne Lärm, unauffällig hätte er die verödeten Straßen durchschreiten können, eine nach der anderen. Die Kathedrale – er hätte sich den Zugang zu den Gewölben erzwingen können, wo die Schuldbriefe und Verträge aufbewahrt lagen. Alle Schuldrollen wären zerstört und kein Jude am Leben gelassen worden, der gegen Malabestia, den königlichen Richter, hätte aufstehen und vor dem König kundtun können, wieviel hundert Mark die Schuld betrug.

In seinem Kopf begann ein Pochen; nur mit Mühe zwang er seinen Schritt zurück zu seiner Unterkunft in der Kirche. Blut würde er auf de Kuckneys Gesicht sehen. Und unter dem Blut Angst und Blässe. Seine Augen würden ihn um Verzeihung bitten für sein Versagen, seine Schmach. Bis seine Fäuste ihre Enttäuschung an de Kuckney auslassen konnten, murmelte er wieder und wieder beschwichtigend vor sich hin: »Die Gelegenheit wird kommen. Sie wird kommen. Wird kommen.«

Der Morgen legte seine bleierne Hand über York. Die Straßen waren glitschig; der Himmel fahl und frostig. Tote Ratten, noch häßlicher als die lebendigen, lagen in den verstopften Abwasserrinnen und stauten den Dreck, den sie so gefräßig durchwühlt hatten, noch mehr auf. Früh am Morgen schafften zwei Helfer und der eifrige kleine Synagogendiener eilig Holz und Feuer herbei, um die großen Öfen anzuheizen, in denen die Juden ihr besonderes Sabbatbrot backten. Schon wurde im kleinen jüdischen Badehaus das Feuer entfacht (denn eine Seele, die aus gereinigtem Körper zum Herrn aufschaute, konnte sich seines Segens gewiß sein). Während diese Feuer unterhalten wurden, beäugten die Christen ihre Nachbarn voller Mißtrauen und machten sich an den kläglichen Überresten zu schaffen, die ihr eigenes Feuer hinterlassen hatte. Man siebte die Asche der Ruine St. Johanns auf der Suche nach allem, was noch geborgen werden konnte. Auch ein Wunder hatte es gegeben, und trotz des schlechten Wetters versammelten sich Neugierige. Die Schar behinderte den Priester und seine Männer bei der Arbeit, die im Trümmerhaufen nach Metallstückchen stocherten und klaubten. Ihre Arbeit wurde vom Gerede begleitet, das mit dem Rauch aufstieg. Vielleicht war es das Werk bestimmter Juden?

Zwei Mönche, die die weiße Tracht der Prämonstratenser trugen, blieben stehen und unterhielten sich mit dem aschegeschwärzten Priester. Wie die Engel und der Teufel einer Vision wirkten die drei. Bruder Simon und Bruder Norbert waren in Klosterbelangen unterwegs. Nachdem sie vom Feuer und dem Wunder gehört hatten, das die Gebeine des Heiligen in Sicherheit hatte entschweben lassen, machten sie sich daran, ihre Besorgungen zu erledigen. Als sie sich umwandten, sahen sie Malabestia und Richard, den Knappen, auf die vor der Kirche versammelte Schar zukommen. Fast unmerklich wich der schmächtige Körper Simons zurück. Doch seit damals, als der neueingetretene Novize noch schüchtern im Schafpferch den Reden des Juden lauschte, waren sechs Jahre vergangen, und Simon hatte viel gelernt. In seinen Augen und auf seinem Gesicht zeigte sich keine Veränderung; seine Hände blieben ruhig. Malabestia begrüßte die Mönche und stellte Fragen, die zu stellen ihm erlaubt waren. Als er zu Ende war, setzte er seine Standardmiene auf, mit der er Gelassenheit ausdrücken wollte.

»Sagt mir, Herr Baron«, fragte Bruder Norbert höflich, »was für Neuigkeiten gibt es aus Frankreich? Unser Vater Abt würde gern ein paar Neuigkeiten hören, wenn es welche gibt.«

»Der König wird diesen Krieg verlieren. Er weiß nicht, wie viele gegen ihn sind.«

»Was wird er also tun?«

»Was kann er schon tun? Noch ist er voller Zuversicht. Er wird kämpfen, wird verlieren, wird sich ergeben und wird die ihm gestellten Bedingungen annehmen. Und die Bedingungen werden hart sein. Ihm wird gerade noch genug Land für sein Grab bleiben.«

»Der König ist alt und nicht heißblütig«, sagte Simon fast ungläubig. »Sicherlich werden doch seine Söhne...«

Der Baron wandte dem Mönch höflich sein reizendes, zuvorkommendes Gesicht zu: »Du bist Simon, nicht wahr? Simon, der Jude?... Bilde dir bloß nicht ein, daß das Alter ein Garant für Sicherheit und Gnade ist. So simpel geht es auf der Welt nicht zu, Jude.«

»Herr, nennt mich nicht Jude.« Der warnende Blitz aus Bruder Norberts Augen ließ ihn hinzufügen: »Ich bitte Euch.«

»Nun, dann eben Judenliebchen. Hat dir das Zündeln hier auch gefallen, Judenliebchen?«

»Was haben die Juden denn mit dem Feuer zu tun?«

»Haha.« Malabestia lachte, als hätten Simon und er sich einen guten Witz erzählt. »Du weißt doch, mein Liebchen, daß sie es gelegt haben.«

»Aber zu welchem Zweck?« fragte Bruder Norbert. Vielleicht glaubte er es wirklich und war wirklich neugierig, dachte Simon.

»Die Reliquie«, gab ihm Malabestia zur Antwort. »Sie haben eine Nase für Gold und Juwelen. Die hat sie zum Schrein des Heiligen geführt wie die Geier einen zum Kadaver eines Löwen führen.« Seine Augen funkelten.

»Aber...«

Der Blick von Norbert ließ Simon inmitten der Antwort verstummen. Rute, Peitsche, Stimme, Auge und Hand hatten ihn während dieser Jahre Disziplin gelehrt. Bruder Simon hielt inne, befreite seinen Geist von Gedanken – ähnlich wie der Bauer den lastenden Schnee von seinem Dach fegt –, faltete die Hände und wartete schweigend ab. Abt Adam hätte eine solche Disziplin erfreut – Simon zeigte eine vollständige und sofortige Selbstbeherrschung. Als ein Knabe voller Eifer war er in den

Orden eingetreten. Damals war sein Geist noch vorangestürmt, wollte alles wagen, alles ausloten und, weit abgeschlagen, folgte ihm ein nach Luft schnappender Wille, der sich damit abmühte, ihn einzuholen. Nun hatte der Wille als durchtrainierter Läufer das Rennen schließlich gewonnen. Abram von York, Jude, hätte eine solche Disziplin sprachlos gemacht und verstört. Abram gegenüber durfte man nicht damit kommen, daß das zu viele Denken auch zu geistiger Erschlaffung führen und sich in eigensinniger Selbstüberhebung verlieren konnte, vor allem, wenn niemand da war, der geduldig zuzuhören vermochte und davon wußte, daß man auch gedanklich auf eine Frage eine Antwort geben kann. In seiner Einsamkeit wendet sich der Geist hier und dort hin und wird schließlich überdrüssig, sich selbst Rede und Antwort zu stehen. Und schließlich ist er schwach genug, um von den einfachsten Willensanstrengungen unterdrückt zu werden, so wie eine einfache Anstrengung des Körpers ein Gähnen unterdrückt. Erst einmal unterdrückt, ist es vergessen. Simon hatte, wie ein Mönch es tut, seine Gefühle oder Gedanken nicht sprechen lassen. Er reinigte seinen Geist von jeglichem Wunsch.

Zur gleichen Zeit war Abram ganz in der Nähe. Eine Straßenecke weiter und ein kurzes Stück Straße von der zerstörten Kirche entfernt stand die Synagoge. Abram saß fleißig am Kopieren in seinem Zimmer hinter der Frauenempore. Vom Zimmer aus konnte er über den ummauerten Hof schauen. Er arbeitete an einer Abschrift eines neuen religiösen Traktates, der ihn nur wenig interessierte. Da hier oben gearbeitet werden sollte, hatte man in die Wand ein Fenster gebrochen, das den Schreiber mit Licht versorgen sollte. Abram ließ seinen Blick über die Gestalt des geschäftigen Synagogendieners gleiten, der dabei war, seine Putzlumpen in den Hof zu tragen und sie dort, triefend naß, an die feuchte Luft zu hängen. Er ließ seinen Blick über die Steinmauer, über das niedrige Dach eines Hauses, über den kleinen grünen Platz schweifen. Ein Platz, der den Blick immer wieder auf sich zog, denn dort fehlte der gewohnte Kirchturm. Der Blick auf die Trümmer war durch Häuser verstellt. Doch er sah Baron Malabestia und seinen Knappen um die Ecke biegen. Zwei weißgekleidete Mönche waren bei ihnen. Abram schaute genauer hin. Ja – dort stand Simon und sprach mit dem Baron. Abram war froh, seinen Freund zu sehen. Er legte die Pinsel weg, ließ seinen Tisch mit all den Federn und Tintenfässern und der Abschrift liegen, deckte ihn zu und ging die steilen Stufen zum Heiligtum hinunter und zur Tür hinaus. Sie gingen vor ihm her. Vielleicht waren sie auf dem Weg zur Kathedrale. Beim Gehen überlegte er, wie er die Aufmerksamkeit des jungen Mönches auf sich ziehen konnte, ohne gleich eine Szene auszulösen, die es sicherlich geben würde, wenn er ihn in Anwesenheit des Barons so ohne weiteres begrüßte. Er würde ihnen folgen, und wenn der Baron sie verließ, würde er seinen Freund vielleicht begrüßen oder ein paar Worte mit ihm wechseln können. Er hatte Simon lange nicht gesehen.

Vor ihm führte der Baron das Wort. Als er näherkam, konnte er aus dem Auf und Ab des Gesprächs ein paar Bruchstücke auffangen. War es denn nicht schon genug, daß man diesen Hund Richter nannte, daß er Urteile fällen durfte und daß man sich an ihn um Gnade wenden mußte? War es denn nicht schon genug, daß er bösartig die jüdischen Häuser geplündert und lüsterne Blicke auf Mütter und Frauen geworfen hatte? Mußte er jetzt auch noch die Leute auf der Straße verleumden? Die Kehle Abrams wurde vor Zorn trocken; sein Herz raste. Die Vorsicht rief ihm zu, daß der Mann ein Adeliger und Richter sei. Ihn zu schlagen bedeutete Gefängnis, wenn man überhaupt mit dem Leben davonkam. Der Zorn hatte ihn so heftig gepackt, daß er nicht bemerkte, wie die vier vor ihm langsamer wurden, bis er beinahe mit Richard de Kuckney zusammenstieß, der den anderen mit einem kleinen Abstand folgte. Die Gasse war so eng, daß zwei Männer nicht nebeneinander gehen konnten, ohne sich anzustoßen. Beide verloren das Gleichgewicht, fingen sich wieder und blitzten sich mit funkelnden Augen an.

Längst war der junge de Kuckney über das Knappenalter hinaus; viele Kränkungen hatte er deswegen schon hinnehmen müssen. Längst schon hätte er zum Ritter geschlagen werden und wieder bei seinem Vater sein müssen, um seinen eigenen Besitz und seine eigenen Ländereien kennenzulernen, zu heiraten und Kinder zu zeugen. Doch Lord Robert war verarmt, und eben diese Juden trugen Schuld daran. Er hatte das Geld nicht, die Zeremonie auszurichten, die Steuern zu bezahlen oder die Abgaben zu entrichten, die nötig waren, damit man zum Ritter geschlagen werden konnte. Mit seinen neunzehn Jahren war der verbitterte Richard de Kuckney unter den Pagen und Knappen mit ihren hohen Stimmen fehl am Platz. In seiner Wut darüber, von einem Juden auf der Straße angerempelt zu werden, erinnerte er sich seiner mit Füßen getretenen und mit Schmutz beworfenen Ehre. Plötzlich überfiel ihn Verzweiflung, denn er dachte an seinen Großvater, den Mörder Thomas Beckets, und an seinen Vater, der zu arm war, um seinem Sohn den Rang zu ermöglichen, der ihm nach dem Gesetz zustand. Verzweiflung überfiel ihn auch, wenn er daran dachte, daß er alt werden würde im Dienste eines Herrn, dessen Verachtung er ohnmächtig gegenüberstand und die ihm die Lebensfreude in den Adern vertrocknen ließ.

Vor sich sah Abram die lebendige Verkörperung dessen, was er aus tiefster Überzeugung ablehnte: einen angeheuerten Gefolgsmann, in dessen Ehrenkodex nur Kampf und Tod galten; der auf hundert raffinierte Arten töten, aber nicht lesen konnte; dessen Stolz darin bestand zu rauben und zu plündern, nicht aber darin, den Nächsten zu lieben. Und auch Neid war dabei, Neid auf den Namen, den er trug, die Ehre und die Ländereien und Titel, die diesem Vandalen so freigiebig verliehen wurden – allein wegen seiner Geburt, während Abram keine Weisheit, keine Tapferkeit, kein Mut, keine Geschicklichkeit und kein Reichtum jemals ein Anrecht darauf verleihen würden. Zornerfüllt ballten die beiden ihre Fäuste, während sie sich in der engen Gasse gegenüberstanden und merkten, daß sie hier nicht kämpfen konnten – daß sie ins Gefängnis geworfen würden, daß es zu eng war, daß andere in ihren Kampf hineingezogen würden. Doch sie konnten sich nicht beherrschen.

Ein Mann kam die Gasse entlang; in seine Angelegenheiten

versunken und nichts außer seiner Eile wahrnehmend, streifte er an Abram vorbei, stieß ihn nach vorn, und schon droschen die geballten Fäuste aufeinander ein. Auf der glitschigen Straße fanden sie keinen Halt, und bald wälzten sich Jude und angehender Lord im stinkenden Dreck. Aus den Augenwinkeln heraus wurde Abram der Menge gewahr, die sich um sie versammelt hatte; er glaubte den Baron und Simon zu sehen, der weiß wie seine Kutte war, und einen anderen noch, der ein Gewand nach jüdischem Zuschnitt trug; doch er wußte nicht, wer es war.

Richard de Kuckney war kräftig gebaut, muskulös und im Kampf geübt. Doch hier war es eng, und der Vorteil lag bei dem schlankeren, flinkeren Abram. In all den noch angehängten Jahren der Ausbildung war dem Knappen eingebleut worden, was ein fairer und was ein unfairer Schlag war. Abram fühlte dies und ließ seinen titellosen Armen so viel Freiheit, wie sie wollten, war heiter und lachte ironisch über die Schwäche seines Feindes. Schließlich floß Blut aus der Nase des Knappen. Der Mann im jüdischen Gewand rannte zwischen die beiden und überwältigte Abram. Als dieser Josche erkannte, wich alle Kraft aus ihm. Seine Wut verrauchte. Ohne stehenzubleiben, ergriff Josche Abram am Arm und trieb ihn vor sich her die Straße hinunter. Er hielt ihn eine Armeslänge von sich – eine beschmutzte, stinkende Kreatur aus den Abwässerkanälen.

Unter dem Gejohle der Gassenjungen kam Richard de Kuckney langsam wieder auf die Beine. In ihm schlugen die Wogen des Hasses hoch. Er war blind vor Wut. Schlimmer noch als die Niederlage war die Schande: ein Adeliger, ein für den Kampf ausgebildeter Mann von einem weichlichen Heidenscholaren geschlagen! Würde sein Haus denn niemals Ehre kennen? Er wußte, das Schlimmste sollte erst noch kommen. Die Verachtung des Barons gewährte kein Versteck für die verletzte Ehre, keine Zuflucht für seinen besudelten Namen: »Verdammt sollen sie sein! Verdammt! Verdammt!« murmelte der Knappe. »Eines Tages bring ich sie alle um!«

19

Als Simon und Norbert das Kloster Welbeck erreichten, war es schon spät. Man hatte das Tor für sie offengelassen; sie gingen hindurch und vergaßen das Glöckchen zum Schweigen zu bringen, das hinter ihnen her bimmelte und sie an die späte Stunde, die Dunkelheit und den sternenübersäten Himmel erinnerte. Sie schauten hinauf. Simon sagte voller Ehrfurcht: »Oh!« Der liebliche Choral kam ihm in den Sinn: ein mit den warmen Stimmen der Brüder gesungenes *Salve regina.* Die Nacht hatte sich ihnen in ihrer Schönheit enthüllt. Sie spürten die Kälte nicht mehr als bleiernen Frost oder als feuchtes Ziehen in ihren Mänteln; nun war es eine reine, strenge Kälte, ähnlich der Kraft der nüchternen Bögen des Klosterhofes.

Eine Gestalt löste sich aus der Dunkelheit des Einganges zum Hauptgebäude und tauchte vor ihnen auf. »Kommt herein, kommt herein, meine Brüder!« Es war Abt Adam.

Es rührte Simon, daß der Abt selbst aufgeblieben war, um sie willkommen zu heißen und nicht einen der Laienbrüder beauftragt hatte, der ihnen dann gähnend seinen Willkommensgruß ausgerichtet hätte. Der junge Mann blieb kurz stehen. Er hatte die schönen Augenblicke der Reise gesammelt und wollte diesen hinzufügen, um alle in seinem Innern als sorgfältig angelegten Vorrat für die Dürrezeit der Langeweile und Melancholie zu speichern: die Ruhepause nach der nun beendeten Reise, die Glocke, die Sterne, der kühle Herbstwind über der dunklen Erde, der Geruch der Kälte, die tiefe Stimme, die ihnen den Willkommensgruß entbot, der ferne Klang eines Chorals – ein Ständchen, das er sich selbst brachte in seinem Innern. All dies gehörte irgendwie zu der Dunkelheit, in die sie eingehüllt waren. Die Brüder gingen in die eisige Vorhalle und legten ihre Bündel ab.

»Kommt«, sagte der Abt. »Vom Nachtessen ist noch etwas für euch übrig. Ich kann auch morgen noch hören, wie es euch ergangen ist.«

Es war Bruder Simons erste Reise gewesen, die weiter als nur in die Umgebung Welbecks führte. Zu diesem Vergnügen gesellte sich nun noch eines von ganz eigenem Reiz: es war auch etwas völlig Neues, nur mit Bruder Norbert und Abt Adam allein und spät in der Nacht zusammensitzen zu dürfen. Er fühlte sich wieder wie ein kleiner Junge, dem, weil Jahrmarkt war, etwas ganz Besonderes zugestanden worden war. Etwas Besonderes deswegen, weil es ein Geschenk war – ein Geschenk nur für ihn allein. Nun war das Abenteuer vorüber. Er würde in den Schlaf sinken und lange vor Morgengrauen, noch im Dunkeln und mit klappernden Zähnen, aufstehen – zurückgekehrt zu seinen Brüdern, zurückgekehrt ins gemeinsame Leben und zur gemeinsamen Arbeit. Während er betete, bemerkte er, sich des sündigen Gedankens bewußt, daß er nur drei Stimmen hörte und daß eine davon wunderschön klang. In einem Atem sagten sie das Amen. Dann gingen die drei ohne ein weiteres Wort zu Bett.

Bruder Norbert stand vor den versammelten Brüdern und sprach von Klosterangelegenheiten. Das Feuer in St. Johann und die schönen Wege mit ihrem herbstlich glühenden Laub erwähnte er nicht. Denn dies waren Dinge, die ihre Gemeinschaft nichts angingen. Er sprach von den neuen Ländereien, die ihrem Orden mit Brief und Siegel übertragen worden waren, und von dem Plan, einen Teil ihrer Wolle nach London bringen zu lassen und nicht mehr alles selbst zu verweben. Sie hatten auch ein paar Dinge eingekauft, die die Gemeinschaft nicht selbst herstellte – Pech und Faßreifen und ein wenig unbearbeitetes Eisen, das der Schmied brauchte. Abt Adam stellte ein paar Fragen; nach einem Gebet und der Beichte von Verfehlungen erhoben sich die Brüder und gingen an ihre Arbeit. Schon im Weggehen, wurde Simon vom Abt zurückgerufen und machte auf dem Absatz kehrt, damit er seinem Oberen ins Gesicht sehen konnte, ging die ganze Strecke wieder zurück und bezeugte ihm erneut seine Ehrerbietung, ehe er antwortete: »Ja, Vater Abt?«

Der große, massige Mann lächelte. »Setz dich, Bruder, und

erzähl mir, was du in York und in den Städten, die auf eurem Weg lagen, gesehen hast. Liegt Gutes in der Luft? Was hast du gespürt? Was hast du gehört? Indem wir genau beobachten, können wir die Zukunft erkennen, können sehen, welchen Weg sie einschlägt, um auf die Gegenwart zu treffen.«

Bruder Simon wollte nicht reden. Das Zögern malte sich so deutlich auf seinem treuherzigen Gesicht ab, daß es dem Abt sofort auffiel. Diskret und zurückhaltend stellte er ein paar einfache Fragen. Von Simon hörte er, daß die Menschen laut nach einem Kreuzzug riefen und König Henry die Schuld für den Krieg zuwiesen, in dem er eine so schlimme Niederlage erleben würde. Der Krieg schien ihnen eine Mauer, die sie von ihrer heiligen Bestimmung in Jerusalem abhielt. Adam fragte, ob Heere aufgestellt worden seien. Simon antwortete, indem er von Preisen, Gütern und verpfändeten Juwelen erzählte. Schließlich fragte Abt Adam: »Und was ist mit den Juden?«

Bedachte man, daß sie Geldverleiher waren und einen Teil des waghalsigen Unternehmens finanzieren würden, war es eine durchaus logische Frage. Der junge Mönch jedoch begann zu stammeln, und endlich meinte der Obere lächelnd: »Solltest du es fertigbringen, etwas vor mir zu verbergen? War ich dir nicht immer wohlgesinnt?«

Auf seine ernste Art erzählte ihm Simon nun von dem Feuer und dem Wunder, den Zinssätzen der Juden und von anderen Dingen, die er am Rande des Kampfes zwischen Abram und dem jungen de Kuckney aufgeschnappt hatte. Die de Kuckneys waren bedeutende Schirmherren des Klosters Welbeck. Die Brüder beteten, daß ihr Stammbaum ständig blühen möge. Simon erzählte, wie Abram den Erben des Hauses Kuckney beinahe besiegt hätte und wie er eilig von einem anderen Juden weggerissen worden war, nachdem er den jungen Adeligen, der doch immerhin der Knappe des Barons Malabestia war, blutig geschlagen hatte. Auf diese Weise hatte der Jude vor der Stadtbevölkerung beide Häuser mit Schande beladen.

Als Simon seine Erzählung beendet hatte, sagte er: »Abram gehört diesem Leben eben nicht an. Er kennt keine Edelleute oder Diener von Edelleuten. Er wurde als Städter erzogen, und in der Stadt werden solche Dinge mit anderen Augen betrachtet. Er hat ein kleines Erdbeben ausgelöst, aber er ist sich dessen nicht bewußt.«

Einen Augenblick lang schienen sie beide Bauernjungen, die sahen, wie ein adeliges Haus, mit dem sie nichts zu schaffen hatten, in Schwierigkeiten kam. Und die Gesichter, die sie plötzlich im Kopf hatten, sahen sie mit der heiteren Laune eines Pflügers an, für den gekränkte und verlorene Ehre nur ein Zeichen dafür ist, daß die Demütigen ihrem Erbteil einen Schritt näher sind. Dann kamen sie wieder zu sich.

Abt Adam hatte wohl schon Juden gesehen, aber noch keinen kennengelernt. Mit einem einzigen Wunsch – dem, mehr zu erfahren –, lauschte er Simon, damit er in der Lage sein würde, sein Vorgehen möglichst umsichtig zu planen, oder Nachricht an Premontre zu schicken, damit man dort für ihn entscheiden könnte. Fast geistesabwesend entließ er Bruder Simon; ein jeder kehrte in die Sicherheit des Klosteralltages zurück und war glücklich, daß er fest eingefügt war in die Ordensregel, deren unerschütterliches Bestehen garantiert schien. Mochte auch das Wasser tosen – dieser Fels würde sich nicht bewegen.

Während der Abt in seine Zelle ging, konnte er sich nicht dagegen wehren, daß ihm die zusätzliche Neuigkeit, die Simon ihm gebracht hatte, noch einmal durch den Kopf ging: daß überall Unruhe sich breitmachte, daß Geoffrey, der Bastard Henrys, den Erzbischofssitz von York erhalten könnte, daß Straßenräuber und halbverhungerte Banditen das Reisen im ganzen Land gefährlich machten. Ängste türmten sich auf Ängste. Er setzte sich auf seine harte Pritsche. Geoffrey von England gehörte keinem Orden an. Er würde wohl ein eiliges Gelübde ablegen, doch solche »Zehn-Atemzüge«-Kleriker waren selten gut für ihre Gemeinde. York war der zweitmächtigste Bischofssitz in England, und die Prinzen gaben ihn aus der Hand, um mit diesem Brocken Geoffrey zu beschwichtigen und zufriedenzustellen. Adam war froh, daß ihre Regel es dem Orden verbot, sich in politische Belange der Welt draußen einzumischen. Es gab schon genug Orden und Abteien, die sich darin verstrickt hatten. Um seiner Söhne in Christi willen hatte er Furcht vor diesen seltsamen Zeiten. Der ruhelose Drang, Neues zu sehen, an einer großen, überwältigenden Aufgabe, wie dieser Kreuzzug es war, teilzuhaben, brachte manch einen Bruder dazu, die Klostermauern hinter sich zu lassen. Er mußte versuchen, jedem einzelnen von ihnen klarzumachen – dem arglosen Simon wie dem halsstarrigen Lewis, dem leidenschaftlichen Unam Sanctam wie den Laienbrüdern, die nichts als ihre unendliche Armut kannten –, daß die Welt draußen brutal war und daß sie schon vergessen hatten, wie wild ihre Gier rasen konnte. Endlich schlief er ein und nahm die Frage in den Schlaf hinüber – die Frage, ob er das lange, tägliche Opfer, das sie auf Welbeck brachten, in so reichen Farben würde schildern können, daß sie es mit dem Silber des Schwertes, dem Rot der Flammen, dem Karmesinrot des Blutes, das am Tag der Wahrheit in Jerusalem fließen würde, aufnehmen konnten.

Den Morgen des nächsten Tages brachte er damit zu, für den Winter Bestand aufzunehmen; beide Lagerräume und sämtliches Rohmaterial ging er durch, das den Brüdern während der Regen- und Schneetage Arbeit verschaffen würde. Als er fertig war, ging er vom Lagerhaus zum äußeren Tor; er glaubte, die Brüder bei ihrer Arbeit zu finden: beim Aufstapeln des Winterfutters für die Schafe, beim Wasserschleppen, beim Messer- und Sensenschleifen. Statt dessen standen sie in einer kleinen Gruppe dicht um Bruder Lewis gedrängt, der auf ein paar Holzstämmen stand und eine Rede hielt.

Der Abt blieb abwartend stehen; er wollte hören, was gesprochen wurde, aber er wollte nicht gesehen werden. Er wich zurück, bis ihn die Tür halb verbarg. Mehr als einmal schienen die irren, vernichtend blickenden Augen Bruder Lewis' auf ihn gerichtet; doch er rührte sich nicht, und sie wanderten über ihn hinweg. Und sie erkannten weder ihn noch die wirkliche Welt, so versunken waren sie in die seltsame Vision seiner eigenen Teufel und Engel.

»Sollte uns Jerusalem, die Heimat unseres Herrn, versagt bleiben, so ist das mindeste, was wir tun können, das heilige

Land zu uns zu bringen; denn genug Ungläubige befinden sich in unserer Nähe – in Norwich und in York. Dort werden die Mörder Christi fett und reich. Wie reifes Getreide könnten wir sie niedermähen. Alles haben die Juden verschlungen; sie sind wie Wölfe unter den christlichen Schafen; nun fordern sie auch noch das Leben zweier Zisterzienserbrüder! Nach und nach untergraben sie die Pfeiler des Christentums, bis sie es endlich geschwächt und zerstört haben! Wenn die Menschheit zu den Fahnen greift und gegen den Teufel auszieht, warum sollten wir uns dann abwenden? Wenn Christus seine Söhne des Lichtes ruft, sollten wir dann bedauernd den Kopf schütteln und uns wegen ein paar Schafen entschuldigen? Er gebietet uns, die Welt von den Ungläubigen zu säubern. Er liebt seine Wächter, seine Falken, die von oben die Sünde aufspüren und auf sie herabstoßen, um sie auszurotten und zu zerstören – mögen sie sich auch in die dunkelsten Täler der Erde verkriechen. Wie können es die sündigen Juden wagen, in ihrer Teufelei zu leben und sie noch ins Licht zu stellen? Täglich kreuzigen sie uns; sollen wir sie dann nicht brandmarken dürfen? Sollen wir unseren Kreuzzug dann nicht gegen sie wenden dürfen? Mit Armeen müssen wir ausziehen und ihnen die Taufe anbieten, und sollten sie sie nicht annehmen, müssen wir sie erschlagen – so wie ein Mann ein abgestorbenes Glied abschlägt, ehe es durch sein Gift seinen gesunden Körper zerstört!«

Abt Adam konnte fühlen, wie die Worte eine Welle der Erregung in den Brüdern auslöste. Bruder Lewis' Hinweis auf die zwei Zisterzienser war etwas, was im Gedächtnis haften blieb – ein Skandal, der die Brüder noch immer quälte. Im Frühjahr des Jahres hatten sie den Orden verlassen, waren nach Lincoln gegangen und zum Judentum konvertiert. Der zornige Lewis hatte, als er davon hörte – ein Schock für jeden weißen Mönch in der ganzen Christenheit –, Bruder Simon seine Geißel gebracht und geschrien: »Deine Juden! Deine Juden!« – er hatte so lange geschrien, bis ihn die anderen zum Schweigen gebracht hatten. Nun begann die Leidenschaft seiner lauten, strengen Stimme mit geballten Fäusten, mit einem

Anspannen der Körper beantwortet zu werden. Abt Adam trat hinter der Wand vor, doch die Stimme sprach weiter:

»Uns stellt sich eine heilige Aufgabe. Wir wissen, daß Gottes Wille geschehen muß. Wir wissen, was er erwartet. Und wir dürfen ihn nicht warten lassen; wir dürfen ihn kein zweites Mal sterben lassen. Wir dürfen nicht zulassen, daß seine heilige Brust ein zweites Mal durchbohrt wird!« Lauter und lauter wurde er: »Wir müssen uns gegen den Satan rüsten! Wir müssen gegen die Heiden aufstehen! Müssen die Mörder Christi töten! Müssen...«

Für ein Dazwischentreten schien es zu spät. Schon wurden unter der rauhen Haut die Fingerknöchel weiß; schon strafften sich die Schultern. Abt Adam erkannte selbst von hinten, daß sie jenseits ruhiger Überlegung waren. Vor ihm stand Bruder Norbert. Sein Rücken war blutbefleckt. Zu Ehren seines Namenspatrons hatte er einen mit Nägeln beschlagenen Gürtel um die Brust gelegt und unter der Kutte getragen. Ohne daß er es fühlte, näßten nun die drei Wunden auf seinem Rücken sein graues Gewand mit Blut. Vernünftiges Denken verließ Abt Adam; an seine Stelle trat das Gefühl. Was er nun tat, tat er ohne nachzudenken, instinktiv. Er brüllte vor Lachen. Er lachte, bis ihm die Tränen in die Augen traten, bis er zu schwach und zittrig zum Lachen war, bis ihn seine eigenen Büßerriemen böse schmerzten. Als er aufhörte zu lachen, bemerkte er, daß auch die wilde Stimme des Bruders verstummt war.

Stocksteif standen die Zuhörer da. Den Atem anhaltend, hatten sie sich voller Verwunderung zu ihm umgedreht. Der einzige hörbare Laut schien ihnen das Klopfen ihres Herzen zu sein, das ihnen bis zum Hals schlug.

Abt Adam schöpfte Atem. Seine Stimme klang sehr sanft: »Wie stumpfsinnig ist doch die Arbeit mit Schafen im Vergleich zum sicheren Ruhm, den Bruder Lewis predigt! Soll vielleicht ein auserwählter Heilbringer der Welt den ganzen Tag Mist aufladen? Oder ist uns die Arbeit in Gottes Hof etwa schon zu gering? Ein Kreuzzug nach York! Auf zum Morden der Kammerknechte... Wie heilig und fromm! Wie praktisch! Premontre wird mich durch einen ersetzen müssen, der fähiger ist, euch fromme Disziplin zu lehren. Und in unserem nächsten Erzbischof werden wir jemanden haben, der uns haßt! Empfindet für die Juden, was ihr wollt, aber rührt sie nicht an, denn sie sind Eigentum des Königs. Geht auf einen Kreuzzug, wenn ihr unbedingt müßt, und was wird euer Lohn sein? Die Exkommunikation, Geldstrafen und eine nicht zu knapp bemessene Zeit in irgendeinem Gefängnis. Nun entschuldigt mich bitte, werte Krieger, aber da ich an dieser Zukunft keinen Gefallen finden mag, erbitte ich die Erlaubnis, gehen zu dürfen, denn ich habe viel zu tun. Bruder, wirst du mir helfen?«

Zusammen mit dem Bruder, den er ausgewählt hatte, ging er und machte sich langsam an seine Arbeit. Es wäre nicht gut, wenn er bliebe und den anderen zusähe, wie sie mit verlegenen Gesichtern wieder ihren Pflichten nachgingen. Mehr als eine leichte Strafe würde nicht nötig sein, um sie an ihren Gehorsam zu erinnern. Die Sache war damit abgetan. Doch was sollte er mit Bruder Lewis tun? Um dieses Problem kreisten Abt Adams Gedanken: sein angespannter Bruder in Christo besaß entweder eine Frömmigkeit, die jenseits menschlichen Ermessens stand oder war einfach verrückt. Wie seine Frömmigkeit nähren und seinen Irrsinn austrocknen? Das Problem bestand darin, daß man zwei Dinge auf einmal machen mußte. Nun..., überlegte er, ich werde ihn nicht von den anderen absondern und keinen Unterschied zwischen Redner und Zuhörer machen, was diesen Ungehorsam angeht. Wahrscheinlich ist dies für diese seltsame Seele eine schlimmere Strafe als die einsame Buße in heiligenähnlicher Erhöhung. Es geschehe also. Etwas hatte er aus dieser Versammlung der Brüder gelernt. Es verwunderte ihn, daß nicht die Botschaft, sondern die Glut ihres Überbringers ihre Inbrunst ausgelöst hatte. Der furchteinflößende Bruder hatte weder an ihre Frömmigkeit noch an ihren Verstand appelliert; dennoch gierten ihre Hände danach, das zu beginnen, was ihnen zuvor niemals wichtig erschienen war. Bruder Simon war mit einem Juden befreundet. Ihm selbst flößte Haß und Gewalt Furcht ein. Dennoch war er ebenso fasziniert dagestanden wie alle anderen. Wäre es dazu gekommen, daß der Orden Juden mordete – wäre es dann nicht auch möglich gewesen, daß auch er eine Meile mitgelaufen wäre, bevor er erkannte, was zu tun er im Begriff war?

Abt Adam fiel in den Staub auf die Knie. Er war sich nicht sicher, ob er betete oder nachdachte. Sicherlich war es gut, die Schwerter zu ergreifen und gegen die Ungläubigen zu kämpfen, die Schätze stahlen, brandschatzten und Heiliges entweihten. Wo aber war dann der Unterschied zwischen dem Seelenheil eines Heiligen und der Rache des Teufels? Mord würde die Hände frommer Männer besudeln; Gewissensqualen würden ihr Anteil bei der Einnahme Jerusalems sein. Mit der Eroberung einher gehen Raub und Plünderung – seien es nun Pöbelmassen oder das Heer des lebenden Gottes. Täglich hatte er in den Büchern seines Glaubens gelesen, ein Glaube, von dem die Menschen sagten, er sei die Liebe. Was hatte dies mit Schwertern und Feuer zu tun? »O Herr, mein Gott und ihr Heiligen, steht uns bei«, sagte er, während die Herbstwinde schärfer aus dem Norden wehten. Um sich zu kasteien, drehte er sich in den Wind und sagte zitternd: »Wenn der Gerechte aufhört zu denken, laufen sogar die Engel schutzsuchend davon.«

20

Dezember 1188

Es war Schnee gefallen. Als es zu schneien aufhörte, gingen die Bewohner Yorks hinaus, um einen Blick auf die veränderte Welt zu werfen. Sie wollten diese vollkommene Schneelandschaft, so weit es ging, erhalten und gleichzeitig doch in ihr eine Spur hinterlassen. Beides wollten sie: der weiße Schnee sollte unberührt bleiben, und doch den unverwechselbaren Abdruck ihrer Füße aufgeprägt bekommen. Ging jemand los, so folgte ihm ein anderer, und bald schon hatten sie dem Schnee das genommen, was sie ihm hatten lassen wollen, und waren glücklich dabei – der geheime Wunsch zu zerstören, was schön ist. An der Tür der jüdischen Gemeindehalle war eine Bekanntmachung angeschlagen worden: Betty las sie. Sie glaubte ihren Augen nicht zu trauen, glaubte, es handelte sich um einen Scherz, glaubte, ihr Verstand schlage ihr ein Schnippchen, glaubte, das Ganze wäre ein böses Mißverständnis:

> Alle christlichen Dienstboten, die nicht dafür sorgen, daß sie ihre jüdischen Herrn und Haushalte vor dem ersten Januar 1189 verlassen, werden aus der kirchlichen Gemeinschaft und der Gemeinschaft des Abendmahls ausgeschlossen. In einer Messe, die an einem geeigneten weltlichen Ort der Stadt abgehalten werden soll, wird ihre Exkommunikation verkündet.

(Dies, damit solche unreinen Personen den heiligen Boden nicht entweihten.)

Betty rannte nach Allerheiligen, ihrer einzigen christlichen Zufluchtsstätte, traf Pater Odo an und erfuhr, daß die Anordnung von einem päpstlichen Sendboten selbst angeschlagen worden und tatsächlich zu befolgen sei. Alles, was sie herausbrachte, war: »Mein Zuhause – mein Heim.« Und den betrübten Pater Odo zurücklassend, floh sie an Baruchs Herd. An Bettys Glaubenstreue hatte nie jemand gezweifelt. Sie selbst hielt sich für eine Christin, ohne näher darüber nachzudenken. Doch gleichzeitig war ihr bewußt, daß ein Großteil ihres Lebens ein jüdisches Leben war. Da sie sich nicht vorstellen konnte, daß ihr in diesem verwirrenden Durcheinander von Hoffnungen, Glaubensformen und Lebensgewohnheiten wirklich eine Entscheidung abverlangt werden würde, schob sie ihre Arbeit vor und eine endgültige Entscheidung hinaus. Sie hatte die vage, törichte Hoffnung, daß die Anordnung wieder zurückgenommen würde – ähnliche Dinge geschehen hin und wieder. Die Gerüchte um die Sorgen des Königs und das Tagesgeschehen, das ganze Gerede und die Mutmaßungen über die Absichten Richards und Johns, die Wahl Geoffreys zum Erzbischof, der jeden Tag in York erwartet wurde – all diese Ereignisse und eine Entscheidung, die sie nicht treffen konnte, stellten sich Betty in den Weg; sie schloß die Augen vor den beängstigenden Tatsachen, verbot sich jeden Gedanken daran und wartete.

Einer nach dem anderen stahlen sich die Jankins und Joans, Dienstboten, denen man, so lange man denken konnte, vertraut hatte, und mit ihnen die kleinen schnippischen Mägde, die sich ihre Aussteuer verdienen wollten, aus der Northstreet fort – eine so schleichende Veränderung, daß es Betty noch gelang, sie zu übersehen. Am Sabbath, wenn das Gesetz den Juden zu arbeiten verbot und kein christlicher Dienstbote das Feuer entfachte und unterhielt, stocherte man bald nur noch in erkaltender Asche. Bald schon müßte man den Feiertag jämmerlich in einem ausgekühlten Haus, mit klappernden Zähnen und blaugefrorenen Fingern begrüßen. Das Gesetz aus einem warmen Wüstenland, das keinen Schnee kannte, und wo nur die Nächte kalt waren, war auf den frostigen Inseln des Nordens freilich ein fraglicher Segen, und schon zu lange lebten die Juden im Exil, in dem sie mehr und mehr von ihrer christlichen Umwelt abhängig geworden waren. Bemitleidenswert aneinandergedrängt saßen jene, die ihre Dienstboten verloren hatten, den Feiertag ab, bis sich endlich irgendein Christ zu der Gefälligkeit herabließ, ihnen am Sabbath das Feuer anzufachen. Teuer bezahlte die Northstreet diesen Dienst. Unterhielten sich die Christen über ihre Nachbarn in der Northstreet, lag Geringschätzung in ihren Worten: »Ohne uns würden sie erfrieren; obwohl sie doch Gold besitzen und selbst am Ende eines harten Winters noch fett sind, sind sie hilflos ohne uns und würden erfrieren.«

Es ging auf die Weihnachtszeit zu, und noch immer konnte sich Betty nicht entschließen, ihren Dienst zu verlassen. Sie wurde dünn, ihr Gesicht bekam einen harten Zug, und ruhelos wanderten ihre Augen über die Dinge der Welt auf der Suche nach einem Orientierungspunkt. Baruch hatte ihr einen Gefallen tun wollen, sie zu sich gerufen und ihr vom Abschied gesprochen. Sie könnte nach Kuckney zurückkehren, wo ihre Eltern in Diensten standen. Er würde ihr ein großzügiges Geschenk als Zeichen seiner Erkenntlichkeit machen. Vielleicht könnte sie heiraten, einen Witwer oder so – denn sie sei doch schon älter, zwanzig, nicht wahr? Es schien, als redete er mit einem Gespenst. Weder sah sie ihn noch hörte sie ihn. Es schien, als habe sie schon zu lange gewartet.

Hinter ihrem Rücken wurde auf der Straße über sie geklatscht; bei der Eucharistiefeier kniete sie nieder wie eine Schlafwandlerin. Die Juden und ebenso die Christen bemerkten wohl, daß sie immer seltsamer wurde; doch man hatte über so viele andere Dinge zu klatschen, daß ihrer mißlichen Lage nur ein kleiner Raum im Gerede eingeräumt wurde.

Obwohl Jerusalem vorerst verloren war, wurde der Traum von einem Kreuzzug wieder einmal geträumt. Richard würde König werden – der fröhliche, liebenswürdige, ritterliche Richard –, und er würde sie führen: zum Reichtum auf dieser Welt und zum Paradies in der künftigen. Für jene, die sich einen anderen Helden wünschten oder den alten Henry liebten, gab es die Tragödie um Geoffrey zu bereden. Das gemeine Volk sah diese große Geschichte in ihrer einfachsten Variante: ein Bastardsohn (Oh wie süß ist gestohlener Honig), der seinen Vater nicht um des Königstitels willen verehrte, sondern allein aus Liebe und Respekt; er würde mit seinem kränkelnden und schwachen alten Herrn und Herrscher selbst in den Tod reiten. Er würde sich nie nur um seine eigenen Vorteile kümmern, und genauso wenig würde er das, was für sein künftiges Fortkommen in der Welt notwendig war, nur nüchtern abwägen. Der ärmste Müller im entlegensten kleinen Dorf dachte so darüber und liebte den Bastard des Königs darum.

Prinz John war klug genug, um zu erkennen, welchen Wert die Gunst des gemeinen Mannes besaß. Er erkannte auch, wie töricht und gefährlich es sein würde, zusammen mit Richard zu versuchen, dem Halbbruder Böses anzutun. Ein paar Worte in Richards Ohr gesprochen, brachten die Angelegenheit in Ordnung: Geoffrey würde mit wehender Kutte einem Orden beitreten und Bischof von Lincoln werden. Nach der Krönung

Richards sollte Geoffrey in das Amt des Erzbischofs von York eingesetzt werden (unter der Voraussetzung natürlich, daß er auch Besitztümer in Frankreich bekam, deren Verwaltung ihn so beschäftigen würde, daß er nicht vor Ablauf dreier Jahre nach England zurückkehrte). In der Zwischenzeit würden die Nachrichten von seinen Siegen in Jerusalem die Bevölkerung den Treuebruch des Sohnes vergessen lassen. Geoffrey wünschte zu besichtigen, was ihm gegeben würde und traf Vorbereitungen, Anfang Januar York zu besuchen.

York hatte viel für seinen Besucher vorzubereiten. Straßen wurden gekehrt, Reparaturarbeiten an der Kathedrale wurden beschleunigt, und alles Hab und Gut der Kirche, das vorgezeigt werden mußte und später in Anspruch genommen werden konnte, wurde zusammengesucht, gesäubert, hergerichtet und neu gestrichen. Ein über so lange Zeit unbesetzter Bischofssitz hat viel zu tun, und nicht das Einfachste ist es, alle beweglichen Güter, die auf den Listen als zum Sitz gehörend aufgezeichnet sind, zu finden. Nie sollte man behaupten, eine Christenseele bestehle ihren Erzbischof – doch von den fehlenden Gegenständen tauchten genügend in so fragwürdiger Umgebung wieder auf, daß es dem Dekan der Kathedrale nicht zu denken gegeben hätte. Keiner sollte nach seinem Wunsch Ursache haben, die Augenbrauen hochzuziehen oder vielsagend zu lächeln. Ein neuer Besen war der Dekan. Während er umherging, Hab und Gut der Kathedrale prüfte und seinem Küster Anweisungen gab, fing es zu schneien an. Schnee bedeckte die häßliche graue Stadt mit seinem Weiß, wie der Schlaf die Erinnerung auslöscht, indem er sie verändert. Doch dem Würdenträger war er lästig; er behinderte seine Pläne, und er verfluchte ihn.

Durch den fallenden Schnee ging Betty; wie ein Schleier hatte er sich auf ihr Haar gelegt. Vor Angst und Staunen war sie wie erstarrt. Am Ende der Northstreet stand die Allerheiligenkirche und wartete auf sie. Alle christlichen Diensboten der Northstreet beteten dort; manche hatten dort geheiratet, um sich davor zu retten, für ewig von Christi Gnaden ausgeschlossen zu werden. Vor dem vertrauten Portal stehend, fühlte sie sich dennoch allein. Da waren sie, die Heiligen, von Symbolen und Attributen umgeben. Grobe, doch mächtige Figuren, die sie nun, sich nicht um den Schnee kümmernd, anschaute; und plötzlich glaubte sie, wie in einer Erscheinung, in ihnen ihre Vorfahren zu sehen – den englischen Teil ihrer selbst. Sie ging die Treppe hinauf, öffnete eine kleine, in das Portal eingelassene Tür und betrat die Kirche. Eisigkalte Luft – kälter noch als die draußen – schlug ihr entgegen und raubte ihr den Atem. Ihre Augen wanderten das Kirchenschiff entlang, über die kalten, glatten Oberflächen der Steinpfeiler hin zum Altar und zum Kruzifix darüber. Wie ist es möglich, dachte sie, daß sie behaupten, ich sei diesem untreu? Sie kniete nieder; die kleinste, durch Abnutzung entstandene Erhebung und Vertiefung im Steinboden spürte sie. Die geduldigen Christen, dachte sie. Und erlöse uns von dem Übel. Amen.

Sie hörte Pater Odo auf sich zuhinken. Bei dieser Kälte draußen und der noch kälteren Feuchtigkeit in der Kirche war ihm sein zerschmettertes Bein eine Qual. »Komm, mein liebes Kind«, sagte er. Er führte sie in einen Nebenraum im hinteren Teil der Kirche. Hier war der Boden nicht aus Stein, sondern aus festgestampfter Erde. Die Wände waren aus groben Steinen. Zwei Stühle und ein grobgezimmerter Tisch standen dort. Pater Odo war ein einfacher Mann und verlangte von den Laien niederer Geburt nicht, daß sie knieten, während sie mit ihm sprachen. Doch keiner der beiden wußte so recht, wie er das Gespräch beginnen sollte. Ein jeder suchte auf seine Art nach dem erlösenden Satz, dem rettenden Gedanken. Und während sie so im Finstern suchten, stießen beide auf ein Ende – einen Abgrund, hinter dem es nichts mehr gab als den Fall.

»Exkommuniziert…«, murmelte er. »Abgeschnitten. Das ist schlimmer noch als der Tod, meine Tochter.«

»Ich bin aber Christin«, sagte sie etwas zu laut. Dumpf hallten die Worte vom feuchten Gemäuer wider. Der Klang ließ sie frösteln. Erschreckt über eine Einsamkeit, die so vollständig war, daß es ihr die Sprache verschlug, pochte ihr das Herz bis zum Hals. Schließlich sagte sie: »Elf Jahre lang habe ich in diesem Haus gedient – und es war nichts Sündiges dabei. Warum sollte es jetzt plötzlich Sünde und schlimmer als Faulheit, Habgier oder Mord sein?«

Pater Odo wußte nicht, was er ihr antworten sollte. Jahrelang hatte die Kirche versucht, diese Heiden zur Konversion zu bewegen. Nun hatte sie vielleicht erkannt, wie halsstarrig sie waren und sie dem Tod und der ewigen Verdammnis überlassen. Aus den im Ausland verbrachten, weit zurückliegenden Jahren wußte er aber auch, wie süß und verführerisch die falschen Töne der Heiden waren. Empört und zornig hatte die Grafschaft reagiert, als die zwei Zisterzienserbrüder konvertiert waren; vielleicht waren es ja nicht die einzigen Konvertierten im Land und in der Christenheit. Vielleicht konnte der Kreuzzug erzwingen, daß sich die Schlachtreihe der treuen Kirchengefolgschaft ein letztes Mal schloß. Die Heilige Kirche würde versuchen, ihre Schafe vor Fallgruben zu bewahren, und auch er mußte es. Zu viele Vielleichts gab es... Welches Vielleicht konnte er Betty gegenüber anführen? Welches wäre sowohl ihrer Seele als auch ihrem gesunden Menschenverstand eingänglich?

Er begann, leise von dem zu sprechen, was für ihn am meisten Bedeutung besaß. Vielleicht auch für sie? Er sprach von der Liebe, die Christus für seine Kirche zeigte; von der Liebe, die die Kirche für jedes ihrer Schafe empfand. So feurig und überzeugend wollte er reden wie die Wanderprediger vor ihren Zuhörern, wenn sie ihnen glühende Visionen entwarfen, die man fast anfassen und ergreifen konnte, so ehrfurchtsvolle Stille herrschte dann. Er sprach von den frühesten Erinnerungen, vom Frieden, den das Gebet verleiht, vom süßen Versprechen, das der Himmel gibt.

Als er fertig war und sie anschaute, sah er, daß er sie hatte bewegen können – doch nur mit seiner Person und nicht mit den Wahrheiten, von denen er gesprochen hatte. Er hatte gehofft, in ihr erneut die vergangene Liebesglut zu entfachen, doch er mußte erkennen, daß sie seine Worte nur als ein Spiel mit ihrer Liebe, als ein Benutzen dieser Liebe hinnahm. Woher kann man wissen, was eine Seele zu Tränen und zu Reue bewegt, was sie verhärtet und verbittert? Hell empört und rebellisch saß sie vor ihm. Mehr denn je war sie ihm zugeneigt – sie war ihm sogar dankbar, daß er sich für sie Zeit genommen und sein Herz eingesetzt hatte, um sie zu retten. Doch sie war auch zornig geworden, so zornig vielleicht, daß sie schon jenseits einer Aussöhnung mit der Kirche stand, die diesen Zorn provoziert hatte. In ihr löste sich der alte Schrei der Dienenden: Du magst über meinen Körper befehlen, mein Innerstes jedoch bleibt dir ewig verschlossen. Er hatte einem Teil ihrer selbst Gewalt angetan und seine Sache verloren.

»Es ist schon recht, wenn man liebt«, sagte sie beherrscht. »Doch wohin soll ich gehen? Was soll ich tun?«

»Steht deine Familie denn nicht in Diensten auf Schloß Kuckney? Warum kehrst du nicht dorthin zurück?«

»Meine Geschwister haben mich vergessen. Mein Vater, der mich liebte, ist tot. Meine Mutter sitzt neben der Tür ihrer Hütte und verzehrt sich im Haß auf mich.«

»Aber du könntest dort eine Anstellung bekommen ...«

»Ich kann lesen, schreiben, rechnen!« sagte sie. »Ich bin nicht mehr Teil jener Welt. In vier verschiedenen Währungen kann ich rechnen und die Ziffern von dreien schreiben ...«

»Da wäre noch die Heirat. Ich weiß, du bist nicht mehr jung, doch irgendeiner würde sich schon finden, der dich nimmt. Ich kenne viele, die mit einundzwanzig noch einmal geheiratet haben.«

»Nein«, sagte sie.

»Und das Ordensleben? Dort könntest du eines Tages brauchen können, was du gelernt hast. Sogar hier in der Grafschaft würden dich viele Klöster aufnehmen. Dein Herr würde dich doch mit einer Aussteuer versehen, nicht wahr?«

»Nein«, sagte sie. »Ich kann nicht. Auch dafür bin ich zu alt. Ich könnte nicht lügen oder mich verstellen, nur damit man mich aufnimmt. Ich bin nicht dazu geeignet. Das kommt für mich überhaupt nicht in Betracht.«

Plötzlich fiel ihr Abram ein, und eine große Einsamkeit überkam sie. Beinahe wäre sie in Tränen ausgebrochen. Doch

Pater Odo hatte ihre Antwort zornig gemacht, denn er hatte verloren, und sie war verloren.

»Du stolzes Mädchen!« sagte er. Und anders, als er eigentlich wollte, ließ er seinem Zorn freien Lauf. »Leg die Kleider ab, die dir die Juden gegeben haben; kehre in dein eigentliches Leben und zu Gott zurück. Wenn du das nicht willst, so bewege deinen Herrn dazu, dir eine Aussteuer zu geben, trete einem Orden bei und werde eine Tochter Christi. Dort wirst du lernen, bescheiden zu sein. Siehst du denn nicht, du mit Blindheit Geschlagene, daß du das ewige Leben aufs Spiel setzt?«

»Meinem Vater hätte ich dienen können, obwohl er ein Fremder war«, sagte sie. »Doch er ist vor zwei Jahren gestorben, als der Würgeengel vorüberfegte wie der Windstoß, den ein galoppierendes Pferd hinter sich herzieht. Was mir an Trost zugesprochen wurde nach seinem Tod, kam nicht von hier, obwohl Ihr sehr nett zu mir gewesen seid. Ich betete und war Euch dankbar, daß Ihr meines Vaters Tod den anderen mitteiltet und daß Ihr ein Wort für mich gefunden habt.« Sie ließ ihren Gefühlen freien Lauf, ohne zu wissen, wohin sie sie letztendlich führen würden; denn nie hatte sie über diese Dinge nachgedacht oder Vergleiche angestellt. »Nach meines Vaters Tod kam mein Herr zu mir und sagte: ›Betraure ihn, aber betraure nicht dich selbst; denn hier hast du immer deinen Platz, und wir sind dir wohlgesinnt.‹« Sie lächelte bei der Erinnerung an die Erleichterung, die sie damals durchflutet hatte und das Wissen, was wirkliche Trauer bedeutet.

»Ich habe ja nicht gesagt, daß sie schlechte Menschen sind... Ich habe gesagt, daß sie der ewigen Verdammnis geweiht sind«, beharrte er.

Da erinnerte sie sich an ein Gespräch, das sie mit Abram geführt hatte. Sie hatte ein Kreuz in die Luft geschlagen und gesagt: »Dann muß auch ich für die Juden fürchten.« Sie stand auf und dankte Pater Odo mit dem Gesichtsausdruck einer Traumwandlerin, den sie letztens so oft an sich hatte. Als sie ihn verlassen hatte, seufzte er auf und betete für ihr Seelenheil. Nie hatte er eine Chance besessen, sie zu retten. Wie Rauch entzog sie sich seinem Zugriff, die Magd, die sich ausdrückte wie ein Scholar. Er, der laut gegen die abtrünnigen Zisterzienser gewettert hatte, hatte nun selbst ein Schaf in seiner Herde, das am Rand des Ketzertums balancierte. Er bekreuzigte sich.

Im Wissen, daß sie an die Dreieinigkeit erinnern sollten, stieg Betty die drei Stufen von Allerheiligen hinab. Ihre Gedanken waren mit einer neuen Frage beschäftigt, die sich eigensinnig und ständig wiederholte: Wenn ich halb Christin bin, bin ich dann nicht auch halb Jüdin? Nie zuvor hatte sie darüber nachgedacht. Sie hatte sich selbst immer als Christin betrachtet. Doch nun, mit jedem Schritt, den sie die Northstreet hinunter ging, stand ihr mit immer größerer Gewißheit vor Augen, was sie tun mußte. Sie kehrte in Baruchs Haus zurück, bat die ihre Lippen schürzende Rana um einen freien Nachmittag, damit sie in einer höchst wichtigen Angelegenheit Rabbi Elias aufsuchen konnte. Wie Betty es erwartet hatte, hob Rana die rechte Augenbraue und gab ihr dann achselzuckend die Erlaubnis. Vielleicht war es möglich – vielleicht war es ja möglich –, daß sie endlich jenen angehören würde, mit denen sie zusammengelebt, denen sie gedient hatte und – mit einem Kloß im Hals dachte sie plötzlich an Abram – die sie liebte. Sie sah sich mit einemmal in die eigenartigen, schönen Kleider dieser Menschen gekleidet. Abram stand an ihrer Seite. Ehe sie es verhindern konnte, sah sie den Brautkranz und den Ring und die bestickte Haube der verheirateten Frauen vor sich. Sie vertrieb das Bild aus ihrem Kopf und verzweifelte plötzlich an ihrer Sehnsucht, der Ungewißheit und an den schlimmen Verwicklungen, in die sie beide geraten würden. Das wird mir keine Hilfe sein, dachte sie. Nicht dieser Wunsch darf Grundlage meines Anliegens sein. Doch selbst wenn der Kopf einen Erlaß herausgäbe, so ließe sich das Herz seine Träume nicht verbieten.

Wieder setzte sich das schon vertraute Rad von Unterredung und Entscheidung in Bewegung. Sie sprach mit Rabbi Elias, dann mit Jomtow. Vor ihr lag eine Woche des Wartens, bis ihre Zukunft wie eine neugestrichene Wand vor ihr stehen würde.

Wie eine Maus zwischen den Kästen huschte sie hin und her, um zu erledigen, was erledigt werden mußte, ehe das große Ziel näherrückte. Doch sie wollten sich nicht beeilen. Noch einmal sprach sie mit jedem von ihnen einzeln, dann mit beiden zusammen. Elias grüßte sie auf der Straße mit einem besonders warmen Lächeln; auch Jomtow lächelte, wenn er sie an der Synagogentür vorübergehen sah. Sie redeten die Sache tot, eine Straße der Prüfung hinauf und eine andere wieder hinunter – bis die ganze Idee schließlich ausgeweidet und entbeint vor ihr lag, wie Fischreste von einem Dutzend Abendessen.

Der Donnerstag kam und ging. Es setzte das wilde freitägliche, vom Sabbath gekrönte Kochen und Putzen ein. Als die anderen singend um den Tisch saßen, sang Betty, die bisher immer nur im anderen Zimmer leise mitgesummt hatte, laut die Worte und die Melodie mit. Sie waren überrascht, wie leicht und geläufig das ihnen vertraute Hebräisch dem angelsächsischen Mund über die Lippen kam. Einen Dienstboten, der sie wegen ihres heidnischen Verhaltens hätte tadeln können, gab es nicht mehr. Alle waren sie gegangen. Der Vorabend des Sabbaths ging in den Sabbath über. Betty arbeitete und rannte hierhin und dorthin, doch ihre Gedanken waren auf den vor ihr liegenden Sonntag gerichtet. Sonntag war Weihnacht. Man würde die Morgenmesse halten, die sie schon als Kleinkind besucht hatte, zusammen mit ihrer Mutter, die sie in die Bauernkirche auf Kuckney getragen hatte. Sollte sie wirklich Jüdin werden, wirklich und wahrhaftig, dann durfte sie weder diese noch die Mitternachtsmesse besuchen, die doch so voll wunderbarem, geheimnisvollem Glanz, so voller Glockenklang und Schönheit war. Ihr Herz war der Entscheidungen überdrüssig.

Am Sonntag ging sie nicht aus dem Haus. Baruch und Rana warfen ihr befremdete Blicke zu, und sie dachte: Vielleicht ist es doch ein Fehler... Vielleicht sind nicht einmal sie dazu imstande, mich als Jüdin zu betrachten. Sie wußte, daß diese Menschen, die so allein auf einer Insel inmitten des christlichen Meeres standen, sehr auf die Familie hielten und daß ihnen Fremde verdächtig waren. Am Sonntagabend, als ihr Herr und ihre Herrin sich nach einem ganz alltäglichen Tag ausruhten, legte auch sie sich zur Ruhe. Draußen wurde auf eisigen Straßen Nachtwache gehalten, man hörte Gesang; Kerzen und Fackeln wurden entzündet. Auch sie lag wach, von Kummer und Einsamkeit geplagt; schließlich hörte sie die Glocken: nicht ungestüm wie bei Feueralarm; nicht bekümmert, wie beim Tod eines Königs; nicht nüchtern, wie beim täglichen Wechsel von der kalten Frühmette zur warmen Vesper, sondern majestätisch, mystisch. Die Glocken aller Kirchen läuteten, die ganze Zeit über, mit voller Kraft, und die Straßen waren ausgestorben. Alle christlichen Seelen waren in der Kirche, das *Christus natus est* wurde gesprochen, gesungen, gelispelt, gelacht, geflüstert, gerufen. Sollte Gottes Sohn denn inmitten des Winters geboren werden, wenn alles Trauer trug? Der Holzfäller friert in der Wagenspur fest, die Kälte kriecht in den verborgensten Knochen des Körpers. Weiche von uns, Tod. Er ist geboren. Fort mit dir, Sorge. Er ist gekommen.

Betty lag in ihrem Bett und weinte. Sie hatte es aufgegeben, sich mit dem Gedanken an die süßen und wunderbaren jüdischen Feiertage zu trösten. Nun verließen die Andächtigen die Kirche und gingen nach Haus und sangen, wie auch sie es so viele Male getan hatte, das *Laetatus est Angeli et Archangeli*. Mütter in armseligen Hütten, Bettlerinnen, die auf eisiger Straße geboren hatten, würden in dieser Nacht ihre blaugefrorenen Kleinen wiegend im Arm halten, um sie an der Glut, die da war, zu wärmen. An die eine Mutter und das eine Kind würden sie denken; die Armut wäre wie eine im Schnee erblühte Rosenkrone und der Tod wie ein unbezahlbarer Diamant. Das Leid wäre ihr Geschenk an die Jungfrau.

Der Montag kam, und die fromme Freude verwandelte sich ohne Übergang in weltliche Freude. Breitbeinig gingen die Männer auf der Straße, die Frauen tanzten, und man sagte, daß manch eine im September in Wehen liegen würde, weil sie im Dezember ein klein wenig Honig gestohlen hatte.

Betty ging durch die Northstreet und versuchte, die lärmende Feierlichkeit zu übersehen, um ihrem ganz gewöhnlichen Tag nachzugehen; sie ging zum Haus des Rabbi Elias. Ihre Stimmung war auf einem Tiefpunkt. Ihr großes Gefühl war in sich zusammengefallen und hing herab wie das kleine Terrakottakreuz an ihrem Hals. Sie hatte nicht den Mut gehabt, es abzunehmen. Still und bescheiden trat sie ins Haus. Die Rabbiner, die sie hatten rufen lassen, erwarteten sie schon.

Nach einer kurzen Pause sagte Jomtow: »Wir sind froh, daß du danach trachtest, eine von unserem Volke zu werden, obwohl wir keinen sehr ehrenvollen Stand in diesem Land darstellen, sondern vielleicht eher einen gefährdeten. Auch du wirst dies bedacht haben. Lange hast du in Baruchs Haus gedient, lange genug, um unsere Bräuche und Glaubenssätze kennenzulernen; lange genug, um unsere Gesetze und Überzeugungen zu kennen. Baruch sagte mir, du seist sehr anstellig und habest dir durch Lernen und Sympathie zu uns eine natürliche Abscheu vor dem Unreinen eingeimpft.«

Es überraschte sie, daß sie sich mit Baruch über sie unterhalten hatten; mehr noch überraschte sie, daß Baruch ihnen auf diese Weise geantwortet hatte. Es war klar, diese wachsamen Augen waren nie geschlossen; diese Augen, die schon an der Art, wie sich jemand die Nase putzte, ablesen konnten, wer man war und was für ein Anliegen man hatte. Ihre Schwächen und Stärken hatten sie, vielleicht im Vorübergehen, wahrgenommen. Am meisten überraschte sie jedoch, daß jemand so viel Anteil an ihr nahm, daß er nachfragte, daß er ihre Verdienste abwägte und sie für gut befand. Sie war zu Tränen gerührt. Mehr als alles andere auf der Welt wollte sie nun eine von ihnen sein.

Rabbi Elias Stimme klang sehr freundlich: »Junge Frau, wärst du vor zehn Jahren zu uns gekommen, vor fünf oder sogar noch vor drei Jahren, und hättest uns gefragt, ob wir dich in unserem Volke aufnehmen, wir wären froh gewesen wie wir es jetzt sind – und wir hätten dich aufnehmen können. Heute können wir es nicht mehr.«

Sie war niedergeschmettert. Sie sah auf den Sitzenden herab und fühlte, wie sich ihr die Kehle zuschnürte. Ausgetrocknet war sie. Ihr drehte sich alles. Keine Rettung... Mein Gott, mein Gott, keine Rettung! ging es ihr wieder und wieder durch den Kopf.

Denicosa, Rabbi Elias' Frau kam und brachte einen Stuhl; Betty setzte sich, nachdem es ihr die Rabbiner bedeutet hatten.

Nun ergriff Jomtow das Wort. Langsam und ernst sprach er: »Du weißt nicht, auf was für wackligen Stühlen wir sitzen, wir Juden in England. Richard wird den Thron an sich reißen. Und obwohl er sich den Federbusch des Kreuzzuges aufsteckt, ist er nicht stark. Wenn wir nun dich ins Judentum aufnähmen, würden sich die Barone und die Kirche begierig auf das skandalöse Ereignis stürzen. Hast du denn nicht am eigenen Leib schmerzlich genug erfahren müssen, daß wir den Christen als Ketzer der Nation gelten? Wir dürfen nicht riskieren, daß die Neider Furcht und Panik und der Wunsch ergreifen, hier zu Hause einen Kreuzzug zu veranstalten, hier in der Northstreet. Jene, die kein Geld besitzen, um sich für ein weit entferntes Jerusalem auszurüsten, gieren nach unseren Leibern, denn über uns führt ihr Weg zur Gnade. Nun, was dich angeht: Könntest du denn nicht heiraten? Du lebst ohne Familie in einem Glauben, dessen Grundlage die Familie ist. Könntest du als Jüdin uns auf die gleiche Art zur Seite stehen, wie du es jetzt als Christin tust? Nein. Wo würden wir in einem Jahr, wenn die Drohung der Exkommunikation sich selbst den Christen, die jüdische Freunde haben, an die Fersen heftet, jemanden wie dich finden? Wir wissen, deine Beweggründe sind edel, aber der Weg der Weisheit ist nicht immer auch der Weg des Glücks. Bleib bei uns und genieße den Schutz, den auch wir genießen. Wir trauern mit dir. Später vielleicht... In den Jahren, die da kommen werden... Wir trauern mit dir.«

Rabbi Jomtow hob seine Hände und ließ sie wieder sinken. In seiner Geste erkannte sie, daß ihr Wunsch unerfüllbar war und daß auch er, selbst wenn er wollte, ihn nicht erfüllen konnte, und daß er hilflos darüber war. Es herrschte Schweigen. Inmitten des Schweigens verließ sie sie und nahm es, schwer daran tragend, mit. Die Rabbiner warfen sich einen Blick zu.

Schließlich schaute Elias zu seinem Freund hinüber und legte ihm tröstend seine Hand auf den Arm. »Die Entscheidung war richtig, mein Freund. Wenn Schneestürme kommen, geht der umsichtige Mann ins Haus.«

»Aber müssen wir denn sterben, weil wir das Leben fürchten? Müssen wir Häuser ohne Türen bauen, weil wir den Angriff fürchten? Ich weiß, daß es eine umsichtige Entscheidung war und wir alle Sklaven unserer selbst sind, Elias, oh Elias. Doch diese Fesseln scheuern nur gelegentlich. Wieviel mehr scheuern die leichteren Fesseln, die uns die Welt anlegt!«

21

Er glich einem Berg, der weiße Abt. Furcht verschleierte Bettys Blick; sie konnte sein Gesicht nicht erkennen. Abt Adam aber erinnerte sich an den Feiertag eines Heiligen vor ungefähr drei Jahren, an dem die de Kuckneys zusammen mit ihren Dienstboten ins Kloster gekommen waren, um ihm, wie jedes Jahr einmal, ihre Aufwartung zu machen. Damals war ein Mädchen, wie ein stolzer, junger Fuchs, mit hocherhobenem Kopf und einer triumphierenden Haltung in seinen feinen Kleidern auf Welbeck zu Besuch gewesen. Sollte diese dünne, vergrämte und verhärmte Kreatur das gleiche Mädchen sein? Er sah sie sich genauer an. Ja, sie war es, doch sehr, sehr verändert. Sie berichtete ihm das Geschehene. Die Gebärden, mit denen ihre matten, abgearbeiteten Hände die Worte von sich stießen, schienen fast die jüdischen Gesten, die sie längst übernommen hatte, auf gequälte Weise nachzuäffen. Mit großer Aufmerksamkeit hörte er ihr zu. Als sie fertig war, schwiegen beide.

Schließlich sagte er: »Gibt es noch mehr, die ihren Dienst ebenfalls verlassen sollen?«

Fast ungläubig antwortete sie: »Keiner ist in York umhergegeistert wie ich. Es schien ihnen nichts auszumachen. Die Männer treten in andere Dienste, und die Mädchen rennen einer schnellen Heirat hinterher, damit dem Nachgrübeln, ob man nun Benediktus oder Baruch sagen soll, endlich ein Ende gesetzt ist.«

Abt Adam mußte ein wenig betrübt denken, daß die Leiden des Geistes nicht das Los dieser jungen Dienstboten waren. Vielleicht war ja das Leiden des Körpers alles, was Gott, der Herr, ihnen in diesem Leben abverlangte. Gott wußte ja zu gut, daß sie an Hunger sterben würden, wenn sie ihren Dienst verlieren und keinen anderen finden würden. Einigen wenigen – sehr wenigen aus der ganzen großen Schar – hatte es Gott gegeben, daß sie während der Stunden ihres Hungers, anstatt zu schlafen, wachlagen und über die Gründe für all dies nachgrübelten.

Dieses bemitleidenswerte Mädchen, das von dem, was sie einmal war, so tief herabgesunken war, gehörte zu den letzteren; er fühlte, wie sich sein Herz ihr voller Mitleid und Stolz öffnete; ein Mitleid, das auch Selbstmitleid war; ein Stolz, der auch sein eigener Stolz war. Sie war eingeschüchtert und verängstigt: zu viele hartnäckige Stimmen. Er nahm sie am Arm, als wäre sie invalid, führte sie zu den winzigen Räumen, die Besuchern vorbehalten waren und verließ sie mit einem alten Segensspruch und dem Wunsch, ihr Schlaf möge gesegnet sein. Seltsam klang ihr der Spruch auf Lateinisch; besser als er wußte sie, wie alt der Spruch war, denn jeden Tag der vergangenen Jahre ihres Lebens hatte sie ihn in der Sprache der Juden gehört.

Abt Adam fand in dieser Nacht keinen Schlaf.

Vielleicht glich die Welt einer Glocke in der Nacht, dachte er. Jede Stunde schlug sie, und Gott hörte ihr Schlagen. Er lag auf seiner Pritsche und lauschte sich selbst, wie er die Sorgen des Tages wiederholte. Ob wohl die anderen zehntausend Äbte ebenfalls abzählten? Oh Gott, wie laut die Welt schlagen mußte. Nun war da auch noch diese Judenchristin, von der Stadt und ihren seltsamen Bedürfnissen gezeugt. Was sollte er ihr sagen? Man konnte ihr nur Sympathie, nur Mitleid bezeugen. Rollt ein Rad über das Bein eines Menschen und zermalmt es, kann kein Rat der Welt die zerbrochenen Teile wieder zusammenfügen; zermalmte die Welt, zermalmte das unsichtbare Rad der Welt die Menschen, so blieb nur noch Sympathie und Mitleid...

Vor der Morgenandacht noch war er wach und dachte über die Juden nach; ein in der Tat seltsames Volk, das ohne das sie umgebende Christentum gar nicht leben konnte. Er dachte über die Christen nach, die ihrer bedurften und sie haßten und ihnen manchmal auf eigenartige Weise ihren Respekt bezeugten – denn sie waren ein altes Volk, waren dem über alles verehrten Christus selbst in ihrem Ketzertum so nahe.

Betty jedoch schlief gut. Zum erstenmal seit der Proklamation hatte sie das Gefühl von Sicherheit und Frieden. Die Glokken, die zum Gebet riefen, störten sie nicht. Sie stand erst auf, als ein Dienstbote mit einem frommen Gruß eintrat, um sie zu wecken. Auf dem Weg zur Kapelle, wo sie beten wollte, ging sie an einem großen, jungen Mönch vorüber. Etwas an seiner Körperhaltung veranlaßte sie, sich umzudrehen und ihn anzusehen. Es war Simon, ihr Vetter. Verblüfft blieben die beiden stehen. Sie hatten sich zuletzt gesehen, als sie beide fast noch Kinder waren. In beiden hatte sich der leuchtende, aufgeweckte Blick länger als üblich erhalten. Nun waren die Unschuld und der Stolz auf die Unschuld verschwunden. Sie erinnerte sich, daß Abram gesagt hatte: »Ich habe deinen Vetter Simon gesehen.« Sie hatte lachend geantwortet: »Euren Freund, Master Abram.« Noch während sie sprach, hatte sich auf Abrams Gesicht ein Ausdruck von Stille und Traurigkeit gelegt, über den sie sich gewundert hatte. Und da Betty Simon so lange nicht gesehen hatte, hatte sie sich gefragt: Wie kommt es, daß ein Knabe wie er Abram verletzen kann? Nun wußte sie, daß sie alle erwachsen geworden waren – Männer und Frauen im Strom der Zeit, die sich in unterschiedlichen Strudeln kämpfend drehten. Simon wirkte in seiner weißen Kutte stark und sicher. Er schien die ganze Kraft der Kirche zu seinem Schutze zur Verfügung zu haben. Auch Abram war in Sicherheit; die Juden waren davon überzeugt, daß sie, und nicht die Welt des Christentums, eins mit Gott waren und daß sie, und nicht die

Masse der sie als Ketzer verachtenden anderen, erlöst werden würden. Nur sie hing gefangen zwischen den sich rasend schnell drehenden Rädern, von denen ein jedes in seiner eigenen Bewegung vollkommen war.

»Vetter«, sagte sie. Er schaute sie wieder an. Sie glaubte, in seinem Blick Überraschung, dann Erkennen und Mitleid zu bemerken, und fragte sich, ob auch er von dem Edikt gehört hatte oder ob es nur ihr Aussehen war, das ihn so schauen ließ.

Über sie hinweg läuteten die Glocken zur Arbeit und zum Gebet und schwiegen dann. Doch sie schienen nicht zu hören. Sie erzählte von den Jahren ihres Dienstes und den Erfahrungen, die sie in diesen Jahren gesammelt hatte. Sie erzählte ihm nichts von ihrer Liebe zu Abram, nichts von den einsamen Nächten im Gesindehaus, in denen sie von Abram träumte. Doch Betty war nicht dazu geschaffen, sich zu verstellen: die Liebe strömte aus ihrem Gesicht, ihren Augen, und Simon, der keine Liebe kannte, wurde verlegen und ein bißchen neidisch.

»Was wirst du jetzt tun?« fragte er schließlich. Sie standen in der Nähe des Schafpferches, wo sich er und Abram über so lange Zeit hinweg immer getroffen hatten – eine Zeit, so schien es jetzt, in der die Welt noch jung gewesen war.

»Ich weiß nicht«, sagte sie. »Was ich vor mir sehe, ist nichts als Trauer und Leere.«

»Weißt du denn, wie groß die Trauer und die Leere sein werden?« fragte er, wohl wissend, daß sie es genau wußte. Doch er wollte sie aus der Verwirrung, in die sie die vielen Bindungen und Verpflichtungen gestürzt hatten und die auch er nachempfinden konnte, aufwecken. »Nie mehr wirst du mit Christenseelen verkehren können, so lange du lebst nicht. Nie mehr wirst du dich mit einem wahren Christen unterhalten können. Die einfachsten Rechte und Gesetze werden dir versagt bleiben. Keinen Schutz wird dir die Kirche gewähren. Keine legale Ehe wirst du eingehen und kein amtliches Papier selbst oder als Zeuge unterschreiben können. Dein Wille wird nichts gelten. Recht und Gesetz werden mit ihrer ganzen Macht gegen dich stehen. Für immer wirst du ausgestoßen, ohne Stand, eine Gesetzlose und allein sein.« Sie zitterte. »Könntest du denn nicht einem Orden beitreten, dessen Regeln nicht zu streng sind? Dort wärst du wenigstens in Sicherheit.«

»Ich weiß nicht recht, ob mich dort Sicherheit oder der Untergang erwarten würden«, sagte sie. Mit einem Mal hatte er Angst um sie – seine Angst spiegelte sich auf ihrem Gesicht wider und ließ sie zusammenbrechen. Sie weinte. Immer und immer wieder sagte sie: »Ich bin keine Heidin! Ich bin keine Heidin!«

Sie hörten die Glocke zur Vesper läuten, hörten plötzlich noch einmal hin und bemerkten, wie lange sie fortgeblieben waren. Der ungewöhnlich milde Tag wurde abendlich kühl, das Licht schwächer. Hatte er sie trösten können? Er zweifelte. Er blickte ihr in dem alles mildernden Licht ins Gesicht; ein Licht, das allem Schönheit verlieh, und ihm ihre Schönheit zeigte. Es war die Schönheit der Verlorenen – eine verzweifelte, fast wahnsinnige Lebhaftigkeit. Er wußte, alles, was er tun konnte, war, sich ihrer anzunehmen. Hier reichten kein hastiges *Ego te absolvo* und ein abschließender ruhiger Schlaf aus. Er erinnerte sich, daß er Abram mit einem ähnlichen Gefühl verlassen hatte. Das Rad der Pflicht, des Rechtes und des Staates drehte sich gegen seine Freundschaften und Vorlieben an. Gehorche! Gehorche! hallte es in seinen Ohren wider. Doch er konnte nicht vorbehaltlos gehorchen – nie würde er völlig auf Abram, nie auf Betty und nie auf die Welt, in der sie lebten, verzichten können. Wieder schaute er sie an. Dann gingen sie schnell zum Ordenshaus zurück.

»Ich hätte heute nachmittag mit Abt Adam sprechen sollen«, sagte sie.

»Dann war es Zeitvergeudung, mit mir zu sprechen. Er ist weiser und besser als ich – vielleicht kann ja *er*...« Sie erkannte, daß er aus wahrer Bescheidenheit heraus sprach und nicht aus der Manier, die die Mönche zusammen mit ihren Kutten und Tonsuren überstreiften. Sie war gerührt.

Nach dem einfachen Abendessen rief der Abt sie zu sich. Gemeinsam gingen sie den kalten Flur entlang. Zu ihrer Überraschung fügte er den Stimmen, die die Verwirrung in ihrem

Kopf wieder und wieder herbeiredeten, keine neue mehr hinzu. Er sagte nur: »Ich habe eine gute Freundin, eine entfernte Verwandte, die ich schon seit langen Jahren nicht mehr gesehen habe. Sie ist Äbtissin im Frauenkloster in Lincoln, gleich neben der Kathedrale. Ich wäre höchsterfreut, wenn du ihr meine Grüße bestellen gingest; besuche sie, wenn du kannst, und bleibe vielleicht eine Zeitlang dort. Nach all den Jahren wäre sie glücklich, wenn sie von mir und dem, was ich so mache, hörte. Sie ist eine sehr gütige Frau. Vielleicht könntest du dorthin gehen, um etwas auszuruhen und nachzudenken, wenn du deinen Dienst verlassen hast –« Er fügte hinzu: »Falls du dich dazu entschließen solltest.« Er lächelte sie an, segnete sie und ging den Flur hinunter.

Während sie auf dem langsamen, kleinen Esel nach York zurückritt, dachte sie daran, wie freundlich er gewesen war. Der große, unbeholfene Mann... Doch die Hufe des Tieres schlugen gegen die Steine auf der Straße, und plötzlich fiel ihr ein, daß eben diese Reise – eine Reise von zwei Tagen über die Grenzen der Grafschaft hinaus, nur um etwas zu bereden – etwas typisch Jüdisches war. Ihre Mutter hätte so etwas für unmöglich gehalten. Lord Robert de Kuckney, der Dienstherr ihrer Mutter, hätte es für absurd gehalten. Nur Juden gingen Erkenntnis außerhalb der Gemeindegrenzen suchen, nur Juden gaben so großzügig einen Tag frei. Diese Güte und Würde versicherte den in den fremden Ländern nur geduldeten Wanderern, daß sie die von Gott Erwählten und Geliebten waren und sich um ein vollkommeneres Leben als die anderen bemühen mußten. Und dennoch verweigerten sie die Barmherzigkeit jenen, die sie in ihr Land aufgenommen hatten. Ihre Selbsterkenntnis, die sie über Hunderte von Jahren zu einem Volk vereint hatte, erstreckte sich nicht auf die restliche Menschheit. Die Christenheit ausschließend, zogen sie die Grenzlinie ihrer Güte, ihrer Barmherzigkeit und Liebe eng um sich selbst. Eine verhängnisvolle Bruchstelle.

Juden und Christen, Christen und Juden... und sie? Wem fühlte sie sich zugehörig? Wieder schwirrten die alten Stimmen mit ihren Argumenten durch ihren Kopf, sie dröhnten und hämmerten in ihrem Kopf und verschleierten mit ihrem Lärm den Blick.

Von einem hoch oben liegenden Fenster des Kapitelhauses aus beobachtete Bruder Lewis Fauconbridge, wie das Mädchen auf dem grauen Esel davonritt. Er beobachtete, wie ihr Kopf kleiner und kleiner wurde. Er lachte: wie seltsam das doch war, wenn ein Mensch langsam in der Ferne, in der Welt, im Nichts verschwand. Plötzlich kam ihm der Gedanke, es müsse eine prophetische Bedeutung haben, daß er zu dieser besonderen Stunde am Fenster stand. Irgendeine Botschaft, ein Ruf, eine Mission lag darin – allein für seine Sinne bestimmt. Schon rührte sich das Heer des Teufels in seinem Körper, dem Mikrokosmos, in dem endlich eine Schlacht geführt würde, deren Entscheidung den ersten Sieg in der großen, letzten Herausforderung der Welt bedeuten würde. Eine Glocke klang durch das Haus. Die Jahre des Gehorsams veranlaßten ihn, sich umzudrehen, um ihr zu gehorchen. Doch der Wille in ihm war stärker. Er mußte beobachten, wie das Pünktchen Menschheit langsam in der Ferne verschwand. Schicksal, Gnade, alle Heiligkeit hing davon ab. Mit unbewegtem Blick starrte er hinter der Vision her, bis seine Augen brannten. Unendlich langsam wurde sie kleiner und kleiner, bis sie sich schließlich in Luft auflöste – ein Schimmern über der Kuppe eines Hügels. Er war bereit; bereit für das Opfer, bereit für seine Bestimmung. Mit einem Dankgebet kniete er nieder, während die Glocke zu den anderen zu einem anderen Gebet rief.

Der Januar kam und mit ihm Geoffrey, die Frucht einer Liebe und künftiger Erzbischof, auf seinem edlen Pferd. Einen vom Volk nicht geliebten Feind tötete man; einen beliebten und mächtigen bestach man. Einen ähnlichen Plan hatten die königlichen Söhne für ihren Halbbruder ausgeheckt. Erzbischof von York sollte er werden, doch nie dort bleiben. Und um sicherzugehen, hatten sie ihm eine Grafschaft in Frankreich geschenkt, in der er verschwinden würde. Außer einigen wenigen wußte niemand von diesem zweiten Geschenk. Helle Aufregung hatte vom Volk Besitz ergriffen. Pompös und purpurfarben zog der

Prozessionszug unter dem Walmtor hindurch. Der treue Sohn, der nun ihr Erzbischof sein sollte, führte seine Gefolgschaft an. Fahnen peitschten im Wind, Mäntel umflatterten die Menge, die gekommen war, um den Bastard Geoffrey bei seinem triumphalen Einzug zu bejubeln. Schon seit dem frühen Vormittag warteten sie, langsam wurde es spät. Als Bischof segnete er die Menge, die sich in den engen Gassen drängte. Alle lachten, denn sie wußten, bald schon würde er über allen Bischöfen stehen. Über die Fossbrücke ritten sie; das Holz knarrte unter dem Gewicht der Reiter und der sie willkommen Rufenden. Beim Anblick der Brücke, über die Geoffrey ritt, erinnerten sich die Alten an eine andere Brücke – vierzig Jahre lag es zurück; eine Brücke, über die Erzbischof William, nun der heilige William, im Triumphzug gezogen war. Als er sie überquerte, hatte die Brücke gezittert, geächzt und war dann unter dem Gewicht der Menge zersplittert. Es war Frühjahr gewesen, und die Strömung war stark. William, auf dem schwankenden Ende der zerstörten Brücke stehend, hatte seine wunderbaren Arme zum Segen erhoben, und Gnade wurde ihm erteilt für seine Herde – jeder Mann, jede Frau und jedes Kind war durch das Gebet gerettet worden. York hatte seine großen Tage gehabt, nicht wenige, und mit Richard und Geoffrey würden ihnen noch viele bevorstehen.

Als sie die Brücke verließen, läuteten die Glocken der Kathedrale zur Vespermette. Lautes Gelächter kam auf. Das Volk rief: Noch reitet unser lächelnder Bischof hier draußen, und seine ganze liebende Gemeinde ist mit ihm! Weiter ging es durch das Gewirr der Gassen. Die Bettler hatte man aus der Stadt gewiesen. Nichts außer dem milden Wind, der von den Hügeln herab wehte, konnte den Helden daher auf seinem Weg entgegentreten. Endlich kamen sie vor der Kathedrale an; Geoffrey saß ab und stieg die Stufen hinauf. Sogar noch durch den Lärm der Menge konnte man den schwachen, reinen Klang des Chores in der Kirche hören. Geoffreys Gesicht verfinsterte sich: der künftige Erzbischof kommt zu spät zum Abendmahl und wird wie irgendeine beliebige Magd vom Gottesdienst ausgeschlossen? Die anderen stiegen die Stufen hinauf, hörten, was Geoffrey hörte, und flüsterten verwirrt und peinlich berührt miteinander. Schreiend rannte Geoffrey die Stufen hinunter, ergriff einen Streitkolben, stürzte zurück und hämmerte auf das schwere Portal ein. Die Menge johlte. Kurz darauf wurde die Tür geöffnet, eine große Nase und ein halbes Auge erschienen in dem dunklen Spalt: »Was begehrt Ihr, Sir?« Es war der Schatzmeister.

»Was ich begehre?« Geoffrey stieß die Tür auf und stolzierte hinein. Seine Sporen klirrten auf dem Steinboden. »Wer trägt hierfür die Verantwortung?« donnerte er. Wie Rauch stieg das letzte »Amen« langsam ins Gewölbe der Kathedrale auf.

»Ruhe!« brüllte er. Zusammen mit seinem geschrieenen Befehl ertönte das letzte »Amen« und widerhallte von den Höhen über ihnen. Der Dekan der Kathedrale, für die Andacht gekleidet, tauchte vor dem zornigen Geoffrey auf.

»Es war Zeit für die Vesperandacht, und so wurde die Vesperandacht gehalten, mein Herr Bischof.«

Der Schwung der aufgestoßenen Tür hatte den Schatzmeister gegen die Wand gedrückt. Er raffte sich auf und löschte die Kerzen. Als Geoffrey das Hauptschiff entlangschritt, ging der Mann zum Altar und löschte auch dort die Lichter. Geoffrey faßte seinen Streitkolben fester.

»Die Messe ist vorbei, mein Herr«, sagte der Dekan, sich zu dem gepanzerten Geistlichen umdrehend. Geoffrey machte auf dem Absatz kehrt und schritt zur Kathedrale hinaus. Das Volk jubelte ihm zu, als er in das immer schwächer werdende Tageslicht hinaustrat. Geoffrey hob, Ruhe gebietend, die Hände. Mit seinen wundervollen Kleidern und dieser Geste des Befehls glich er einem König. Das Volk verstummte auf der Stelle. »Gott und die Menschen rufe ich an, über meine Sache zu richten!« rief Geoffrey. »Das Abendmahl wurde mir verweigert, die Kerzen vor meiner Nase ausgelöscht. Obwohl ich ihr Oberer, ihr Hirte und ihr Vater sein werde, weigern sich diese undankbaren Söhne, mir zu Diensten zu stehen.« Das Volk tobte gegen den Dekan und den Schatzmeister. »Richard, der bald schon König sein wird, hat uns zu euch geschickt. Die Mißgünstigen, die ihm den Gehorsam verweigern, bevor er nicht in

Amt und Würden gesetzt und eine Krone trägt, verweigern mir Gehör und Gottesdienst.«

Wieder tobte das Volk, tobte vor Wut und Haß, zu dem der unberechenbare Mob so schnell fähig ist.

»Vernehmt denn meinen Willen«, rief Geoffrey. »Hiermit verbiete ich in dieser Kathedrale alle Messen, seien es öffentliche oder private, bis mir Genugtuung geleistet wurde. Ich bin sicher, daß sie nicht lange auf sich warten lassen wird.«

Die Menge lachte und johlte. Lieblingshund dieser Menge war ein kleiner Pudel, der einen rasenden Wolf angriff und sich mit kläffendem Maul an den großen Hals hing. Lieblingsmann war ein Bastard, der selbst gegen den Himmel aufstand, um seinen gerechten Anspruch durchzusetzen. Der Dekan und der Schatzmeister stießen in dieser Nacht nicht auf Geoffrey an, aber Willy, die Eule, servierte noch zu später Stunde gutes Bier und Met, Wein und das Gebräu aus zweiter Pressung, während seine Gäste immer wieder auf Geoffrey anstießen und ihn einen Helden nannten.

Abram ging aus dem Haus, wohl wissend, daß in dieser Nacht die Sperrstunde sicherlich nicht eingehalten werden würde. Über die Ousebrücke ging er zur Synagoge. Er hatte seine Arbeit unerledigt liegen lassen und war beim Eintreffen Geoffreys hinausgerannt, um sich die Pracht anzuschauen und den Rummel zu genießen. Er hatte zwar seine jüdischen Brüder verlacht, die ausgezogen waren, um einem Erzbischof zuzujubeln; doch es war ihm auch bewußt, welch große Bedeutung ein so freudiges Ereignis für sie besaß, an dem sie zusammen mit ihren Nachbarn teilnehmen konnten. Der wunderbare Geoffrey war trotz allem noch längst nicht Erzbischof, und daher hatte Abram zusammen mit den anderen ihn jubelnd willkommen geheißen, hatte die prachtvollen Pferde und das eindrucksvolle Gefolge bewundert, während die Tinte auf seinen Federn vertrocknete und die teuren Pergamentrollen überall verstreut umherlagen. Als er nun durch das Tor in den Hof der Synagoge trat, fragte er sich, wie lange er wohl brauchen würde, um seinen Tisch zu entrümpeln. Da ein brennendes Licht sicher bemerkt werden würde, wollte er das Fenster seines Arbeitszimmers hinter der Empore mit einem Tuch verhängen. Er ging zur Treppe. Da rannte plötzlich eine kleine Gestalt auf ihn zu. Erschreckt fuhr Abrams Hand zum Messer an seiner Seite; doch eine Stimme rief: »Abram, Abram!« Er erkannte Josches jüngsten Sohn.

»Was tust du denn hier?« fragte er lächelnd.

»Ich war so aufgeregt«, sagte der Knabe geradeheraus. »Und da wollte ich eine Vorschrift übertreten.«

»Etwa zu Ehren des neuen Erzbischofs?«

»Es war, als läge ein Fieber in der Luft. Ich kam mir vor wie am Passahfest. Ich könnte jetzt noch den Becher heben und singen: Ehre sei ihm, Ehre sei ihm!«

»Wie schön ist es, noch so jung zu sein«, sagte Abram. »Ich bin zum Arbeiten hergekommen. Oder besser: um meine Arbeit zu beenden.«

Zusammen gingen sie hinein. Beim Betreten der Synagoge bemerkten sie, daß dort im Schatten noch jemand stand.

»Wer da?« fragte Abram. Wieder fuhr seine Hand zum Messer. Die Stimme, die ihnen antwortete, ließ die Worte wie Vögel, die aus Versehen aus ihrem Käfig befreit werden, aus dem Munde flattern. »Oh! Oh! Ich wußte nicht, daß noch jemand kommen würde. Ich habe mich dem Thoraschrein nicht genähert. Ich habe mich die ganze Zeit im Hintergrund gehalten!« Es war Betty, die wie ein Dieb zur Tür schlich.

Der Knabe, der neben Abram stand, war verblüfft. Nie zuvor hatte er in der Synagoge eine Frau gesehen, außer auf der Frauenempore; und dazu war es noch eine Christin. Exkommuniziert oder nicht – die jüdische Gemeinde hatte gemeint, sie sei noch immer, was sie gewesen war.

»Ich... Ich habe... Ich habe ein bißchen allein sein wollen«, stammelte Betty. »Allein, wie ich es manchmal in der Kirche war. Jetzt –«

»Das macht doch nichts«, sagte Abram freundlich. »Ich bin nur gekommen, um ein paar Sachen in Ordnung zu bringen.«

Der Knabe sagte mit heller, schneidend scharfer Stimme: »Du hast alles entweiht.«

»Nein, nein«, sie brach hastig auf. »Ich muß gehen – ich habe nichts angefaßt, wirklich nichts, Master Abram!« Sie stürzte davon. Er hatte seine Hand ausgestreckt, um sie aufzuhalten. Als sie an Abram vorbeistrich, schien es dem Jungen fast wie eine verstohlene Umarmung. Die beiden gingen ins Obergeschoß hinauf und zündeten, nachdem sie das Fenster verhängt hatten, eine Kerze an. Abram begann, seine Federn zu ordnen und sein Pergament in einen Kasten zu legen.

»Du bist sehr grob gewesen«, sagte er nach einer Weile. »Sie ist verloren und in Schwierigkeiten, und du hast sie dazu gebracht, daß sie sich schämt.«

»Sie gehört nicht zu uns«, sagte der Junge rechthaberisch. »Und du solltest dich nicht mit ihr zeigen. Man tuschelt schon über euch und euer skandalöses Verhalten.«

Abram knirschte vor Zorn mit den Zähnen. Einige wenige kurze Spaziergänge, ein Nachmittag, als sie Vögel beobachteten und miteinander Hebräisch lernten, ein kleiner Scherz im Vorübergehen. Der Preis dafür waren ein Skandal und Schande. Dennoch wußte er, ohne diese kleinen Brotbrocken, die ihr die wenigen, ganz wenigen Freunde gaben, wäre Betty gestorben. Sie wirkte nun wie ein Invalide, mit dem man langsam hin- und hergehen muß. Wie ein Blitz hatte sie die Exkommunikation getroffen und sie elend, fast tödlich verletzt zurückgelassen.

Sie liebte ihn, er wußte es jetzt. Und in seinen Gedanken und Träumen begann auch sie eine immer größere Rolle zu spielen. Doch seitdem der Streich sie so schwer getroffen hatte, war er ihr mehr Vater und Bruder gewesen und hatte weniger ihren Blick gesucht.

»Was soll das heißen: man tuschelt über uns?« stieß er hervor und schüttelte den Jungen.

»Abram, mein Ärmel! Ich irre mich ganz bestimmt nicht!«

»Was willst du damit sagen?« schrie Abram. Dann lockerte er seinen Griff und trat zur Seite.

Der Junge streckte sich zu seiner vollen Größe, als hätte er nie zuvor Versuchung oder Übel gekannt, weil es ihm immer gelungen war, sie zu besiegen. »Deine Mutter ist zu einem Magier gegangen, zu einem Meister der Kabbala.«

»Was?« Abram war sprachlos. Er drehte sich um und ergriff den Knaben wieder am Ärmel. »Was soll das heißen? Woher weißt du das?«

»Alle wissen es«, antwortete der Junge nüchtern. »Meine Mutter hat meinem Vater erzählt, daß deine Mutter zu einem Zauberer gegangen ist, der im sechsten und siebten Buch Mose wohl bewandert ist. Sie hat ihm Geld gegeben. Dann ist er mit ihr das Buch durchgegangen, um die Zauberformel auszusuchen, die sie anwenden wollten. Während noch der Zauberer die wunderbaren Seiten umblätterte und Namen und Flüche und Verwünschungen vorlas, bekam deine Mutter Angst. Meine Mutter hat meinem Vater erzählt, daß sie an die vielen Krankheiten, die dort geschrieben stehen, gedacht und bei einer jeden deinen Namen hinzugefügt und sich vorgestellt hat, wie dich dieses und jenes Leiden befällt. Zauberern macht es ja an und für sich schon Spaß, ihre Macht zu zeigen: ›...zum so- und so gebrochenen Knochen kommt der Tod durch unsichtbares Feuer. Einen Pfennig extra und ich werde dafür sorgen, daß der Körper blau wird.‹ Das alles hat deine Mutter als deutliche Wahrheit vor sich gesehen; und bevor sich der Zauberer für einen Fluch entscheiden konnte, sprang deine Mutter auf und rannte weinend nach Hause zurück.«

Abrams erste Regung war ungeheurer Zorn. Seine eigene Mutter täuschte ihn. Auf seinen Zorn folgte Scham. Was würde die arme Betty denken, wenn ihr das je zu Ohren käme? Und sie würde sicherlich davon hören. Was wollte ihr die grausame Welt denn noch antun, ihr, der Stillen, der kleinen Träumerin, die bei all dem immer freundlich blieb? Und hinter der Scham ging der Engel der Juden: das Lachen. Er stellte sich Rana vor, wie sie rannte, als würde sie von eben den Teufeln verfolgt, die ihr Geld herbeigerufen hatte. Je mehr er daran dachte, desto mehr mußte er lachen. Der Junge neben ihm sah mit Schrecken, wie leicht Abram solche Sachen nahm. Doch dieser wußte, daß der Junge den Grund seines Lachens ebenso verkannte, wie er den Grund seines Zorns verkannt hatte. Durch einen Tränenschleier hindurch blickte er in das erstaunte Gesicht, stand schließlich auf und faßte ihn bei der Schulter.

»Du wirst es schon noch verstehen«, sagte er. »Ich hoffe wenigstens, daß du es einmal verstehen wirst.«

Josches Sohn, jenseits seiner Begriffsmöglichkeiten angelangt, floh fast überstürzt. Noch immer lachend beendete Abram seine Arbeit, säuberte den Tisch, stellte ihn weg und schlich durch die nur nachlässig bewachten Straßen nach Hause.

Am nächsten Tag feierte man das Dreikönigsfest. »Das Leben unseres Herrn hatte die Ordnung aller heiligen Dinge«, bemerkte Pater Odo in seiner Morgenpredigt in Allerheiligen. »Heute feiern wir die Ankunft der drei Weisen aus dem Morgenland, die Taufe unseres Herrn und das Wunder von Kanaa. Dieser Tag ist wie ein in sich geschlossenes Buch – eine kleine Dreifaltigkeit im Heilsgeschehen.«

So sprach man in der Morgendämmerung, als jede Gemeinde in ihre eigene kleine Kirche ging. Später, nachdem der einfache Gottesdienst beendet war, legten die Männer und Frauen Yorks ihren Feiertagsputz an und machten sich gemessenen Schrittes auf ihren Weg durch die Straßen zu dem großen Ereignis des Tages. Nun, da es einen Erzbischof gab, konnte die Kathedrale an diesem Dreikönigsfest wieder benutzt werden. Sicherlich waren der Dekan und der Schatzmeister vor dem Feuerschwert von Geoffreys Interdikt zurückgewichen. Als sie unter dem Klang der großen Glocken der Gemeindekirchen (den Glockenturm der Kathedrale hatte man nach dem Brand vor zwanzig Jahren nicht mehr wiederaufgebaut) vor der Kathedrale eintrafen, fanden sie das schwere Portal verschlossen. Sie standen auf dem Vorplatz und tuschelten und murrten. Sollte es außer dem Fest noch ein weiteres Spektakel geben?

Ein Raunen ging durch die Menge: Geoffrey kommt! Geoffrey kommt! Sie wichen, um ihm Platz zu machen, auseinander. Bald schon erschien er. Seine Gewänder und seine Juwelen raubten ihnen den Atem. Kein Priester übertraf ihn an Glanz; von seinem Gürtel hing ein Schwert griffbereit. Er lächelte ihnen zu. Sie jubelten. Mit jugendlichem, munterem Schritt ging er die Stufen der Kathedrale hinauf, ging zum Portal und stand vor verschlossenen Türen.

»Schlagt sie ein!« ertönte es. »Wir werden Euch helfen und denen die Knochen brechen, die versuchen, uns aufzuhalten!« Geoffrey zog sein schweres Schwert aus der Scheide und schlug mit dem Griff gegen die Tür. Die Menge verstummte. Wieder klopfte er. Ein lautes, dumpfes Geräusch. Noch einmal. Schließlich öffnete sich die Tür, und der Schatzmeister trat heraus.

»Schickt uns den Dekan«, schrie die Menge. »Wir verlangen nach dem Pferd, und man schickt uns Pferdeäpfel.« Gelächter und Hohn erfüllten die Luft. Der Schatzmeister zog sich wieder aus der nur einen Spalt weit geöffneten Tür zurück. Geoffrey blieb draußen stehen, gelassen und mit einem Lächeln. Seine heitere Laune ermutigte die Menge. Kurz darauf erschien der Schatzmeister wieder, gefolgt von dem Dekan. Geoffrey hob, um Ruhe bittend, die Hände.

»Gute Männer, wir sind zum Beten hierher gekommen. Der Bischofssitz ist vakant, bald werde ich ihn besteigen. Ich bin gewillt, mein Amt vor der Zeit zu versehen.«

»Noch ist Euer Amt nicht das eines Erzbischofes«, sagte der Dekan. »Die Kathedrale ist geschlossen. Kein Gottesdienst wird hier gehalten werden.« Die Menge knurrte. »Wenn Ihr in Amt und Würden eingesetzt seid, richtig eingesetzt, werden wir es als Ehre betrachten, Euch zum Altar zu geleiten.«

»Aufrichtigen Dank, meine Herren«, sagte Geoffrey sarkastisch. »Wartet Ihr auf die Rückkehr Prinz Richards aus Frankreich? Wir hoffen freilich nicht, daß wir hier mit knurrenden Mägen stehen müssen, bis ihr Euch herablaßt, unsere Wünsche zu erfüllen.« Die Antwort des Dekans ging in dem allgemeinen Geschrei unter. Endlich legte sich der Lärm so weit, daß Geoffrey noch einmal fragen konnte: »Ihr beabsichtigt also, mich abzuweisen?«

»Noch seid Ihr nicht der Erzbischof von York. Unser Erzbistum bezeugt Euch wohl seinen Respekt, doch die Kathedrale wird es Euch nicht geben.«

Bei diesen, vom Dekan so trotzig hervorgebrachten Worten, die von einem grimmigen Blick seines Untergebenen begleitet wurden, stürmte die verärgerte Menge nach vorn, strömte die

Stufen hinauf, ergriff den stämmigen Schatzmeister und den wütenden Dekan und schlug wild auf sie ein. Der Schatzmeister plazierte einen wuchtigen Schlag auf einem seiner Gegner, der wie ein Sack Mehl zu Boden ging. Und schon lag Gewalttätigkeit in der Luft, und Männer, die zuvor noch sorgfältig auf ihre Kleidung achtgegeben hatten, gierten nach einem Handgemenge und waren darauf versessen, die zwei sturen, widerspenstigen Männer zu töten, die es wagten, sich gegen ihren Helden zu stellen. Geoffrey begriff schnell, daß ihm dieser Zorn keinen Vorteil bringen würde, wenn sich die Hitze einmal wieder gelegt hatte. Er hatte alles erreicht, was er wollte. Mit Großzügigkeit würde er seinem Anspruch die Krone aufsetzen. Schnell mischte er sich unter das Gewühl, das um die nun blutenden Männer entstanden war und hob seine Hände, um Ruhe zu gebieten. Langsam entkrampften sich die Fäuste, ließ das heftige Schnauben nach. Als die Menge langsam verstummte, blickte der übel zugerichtete Schatzmeister zu Geoffrey auf.

»Sie werden uns töten, my Lord; wie Kinder sind sie wütend auf sich selbst. Nicht nach Belieben kommt und geht das Gesetz, nicht nach Belieben wird es gemacht oder ausradiert. Das Blut wird ein sanftes Ruhekissen für unser Gewissen sein.«

Geoffrey hielt seine Hände schützend über die Köpfe der zwei Männer. »Diesen Männern darf kein Leid angetan werden«, rief er.

Wieder drängte die Menge murrend nach vorn: »Er ist zu gut zu ihnen. Er ist zu gnädig. Wir müssen sie bestrafen.«

»Kein Leid angetan werden...« rief Geoffrey wieder. Dem mächtigen Mann gelang es, die Menge zu beruhigen. Der Dekan stürzte die Stufen der Kathedrale hinunter und rannte ins Dekanat. Der Schatzmeister schlüpfte in die Kathedrale und rannte zum Grab des heiligen William im Kellergewölbe. Doch auch hier in ihren Verstecken erreichten sie die Worte Geoffreys, der mit sich fast überschlagender Stimme, begleitet vom Getöse der Menge, sie für exkommuniziert erklärte, bis sie sich fügen würden, und er untersagte den Gottesdienst in der Kathedrale für so lange, bis er, Geoffrey, ihn wieder zulassen würde. Dann schritt der Prinz und künftige Erzbischof davon, um seine anderen Besitztümer zu besichtigen. Es war sein großer Tag gewesen. Die Schar blieb noch eine Zeitlang und freute sich der Zugabe des Geplänkels. Als Gesprächsstoff für ihre Bierrunden würde es in Zukunft nichts Wichtigeres geben. Bald schon, als offensichtlich wurde, daß nichts mehr geschehen würde, zerstreute sich die Menge; einer nach dem anderen wanderte fort, nicht mehr von dem Wunsch gehalten, sich seinen Lebenswillen zu beweisen und dafür nötigenfalls den Tod eines anderen in Kauf zu nehmen. Glücklich gingen sie nach Hause. Mehr als mit seinem hohen Stand schien ihnen Geoffrey plötzlich mit ihrem Leben verbunden zu sein, mehr jedenfalls, als es die Amtsschimmel der Kirche mit ihren spitzfindigen Gesetzesauslegungen und Präzedenzfällen waren. Schließlich war Geoffrey ja auch mit Leidenschaft und nicht nach dem Protokoll gezeugt worden. Und so hatte Geoffrey triumphiert.

Willy, die Eule, und seine Frau trugen reichlich guten, französischen Wein auf, während der Siegesglanz des jungen Halbprinzen die Nacht erleuchtete. Doch kluge Männer erkannten auf dem Boden der Becher ungute Vorzeichen. Mob und Herr hatten sich im Wechselgesang über die Köpfe der Hüter des Gesetzes hinweg geantwortet. Nicht nach den Anordnungen hatte man sich gerichtet, man war auf ungehörige Weise vorgegangen – und dennoch feierte man, als hätte man irgendeiner erhabenen Wahrheit an diesem Tag zum Sieg verholfen. Sie stießen darauf an, wie sie sich vom drückenden Gewicht überkommener Gehorsamspflicht befreit und sie achtlos abgelegt hatten. Geoffrey würde bald schon abreisen, und mit ihm alle Juwelen und die goldene Sonne in den Träumen des gemeinen Mannes. Doch in ihnen war eine Gier entstanden, die bleiben würde. Und noch einmal würde es sie überkommen, und dann könnte sie kein Gesetz mehr halten, und das Denken und Bewußtsein des einzelnen hätte keine Bedeutung mehr, und diesmal würden sie, zum Mob geworden, noch schneller Gefallen an der Mordlust und der grauenverbreitenden Gewalttätigkeit finden, vor denen sie als einzelne zurückgeschaudert wären.

Die Sonne war untergegangen, und die Mönche warteten auf ihren Abendtrunk und das letzte, schöne Gebet. Im Hof schlug die Glocke an; der Bruder, der das Tor zu schließen hatte, ging, um nachzusehen. Ein leises Geflüster, dann kam der Bruder so schnell, wie es ihm die Ordensregel erlaubte, zurück. Zusammen mit dem Abt ging er ans Tor. Wieder hörte man Stimmen. Schließlich kam der Abt mit der Botschaft zurück. Er bedeutete ihnen, sie sollten sich niederknien und sagte leise: »Der Krieg ist vorbei; unser König ist geschlagen.«

Er dachte: mit solchen Bedingungen, solch gemeinen Bedingungen der Würde eines König, der Würde eines Vaters zu begegnen! »Nach Ablauf einer Jahresfrist wird Richard zum König von England ausgerufen – nicht John.« (Zustimmendes Raunen von den Brüdern.) »Philipp und Richard werden die eroberten Länder gemeinsam verwalten. Henry muß an Frankreich zwanzigtausend Mark bezahlen.« (Ein »Ohh« kam von den Brüdern.) »Die Barone Englands werden dafür sorgen, daß die Bedingungen erfüllt werden.«

Bei diesem Satz schnitt ein seltsam gequält klingender Laut Abt Adam das Wort ab. Erstaunt blickten die Brüder auf und bemerkten, daß Bruder Lewis zitternd dasaß und daß sich der Laut, eine Art Lachen, ihm so grob aus der Kehle gewürgt hatte. Der Laut hatte von Bruder Lewis Besitz ergriffen, und in seinem schrecklichen Zittern schien er beinahe dahinter zu verschwinden. Seine mächtige Stimme warf ein Echo in der aus Stein gebauten Halle und in den Flur hinaus. Wilden Schrecken und Gedankenfetzen peitschte es über die schweigend dasitzenden Männer. Aber ebenso plötzlich, wie er zu lachen angefangen hatte, hörte er auch wieder auf, so daß keiner, der hereingekommen wäre, während das Echo noch hinauf, unter die hohen Decken stieg, hätte sagen können, daß er es ausgelöst hatte. In die Stille hinein, die ihm wie die Pause zwischen Blitz und Donner folgte, sagte er: »Die Barone werden schon dafür sorgen, daß er diesen Teil des Vertrages einhält.«

Bruder Simon hatte große Angst. Er war nahe daran, loszuschreien. Doch im gleichen Dickicht, indem man sich vor einem Freund verstecken kann, kann man auch Zuflucht vor einem Feind finden. Er stülpte sich die Ordensregeln über den Kopf, bis er dahinter in völliger Sicherheit war und sein Herz aufhörte, wie rasend zu schlagen und sein Blut sich dem Stimmungswechsel wieder angepaßt hatte. Er sagte: »Der arme König – nun frißt er den Staub auf der Straße.«

Abt Adam war zu Bruder Lewis gegangen, hatte seine Schultern ergriffen und gesagt: »Du bist kein Adeliger. Du bist ein Bruder der Ärmsten. Wo bleibt deine treue Ergebenheit? Du bist nichts als ein Glied und ein Diener der Kirche Christi und solltest daher auch ein Mann der Barmherzigkeit und Liebe sein. Im Namen Christi wurde der König in sein Amt eingesetzt; unseren Herrn und seine Kinder hat er zu lieben gelobt. Er ist durch die Sakramente geweiht. Warum also dieses ungehörige Benehmen?«

Bruder Lewis schwieg, doch sah er Abt Adam mit feurigem Blick an; es schien, als wollte er ihn schlagen. Die Brüder standen bewegungslos; ganz langsam ging ihr Atem. Doch der Abt war ein gutes Stück größer als Bruder Lewis, und seine massige Gestalt hatte den zusätzlichen Vorteil, daß sie sicher stand. Er glich dem Ordenshaus selbst: robust, schlicht und nüchtern. Wie die Erde. Wie ein Berg. Die einzige Gefahr bestand darin, daß Bruder Lewis sich auch Bergen entgegenwarf, je unüberwindlicher sie waren, desto mehr fühlte er sich gedrängt, sich mit ihnen zu messen. Diesmal jedoch setzten sich noch die eingefleischte Disziplin und jahrelange Gewohnheit durch. Bruder Lewis gelang es noch einmal, der Ordensregel Gehorsam zu leisten.

Die kurze, noch verbleibende Zeit für das Beisammensein war geprägt von peinlich berührtem Schweigen und eigenartigen Heiterkeitsausbrüchen. Wie Bruder Lewis empfanden auch noch andere Brüder. Einige von ihnen stammten aus den großen Familien in den drei Grafschaften und hatten die alten, in pelzbesetzte Kleider gewandeten Ideen nicht ganz aufgegeben. In seinen Träumen, in denen er sich nicht dagegen wehren konnte, erblickte manch ein Mönch die Tafel eines Barons, die Vergnügen, die sich einem Ritter an einem Frühlingsmorgen boten. Und erst im Erwachen zum *Deo gratias* wurden die Klostermauern um ihn herum wieder zu wirklichen Mauern. Jene Brüder aber, deren edle Geburt sie glücklich sein ließ, daß ihre Sache auf Kosten des Königs einen Schritt vorwärtsgetrieben worden war, lächelten, wenn sie es überhaupt taten, heimlich über ihren Sieg. Abt Adam war nicht über jede Beleidigung erhaben; und er war nicht von Adel. Nur aufgrund seiner eigenen Fähigkeit und Kraft hatte er es zu etwas gebracht. Etwas in ihm wußte dies wohl, doch gerade wegen ihres ursprünglich verschiedenen Standes machte Abt Adam Bruder Lewis keine weiteren Vorhaltungen; auch verzichtete er auf die strenge Strafe, die er jedem anderen auferlegt hätte. Er beendete einfach diese peinliche Erholungszeit, beschwichtigte seine Gedanken, entspannte seine Gesichtszüge und führte die Brüder ins Refektorium, wo ihnen ihr abendlicher Trunk serviert wurde. Sie sprachen ihre Gebete, jene süße und sanfte Hymne an den Schlaf in Christo. Dann legte sich ein jeder in wolfgleicher Einsamkeit in sein schmales Bett zum Schlafe, zu Träumen oder der Versuchung durch den Gedanken.

Mit dem ruhigen Gleichtakt seines Atems lag auch Bruder Lewis auf seiner Pritsche. Er wußte nicht, ob er schon schlief oder noch wachte, ob er lag oder stand. Keinen Körper und keinen Verstand mehr schien er zu besitzen. Nur diese seltsamen Gefühle, die kamen und gingen, waren in ihm – ein Heben und Senken, eine Art Purpur, die sich immer größer und runder in seinem Kopf ausbreitete. Er selbst schien sich im Zentrum dieses purpurnen Kreises zu drehen, dann schien er wieder zu stehen. Klar sah er die Vision oder den Traum vor sich; er versank darin; er saß in einer Schenke und trank. Noch verschleierte ein Dunst seine Vision, doch an seinem Ohr flüsterte eine Stimme: »Trinkt doch noch etwas, Euer Exzellenz.« Er blickte an sich hinunter und bemerkte, daß er die Gewänder eines Erzbischofs trug. Er hörte sich selbst sagen: »Schenk ein, schenk ein!« Man gab ihm den Trunk in die Hand. Ölig und dick schwamm er in dem Messingpokal, doch er ahnte, daß er ihn trinken mußte. Sein Kopf dröhnte. Der Klang eines Wortes, vielleicht etwas wie pom, pom, pom – immer und immer wieder dröhnte es. Er schaute sich nach seinem Gastgeber um, der ihn in der bösen Welt seines Traumes bewirtete. »Ist das die Art, in der man den Erzbischof von... von...« Er schien sich nicht erinnern zu können, was er hatte sagen wollen. Eine Hure ging an seiner Bank vorbei und machte ihm ein Zeichen. Als er die Hand nach ihr ausstreckte, war sie verschwunden. Zorn und Wollust loderten plötzlich in ihm auf. Ungeschickt erhob er sich und packte den Wirt an der Jacke. Das ganze Wirtshaus brüllte vor Lachen – schrilles Frauengelächter, tiefes, bellendes Männergelächter. »Ich bin sehr bedeutend!« rief er wütend. Noch einmal schaute er an seinen Kleidern hinab.

Während er noch schaute, verwandelte sich der Spitzenbesatz in einen Lumpen; der Rock war fettig und voller Schmutz. »Ich bin der Erzbischof!« donnerte er. »Verkleidet bin ich gekommen, um euch besser bei eurem sündigen Tun überraschen zu können.« Das Gelächter wurde lauter, doch es begann, sich zu verändern, selbst als sich seine Kleider schon verändert hatten; Furcht lag darin, und bald schrieen sie auf. Der Wirt sagte: »Da sind sie.« Und da war auch das Geräusch wieder: pom, pom, pom. Immer lauter wurde es. Hilflos sah er sich um und wußte plötzlich, was da kam. Aus tausenden von Löchern in Wänden und Böden krochen sie heraus – häßliche Spinnen, die alle das gleiche Geräusch verursachten. Es war nicht mehr pom, pom, pom; es war veng, veng, veng.

Er suchte seine Erinnerung nach diesem Geräusch ab, diesem schrecklichen und doch bekannten Geräusch. Immer näher kamen sie. Ja. Ja. Die schreckliche Sekunde, in der die Wahrheit dämmert. Er war noch ein kleiner Junge gewesen, und der Jude war gekommen, um seinen Vater zu besuchen. Der Jude war Deutscher gewesen, der das Französische komisch aussprach. Ich komme. Sche veng. Als der Jude mit seinem Helfer gegangen war, hatte der Vater gesagt: »Diese verfluchten Läuse, diese Spinnen! Sie sind imstande und erwürgen einen Menschen!« Und nun kamen die Spinnen, um ihn zu erwürgen, kamen aus der Erde, in der sie sich vermehrten. Er versuchte zu schreien. Er mußte fliehen. Veng, veng, veng... Wie ein lebendes Leichentuch breiteten sie sich auf den Straßen aus. Keinen Stein ließen sie auf dem anderen. Er bog in eine andere Straße ein. An einer Kreuzung versperrten sie ihm den Weg: Nichts mehr als das schreckliche veng, veng, veng hörte er. Er hörte genauer hin. Jetzt, mit großer Mühe und unter Anspannung all seiner Sinne, konnte er sie denken hören. Ihr Denken war ein Summen, ein Gesang mit nur einem Ton: Mit Haß erwürgen, mit Haß erwürgen. Der Gedanke wiederholte sich, bald einfach, bald voller Symbolik und durch Metaphern verdeutlicht. Doch immer blieb das todbringende Summen: hier, um zu erwürgen, hier, um zu hassen. Sie rückten vor, kreisten ihn ein. Er kämpfte, hielt sie eine Zeitlang nur durch die Kraft seines Willens zurück, doch dann konnte er ihrem Drängen nichts mehr entgegenhalten: sie stürzten sich auf ihn, um ihn mit ihren Leibern zu ersticken... Der lange Schrei des Entsetzens erschütterte die noch eisige Nacht und riß ihn aus dem Traum.

Er war wach, zitterte ohne Beherrschung und hatte sich das rauhe, feuchte Bettuch über den Kopf gezogen. Das Summen mochte die Glocke gewesen sein, die schlug und schlug. Er versuchte den Traum abzuschütteln, denn die Glocke war ein Aufruf zum Handeln – doch wußte er nicht, in welcher Welt. Schließlich kämpfte er sich auf die Beine, stand und nahm undeutlich die Wände seiner Zelle wahr. Es mußte ungefähr eine Stunde vor dem Wecken sein. Die Brüder wurden eigentlich immer von dem Ruf eines Bruders geweckt. Nun, mit dem Läuten der Glocke und dem seltsamen Erwachen, standen sie stolpernd von ihren Pritschen auf und zogen verwirrt ihre Oberkleider an. Dann gingen sie in die große Halle. Dort stand der Abt. Er sagte nur: »Wir wollen für einen König und dann noch einmal für einen König beten.« Sie knieten auf der Stelle nieder. Tot war die Herrschaft Henrys, diejenige Richards war geboren. Mochte die Nachricht auch nur eines der hundert Gerüchte sein, denen in diesen Tagen der Furcht und Hoffnung Glauben geschenkt wurde, so hatte sich doch die Grundlage einer mehr als eine Generation dauernden Herrschaft fast vollständig verflüchtigt. Abt Adam wollte, daß man den Augenblick der Wende erinnerte. Eine Unterbrechung der Stunden des Schlafes, damit man ihn nicht vergessen konnte.

Bruder Lewis hatte sich wieder für die kurze, noch verbleibende Zeit vor dem eigentlichen Wecken in sein Büßerbett gelegt. Er lag inmitten der häßlichen Verwirrung, die sein Traum ausgelöst hatte. »Ich bin gewarnt«, stammelte er in die kalte Nacht. »In Horden werden sie einfallen, und ich werde sie bekämpfen müssen, werde stark und voller Feuer sein müssen. Ihr Plan umfaßte die ganze Christenheit. Warum nur gelingt es dem Teufel ständig, uns zu überlisten? Warum wacht er, während wir, die Heiligen, schlafen? An mir ist es allein, ihren Plan zu vereiteln, denn mich hat die warnende Stimme geweckt. Mir zur besonderen Gnade wurde ich geweckt, denn ich bin wach und voll gerechtem Zorn gegen diese Spinnen. Meine Gnade, o mein Gott«, flüsterte er. »Mein Ruhm.«

Sein zweiter Traum, der Traum, der vom vertrauten *Deo gratias* seiner Brüder beendet wurde, war erfüllt von Glanz und seiner eigenen Stimme, die sagte: »Ich bin es, der siegen wird! Ich bin es, der triumphieren wird, selbst über den Teufel und seine Legionen, und mögen sie auch so groß sein wie die Christenheit und so tief wie die Hölle selbst!« Und seine Kleider wurden noch einmal zu den Kleidern eines Erzbischofs.

22

September 1189

Das Jahr drehte sich weiter, vom Frühling zum Sommer, vom Sommer zum Spätsommer, und immer mehr lud sich das Land mit gespannter Unruhe auf. Am zwölften August landete Richard – noch Prinz, doch bald schon König – in Portsmouth, eine vergessene Schlacht und seinen toten Vater in Frankreich zurücklassend. Seine Bewunderer jubelten sich heiser. Nach Winchester ritt er, seine alte Mutter zu besuchen. Und Menschenmassen säumten den ganzen Weg seines edlen, weißen Rosses. Auf dem weißen Pferd, im Glanz der Schwerter und Lanzen, der Speere und Sporen strahlte seine Gestalt in der Sonne wie die eines Erzengels. Einer, der so blond, so strahlend und nicht zuletzt so jung war (der alte König hatte sie fünfunddreißig Jahre lang regiert), konnte nur vollkommen sein. Zudem wirkte er vornehm, besaß die dazugehörige Liebe zur Ehre, die Höflichkeit und sah sich selbst gern in gerechter Sache reiten. Ein jeder war versessen darauf, die Blume Großbritanniens, der es so gefiel, bei ihren Untertanen Anklang zu finden, zu sehen und ihr zu dienen.

Als er die Juden, seine Kammerknechte, zu seiner Krönungsfeier nach London einlud, brach im York der Northstreet fieberhafte, hektische Geschäftigkeit aus. Aus geheimen Lagern wurden Juwelen und Gold zusammengetragen; eine Urkunde sollte ausgestellt werden – Abram arbeitete bis tief in die Nacht hinein, um sie noch rechtzeitig fertigzustellen; man beriet das Für und Wider einer jeden Gabe; man putzte sich selbst heraus – Rana und Betty schufteten wie von Peitschenhieben angetrieben, damit ein prächtiger Baruch seinem König seinen Respekt bezeugen konnte. Wenn auch einige wußten, daß die Gaben nur der Anfang einer größeren Aufgabe – der Finanzierung des bevorstehenden Kreuzzuges – waren, herrschte unter den Juden nur wenig Verbitterung. Die Einladung schien ihnen die Illusion gegeben zu haben, sie besäßen Rang und Namen, nach denen sie so verzweifelt dürsteten. Neben den Herren und Rittern, denen sie sich in Wirklichkeit zugehörig fühlten, würden sie einhergehen. Durch ihre Anwesenheit würden sie ausdrücken können, daß auch sie in diesen großen Zeiten dem Land dienten. Ihren Respekt zu bezeugen, kamen die Oberhäupter aller jüdischen Gemeinden in England. Die Krönung war auf den dritten September festgesetzt worden, und die Northstreet sah diesem Tag entgegen, als wäre er der Anfang von mehr als nur der Herrschaft eines neuen Königs.

Am dreizehnten August saßen die Juden aus Newcastle und Durham wie Könige herausgeputzt auf ihren tänzelnden Pferden, während Josche und Baruch mit der drückenden Last ihrer Pracht, ihrer Gewänder, den Geschenken und dem Gebäck, den Hühnern für die Reise, dazu noch die tausend lieben Worte an Freunde und Verwandte im fernen London, in den Sattel gestiegen waren. Zuletzt noch hatte Jomtow ein Säckchen mit heilkräftigen Edelsteinen und Anna das Extrahemd mitgegeben: »Noch ein Moses, der sich aufmacht, um weitere vierzig Jahre in der Wüste zu verbringen?« Alle hatten gelacht. Josche übergab Rabbi Elias den Scheidungsbrief zur Aufbewahrung, denn seine Frau scheute sich noch immer, ihn auch nur anzufassen. Draußen vor dem Walmtor applaudierte die Menge, als Baruch sich anschickte, sein Pferd in Richtung London zu wenden. Doch hielt er plötzlich inne, fast so, als hätte er etwas vergessen und sei daran erinnert worden. Und er rief seinen Sohn zu sich, um ihn zum Abschied zu segnen.

»Hast du die Urkunde, Vater?« fragte Abram. Baruch störte es, daß sie Abram mehr am Herzen zu liegen schien als er. »So sicher wie den Tod, jeden einzelnen Schnörkel«, sagte er sarkastisch. »Hier.« Er nahm den von ihm und Rana unterschriebenen Scheidungsbrief und gab ihn seinem Sohn, wobei er schroff meinte: »Da – und kümmer' dich darum, daß sie aufrichtig bleibt und den Zeitpunkt für die zwei kleinen Schlückchen nicht verwechselt, während ich fort bin.« Abram blieb vor Verblüffung der Mund offen stehen. An die Schroffheit seines Vaters war er ja gewöhnt. Ihm war klar, daß Baruch niemals dazu imstande sein würde, seiner Frau und seinem Sohn Lebewohl zu sagen. Dieses rohe Verhalten aber überraschte ihn dennoch.

Doch Baruch war noch nicht fertig. Er beugte sich zu seinem Sohn hinab und sagte: »Schau dir deine Kleider an! Wenigstens zu meinem Abschied hättest du dich anständig anziehen können!« Noch ehe Abram antworten konnte, machte er die segnende Geste und wendete sein Pferd.

»Reite vorsichtig, lieber Mann!« riefen die Frauen.

Die Pferde fingen zu stampfen an. Frauen und Kinder, Söhne, Töchter und Freunde sagten Lebewohl in den formellen Wendungen, die man in der Öffentlichkeit gebrauchte, und der Reiterzug, der an die Bilder erinnerte, die die Christen von den Königen und drei Weisen auf die Wände ihrer Kirchen malten, machte sich auf den Weg. Die Gruppe jubelte ihnen zum Abschied zu, und ein paar meinten, wie bewegend es doch sei, mitansehen zu dürfen, wie ein so bedeutender Mann wie Baruch sich Zeit nahm, um von seinem Sohn Abschied zu nehmen. Lachend und plaudernd kehrten sie in die Northstreet zurück.

Während die paar Tage vor dem dritten September verstrichen, machten sich Astrologen und Gelehrte daran, ihre Weissagungen zu erstellen. Beim Überprüfen des Datums des Krönungstages entdeckte ein bedeutender Astrologe, daß der dritte ein äußerst ungünstiger Tag war. Er wurde der ägyptische Tag genannt und stand unter keinem sehr guten Stern. Der Mann rief seine Kollegen zusammen. Sie stellten fest, daß ihre Deutungen übereinstimmten und versuchten, Richard zu einer Verschiebung des Krönungsfestes zu bewegen, damit seine mächtige und lange Herrschaft unter den günstigsten Vorzeichen beginnen konnte. Doch Richard ließ sich nicht überzeugen. Zu viele Verzögerungen schon hatten an der Geduld des Volkes gezerrt, und obwohl der junge Prinz durchaus an die mächtigen Weissagungen der Sterne glaubte, besaß er doch zu ihren menschlichen Deutern kein Vertrauen, die ihre Vorhersagen aufstellten, um sie gleich wieder zu korrigieren, und die noch keinen Toten mit ihren verspäteten Einsichten wieder zum Leben erweckt hatten. Einigen Vorschlägen jedoch schenkte er Gehör. Eine Abordnung von Kirchen- und Edelmännern überzeugte ihn, daß er um seiner eigenen Sicherheit willen eine Bekanntmachung anschlagen müsse, die Hexen und Juden von der Krönungszeremonie ausschloß. Ein paar meinten, diese beiden Gruppen seien in der Kathedrale fehl am Platze. Wohl bekannt war es zudem, daß die Juden dort nicht niederknien würden. Man gab daher durch einen

Anschlag bekannt, Hexen und Juden sollten sich in der Kathedrale oder in deren Nähe nicht zeigen.

Am dritten September, Astrologen hin oder her, wurde Richard zum König von England gekrönt. In dem Augenblick, als die Krone fest auf dem Kopf des lächelnden, jungen Königs saß, und die Glocken der Londoner Kathedrale davon kündeten, nahm Kirche um Kirche die Botschaft auf und läutete sie die Küste entlang und ins Land hinein, weiter nach Norden und Osten bis selbst in die entferntesten Winkel des Königreiches. Vom kleinen Dorf, vom Städtchen zur Stadt erklangen die Glocken, so daß York sein Fest begann, ehe noch die in London feiernden Bürger zu tanzen aufhörten. Französischer Wein floß in dieser Nacht bei Willy, der Eule, für die, die dafür bezahlen konnten, und es gab eine Runde extra auf Kosten des Wirts. York war so glücklich wie schon lange Zeit nicht mehr, glücklicher als beim Eintreffen Geoffreys mit seinem griffbereiten Schwert und seinem gewitzten Geist. Nun endlich würde Gottes Wille tatsächlich geschehen. Nun endlich war das quälende Warten vorüber. Nicht länger mußten die Waffen rosten und die Seelen dürsten nach dem frommen Abenteuer. Der Frühlingswind würde zum Martyrium bereite Kämpfer mit gezogenen Schwertern finden – in Jerusalem.

Die Sperrstunde wurde in dieser Nacht von niemandem beachtet, und in dem einzigen, großen Tanz dieser Nacht fanden die Tanzenden Atem genug, um sich zu schwingen wie es die Glocke im Glockenstuhl tat – bis der Morgen dämmerte und sie sich nach der ernüchternden Morgenmesse wieder im Netz ihres Alltags verfingen.

Mit trockenem Mund und schwach vor Übermüdung gingen sie zur Messe. Einige, auf deren Beine kein Verlaß mehr war, setzten sich draußen vor die Kirche und schliefen auf der Stelle schnarchend ein. Der Rauhreif legte sich auf sie, ohne einen Unterschied zwischen kleinen und großen Sündern zu machen. Drinnen leierten die Priester die Messe herunter; selbst die Kerzen schienen müde, schlaff hingen die Kleider an den Frauen. Wer noch denken konnte, dachte: Oh, was für eine

Nacht, die mit einem solch riesigen Gähnen endet! Vom *Ite missa est* zum Schlaf war es ein so kurzes Stück Weges, daß sich nur wenige erinnerten, wie sie in ihre Betten gekommen waren.

Die Yorker Juden hatten mit ebenso viel Inbrunst wie alle anderen in den Straßen getanzt und gefeiert. Sie hatten einen doppelten Grund dazu. Es gab schon wenige Gelegenheiten genug, an denen Juden und Christen gemeinsam feiern und lachen konnten – die Krönung eines Königs war eine dieser Gelegenheiten. Zudem plante die Northstreet ein Fest für ihre bald zurückkehrenden Abgesandten. Sie konnten es kaum erwarten, ihre Gemeindehalle mit Herbstfrüchten und Blumen zu schmücken, Possen zu reißen und Rätsel aufzugeben. Jeder, der ein Musikinstrument spielte, war am Üben. Daß gesungen werden würde, war selbstverständlich. Die Festlichkeiten in London würden wahrscheinlich drei Tage dauern; dazu kamen drei Tage für Besuche in London, ein oder zwei Tage für Geschäftliches und vier Tage für den Heimweg, falls das Wetter gut wäre – zwei Wochen also noch, und sie würden Augen und Ohren sättigen können am Klatsch, den Geschichten, der Mode und an den Veränderungen, die in London vor sich gingen – in dieser so schnell wachsenden Hauptstadt, in der, so schien es, jede Sprache der Welt gesprochen wurde und in der sich Geist und Geld so schnell bewegten wie Quecksilber.

Rana hatte Betty auf eine Besorgung ins Haus des Rabbi Elias geschickt. Lächelnd ließ sie die alte Frau ein und leistete ihr ein bißchen Gesellschaft, um mit ihr zu schwatzen. Denicosa hatte schon immer eine Vorliebe für dieses Mädchen gehabt, das es so liebte, wie ein Mann zu studieren. Seit ihrer Exkommunikation und dem schrecklichen Urteilsspruch, der von ewiger Verdammnis und von einem von der christlichen Gemeinschaft abgesonderten Leben sprach, hatte sich besonders die Frau des Rabbiners bemüht, freundlich zu ihr zu sein und ihr Gesellschaft zu leisten. Langsam wich der tragische, leere Ausdruck – ein Ausdruck, als wäre sie geschlagen worden – aus Bettys Gesicht.

»Der Herbst hat seinen Fuß auf die Türschwelle gesetzt«,

sagte sie und gab Betty einen Becher mit Frühlingsmet. Im Mund fühlte sich der Trunk sehr kühl an, dann aber rann er, alles erwärmend, die Kehle und die Brust hinunter. Betty liebte dieses Getränk. Sie saß auf einem Hocker und hielt den Becher mit zwei Händen umschlossen – wie ein kleines Mädchen. Wenn Denicosa heute nicht viel zu tun hatte, würde sie sich vielleicht mit ihr unterhalten oder mit ihr in einer der Schriftrollen mit den philosophischen Texten lesen, die im Haus des Rabbiners herumlagen. Er verkaufte sie an Gelehrte, die hin und wieder auf Reisen vorbeikamen. Als sich ein Klopfen an der Tür hören ließ, seufzte Betty enttäuscht auf. Sie wollte aufstehen, aber Denicosa hatte sich schon erhoben, als wäre sie ein geachteter Gast des Hauses, und öffnete die Tür. Dort stand Abram. »Ist der Rabbi da?« fragte er. Dann sah er Betty und schlug die Augen nieder. »Nein«, antwortete Denicosa, »aber du kannst reinkommen und auf ihn warten.«

Sie saßen beieinander und wußten nichts zu sagen, doch sie waren froh, hier sitzen zu können. Die Dienstbotenmiene war wieder von Bettys Gesicht gewichen. Sie lächelte, und Abram dachte, wie schön sie doch war. Denicosa, die keine Kinder hatte, weder lebende noch tote, war froh, diese beiden, die gut ihre Kinder hätten sein können, um sich zu haben. Und Betty konnte, wenn sie mit Abram oder der Frau des Rabbiners zusammensaß, ihre eigene, verbitterte Mutter und den Haß, mit dem sie sie aus ihrem ausgemergelten Körper am Begräbnis ihres Vaters überschüttet hatte, vergessen, als wäre nie etwas geschehen. Manchmal dachte Betty an ihren Vater. Exkommunizierte durften nicht sagen: ›Im Namen des Vaters, des Sohnes und des Heiligen Geistes, Amen.‹ Betty sagte es aber trotzdem, und in den verborgenen Räumen ihrer Liebe hallte dann ein Echo wider, das ihr von keinem Edikt genommen werden konnte.

Sie tranken noch einen Becher Met. Dann kam eine Frau an die Tür, um mit Denicosa über Pläne, wie man die Abgesandten bei ihrer Rückkehr begrüßen sollte, zu sprechen. Die Feiertage rückten näher. Vielleicht bliebe nicht genügend Zeit, alles gleichzeitig zu erledigen. Die Frau kam herein. Betty sprang von ihrem Hocker auf wie eine beim Ehebruch ertappte Frau, die ihre Blöße vor ihrem Mann bedecken will. Sie zog ihre ausdruckslose Maske vor ihr Gesicht. Abram, der ihre schuldbewußte Hast bemerkt hatte, fragte sich: Warum nur? Dann überwältigte ihn seine eigene Scham. Verbittert dachte er: Jeder kann eine Frau gebrauchen und sie ins Unglück stoßen. Doch nur ein Gelehrter oder ein Genie bringt es fertig, eine Frau ins Unglück zu stürzen, ohne sie gebraucht zu haben.

So standen sie steif und etwas abseits da, während Denicosas Gast über ihre Pläne schwatzte. Sobald er konnte, entschuldigte sich Abram und ging; einen Augenblick später ging auch Betty. Denicosa schwatzte und schwatzte, als könnte sie den wissenden Blick in den Augen der anderen Frau in Worten ertränken.

Abram wartete, bis Betty um die Ecke bog, und zog sie dann zu sich in einen Winkel. »Es war noch zu früh«, sagte er. »Erst trugst du Trauer wegen deines Vaters, dann kam dieser Kirchenbann, danach war es zu spät. Merkst du denn nicht, daß deine Liebe zu mir dir nur Leid verursacht? Schon so viel Elend hast du auf dich genommen – eine Verbindung mit mir wäre nur der Anfang neuen Leidens.«

»Wie meinst du das?« fragte sie wissend, doch sie hätte es lieber nicht gewußt.

»Schon zu lange gehörst du nirgendwohin. Nie würde es einen Ort geben, an dem wir sicher und ruhig leben könnten.«

Sie gingen über die Brücke zum Hügel, der einen Ausblick über die Stadt gewährte. Im Gehölz sah man noch spätes Grün, eben erst fingen die Blätter an, sich zu verfärben. Sie stiegen nicht den Hügel hinauf, sondern blieben im Schutz des Gehölzes, denn beschützt wollten sie sein gegen die Welt.

»Wenn mein Vater zurückkommt, werde ich es ihm sagen. Er weiß, daß ich sofort gehe, wenn er uns nicht heiraten läßt. Wie könnten sie dir dann die Aufnahme verweigern? Sie werden dich aufnehmen – sie werden uns beide zusammen aufnehmen in ihrem Haus als Mann und Frau und Juden. Wenn nicht hier, dann anderswo. Dann bist du für die Kirche, der du angehörst, nicht länger ein Stein des Anstoßes. Außerdem wissen sie, daß du für sie verloren bist; hier wurde keine Wahl getroffen, an der sich ihre Wut entzünden könnte –«

»Oh, bitte...« Sie brach in Tränen aus, dieses einfache Mädchen, das so schön war. Und sie hatte so viele Gründe dazu, daß sie nicht mehr aufhören konnte. Er hielt sie fest, während sie schluchzte, bis sie zum Stehen zu schwach war. Sie setzten sich auf die moosigen Wurzeln der Bäume. Sie weinte weiter, bis sie sich für all die Jahre sattgeweint hatte. Das Weinen der Frauen, das Abram beobachtet hatte, hatte immer irgendwie etwas Rituelles an sich. Die Juden glaubten daran, daß man seinen Schmerz hinausweinen muß, damit das Gewicht, das auf dem Herzen liegt, leichter wird. Deshalb begleiteten Frauen die Wehen und Männer wie Frauen die Begräbnisse der Toten und die Lieder vom verlorenen Jerusalem mit vielen, herzzerreißenden Schluchzern. Über Generationen hinweg war ihnen das zum Brauch geworden; sie verbargen sich hinter ihm und schütteten in ihn alle Gefühle, welcher Art auch immer sie waren. Abram hatte daher trotz des vielen Weinens niemals richtiges Weinen gehört oder gesehen.

Als Betty vor so langer Zeit von der Hauswand weg gegen ihn getaumelt war, war er zu sehr mit sich selbst beschäftigt, war zu verwirrt und aus dem Gleichgewicht gebracht gewesen, als daß er sie hätte wirklich hören können. Doch nun, als er ihr so zuhörte und sie so hielt, daß er selbst das Schütteln ihres Körpers und das Pochen ihres Herzens unmittelbar wahrnehmen konnte, schien ihm, als lerne er eine Vertrautheit kennen, die der einer Ehe glich, so stark war sie. Und er begann, nach ihr zu verlangen.

Aus Empfindsamkeit heraus war Abram noch nicht ganz Mann gewesen. Und selbst dieses Wunder, diese Offenbarung, die er doch lieben konnte, besaß etwas von dem bitteren Geschmack, den für ihn alle Dinge auf der Welt besaßen. Wie viele Liebespaare hatte er gesehen oder war über sie am Ufer des Foss oder unter den Brücken am Fluß gestolpert. »Sie stürzen sich stöhnend aufeinander, die christlichen Schweine – Tiere sind sie«, hatte er in den üppigen Monaten des Sommers gesagt und war vorbeigegangen voller Überraschung, daß in ihm eine Abneigung gegen die Christen entstand, wo er es am wenigsten erwartet hätte. Nie hätte er geahnt, daß auch in ihm das Korn des Hasses gelagert lag. Nun brachte es sich wieder in Erinnerung, nur um ihn zu quälen. Er umarmte sie sanft und gab ihr einen langen Kuß. Sie empfing ihn als leidenschaftliche Erinnerung an das Leben; doch er behielt davon doch das verborgene Nagen des Zweifels zurück, das ihm nicht erlauben würde, mit seiner ganzen Person zu lieben. Sie standen auf und gingen zusammen wie Verlobte über die Brücke und in die Stadt und die tuschelnde Northstreet hinunter nach Hause.

»Gib mir, o mein Gott, das Schild deiner Dunkelheit, denn im hellen Schein des Mondes könnte ich ermordet werden. Was hat es uns angetan, dein Volk? Wie viele Flammen, wie viele brennende Schwerter, wie viel Zorn! O mein Gott, mein Magen schmerzt von den Schlägen, und in meinem Kopf pocht es wie in einem Tollhaus. Beschütze mich, Gott Abrahams. Laß mich wenigstens bei meinen Leuten sterben. Nie mehr werde ich durch die Tore Yorks gehen – vor der Stadtmauer werde ich verenden wie ein Hund. O mein Tod, mein Tod, solltest du so häßlich sein. Ich spüre Blut im Mund!«

Hinter den Häusern, gegen die Wände taumelnd und so laut keuchend, daß die Wachen, hörten sie es nicht, taub sein mußten, ging Josche. Als er die Northstreet erreichte, wogte und wirbelte die Welt durch seinen Kopf, und er stolperte, die Sicherheit zum Greifen nahe und fiel, schon nichts mehr wahrnehmend, gegen die Tür von Elias' Haus.

23

Er starb nicht. Als er seine Augen öffnete, fiel sein Blick nicht in die große Dunkelheit, sondern auf die vertrauten Gesichter von Elias und Denicosa.

»So sind wir denn alle tot? Wirklich alle?«

»Lieber Freund«, versuchte sie ihn zu beruhigen, »sprich jetzt nicht. Ruhe aus. Von deinem Unglück kannst du auch später noch erzählen... O diese Straßenräuber. Sie sind schlimmer als Tiere!«

(Sie konnte nicht wissen, was geschehen war... Ich muß es ihr sagen...) Er versuchte aufzustehen.

»Nein, nein«, sagte sie bestimmt. »Du wirst schon wieder gesund werden; jetzt aber bist du krank und mußt ruhen. Morgen früh werde ich als erstes Anna rufen lassen.«

(Natürlich. Genau das mußte getan werden. Das war nur vernünftig.) Wie ein Schock kam die Erinnerung an diese letzte Woche zurück. Wer war damals vernünftig gewesen? Wer gnädig? Sich krümmend und stöhnend lehnte er sich zurück. Elias kam mit ein paar Decken auf dem Arm. Denicosa stand auf und nahm sie ihm ab. Die beiden flüsterten kurz miteinander.

»Es wird bald dämmern«, sagte Elias, als er zu Josche trat. »Solange ruhe dich wenigstens aus. Ich habe den Wachen gesagt, sie sollen dein Pferd einfangen, wenn sie es draußen vor den Toren herumstreifen sehen. Es sind gute Männer. Du wirst deine Sachen unversehrt wieder bekommen, und alles wird bald vergessen sein.« Mehr als das konnte Elias nicht sagen, um ihn zu trösten. Sie deckten Josches gemarterten und mit Blutergüssen übersäten Körper zu und ließen ihn nicht aus den Augen. Als sie merkten, daß er sich noch einmal umdrehen und gequält etwas sagen wollte, trat Elias näher und fing an, Josche auf Hebräisch einen Psalm ins Ohr zu sagen. Und dabei dämpfte er allmählich seine Stimme, bis sie schließlich sehr leise und sanft summte. Am Ende des Psalms war Josche schon eingeschlafen...

Als er wieder erwachte, waren Anna und die Kinder da. Doch er gestattete ihnen nicht, ihn zu trösten. Er brachte sie dazu, ihn aufzurichten.

»Helft mir! Ich muß gehen. Ich muß zu Rana gehen, sofort.«

»Warum das denn?« fragten sie ihn. »Was ist denn geschehen?«

Mehr sprach er nicht mit ihnen. Sie fragten sich, was ihn außer seiner Schwäche so elend aussehen ließ, und halfen ihm schließlich aus der Hütte und zu Baruchs Steinhaus am Ende der Straße. Rana saß draußen auf einer Bank und bereitete Flachs auf. Jomtow kam und löste Josches Arm von Anna. Mit bedächtigen, langsamen Schritten gingen sie über das Kopfsteinpflaster. Näher und näher kamen sie. Als Rana die drei herannahen und immer näher kommen sah, ließ sie den Spinnrocken fallen und stand auf. Einen einzelnen Strang Flachs behielt sie in der Hand. (Geht vorüber, o geht an mir vorüber mit der Nachricht, die ihr bringt!) Sie betete darum, daß sie nicht stehenblieben. Sie betete mit ganzer Kraft und drückte dabei ihre Augen, so fest sie konnte, zu: »Oh, laß sie ein Trugbild sein, das verschwunden ist, wenn ich die Augen wieder öffne. Laß sie eine Vision sein. Laß sie umkehren. O Gott, laß sie umkehren!«

Sie öffnete die Augen. Wut stieg in ihr auf. Warum waren sie nicht umgekehrt? Warum bleiben sie vor mir stehen, wo ich sie doch gebeten habe, vorüberzugehen?

Josche machte, sich erschöpft an Elias lehnend, eine Verbeugung.

»Ruft Abram!« sagte Rana heiser zu niemandem Bestimmten.

»Madam –«, setzte Josche an.

»Ruft Abram!« wiederholte Rana. Jomtow hob die Hände, als ob er sie beschwichtigen wollte. Die Straße war nicht der richtige Ort…

»Ruft Abram!« verlangte Rana. Es schien, als wüßte sie, daß sie gebieterisch auftreten und sich einen Augenblick lang hinter ihrem Willen verstecken durfte.

Rabbi Jomtow ging zum nächstgelegenen Haus und schickte

die Frau, die halb neugierig, halb erschreckt in ihrer Tür stand. Eilig brach sie auf. Rana wartete wortlos ab. Sie stand vor den dreien, als wollte sie sie mit Blicken töten. Im Laufschritt kam Abram von der Synagoge gerannt; seine Hände waren noch weiß vom Löschpulver. Als er die Männer und seine Mutter erstarrt wie die Statuen an den Kirchenportalen dastehen sah, brachte er es nicht fertig, seine Beine schneller zu bewegen. Er fühlte sich plötzlich sehr elend. Er ging zu seiner Mutter und hielt sie am Arm.

»Sprecht!« sagte sie zu den Männern.

»Madam –«, Josche konnte ihr nicht ins Gesicht schauen, «vielleicht sollten wir ins Haus gehen –.«

»Sprecht!« sagte sie mit der gleichen ausdruckslosen Stimme wie zuvor.

»Baruch ist tot«, sagte er. »Er starb in London.«

Selbstverständlich hatte sie es gewußt. Sie hatte es schon gewußt, als sie darum betete, daß die Männer nicht vor ihr stehenblieben. Nun aber, da die Worte ausgesprochen waren, ertrug sie die Tatsache nicht mehr. Mit einem Schrei schlug sie die Hände vors Gesicht. Einen Augenblick lang stand sie so da. Die Männer warteten, schwankten, fühlten den Kummer mit, der zu groß war, als daß sie ihn hätte für sich behalten können. Dann nahm sie die Hände vom Gesicht und fragte sehr bleich und verändert: »Wo starb er in London und wie?«

Sie erkannte, daß sie es jetzt nicht ertragen konnte, mit ihnen ins Haus zu gehen und sich dann plötzlich allein zu finden, auch wenn sie sie begleiteten, in dieses Haus, dem Mittelpunkt ihres Lebens mit Baruch. Es würde hier gesagt werden müssen, hier auf der Straße. Josche war sich bewußt, daß das Schlimmste nun nicht mehr das Gespräch mit Rana war, sondern daß er nicht länger verbergen konnte, was er wußte. »Viele sind tot«, sagte er. Er zwang sich, so laut zu sprechen, daß er die Umstehenden und die Vorübergehenden erreichen konnte. Sie sollten stehenbleiben und zuhören. »Viele sind tot. Ein Massaker. In London gab es ein Massaker. Ein furchtbares, furchtbares –«.

Schockiert hob Jomtow die Hände. Elias ließ Josche los und legte seine Hände an den Kopf.

»Wo? Wie?«

»In London. Bei der Krönung.«

»O Gott, mein Gott!«

»Mein Sohn!« Zitternd, seine Pflicht, sein Volk, seinen Stand als Gelehrter und seine Frömmigkeit vergessend, wandte sich Jomtow Josche zu. »Wo befand sich mein Sohn? Hast du ihn gesehen? Ist er verletzt? Bitte, bitte, sag mir etwas über meinen Sohn!«

Einige hatten von den Türen aus die gequälten Gesten gesehen. Dann zerschnitt ein verzweifelter Schrei die Luft. Bald wimmelte die Straße von fragenden Menschen, die beim Fragen mit den Händen rangen. Endlich fing sich Jomtow und forderte die Leute mit einem Wink auf, mit Rana ins Haus zu kommen. Die Kinder wurden fortgeschickt. Die Sonne schien freundlich durch die Fensterscheiben. Durch die Tür drang der Lärm der spielenden Kinder.

Josche flüsterte: »Gib mir Kraft, damit ich es erzählen kann.« Dann begann er. Er begann dort, wo sie noch alle dabei gewesen waren – beim Abschiednehmen, den fröhlichen Farben, der festlichen Stimmung, die in der Luft lag, und den Huldigungsgeschenken. Ihre Gruppe war ungefähr dreißig Personen stark, als sie in London eintrafen. Angehörige begrüßten sie, hatten aber seltsame Neuigkeiten zu erzählen: Richard hatte eine Anordnung bekanntgegeben, die Juden und Hexen von der Teilnahme an der Krönungszeremonie ausschloß. Einige hatten etwas verbittert reagiert. Schließlich waren sie von weit her gereist mit ihren Gaben und Glückwünschen – nun wurde ihnen die Türe vor der Nase zugeschlagen, und man warf sie mit Hexen in einen Topf, sie wurden von den Festlichkeiten ausgeschlossen und mehr noch: der König betrachtete sie nicht einmal als menschliche Wesen. Der weise Rabbiner Londons hatte Bescheidenheit angeraten: die Zeremonie war schließlich nur ein Teil der großen Feierlichkeiten, die eine Woche dauern würden. Außerdem war keine Bekanntmachung angeschlagen worden, die die Besucher vom Bankett, das der Zeremonie folgte, ausschloß. Sie hatten sich entschlossen, zu diesem Bankett zu gehen und die Urkunden, Geschenke und Gaben dort zu überreichen. Die geringschätzige Behandlung durch den neuen König sollte mit keinem Wort erwähnt werden.

»Da wir ja von der eigentlichen Krönung ausgeschlossen waren«, sagte Josche, »hofften wir, auf diesem Wege unsere Würde bewahren, eine gute Figur machen und unsere Gaben überreichen zu können, damit der König an uns seinen Gefallen finden und uns um Verzeihung bitten würde. Vierzig von uns gingen zum Bankett. Draußen vor dem Gebäude war ein solcher Menschenauflauf, daß es nur wenigen gelang, überhaupt hineinzukommen. Wir wählten zehn aus und begannen, uns vorwärts zu bewegen, wobei wir entschuldigend sagten: ›Bitte, macht Platz! Wir bringen Gaben für den König.‹ Dein Bruder«, sagte er und zeigte auf einen in der Gruppe stehenden Mann, »dein Bruder ging voran. Einer der Männer aus Norwich war vor mir. Wir versuchten, uns einen Weg durch die Menge in die Halle zu bahnen, damit wir uns als Abordnung vorstellen konnten. Baruch ging nun hinter dem Mann aus Norwich. Da geschah es – ich weiß nicht, was oder wer der Auslöser war: jemand rempelte den Vorangehenden an, er strauchelte und fiel gegen einen anderen Mann. Der Rabbiner drehte sich um, um zu sehen, was geschehen war. Plötzlich riefen ein paar Stimmen: ›Zu Hilfe! Mord!‹ Männer ergriffen uns und begannen, uns aus dem Gebäude zu drängen. Draußen standen Hunderte anderer, denen es nicht gelang hineinzukommen. Als wir herauskamen, schrie drinnen jemand: ›Da sind die Meuchelmörder! Die Verschwörung ist vereitelt!‹ und ›Da sind sie!‹ Der Mob fiel mit Fäusten und Steinen über uns her. Die Leute brüllten wie Verrückte. Unter den wild auf uns herabhagelnden Fäusten blieb keine Zeit, unsere Unschuld zu beteuern. Inmitten dieses Hagels sah ich den Rabbiner stehen. Er versuchte, ihnen Erklärungen zu geben, versuchte, vernünftig mit ihnen zu reden. Sie besaßen jedoch keine Vernunft mehr.

Sie schlugen ihn auf der Stelle tot. Zwischen irrsinnigen Gesichtern und rasenden Fäusten sah ich Baruch. Während ich ihn noch rief, wurde ich mit Füßen getreten und geschlagen. Baruch wurde von dem irrsinnigen Haufen weggeschwemmt. Mich ließ man in einer Ecke des Hofes, wohin ich gefallen war, liegen und vergaß mich – Gott sei Dank.«

Eine Zeitlang saß er schweigend in dem Meer von wehklagenden und durcheinanderredenden Stimmen: »Hast du meinen Bruder gesehen? Meinen Vater? Meinen Sohn?« – »Und was geschah dann?« – »Was gab es noch?« Er wartete lange. Endlich verstummten sie. Suchend tastete sein Gedächtnis das Geschehene ab, wie eine alte Frau die Fäden eines zerrissenen Rockes abtastet, um herauszufinden, wie er geflickt, wie jede Faser noch benutzt werden kann. Wenn es nur einen Weg gäbe zu erzählen, ohne Leid zu verursachen – wenn man es nur wie eine historische, lang vergangene Begebenheit berichten könnte. Er wußte nicht, wie er ihnen etwas ersparen konnte, er fuhr fort, wie er begonnen hatte.

»Wie lange ich dort gelegen habe? Ich weiß es nicht, doch als ich aufwachte, war es fast dunkel. Ich ging auf die Straße. Eine furchtbare Geisteskrankheit hatte die Menschen befallen. Der König hatte Soldaten ausgeschickt, damit sie das Gemetzel beendeten, doch der Irrsinn überwältigte auch sie und zog sie mit sich, und das Massaker ging weiter und weiter. Das Judenviertel stand in Flammen. Alte und Säuglinge waren zurückgelassen worden und verbrannten dort. Die Flüchtenden wurden niedergemacht. Ich habe das Haus unseres ältesten Sohnes gesehen –«, er wagte nicht, Anna in die Augen zu schauen, während er sprach. Doch im Geiste sah er ihre Augen trotzdem vor sich. Er stockte, bis die wißbegierigen Stimmen ihn zum Weiterreden drängten. »Am Haus unseres ältesten Sohnes zehrten die Flammen. Es war völlig ausgebrannt. Ich näherte mich, aber das Feuer wütete rasend. Ich habe keinen von ihnen gesehen. Ich wollte sie ja finden, alle. Wenigstens eine Nachricht wollte ich...« Wieder sah er im Geiste das Gesicht seiner Frau vor sich, aber es war nicht das jetzige, alt gewordene Gesicht, das er erblickt hätte, hätte er den Mut gehabt, ihrem Blick zu begegnen – es war ein junges Gesicht, das Gesicht einer jungen Mutter, die das nun erwachsene Kind hielt, nach dem er vergeblich Ausschau gehalten hatte. (»Du hättest sicher einen Weg finden können, irgendeinen Weg, sie zu retten«, sagten die Augen in seiner Vorstellung.)

»Eine Frau rannte auf mich zu. Als sie näherkam, erkannte ich, daß sie Jüdin war. Ich fragte: ›Wo sind die Leute, die in diesem Haus dort wohnten?‹ Doch ihre stieren Augen nahmen mich gar nicht wahr. Ständig schrie sie etwas wie: ›Gerstenmehl! Feines Gerstenmehl!‹ Armes, wahnsinniges Ding.«

»Ich wußte, ich würde sie nicht finden. Es gab keinen, der mir weiterhelfen konnte. Wie eine Plage hatte das Morden die Stadt befallen«, rief er unter dem anklagenden Blick, den er im Geiste sah. Endlich schaute er sich um und hielt unter den Frauen nach Anna Ausschau, fand sie und mußte sich zusammenreißen, daß ihn seine Liebe zu ihr nicht in die Knie zwang. Sie hatte den Blick nicht vom Boden erhoben. Verbissen redete er weiter; erzählte alles, woran er sich erinnerte, als müßte er Rechenschaft ablegen über jede verlorene Seele, jede unterbliebene Hilfeleistung. Er erzählte von der Dämmerung in der Stadt, von den stinkenden und rauchenden Ruinen, von der geplünderten Synagoge, die über alle Vorstellung hinaus durch den Dreck der betrunkenen Aufrührer entweiht worden war. Auf der Frauenempore hatte er ein Geräusch gehört und die Tochter des Rabbiners gefunden, halb wahnsinnig vor Leid. Immer wieder gezwungen sich zu verstecken, waren sie zu Richards Palast geschlichen, wo jenen, die den Weg dorthin fanden, Asyl gewährt wurde. Er erfuhr, daß auch Baruch und andere sich dort befanden. Er zählte sie auf, so gut er konnte.

»Ich erhielt die Erlaubnis, Baruch zu sehen. Das vertraute Gesicht zu sehen war wie der Friede am Sabbath, den Gott selbst in der Hölle gewährt. Wir umarmten uns. Ich merkte, daß er sehr krank war und große Schmerzen litt. Er sagte mir, daß Richard die Ausschreitungen der Bevölkerung aufrichtig bedauere und daß er willens sei, uns vor weiteren Gewalttätigkeiten zu beschützen und uns deshalb zusammen mit denen, die den Weg noch hierherfinden sollten, einen Platz in seinem Schloßhof einräume, und daß er allen, die sich hinauswagen wollten, einen Geleitbrief ausstellen werde. Ich verließ Baruch und kehrte zur Synagoge zurück. Dort fand ich drei andere: den Mann aus Durham, den Juwelier aus Lynn – einige unter euch hier sind seine Vettern –, und Euren älteren Bruder, Rabbi Elias ...«

Sie wurden gewahr, wie er während seiner Todes- und Schreckensbotschaft sein Gedächtnis nach Namen und Gesichtern durchzukämmen versuchte, nach dem kleinsten bißchen Hoffnung auf Leben im Ödland des Todes: der Vater von ihm ist noch am Leben, der Bruder von jenem ist noch am Leben, der Vetter von ihr ist noch am Leben. Noch am Leben. (Und wo ist meine Hoffnung, mein Trost – mein Bruder, mein Sohn? ... ›Deinen Sohn sah ich, den Kopf unter Wasser, in der Themse liegen, das Wasser spielte mit seiner toten Hand... Dein Vater eine lebende Flamme... Deine Tochter gesteinigt... O Gott! ... Gott!‹)

Schweigend saß er da, plötzlich inmitten eines Gedankens unterbrochen, und starrte über sie alle hinweg in jene Welt, in der der Irrsinn wütete. Die Welt in Josches Kopf, dachte Jomtow, ist eine Welt weit jenseits des Kreises der vertrauten Gesichter, und dennoch steht sie hier ganz im Mittelpunkt. Ein Gedanke schwirrte durch Josches Kopf. Er erwachte, besann sich ihrer und erzählte weiter.

»Wir kehrten zum Schloßhof zurück und trafen noch mehr an, denen es gelungen war, dem Tod zu entrinnen, wenn auch nur mit ihren Körpern. Ich muß genau nachdenken, um mich zu erinnern, wer die Leute waren. Es tut mir leid, aber ich muß zuerst meine Gedanken sammeln. Ich bitte euch, ein wenig zu warten. Ich weiß so gut wie ihr, wie schwer es ist... Wir gingen zum König und baten ihn, jemanden mit einer Volkszählung zu beauftragen. Dieser sollte umhergehen und herausfinden, wer noch am Leben war, damit auch wir es erfuhren. Das versprach er zu tun. Rana, du mußt wissen, daß ich die ganze Nacht und den ganzen Tag bei Baruch wachte. Er ist in Frieden gestorben.«

Teilnahmslos sagte sie: »Ich danke dir«, und verstummte.

Elias berührte Josches Ärmel: »Es ist genug – komm und ruh dich eine Weile aus.« Er sah, daß Josche schwankend am

Rande eines Abgrunds zwischen den beiden Welten stand und in seiner Verwirrung dem Wahnsinn nahe war.

»Nein, nein«, murmelte Josche. »Noch ein schlimmes Wort muß ich sagen. Die ungeheuren Leidenschaften, die in London genährt wurden, erwachen auch langsam im Norden. Ich selbst mußte rasch aufbrechen. Als ich durch die Umgebung von London ritt, sah ich die Anfänge von Brandschatzung, Plünderung und Irrsinn. Nebenstraßen habe ich eingeschlagen, bin nachts gegangen, um den Räubern und den bewaffneten, hungrigen Wanderern dieser schlimmen Zeit aus dem Weg zu gehen. Das Fieber steigt, wendet sich gegen uns, und auch wenn der König Schutz verspricht... Ich kann nicht vergessen, was ich gesehen habe!« Und er bedeckte die Augen, die so vieles gesehen hatten, mit den Händen.

Lange Zeit saßen sie, unfähig, irgendein Wort zu sprechen. Die Kinder, die sie hinausgeschickt hatten, spielten und lachten auf der Straße. Die unbeschwerten Laute klangen eigenartig in den Ohren der verstummten Menschen. Was Jomtow und die anderen gesagt hatten, war also wahr – trotz des Grauens stürzte der Himmel nicht zusammen, wie man es eigentlich erwartet hatte. Selbst die zartesten Blumen, die den Todesweg säumten, zeigten sich unverändert. Manche waren erzürnt über die Gleichgültigkeit der leuchtenden Sonne. In ihren Herzen wüteten sie gegen sie und den Himmel, denn sie meinten, wenn sie weinten, müsse auch Gott weinen.

Andere erblickten das Licht, das sich nicht verändert hatte, und den Himmel, der nicht über ihnen zusammengestürzt war, und hatten die Einsicht, daß das Leben weiterging, daß es, sollte es notwendig sein, auch ohne sie blühen würde. Schweigend standen die Zuhörer auf, und still gingen sie, nachdem sie Rana ihr Beileid bezeugt hatten; der Rana, die nun eine Krone trug: Rana, die Frau eines Märtyrers. Sie gingen nach Hause, riefen ihre Kinder zu sich und drückten sie eng, ganz eng an sich, bis sie aufschrien und schmollend wieder auf die Straße hinausrannten, um in der Sonne zu spielen. Die Trauernden wunderten sich, wie zart und zerbrechlich sie doch waren – ein Lufthauch nur.

Als Rana sich setzte – noch zu betäubt und sprachlos, um ihrem Kummer in den durchdringenden, hohen Tönen der Wehklage freien Lauf zu lassen –, kam Betty, ihre Magd, nahm die Hand ihrer Herrin und sagte: »Lady Rana – der Herr wird Euren Schmerz lindern.« Sie wollte fragen, ob sie mit der Vorbereitung der überkommenen Zeremonie beginnen solle, als sie merkte, daß Rana sie nicht einmal hörte.

Elias und Jomtow halfen Josche nach Hause. Der kranke, erschöpfte, unter seinen Erinnerungen wankende Mann wurde auf dem kurzen Stück Weges über die Straße von allen Häusern aus beobachtet. Alle beobachteten ihn, doch keiner brachte es fertig, an ihm vorüberzugehen oder ihm in die Augen zu sehen. Wer wußte schon, ob sich das Grauen nicht auf seine Opfer übertrug, wie sich der Blutdurst von einem Folterer auf den anderen übertragen hatte. Keiner wollte sehen, was Josche gesehen hatte. Ein Mann, der solche Bilder im Kopf hatte, war wie einer, der an der Pest erkrankt ist. Nur die Rabbiner hatten Willen und Kraft genug, ihm zu helfen. Selbst Anna wandte ihr Gesicht ab, als sie ihnen die Tür öffnete. Die Rabbiner gingen, nachdem sie Josche nach Hause geleitet hatten, ohne ein Wort des Abschieds auseinander. Es war, als fürchteten sie sich, an dem Tag, an dem Josche gesprochen hatte, auch nur ein Wort noch zu sprechen.

Bei Einbruch der Dunkelheit stieg aus dem Steinhaus die langgezogene, heftige und zeremonielle Wehklage auf. Die Frauen in den anderen Häusern bedeckten mit ihren Tüchern ihr Gesicht bis zu den Augen, legten etwas vom Essen beiseite und brachten es in das Trauerhaus, das dem Brauch nach während dieser Tage weder kochen noch ein Feuer unterhalten durfte. Als sie aus den Türen traten, fragten sich viele der Trösterinnen, ob nicht auch sie um jemanden trauern mußten, der als verkohlter Fetzen ohne Namen begraben oder zusammen mit einem Dutzend anderer Toter in eine Grube geworfen worden war. Sie fröstelten und drückten die vom Feuer noch warmen Töpfe enger an sich.

Der Winter kommt; schau, wie früh es dunkel wird. Schon ziehen die Vögel nach Süden... Wer wohl wird nie mehr von

Londons Straßen aufblicken, um zu sehen, was wir ihm von York schicken ... Weinend gingen sie durch die Straßen, über die sich langsam die Dunkelheit herabsenkte, zu Ranas Haus; Rana, Witwe des Baruch von York, Märtyrer.

Zu Lebzeiten hatte er Reichtum und Macht besessen, im Tode wurde er mit Ehren überhäuft. Nur Lobpreis und Verehrung kannte die Gemeinde für das Märtyrertum. Und eine Märtyrerwitwe stand so hoch, daß sie nie mehr daran denken konnte, sich wieder zu verheiraten. Ihr Leben lang würde die dankbare Gemeinde für ihren Unterhalt sorgen. Auch auf die Söhne eines Märtyrers fiel ein Abglanz seiner Größe. Immer würde man sie mit einer besonderen Geste der Ehrerbietung anhören, und sie würde bei den Zeremonien in der Synagoge und im Leben der Menschen Vorrang vor den anderen ihres Alters haben.

Als Abram am nächsten Tag die Synagoge betrat, bemerkte Rabbi Elias sein blasses, verzweifeltes Gesicht und den nagenden Zweifel, den anzuhören sich der Rabbiner geweigert hatte, als er in ihm selbst, neu erwacht, aufgetaucht war. Etwas, das Josche gesagt hatte – etwas, das er nicht gesagt hatte – eine Geste vielleicht – ein Ausdruck, der über sein Gesicht gehuscht und dann verschwunden war: Was hatte es mit Baruchs Aufenthalt in London, mit seinem Todeskampf und seinem Tod dort auf sich? Rabbi Elias hatte Baruch nie gemocht. Der Geldverleiher hatte gelogen und betrogen und war trotzdem reich gewesen, war mit einem Sohn und großem Einfluß in der Gemeinde gesegnet. Vorsteher der Synagoge war er gewesen, sein Rat war häufiger beherzt worden als der von Elias. Nun wurde er auch noch für seine unerschütterliche Tugend geehrt. Sollte ich neidisch sein? fragte sich Elias. Sorgfältig drehte und wendete er seine Gefühle, prüfte sie. Dennoch blieb, abgesehen von seiner Abneigung und einem Rinnsal Groll, den er beschämt hegte, etwas von dem Zweifel, der ihn am Ärmel zupfte. Wieder schaute er Abram an. Sehr bleich, dachte er. Und er wirkte dünner, so daß seine Augen das Gesicht zu verschlingen schienen. Ihr Blick war so ruhelos, so grüblerisch, daß Elias verlegen wurde. Nie hatte er jemanden so nackt und offensichtlich leiden sehen. Später ging der Rabbiner zu Josche, um ihn nach mehr Einzelheiten über den Tod des Märtyrers zu fragen. Bald würde man ihm eine Gedenktafel stiften. Er war im Begriff, an die schwere Tür von Josches Steinhaus zu klopfen, hielt aber plötzlich inne. Seine Hand blieb in der Luft stehen. – Wonach suche ich? Er drehte sich um und ging.

Abram lag in seinem Bett, von der Nacht beschützt, und weinte. Den ganzen Tag lang war er ohne eine einzige Träne durch das Haus gegangen. Die Nachbarinnen, die der teilnahmslosen Rana Essen und ihr Beileid brachten, hatten hinter vorgehaltener Hand geflüstert: »Der bemitleidenswerte Mensch – er besitzt kein Gefühl.« – »Ein Herz aus Stein.« Und von ihrer eigenen Rechtschaffenheit erfrischt, gingen sie. Endlich kam die Nacht. Regungslos lag Abram und weinte: »Wenn ich ihn nur geliebt hätte, könnte ich auch Kummer empfinden, der ihm eine Krone und mir ein heilsames Geschenk wäre. Die anderen vergießen ihre wunderbaren Tränen und legen sich dann schlafen. Sieht er mich dort, wo er ist, Baruch, der Märtyrer? Sagt er: ›Friede sei mit dir, mein geliebter Sohn?‹ Ich war ihm ein Fremder, so wie er mir ein Fremder war. Schon von Kindheit an. Warum auch nicht, ich bin ein Ungeheuer, kein Mensch, den man menschlich nennt, weil er zu Liebe fähig ist. Oh, oh, wäre er nur weniger ehrenvoll gestorben – ich hätte ihm mein Mitleid schenken können, weil ich ihn verstanden hätte. Angesichts seines Heldentodes, seiner Verherrlichung habe ich nichts, was ich ihm geben könnte. Und so kann ich auch nichts von ihm nehmen. So war es immer gewesen. Mein Vater, ich werde meine Schuldigkeit tun, so gut ich kann. Ich werde versuchen, dich wirklich zu betrauern… nur, schenk dem Ungeheuer, das ich bin, ein wenig Schlaf!«

24

Oktober 1189

Was geschieht mit dem Schild, wenn der Krieger nicht mehr ist? Und wenn eine Wunde fehlt, was soll die lindernde Salbe dann heilen? Rana, das Schild zwischen Baruch und der Welt, trauerte, Asche im Haar, das Kleid zerrissen. Doch Baruch, mit all seinen übertriebenen Ansprüchen und seinen harten Urteilen, war nicht mehr. Vom Gesetz zur Untätigkeit gezwungen, gingen Ranas Gedanken seltsame Wege und zogen die Widerstandslose mit, drehten sich endlos, bis sie so müde war wie nach einem Tag schwerster Mühen. Nachmittags kamen in der Regel die Frauen und brachten der Familie ein wenig Essen und der Witwe einen Schwatz, der sie eine Zeitlang von ihrem Kummer ablenken sollte. Wenn sie konnte, sprach sie dann von Baruch. Und nach und nach entspannte sie das Sprechen ein wenig.

Eine Frau fragte sie: »Hast du schon gehört, was man sich über Rabbi Jomtow erzählt? ...Nun ja, bevor er ins Exil gehen mußte, hatte er vor, noch einmal zu heiraten.«

»Na ja... Man erzählt sich, daß...«

»Siehe da!« Aus dem milden Herbstregen trat Abram ins Haus und erschreckte sie mit seiner barschen Stimme. »Ist jetzt sogar der Große gemein und zum Spielzeug der Zungen geworden? Madam, wärt Ihr denn nicht aufrichtig enttäuscht, wenn er etwas nicht getan oder etwas zu tun gedacht hätte, das dem Zuschnitt Eurer Vorstellungen nicht entspräche? Wo sollte denn die Zunge bleiben, wenn sie nicht schwatzen würde?«

Hastig brachen sie auf, vergessene Besorgungen vorschützend, und flohen. In Ranas Blick lag Heiterkeit und zugleich ein Vorwurf: »Oh, mein Sohn!« seufzte sie.

»Ich komme – und ich könnte wohl noch hinzufügen: ich komme rechtzeitig –, um dir etwas von Rabbi Jomtow auszurichten.«

»Abram, einerseits interessierst du dich so sehr für die Moral der einen Hälfte der Welt, andererseits bist du so uninteressiert an der anderen Hälfte. Was läßt er mir also ausrichten?«

Abram berichtete ihr, was die Rabbiner gesagt hatten: Da der Leichnam seines Vaters in London geblieben war, würde es hier in York für ihn keine Begräbnisfeier geben. Da er aber als Märtyrer – ganz York zum Stolze – gestorben war, würde man auf dem Friedhof vielleicht eine kleine Gedenkfeier abhalten – sofern sie es wünschte.

Als er zu Ende gesprochen hatte, schauten sie sich mit ausdruckslosem Blick an.

Schließlich sagte Rana: »Ich weiß nicht recht... Wärst du stolz darauf?« Es schien, als wäre ihr gleichgültig, ob er geehrt oder nicht geehrt würde. Dann schaute sie erschreckt auf und sagte, um den unsichtbaren Lauscher, der so lange über ihr geschwebt hatte, zu beschwichtigen: »Selbstverständlich sind wir einverstanden. Wir betrachten es als große Ehre.«

»Ich beneide ihn um seinen Heldentod«, sagte Abram geradeheraus.

»Abram!«

«Mutter, sitzt du denn immer in der Öffentlichkeit? Nie hört man von dir einen Vorwurf. Immer hört man nur, wie du in Gedanken ständig wiederholst: ›Man könnte uns hören; man könnte uns schief ansehen.‹ Witwe, die Gläser können uns nicht hören. Der Tisch kann uns nicht tadeln. Erlaube mir also, offen mit dir zu reden.«

»Was verlangst du da von mir«, brach es aus Rana mit ungewohnter Heftigkeit heraus. »Wer hat eine Vorstellung von meiner Einsamkeit? Ein jeder sagt: ›Erlaube mir, aufrichtig zu reden‹, und bricht dann das Haus über meinem Kopf ab! Sind denn die Menschen in dieser Welt so verderbt, daß nur ihre Grausamkeit aufrichtig und daß das, was ihnen aufrichtig scheint, einfach nur grausam ist?« Sie hörte sich schreien, und da sich Schreien nicht ziemte, verstummte sie sofort und setzte sich zurecht, als ob ihr anmutiges Sitzen Trost gewähren könnte.

»Es tut mir leid«, sagte er. Es war das erste Mal, daß er etwas Derartiges sagte. Ein großes Geschenk hatte er ihr damit gemacht, denn es war ihm unbeabsichtigt über die Lippen gekommen und war aufrichtig gemeint. Vorsichtig, wie aus einem kleinen, geheimen Vorrat, gab sie ihm als Gegengeschenk etwas von sich selbst.

»Seltsam... Ich habe mir angewöhnt, mich ständig belauscht zu fühlen. Über Ungehöriges habe ich mir nur seinetwegen Gedanken gemacht. Er stand so hoch, daß die Menschen ihn immer stürzen wollten. Ich fing an, meine Worte seinetwillen zu überwachen, und irgendwie ist es mir in Fleisch und Blut übergegangen. Und obwohl er nicht mehr ist, ist es geblieben...« Ihre Gedanken wanderten wieder in andere Zeiten.

»Kannst du denn entscheiden, ob du wünschst, daß der Rabbiner eine Ansprache hält?«

»Laß ihn doch, wenn er will. Ich kannte Baruch, so wie ihn alle kannten, und kannte ihn wiederum nicht.« Sie bemerkte seinen bestürzten Gesichtsausdruck. »Warum bist du überrascht? Um dich überraschen zu können, bin ich nicht schlau genug.«

»Warum hast du so lange damit gewartet, mir zu zeigen, daß du eine eigenständige Person bist? Eine Person mit eigenen Gedanken und eigenen Überlegungen? Eine Person, die nichts mit Gläsern und einem sauberen Tisch und einem pünktlich fertigen Essen zu tun hat?«

»Warum hast du mich nie danach gefragt? Warum hast du nie gewartet, bis ich mit meiner Arbeit fertig war? Warum hast du nie mit mir geredet? Stand dir denn der Sinn nach philosophischen Unterhaltungen, wenn du gerade Met trinken wolltest? Ich will dir etwas sagen, das so schockierend und unglaublich ist, daß du es dir gar nicht vorstellen kannst: auch ich war einmal jung. Ich meine nicht nur den Körper, sondern auch meine Gedanken und meinen Geist. Nun bin ich alt und habe andere Fragen und andere Gedanken, doch ich versuche, dabei nicht zu vergessen, daß ich noch nicht tot bin. Zwischen den Fronten zu stehen erfordert eine Energie, die du nie kennen wirst. Es ist schwerer als herumzulaufen, Wasser zu holen und Feuer anzuzünden.«

»Zwischen den Fronten stehen?«

»Zwischen meinem Mann und seinen Feinden; zwischen ihm und seinen Abneigungen, seinen Ängsten, seiner Verzweiflung; zwischen dir und den deinen.«

»Aber Mutter, kein Mensch kann den anderen wirklich beschützen.«

»Noch sagst du das mit Stolz und einer Art Freude. Werde erst einmal älter, ehe du so etwas noch einmal sagst. Wenn du es dann tust, wird es mit Verzweiflung und voll hilflosen Kummers sein. Daß wir etwas versuchen und dann versagen, rechnen uns unsere Kinder auf. Daß wir etwas versuchen und es uns dann gelingt, nehmen sie nicht wahr. Nur unser Versagen hält man in Erinnerung.«

»Madam, der Rabbiner erwartet deine Antwort. Soll sie ›Ja‹ lauten? Ich glaube, meinem Vater hätte eine solche Anerkennung durch sein Volk gefallen.«

»Dann mag es geschehen«, sagte Rana und versank wieder in Gedanken.

Abram ging zum Haus von Rabbi Elias, in dem Jomtow jetzt wohnte. Der große Rabbiner hatte noch keine Nachricht von seinem Sohn, der mit seiner Familie in London lebte und für den er, sich der Schuld bewußt, die er damit auf sich lud, eine große Vorliebe hegte. Jomtow selbst war stark wie eine Festung gewesen; doch mit der Sorge um seinen Sohn hatte sich der Haß an einem kindischen, selbstsüchtigen, verletzlichen, armseligen und geheimen Ort seiner Seele eingenistet. Nun gab es weder Schlaf noch Trost für ihn. Auf Abrams Klopfen hin öffnete Denicosa die Tür und begrüßte ihn mit der neuen Höflichkeit, mit der ihm die Juden Yorks nun begegneten – ihm, dem Erstgeborenen eines Märtyrers. Sollte er sein Leben lang daran erinnert werden, wohin er sich auch wandte? Er trat ein, begrüßte die Rabbiner und setzte sich zu ihnen. Plötzlich erinnerte er sich jedoch, daß er Trauer trug, und glitt vom Stuhl auf den Boden.

»Was habt ihr entschieden?« fragte Rabbi Elias leise.

»Wir betrachten es als große Ehre«, sagte Abram und schlug dabei einen formellen Ton an, »und nehmen es dankbar an.« Er glaubte, über Rabbi Elias' Gesicht etwas huschen zu sehen, das nach Sorge und nach etwas anderem aussah – nach einer Art von Verdruß. Doch es war so schnell wieder verschwunden, daß er sich dessen nicht sicher war und glaubte, sich geirrt zu haben. Sie machten Pläne, und Abram verließ die beiden Rabbiner, die frostigen Worte ihrer Hochachtung noch im Ohr. Ohne eigentliches Ziel ging er zur Ousebrücke hinunter, überquerte sie und schlenderte an den nun üppigen Gärten vorbei, die sich die an diesem Flußufer wohnenden Ladenbesitzer angelegt hatten. Jenseits der Gärten erhob sich ein flacher Hügel und auf ihm das Yorker Schloß, das für den König und seinen Hof errichtet worden war. Viele Jahre schon hatte er dort nicht mehr residiert, doch während seines kurzen Besuches war Geoffrey dort abgestiegen. Das Schloß war Yorks ganzer Stolz. Neben dem Schloß stand ein älterer, verlassener Turm, in dem die Jungen aus der Stadt »Wie-ein-Edelmann-Sterben« spielten. Dorthin wollte Abram gehen, sich in der Sonne wärmen und mit einem Stock menschliche Formen und Gesichter in den Staub zeichnen, die zu zeichnen ihm der Brauch seines Volkes verbot. Doch der Wind wehte vom Fluß her, und als er den kleinen Hügel hinaufstieg, war es ihm dort zu kalt. Er ging um die Schloßmauer herum, bohrte müßig mit seinem Finger in den Mauerritzen. In einer hatte ein Junge eine Murmel versteckt. Abram nahm die kleine Tonkugel heraus, steckte sie in seine Geldtasche und legte statt ihrer einen Pfennig in die Ritze. Dann besann er sich und lächelte und legte die Murmel zurück auf den Pfennig.

Auf dem anderen Ufer des Foss war der Fischmarkt in vollem Gange. Er hörte den Fischhändlern beim Anpreisen ihrer Ware gern zu; beim Feilschen bekam selbst das kärgliche und unpoetische Angelsächsisch in einigen Mündern etwas Schönes. Er stieg den Hügel hinunter und ging über die Fischerbrücke auf den Markt. Man verkaufte nicht nur Fische. Es gab auch Buden, die all das, was für den Fischfang gebraucht wurde, anboten: Korkbälle für die Netze und Knochenstücke, aus denen man Angelhaken schnitzen konnte. Auch schon fertige Angelhaken, Messer, Krimskrams und billige Amulette, die Schutz vor Stürmen und dem Ertrinken gewähren sollten, wurden verkauft. An einer der Buden blieb er, die Ware betrachtend, stehen. Dann schaute er wieder auf, und ohne Vorwarnung kam da plötzlich Bruder Simon mit einem anderen, den er nicht kannte, auf ihn zu.

Mit einer freundschaftlichen Geste, die so selbstverständlich wie das Atmen in ihm entstand, wollte Abram schon seinen Freund begrüßen, den er so lange nicht gesehen hatte. Doch dann fiel ihm plötzlich der Tod seines Vaters ein und das Massaker und die sich seit kurzem häufenden kleinen Zwischenfälle, die ihm im Zusammenleben zwischen Christen und seiner Gemeinde in dieser Stadt aufgefallen waren. Man begann, einander aus dem Weg zu gehen. Er beobachtete, wie sein bester Freund näher auf ihn zukam, während ihn Scham und Zorn überfielen, daß er nicht fähig war, ihm Guten Tag zu sagen oder diesen Wunsch von ihm entgegenzunehmen.

Jetzt sah auch Simon ihn. Auf seinem Gesicht spiegelten sich die gleichen Gefühle wie auf dem Abrams – er konnte sie fast wie die eigenen ablesen; die erste Freude, dann der Ausdruck von Verwirrung und Qual, als der Angelhaken der Welt so tief einschnitt – Vergiß nicht, wer du bist. Denk daran, was dir daraus entstehen könnte. So lange habt ihr euch nicht gesehen, wer weiß, vielleicht hat er sich ja verändert – dann der Ausdruck des Zorns und der Scham darüber, daß der Mensch nicht stärker als der Feigling in ihm ist. Simon und der andere Mönch gingen an ihm vorüber und weiter in Richtung Stadt.

Abram blieb noch eine Weile auf dem Markt; er fürchtete, er könnte den beiden noch einmal begegnen. Dann entschloß er sich, zur Synagoge zu gehen, um noch eine Abschrift einer Arbeit herzustellen, die er schon beendet hatte. Er wußte, was für ein Pergament oder was für eine Schriftrolle auch immer er Josche oder irgendeinem anderen anböte, sie würden es auf der Stelle kaufen – egal, zu welchem Preis. Der Sohn eines Märtyrers. Knirschend drehte er seinen Fuß auf den Kieselsteinen der Straße.

Er ging zur Synagoge, doch er war nicht mit ganzem Herzen bei der Sache, und bald schon rieb ihn die Mühe, sich zur Arbeit zwingen zu müssen, auf. Er stand auf, deckte das Durcheinander von Federn und Tintenfässern auf dem Tisch zu, murmelte das Gebet, mit dem die Abschrift eines heiligen Werkes beendet werden mußte, und ging Betty suchen. Abgesehen von dem Kontakt zwischen Herrn und Diener in einem Trauerhaus hatten sie sich schon lange nicht mehr getroffen oder ausgesprochen.

Vielleicht war sie unten am Fluß und kniete verlassen über ihrem Stapel nasser Kleider; am Waschplatz der Stadt sah man sie nicht mehr gern. Abram ging zum Fluß, sah die Frauen dort zusammen waschen und schwatzen und erinnerte sich an die ersten Jahre, in denen auch Betty dorthin ging. In letzter Zeit, er wußte nicht weshalb, wurde die jüdische Wäsche fern von den Christen beim Badehaus gewaschen, als wäre das Waschen Teil des unerforschlichen Lebens der Juden. Wohl wissend, daß er sie hier nicht finden würde, schaute er den Fluß hinauf und hinunter. Einen Moment lang war ihm entfallen gewesen, wie sehr sich alles verändert hatte.

Ziellos ging er weiter, vorbei an St. Margareten und St. Georg, der Kirche, deren Schirmherrn Baron Malabestia und seine Familie waren, vorbei an einem neuen, von den Percys erbauten Stadthaus, das alle Adeligen der Grafschaft aufsuchten, wenn sie in der Stadt waren. Im Vorübergehen sah er, wie sich die Tür öffnete und die beiden Mönche heraustraten. Sie drehten ihm den Rücken zu und verabschiedeten sich von jemandem im Haus. Und Abram wurde sich klar darüber, daß er die ganze Zeit über nur darauf gewartet hatte, Simon zu begegnen. Zur Straße hin öffnete sich eine kleine Gasse, ein Durchgang, der zu den Unterkünften des Gesindes führte, die sich ans Haus schmiegten, als suchten sie Schutz. Abram trat hinein. Als die Brüder vorübergingen, rief er leise: »Pst! Simon!«

Der Mönch drehte sich um und flüsterte dann, nachdem er im Schatten seinen Freund ausgemacht hatte, seinem Begleiter etwas zu, der daraufhin langsam die Straße entlang weiterging. Der Mönch trat in den Durchgang, erblickte seinen Freund,

und der Ausdruck freudigen Wiedererkennens hellte eine lange Minute sein Gesicht auf. Dann verschwand er wieder. Es war, als hätte er ihn sorgfältig weggewischt aus Furcht, ein Fetzchen davon könnte zurückbleiben und ihm zum Verhängnis werden. Abram winkte mit der Hand, Simon kam ernst auf ihn zu.

»Wird er etwas sagen? Wirst du Schwierigkeiten bekommen?«

»Er ist neu eingetreten«, antwortete Simon fast schüchtern. »Kannst du dir das vorstellen? Jetzt bin ich der gefürchtete und respektierte ältere Bruder, und jetzt komme ich und zähle die von ihm schon gezählten Schafe nach.«

»Wir können uns also unterhalten?«

»Ja.« Ihre Schwäche vor Augen, sahen sie etwas kläglich drein.

»Wie steht's bei dir?«

»Gut. Und bei dir?«

»Ich bin Jude. Wann steht es mit den Juden schon einmal gut? Letzten Monat bin ich dich besuchen gekommen, aber man hat mir gesagt, du seist in einem anderen Teil des Klosters beschäftigt, und wollte mir nicht erlauben, eine Nachricht zu hinterlassen. Als ich zurückkam, machten sich mein Vater und seine Freunde eben auf die Reise nach London, um die Krönung von König Richard zu sehen. Dann –«

»Ich habe heute davon gehört –«, sagte Simon.

»Natürlich hast du«, sagte Abram verbittert. »Aber eine ganz andere Version, da bin ich sicher – eine ganz andere Version.«

»Du scheinst dir aber nicht sicher zu sein, was ich herausgehört habe. Glaubst du denn, ich treffe dich nicht mehr wegen dieses Hasses? Weil ich mit einem Mal der Meinung bin, daß es in Ordnung ist, dich zu hassen und daß es in Ordnung ist, wenn der festtrunkene Mob sich zum Richter über euch erhebt?« Simons empört zitternde Stimme hallte laut im Durchgang wider. Ebensosehr wie das, was er gesagt hatte, erzürnte ihn das, was er nicht sagen durfte: daß er die verhangenen, fragenden Blicke, mit denen ihn seine Brüder ansahen, sobald das Wort Jude fiel, nicht mehr ertrug und daß er sogar in Gedanken aufgehört hatte, gegen ihre Vorurteile zu argumentieren. Aus der munkelnden und hassenden Welt draußen waren zu den Brüdern im Kloster Welbeck Gemunkel und Haßgeflüster gedrungen und erschienen Simon in sonderbarer, geisterhafter Verzerrung im Traum. Deshalb hatte er sich von seinem Freund ferngehalten – so, wie sich ein Kranker von geliebten Personen absondert, manchmal weniger aus Furcht, sie mit seiner Krankheit anzustecken, sondern weil er ihre Gesichter nicht ertragen kann, wenn ihr Blick auf die Verwüstung und Zerstörung fällt, die die Krankheit bei ihm anrichtete.

»Es tut mir leid«, sagte Abram, als er merkte, wie sehr sein Freund litt. Der Geist von Baruch, dem Märtyrer, stand zwischen ihnen und warf einen Schatten, der doppelt so groß war wie er selbst. Vor dem Fremden türmte er sich sogar noch größer auf als vor dem Sohn, so daß keine Möglichkeit blieb, durch ihn hindurch oder über ihn hinweg den verbitterten, gequälten Abram zu erreichen. Ein Freund konnte der Fremde ihm nun nicht mehr sein. Sie stammelten, doch ohne die richtigen Worte zu finden; suchten nach einem verbindlichen Ausdruck und waren dabei doch selbstbezogen und ängstlich; heuchelten und verstellten sich. Nicht einmal mehr in die Augen konnten sie sich schauen.

»Wie dem auch sei«, sagte Simon. »Auch uns betrifft es, ob wir wollen oder nicht. Anfangs habe ich mich sehr nach dir gesehnt. Bruder Lewis hat oft zu mir gesagt, daß es keine Rolle spiele, ob nun das Übel oder das Gute von der Seele ferngehalten wird – unsere Einsamkeit bleibt immer die gleiche. Die Freundschaft mit dir war ein kostspieliger Aufwand – ein zu teurer Aufwand.« Er sprach mit sehr behutsamer Stimme. »Wie oft nur habe ich Buße getan! Wie oft habe ich, tue ich und werde ich in all den Jahren noch Buße tun müssen, bevor mir vergeben sein wird...«

Abram war sprachlos: »Aber du hast doch nicht gelogen... Du hast doch nicht gesündigt... Warum also solltest du Schuld auf dich geladen haben? Kann ein Mensch denn bereuen, was er nach bestem Wissen und Gewissen gesagt oder gedacht hat? Kann er sich deswegen schuldig fühlen? Kann dafür Buße verlangt werden?«

Auf dem seltsam asketischen Gesicht zeigte sich ein Schimmer, der an den früheren Simon erinnerte. »Von deinem Volk vielleicht nicht, aber von meinem.«

»Heißt das, wir sollen vergessen, was wir in all den Jahren gesprochen oder gedacht haben? Heißt das, was wir dachten, war verboten? Heißt das, es war nicht richtig, daß wir befreundet waren?«

»Doch, es war richtig. Nur der Preis war zu hoch. Zu hoch!«

Im schmerzlichen Bewußtsein, daß der Ausdruck, die Worte und die Gesten, denen sie sonst immer entnommen hatten, was im anderen vorging, ihnen nicht mehr zum Verständnis des anderen zur Verfügung standen, verstummten sie. Den beiden war es nun unmöglich, die sich von selbst verstehenden Worte, die der Priester an den Priester, der Jude an den Juden richtete und die sagten: »Schweig« oder »Ich mag dich« oder »Ich meine das nicht ernst«, über die Schranke von Geburt und Glauben und Gewohnheit hinweg auszutauschen. Einst hatten sie ihre Sehnsucht und ihre Jugend besessen, die ihnen geholfen hatten; doch die Sprache, mit der sie die Schranke überbrückt hatten, war ein Notbehelf gewesen und existierte nun nicht mehr. Mit den eigentümlichen, unterschiedlichen Worten von Jude und Priester, die sich im Laufe der drei Jahre tiefer eingegraben hatten, starrten sie bekümmert über die Schranke.

»Lebe wohl«, sagte Bruder Simon.

»Lebe wohl«, sagte Abram.

Sie trennten sich.

Noch einmal wandte sich Simon um: »Gott sei mit dir.«

Auch Abram wandte sich um und sagte: »Friede sei mit dir.«

Dann gingen sie ihrer Wege.

Das Tageslicht versickerte in der Dämmerung, und es schien, als wären die Geräusche des Lebens ein Teil des Lichtes, denn mit der Dunkelheit verstummten auch sie. Auch die Sommernächte waren finster, doch von den tröstenden Schreien des Lebens in Bäumen und Gärten erfüllt. Grillen zirpten, und raschelnd haschte der Wind nach den Blättern. In den Nestern der Vögel waren ihr Werben, ihre Liebe und ihre Gutenachtlieder zu hören. Aber der Sommer war verstrichen, auch der Herbst ging seinem Ende zu, und die Nächte waren frostig, kalt und still. Die Wachen versuchten, sich die Kälte aus den Händen zu reiben und aus den Füßen zu stampfen – wie Pferde. Manchmal schauten die Wachposten auf dem Stadttor hinunter, glaubten, sich bewegende Schatten zu sehen und fröstelten. Denn im nordwärts gelegenen, tiefen Wald gab es Wolfsrudel mit mageren Lenden. Fanden sie dort kein Futter mehr, kamen sie aus den grauen Wäldern heraus und kreisten um die Stadtmauer in der Hoffnung, einen Menschen als Leckerbissen verspeisen zu können – einen vertriebenen Bettler, einen abgewiesenen Aussätzigen, den Nachzügler einer Reisegruppe.

Eine Wache bezog ihren Posten. Ohne etwas zu sehen, hörte sie plötzlich die Geräusche, die zu hören sie geschult war.

»Wer da?«

»Im Namen Gottes, habt Mitleid mit uns!« antwortete jemand aus dem Dunkeln.

»Wer seid Ihr und woher kommt Ihr?«

»Im Namen Gottes, habt Mitleid mit uns!« kam es wieder aus dem Dunkeln. Dann trat eine mitleiderregende Schar ins Licht der Fackeln. Juden.

»Wer da?« Der Wachposten fragte, wie es die Vorschrift verlangte.

»Überlebende.«

»Woher?«

»Vom Blutbad in Oxford.«

»Was begehrt Ihr?«

»Asyl.«

»Wer bürgt für Euch?«

»Die Juden dieser Stadt.«

»Dann tretet ein.«

Und sie traten aus der Wolfsnacht nach York hinein. Eine Wache brachte sie in die Northstreet und holte Elias aus dem Bett, damit er sie empfange. Sie hatten nichts Besonderes an sich – der gewohnte Anblick, den Heimatlose und Beraubte bieten, die ohne Nahrung und Herberge viele Nächte lang gewandert waren und Feuer, Mord und Schrecken gesehen hatten. Eigenartig an ihnen war, daß es so viele waren. Auch dem

Wachposten fiel es auf: vor dieser Nacht waren sie allein oder zu zweit gekommen. Seitdem der Herbst vorüber war und der König sich eingeschifft hatte, um mit seinen Truppen in Frankreich zu überwintern und von dort aus im Frühjahr zum Kreuzzug aufzubrechen, war die sich zerstreuende Asche des sich ausbreitenden Feuers von Süden her nach York geweht. Die Menschen trieb es dahin, sie rasteten. Manche, unfähig zur Rast, trieb es weiter. Manche blieben. Der Zwischenfall war zum Normalfall geworden, und die Zahl der Ankommenden wuchs ständig. Die Wache ging auf ihren Posten zurück, hing jedoch sorgenvollen Gedanken nach: nun wanderten sie schon gruppenweise...

Neue Namen, neue Einzelheiten wurden genannt, doch das Ende war immer das gleiche; in der Synagoge hörte man das althergebrachte Wehklagen eines alten Volkes, bis die Gedanken verwirrt durcheinanderwirbelten bei der Frage: »War es Babylon oder Burford, wo meine Lieben niedergeschlachtet wurden? War es vor zweitausend Jahren oder erst gestern?«

25

In seinen Gebetsmantel gehüllt saß Rabbi Jomtow über seinen Studien, die Hände und Stirn von den alten Beschwörungsformeln Israels in Anspruch genommen. Ein Knabe kam ins Haus gerannt; er wußte, daß der Rabbiner, von der Sorge um seinen Sohn umgetrieben, keine Nacht mehr schlief. Und in seiner Kinderart ahnend, daß nichts im Leben mehr war wie früher, trat er einfach zu dem ins Lesen versunkenen Gelehrten hin und zupfte ihn am Ärmel.

Jomtow drehte sich verärgert um: »Wer wagt es, den feierlichen Ernst des Gebets zu stören?«

Verwirrt senkte der Knabe den Kopf: »Rabbi, man hat mir gesagt, ich soll schnell zu Euch laufen und Euch holen.«

»Ein Gebet darf man nicht unterbrechen. Das hat man dir doch sicher beigebracht.«

»Rabbi, Nachricht von Eurem Sohn ist eingetroffen.«

Mit einem Mal fühlte sich Jomtow nach all den Wochen der Verzweiflung und Angst wieder stark.

»Höre«, sagte er zu dem eingeschüchterten Knaben. »Der Tagesablauf eines Menschen muß so eingerichtet sein, daß sich in ihm die Ordnung, die Gott bei der Erschaffung der Welt eingehalten hat, wiederspiegelt. Wir haben mitansehen müssen, wie schon zu viele Dinge in dieser Zeit zerstückelt und zerstört wurden. Du kannst jenen, die dich geschickt haben, sagen, daß ich die Botschaft erhalten habe und kommen werde, sobald ich mein Gebet beendet habe.«

Er segnete den Jungen und wandte sich wieder seinem Buch zu, als hätte er sich nur kurz abgewandt, um zu husten. Als er mit dem Lesen und dem die Lektüre abschließenden Ritus fertig war, eilte Jomtow mit fliegendem Gewand den Neuigkeiten entgegen.

Als er in der Gemeindehalle eintraf, waren alle anderen aus der Northstreet schon dort. Fragen wurden gestellt, Gerüchte brodelten. Die Reisenden, die in der vorigen Nacht eingetroffen waren, hatten auf ihrem Weg nach Norden einen Boten des Königs getroffen. Er hatte ihnen die Liste des Königs gegeben, in der jeder aufgeführt war, der in London das Massaker überlebt hatte. Beigefügt war ein zweites Verzeichnis mit den Namen der Toten und ein paar Botschaften von Überlebenden an Verwandte. Eine der Botschaften enthielt eine weitere Liste mit den Todesopfern von St. Albans und ein paar weiter entfernten Städten. Als der Flüchtling, der die Rollen in der Hand hielt, dies erklärte, dämpften die Leute ihre Stimmen. Ihre Hände jedoch verkrampften sich vor Ungeduld. Mit großen, keuchenden Atemzügen holte man Luft.

Der Mann löste die Bänder um die Rolle; sie fiel zu Boden, und ein anderer schnappte sie und rief: »An die Wand mit ihr, damit wir alle es sehen können!«

»Nein, nein – erst vorlesen!«

Das Geschrei wurde größer, in der Nähe des Vorlesers entstand ein Handgemenge, das in eine Schlägerei umzukippen drohte. Jomtow formte die Hände vor seinem Mund zu einem Trichter und rief durch ihn hindurch: »Seid ruhig!«

Als sie sich ein wenig beruhigt hatten, trat er neben den Vorleser. »Dieser Mann ist schwach und krank – laßt uns als menschliche Wesen handeln und nicht als Vieh, das in seinem Unverstand alles niedertrampelt, was es zum Leben braucht.« Er senkte sein Haupt und machte eine Geste, als werfe er sich das Gesagte selbst vor. »Ich weiß, ich war euch in diesen Wochen kein gutes Beispiel. Wir wollen einander vergeben. Dieser Mann braucht Ruhe; meine Stimme ist laut genug, um euch alle zu erreichen. Wenn ihr es wünscht, werde ich vorlesen; dann wird die Liste einen Tag lang aushängen. Danach müssen wir sie den Besorgten und Bekümmerten im Norden und Westen weiterschicken.«

Die Liste war lang. Zuerst wurden die Namen der Toten verlesen. Jene, die die Namen von Verwandten und Freunden hörten, schluchzten auf oder versuchten, ein Schluchzen zu unterdrücken, während ihre Ohren taub waren vom Schrei in ihrem Innern und sie die folgenden Namen nicht mehr hörten. Jomtow mußte jetzt nach jedem Namen, den er verlas, eine Pause machen; dann verlas er den nächsten und wartete wieder. Als er erschöpft war, gab er die Liste einem anderen und sank nieder, um sich auszuruhen. Es war, als hätte er sie mit den Namen gepeitscht – ein Hieb, ein Schrei; ein Hieb, ein Schrei: Habe ich euch nicht gesagt, daß ihr gesündigt habt? ... Gott, mein Gott. Doch es wird uns schwer vergolten!

Der Mann, der jetzt vorlas, war ein Flüchtling aus London, der viel mit eigenen Augen hatte mitansehen müssen. Wo er konnte, fügte er den Namen weitere Nachrichten hinzu. Doch es war eine Härte an ihm, als wäre er darauf stolz, von allen Schrecken sprechen zu können, ohne zu erzittern. Er hatte etwas durchgemacht, das schon jenseits dessen lag, was ein Mensch ertragen konnte.

Am Ende der Liste hielt er inne. »Es bleibt nur noch ein

Name«, sagte er. »Der Name eines Yorker Mannes.« Alle wußten, daß es sich um Baruch handelte. Sein Name war noch nicht erwähnt worden. »Benedikt von York«, fuhr er fort, »von seinem Volk Baruch genannt, starb im königlichen Asyl. Er wurde in die königliche Liste aufgenommen als –«

»Nein«, schrie Josche. »Es ist genug – wir wissen bereits, daß unser Baruch getötet wurde!«

Die Leute drehten sich tuschelnd nach ihm um. Doch der Vorleser rief, er werde die ganze Liste verlesen, so wie sie war, ohne Auslassungen. Die Leute brachten Josche zum Schweigen und baten den Vorleser fortzufahren.

Der Mann atmete tief durch und fuhr fort: »Benedikt von York, von seinem Volk Baruch genannt, starb. Er wird in den königlichen Listen als William, der Konvertit, aufgeführt, denn er ließ sich taufen, schwor seinem wahren Glauben ab und nahm das Kreuz und einen christlichen Namen an.«

»Er wurde dazu genötigt!« schrie Josche. »Er wurde dazu genötigt! Später hat er wieder abgeschworen! Kurz vor seinem Tode noch!« schrie er in ihre schockierten Gesichter. Doch keiner hörte ihm zu.

Eisiges Schweigen. Der Mann aus London fuhr fort und kam zur Liste der Vermißten. Dieser und jener... Josches Sohn war unter ihnen. Er zerwühlte sein Haar und wußte nicht, ob er jubeln sollte, daß er nicht tot war, oder ob er verzweifeln sollte, daß ihnen eine weitere Zeit der quälenden Ungewißheit bevorstand. Er wandte sich seiner Frau zu und erlaubte Anna, sich an ihn zu klammern und ihr ganzes Elend an seiner Schulter auszuweinen. Der Erstgeborene. Endlos reihte sich Name an Name, bis die Liste zu Ende war – für jene, die noch ertragen konnten, sie bis zu Ende anzuhören. Nun wurden die Botschaften der Überlebenden verlesen. Ihre Worte atmeten einen Hauch von Sieg, fast von Eitelkeit, doch keiner störte sich daran. Alles in allem betrachtet: ist nicht die Fähigkeit zu überleben eine große Begabung? Endlich hörte Jomtow den Namen seines Sohnes und die Botschaft: »... In Sicherheit und gesund und wird wiederkehren und neu beginnen.«

»Gelobt sei der Herr, unser Gott, gesegnet sein Name und

verherrlicht von allen Menschen. Dank sei Gott, dem Bewahrer des Lebens.«

Als die ganze Liste verlesen war, begannen die Menschen, die Gemeindehalle zu verlassen. Als sie an Rana und Abram vorübergingen, wandten sie sich ab. Josche stand an der Tür, wich zur Seite und sah Rana und Abram allein in der Mitte des leeren Raumes stehen. Protestierend hob seine Frau die Hände, doch er ließ sie stehen und ging zu der Witwe. Ihr Gesicht war totenbleich. Auch Abram war blaß, doch er hielt seine Mutter fest und stand in aufrechter Haltung. Josche stellte sich Rana zur Seite und sagte freundlich: »Es tut mir leid – sehr leid, Witwe. Bald schon wird es vorbei und vergessen sein.«

Rana wandte sich ihm zu. Sie machte ein Gesicht, als wäre sie geschlagen worden.

»Ich werde meine Mutter nach Hause bringen«, sagte Abram. »Sie wird sich wieder fangen. Ich werde ihr dabei helfen.«

Josche sah Abram überrascht an. Er wirkte mit einem Mal stärker, größer und älter als noch vor einer Stunde. Fast glaubte Josche, daß der Ehrverlust seines Vaters Abram einen stillen Triumph bescherte. Um zu überspielen, wie peinlich berührt er war, sagte er: »Abram, du wirst lernen müssen, mit diesem Skandal zu leben.«

Ein triumphierender Ausdruck lag auf Abrams Gesicht: »Immer schon hat mich die Schande stärker gemacht. Daß ich mich von den anderen unterscheide, habe ich schon hundertfach bezahlt. Nun endlich kann ich diese Gabe nutzen – ich werde das Andenken an meinen Vater wie ein Diadem tragen, seine Schande soll das Juwel auf meinem Mantel sein. Nun endlich kann ich ihm etwas geben. Nun endlich kann ich ihm dienlich sein.«

Zwei Steine fallen: einer von einem Dach und einer von einem Berg. Auf die gleiche Erde fallen sie, aber für den aus großer Höhe Stürzenden ist der Aufprall wegen der Länge des Falls schrecklicher, und wenn der Stein schließlich auf dem Boden aufschlägt, zerschmettert ihn die Wucht seines Falls. Baruch hatte sein Leben lang immer hoch oben gestanden. Und die vielen Sünden, die den Glanz seines Reichtums und seiner

Macht geschmälert hatten, waren durch sein Märtyrertum aus dem Gedächtnis der Menschen gelöscht worden. Größte Verehrung war ihm zuteil geworden. Nun, da er so tief gefallen war, schien auch seine Schande grenzenlos. Auf dem Friedhof hatte man eine Gedenktafel angebracht, die an seine Taten und seinen Tod erinnerte. In der Synagoge wurden die von ihm gestifteten Silberornamente mit besonderer Sorgfalt poliert.

Als Rana die Tür öffnete, um einen neuen Tag zu beginnen, fand sie die Gedenktafel zerbrochen und unleserlich gemacht zu ihren Füßen liegen. In der Synagoge hatte man das Silber in die hinterste Ecke verbannt. Wo immer die Witwe oder der Witwe Erstgeborener gingen, ging ihnen eine fast greifbare Stille voraus und hinterher. Manche der Frauen, die das Essen ins Trauerhaus gebracht und dort ihre Säuglinge gestillt hatten, verhüllten ihr Antlitz vor ihr, als gehörte sie nicht mehr zu ihnen. Die Frau von William, dem Konvertiten. Abram trug den Kopf hoch erhoben, und beim Gebet in der Synagoge ertönte seine Stimme, wie sie es nie getan hatte; weder zu Lebzeiten Baruchs noch während des Monats, als man dem Martyrium Lob sang, hatte man ihn so gehört.

Der Dezember kam und mit ihm der alles verhüllende Schnee. »Schaut!« sagte Abt Adam und wandte sich auf den Hof hinaus. »Gott breitet ein Tuch aus, um diese Welt zum Altar zu machen. Der heilige Jesus soll nicht in die Häßlichkeit geboren werden, die der Mensch auf Erden hinterläßt.« Er überquerte den Hof. Im Schnee, der auf ihn herabfiel, war er ein Weiß, das in Weiß ging. Er mochte sich anstrengen, wie er wollte, um sich nur als Mensch und demütig zu fühlen; der heilige Schnee heiterte ihn auf, und er fühlte sich wie ein Prophet oder ein großer Weiser, der Jahrhunderte gelebt und alles gesehen hatte, weil ihn die Schönheit der Welt verklärte. An der Toreinfahrt sah er Bruder Lewis. Er mußte über sich und den Scherz, den sich Gott mit ihm erlaubt hatte, lächeln; nach zwei Minuten Allwissenheit war er schon wieder ein Narr! Er konnte Bruder Lewis jetzt endgültig nicht mehr erreichen. Er nahm wohl die Worte des Abts auf und machte die üblichen Gesten und Bewegungen, doch Abt Adam wußte, daß er zu nichts anderem als zu einer ihm zustimmenden Hülle sprach. Bruder Lewis war auf eine unsichtbare Folterbank gespannt, Tag um Tag, und sein Geist war wie der Arm eines furchtbaren Katapultes – bis zum Zerbersten angezogen; ließ man diesen Arm losschnellen, würde das Katapult seine Ladung mit ungeheurer Kraft von sich schleudern. Wohin wohl würde er seine Kraft wenden, wenn die Fesseln von ihm abfielen? Sein Wille und Geist zogen sich enger und enger zusammen, bis die Worte wie Knoten aus seinem Mund kamen. Sein Körper nahm mehr und mehr das Aussehen eines Geräderten an. Von seiner durch das Hungern vom Fleisch entblößten Brust spannten sich die Sehnen seines Halses so straff, als wollten sie zerreißen. Täglich geißelte er sich, bis er Blut spie. Abt Adam mußte ihn in seinem Tun aufhalten. Verwundert sann der Mann darüber nach, warum Bruder Lewis seinem Körper überhaupt solches Leid zufügte –, denn er schien gar keinen Körper mehr zu besitzen, den man verletzen konnte. Irgendein selbstauferlegtes, inneres Gesetz hatte die Abtötung seines Körpers befohlen, und dieser Körper war nicht mehr viel mehr als eine Halterung für die beiden wilden Augen.

Als Abt Adam näherkam, sprach er den Bruder leise an, damit er nicht erschrecke. Es fiel ihm ein, daß er sich den anderen gegenüber nicht so verhielt – es war die gleiche Nächstenliebe, mit der man auch einen Blinden behandelte, indem man sagte: »Fürchte dich nicht, ich bin es nur.« Oder war es vielleicht nur die gleiche Vorsicht, mit der man in einen Wald ruft, der voller Bären steckt, damit sie sich davonmachen? »Schau, Bruder«, sagte er, »schau, wie sorgfältig die Mutter das Wochenbett bereitet für den Sohn, der da kommen wird.« Der Bruder murmelte etwas vor sich hin, das sich wie Zustimmung anhörte. »Da stehen wir nun«, fuhr er fort, »grobschlächtige Schäfer, Übeltäter, Sünder und nichtswürdige Hirten – was für ein Pack, um einem König bei seiner Geburt beizustehen.« Und er lachte. Der Bruder wandte sich zu ihm um wie ein Tauber, der den Kommenden eher fühlt, als daß er ihn hört. Sein Gesicht war ausdruckslos.

»*Benedicte*«, grüßte er formell.

»*Dominus*«, antwortete der Abt.

Es war ein schönes Schwert. Richard de Kuckney war nie erlaubt worden, es auch nur zu berühren. Nun hatte sein Vater es ihm geschickt, zum Namenstag. Er wußte jetzt, daß er möglicherweise niemals mit der schönen Zeremonie, nach der er sich so sehnte, zum Ritter geschlagen werden würde. Das erforderliche Geld dafür konnte nicht mehr aufgebracht werden. Manchen war es vergönnt, das Rittertum auf dem Schlachtfeld zu erringen. Doch Baron Malabestia war nicht nach Jerusalem aufgebrochen und hatte es auch nicht vor. Und er, Richard, war noch immer der Knappe des Barons. Er wußte, daß die jüngeren Knappen sich über ihn lustig machten und daß viele, wenn sie für jedermann augenfällig herangewachsen waren, den Dienst verließen, während er, der doch vier Jahre älter war, ein Knappe geblieben war. Nun aber hatte ihm Lord Robert das Schwert geschickt. Er würde es und sich selbst irgendwann auf die Probe stellen, würde die Ehre seines Hauses und seines Namens wiederherstellen. Eine Schneeflocke fiel auf die Klinge, die ganz leichte Spuren von Rost zeigte. Sorgfältig wischte er sie ab, nahm das Polierleder und begann, die ganze Klinge abzureiben. Als ihm das Schwert von einem Freund seines Vaters, unterwegs auf dem Weg nach Norden, übergeben worden war, hatte ihn der Baron rufen lassen, damit er es ihm zeige, und sagte: »Sorge dafür, daß es immer scharf ist. Bald werden wir ihm viele fette Hälse zum Fressen geben. Eine geschliffene Klinge verleiht einem Schwert mehr Appetit und erweckt in einem Halbwüchsigen mehr Gelüste.« Dann hatte er aus vollem Halse gelacht, wie es seine Art war. Richard hielt daher sein Schwert für das, was kommen würde, bereit. Schon sah er sich auf dem Triumphmarsch nach Schloß Kuckney, nach Hause. Scharf und schärfer schliff er die Klinge, den Weg zu Ruhm und Ehre.

26

Abram machte in den Häusern der Northstreet keine Besuche mehr. Er wußte, sein Kommen löste nur peinliche Verlegenheit aus und war nicht mehr erwünscht. Eines Nachmittags jedoch ging er Josche besuchen und nahm den ihm von Anna halbherzig angebotenen Becher Met an. Er sagte zu Josche: »Hör zu, ich geb' dir ein Rätsel auf: Wer ist es, der als alter Mann geboren, ein ganzes Leben in drei Tagen gelebt und als Vater gestorben ist, obwohl er, während er lebte, keine Nachkommen hatte?«

Josche überlegte und sagte dann: »In der Tat – ich weiß es nicht.«

»Es ist William, der Konvertit.«

Anna verschlug es die Sprache, und hastig verließ sie das Zimmer. Josche erbleichte und sagte dann leise: »Darüber macht man keine Scherze.«

Abram hob bittend seine Hände über den Becher: »Ich möchte, daß du mir alles erzählst. Ich möchte, daß du mir erzählst, wie er gestorben ist und wie die letzten Tage dieses neugeborenen alten Mannes waren, dieses William, des Konvertiten, dessen beschämter Sohn zu sein ich letzten Endes... zufrieden bin.«

Josche seufzte und deutete mit einer Kopfbewegung an, daß es besser wäre, die Sache auf sich beruhen zu lassen und zu vergessen. Was konnte man, alles in allem, aus einem mit Schande beladenen Tod schon lernen? Er hatte versucht, die Familie seines Freundes und Geschäftspartners zu beschützen, wie er auch Baruch zu beschützen versucht hatte. Seine Erklärungen, die man als Ausflüchte nahm, hatten die Dinge jedoch nur schlimmer gemacht. Jene, die der Haß und das Feuer wirklich auf die Probe gestellt hatten, machten Baruch keinen Vorwurf daraus, daß er sich zu retten versucht hatte. Wie leicht war es doch für einen, der im Sonnenschein stand, zu dem, der grollendem Donner ausgesetzt war, zu sagen: »Behalt den

Kopf oben.« Noch ungerechter war es, daß sie höhnten und sich von der schuldlosen Frau und dem Sohn eines zugrundegerichteten Mannes abwandten. Doch dies war der Lauf der Welt...

»Bitte«, sagte Abram. »Vielleicht stelle ich es mir schlimmer vor, als es gewesen ist. Wenn du mir sein Leiden ersparen möchtest, so wisse, daß es das einzige Vermächtnis ist, das er mir hinterlassen hat. Nur dadurch werde ich zu seinem Sohn. Meine Mutter wird nichts davon erfahren. Keiner wird etwas erfahren. Ich aber muß es wissen.«

»Nun gut«, sagte Josche. »Ich weiß nicht, was Baruch zugestoßen ist, als wir vom Bankett fort in die Arme des mörderischen Mobs gedrängt wurden. Aber ich ging am nächsten Tag ins Schloß, um ihn zu suchen und fand ihn in der Obhut des Arztes des Königs. In der Art, wie man ihn pflegte, lag mehr als nur Mitleid. Die barbarische Grausamkeit, die die Menschen als wahnsinnig tobende Masse an den Tag gelegt hatten, hatte ihn vernichtet. Die Wachen erzählten mir, daß er einer der Sonderfälle sei. Ich verstand nicht, daher fragte ich, was sie mit ›Sonderfällen‹ meinten. Sie winkten ab und äfften mit ihren Händen eine fromme Gebärde nach. Einem von ihnen gab ich eine Silbermünze – Anna hatte sie in meinen Rock genäht –, und er erzählte mir, was geschehen war.

Er sagte, Baruch sei vom Mob ergriffen und durchgeprügelt worden. Dann hätten sie ein Schwert genommen und begonnen, hier und dort auf seinem Hals herumzuspielen und ihm lachend seinen baldigen Tod angekündigt. Jemand sagte halb im Scherz: ›Warum gibst du dein Heidentum nicht auf?‹, und bald skandierten es alle und schrien: ›Taufe oder Tod!‹ Etwas von der großen Kreuzzugsbegeisterung schwebte über der Stadt, und mit ihr kam die quälende Angst derer, die wissen, daß sie niemals aufbrechen und den Heldentod werden sterben können. Sie folterten ihn, bis er schrie: ›Ich lasse mich taufen. Laßt von mir ab!‹ An diesem Punkt angelangt, schleppten sie ihn fort, in die Kathedrale, hielten ihn aufrecht, während lateinische Worte über ihn gesprochen wurden und ließen ihn dann mit seinen gebrochenen Knochen dort fallen, wo er gestanden hatte. Ein Bote des Königs kam vorbei und erkannte ihn. Man brachte ihn ins Schloß, um ihn dort zu pflegen. Doch man brachte ihn an einen Ort, wo er von den anderen abgesondert war. Bei der Taufzeremonie hatte man ihm den Namen William, der Konvertit, gegeben. Und so nannte man ihn auch weiterhin, als wäre der ganze Irrsinn vernünftig und recht gewesen. Die Wachen brachten mich dann zu ihm und sagten, der König habe ausrichten lassen, daß wir vor ihm zu erscheinen hätten, sobald dieser William aufstehen könnte. Was bleibt noch zu erzählen? So ist es gewesen.«

»Erzähl mir alles«, sagte Abram. »Erzähl mir jedes Wort. Denn... wenn du es mir erzählt hast, wird es keine Worte mehr geben.«

Josche fuhr fort: »Wir kamen in die Kammer, wo der König mit seinem Geistlichen und dem Erzbischof von Canterbury saß. Der König sprach deinen Vater folgendermaßen an: ›William, der Konvertit, einst Baruch von York, gestern hast du deinem Glauben abgeschworen und dich der wahren Kirche unterworfen, und mit der Taufe bist du in die Gemeinschaft der Gläubigen aufgenommen worden. Was hast du heute dazu zu sagen?‹ Baruch sank in meinen Armen zusammen, als wäre er geschlagen worden. Schließlich fing er sich etwas und sagte: ›My Lord – mir wurde gedroht; ich wurde zur Taufe gezwungen –‹ Er hustete und sagte, als wollte er ihnen Vorhaltungen machen: ›Ist das die Art, wie man einen Christen macht?‹

Richard sah ihn an. Ich merkte, daß er Mitleid empfand, denn er sagte: ›Sprich noch einmal und ohne Angst – was bist du in Wirklichkeit: ein ketzerischer Jude oder ein gläubiger Christ?‹ Und Baruch richtete sich auf, schaute sie an und sagte: ›Ich bin Jude, my Lord. Bin es immer gewesen. Dies ist mein einziger Glaube!‹ Hinter dem König stand der Erzbischof; Richard drehte sich zu ihm um und fragte: ›Wie sollen wir diesen Spitzbuben dafür bestrafen, daß er gelogen hat, nur um sein Leben zu retten?‹ Der Erzbischof schaute auf unseren Baruch, nun William der Konvertit, der schmerzensblind auf meinen Arm gestützt dastand –«

»Sie kennen kein Mitleid«, sagte Abram. »Sie kennen kein Mitleid.«

»Der Erzbischof sagte: ›Ich sehe, er wurde schlimm gezüchtigt: mag er an seinen Wunden sterben.‹ Baruch sackte in meinen Armen zusammen. Wir brachten ihn zurück in sein Bett. Abram, der Schmerz macht manche Menschen zornig, dein Vater aber wurde demütig. Abram –«, sagte Josche und schaute den starr blickenden Sohn seines Geschäftspartners streng an. Er versuchte, sein Innerstes anzusprechen. »Ich weiß jetzt, warum man das Märtyrertum in allen Religionen so hoch schätzt. Eine seltene Blume ist es, eine Blume, die nur von wenigen gepflückt wird. Ich frage mich, ob wir unter den Qualen, die ihn zerbrochen haben, standfest bleiben würden. War er auf der Straße ein Feigling, dann war er vor dem König aufrecht und tapfer – er hätte ihn ja noch einmal foltern lassen können. Hat er in der Kathedrale einen faulen Kompromiß geschlossen, so hat er dies vor dem Thron wieder wettgemacht. York ist erschrocken, Abram; zu sehr erschrocken, um jetzt noch zuhören zu können. Sie hatten sich einen Märtyrer geschaffen und fühlen sich jetzt verraten, weil er nur ein Mensch geblieben ist. Wenn sie wieder vernünftig sind, werde ich ihnen die ganze Geschichte erzählen. Dann wird die Schmach der Feigheit wieder von eurem Haus genommen werden.«

Abram sagte langsam: »Wie viel schlimmer hatte ich es mir ausgemalt! Weißt du – ich stellte mir ihn vor, wie er Bestechungsgelder anbot – Rubine – und um sein Leben feilschte.«

»Hast du denn nichts gelernt?« fragte Josche. »Vielleicht hätte er auch versucht, sich seine Freiheit zu erkaufen, wenn dazu Zeit gewesen wäre. Was wäre daran so schrecklich gewesen? Ist das Leben denn nicht Geld wert? Bist du und deine Mutter das Silber nicht wert, das man bezahlen müßte, um euch wiederzusehen? Er liebte euch – das weißt du. Und er wollte mit euch zusammen auf der Welt bleiben.«

»Er hätte tapfer und nicht unedel kämpfen sollen«, sagte Abram. »Als Held gehört er York – als Feigling gehört er mir.«

In der Nacht, der kalten Nacht, in der die Flüchtlinge in ihren behelfsmäßigen Betten in der Gemeindehalle oder in einem Winkel in den Häusern von Freunden schliefen, lag Abram, Sohn Baruchs, in dessen Haus keiner bleiben wollte, wach. Er träumte vom Meer. Er sah sich auf einer Barkasse stehen, die den Ouse hinuntertrieb. Es gab noch andere Barkassen, die mit Leuten überfüllt waren, doch keiner wollte mit ihm fahren. Die Frauen hatten ihre besten Tücher umgelegt. Als der Fluß sich zum Ozean hin öffnete, bot sich ihren Augen ein Schauspiel von großer Pracht. Dort, nicht weit draußen auf dem Meer, lagen große Schiffe, eine ganze Flotte, mit karmesinroten und goldenen Segeln und Rümpfen in leuchtenden Farben. Die Schiffe schimmerten; prächtig und schön waren sie, schöner als alles, was er je zuvor gesehen hatte. Ein Mann, der einem Zolleinnehmer glich, trat vor die begierige Menge: »Die Flotte legt ab. Alles an Bord! Mögen jene einsteigen, deren Glaube makellos ist!«

Die Menschen drängten sich heran – jeder wollte unter dem großen Segel an Bord gehen. Doch als sie einsteigen wollten, wurde ihnen der Zutritt verweigert. Mit kläglichem Blick sahen die Leute die herrlichen Schiffe leer ablegen und mit ihnen die ganze Pracht verschwinden. Bald schon erschien eine zweite Flotte, nicht ganz so prächtig wie die erste. Wieder rief der Zolleinnehmer laut: »Unvollkommene Schiffe – unvollkommener Glaube! Alles an Bord! Alles an Bord!«

Und wieder wollten sie einsteigen, und wieder wurde einer nach dem anderen abgewiesen. Ein einziges Ruderboot legte ab und ruderte zu den schönen Schiffen; in diesem Boot saß, ganz allein und in Tränen, eine Gestalt, die sich winzig in der unermeßlichen Weite des Ozeans verlor: Jomtow von Joigny schiffte sich ein. Als auch diese Flotte verschwand, wurden die Leute böse: »Wo ist die Flotte, die uns aufnimmt?«

Und da lag sie, die Flotte, die ihrer harrte. Mit ihr kamen Hunderte Ruderboote, um sie zu den Schiffen überzusetzen. Die Flotte war ein Haufen böse zugerichteter Schiffe, voller Lecks und Löcher. Die Segel waren an Hunderten Stellen zerfetzt, geflickt, genäht. Die ursprüngliche Farbe war freilich schön gewesen, nun aber war sie abgeschossen und abgeblättert. Die

Schiffe erinnerten Abram an die ersten, die sie gesehen hatten; sie waren jedoch so heruntergekommen, verfallen und geflickt, daß ihre ursprüngliche Form nur schwer auszumachen war.

»An Bord, Juden, an Bord!« rief der Zolleinnehmer.

Als er an ihm vorbeiging, sagte Abram: »Vielleicht bin ich gar kein Jude.«

Verärgert fragte der Mann: »Seid Ihr als Jude geboren?«

»Ja.«

»Lebt Ihr unter Juden? Haltet Ihr Euch selbst für einen Juden?«

»Ja.«

»Dann geht an Bord! An Bord!« Alle stiegen in die Boote, die sie zur Flotte brachten.

Sobald sie an Bord der unsicheren Schiffe gegangen waren, fingen sie an, eilig die Lecks zu stopfen und die Segel zu flicken; immer mehr Stückchen und Teilchen wurden hier angenäht und dort angehämmert, damit das Wasser nicht mehr eindringen und man den Wind in den Segeln willkommen heißen konnte. Abram sah sich um. Neben ihm stand Josche und reparierte eine zersplitterte Reling. »Ich habe Angst vor diesem Schiff«, sagte Abram. »Es wird sinken.« Josche lachte und sagte: »Es segelt gut genug. Wir werden immer in Sichtweite der makellosen Schiffe bleiben, wenn dort auch keiner je an Bord gehen darf. Flicken, ausbessern und reparieren werden wir und damit unseren Glauben seetüchtig erhalten, um in Sichtweite mit ihnen zu bleiben...« Er zeigte mit dem Finger hinaus: dort waren sie, lagen glänzend auf dem Meer, waren so schön, daß man keine Worte dafür finden konnte. »Was Jomtow betrifft«, sagte Josche fast ein wenig traurig, »so ist er näher bei uns als bei ihnen.«

Abram wachte auf und machte sich an sein Tagwerk, aber sein Traum wollte ihn nicht loslassen. Häufig sah er von seiner Abschrift auf und blickte zu den Schiffen, die in seinem Innern angelegt hatten. Dieser Traum, in dem es ihm wie allen anderen erging, tröstete ihn ein wenig darüber, daß die Flüchtlinge sich weigerten, auch wenn sie ausgekühlt und hungrig waren, im

Hause eines Apostaten abzusteigen. Er erkannte nun, daß die Menschen, die vor dem Gemetzel im Süden geflüchtet waren, die gleiche Furcht empfanden, wie sie Baruch bei seinem Alptraum in London empfunden haben mußte. Dem Apostaten plötzlich gegenübergestellt, wuchs ihre Angst vor Baruch so lange, bis sie sich auf alles, was ihm gehörte, übertrug – denn sie wußten insgeheim, daß auch sie schwach werden würden. Daher fürchteten sie sich selbst vor dem Haus, dem Grund und Boden und den Gegenständen, die einst Baruch gehört hatten. Vielleicht besaßen seine Besitztümer etwas von ihm, irgendeine Macht, die ihnen die Vorstellung rauben konnte, daß sie mutiger waren. Dennoch, dachte Abram, segeln der Apostat und der Rebell letzten Endes flickend und reparierend mit, um ihren Glauben und ihr Leben zu rechtfertigen.

Im Laufe des Morgens sah Abram aus dem kleinen Fenster der Empore der Synagoge nach der wirklichen Welt draußen. Schwach fiel das Licht herein. Unter sich sah er das Hin und Her des Alltags, der wie ein kleines Flüßchen dahinströmte: Juden und Christen gingen durch das Jubbertor – das Judentor –, das sich neben der Synagoge öffnete. Er sah den kahlen Schädel eines Bauern, der einen Stapel Felle auf dem Rücken trug; ein Geistlicher war so in sein Brevier versunken, daß er das Heidengebäude nicht bemerkte und vergaß, sich beim Vorübergehen zu bekreuzigen; und er sah Betty, die vor der Synagogentür stehenblieb und klopfte. Der rührige Synagogendiener öffnete ihr, sie trat in den Hof und blieb abwartend stehen. Er konnte auf ihren Kopf sehen, konnte ihre Haarwirbel erkennen. Er lächelte vor sich hin beim Gedanken an die Dinge, die er Intimitäten nannte. Ihr offenes, lautes Lachen und ihr herzzerreißendes Schluchzen und das Haar, das sich für ein Fest flechten und aufstecken ließ und doch nie völlig gebändigt werden konnte – diese Zeichen lagen offen und sichtbar für die ganze Welt da, doch für Abram waren sie etwas Intimes, denn sie führten ihn in Bettys Inneres. Der Diener huschte herein, um ihre Botschaft auszurichten. Abram seufzte tief auf. Beklemmung und Elend überfielen ihn angesichts dessen, was er ihr schließlich doch würde antun und sagen müssen. Er ließ seine Arbeit liegen und stand auf.

»Heehh«, rief der Diener. »Eure Magd ist da!« Nicht nur das Angelsächsische erlaubte es, sich auf dieser Welt ungehobelt auszudrücken. Auch ein französisch sprechender Hüter des Hauses Gottes hatte seine Sternstunden. Abram erinnerte sich, daß nur ein Tag zwischen »Wenn ihr es wünscht, verehrter Master Abram« und dem »Heehh« gelegen hatte. Er stellte jedoch fest, daß ihm das zweite besser gefiel. Er ging zur wartenden Betty hinunter.

»Master Abram, es ist ein Mann aus Spanien gekommen, um Geschäfte mit Eurem Vater zu machen. Eben erst hat er von Baruchs Tod erfahren. Jetzt würde er Euch gern sprechen.«

»Kennt er die Umstände seines Todes?«

»Nein. Er kam an die Tür, und ich saß davor und kämmte Wolle. Ich habe es ihm gesagt. Er kommt zwar von London, doch er wußte nicht, wer dort alles gestorben ist.« Sie schauten sich an und lächelten. Beide sahen sie das gleiche vor sich: Rana, die einem Mann, der sie respektvoll behandelte, einen Becher Met servierte; Rana, die – Wunder über Wunder – lächelte. Ein Ausruhen von der Schande.

Ihr Hügel lag unter tiefem Schnee. Sie gingen durch die Stadt, folgten dem Ufer des Flusses und stiegen dann den flachen Hügel hinauf zum verlassenen Schloß. Es würde lange dauern, bis sie wieder nach Hause kamen.

Er hatte lange darauf gewartet, mit ihr allein sprechen zu können. Nun, da Baruchs Tod und die Schande ihn zum Erben eines Namens gemacht hatten, schien ihm, er dürfte ihn nicht noch weiter entehren, indem er eine Christin heiratete. Selbst wenn es keine Christin mehr war. Das Rad der Welt hatte sich wieder gedreht und ihn, wie es Räder tun, nach oben getragen, indem es einen anderen zu Fall brachte. Zum erstenmal in seinem ganzen Leben war er seinem Vater wirklich dankbar. Und diese Dankbarkeit forderte von ihm ein Opfer. Doch während er mit ihr spazierenging, dachte er: Nicht für immer – es wäre nicht richtig, für immer von meinem Weg abzuweichen. Wenn der Skandal vergessen ist, könnten wir vielleicht weggehen, nach Süden. Als er sich dies in Gedanken sagte, schien es ihm nicht unmöglich. Sie standen im Windschatten und beobachteten die Wolken, die hoch oben am düsteren Himmel wie grauer Rauch vorüberzogen. So schnell zogen sie, daß sie in Fetzen zerrissen wurden, die sich auf ihrer Flucht immer wieder neu verformten. »Regen?« fragte er.

»Wie soll ich das wissen. Ich bin in der Stadt aufgewachsen.« Sie lachten. Dann faßte er sie an den Schultern und sagte: »Du weißt, was ich dir zu sagen habe – es ist so schwer. Und da du es weißt... Erspare mir die Qual der Worte.«

Ihr Lachen war sanft, es war bitter, es war liebevoll, es war alles zur gleichen Zeit. »Wir Juden haben eine Redensart«, sagte sie zu ihm. »Wann ist ein Scherz kein Scherz? Wenn ein Jude ihn macht. Denn er bringt dich zum Weinen. Gott helfe mir, aber du kannst alles vorschieben, nur Stummheit nicht. Mein Liebster, den ich so lange schon liebe: biß mich dein Spott mit Witz, so dachte ich: Welche Worte der Liebe könnten aus diesem Munde kommen, wo er schon die Gabe hat, so beredt zu verspotten. Als schließlich die Liebe kam, kam sie stumm. Ich vergab, weil ich dich so liebte. All dies vergab ich, aber nun möchte ich nicht mehr so kurz gehalten werden. Ich will hören, wie du mich zurückweist, will alles ausgesprochen haben, alles, als wäre ich jemand von Bedeutung.« Schweigend und stolz schaute sie ihn an.

Heiliger Sabbath! Wie schön sie ist! dachte er. Sie war in das Privileg, das sie nun forderte, hineingewachsen. Er wußte es, und es wurde ihm noch schwerer, die Worte auszusprechen. Leise erzählte er ihr, warum sie noch länger warten mußten. Baruch würde langsam, aber bald in Vergessenheit geraten; die Welle des Hasses würde auslaufen. Dann könnte sie, wenn sie wollte, nach dem Gesetz und in Wirklichkeit Jüdin werden. Einige Zeit später würden sie dann heiraten. Dann wäre Abrams Leben wieder durchschnittlich genug, daß er tun konnte, was er wollte.

Er würde auch nicht mehr heucheln; sie würden gemeinsam spazierengehen und sich nicht mehr um der äußeren Form willen aus dem Weg gehen. Rana würde glauben, daß sie das nicht überlebte, aber jeden Tag würde sie ein bißchen weniger daran leiden und schließlich alles vergessen haben. Er sah Betty heimlich an, als sie, um etwas zu tun, anfingen, um das Schloß zu gehen. Baruchs Stolz hatte sich belustigt über seine Magd gezeigt, die lesen und schreiben konnte. Seine Belustigung hatte sich in staunende Bewunderung verwandelt, als die Rabbiner ihm sagten, wie bewandert und kenntnisreich sie war. Wie hätte er sie wohl als Schwiegertochter betrachtet, mit ihrem Benehmen und ihrem Stolz, als wäre sie aus bestem Hause?

»Ich frage mich«, murmelte Abram, »wie oft man die Toten verrät, um die Lebenden zu schonen.«

»Wir alle tun dies auf die eine oder andere Art. Wir loben den einen und verwerfen den anderen, wie es uns paßt oder die Mode der Zeit vorschreibt. Als der alte Kuckney einen Priester tötete, der sich in fremde Angelegenheiten mischte, war er ein Held. Ein Jahr später war der, der sich eingemischt hatte, ein Heiliger und der alte Kuckney ein Mörder.«

»Wann wird es in Mode kommen, einfach nur menschlich zu sein?« fragte er und lächelte sie an.

»Niemals. Solange wir leben, werden wir uns vor uns selbst verstecken und unser Mäntelchen nach dem Wind hängen.«

»Dann wird es wohl auch so sein, daß wir unsere Väter immer wieder ausgraben und ihnen einen anderen Mantel umhängen werden.«

»Abram – Master Baruch... Ich weiß, was er war, weiß, daß er nicht tugendhaft war, weder im christlichen noch im jüdischen Sinne. Und doch war er immer gut und großzügig zu mir. Wir werden ihm beide die Treue halten.«

Während sie um die Mauer gingen, hielt er nach der Ritze in den Steinen Ausschau. Er fand sie und faßte hinein, tastete darin und zog eine weitere Murmel heraus. Ungeschickte Hände hatten sie grob geformt, aber sie war etwas größer als die erste. Er hielt sie auf der Handfläche und lachte, zog seine Geldtasche vor der erstaunten Betty hervor und nahm zwei Pfennige heraus, legte sie in die Nische und setzte die Murmel darauf.

»Was tust du denn da!« rief sie laut aus.

»Etwas, was es auf der Welt nur ganz selten gibt, sehe ich vor mir«, sagte er langsam. »Das Gesicht von jemandem, dessen Glaube nicht verloren gegangen ist, dessen Gebet erfüllt wird ohne das bißchen Ironie, die immer dazukommt und ihm die Reinheit raubt.«

Bruder Lewis taumelte durch die endlosen Gebete; sein Gesang und ihr Gesang, seine Andacht und ihre Andacht, das, was ihm wichtig geworden war, und das, was ihnen wichtig war, das Klosterleben und sein eigenes verborgenes Leben floßen zusammen und trennten sich wieder; bald vereinzelt, bald vereint – schließlich begann er, selbst die Existenz seines körperlichen Ichs anzuzweifeln. Von Zeit zu Zeit schien ihm, daß er die Grenze der Sterblichkeit bereits überschritten hätte; daß er unsichtbar, ein brennender Geist, körperlos und doch fähig zu großer physischer Kraft wäre. Je mehr er seine Körperlichkeit abstreifte, desto größer war das unersättliche Bedürfnis, sich zu verwunden; damit meinte er seine sterbliche Hülle zu bezwingen. Er hatte sie bezwungen, denn er empfand die Schläge nie als Schmerz. Doch wenn er auch in seinem Triumph über das Fleisch erstrahlte, so blieb ihm doch ein seltsamer, tiefer Schrecken darüber, wie weit sich die Welt von ihm entfernt hatte. Dann wollte er beweisen, daß er am Leben war – und fand doch keinen Weg zurück. Er war sich ganz sicher, daß er ein Heiliger sei, aber die Welt löste sich vor seinen Augen auf. Bald schon würde nichts mehr wirklich sein.

Doch es blieben ihm noch die Träume, leuchtend lebhafte Träume, in denen jede Bewegung und jedes Geräusch voller transzendenter Bedeutung waren. Manche waren wild und schrecklich, andere von bizarrer, plötzlich aufbrechender Größe. Wieder würde sich die Welt dem Tag zubewegen, und im Dämmerzustand des Halbschlafes würde er nur noch ein formloser, körperloser, grauer Rauch sein. Eines Morgens in der frühen Dämmerung klang das *Deo gratias* in Bruder Lewis' Zelle. Eine Antwort, wie sonst üblich, kam nicht aus der Zelle. Der mit dem Wecken beauftragte Bruder rief ein zweites Mal, dann ein drittes Mal. Er wartete lange, dann ging er hinein. Die Zelle war leer, und die wenigen Habseligkeiten des Bruders lagen zerstreut umher, als hätte sie ein Sturm wild durcheinander geblasen. Man suchte und rief nach dem vermißten Bruder. Doch nirgends fand man ihn.

Gerüchte schwirrten durch das Haus, und Mutmaßungen, die vor ihnen wie Buhlteufel erschienen, um sie in den Sündenschlamm zu ziehen, fanden bei den Brüdern immer neue Nahrung: er war entführt worden, er war ein Heiliger, den Gott aus diesem Leben abberufen hatte; er hatte eine Buhle und war deshalb entlaufen; der heilige Norbert hatte ihn heimgesucht. Gerade die Weihnachtszeit, die das zu Fleisch gewordene Wort feiert und die größte Hymne an die Wirklichkeit ist, nährte nun den Schrecken und den Aberglauben in den Brüdern. Zeichen wurden gesehen; Kreuze am Himmel; Licht bekam plötzlich prophetische Bedeutung, und man achtete auf die seltsamen Formationen des Vogelflugs. Doch Abt Abram dachte bei sich: Wer hat das Seil zerschnitten, daß die gemarterte Maschine losschnellen konnte und ihre Last hinweggeschleudert hat?

Bruder Lewis ging seinen Weg: noch immer zitternd, wie ein eingeschnürter Muskel, die Zähne zusammengebissen, und sein Geist war eine bis zum Zerreißen angespannte Sehne, die, hätte man sie anzupfen können, keinen menschlichen Ton von sich gegeben hätte. Er wußte nicht, warum er das Kloster verlassen hatte. Nur die immer wiederholte Botschaft seiner Träume hörte er. Schatten hatten ihn eingekreist. Er besaß keine, auch nicht die schwächste Erinnerung mehr an die Gesichter der Brüder, die ihn all diese Jahre begleitet hatten. Doch ihm war bewußt, daß sie ihn von seiner Mission abgehalten hatten – der Mission seiner Träume. Eine klare Vorstellung, worin seine Pflicht bestand, hatte er noch nicht. Doch irgendwo im Traumgewebe der Symbole, an versteckter Stelle oder in veränderter Gestalt, war seine Berufung, seine Bestimmung mit eingewoben. Blühen und gedeihen mußte dieser Ruf; bis ins kleinste Detail mußte sich ihm offenbaren, was er tun und wie er es tun sollte. Sicher war er nur darin, daß seine Aufgabe eine gerechte Aufgabe, eine heilige Aufgabe war, und durch sie würde der Teufel selbst bezwungen. Und er, wie Christus der niedrigste und armseligste aller Menschen und zugleich der höchste aller Heiligen im Himmel, er würde, wie es ihm im Traum prophezeit worden war, die Sache zu einem Abschluß bringen – zum größten Sieg aller Zeiten. Der Traum hatte gesagt: »Durch den Tod wird der Tod bezwungen werden.« Bald schon würde der Ruf an ihn ergehen. Er näherte sich einem Wald und fühlte, wie seine Kräfte schwanden. Doch das Schwert der Welt darf nicht am Hunger des Leibes zugrunde gehen. Er eilte weiter.

Am anderen Ende des Waldes erhob sich Schloß Kuckney mit dem großen Hauptgebäude und dem Zinnenkranz der Wachtürme, unter deren Schutz sich die Stroh- und Lehmhütten des Dorfes drängten. Aus den Kaminen stieg Rauch senkrecht in den windstillen Tag. Als er vom Waldrand aus Schloß Kuckney sah, schien es ihm eine braun-graue Insel, die als klare Grenzlinie den weißen Schnee vom weißen Himmel trennte. Und aus der natürlichsten aller menschlichen Gewohnheiten heraus ging er darauf zu. Vielleicht war er ein Heiliger oder verrückt oder unsichtbar, doch die uralten menschlichen Verhaltensweisen waren ihm noch nicht völlig verlorengegangen. Er rannte los.

Der Mönch hatte so lange Zeit keine Augen für die gegenwärtige Welt und sich selbst gehabt, daß er nicht bemerkt hatte, wie zerlumpt seine Kleidung an seinem zum Skelett gewordenen, mit einer ledrigen Haut straff bespannten Körper hing. Die Wachen auf dem Wehrrundgang übergossen ihn mit Spott, als er sich näherte – bis er seinen Blick hob – einen Blick, der jedes Lachen verstummen ließ. An der Art, wie er seinen Namen nannte und ihnen befahl, ihren Herrn zu rufen, erkannten sie, daß er ein Mann aus adeligem Hause war – oder gewesen war. Sie beeilten sich, Lord Robert zu holen. Einen der ihren ließen sie zurück, und er war dem unerbittlichen und durchdringenden Blick ausgeliefert. Ihre Eile galt nicht einem vor Schmutz starrenden Bettler in zerlumpten Kleidern, sondern einem Baron. Die Wache kam mit Lord Robert zurück. Einen Augenblick erkannte er seinen entfernten Verwandten nicht. Mit seinem Leben auf dem Schloß oder auf der Jagd brachte er den Mann nicht in Verbindung. Eben wollte er ihn wie einen Fremden nach seinem Anliegen fragen, da fiel ihm ein Name und ein Ort ein. Er streckte seine Hand zur Begrüßung aus.

»Lieber Verwandter! Kommt herein und macht es Euch bequem; die Kälte muß Euch sehr zugesetzt haben, vielleicht seid Ihr müde; bleibt also ein wenig bei uns.«

Bruder Lewis erkannte weder den Mann noch den Ort; doch er war so durchgefroren, daß ihm schwindelte. Er ließ es zu, daß man ihn in die große Halle führte. Bald kam die Schloßherrin, und er war erstaunt über ihre Jugend und Anmut. Es lag lange zurück, daß er eine Frau gesehen hatte, die nicht gerade eine Almosenbettlerin oder eine vor Kummer gealterte Büßerin war. Als sie seinen Namen hörte, begrüßte sie ihn herzlich, denn er war auch ein entfernter Verwandter ihrer Familie. Umgehend schickte sie Diener nach Wein und warmen Kleidern. Während sie fort war, versuchte Lord Robert, sich mit dem seltsamen Mönch zu unterhalten, doch ihre Gespräche glichen eher einem Duell. Behutsam stieß Lord Robert vor, der Bruder wehrte ab und verdrehte Lord Roberts Worte solange, bis er ihnen ihre eigentliche Bedeutung geraubt hatte. Der Mönch schien die höflichen Fragen als Angriff gegen sich mißzuverstehen. Darauf, daß Bruder Lewis seinen Orden verlassen hatte, wollte Lord Robert erst gar nicht zu sprechen kommen – aus einem Kloster zu entweichen war gegen das Gesetz, und das Beherbergen eines solchen Mannes wurde mit großen Strafen geahndet.

»Habt Ihr vor, auf eine Wallfahrt zu gehen?« fragte er.

»Irgendwohin, wo ich die Schläfer aufwecken kann, ehe der Satan sie dem letzten Schlaf übergibt.«

»Ihr werdet also predigen?«

Der Mönch brüllte und sprang von seinem am Feuer stehenden Hocker auf. Er warf ihn um. Er zitterte vor Wut: »Ich werde nicht predigen – ich werde handeln und siegen, und kein Jude wird mich mit seiner Teufelskraft davon abhalten.«

»Ihr wollt also etwas gegen die Juden unternehmen?«

Es war, als hätte er mit einem Funken trockenes Heu entzündet. Die Augen des Mönches weiteten sich, er fluchte und heulte Verwünschungen. Eine Feuersbrunst des Hasses loderte empor, die das Höllenfeuer, den Teufel und sämtliche Menschenfeinde beschwor. Der magere, ausgehungerte Körper war plötzlich von einer wütenden Kraft besessen. Die Halle tönte von seinem Schreien wider. Wachen und Dienstmägde drängten sich am Eingang und lauschten begierig, ehrfürchtig und erschreckt seinen Worten.

Lord Robert hatte Angst vor seinem seltsamen Verwandten. Er stand unter dem Wortschwall wie der Pflüger unter einem Sommerhagel – müde, geduldig, eher um die Ernte als um das eigene Leben fürchtend. Die Welt außerhalb des Schloßes lag weit entfernt vom Rhythmus und dem Tritt des Lebens eines Barons. Nur an die Jahreszeiten war man wirklich gebunden. Und außer dem Wetter war die Welt draußen nur von flüchtigem Interesse im Leben eines Kuckney und seiner Bauern. Neuerdings jedoch war auch hier die Rede von einer Abgabe und einer Geldsumme, die man der Welt draußen zu bezahlen hätte. Lord Robert fragte sich, ob dieser eigentümlich begeisternd wirkende Mann mit seinen glühenden Worten des Hasses wohl in die Städte und Dörfer hinausgelassen werden sollte. Er hatte Reisende und Prediger nach einem Kreuzzug schreien hören, sowohl in dieser Halle als auch in den Städten, wo sie an Straßenecken zu Scharen von Zuhörern sprachen. Mancher konnte ergreifend reden, mancher konnte es nicht, aber in den besseren und beachtenswerteren Reden lag ein Appell an eine Logik und Liebe, die den Menschen auszeichnet und ihn von dem Vieh, das sein Sklave ist, unterschied. Von all diesem lag nichts in dem Schreien und Wüten des Mönches – dennoch sah Lord Robert, daß sein Haus sich in den Fluren sammelte und in die Halle drängte, um gebannt zuzuhören, die Hände zu ringen, auf die Lippen zu beißen und – zu hassen. Dieser Mann hielt sie in Knechtschaft gebannt, bis ihn die Schwäche des eigenen Körpers überwältigte und er halb bewußtlos ins Stroh sank. Vielleicht hatte er ja gemerkt, daß es hier keine Juden gab, die zum Opfer werden konnten –, daß es keinen Gipfelpunkt geben würde, dem die brennenden Fackeln jener, auf die sein Haß übergesprungen war, entgegengeführt werden konnte.

Lady Agnes kam rasch mit Wein, und man hob den vor sich hin murmelnden Mönch auf einen Stuhl und rieb ihm Hände und Füße. Die Lady schickte einen Diener, schnell einen Sud aus Arzneien und Kräutern aus ihrem Zimmer zu holen. Nachdem der Mönch ihn eingenommen hatte, trugen sie ihn auf ein Lager, das auf ihrer eigenen Bettstatt vorbereitet worden war. Er war in einen tiefen, erschöpften Schlaf gefallen.

27

Er schlief so lange, daß sie glaubten, er sei krank. Doch als er aufwachte, verschlang er eine ungeheure Mahlzeit. Der Schlaf, der darauf folgte, glich schon eher dem vernünftiger Menschen in ihren normalen Betten. Und als er in die Halle herunterkam, um seinem Gastgeber Gesellschaft zu leisten, sah er nicht mehr so völlig verrückt aus wie am Tag zuvor. Trotzdem fürchtete sich Lord Robert noch vor ihm; er hatte sich vorgenommen, weder Geld noch Juden zu erwähnen, noch den Teufel oder die Religion oder die Kreuzzüge oder... Beim Kreuze! Gab es denn überhaupt noch etwas, worüber man reden konnte?

Nun, da der Hungertod abgewendet war, kehrte das eigenartige Asketentum des Mönchs zurück. Manchmal fastete er, manchmal schlang er, aber immer ohne Vergnügen, wild, wie es ein Hund tut. Seine Art zu essen ließ Lord Robert an irgendeine Lüsternheit denken; ihn essen zu sehen, bedeutete an einer finsteren Verderbtheit teilzunehmen.

Auf Schritt und Tritt versuchte Lord Robert, seinen Verwandten versöhnlich zu stimmen. Er sah, wie seine Frau den Mönch, den sie für einen Heiligen hielt, bewunderte, und er wußte, daß sie ihren Mann sogar hierbei für seine Feigheit haßte. Er konnte die Macht einer Person, die der Heilige Geist durchströmte, nicht ertragen. Als der Mönch nach ein oder zwei Wochen auf seine Abreise zu sprechen kam, seufzte Lord Robert vor Erleichterung aus tiefster Brust auf, obwohl er wußte, daß vor dem Einsetzen des Tauwetters nicht daran zu denken war. Vielleicht würde sich die Leidenschaft, die in diesem Mönch wütete, in den Verwicklungen der weiten Welt verlieren. Sein Aufenthalt hier in seinem Haus war für Lord Robert langsam zu einer niederdrückenden Prüfung geworden.

»Lieber Verwandter, Ihr könnt nicht vor dem Frühjahr abreisen. Und worin auch? Eure Kleider sind zerschlissen und verdorben. Ihr müßt uns erlauben, Euch auszustatten.«

Bruder Lewis sah ihn mit einem sarkastischen Blick an und fragte: »Womit wollt Ihr mich denn ausstatten?«

»Wir könnten Euch wenigstens ein neues Gewand geben«, sagte Lord Robert, nachdem er sich wieder gefangen hatte. »Ich habe Tuch im Überfluß und wäre tief beschämt, wenn Ihr nicht etwas davon annehmen würdet.«

»Es muß weiß sein«, sagte Bruder Lewis. »Und ein Kreuz muß über dem Herzen aufgestickt werden. Und ein weißes Chorhemd brauche ich auch. Ich bezweifle«, fügte er hinzu, »daß Ihr solche Gewänder in irgendeiner Truhe oder in irgendeinem Lager habt.«

Lord Robert war stolz auf seinen Namen und sein Haus. Er nahm Fauconbridges Worte nur so, wie sie waren, und überhörte den Spott in der Stimme. Der Mönch hatte etwas durchblicken lassen, wie es in seiner Feinheit nicht grausamer und beleidigender sein konnte: Warum war er, Lord Robert, nicht auf einem Kreuzzug und hatte zwischen Rüstung und Kriegsgerät noch ein bescheidenes Büßerhemd für heilige Andachten in Jerusalem eingepackt?

Lord Robert ging nicht darauf ein und antwortete: »Ich werde es meiner Frau sagen, und sie wird Euch eigenhändig ein solches Kleid nähen. Sie wird es als Ehre betrachten, Euch gefällig zu sein.« Er war wütend auf sich selbst, daß er diese Spitze des Hohnes hingenommen hatte, doch etwas in ihm riet ihm, diesen seltsamen Verwandten um jeden Preis wieder und wieder zu beschwichtigen; kein Mann seines Ranges würde sich zu solch besänftigenden Gesten herablassen, doch weil er in all dem etwas sah, das die anderen nicht sahen, gehorchte er seinem inneren Befehl. »Ruhet wohl, lieber Verwandter.« Zähneknirschend ging er aus dem eigenen Saal, als wäre er ein Fremder.

In den Wochen der winterlichen Abgeschiedenheit woben und nähten Lady Agnes und ihre Mägde an der Kutte ihres neuen Heiligen. Es war ein kostbares Gewand, nach dem Schnitt des Prämonstratenserordens, denn der Bruder betrachtete sich noch als Mönch der angesehenen Gemeinschaft. Tuch war teuer, und sie sparten nicht. Als die Gewänder fertig waren, entsprachen sie dem Wert von zwei guten Pferden. Als der Mönch sie entgegennahm, ohne ein Wort der Anerkennung und des Dankes, so, als hätte er Anspruch darauf, war Lord Robert so weit, die harten Worte auszusprechen, die er so lange hinuntergewürgt hatte. Sein Blick fiel auf das Gesicht seiner Frau: lange Arbeit ohne einen Dank, die Eintönigkeit des Spinnens und Webens, die Sonderwünsche eines launischen Irren – all das, und dennoch zeigte sich auf ihrem Gesicht nur Ehrfurcht und Zufriedenheit. Sie war mit dem Ehrenkodex der Barone aufgewachsen und liebte ihn und war ihm treu. Er war mit ihm groß geworden und haßte ihn und hatte doch nicht den Mut, ihn zu übertreten. Er ging allen Fragen aus dem Weg und wartete, während seine Jugend verstrich und sein Alter nahte und sein Sohn einem väterlichen Erbteil entgegenwuchs, dessen er sich schämte. Er wandte sich ab und ging aus dem Saal hinaus zu den Stallungen. Wenigstens über das Leben des Viehs hatte er noch Macht.

Am Nachmittag der Kleiderübergabe rief Lady Agnes einen Diener zu sich. Er war jung und gewitzt, er stand eine Stufe über den anderen. Sie gab ihm eine Botschaft, die er auswendig lernen mußte: »Mein Mann soll weder von deinem Weggehen noch von deiner Ankunft erfahren; du mußt dir deshalb auf dem Weg ein Pferd kaufen und darfst keines von hier mitnehmen. Reite nach Acaster und überbringe meine Botschaft Lord Malabestia. Er wird dich reichlich dafür belohnen.«

Sie nahm eine Brosche von ihrem Rock und gab sie dem jungen Mann. Mit ihr könnte er sich ein Pferd und die Verpflegung für den Hin- und Rückweg kaufen. Baron Malabestia war einer der seltsamsten Menschen auf der Welt, aber er war ein Baron, einer ihres Standes, und sie fühlte, daß er eine Rolle spielen und sich ihr für das, was sie tat, erkenntlich zeigen würde. Denn ihre Botschaft an ihn konnte von großer Bedeutung sein. Ein Heiliger war zu ihnen gekommen, als sie ihn am meisten brauchten – das mußte der Wille Gottes gewesen sein. Dieser von einer inneren Glut Brennende konnte einen Stein in Zorn versetzen – konnte den schwerfälligsten und stumpfsinnigsten

Geist entzünden für ihr Anliegen. Sie wußte nicht, wie sein Feuer am besten benutzt werden konnte; das war Männersache und nichts für Frauen. Aber da war er, ein strahlender Heiliger, und stand vor ihnen. Wenn der Baron ihn erst einmal gesehen und gehört hatte, würde er schon einen Plan entwerfen, wie diese heilige Waffe in diesem königlosen Königreich am besten zum Einsatz gebracht werden könnte.

Nach dem Morgengebet in der Synagoge gingen die meisten Juden Yorks an ihre Arbeit; Elias aber blieb oft zurück, um die Schule und den Unterricht in Augenschein zu nehmen und den jungen Schülern bei ihren Aufgaben einen Rat zu geben, und indem er eintrat, unterbrach er die Monotonie des lauten, mechanischen Wechselgesangs von Frage und Antwort, durch den die Jungen Zahlen und Buchstaben und ein paar Natur- und Religionsgesetze lernten. An diesem Morgen blieb er länger als gewöhnlich, und als er durch die nebligen Straßen zurückkehrte, deren beißender Gestank die leise Spur von Tauwetter in der Luft erstickte, sah er Denicosa Wolle kämmend vor dem Haus sitzen. Er wunderte sich, warum sie an einem frostigen Tag wie diesem nicht vor dem Feuer saß. Als er näherkam, machte sie ihm ein Zeichen, stand auf und kam zu ihm:

»Mein Lieber, sie sind drinnen – die Vorsteher der Gemeinde – und führen etwas im Schilde, denn sie kamen direkt von der Synagoge hierher. Sie schauen entschlossen drein und wollten nicht nehmen, was ich ihnen angeboten habe.«

Elias dankte seiner Frau, und sie ging hinter das Haus.

Er verabscheute Ausreden, aber er hatte letzthin festgestellt, daß er selbst mehr und mehr dazu Zuflucht nahm. Unter den Leuten war eine Angst entstanden, die in diesen Monaten Ausdruck in Neid- und Wutausbrüchen gefunden hatte, und alles gute Zureden und die Mahnung zur Versöhnlichkeit halfen nicht mehr. Etwas Neues trieb die nicht mehr friedfertigen Geister der Juden in der Northstreet um, und Elias mochte nicht, wie sie sich veränderten. Er hatte oft gesagt, daß die Yorker zu selbstzufrieden seien und in ihrer sicheren und eingewurzelten Selbstgerechtigkeit erschüttert werden sollten. Nun, da es geschehen war, erkannte er, daß er sich geirrt hatte. Die Angst machte manche unter ihnen noch eitler und grausamer, als sie es je zuvor gewesen waren. Er trat ins Haus und begrüßte, als wäre er überrascht, die dort versammelten Männer. Nach Baruchs Tod war ein neuer Vorsitzender gewählt worden, der, noch ein wenig tastend und vorsichtig, Elias begrüßte und ihm sein Anliegen unterbreitete: Er wollte die Türen Yorks vor den heimatlosen Flüchtlingen der Massaker im Süden verschließen. Trotz seiner Umwege und Umschweife, seines Stocherns und Suchens nach den angebrachtesten Worten, war sein Vorschlag noch immer so ungehobelt wie ein Faustschlag ins Gesicht. Als er zu Ende gesprochen hatte, machten alle ihre kleinen Anmerkungen. Elias tastete nach einem Hocker, um sich zu setzen; er konnte den Blick nicht von ihnen lassen. »Wir sind uns alle einig«, sagte der Vorsitzende.

»Es hätte längst schon geschehen sollen«, sagte der Kantor.

»Selbst du stimmst zu?« Elias sah Josche scharf an, Josche, den er liebte und achtete wie keinen dieser Männer.

Josche schaute Elias an und sagte: »Ja. Selbst ich.«

Der Rabbiner erhob sich wieder und schickte sich an zu gehen: »Ich werde gegen euch alle kämpfen«, sagte er. »Rabbi Jomtow und ich werden gegen euch alle kämpfen. Wenn es dazu kommen sollte, werden wir die ganze Gemeinde dazu zwingen, ihre Stimme in dieser Sache abzugeben. Wenn das Votum gegen uns ausfällt, werde ich weggehen. Ich verlasse nun mein Haus. Wenn ich wiederkomme, seid ihr weg.«

Der Vorsitzende machte eine beschwichtigende Geste: »Kommt, Rabbi, wir werden es zusammen überlegen. Wenn Ihr hört –«

»Ihr Tiere!« schrie Elias und rannte aus dem Haus. Als er von Empörung geschüttelt durch die Straßen ging, wußte er, warum er so wütend geworden war. Er hatte die Saat der Niedertracht säen helfen, und die Früchte waren vor seinem Fenster gewachsen, um ihn jetzt heimzusuchen. Vor einem Jahr hatten Rabbi Jomtow und er ein Mädchen abgewiesen, das bei ihrem Volk Zuflucht suchte. In Liebe und Not hatte sie sie angefleht, und sie hatten sie abgewiesen aus keinem anderen

Grund, als daß es unter den gegebenen Umständen nicht vorteilhaft, nicht ungefährlich wäre und in den Augen der Christen um sie herum vielleicht Anstoß erregen könnte.

Die Männer, die er eben Tiere genannt hatte, hatten sich nur ihn und Jomtow zum Beispiel genommen. Sie hatten gesagt, daß die Gemeinde um ihrer eigenen Sicherheit willen den Flüchtlingen, die an ihre Türen klopften, keine Hilfe und keinen Zutritt gewähren durfte. Die Leidgeprüften würden zitternd draußen vor der Stadtmauer stehen, und die Stadttore würden ihnen vor der Nase zugeschlagen werden. Wie viele mochten sich zugeredet haben, noch einen Tag oder eine Stunde durchzuhalten, zu laufen, weil sie York als eine Festung, eine sichere Insel in einem Meer von Haß vor Augen hatten? Elias kannte alle Argumente, die für die Vorsteher sprachen. Es sei umsichtig, nicht noch mehr Angst und Verdacht aufzurühren, die hinter den christlichen Augen in York schon aufgestiegen waren. Bei den vielen, die kamen, würden die Nahrung und der Platz knapper werden und... »Rabbi«, hatte ein Mann gesagt, »es könnte sein, daß wir selbst fliehen müssen. Wir werden nur davon abgehalten, weil wir anderen helfen müssen, die schon zu ausgehungert und erschöpft sind, um weiterzufliehen.« Er wußte, sie fühlten die Schuld, die sie mit diesem Vorschlag auf sich nahmen, wußte, daß in ihrer »überlegten« Entscheidung Verzweiflung mitspielte. Sonst wären sie an beide Rabbiner herangetreten. Es war Jomtows Zorn, den sie fürchteten, nicht seinen. Elias erkannte, daß er auch deshalb auf sie wütend war, weil er als Person getroffen wurde – schon so lange lebten sie mit ihm zusammen und kannten ihn doch so wenig. Er sollte ihnen beipflichten, auch wenn es dafür einer Weile des Gutzuredens und einiger Vernunftsgründe bedurfte. Dann wäre er ihr Keil, ihr Werkzeug gegenüber Rabbi Jomtow gewesen. Er seufzte auf. Die Wut ließ nach, und der Kummer ergoß sich in die entstehende Leere. Plötzlich brach er in Tränen aus; er stand tränenblind auf der Straße und mußte nach einer Wand tasten, bis er sich wieder gefangen hatte. Jomtow mußte benachrichtigt werden, denn sie überlegten zweifellos, selbst jetzt noch, wie sie die Gemeinde hinter sich bringen konnten. Als er sich mit den Händen die Augen wischte, sah er Abram auf sich zukommen.

Abram stellte sich vor ihn hin und sagte: »Und dies sind die Männer, die meinen Vater verleumden!«

Wieder erwachte des Rabbis Zorn: »Warum machst du dich so klein wie sie? Nun gut, dir sei es nachgesehen, denn dein Vater war nicht schlimmer als der ganze Rest!«

Abram war empört. Dann veränderte sich sein Gesichtsausdruck. Überrascht schaute er Rabbi Elias an: »Hört Ihr heute zum erstenmal von diesen Überlegungen?«

Elias schien in seinen Kleidern zu versinken – es schien, als würde er in ihnen schrumpfen. Abram machte eine verwunderte Handbewegung: »Von dem Tag an, Rabbi, als die Londoner Listen verlesen wurden, gab es ein Flüstern und ängstliches Fragen zu hören: ›Wird durch sie nicht wieder alles aufgerührt? Werden sie unserem Verhältnis zu den Christen nicht schaden?‹ Mit jeder neuen Ankunft wuchs die Unruhe. Ich wußte, daß diese Worte die Runde machten und daß viel geredet wurde; keiner bemüht sich mehr, seine wahren Gedanken vor mir zu verbergen; ich bin nicht mehr wichtig genug, als daß man mich täuschen müßte. Es hätte mich auch nicht überrascht, wenn man angefangen hätte, auf die Asylsuchenden einzureden, um sie zum Weiterziehen zu bewegen – aber sie ausschließen? Ich hätte nie geglaubt, daß sie sie aussperren würden.«

Rabbi Elias preßte seine geballten Fäuste gegen die Stirn und sagte verbittert: »Ist denn Not am Mann? Nicht mehr lange, und der Boden wird auftauen, und es wird Frühjahr sein. Nach Mitte März sind die Wölfe selten eine Bedrohung!«

»Das gleiche habe ich damals gesagt. Macht Euch keine Sorgen, Rabbi Elias – ich habe es, sobald ich davon gehört habe, Rabbi Jomtow erzählt. Ihr werdet Eure Kräfte sammeln müssen, und die Gemeinde wird eine Zeitlang gespalten sein und sich in Schlachtordnung aufstellen, aber ich bin sicher, Ihr werdet den Streit gewinnen. Auch wenn ich meine Stimme bei der Gemeinde in die Waagschale werfen wollte, es wird ihr kein Gewicht mehr beigemessen werden; aber ich werde meine

Stimme dafür einsetzen, wofür es sich einzusetzen lohnt. Die andere Seite hat eine starke Stimme zu ihrer Verteidigung verloren – die Stimme meines Vaters.« Ehe Abram seinen Kopf wegdrehte, sah Elias, daß ihm Tränen in den Augen standen.

Erste kleine Tropfen, die von den Eiszapfen perlten, kündigten auf Kuckney das Tauwetter an. Blies untertags der Wind, schnitt er nicht mehr ins Gesicht. Er brachte Düfte und Gerüche, die die Menschen an etwas lang Vergangenes aus ihrer Jugend erinnerte – etwas, das nicht berührt oder benannt werden konnte, sondern nur in einem noch begrifflosen Gefühl faßbar war, das dem Menschengeschlecht eigen war, bevor ihm Gott die Sprache verliehen und es aufgefordert hatte, seine Leidenschaften zu benennen. Obwohl dann der Wind wieder schärfer blies und die Nächte die Seele bis ins Innerste hinein fröstelnd erschaudern ließen, hatte das Tauwetter eingesetzt: Das Wasser ergoß sich in die Flußläufe, strömte unter dem Eis durch, brach es in großen Schollen von den Uferböschungen und führte es mit sich fort. Die Wachposten auf Schloß Kuckney schauten über die Felder und Wälder nach Süden, wo der Himmel leuchtend blau stand, und zu den Straßen, die schon im Schlamm zu versinken begannen.

Als sie Pferde und Reiter sahen, machten sie Meldung und zählten sie dann. Lord Robert kam auf die tieferliegende Wehrplatte, um ihre Ankunft zu beobachten: Malabestia mit seinem Banner, das den Kopf einer Rehgeiß trug, seinen Knappen und einigen Gefolgsmännern – ungefähr zehn. Lord Robert stampfte mit dem Fuß auf und zwirbelte seinen Bart mit wachsender Ungehaltenheit. Beinahe war er den verrückt eifernden Verwandten los, und nun kam da ein Gast, der sein Unglück noch vergrößern würde, gegen den Freundlichkeit nichts ausrichtete und bei dem Zurückhaltung nichts nützen würde. Er sah seinen Sohn an der Seite des Bannerträgers reiten, und zum erstenmal in seinem Leben wünschte er, er wäre nicht gekommen. Umsicht war jetzt weniger als nutzlos – alle seine Tugenden würden sich als Mängel erweisen, die ihn zu Boden ziehen würden, und sein Sohn wäre da, um es geschehen zu sehen. Ihm blieb nichts anderes mehr, als nach dem Kodex zu handeln und zu den Gesten zu greifen, die für ihn so leer waren und bei denen er so angestrengt und unbeholfen wirkte. Er sandte seiner Frau einen Boten, um sie zu bitten, den Baron und seine Gefolgsleute gastlich zu empfangen. Dann stellte er sich auf der Wehrplatte in Positur und machte steif die vom Kodex verlangte Willkommensgeste.

Der Mönch hielt sich von ihnen allen fern, bis sie zu Tisch saßen. Dann erfolgte sein wirkungsvoller Auftritt: kahlgeschoren, mit eisiger Miene, aufregend in seiner weißen Tunika und seinem weißen Chorhemd, dünn wie ein vom Winter gebeutelter Baum und dennoch vor Energie strotzend. Lord Robert schaute die anderen mit ihm am Tisch Sitzenden an. Selbst dem Baron blieb der Mund offenstehen. Er versuchte, die Szene zu sehen, als erlebte er sie in der Erinnerung und nicht in diesem Augenblick. Ich lasse mich von ihnen überall dorthin mitnehmen, wohin sie gehen wollen, dachte er. Ich werde mich fügen und nicht leiden. Malabestia unterhielt sich mit dem Mönch, tat, als bewunderte er ihn sehr. Und Bruder Lewis, dessen Zuhörer zuvor nur Diener und Frauen gewesen waren, zeigte sich der Schmeichelei zugänglich und ließ seine Hände sehen, die mit dem Teufel gerungen hatten, sprach von den Höllenfeuern, die er in seiner Vision gesehen hatte. Malabestia fragte: »Und war unter den Höllenfeuern auch eines, das die Silhouette der Stadt York hatte?«

Am nächsten Tag reisten sie ab. Sie würden langsam über die Güter der wichtigsten Edelleute der Grafschaft nach Norden ziehen. Lord Robert hatte ihnen gesagt, er werde bei ihrer Rückkehr in York zu ihnen stoßen. Er bemerkte den verächtlichen Blick seiner Frau, als er zögerte, mit ihnen zusammen die Reise anzutreten, die den Landadel der drei Grafschaften für irgendein Unternehmen gegen die Stadt York gewinnen sollte. Nichts war ausdrücklich festgelegt, nichts klar ausgesprochen worden. Doch es ging alle Edelleute an und mußte alle einbeziehen, damit die Schuld nicht auf ein Haus allein fallen und es ruinieren konnte, wie es bei den de Kuckneys der Fall gewesen war, die geholfen hatten, einen Heiligen zu töten. Das, worum es ging, betraf alle Edelleute und alle Juden und hatte mit dem Umstand zu tun, daß in York im Augenblick keine Autorität ihr Amt versah. Es hatte mit der Kreuzzugsbegeisterung und mit den Schulden zu tun, die zu groß geworden waren, um zurückbezahlt werden zu können, und die es auf andere Weise zu tilgen galt. Mit dem gleichen Gruß, mit dem er sie begrüßt hatte, winkte er ihnen beim Abschied zu. Keinen eigenen Gruß hatte der enttäuschte Sohn beim Abschied für seinen Vater gefunden. Sie ritten zu den Percys wie reisende Troubadoure mit ihrer dressierten Bestie, die man dazu bringen konnte, laut zu brüllen. Der junge Percy war reich und für Turniere und den Krieg gut ausgerüstet, nahm aber in seinem Gepäck nie auch nur ein Fünkchen Verstand mit. Ihm würden sie ihre Ideen deutlicher erklären müssen, aber er würde ohnehin allein schon »für die Ehre« mit ihnen reiten. Und so würden es auch alle anderen machen. Und auch er, Lord Robert, mußte es tun. Seine Frau war sicher, daß der weißgekleidete Mönch ein Heiliger war, und Lord Robert war ebenso sicher, daß er verrückt war. Doch wenn er schon den Verstand verloren hatte, so doch nicht so weit, daß er nicht gewußt hätte, welches das beste Pferd seines Wohltäters war.

Die Walmroad hinunter, nach York hinein, ritten mit weiß leuchtenden Helmen John und Henry Marshall und ihre Mannen. Henry war zum neuen Dekan der Yorker Kathedrale gewählt, und John war zum Obersten Sheriff von York ernannt worden. Die alten Amtsträger waren auf höhere Posten gerückt, und der König hatte nach Frankreich übergesetzt, um dort auf den Frühling und sein Jerusalem zu warten. Die beiden Männer, die York zu Diensten sein sollten, waren entfernt miteinander verwandt. Marshall begann ein wichtiger Name in England zu werden, war aber noch nicht so bedeutend wie mancher andere, und die beiden waren darauf bedacht, ihr Gewicht in die Waagschale zu werfen, damit ihm noch größere Ehre zufiel. Familienstolz stand bei den Edelleuten aus dem

Süden wie aus dem Norden an erster Stelle. Die ersteren fügten dem jedoch mit geschürzten Lippen hinzu, daß die Männer aus dem Norden schwer von Begriff, verbauert und geistlos seien. Stolz ritten daher die beiden an Kirchen und von leichtem Schneefall weiß gepuderten Feldern vorbei über die Fossbrücke in ihr neues Leben hinein. Wenn ihnen das Glück hold war, würden sie nicht länger auf diesem Außenposten zubringen müssen, als sie brauchten, um ihren Namen in den Augen des Königs Glanz zu verleihen. Richard war ihr Herrscher, ihr Dienstherr und würde am Schluß ihre Leistungen zu beurteilen haben. Ihm und seiner Herrschaft waren sie ergeben und wollten sich darum kümmern, daß nichts den Interessen des Königs von England schadete. Richard, der diesen beiden Werkzeugen seiner Macht keinerlei Befehle, Anweisungen oder Warnungen mit auf den Weg gegeben hatte, war fortgeritten – einem Ruhm entgegen, der weniger mit dem Kopf als mit den Waffen errungen werden mußte. In ihren Pelzmänteln schienen die beiden Männer genug zuversichtliches Selbstvertrauen zu haben, und sie saßen mit Würde im Sattel ihrer stattlichen Pferde; dennoch, ein so hohes Amt hatte bisher noch keiner von beiden bekleidet.

Auf Hilfe von Erzbischof Geoffrey war, trotz des Zaubers seiner Volkstümlichkeit, nicht zu hoffen. Da sowohl der König als auch der Erzbischof weit weg waren, würde sich John Marshall als Sheriff auf keine höhere Macht berufen können. Er war stolz auf die Generation, der er angehörte. Er mochte es nicht, in einer Angelegenheit selbständig tätig werden zu müssen. Für ihn und alle, die er kannte, bestand das Leben aus einer Reihe von unentwirrbaren, miteinander verwobenen Verantwortungsbereichen – ein Gewebe von Millionen sich kreuzender Fäden. Selbst die Lehensherrn, die Edelleute auf ihren Landsitzen, holten Rat ein, und alle mußten immer einem ranghöheren Herrn oder dem König oder der Kirche Rede und Antwort stehen. Als die beiden Männer den Kern der betriebsamen Stadt erreichten, trösteten sie sich mit dem Gedanken an Pachtgelder, an Steuerfreiheit, an Häuser und Land – schmale Streifen nur, auf denen sie die Früchte ihrer Arbeit selbst ernten konnten. Und während ihre Pferde die Köpfe zurückwarfen, lächelten sie sich vielsagend zu. Eine überreife Frucht, die ihnen da in den Schoß gefallen war. Die vor ihnen liegenden Jahre würden ruhig, ereignislos und einträglich sein. Sie würden in dem fraglos hingenommenen Gewebe des Lebens ihren Platz finden, eines Lebens, das auf die überkommene und vorgezeichnete Art weiterging. Und sie würden nötigenfalls längst wieder fort sein, sollten sich Webfehler im Stoff zeigen. Sie, die beiden wichtigsten Männer in der Stadt, würden dem Namen Marshall alle Ehre machen. Rauhreif legte sich als grauer Schleier auf ihre Pferde, die noch ihr Winterfell trugen. Die Hufe klangen wie ein Hammer, der Funken auf dem Amboß schlägt. Die Luft war kalt, die Funken glitzerten. Sie glaubten ihren Einzug von einer leisen, doch majestätischen Melodie begleitet. Aufrecht saßen die Männer auf ihren Pferden. Sie lächelten leicht.

28

»Weggehen?« fragte Rana. Sie schaute Josches Gäste an; seine erschöpften und verängstigten Gäste; Flüchtlinge, vor dem Haß auf der Flucht; einem Haß, der zur Treibjagd gegen sie aufrief und immer näherkam. Langsam erstickte das Judenviertel an der Masse der Tag und Nacht schutzsuchend in die Straßen strömenden Opfer. Erstaunt schaute Rana sie an: »Weggehen?... Aus York weggehen? Und wohin sollten wir uns wenden? Fremde, die in der Fremde Schutz suchen? Hier kennt –«, sie schlug die Augen nieder, »– und respektiert man uns wenigstens.« Sie sah in zweifelnde Gesichter. »Leute – habt keine Angst. Keiner wird euch aufhalten, wenn ihr weiter nach Norden ziehen wollt. Doch jetzt kommt nur noch Durham und dann Schottland mit seinen Straßenräubern und Halbwilden. Und in Durham werdet ihr keine Freunde, keine Juden finden. Das hier sind die einzigen noch wirklich jüdischen Straßen in ganz England.«

»Liebe Witwe, und wären es die einzigen auf der ganzen Welt, wir könnten nicht bleiben.«

»Nichts wird geschehen. Bleibt und seht selbst. Mein Mann –«, peinlich berührt sahen die anderen zu Boden, und Rana fiel Baruchs Schande wieder ein. Nie war ihr bewußt gewesen, wie häufig sie seinen Namen dazu benutzt hatte, um ihren Worten Gewicht zu verleihen. »Baruch meint…« Im April, Mai oder August – selbst im September noch – wäre von Bedeutung und Interesse gewesen, was Baruch meinte. Doch dieser überlegene Vorrang hatte sich jetzt ins Nichts aufgelöst, und Rana war mit all den klugen Einsichten, die sie vielleicht hätte weitergeben können, nackt und bloß zurückgeblieben.

Einige wenige der Irrfahrer machten sich am nächsten Tag bei eisiggrauer Kälte auf den Leidensweg nach Durham oder Scarborough. Auch andere, die von ihrem Leid noch nicht völlig überwältigt waren und die Sorge ihrer Gastgeber teilten, sahen die Notwendigkeit, die Gemeinde wieder zu verlassen – so zahlreich wurden sie für diese eine Bedrohung. Trotz des scheinbar unveränderten Rhythmus' der Jahreszeiten und dem festen Takt des Alltags, der von Essen und Trinken, dem Gesetz und den Vorbereitungen zum Passahfest bestimmt wurde, störten plötzlich Mißtöne den Einklang von gegenseitiger Treue und Vertrauen, die das Leben in der Northstreet bislang zusammengehalten hatten. Längst verjährte Streitigkeiten schienen über Nacht neu entdeckt und noch einmal ausgetragen zu werden. Beleidigungen, über die Jahre hinweg längst vergessen, erwachten wieder, immer noch kränkend, in der Erinnerung, und manche Frau, längst schon Mutter und Großmutter, erinnerte sich der Zänkereien in ihrer Jugend mit einer Glut, die sie sich selbst nicht mehr zugetraut hätte.

Stunde um Stunde vergrößerte sich die Kluft zwischen denen, die nur die Gefahr sahen, in die die zerlumpten Ausgestoßenen die Gemeinde brachte, und denen, die nur das Leid sahen, das sich in den Augen der Verbannten spiegelte. Scharfsinnig und spitzfindig waren die Argumente, und nur Juden, gewitzt und beschlagen durch jahrelanges Debattieren und Philosophieren, vermochten so zu argumentieren. »Wer kann hier wem den Vorwurf der Selbstsucht machen?« fragte der Kantor. »Denn jenem, der mich selbstsüchtig nennt, weil ich das Leben meiner Kinder zu retten wünsche, antworte ich: ›Ist es denn nicht selbstsüchtiger, einen Verbannten zu beäugen, als wäre man an seiner Stelle, und zu überlegen: Wie würde ich gern behandelt werden auf der Suche nach Asyl?‹«

Elias hörte sich alles, was geredet wurde, an und sagte später zu Jomtow: »Ich wußte gar nicht, was da in ihnen schlummert, wußte nicht, daß sie so gewitzt sind. Der unscheinbarste Nachbar entpuppt sich mit einem Mal als glänzender Logiker! Ob wohl in der ganzen Verwirrung, die sie stiften, Raum bleibt für einen Funken Liebe und Barmherzigkeit?«

Traurig schüttelte Jomtow den Kopf, doch er antwortete nicht. Elias beobachtete Jomtow aufmerksam, während die Tage verstrichen, und nach einiger Zeit vermied er, ihm gegenüber das Grauen zu erwähnen, das ihn bei dem, was er von allen Seiten hörte, überfiel. Jomtow bemühte sich, die furchtbare Kluft zu überbrücken und unter den sich bekriegenden Parteien einen Frieden zu stiften, der höher zu veranschlagen war als ihre vielen Einzelinteressen. Wandte er sich an die Gemeinde, so kam er weder auf seine Lieblingsthemen noch auf ihren Streit zu sprechen, sondern sprach von grundlegenden Dingen, die sie bereits als Kinder im leiernden Rhythmus ihrer ersten Unterrichtsstunden auswendig gelernt hatten: Ein Gebet, was ist das? Das Leben, was ist das? Der Mensch, was ist er?

Die Synagoge war klein; sie war nur für die Yorker Juden errichtet worden; niemand hatte dabei an Massaker gedacht, meinte Rabbi Jomtow zu Elias. Eng aneinandergedrängt wie Samen in einem Granatapfel wohnten die Frommen dort der Zeremonie und den Gebeten bei, die das Passahfest einleiteten. Jomtow stand vor ihnen und las aus den alten Büchern vor, die ihre Weisheit und die Weisheit ihrer Vorfahren enthielten.

Einen frohlockenden, fast freudetrunkenen Passus las er vor. Und als er das Buch schloß und seinen Blick über ihre Gesichter schweifen ließ, sah er, daß viele zwischen dem Kummer ihrer Herzen und dem Frohlocken des Buches, das von den Wundern und der Herrlichkeit Gottes kündete, hin- und hergerissen waren.

Ein wenig wehmütig lächelte er ihnen zu und sagte: »Der Jude begeht sein Fest und fragt sich: Warum nur erinnern wir uns zum Höhepunkt der Feier an verlorene Herrlichkeit und trauern um Jerusalem? Wie kommt es, daß wir feierlich eines Exils gedenken, und der verlesene Bibelvers spricht von Triumph und Freude? Sind wir Juden von so sturer Verdrehtheit, daß wir in einer Welt, die uns haßt, weiterleben wollen? Dies jedoch, liebe Juden, ist die Wirklichkeit. Nichts auf der Erde ist vollkommen außer dem Herrn, unserem Gott. Freude und Leid sind nicht alles. Unser Richter fällt sein Urteil nur über das gelebte Leben; er beurteilt nur das fertige Werk. Es steht geschrieben: ›Würde das Leben nach Minuten gemessen, gäbe es dann Heilige?‹ Mein Volk, wir wollen beten, daß das Leben der Gemordeten ein gutes war und den Jungen unter uns sagen: Das Leben ist eine Gabe Gottes; wir wollen es nicht vergeuden, sondern es nutzen und leben, so ausgiebig wir können. Nächstenliebe bereichert das Leben; wir wollen unseren Nächsten lieben. Das Gebet erweitert das Leben; wir wollen beten. Liebe verleiht dem Leben Sinn; wir wollen lieben. Der Gedanke beseelt das Leben; wir wollen nachdenken, und indem wir nachdenken, wollen wir über die Gabe des Lebens frohlocken. Sollten wir ein Opfer bringen müssen, dann nur in vollem Bewußtsein dessen, was wir verlieren. Die Jungen, die nach Heldentum dürstet, sagen: Wir wollen es den Märtyrern nachtun! Und Gott wird darum bekümmert denken: Ich gab ihm einen Schatz, und mutwillig warf er ihn fort, wie eine faule Frucht auf die Straße. Armer Mensch – ein schwerer Mantel ist das Denken, doch der schwerste ist die weise Voraussicht. Und je stärker das Feuer brennt, desto notwendiger ist es, daß wir unsere Mäntel tragen.«

Während der nächsten Tage schwirrten Gerüchte und Hirngespinste durch die Northstreet. Noch immer beobachteten die Christen, wie hungrige, verstört blickende Flüchtlinge durch ihre Stadt zum Judenviertel zogen. Die Angst wuchs, als sie Erzählungen von den Massakern im Süden hörten. Nur noch das Wort »Kreuzzug« vor Augen, begannen sie, sich in die gleiche Erregung hineinzusteigern wie ihre Landsleute in London, Oxford, Cambridge und Lynn – Seelenheil hier und jetzt!

Pater Odo kam die Aufregung zu Ohren, und kopfschüttelnd wandte er sich gegen sie. War diesen Einfältigen nie gesagt worden, daß das Seelenheil nur durch schwere Prüfung erlangt werden konnte? Daß das Opfer heiligt, eben weil es eine schwere Prüfung darstellt?

Er erläuterte ihnen ihre Torheit, indem er das Bild vom Ruhm, der durch den wahren Kreuzzug im Land Christi erworben wurde, mit noch leuchtenderen Farben ausschmückte. Er konnte nicht anders – so glühend verlangte ihn danach, an der seelenverzückenden Gnade des heiligen Krieges teilzuhaben. Die ganze Welt war erfüllt vom Lobgesang auf die Vorzüge, die dieser Weg zum Seelenheil einbrachte. Von der Woge der Begeisterung mitgerissen, gingen manche sogar so weit, hart an der Grenze von Recht und Gerechtigkeit für jedes Vergehen Vergebung zu gewähren. Sie sagten: Laßt doch die Einfältigen im Glauben, daß Armut schon hier vergolten werde; daß auch jenen, denen Jerusalem versagt bleibt, weil sie Leibeigenschaft und Frondienst, Krankheit, Schulden, Trägheit oder Furcht zurückhalten, ein Weg eröffnet wird, ihre Welt zu überwinden und am himmlischen Reich teilzuhaben, gemeinsam mit denen, die ihre Siege an den Orten errangen, deren Namen dem Christen ein brennendes Wundmal sind. Manchen schwirrte kurz der Gedanke durch den Kopf, es könne verkehrt sein, mit einemmal lebenslange Freunde zu hassen: Denicosa, die mit ihrem Heilkräutersäckchen häufig an Türen klopfte, hinter denen Kinder weinten; Rabbi Elias, der ein Geschäft immer mit einem Scherz oder einem Rätsel abschloß, an dem man zu knabbern hatte; dieser und jener andere. Die beiden Viertel beobachteten sich genau. Wie tanzende Gestalten kamen sie zusammen, trennten sich wieder, kamen zusammen und trennten sich wieder mit langsamen, genau bemessenen Schritten und einem Blick, der im Gesicht des anderen nach einem Zeichen suchte.

Als die Besonnenen sich nach einem Schirmherrn umsahen, nach denen, die bisher in Stadt und Land geistliches und weltliches Recht verkörpert hatten, fanden sie eine seltsame und erschreckende Lücke vor: die Autorität hatte ihren mächtigen Sitz leer zurückgelassen. Erzbischof Geoffrey, beliebt und mächtig, war freiwillig nach Frankreich ins Exil gegangen. Es gab weit und breit, vom höchsten Bischofsamt bis hinunter zur einfachen Gemeindepfarrei, nur unbesetzte Stellen, auf die niemand vor der Rückkehr des Erzbischofs und der Investitur durch den abwesenden König nachrücken konnte. Richard, in dessen Person alle Herrschaft erneuert und gestärkt gipfelte, war zu seinem Kreuzzug aufgebrochen; sein oberster Sheriff, John Marshall, war neu in seinem Amt und der Grafschaft und besaß nur auf dem Papier Autorität. Selbst auf die einfachen Faustregeln, die die erfahrenen Herrschaftsträger an die jungen weitergaben, konnte er nicht zurückgreifen: wem man Gehör schenken und vor wem man sich hüten sollte. Der alte Sheriff hielt sich in London auf; als Berater des Regenten hatte er Wichtigeres zu tun. Zwanzig Jahre lang war er oberster Sheriff in der Grafschaft gewesen; und keiner blieb, der dem seltsamen Neuling seine Hilfe anbieten konnte. Der mit Schande beladene Dekan und der Schatzmeister der Kathedrale hatten Abbitte geleistet und standen nun anderswo im Dienste der Kirche. Auch der Dekan Henry Marshall hatte daher keinen, an den er sich wenden konnte. Die Residenzpflicht blieb so lange in Kraft, wie sie irgendwie aufrechterhalten werden konnte. Doch die, die darüber wachen sollten, waren selbst fort. Der Dekan hatte vor, sich die Zeit mit Visitationen zu vertreiben. Daran, einen Bürgermeister zu ernennen, hatten sie nicht gedacht.

Und so gab es in York keine starken Schwerter, die gegen die immer angriffsbereite Gewalt der Menschen gezückt werden konnten. Immer hatten die Leute einen Führer, genau festgelegte Pflichten und einen genau abgesteckten Platz im Plan der Dinge gehabt. Es verstörte sie, daß sie nun ohne Führung sein sollten, daß sich aus dem Gewebe der Zeit einzelne Fasern lösten – ein sicheres Zeichen, daß man auf den Untergang zutrieb. Immer war man dem vertrauten Pfad gefolgt, den Gesetz und Gehorsam vorschrieben – in Sachen des Glaubens folgte man dem Gemeindepfarrer, dem kanonischen Recht, dem Bischof, dem Dekan, dem Erzbischof. In weltlichen Dingen den Wachposten, dem Gerichtsdiener, dem Bürgermeister, dem königlichen Richter, dem Sheriff, dem König. Diese Autoritäten beurteilten Einzelfälle weder willkürlich, noch gingen sie in betrügerischer Absicht faule Kompromisse ein, wenn ihre eigenen Interessen im Spiel waren. In einem Leben, in dem jeder Mensch eine Faser im planmäßigen Gewebe war, wurde jede einzelne Ausnahme und Beschwerde solange nach den Regeln des Strickmusters auf- und abgespult, bis sie nach einstimmiger Entscheidung wieder mit den anderen Fäden verwoben werden konnten. Und da in diesem Muster nichts mehr stimmte, huschten die Menschen Rat suchend und ihn anzweifelnd wie in einem zerstörten Ameisenhaufen verwirrt hin und her. Die einfachsten Angelegenheiten türmten sich vor jenen, denen es unmöglich schien, daß eine Einzelperson etwas allein entscheide, zu einem riesigen Berg auf. In York gab es zu dieser Zeit keinen, der wenigstens so viel Erfahrung besessen hätte, um zu wissen, wie eine solche Entscheidung auch nur annähernd aussehen könnte. Weisheit, Vernunft, Sicherheit, Gesetz und Verantwortung waren aus dem Yorker Hochmoor abgezogen, um in einen ruhmreichen Krieg zu ziehen. Und da sie versprochen hatten, zurückzukehren, wurden sie von niemandem ersetzt. Auf die alten Richterstühle legte sich Staub, und die nach Gerechtigkeit Suchenden, die aus Gewohnheit die Stätten der Rechtssprechung aufsuchten, fanden sie verschlossen und standen ängstlich, verwirrt und zitternd unter den Dachrinnen allein auf weiter Flur.

Am ersten März – es herrschte Frühlingswetter – nagelte ein Schuljunge an die Außenwand der Synagoge ein Schwein. Bevor es den zum Abendgebet Gehenden irgendeinen Kummer verursachen konnte, hatte es Pater Odo wieder abgeschnitten. Im Christenviertel lachte niemand über den Streich – man hörte nur verbitterte Worte des Einverständnisses. Das ist nur recht, flüsterten viele. Ein paar Tage später wurde Abram, Jude und Schreiber, auf dem Marktplatz von einer Gruppe Raufbolde angegriffen. Sie bewarfen ihn mit Dreck. Keiner wies die Jungen zurecht oder hielt sie zurück. Sie drängten Abram aus seiner Bude und jagten ihn über die Ousebrücke. Als er am nächsten Morgen zurückkam, war seine Bude zerstört. Am elften März wurde Denicosa an der Tür eines christlichen Hauses geschmäht. Zwanzig Jahre lang hatte sie dieser Familie von ihr gesammelte Kräuter und Heilpflanzen zum Verkauf angeboten. Nun blieb ihr die Tür verschlossen.

Josche war klar, sie sollten eigentlich so bald wie möglich fortgehen. Die Stadt war voll nervöser Spannung und Gerede. Und jeden Tag trafen neue Flüchtlinge ein und trugen zur Steigerung der Angst bei, die die Northstreet einschnürte. Sollte es ihnen bei dem milden Wetter gelingen, nach Schottland oder auch nach Westen durchzukommen, konnten sie in einem weiten Bogen nach London weiterziehen, wo die Wut gegen ihr Volk verraucht war. Er sprach mit den Rabbinern, sie gaben ihre Zustimmung, doch als Elias es seiner Frau Denicosa und Josche seiner Frau Anna mitteilte, wollten die Frauen nichts davon hören: »Es ist noch zu kalt für die Kleinen«, sagte Anna und strich dabei den Kindern über das Haar. »Und was wäre dann mit dem Passahfest?«

Das Passahfest gab den Ausschlag. Nur noch eine Woche bis zum Fest. Und wenn es auch eine Feier zum Gedenken an ein Exil war, so konnte sich doch keiner – vor allem in diesem Breitengrad nicht, wo es viel kälter als in Ägypten war – vorstellen, daß man weit entfernt von der süßen, heimeligen Wärme die Becher zum Festtagstrunk anstoßen sollte. Mit Gesang, Wein, Frohlocken und Feiern wollten sie Gott loben – wie sie es das ganze Jahr über geplant hatten. Dann wollten sie ihre Häuser verschließen, saubere und fromme Stätten, die sie zuvor mit ritueller Sorgfalt gereinigt hätten; wollten dann ihren Schritt nach Westen und Süden wenden, dem kümmerlichen Rest größerer Gemeinden, als es die ihre war, entgegen. Während das christliche York in der Fastenzeit, am Karfreitag und bei den Finstermetten die Qualen Christi auferstehen ließ, bewegten sich die Juden auf Passah, auf die Zeit ihrer Befreiung zu. Während die Kirche mit ihrer ganzen Beredsamkeit und Tränenflut das Opfer Christi den Gläubigen vor Augen brachte, legte sich auf die jüdischen Gesichter ein Lächeln; denn ein Pharao, ein Meer und eine Wüste hatten es mit ihrem strengen Gott und ihrem Volk nicht aufnehmen können. Und einige bemerkten diesen Unterschied.

»Schaut nur, wie die Abtrünnigen den Gang unseres lieben Herrn zum Kalvarienberg mit Lachen begleiten!«

»Schaut nur, wie finster uns die grausamen Christen anschauen, nur weil wir einst frei und mächtig waren!«

Das Gesetz, das die Woche des Passahfestes regelte, legte besonderes Gewicht auf die rituelle Ordnung und Sauberkeit im Haus. Alles Geschirr, alle Platten, Messer und Pokale wurden abgekocht und jede Ecke in den Regalen der Vorratskammern und der Schränke für das kommende Jahr geschrubbt und schön hergerichtet. Überall, wo sie sich trafen oder aufeinanderstießen, steckten die Frauen schnatternd die Köpfe zusammen oder beugten und streckten sich in ihrem Putztanz – der zweite Tanz der Frauen, der den kurzen Tanz der Verführerin ablöst und ein Leben lang dauert. In den alten Zeiten, als man noch wenig und nur Einfaches besaß, war es freilich schnell gegangen, das Haus zu verschönern. Nun aber gab es tausend Sachen, um die man sich kümmern mußte. Am Ziehbrunnen sagte eine Frau lachend: »Du lieber Himmel! Wer hat schon Zeit fürs Exil?« Und die Putzlappen schwangen hin und her, und fünfzig verschiedene Stürme fegten das alte Stroh zu den Türen hinaus, und die Arbeitstage rauschten vorbei, angetrieben von den wirbelnden Röcken geschäftiger Frauen.

Bruder Simon, Bruder Norbert und einer der ungeschlachten Laienbrüder standen vor ihrem Abt und lauschten seinen bedächtigen Worten, als hielte er jedem der drei eine andere Rede. Doch allen hatte der Abt die Sorge und den tiefen Kummer, die er an verborgenster Stelle seine Seele fühlte, mitteilen können. Ihm war die Nachricht hinterbracht worden, daß ein großer, hagerer Mann mit rotbraunem Haar und Bart, dessen Kleidung der Tracht der Prämonstratenser ähnelte, mit einer Schar bewaffneter Ritter gegen York ritt. Der Bote hatte erzählt, dies liege noch nicht lange zurück; vielleicht nur einen Tag oder so; und der Mann, der ihn damit betraut hatte, die Botschaft weiterzugeben, hatte betont, wie dringlich sie sei. Der Abt schaute die drei Männer an: Bruder Norbert war aus gutem Hause, besaß eine gewandte Zunge und einen wachen Verstand. Bruder Simon hatte ein sicheres Gespür dafür, was in einer Situation richtig oder falsch war, und konnte Lügen schon aus einem halben Kilometer Entfernung ausmachen. Es war möglich, daß sie die riesige und willfährige Kraft von Bruder Joseph, dem niederen Bruder, brauchten, dessen Ausdauer seine Art war, Gott zu ehren. Wenn Bruder Lewis überhaupt gefunden und zurückgebracht werden konnte, dann nur von diesen dreien.

Eine quälende Frage ging ihm immer wieder durch den Kopf: bewaffnete Ritter – was konnte das bedeuten? Stände der Bruder unter Arrest, wären ein oder zwei Wachen sicherlich genug, falls er nicht tatsächlich etwas sehr Schwerwiegendes verbrochen hatte und nach York gebracht wurde, um verurteilt zu werden. Doch in York gab es kein kirchliches Gericht. Nach Richards Krönung und der Auflösung des alten Gerichtshofes war alles im Durcheinander und der Verwirrung liegengeblieben, und Richard war aufgebrochen, ehe ein anderes Gericht eingesetzt werden konnte. Bewaffnete Ritter ...?

Er verschloß sich der Frage und fuhr fort, den Brüdern Instruktionen zu geben. Sie sollten auf frischen und schnellen Pferden nach York reiten. Er verletzte damit die Regel, die Geistlichen den Gebrauch von Pferden untersagte. Ihnen jedoch erklärte er, daß er alle Schuld auf sich nehme. Sie würden ja schließlich nur Gehorsam leisten. Er merkte, daß auch dies Eindruck auf sie machte. Mehr noch als ihr eigenes Wissen darum, was es bedeutete, den Orden zu verlassen, sagte ihnen das Gewicht der Verantwortung, das der Abt auf sich nahm, wie ernst die Angelegenheit war. Abt Adam verband mit dieser

Mission eine ungefähre, aber keine klare Vorstellung. Für die tausend unvorhersehbaren Möglichkeiten, die ihm, den nach York reitenden Bruder Lewis vor Augen, in wild bewegten Gedanken durch den Kopf schossen, konnte er seiner Gesandtschaft keine Instruktionen geben. Schließlich schaute er von seinen Händen auf, sah sie streng an und sagte: »Es wäre möglich, daß außer für unseren Bruder auch für andere Seelen Gefahr lauert. Ihr werdet eure Ohren gegen die Gründe verschließen müssen, die man anführt, wenn Böses geschieht. Gehorcht den zehn Geboten und duldet es nicht, daß sie von unserem Bruder gebrochen werden, selbst wenn seine Gründe noch so wahrhaft erscheinen sollten. Könnt ihr ihn zurückbringen, dann tut dies unter allen Umständen. Denn er ist besessen, und seine Teufel könnten Unschuldigen Leid zufügen.« Er merkte, daß er mit den Zähnen knirschte und wünschte, die Brüder könnten seine Gedanken lesen, die so viel beredsamer als seine Worte waren. Er seufzte auf, segnete sie und schickte sie ihrer Aufgabe entgegen. Man würde sie gut ausstatten. Auch gab es eine große Auswahl an Pferden, denn in diesem Winter waren Welbeck viele Kühe und Pferde gestiftet worden, von denen die Brüder einige auf den Viehmärkten im Frühjahr verkauft hatten.

Später, als er sie in Richtung Norden davonreiten hörte, fragte sich Abt Adam, warum er so sicher gewesen war, warum er so schnell, so instinktiv gehandelt hatte. Eigentlich hätte die Nachricht nach Newhouse, dem Gründungskloster, weitergeleitet werden müssen: Unser verlorener Bruder ist vielleicht gefunden worden. Und von Newhouse dann nach Premontre in Frankreich, zum Generalvikar, und von Premontre dann wieder nach Newhouse und dann zurück nach Welbeck. So wie es die Einheit und die zu respektierende Ordnung des Ordens seit alters her vorschrieb. Selbstverständlich würde er diese überstürzte, erdrückende Eigenmächtigkeit, die Pferde und den ganzen Rest beichten. Wenn er zurück in Premontre, im grünen, lieblichen, langersehnten Frankreich wäre, würde er sich der Disziplin unterwerfen, und eine frische, energische Seele würde losgeschickt werden, um Abt von Welbeck zu sein.

Eine so hochmütige Tat. Warum nur hatte er es getan? In vieler Hinsicht würde sie Anlaß zur Uneinigkeit im Orden geben. Uneinigkeit war das Schlimmste, was einen Orden heimsuchen konnte. Er hatte von Klöstern gehört, die von Eifersüchteleien und Regelübertretungen zerstört worden waren. Und am Anfang stand immer ein vereinzelter, törichter Akt des Hochmuts. Trotzdem... Er dachte an den glutäugigen Bruder und daran, wie er an einem Herbsttag vor drei Jahren in den Klosterhof getreten war, mitten in die feurige, fürchterliche Ansprache hinein, und wie die Brüder, selbst jene, die wußten, wie unrecht Bruder Lewis hatte, zusammen mit ihm haßten – gebannt, verzaubert. In einer führungslosen Welt ging dieser nun umher. Abt Adam wußte, daß es im Süden zu gewalttätigen Ausschreitungen gegen die Juden gekommen war – zu Mord, Brandschatzung und Plünderung, dazu, daß die Taufe im Tausch gegen das Leben verhökert wurde – für einen Geistlichen das Schlimmste von allem. Auch er wollte die Juden zur Konversion bewegen, doch obwohl sie seine Feinde waren, konnte er sie nicht lieben, wie es das Gebot verlangte. Sie sollten nicht Anlaß werden, daß Christen sich erniedrigten. Mord, Ehebruch, Bestechung, Diebstahl und selbst Ketzertum erstickten die christlichen Regungen in den Seelen, wenn in ihnen die Gier nach solchen Widerwärtigkeiten entfacht wurde. Der Aufruhr hatte in der Luft gelegen, war wie ein verderbter Wind von Süden her geweht. Nicht frühlingshafte Wärme brachte er, sondern die Glut der Wollust und brennender Freudenfeuer.

Wie schon viele, viele Male zuvor, blickte Abt Adam über das Land, das zu lieben er gelernt hatte. Als er zum erstenmal seinen Fuß auf dieses Land gesetzt hatte, hatte er nur den häßlichen Sumpf und die stinkenden Morastlöcher wahrgenommen, in denen die Kobolde seltsamer Krankheiten lauerten. Sie hatten gekämpft und gewonnen. Sein Orden. Schafe weideten auf dem Land; Bäume waren gepflanzt worden, um das Wasser unter der Erde zu halten – Schößlinge, die nun groß und kräftig waren und die nächste Jahreszeit erwarteten, die sie in vollem Laub erblühen lassen würde. Doch über all dem lag keine Freude. Ein Ungeheuer hatte sich losgerissen und kroch auf unbeholfenen Beinen auf sie zu. Und die Menschen würden die Jahre, Generationen und Jahrhunderte, in denen ihre Seelen wie ihr Land beackert und kultiviert worden waren, einfach abstreifen und unter der Herrschaft des Ungeheuers wieder zu Wilden werden. Und das Ungeheuer würde sich im Kot suhlen, der immer schon unter dem trügerischen Grün der christlich klingenden Gebete der Menschen gelegen hatte. O Gott! Reitet schnell, meine Söhne. Reitet schnell!

Von London nach St. Albans, dann nach Hertford, nach Colchester, nach Northhampton, nach Cambridge, nach Bury St. Edmunds, nach Norwich, dann nach Lynn, nach Nottingham, nach Lincoln wandte sich der Haß. Dann hielt er inne, als sehe er sich um, wohin er sich als nächstes wenden sollte; Haß, in geborgte Gewänder gekleidet; Haß, weißgewaschen, denn er wollte sich gerecht geben; Haß, mit Bannern und Festtagen geschmückt, bereit zu Plünderung und Raub. Doncaster mit seiner Handvoll Juden war in einer Stunde überrannt; Hull und Beverly im Vorbeigehen genommen; sie regten den Appetit der Blutrünstigen nur an. Und schon stand die Woge des Schrekkens vor den Toren Yorks und hielt inne, um sich Reichtum und Größe des nächsten Opfers auf der Zunge zergehen zu lassen.

Jeder von ihnen hatte die Botschaft des Abts auf seine Weise verstanden. Wie Männer, auf die eine Aufgabe wartet, ritten sie zügig und ernst. Doch nur Bruder Simon hatte eine leise Ahnung, von welcher Art diese Aufgabe sein würde – abgesehen von jener, ihren entlaufenen, auffällig gewordenen Bruder zu retten. Bruder Norbert versuchte, ihre Mission mit einer vertrauten Ordensregel zu erklären. Bruder Lewis gehörte seinem Orden an, war von seinem Fleische, und er war krank und bedurfte der Pflege seiner Brüder.

Wäre ihr Ordenshaus eines von den großen, aus denen ständig ein Mönch über die Mauern entfloh und dessen Spur sich dann verlor, wäre die Sache weitergegeben und dann vergessen worden. Doch in diesem Orden waren sie wirkliche Brüder und schuldeten sich die Treue, für die sie die Bande zu ihrer Blutsverwandtschaft gelöst hatten. Bruder Norbert war von edler Geburt und hatte diese Bindungen an die Familie nur schwer abstreifen können. Mein Bruder, dachte er und trieb sein Pferd mit der Peitsche an. Der Laienbruder frohlockte, während er dahinritt, über das Pferd, das Unternehmen, die Abwechslung und die Herausforderung. Er war eine einfache, ehrliche Seele und dankte Gott für den entsprungenen Bruder, den man mit einem schönen Pferd bei Anbruch des Frühlings suchen mußte. Bruder Simon dachte an eine Rettung, an ein rechtzeitiges Eintreffen der Hilfe, könnten sie drei nur dazu beitragen. Die Rettung, über die er nachdachte, betraf nicht den zornigen, haßerfüllten Bruder Lewis, sondern Abram, von dem er sich auf immer verabschiedet hatte... Sie galoppierten nach York.

29

Vier Männer stiegen vor dem Walmtor von großen Pferden, atmeten kräftig durch, wie Kämpfer es tun, und klopften sich übermütig auf die Schultern. Sie hatten ein metallisch klirrendes Lachen. Die Barone Percy und ihre Mannen. Vier Männer stiegen am Ende der Selby Road von ihren Pferden, übergaben sie einem Pferdeknecht, lockerten die kurzen, dicken, an ihrer Taille befestigten Dolche und zogen, sie abwiegend, Schwerter mit mächtigen Griffen aus ihren Scheiden; Schwerter, mit denen man nicht zum Vergnügen auf begrasten Turnierplätzen seine Geschmeidigkeit üben konnte; gewichtige Schwerter, geschmiedet für einen langsam sich senkenden, endgültigen Hieb. Die Barone Courcey und Tampton, Baron Grimston und sein Knappe. Fünf Männer stiegen am Mickletor von ihren mächtigen Schlachtrössern, reckten sich voll Kraft und Männlichkeit und machten lachend mit den Wachen auf die lässige, obszöne Art der Männer Witze. Einer trug in den groben, schwieligen Händen ein Schwert mit einer messerscharf geschliffenen, aufblinkenden Klinge und einem juwelenbesetzten Griff, auf dem die Namen vieler edler Krieger eingraviert waren. Baron Malabestia und sein ewiger Knappe, der junge de Kuckney, zusammen mit zwei weiteren Knappen und einem Ritter aus Burroughbridge, der einen erbarmungslosen Morgenstern trug. Unfähig, dem Ungestüm seiner Berufung zu widerstehen, war der weißgekleidete Mönch ihnen vorausgeritten. Sie schritten durch die Tore in die Stadt hinein.

»Zehn Arme besitze ich, hundert Seelen. In Schwärmen fallen die Söhne Satans über die Erde her, verseuchen die Wasser, verdunkeln die Himmel – frohlockend, denn ihre Stunde ist gekommen. Die Engel werden ausgeschickt, doch noch im Flug vor Schlangen und Spinnen zurückweichend, bitten sie Christus und Maria: ›Gebt uns einen Überwinder.‹ Und Christus gibt ihnen zur Antwort: ›Die Letzten werden die Ersten sein, selig sind, die da Leid tragen.‹ Siehe da, Christi, sieh deinen Führer.

Filia Babylonis Misera!
Beatus qui retribuet tibi
Retributionem tuam quam retribusiti nobis
Beatus qui tenebit
Et allidet parvulos tues ad petram!«

»Meine Damen, es wird Zeit! Habt ihr noch einmal gekehrt, habt ihr die Weidenzweige ausgebreitet? Ich habe meinen Mann mit dem Besen aus dem Haus getrieben! Wie haben wir gelacht – genau wie immer. Was für eine Arbeit!«

Wegen der vielen Leute wurde die Zahl der runden, mit ritueller Sorgfalt gebackenen, ungesäuerten Brote verdoppelt; und die Hausfrauen hatten an den Fingern abgezählt, was gemäß dem Brauch notwendig war: ein gerösteter Lammknochen, der an das Passahlamm erinnern sollte; die Bitterkräuter und das

Fruchtmus, ein Symbol für die alten Mauern Ägyptens, deren Mörtel mit jüdischem Blut getränkt war. Versunken in ihren Tanz, tauchten sie mit wehenden Gewändern an ihren Türen auf, grüßten einander und verschwanden wieder. Am Nachmittag ging der Synagogendiener von Haus zu Haus; er kontrollierte, ob nicht etwas ganz Selbstverständliches übersehen wurde. Beim Verlassen jedes Hauses machte er an Tür oder Wand ein Zeichen, das besagte, daß dieses Haus nichts Gesäuertes enthalte und für das Passahfest bereit sei. Auch die Synagoge mußte gereinigt werden. Denicosa und Rana trugen Eimer und Wischlappen hin; den ganzen Tag huschten sie hin und her.

Am nächsten Abend würde Abram, als Herr des Hauses, vom Tisch aufstehen, zur Tür gehen, sie aufstoßen und den Wanderer, den Armen und den Fremden mit den alten Begrüßungsformeln willkommen heißen; vielleicht gar – wer konnte es schon wissen? – Elias selbst, den geladenen Gast, dem in jedem Haus der beste Platz eingeräumt wurde. Ihre Türen würden geöffnet werden, und sollte keiner davorstehen und die Gastfreundschaft des Hauses annehmen wollen, vielleicht würde dann ein Geist eintreten und am Festmahl teilnehmen; vielleicht würde es auch der Geist des Friedens sein. Als Rana nach Hause zurückkam, staubte Abram gerade Baruchs Gebetbücher ab und ordnete sie. Irgendwie verstimmte das Rana. Wie schnell wurden die Toten beiseite geschoben, und wie schnell legten die Jungen, die Lebenden, ohne um Verzeihung zu bitten, ihre Hand auf die Bücher.

»Heute müssen die Fenster glänzend rein sein«, sagte sie. »Wir und die Familie Josches sind die einzigen in York, die Steinhäuser und Glasfenster besitzen. Wenn unsere nicht genau so blank poliert sind wie die ihren, dann weißt du ja, was man sich erzählen wird.«

»Ich werde mich darum kümmern«, sagte er.

»Und paß auf, daß dich und Josches Sohn nicht der Übermut packt und ihr mit den Lumpen herumwerft!«

»Madam!« Es war ganz Baruchs Tonfall. Der Herr des Hauses.

Sie verstummte sofort und verhielt sich, wie sie es früher getan hatte. Abram erkannte seinen plötzlichen Vorteil und machte die Flucht nach vorn.

»Madam! Ich habe eine Entscheidung getroffen: nach dem Fest und unserer Rückkehr aus London werde ich Betty heiraten!«

Verblüfft schaute Rana auf. »Mir das zu sagen, hast du dir genau den richtigen Zeitpunkt ausgesucht! Lieber Sohn, warum mußt du mir das um zwei Uhr nachmittags, einen Tag vor dem größten unserer Feste, zwischen Töpfen und Topfdeckeln sagen, wenn ich in Arbeit versinke?«

»Schon lange versuche ich, es dir beizubringen, dir Andeutungen zu machen. Jetzt mußte es gesagt werden, und ich habe es hiermit getan.«

Rana wurde bleich vor Wut. »Eine solche Heirat würde euch beiden nichts als Schande bringen und das Andenken und den Namen deines Vaters noch mehr besudeln. Diese undankbare Magd! Nicht einmal die Christen wollten sie haben! Sie haben sie vor die Tür gesetzt! Warum sollte sie also gut genug für unsere Familie sein?«

»Für mich ist sie gut genug. Ich bin volljährig«, sagte er. »Ich habe es dir gesagt und damit meine Pflicht getan. Du kannst toben, wie es dir beliebt.«

»Dankeschön!« sagte Rana sarkastisch. »Die Freiheit ist schon eine feine Sache. Würde es dir etwas ausmachen, die Jungs zu holen und ihnen die Putzlappen zu geben, damit sie die Fenster putzen? Ich gehe jetzt wieder in die Synagoge.« Er verfluchte sich selbst, als sie ging. Bei ihr konnte er selbst jetzt noch manchmal nicht anders, als sich wie ein kleiner Junge zu fühlen.

Der Synagogendiener ging in den Häusern ein und aus und kennzeichnete sie; die auf der Straße und über die Brücke Schlendernden bemerkten die Zeichen an den jüdischen Häusern, sahen sich mit eigenartigen Blicken an und streckten die Nase in die Luft, als wollten sie nach einem besonderen Geruch schnüffeln. Jahrelang hatten sie diese Zeichen gesehen und mit ihnen die Vorzeichen wahrgenommen, die auf die Passahwoche hindeuteten – die Fröhlichkeit, die Hast, die seltsamen runden Brote. Doch nun schien es, als geschähe ewas ganz Neues, als würden geheimnisvolle, unheimliche Riten vorbereitet; sie erinnerten sich der alten Geschichten vom Christenblut, mit dem der Teig der Passahbrote angerührt wurde, und der Gerüchte vom gestohlenen Gold.

Als sie durch die Straßen zum Stadthaus der Percys zogen, konnten sie es nicht vermeiden, daß man auf sie aufmerksam wurde. Die Haltung dieser Edelleute hatte etwas an sich, was den Stadtbürgern fehlte. Mit einem gewissen Pomp und einer gewissen Pracht kamen sie aus unterschiedlichen Richtungen. Zu der Erregung, die über der Stadt lag, gesellte sich die Spannung.

»Ich habe Baron Malabestia mit seinen Mannen und einem langen Schwert und einem Pelz und Leder besetzten Mantel gesehen.«

»Ich habe Baron Percy die Brücke überqueren sehen.«

Die Ankunft großer Männer deutete auf ein großes Ereignis hin. Die Stadtbewohner, die immer etwas Neues und Aufregendes brauchten, das sie für den Verlust ihrer bodenständigen Traditionen entschädigte, ahnten mit einem Prickeln im Blut, daß hier auf wunderbare Weise etwas Bewegendes, etwas Begeisterndes in Aussicht gestellt wurde; etwas, von dem sie noch nicht wußten, was genau es war.

»Beschütze mich in meinem Kampf, mich, der ich euch erlösen werde. Die Stimme Gottes ist es, die ich vernehme, allein stand er, wie auch ich allein stehe. Christus, Christus, warum hast du mich verlassen? Die Sonne verdunkelt sich, der Mond ist blutrot! Warum hast du mich verlassen? In einem Meer der Finsternis stehe ich. Endlich vernehme ich deinen Befehl: Du wirst aufsteigen zur Höhe meines Altars und dich selbst den Feinden der Menschheit zum Opfer bringen! Doch ich kann nicht gehen – Fesseln halten mich. Ein Sklave bin ich, gepeitscht und blutüberströmt. Ich muß noch warten.«

»Wo ist Henry Marshall, de Kuckney? Wie das Pflaster auf der Straße sitzen wir hier fest und warten auf das Jüngste Gericht.« Malabestia nahm seinen Dolch und polierte ihn mit einem Zipfel seines Mantels. Percy kam herein, brachte Malabestias Schild und hing es, als Zeichen der Ehrerbietung, neben das seine.

»Ich weiß nicht. Ich habe ihn seit unserer Ankunft nicht gesehen. Er wird wohl auf irgendeinem Adelsgut sitzen, wo der Met aus vollen Bechern fließt.«

»Wir wollen hoffen, daß ihn keine Pflicht zur unrechten Zeit zurückruft«, sagte Malabestia und lachte.

»Er könnte nichts gegen uns ausrichten«, sagte Percy. »Zudem haßt er die verdammten Juden genauso wie wir.«

»Na ja.« Malabestia wandte sich dem alten Percy zu. »Aber es gäbe wenigstens einen weniger, der sich daran erinnern könnte, wer hier war, wenn König Richard zurückkommt und sich fragt, wo denn seine Melkkühe hingekommen sind. Ich habe es nicht so gern, wenn einer was über mich erfährt, so lange es mir nicht gelingt, über ihn so viel zu erfahren, wie ich gern möchte, oder wenigstens, nach welchem Wind er sein kleines Mäntelchen hängt. Er scheint mir aber ehrgeizig zu sein und wird wohl in ein, zwei Jahren ganz wo anders sitzen. Und unser Erzbischof, diese Frucht eines netten Schäferstündchens, kommt uns sicher nicht in die Quere. Was den Sheriff angeht – das arme Männchen: keine Bürgerwehr da, keine Waffen, und die Gefängnisschlüssel sind auch noch in den Ziehbrunnen gefallen!« Sie schüttelten sich vor Lachen beim Gedanken an John Marshall. Seine Autorität war ein Stück Pergament; sein Morgenstern ein Morgennebel; seine Bürgerwehr hatte sich in Luft aufgelöst.

»Genug davon, Percy – ich überlaß dir das Haus von Josche. Nimm deine Günstlinge mit. Mir überlaßt das Haus von Benedikt. Ich mag diese heulende Witwe und ihre drallen, kleinen Flügelchen – ein Leckerbissen, ein appetitliches, fettes Hühnchen.«

»Ich habe ihre Frauen nie zu Gesicht bekommen, außer wenn sie einmal schnell hier- oder dorthin rannten.«

»Ich hatte als Steuereintreiber einmal das Vergnügen, sie ein bißchen zu untersuchen. Da ein bißchen, hier ein bißchen, wie wir Richter sagen...« Und wieder lachte er.

»Wir müssen unter allen Umständen vor dem Mob dort sein. Der will doch nur zündeln.«

»Ich hab' das bei einem Feldzug mitgemacht«, sagte der junge Percy. »Wie die Jagdhunde pissen sie auf alles, was sie nicht fressen können.«

»Wie erfahren wir rechtzeitig, wann es losgehen soll?« fragte Lord Robert. Gleichzeitig fragte er sich, warum er diese Frage überhaupt stellte, wo er doch wußte, daß er nichts tun konnte, was das Ganze aufhalten oder beschleunigen würde.

»Wir sind da«, antwortete Malabestia und räkelte sich auf dem Stuhl. »Das *Wann* wird sich schon von selbst ergeben.«

»Behalte die Suppe im Auge, während du den Tisch scheuerst, damit sie nicht überkocht!«

»Lauf in die Gemeindehalle und leih dir eine Bank aus, damit unsere Gäste sitzen können!«

In den engen Strohhütten der Northstreet machte man Platz für zusätzliche Festgäste. Auch in den Häusern, in denen man sich deutlich dagegen ausgesprochen hatte, noch mehr Verbannte in den schon übervölkerten Zufluchtsort aufzunehmen, schuf man – bestrebt, an diesem Festtag Nächstenliebe und Gastfreundschaft zu zeigen – für jene, die sich schon in der Stadt aufhielten, Platz. Doch in Baruchs stattlichem Steinhaus befand sich außer der Familie und Betty niemand anderer. Selbst unter den Flüchtlingen begann man sich, bei aller Angst und Verzweiflung, über den unsicheren und ungern gewährten Schutz Gedanken zu machen. Sie fürchteten sich vor dem augenfälligen, festungsähnlichen Haus des Yorker Mannes, der wie sie zu einem Opfer geworden war.

Rana wurde elend ums Herz, als sie ihre Vorbereitungen in Angriff nahm. Baruch war wohlhabend gewesen; immer hatte es eine üppige Tafel gegeben; niemals hatten sie einen Feiertag verbracht, an dem das Haus nicht voller Gäste und Durchreisender gewesen wäre. Sie dachte an das Jahr zurück, in dem die

Verbannten aus Frankreich gekommen waren – ein ganzes Jahr hatte man gefeiert und getafelt; seither war so viel geschehen, daß sie jetzt Alteingesessene zu sein schienen. Erinnerte sich denn keiner daran, daß der Feigling auch großzügig gewesen war? Sie machte sich an die Arbeit; je näher es auf den Abend zuging, desto trauriger wurde sie. Sie ging um das Haus herum, einen letzten Eimer Wasser vom Ziehbrunnen zu holen, der nun fast nur noch von Juden benutzt wurde. Da sah sie drei Kinder vor der Haustür stehen. Auf kindliche Weise standen sie da und hielten sich bei der Hand, da sie zu verängstigt waren, um anzuklopfen, und zu verängstigt, um fortzulaufen. Wort- und bewegungslos standen sie da; zwei Jungen und ein kleines Mädchen. Sie stellte ihre Eimer ab. »Guten Tag.« Sie gaben keine Antwort. »Seid ihr allein auf der Welt?« Sie sahen sie mit großen Augen, immer noch schweigend, an. Es war offensichtlich. Mit einem Mal stieg in ihr das Bedürfnis auf, zu ihnen hinzulaufen und sie zu umarmen. Doch sie blieb vernünftig. »Es ist nicht einfach, allein zu sein. Bleibt bitte, wo ihr seid, und wartet kurz.«

Sie ließ ihre Eimer stehen, drehte sich um und ging durch die Hintertür des Küchenanbaus nach vorn und öffnete die Haustür. »Guten Tag«, sagte sie noch einmal. »Heute ist Passah, und ihr wißt, was geschrieben steht: ›Eine schreckliche Armut ist es, ein Fest ohne Gäste feiern zu müssen.‹ Kommt herein und feiert mit uns.«

Ohne ein Wort oder eine Geste betraten sie das Haus. Als Rana ihr Wasser holte, stolperte sie, denn ihr standen Tränen in den Augen. Für sie war es nicht mehr von Interesse oder Bedeutung, daß es keine Juden waren.

In den finsteren Gewölben hallte seine Stimme:

»Herr, ich bin gekommen. Ich bin gekommen, um mich deiner Sache anzunehmen und sie zu einem Ende zu bringen.« Dieser Kirche war von ihrem Erzbischof, der sich nun auf Reisen befand, verboten worden, Gottesdienste abzuhalten. Es war völlig dunkel. Selbst das Licht der Sonne schien zwischen den Galerien zu versickern. Bruder Lewis warf sich vor dem unsichtbaren Altar auf die Steinfliesen. Er wiederholte das einfache Gebet, mit dem die Mönche in Welbeck die Welt hinter sich ließen, um zu schlafen. Er wußte nicht, war es tiefverwurzelte Gewohnheit aus alten Tagen, die er selbst jetzt noch, auch in dieser Zeit, auf seiner Mission, noch nicht abgelegt hatte, oder lag es daran, daß er drei Tage keinen Schlaf gefunden hatte – oder waren es vier? Mit dem Amen schlief Bruder Lewis ein, die Arme auf dem Boden der Kathedrale wie am Kruzifix ausgebreitet.

Er ging von einem Traum in den anderen über, als er erwachte. »Zugleich Priester und Büßer, habe ich meine Sünden gebeichtet. Zugleich Zelebrant und Gläubiger, habe ich die Messe gefeiert. Meine Vision zu besiegeln ist alles, was noch zu tun bleibt, und gewappnet mit dem konsekrierten Leib des Herrn, dem Ruhmesschwert, werde ich bereit sein für das Zeichen, für den Weltuntergang, für den Drachen, der aus dem Innern der Erde hervorbrechen wird, bereit für die sechs Ungeheuer und für die sechs Verwandlungen. Eine Hostie habe ich, sie muß geweiht werden. Sie haben den Wein gestohlen, den roten Wein, das rote Wasser des Heiligen Geistes, das blutrote Meer, das Rote Meer, das Blutmeer – das Opferblut. Ich brauche Blutwein, um meine Hostie zu weihen – das Blut der Erlösung, das Blut des Jüngsten Gerichtes, der Leib und das Blut. ›Dies ist mein Blut...‹«

Bruder Lewis öffnete mit einem Messer eine pulsierende, bereitwillig herausspringende Ader seines Armes. Kein Becher fing das Blut auf. Er vergoß das hervorquellende Blut auf den nackten Stein des Altars. In einer Tasche fand er ein Stück trokkenes Brot. Zum Höhepunkt seiner Messe weihte er das blutgetränkte Brot mit all den genau bemessenen Gesten der Priester und opferte seinen Körper und sein Blut dem ewigen Krieg mit dem Satan und Menschenfeind. In quälender Ungeduld beendete er die Messe und ging auf und ab. Er wartete.

Mit dem Einbruch der Dämmerung kam auch jene Stille, die wie ein Stillstand der Zeit die Geräusche des Tagwerkes von der abendlichen, lärmenden Ausgelassenheit in den Schenken und, nach der Sperrstunde, in den Häusern schied. Die Wächter machten ihre Rundgänge, und auch sie spürten den hereinschleichenden Haß und die Furcht, die sich über die Stadt zu senken schien, und lauschten deshalb jedem leisen, verdächtigen Geräusch nach. In einer der Backstuben abseits der Northstreet sammelten sich vom Dampf eines kochenden Kessels Wassertropfen auf einem Strohbüschel, das vom Dach herunter hing. Erst zwei Tropfen, dann drei. Beim vierten Tropfen bog sich das glänzende, weiche Stroh leicht, und der Tropfen, groß und dick geworden, fiel schwer in eine Pfütze auf der Straße. Eine Ratte erwachte in ihrem Loch und raschelte durch den Unrat in den Abwasserrinnen. Die Wächter erstarrten. Ihre Hände faßten schnell nach den scharfen Klingen ihrer Schwerter und den flinken Spitzen ihrer Dolche. Ein zweiter Tropfen schwoll an. In einer Gasse schrie eine Katze. Die Wachposten hielten ihre Waffen so fest umgriffen, daß ihre Hände schmerzten.

Ein Knabe kam die Northstreet herunter. Mit einer Fackel leuchtete er sich den Weg. Als er um eine Hausecke ging, streifte er mit der Fackel die Mauer; Funken sprühten hinauf ins Stroh, krochen schwelend in es hinein, dann fing das Dach Feuer. Schon stand es hoch über dem Dach. Ein Schrei ertönte: »Feuer! Feuer!« In der leeren Kathedrale hörte der Mönch die anschwellenden Rufe. Er ging durch die Seitentür, die er aufgebrochen hatte, wieder nach draußen. Sein Blick wanderte zum Stadtkern, und dort, im Judenviertel, sah er die Flammen. Er stürzte davon. Mit ausgebreiteten Armen und wehendem Mantel rannte er schreiend fort: »Das Zeichen! Das heilige Zeichen!«

30

17. März 1190

Das Passahfest hatte begonnen. Die ersten Segenssprüche waren gesprochen, der erste Becher Wein gekostet. Draußen auf den Straßen folgte das Leben der Stadt dem langsamen, abendlichen Takt. Willy, die Eule, der Wirt der Schenke am Anfang der Northstreet, hatte seinen ältesten Sohn auf den Markt geschickt, damit er von einem dort noch auf Kundschaft wartenden Händler einen zweiten Schub Fisch besorgte. Die Gäste waren ungeduldig, der Knabe in Eile und ein wenig betrunken. Er nahm die brennende Fackel von der Tür, damit er sich auf dem Heimweg leuchten konnte. An der Ecke der Straße, die zur Ousebrücke führte, prallte er mit einem Vorübergehenden zusammen und stolperte gegen die Wand eines Hauses.

Das Stroh war trocken, fing schnell Feuer und loderte auf. Als die gelben Flammen in die Höhe schlugen, ertönte sofort ein Schrei: »Feuer! Kommt zur Hilfe! Feuer!« Einige Männer rannten los. Einen Moment lang lief alles in den vernünftigen und gewohnten Bahnen wie bei jedem anderen Feuer auch, mit dem der Wind spielte und ihm seinen Weg vorzeichnete – nach dem alten Muster, das in zivilisierten Gegenden galt: ›Einer für alle, alle für einen.‹ Manche blieben stehen, sahen das brennende Haus und beeilten sich, an die Tür zu schlagen, um die Bewohner zu wecken. Auch ich würde gerettet werden wollen, dachten sie. Dann, ganz plötzlich, hielten sie inne – Stille. Vielleicht hatten sie bemerkt, daß es sich um ein jüdisches Haus handelte, vielleicht lag es nur daran, daß sie jetzt warten mußten, nichts tun konnten, bis Leitern und Eimer herbeigeschafft waren. Zeit zum Nachdenken, Zeit zum Nichtmehrnachdenken. Das Brüllen und Krachen des Feuers durchbrach die Stille ihres Wartens. Drinnen bemerkten es die Feiernden plötzlich; die Tür wurde aufgestoßen. Rufend und schreiend erschienen sie unter der Tür – und verstummten abrupt angesichts der schweigenden Menge. Und sie schwiegen, aus Angst, diese empfindliche Wetterfahne auch nur durch den Hauch eines Wortes zu stören. Und das Feuer breitete sich auf dem Dach aus, fraß sich prasselnd weiter, griff auf das nächste Haus über. Noch immer warteten sie; schienen gefangen wie die Seelen in der Vorhölle. Dann kam die Wende. Vom anderen Ende der Straße, dort, wo Allerheiligen sich dunkel in der Nacht abzeichnete, kam eine große, weiße Gestalt angestürmt, die Arme wie ans Kreuz genagelt ausgestreckt, und schrie: »Das Zeichen! Das Zeichen!« Und dann ertönte der alte Kreuzzugsruf: »Es ist Gottes Wille!«

Einem der Feiernden, einem, der sich schon einmal in diesen Klauen befunden hatte, war in diesem Augenblick klar, daß das Grauen sich gegen sie gewandt hatte. Mit einer letzten instinktiven Bewegung hob er die Hände, um sein Gesicht zu schützen. Die Menge brüllte in rasendem Zorn auf, rannte zum brennenden Haus, zog die sich wehrenden Juden heraus und brachte sie mit bloßen Händen um. Ein unbekanntes Fieber, eine Raserei und Freude ergriff die Leute auf der Straße, und der Haß, der draußen vor den Mauern Yorks einfach nur abgewartet hatte, stürmte nun herein, wurde aufgegriffen und begann, durch die Straßen zu branden.

Im Stadthaus der Percys erreichte das Getobe die noch untätigen Edelleute; sie standen auf, lauschten dem Rufen und brauchten mehr nicht zu wissen. Sie griffen nach ihren Waffen, den großen, schweren, von ihnen mitgebrachten Schwertern. Malabestia lachte und sagte: »So früh schon! Beim Kreuz, die haben's aber eilig!«

Sie rannten aus dem Haus, über die Fossbrücke, an der Synagoge vorbei, wo schon ein paar beutewitternde Plünderer um die Türen strichen. Percy ging zu ihnen hin, übernahm das Kommando, und der Mob, weil er nichts anderes kannte, als den Dienst unter einem Herrn, wurde unter seiner Führung zusammengeschweißt und erfreute sich der Sicherheit seiner Gefolgschaft. Sie hatten keine Angst mehr – hier waren ihre Führer, ihre Befreier. Die anderen rannten über die Ousebrücke zur Northstreet, in der sich schon eine brüllende und stampfende, noch unentschlossene Schar angesammelt hatte. Das Feuer wütete ungehindert weiter, von Haus zu Haus. Die Juden, die ihre Türen für den Einzug ihres Messias in dieser Festnacht geöffnet hatten, merkten, daß statt seiner die Hölle an ihre Türöffnungen und Herde gekommen war – jetzt auch hierher, in die sichere, einsichtige Stadt. Einige rannten aus dem Haus auf die Gassen, um sich in Sicherheit zu bringen. Die Menge, die noch immer nach einem Führer hungerte, wogte und stöhnte. Und plötzlich waren die Führer da. Malabestia und seine Mannen bahnten sich einen Weg durch das Gewühl, schwangen ihre Schwerter und riefen: »Es ist der Wille Gottes! Es ist der Wille Gottes!« Und der Mob strömte in die Häuser.

Malabestia, sein Knappe und die zwei Ritter haßten nicht nur, sie dachten auch nach; sie kämpften sich durch den Aufruhr und das Gedränge zu den beiden Steinhäusern, die am Ende der Straße einander gegenüberstanden. Mit einem Wink seiner Hand überließ der Baron den zwei gierigen Rittern, die ihn begleiteten, Josches Haus, während sich er und sein Knappe Baruchs großer Tür zuwandten. Die Ritter nahmen einen Anlauf und warfen sich gegen die schwere Tür, die nicht verriegelt war; sofort gab sie nach und sprang auf.

Prachtvoll aufgetragen stand Josches Festtafel mit mehr als zwanzig Gedecken vor ihnen; in den Schüsseln dampfte noch die Suppe. An einem Spieß brutzelte unbeaufsichtigt eine Gans. Kein Mensch war da. Fluchend rannten die Ritter weiter ins Innere des Hauses. Irgendwie mußte die menschliche Beute gehört oder gefühlt oder geahnt haben, was ihr bevorstand und war aufgestanden und geflohen, ohne etwas mitzunehmen; doch selbst in dieser Situation hatte sie nicht vergessen, den Widerschein ihres Feiertages, ein Zeichen ihres Festes, glänzend und heiter, zurückzulassen – Triumph ihres Glaubens.

Während schon die Menge hinter ihm hereindrängte, ergriff Tampton noch einige Leuchter. Gemeinsam begannen sie, das Haus nach Schmuck zu durchstöbern. In ihrer Gier warfen sie die Passahtafel mit dem Festtagsessen um. Sie fanden nicht so viel, wie sie sich ausgemalt hatten. Fast mehr noch reizte die Plünderer diese letzte Geste ihrer Opfer bis zur Weißglut. Eine

Geste, die sie zu verhöhnen schien und der sie nichts mehr entgegensetzen konnten. Bis nichts mehr übrigblieb, vernichteten und zerstörten sie; rannten dann schreiend auf die Straße, um der ihnen entkommenen Opfer habhaft zu werden.

In Baruchs Haus auf der anderen Straßenseite wurden Baron Malabestia und seinen Knappen keine solchen Hindernisse in den Weg gelegt. Kein Christ hatte gewußt, daß die Juden an diesem Tag ihre Türen nicht verriegelten. Auch sie waren überrascht gewesen, daß die Tür aufgesprungen war, als Baron Malabestia gebieterisch mit dem Fuß dagegen getreten hatte. Drinnen saß eine Familie am festlich gedeckten Tisch; in der Verwirrung dachte keiner an Flucht oder Widerstand. Der Mob draußen würde bald nicht mehr zu bändigen sein, und Malabestia war klar, daß ihm keine Zeit blieb, diese Juden zu foltern, damit sie ihre Verstecke preisgaben. Mit großen, angsterfüllten Augen saßen die drei kleinen Gäste am Tisch. Das Mädchen begann zu wimmern.

Malabestia machte einen Schritt nach vorn, um Rana in seine Hände zu bekommen und ihr Haube und Schleier herunterzureißen; er wollte sehen, wie sich das lange Haar löste. Als er zur Seite trat, erblickte der Knappe Richard de Kuckney Abram. Tief hatte es sich ihm ins Gedächtnis eingebrannt, wie Abram ihn vor ganz York bei einem Kampf gedemütigt hatte. Für ihn hatte er sein Schwert geschliffen. Nun würde diesem Spott ein Ende bereitet werden. Abram hatte sich erhoben; der Tisch versperrte ihm den Weg zu seiner Mutter; er stolperte vorwärts, um vor Malabestia bei ihr zu sein. Sie sah, wie de Kuckney sein Schwert gegen Abram richtete und vergaß Malabestia, die Welt und alle weibliche Anmut, die ihr verliehen worden war, um ihr das Leben als Frau zu erleichtern, hob die schwere Fleischplatte vom Tisch und warf sie dem Knappen an den Kopf.

Er war aus dem Gleichgewicht gebracht und vom heißen Essen geblendet. Als Abram auf sie zukam, rief Rana: »Rette dich!«, und als er sie berührte, stieß sie ihn mit der ganzen Kraft, die sie besaß, fort zur offenen Tür hin: »Rette dich!«

Der Weg war einen Augenblick frei, er selbst schon auf dem Sprung – Abram schoß aus dem Haus und tauchte im Durcheinander der Straße unter. Ranas Herz hüpfte vor Freude. Kurz darauf drehte sie sich mit einem strahlenden Lächeln auf dem Gesicht zum Baron um. Doch angesichts des Grauens, der Fremden und des draußen auf der Straße tobenden Blutbades und angesichts dessen, was sie erwartete, erstarb es. Mit lüsternen Händen und einem kalten Lächeln kam der häßliche Tod auf sie zu. Ein Zittern durchlief sie, und sie rief: »Ihr dürft mich nicht töten! Nicht jetzt!«

»Und weshalb nicht?« Er lächelte noch immer. Er hatte nicht einmal Zeit, mit dem fetten Hühnchen das anzustellen, was er sich vorgenommen hatte.

Als er näher kam, stieß sie in die Worte aus: »Nicht gepflückt sind meine Kräuter, nicht gebleicht sind meine Kleider...« Sie versuchte, zu erklären, warum alles so furchtbar wichtig war – die Kräuter und die Kleider und das Leben. Sie trug nicht die richtige Kleidung, um sterben zu können, war nicht hergerichtet, das Haus war nicht in Ordnung gebracht... Doch die Waffe fuhr mit furchtbarer Kraft auf sie herab, und so wie sie war, hauchte Rana ihr Leben in einem Blutstrom aus. Die Kinder wurden im Vorübergehen niedergemacht; daß Rana ihren Glauben vergessen hatte, hatte auch ihr Schicksal besiegelt.

Als Pater Odo hörte, daß es brannte und das Feuer schon so nahe war, lief er, so schnell er konnte, zur Kirchentür und öffnete sie und öffnete auch die große Seitentür, die zu den Kellern führte, in denen die Gerätschaften zum Feuerlöschen untergestellt waren. Aus Erfahrung wußte er, daß es am vernünftigsten war, hier zu warten, bis die Männer eintrafen, die Leitern und Kübel und Piken zu holen. Viel Zeit konnte eingespart werden, wenn er sie anwies und es weniger Durcheinander gab. Er begleitete sie immer, um Hilfe zu leisten oder jenen die letzte Ölung zu geben, die ihrer bedurften. Er humpelte daher schnell zurück, um seine Sachen zu holen, kam wieder und wartete mit seiner Fackel auf die Männer.

Die Zeit verstrich. Erst ergriff ihn Ungeduld, dann Furcht.

Er hielt seine Fackel höher und trat auf den Kirchenvorplatz hinaus. Die Straße stand in Flammen; schon hatte das Feuer auf mehrere Häuser übergegriffen und fegte mit Stichflammen durch die Nacht. Um die Häuser und auf der Straße herrschte Gedränge, doch er konnte nicht erkennen, was geschah und warum man das Feuer nicht löschte, dessen Flammen, wenn niemand etwas unternahm, auf die Häuser übergreifen würden. Erstaunt stieg er die Galerie hinauf. Dort gab es eine kleine Tür, die zum Dachboden führte. Gucklöcher waren dort freigelassen worden, durch die man auf die Häuser und Straßen in der Nähe sehen konnte. Als er unter den Dachbalken hindurch gekrochen war und Ausschau hielt, erblickte er fassungslos die Raserei, die von den Menschen Besitz ergriffen hatte. Er schaute durch ein Guckloch, das einen Blick auf die Hölle freizugeben schien – die Hölle in seinen Straßen, dort unten.

In fiebriger Hast, angefeuert durch das Schreien und die Flammen in den Häusern, plünderte man weiter. Im Vorbeigehen nahmen die Männer das Essen vom Tisch und stopften es sich in den Mund oder tranken. Und die Völlerei wanderte von einem Haus zum nächsten. Dach um Dach ging in Flammen auf, und die Aufrührer jubelten und tanzten. Sie schlugen jeden tot, der sich aus den brennenden Häusern zu retten versuchte. Mit deutlicher Distanz zu den anderen schritten die Barone und Ritter durch den noch nicht brennenden Teil der Straße, und wie in stillschweigender Übereinkunft wurde ihnen auch in der Raserei Respekt bezeugt: Erst kommen die Edlen, dann die Gemeinen. Als gewöhnlicher Raub seinen Reiz zu verlieren begann, verwandelten raffinierte Tötungstechniken das Plündern in einen bloßen Zeitvertreib. Schwer beladen mit Plunder und kostbaren Juwelen, versengter Seide und wertlosem Kram, alles wahllos zusammengerafft, blieben die Edelleute stehen, um sich daran zu ergötzen, wie gepfählt, aufgeknüpft und Eingeweide herausgerissen wurden, während sie aßen, das Gegessene erbrachen, soffen und im Suff torkelten. Die Gemeindehalle und die Synagoge wurden aufgebrochen und ausgeraubt. Im letzten Augenblick war noch das Hoftor geschlossen und abgesperrt, die schwere Innentür verriegelt worden. Dort standen die schweißtriefenden Aufrührer, rannten gegen die Außentür an, gelangten in den Hof und drängten vorwärts, ins Heiligtum hinein.

Pater Odo wollte nicht wahrhaben, was er sah. Er lehnte sich an einen Steinpfeiler. Was er vor seinem inneren Auge sah, raubte ihm plötzlich den Atem: er – er war es gewesen, der von der Erlösung durch den Kampf und vom Ende der Kompromisse mit dem Übel gepredigt hatte. Kraftlos hob er die Hände. »Nein – Nein. Das habe ich nicht gemeint...« Schwerfällig erhob er sich und kletterte den winzigen Treppenschacht wieder hinunter und humpelte zur Tür. Vor Qual fast weinend murmelte er: »Nein – nicht so – das ist Unrecht! Das ist Unrecht!« Schwer humpelnd ging er auf die Straße hinaus, um das Ungeheuer des Hasses aufzuhalten, das er gezeugt zu haben glaubte.

Als Abram aus der Tür seines Hauses stob, war ihm klar, daß Überraschung und Kühnheit seine einzigen Waffen waren. Sie leisteten ihm gute Dienste. Er tauchte im Chaos der Straße unter und lief los, schlug sich einen Weg durch schreiende Menschenknäuel, die erst merkten, nachdem er vorübergerannt war, daß ihnen hier ein Jude entwischte. Das Feuer breitete sich in der ganzen Länge der Northstreet und in den zum Fluß führenden Gassen aus. Seit sich der Wind gedreht hatte und nun nach Osten wehte, bestand für die Häuser auf der Westseite des Ouse keine ernsthafte Gefahr. Dort strichen die Menschen herum und warteten darauf, daß sie an die Reihe kamen, die Steinhäuser zu durchstöbern; warteten darauf, daß das Feuer ihnen noch mehr menschliche Beute zutrieb; jubelten, sangen; waren bald Zuschauer, bald Akteure in ihrem eigenen kleinen Kreuzzug. Erst als Abram den unteren Teil der Northstreet erreicht hatte, wo ihn eine Kreuzung kurz aufhielt, weil von hier aus drei Gassen wegführten, rief eine Schar hinter ihm her und machte sich auf die Jagd. In der Aufregung schlug er den nächstbesten und engsten Weg ein, der durch ein Gewirr von Gassen an den Rückseiten von Schuppen und Läden vorbei wieder zurück auf die Northstreet führte. Als er sich hinter einen Abfallhaufen duckte, um Atem zu schöpfen, hörte er sie kommen; sie kannten die Stadt ebensogut wie er. Er mußte sofort ein Versteck finden, denn die Mühe, die er sie kostete, machte sie noch wütender, und sie würden keine Gnade kennen, sollten sie ihn erwischen. Er wagte sich aus der Deckung hervor und bog in eine andere Gasse ab. Aufgeschreckte Ratten trappelten quiekend vor ihm her. In seinen Ohren klang ihr Quieken so laut, daß er sich sicher war, daß auch seine Verfolger es gehört hatten. Noch verfolgten sie ihn fluchend und rasselnd, fast spielerisch. Doch wenn sie verstummten, um nach seinen Schritten zu lauschen, wäre er verloren. Er schlug einen Haken um den anderen, um ihnen zu entkommen, näherte sich wieder der Northstreet und machte noch einen Fehler: er bog in eine Sackgasse ein. Eine Wand tat sich vor ihm auf. O nein! Mein Gott!

»Pst! Heeh!«

Er schaute sich um. Eine Ratte kreischte auf. Ein Fluch, dann Trappeln. Sie waren ganz nah.

»Heeh! Pst!«

»Wer ist denn da?« flüsterte er. Er fürchtete sich vor dem, was sich hier bot, noch mehr als vor seinen Feinden – die Aussicht auf Rettung und dann weiß der Himmel welche Art von Verrat …

»Kommt hier rein!« ließ sich das Flüstern, zur Eile drängend und ungeduldig, hören. Er sah eine Hand, die ihm von einer Seitenmauer der finsteren Sackgasse aus zuwinkte, dann, halb verborgen in einer dunklen Tür, den Teil eines Gesichtes. Sie kamen. Jeden Augenblick konnten sie in diese Sackgasse einbiegen. Er biß die Zähne aufeinander und ging zu der Tür. Die Hand zog ihn hinein, die Tür schloß sich ohne jedes Geräusch hinter ihnen. Es war stockdunkel. Die Hand zog ihn von der Tür weg, er stolperte. Der Riegel schob sich langsam, Zentimeter um Zentimeter, vor.

»Bleibt hier«, krächzte ihm die Stimme ins Ohr. Die Hand wurde zurückgezogen. Er hörte Schritte. Eine Tür öffnete sich, Licht fiel herein, und der Mann winkte ihn zu sich. Noch immer nach Atem ringend ging Abram hinein und drehte sich zu seinem Retter hin. Es war der Schankwirt, Willy, die Eule. Kaum hatte Abram den kleinen Mann erblickt, wußte er auch, um welche Sackgasse es sich handelte. Willys Schenke ging auf die Northstreet hinaus, und die Tür und der dunkle Raum, durch den sie gekommen waren, gehörten zu einem der hinteren Lagerräume. Im mittleren Zimmer, in dem sie nun standen, brachte Willy häufig Gäste für die Nacht unter. Er gab Abram mit einem Wink zu verstehen, er solle schweigen; dann teilte er den schweren Vorhang, der das Zimmer von der Schenke trennte. Nachdem er sich vergewissert hatte, daß dort niemand war, öffnete er die Tür zum Lagerraum und hob eine Falltür an, die den Weg zum Keller freigab. Zusammen stiegen sie hinunter. Abram hielt das Licht, und Willy zog die Luke über ihnen zu. Als Willy auf der wackelnden Leiter stand, bemerkte Abram seine dürren, rachitisch verbogenen Beine. Mit seinem grauen Gesicht und seinen Glupschaugen sah der Mann wirklich wie eine Eule aus. Schon für einen halben Pfennig und einige bunte Bänder setzte ihm seine Frau Hörner auf. Für die halbe Stadt war er Zielscheibe des Spotts. Warum sollte er ein helfender Retter sein? Warum von allen Menschen gerade er? Abram beobachtete ihn beim Herunterklettern. Er sah aus wie immer und bewegte sich, als machte er nichts anderes als sonst auch, als unterscheide sich diese Nacht in nichts von anderen. Abram redete ihn leise an; die Worte klangen noch immer ein wenig atemlos: »Wie kommt es, daß du mich rettest?« Ihm fiel ein, daß die Northstreet keine ausschließlich jüdische Straße war, wenn auch der größte Teil der Yorker Juden hier lebte. Ihr Stolz verbot es ihnen, Kunden bei Willy zu sein und ihn oder seine Kinder auch nur zu grüßen. Sie lösten das Problem, das Willy, die Eule, und seine betrunkenen Gäste darstellten, indem sie so taten, als existierten weder er noch die anderen. Baruch hatte dort ein paarmal mit Christen verhandelt, die von ihm Geld leihen wollten, dabei den Wirt aber immer mit Verachtung und von oben herab behandelt.

An der Wand befand sich ein Brett für die Lampe; Willy stellte das Licht dort ab. Dann kam er zurück und flüsterte: »Paßt auf: ich weiß nicht, wer heute abend dort oben oder hier unten noch eintreffen wird. Ich werde ein bißchen Essen und Met bringen, sobald ich kann. Seid ihr verwundet?«

»Bitte«, sagte Abram. »Warum habt Ihr mich gerettet?«

Der dürre Mann stieg schon wieder die Leiter hinauf. »Diese Männer tun Unrecht«, sagte er. Er hielt inne und machte eine leichte Drehung. »Es ist nicht recht, irgendeinem anderen Menschen Leid zuzufügen.« Er drehte sich wieder um und ging an seine Arbeit.

Das Gemetzel in der Northstreet griff weiter um sich. Schon wurden die Opfer knapp. Malabestia fiel auf, daß ihnen weder der Oberrabbiner noch Josche in die Hände gefallen war. Er erinnerte sich, daß etwas Zeit verstrichen war zwischen dem Ausbrechen des Feuers und seiner Ankunft sowie der seines weißgekleideten Narren, der noch immer die brennenden Straßen auf und ab wütete und stürmte, wobei er die Offenbarung zitierte und seine Hände ins Blut der Toten tauchte.

Richard und die Ritter waren dabei, die Beute des Barons in Sicherheit zu bringen. Was jetzt noch zu finden war, mochten die erbarmungslosen Hände der Städter auseinanderklauben. Über die Ousebrücke ging er zur Synagoge der Juden. Percy und seinen Mannen war es endlich gelungen, die Innentür aufzubrechen. Ein wenig flößte ihnen der seltsame, geheimnisvolle Gott, dessen Schätze hier aufbewahrt wurden, Furcht ein; doch sie waren hineingegangen. Ihre Fackeln hielten sie hoch über ihren Köpfen, vertrieben so die Schatten dieser anderen Welt und erhaschten einen Blick vom glänzenden Silber und Gold. Silber und Gold hatten nichts Magisches an sich. Die Männer, die bei einer Plünderung niemals ein goldenes Kruzifix berührt hätten, weil das Symbol mehr als der wertvolle Stoff, aus dem es gefertigt war, galt, besaßen gegenüber diesem fremden Schmuck keine solchen Skrupel. Leuchter, Lichtputzscheren und Kelche ergriffen und raubten sie. Dann stieg Percy auf das Podium und riß fort, was er für einen gewöhnlichen Vorhang hielt. Hinter diesem Vorhang stand, von Juwelen bekränzt, glitzernd und leuchtend der Thoraschrein. Er rang nach Atem. Da ertönte von irgendwoher über ihnen eine herrische Stimme.

»Wagt es nicht, diese Schriftrollen mit euren schmutzigen Händen zu entweihen!«

Einen Augenblick lang schwiegen die jungen Plünderer wie vom Blitz getroffen. Vielleicht war es ein Geist, eine Macht, die die seltsamen Götzendiener beschworen hatten? Einer der Männer hielt, fast unbewußt, seine Fackel höher und erhaschte einen Blick vom Schatten auf der Empore. »Seht!« Er wies die anderen darauf hin. Die Welt war wieder greifbar für sie alle. Während draußen der Pöbel kläffte, rannten die beiden Ritter die engen Stiegen hinauf, wo die Beute, vor Angst gelähmt, auf dem Boden der Empore lag. Fünf Menschen waren dort. Auch jener, der den Plünderern wie die Stimme Gottes erschienen war. Der Streich amüsierte den jungen Mann, so daß er der mitleiderregenden Schar nichts antun wollte. Er hatte nicht verstanden, warum Baron Malabestia so darauf versessen war, daß alle Juden getötet wurden. Als Percy hinter ihm die Stiege heraufkam, schaute er noch immer auf sie hinunter. »Mach schon. Bring's zu Ende und töte sie!« sagte er ungeduldig, denn schon hörte er den Pöbel im Hof.

Rabbi Elias blickte zu ihnen auf. Er versuchte, seine Angst zu verbergen, indem er sich auf die Lippen biß: »Müßt ihr uns niedermetzeln? Müßt ihr uns opfern, damit ihr gerechtfertigt seid?«

Die Frage ließ den jungen Mann zögern. Doch nur einen Augenblick lang. Noch ehe er das *Shema Israel*, das letzte Glaubensbekenntnis, über die Lippen, die nicht zu zittern aufhören wollten, brachte, war Elias tot. Mit einem Stöhnen warf sich Denicosa über seinen Körper und schluchzte: »Oh, mein Bräutigam, mein Bräutigam!«

Ungeduldig, sich endlich über die große Schatzkammer herzumachen, töteten die beiden Denicosa rasch; dann die anderen drei, die in Norwich dem Tod nur entkommen waren, um in York zu sterben. Im Hof wuchs die Ungeduld unter dem Mob. Wenn die Edelleute nicht schnell handelten, würde den auf ihr Seelenheil erpichten Armen der Ruhm aus zweiter Hand nicht mehr ausreichen. Die Ritter rannten die Treppen zum Heiligtum hinunter, stürzten sich auf den Thoraschrein, rissen die Verzierungen herunter und ließen die Gesetzesrollen, die Lilie Jerusalems, so liebevoll gehegt und eingegraben in die Seele eines jeden Juden in York, auf den nun schmutzigen Boden fallen, wo sie entrollt und verdorben liegenblieben. Nun gab es keinen mehr, der diesen Männern hätte sagen können, daß ihre eigenen Bräuche, Gesetze, Überzeugungen und selbst die Worte, in die sie sie kleideten, ein Erbe der Väter jener waren, die sie getötet hatten; daß »Amen« und »Halleluja« ihre Worte, daß Jehova ihr Gott war.

Wie ein Aufseher, der eine Arbeit begutachtet, kam Malabestia herein. Er ging auf die Empore hinauf und schaute sich die fünf Toten an. Nicht dabei. Weder Josche noch der Witwe Sohn. Und auch der Rabbiner fehlte. Wenn ein Jude entkäme, wäre das ein Mißgeschick; entkam aber ein wichtiger Jude – einer wie Josche, der Geschäfte im Wert von Hunderten Mark im Kopf hatte –, so würde die ganze Angelegenheit zu einem dummen Ausrutscher verpfuscht und konnte den Baron das Leben kosten. Wo nur hatten sie Zuflucht gefunden?

Ungeduldig schritt er davon, während der Mob, der endlich freie Bahn hatte, in die Synagoge strömte, um zusammenzuraffen, was übriggelassen worden war, und den Ort mit Schmutz und Erbrochenem zu besudeln; den Ort, der ihnen immer verschlossen geblieben war. Zurück auf der Straße, packte Malabestia einen Jungen am Kragen und zog ihn aus dem Hin- und Hergerenne: Er schrie ihm etwas ins Ohr, und der Junge machte sich auf, um zu erledigen, was ihm aufgetragen worden war. Nach fünf Minuten hatten sich ein Dutzend Jungen um den Baron versammelt, der so freigiebig seine Kupfermünzen verteilte. Langsam, als hielte er eine Rechenstunde, erklärte er ihnen, was er von ihnen wollte und wie er es ihnen vergelten würde, wenn sie herausfänden, durch welche dunklen Löcher diese verteufelten Juden entkommen waren. Wie Getreide, das der Wind zerstiebt, rannten die Jungen auseinander.

Auf der Straße ging der Wirbelsturm weiter. Der weiße Mönch beschwor brüllend die feuerflammenden Verfluchungen, die vom Ende der Welt kündeten; Pater Odo, eine traurige, hinkende Kreatur, ging von einem zum anderen und bat inständig, endlich aufzuhören. Die Menge tanzte, plünderte, sang und trank, bis ihr schwindlig wurde. Pater Odo war Priester; deshalb taten sie ihm kein Leid an, stießen ihn aber wie einen Narren mit der Schulter fort oder reizten ihn inmitten des ganzen Spektakels, auf das sie sich wie verhungernde Tiere aufs Fressen stürzten. Auf den Dächern über ihnen züngelten die Flammen und erstarben hier und dort wieder. In der Hitze des Feuers und im trügerischen Licht dieser zum Tag gewordenen Nacht glichen sie den Visionen eines Dichters der Liturgie, der den Tag des letzten Trompetenstoßes heraufbeschwor.

31

Zweimal noch bewegte sich das schwere Brett über Abrams Kopf zur Seite, und zweimal noch taumelte eine zitternde, verängstigte Gestalt in die Sicherheit des Kellers herab. Beim ersten Mal stieg ein alter Mann herunter, der Abram aus blutüberströmtem Gesicht anstarrte, ein Gebet murmelte und starb; dann kam eine junge Frau, die mit im Schoß gefalteten Händen und zu Tode erschreckt stumm dasaß. Abrams Unruhe wuchs und bald schon hatte sie seine Angst bezwungen. Vielleicht war seine Mutter noch am Leben und brauchte ihn. Vielleicht hatte sich Betty im Küchenanbau versteckt. Sie war eben hinausgegangen, um das Essen aufzutragen, als sie das anschwellende Lärmen vor ihrem Haus hörten. Vielleicht brauchte irgend jemand seine Hilfe, und er saß hier in Sicherheit, in einer Zufluchtsstätte für Frauen und alte Männer. Willy mochte einwenden, was er wollte – er schickte sich an, wieder auf die Straße hinauszugehen.

»Wenn Ihr schon rausgehen müßt«, sagte Willy, »dann nehmt wenigstens meinen Kapuzenmantel. Der ist so geschnitten, daß man Euch für einen Christen halten wird.« Es war ein gutes Kleidungsstück aus Wolle; vielleicht das beste, das Willy besaß. Abram warf es um die Schultern und wandte dem Wirt sein Gesicht zu, um Willy zu zeigen, wie bewegt er war. Doch wenn Willy irgend etwas erkannte, so war es die Gefahr, der sich Abram aussetzte.

»Seid vorsichtig und nehmt auf dem Hin- und Rückweg den Hinterausgang. Ich hab meine Jungs mit einem Faß an der Vordertür aufgestellt, damit sie die Leute beschäftigen.«

Abram schob sich durch die Tür, die Willy ihm aufhielt und dann leise wieder hinter ihm schloß. Er schlängelte sich durch die leeren, verzweigten Gassen und schlich sich, sofern es möglich war, immer ganz nahe an den Hauptwegen entlang. Wieder auf der Northstreet, musterte er die Toten, ob sie sich nicht vielleicht noch bewegten. Doch als er das Plündern und Saufen sah, wurde er sich bewußt, daß er hier nichts mehr ausrichten konnte. Haken schlagend rannte er durch die Gassen, bis er das Ende der Northstreet erreicht hatte. Der Großteil der Plünderer zog nun zur Synagoge, und Abram konnte die Ousebrücke überqueren. Dann schlich er am Fluß entlang; vielleicht hatte ja jemand unter der Brücke oder hinter der nächsten Flußbiegung Zuflucht gefunden. Er kletterte die Böschung hinunter, drehte sich um und sah aus dem Augenwinkel heraus ein Licht; es war zu seiner Linken, hoch über seinem Kopf aufgetaucht. Noch einmal schaute er hin, doch das Licht war verschwunden. Abram schug sich mit einem Mal mit der Hand auf den Mund – natürlich! Der Cliffordturm!

Er schaute hinauf zum Turm, der sich groß und massig und dunkel auf dem Schloßberg abzeichnete. Wieder tauchte dort das schwache Licht auf – einen Augenblick nur, dann war es verschwunden. Abram kletterte die Böschung wieder hinauf. Hoffentlich verriet ihn seine Hast nicht. Vom Fluß bis hinauf zum Hügel breiteten sich die Stadtgärten aus, die er, vorbei an Bäumchen, die bald blühen und duften würden, nun schnell durchquerte. Die Nacht des Passahfestes hatte Tod, Grauen,

Feuer, Schreie und Wahnsinn, Todesqualen und Grausamkeit gebracht – und einen Apfelbaum, auf dessen zarten Zweigen winzige Knospen sprossen. Er erreichte den oberen Teil des Gartens und hastete den Weg entlang, der zu der weitläufigen, den Cliffordturm mit dem Schloß verbindenden Umfriedung führte. Das Schloß selbst, unerreichbar hinter seinen Mauern, war verdeckt; doch der Turm stand, in die Höhe strebend, frei. Nach oben verengte er sich zu einem Zinnenkranz. Von dort aus konnte man sich hervorragend verteidigen und die ganze Stadt überblicken – bis zu den dahinter liegenden Wäldern und Hochmooren. Da es seit langem keinen Krieg mehr gegeben hatte, der mit diesem Wort benannt worden war und der seine Opfer nicht nur vor eine einzige Wahl, den Tod, stellte, war der Turm verlassen und mit der Zeit verfallen. Als kleiner Junge hatte Abram dort gespielt. Er gelangte zu einer Tür, einem kleinen, in die meterdicken Mauern eingelassenen, schulterhohen Eingang. Auf der anderen Seite des Eingangs standen sie – kleine, sich zusammendrängende Grüppchen, von denen manche aus nichts als einem Wimmern in der Finsternis bestanden. An diese Finsternis richtete er das Wort: »Abram, Sohn des Baruch.«

»Dank sei Gott! Dank sei Gott!« Es war Josches Stimme.

»Amen. Gelobt sei sein Name!« Das war Jomtow.

Abram war so froh, ihre Stimmen zu hören, daß er laut lachte. »Da ist noch eine Frau, die gerettet wurde. Ich werde sie holen…«, sagte er. »Wenn sie euch sieht, wird ihr Geist vielleicht wieder in die Wirklichkeit zurückkehren.« Mit eingezogenem Kopf schlüpfte er wieder durch den Eingang. Schon war er wieder fort. Als er zurückkehrte, hatte er die vor sich hinstarrende junge Frau aus Willys Keller bei sich.

Er hatte sich in Gefahr begeben. Er hatte gelitten. Er hatte fromm und edel gehandelt. Nun erhob er Anspruch auf seinen gerechten Lohn. »Wo ist Betty?« fragte er die sich im Dunkeln Zusammendrängenden. Alles, selbst das Stöhnen der Verletzten, schien zu verstummen. Im Glauben, sie hätten ihn in ihrer Verwirrung nicht verstanden oder gehört, wiederholte er seine

Frage: »Unser Mädchen, Baruchs Betty, wo ist sie?« Ringsum lag die Welt in Schutt und Asche – er brachte das Wort »Magd« nicht mehr über die Lippen. Wo war sie? Wo waren die ernsten Augen, die abgearbeiteten Hände, die sanfte, kluge Stimme, die sich, über sich selbst überrascht, aus dem Mund der Magd herauswagte?

Irgendwo neben ihm holte jemand tief Luft; dann hörte man die schroffe Stimme eines Mannes: »Haben sie denn nicht schon genug verbrochen, diese Christenschweine? Nach wem fragt er? Nach wem fragt Abram, Sohn des Baruch, des Märtyrers? Fragt er: Wo ist meine Mutter? Wo sind meine Vettern? Wo ist mein Volk? Nach wem fragt er? Nach einer Christin! Einer Christin!«

Ihnen etwas zu erklären, sie daran zu erinnern, in welcher Situation Betty war, hatte keinen Sinn. Abram wußte, daß sie nicht hier war. Das war ihm genug. Er mußte gehen und sie suchen. Er wollte eben aufbrechen, als er Josches Stimme hörte: »Ich, meine Familie und meine Gäste haben uns hierher durchgeschlagen, als das Feuer ausbrach. Die ganze Zeit über sind Leute hier eingetroffen. Zu bleiben und zu warten ist zwar schwerer, aber auch klüger.«

Abram wußte, daß er recht hatte. Doch die Sorge um Betty, die Erinnerung an Rana und daran, daß er nicht bei ihr geblieben, sondern fortgelaufen war, quälte Abram in tiefster Seele. Josche hatte seine Familie in Sicherheit gebracht, während er...

»Es ist an der Zeit, nach einem besseren Versteck Ausschau zu halten«, sagte Jomtow. »Wenn Abram es wünscht, so mag er als Wache hier bleiben und jenen helfen, die den Weg hierher finden.«

Im Turm gab es vier Stockwerke: ein Geschoß zu ebener Erde; einen großen, an der Innenseite des Turmes verlaufenden Wehrgang, von dem Räume abgingen, die als Unterkunft für die Soldaten oder als Lagerplatz für die schwere Ausrüstung gedient hatten; dann gab es noch einen zweiten und dritten Wehrgang, die man über enge Stiegen erreichte. Die verlassenen Räume dort hatten Generationen von Ratten und Versteck spielenden Knaben gesehen. Vom obersten Wehrgang aus konnte man über eine niedrige Brustwehr von allen Seiten aus den Innenhof überblicken. Josche war durch alle Räume bis hinauf zur Turmspitze gegangen. Sein Licht war es gewesen, das Abram gesehen hatte. Nun halfen sie den Alten und Verletzten, die sich, am ersten und zweiten Wehrgang vorbei, die engen Stiegen hinaufschleppten, hinaufkrochen.

Danach meinte Jomtow: »Bleibt hier und schlaft, wenn ihr könnt. Es werden die ganze Nacht über Wächter da sein, um über euren Schlaf zu wachen.« Dann stiegen er und Josche zusammen mit ein paar anderen auf die Turmspitze. Dort hielten sie, von der Schönheit der Nacht überwältigt, inne.

Groß und klar standen die Sterne am dunklen Himmel; der Mond war aufgegangen, betonte die Weite des dunklen Himmels um ihn herum noch mehr und beleuchtete die Welt nur so weit, daß die von ihrem Leben, ihrem Alltag und ihren täglichen Sorgen losgelösten Wächter vom Turm aus die sich ihnen eröffnende Schönheit bewundern konnten. Es schien ihnen, als hätten sie nie etwas so Schönes gesehen. Die milde Nacht duftete nach der sich langsam erwärmenden Erde. Ein sanfter Wind wehte. Der Frühlingsabend bot ihnen ein letztes, unverhofftes Geschenk. Einem Wunder glich er.

»Warum ist diese Nacht von allen anderen Nächten so verschieden?« Diese rituelle Frage hatten sie sich, an ihren gedeckten Tafeln sitzend, gerade an diesem Abend gestellt. Feuer, Blut und Wahnsinn hatten ihnen geantwortet. Nun wiederholten Erde und Himmel die Frage für sie in ihrer einzigartigen, zu Tränen rührenden Schönheit.

Willy, die Eule, stöberte durch die Straßen in der Hoffnung, auf jemanden zu stoßen, der dem Morden entkommen war. Seine Frau und seine Kinder hatten sich dem brüllenden und tobenden Mob angeschlossen und waren mit ihm hinweggeschwemmt worden. Allein war er zurückgeblieben, und allein ging er seinen einmal eingeschlagenen Weg weiter. Schließlich stieß er auf ein unerwartetes Opfer: Pater Odo, der auf einem Steinsims saß: Rhythmisch an- und wieder abschwellend hallte das Brüllen über die Synagoge, das Badehaus und das Gemeindebackhaus, über die Brücke und über die aneinandergeduckten Häuser, Läden und Kirchen. Willy wußte nicht, was er Pater Odo sagen sollte. Er murmelte daher: »Erlaubt mir, daß ich Euch zu Bett bringe. Die da werden sich bestimmt bald ausgetobt haben.«

»Nein! O nein!« Der Priester winkte müde ab. »Mir war nur so schwindlig, daß ich mich kurz setzen mußte. Ich muß ihnen nachgehen, bis auch der letzte von seinem Tun abläßt. Ich muß versuchen, sie aufzuhalten. Ich muß es versuchen, selbst wenn ich nur einen einzigen erreiche.« Selbst im milden Licht des Mondes wirkte er erschöpft und zerschlagen. Er wollte eben aufstehen, als mehrere Jungen im Laufschritt aus der zerstörten Northstreet um die Ecke bogen und vor Willy und dem Priester haltmachten. Mit einem Blick auf den tobenden Mob wollten sie wieder davonstürmen. »Was sucht ihr?« schrie Pater Odo und sprang auf, um einen von ihnen am Kragen zu pakken. »Einen Silberling, hat er gesagt!« Und wie Pfeile flitzten sie über die Brücke. Der Wirt und der Priester sahen sich an. Geld? Wofür? Sie rannten los.

Die Jungen sammelten sich um den Baron und verrieten ihm das magische Wort, das ihnen ihre Belohnung sichern würde. Während er seine Geldtasche vom Gürtel löste, warf er einen Blick auf die sich vor ihm abspielende Szene. Er würde den Pöbel noch weiter antreiben müssen; dieses Morden mußte zu Ende gebracht werden; er mußte sie dazu bringen, den Cliffordturm zu stürmen. Den Mob muß man für seine Zwecke gebrauchen, solange er noch halb nüchtern war, solange in ihm noch das fromme Feuer des gerechten Zorns loderte, solange die Kreuzzugsbegeisterung noch anhielt, solange er noch nicht an die drohende Strafe dachte. Er näherte sich Bruder Lewis, dessen wilde Ermahnungen noch immer das Toben des Pöbels übertönten, und rief ihm zu: »Ich habe ihn gesehen! Ich habe den Satan gesehen, wie er seine Kinder in Sicherheit brachte, damit sie das Übel von vorn beginnen!«

Der Mönch nahm ihn gar nicht wahr: »Ich werde –«

»Ich habe sie über die Ousebrücke laufen sehen«, schnitt ihm der Baron das Wort ab. »Sie haben sich auf den Cliffordturm zurückgezogen, sich dort versteckt und angefangen, ihre Verwünschungen aufzusagen, die unseren Herrn, seine Heiligen und seine Engel vernichten sollen!« Bei diesen Worten packte der Baron Bruder Lewis an den Schultern und schüttelte ihn. Der Mönch horchte noch immer in die Welt in seinem Innern hinein. Malabestia holte aus und schlug dem Mönch mit ganzer Kraft ins Gesicht. In den Schlag hinein rief er: »Der Satan sitzt im Turm!«

Einen Augenblick lang zögerte das irre Schwert seines Willens; dann streckte Lewis seine skelettartigen Arme wieder aus und schlug einen monotonen Gesang an – er sang die haßerfüllten Verse aus dem Buch der Könige, dem Buch Daniel und der Offenbarung. Als seine Stimme sie erreichte, verstummte die Menge gebannt, lauschte seinen sich langsam formenden Worten und fand wieder zu der Glut, die sich schon zu lärmendem Festrummel verflacht hatte. Blutend, asketisch und zermartert erschien seine Gestalt vor ihnen – so mußte Christus ausgesehen haben; Christus, den die Juden, diese in die Gewänder einer anderen Zeit gehüllten Juden, getötet hatten. Golden erleuchtete der Schein der Fackeln sein Gesicht. Es war, als wäre er, der in der Kathedrale am Kruzifix hing, auf wundersame Weise wieder zum Leben erwacht, um sie zu ruhmreichen Taten aufzurufen. Nicht mehr von der Hoffnung auf Plünderung, sondern von der Hoffnung auf das ewige Leben getrieben, hing die Menge gespannt an seinen Lippen und ließ sich von seinen Worten zu neuer Glut anfachen. Vor Spannung fast berstend, lauschten sie seiner Stimme, jenem finsteren, rhythmischen Gesang, der immer eindringlicher wurde, bis er nur noch quälte und die Worte keine Bedeutung mehr besaßen.

Als die fieberhafte Erregung ihren Höhepunkt erreicht hatte, warf Lewis den Kopf zurück, so daß es schien, als suchte das schmerzverzerrte Gesicht jenseits der Nacht nach dem Himmel. So mußte auch unser Herr in seiner letzten Stunde aufgeblickt haben, der Stunde der Aussöhnung zwischen Gott und den Menschen, der Stunde der Vergebung der Sünden der Welt.

»Auf zum Cliffordturm, im Namen des Herrn!«

Einen Augenblick lang herrschte völlige Stille nach diesen letzten, in den höchsten Himmel emporgeschleuderten Worten. Wie die endlich von einer nahezu unerträglichen Spannung erlösten Sehnen eines Bogens schienen sie. Sie strömten, nach Rache schreiend und »Es ist der Wille Gottes!« rufend die St. Johannes Straße hinunter, durch die frisch bepflanzten Gärten und den Hügel hinauf zum Fuß des Cliffordturmes, um ihre Aufgabe zu vollenden. Richard Malabestia, nicht unbeeindruckt, machte sich schlendernd an seine nächste Aufgabe.

Jomtow von Joigny blickte von ihrer Festung aus auf die Stadt hinunter. Er sah die Fackeln der Verfolger durch die Straßen wogen und hörte den Schrei: »Es ist der Wille Gottes! Es ist der Wille Gottes!« Er hob die Hände und sagte leise: »Oh, Du Einziger, Höchster, Herrlichster und Erhabenster! Was hast Du uns bestimmt?« Dann ging er zum inneren Wehrgang und rief zu Abram hinunter, er solle den Eingang verbarrikadieren, so gut er könne und dann heraufkommen, um sich in Sicherheit zu bringen.

Als Abram die Turmspitze erreichte, stand die wogende, aufgewühlte Menge schon am Fuß des Turmes. Jomtow nahm ihn am Arm und führte ihn um die Ecke auf die im Dunkel liegende Seite des Turmes. »Komm fort von den Fackeln und dem Lärm«, sagte er. »Ich möchte dir eine unvergleichlich schöne Nacht zeigen.«

Abram schrie den Rabbiner an: »Was tut Euer Gott uns an?«

»Er beschenkt uns«, sagte der Rabbiner freundlich zu ihm. »Er beschenkt uns mit einer Nacht von auserlesener Schönheit, einer Nacht, die uns über die flüchtigen Belange, um die sich unser Leben meist dreht, hinaushebt. Er hat uns eine letzte Nacht geschenkt. Weißt du denn, was für ein kostbares Geschenk das ist? Ich glaube, der Heiligste trauert um jene am meisten, die niedergemäht wurden, ehe sie einander Lebewohl sagen und ihre Seelen in einem letzten Gebet erheben konnten. Arme Juden – mein armes Volk, wo es doch immer das letzte Wort haben muß! Deshalb hat er uns dieses Geschenk gemacht, und wir müssen es auch für jene entgegennehmen, die in der Northstreet liegen – im letzten Wort niedergeschlagen und zum Schweigen gebracht.« Jomtow atmete tief ein und brach dann in Gelächter aus. »Es tut mir leid«, sagte er und schüttelte sich vor Lachen. »Entschuldige. Ich wollte eben etwas Begütigendes und Tiefschürfendes sagen – es liegt an der Höhe hier, weißt du, und an meinem leeren Magen –, und ehe ich meinen dummen Mund aufmachen konnte, hat es der Herr gemerkt und gelacht und mich mit dem geringfügigsten aller geringfügigen menschlichen Wehwehchen geschlagen: einem Krampf im Zehen!« Noch immer lachend nahm er Abram am Arm und sagte: »Findest du das denn nicht auch zum Lachen? Kann man denn da anders als lachen?«

Abram schaute ihn ungläubig an. »Wie kommst du darauf?« Er wies auf die in Flammen stehende Welt hinaus. »Was ist an dieser Hölle, an diesem Grauen so komisch?«

»Wie menschlich ist doch das Menschengeschlecht. Laß uns doch wenigstens den Vorteil, den uns dieser Turm gewährt, nutzen und laß uns über die Lächerlichkeit, wie der Mensch zwischen dem Guten und dem Bösen herumtaumelt, lachen. Wenn wir das nicht können, warum sind wir dann Gelehrte?«

»Wir stehen nicht über den anderen. Unsere Erhabenheit ist nur eine Illusion.«

»Genau«, sagte Jomtow. »Wir sind Gottes Entwurf und Werkzeug.« Und Jomtow begann, den alten Psalm zu singen: »Aus der Tiefe rufe ich, Herr, zu dir...« Erhaben und schön stieg der Gesang auf in ihre letzte Nacht.

32

Der Mob – ganz York – tobte und wogte am Fuße des Turmes, und immer mehr und weiter schürte der weißgekleidete Mönch die Hitze ihrer Glut. Die Edelleute verließen einer nach dem anderen die aufgeregte Menge und kehrten ins Judenviertel zurück. Da sie nichts Wertvolles mehr fanden, das der Mob übriggelassen hatte, machten sie sich auf die Suche nach Malabestia.

Sie fanden ihn in der Nähe der Stadtmauer beim Mickletor. Pfeifend schlenderte er zum Gefängnis.

»My Lord! My Lord!« rief Percy, als er ihn einholte. »Die Stadt hat die Juden im Turm umzingelt. Sie werden dort droben verhungern und für die Aasgeier der ganzen Grafschaft den Fraß abgeben.«

Malabestia drehte sich um und schaute sie an: »Habt ihr denn nicht begriffen, worum es bei der ganzen Angelegenheit letztendlich geht? Um das bißchen Silber? Das bißchen Auf und Ab in einem jüdischen Schoß? Wir müssen diese Juden umbringen – bis auf den letzten. Der Mob wird müde werden und die Begeisterung verlieren und abziehen. Sie haben bei all dem kein eigentliches Ziel. Sobald die Nacht der Lustbarkeit sich müde in den Morgen des Alltags schleppt und ihre Läden sie zur Arbeit rufen, werden sie alles vergessen haben. Wir sind es, die ein Ziel verfolgen. Wir müssen den Turm belagern – jetzt!«

»Aber wie...?«

»Da ihm die Schlüssel zu seinem Stadthaus noch nicht ausgehändigt wurden, schläft John Marshall im Wachhaus neben dem Gefängnis. Wo war er die ganze Zeit? Es wäre besser gewesen, wenn er mitgemacht hätte. Er besitzt ein Gewissen, glaube ich, ist aber zu verängstigt, um dem, was begonnen wurde, ein Ende zu machen. Also sitzt er da und überlegt. Die Belagerungsmaschinen befinden sich im Hof des Schlosses. Um in den Hof einzudringen und sie zu holen, brauchen wir sein Einverständnis.«

»Mit ein bißchen Hilfe könnte ich wohl über die Mauer klettern«, meinte Richard de Kuckney. »Ich könnte Euch die Tore von innen aufmachen.« Er versuchte, die Schande vergessen zu machen, daß er wieder versagt hatte – nicht einmal einen unbewaffneten Juden zu töten war er imstande.

»Was für ein mutiger Kerl«, sagte Malabestia sarkastisch. »Und Marshall würde einfach hingehen und dem König sagen, wer eingebrochen, geplündert, gebrandschatzt, seine Schutzjuden getötet und die in den Kellergewölben der Kathedrale aufbewahrten Schuldbriefe vernichtet hat!«

»Soll das heißen, wir brechen in die Kathedrale ein?«

»Sag mir, lieber Richard: bei wem hast du lieber Schulden? Wem würdest du lieber das Privileg verleihen, dich da unten zu kitzeln? Dem König oder den Juden des Königs?«

»Keinem von beiden.«

»Wie begabt er doch ist, meine Freunde! Ein Gelehrter der Kirche hätte kaum besser antworten können. Nun gut, der Reichtum eines Juden fällt dem König zu, so wie ein Jagdhund zum Zwinger seines Herrn zurückläuft. Was wäre, wenn es keinen Hund gäbe? Keine aufgezeichnete Schuld? Wer würde dann zahlen? Wer könnte dann nehmen?«

»Wir sollen den Turm also belagern – mit dem Einverständnis des Sheriffs«, sagte Percy. »Aber wird er es uns auch geben?«

»Wir müssen ihn dazu zwingen. Wir müssen dafür sorgen, daß er seine Hände bei dieser Sache mit Blut befleckt. Ihn danach zu überzeugen, daß er zu den Geschädigten gehört, dürfte nicht schwer sein. Kommt, kommt! Die Zeit drängt!«

John Marshall hatte mit einem dienstfreien Wachposten zusammengesessen und Schach gespielt. Auch er war aufgeschreckt, als man den Feueralarm hörte, doch hatte er, in die zunehmende Dunkelheit hinausgetreten, versucht, Augen und Ohren vor dem Plündern und den wilden Anfeuerungen des Fanatikers zu verschließen. Es war eine Angelegenheit für die Kirche. Er zwang sich, die Sache so zu betrachten, und wollte abwarten, bis eine höhere Instanz an ihn herantreten würde und ihm die Erlaubnis zum Einschreiten gab. In der Zwischenzeit konnte er nichts tun, denn er hatte keine Soldaten und nicht einmal Wachen, um den Kammerknechten des Königs und dessen Eigentum Schutz und Schirm zu gewähren. Zwar wußte er, allerdings nicht genau, daß viele daran arbeiteten, die glimmende Glut des Volksglaubens zu einer feurigen, zu allem bereiten Tatkraft anzufachen; was im einzelnen damit bezweckt wurde, wußte er jedoch ebensowenig, wie er die eigentlichen Anführer benennen konnte. Er mochte die Juden nicht mehr als jeder Edelmann in England, doch als Herrschaftsträger des Königs hatte er zu erhalten, was dem König gehörte – um jeden Preis. Ohne Männer und Waffen und ohne daß ihn die Sache wirklich etwas anging, hielt es John für das beste, still auszuharren und sich die Nacht möglichst angenehm zu vertreiben. Morgen würde er sich darum kümmern, wo Wiedergutmachung geleistet werden mußte. Es sah ja auch nicht so schlimm aus – das Feuer würde sich nicht weiter ausbreiten. Einige wenige betrunkene Raufbolde würden Schadensersatz leisten müssen, und vielleicht war die ganze Sache schon vergessen, wenn König Richard nach Hause kam. Er runzelte die Stirn und ging wieder zu seinem Spiel zurück.

Als sie wieder über ihren Figuren saßen, ging die Gefängnistür auf, und Richard Malabestia kam, begleitet von vier Rittern und seinen Knappen, mit schweren Schritten herein. Draußen warteten noch mehr. Der Wachposten stand rasch auf und ging. Der Gesichtsausdruck der Edelleute machte ihm deutlich, daß es für ihn besser war, sich an nichts zu erinnern und sich durch nichts in Erinnerung zu bringen.

Seinem Rang als Oberster Sheriff gemäß blieb John Marshall sitzen, während sich die anderen Hocker besorgten. In der Stille, die der Unterredung vorausging, musterten sie einander. Marshall meinte fast, das Gespenst, das seine Autorität darstellte, vor Augen zu sehen; mehr schlecht als recht gegen die Kälte geschützt mit einem Umhang, zu jedem Kompromiß beflissen bereit. Er hatte nicht vor, sich das Ganze lange anzuhören.

»My Lord Malabestia«, fing er an. »Ich bin sicher, daß Ihr nicht ohne ein Anliegen kommt, denn es ist schon spät.«

»Ja, wir haben ein Anliegen«, begann Malabestia schmeichlerisch, als spräche er mit einem alten Freund. »Lange Zeit schon wollten wir, diese Herren dort und ich, mit Euch nähere Bekanntschaft machen und Euch in der Tat unsere Hilfe anbieten, damit Ihr Euren Aufenthalt hier angenehm gestalten könnt. Ihr schätzt guten Wein, doch müßt ihn hier entbehren. Man sagt jedenfalls, daß Ihr ihn entbehrt. Percys Weinkeller steht Euch ganz nach Belieben offen... Auch Euer Tisch sei nicht reich gedeckt, wie ich höre. Wie schade! Unser edler Freund hier besitzt Ländereien in Skipton, und ich bin sicher, daß er sich um Eure Speisekammer kümmern wird.«

»Das freut mich sehr, meine Herren. Doch womit kann ich Euch zu dieser Stunde dienen?«

»Ihr seid sehr gewissenhaft, Sheriff. Es scheint, als reichten Verschwörungen gegen uns, von ein paar Juden betrieben, weit über die Ziele der Verschwörer hinaus. Nachdem sie den Baronen Silber, Gold, Schmuck und Juwelen sowie die dazugehörenden Urkunden gestohlen haben, haben die listigen Diebe sich und ihren Schatz im Turm versteckt. Dort sind sie gut versorgt. Der Turm besitzt einen Ziehbrunnen mit gutem Wasser und ist solid gebaut. Sie werden sich wochenlang behaupten können und sicherlich Zeit genug haben, die Beweise für ihren Betrug zu vernichten. Für einige der Besitztümer tragt Ihr die Verantwortung – es sind Besitztümer des Königs.«

»So... Sie haben also Zuflucht im Turm gesucht? Ist dieser denn nicht Eigentum des Erzbischofs?« Die arme Seele – er wußte nicht einmal, wem oder wozu das Gebäude gehörte.

»Nein«, sagte Malabestia mit einem versteckten Lächeln. »Dieser Turm gehört der Stadt und fällt somit in den Zuständigkeitsbereich des Sheriffs.«

»Was hat also zu geschehen? Man muß sie mir vorführen, damit ich herausfinden kann, was genau geschehen ist und was sie genommen haben.«

»Selbstverständlich. Das wäre wohl das beste. Doch sie werden nicht herauskommen. Ich kenne diese Juden. Ungehobelte

Menschen und Feiglinge ohne Kraft und Tapferkeit sind sie. Wir werden ein oder zwei Belagerungsmaschinen am Fuß des Turms auffahren müssen. Selbstverständlich nicht, um sie einzusetzen, sondern um diese feigen Diebe so zu erschrecken, daß sie sich ergeben. Wenn sie merken, daß sie verloren sind, werden sie zitternd herunter kommen und sich Eurem Richterspruch stellen.«

»Trotzdem... Gestohlen, sagt Ihr? Eigentum des Königs?«

»Unser Eigentum, Eures, das des Königs.«

»Und warum haben sie sich nicht in ihre Häuser zurückgezogen? Die beiden Steingebäude am Ende der Straße sind doch wie eine kleine Festung.«

»Der Umfang und Wert des Geraubten und ebenso die Habgier der Diebe war so groß, daß sie ihre Beute gemeinsam im Turm verstauten, auch um späteren Streitigkeiten untereinander aus dem Wege zu gehen.«

»Ist heute denn nicht Freitag?«

»Ja. Weshalb?«

»Ich habe einmal gehört, daß die Juden, so wie es ihr Gesetz will, den Freitag als Anbruch des Sabbaths ansehen und daß es ihnen dann verboten ist, Schätze oder Geld zu berühren.«

»Das mag einmal so gewesen sein«, sagte Malabestia ungeduldig. »Doch haben sie zum entscheidenden Schlag ausgeholt und nehmen in der Tat an, daß wir uns eben ihres alten Gesetzes erinnern und das Komplott nicht aufdecken. Sir Sheriff, die Zeit drängt. Erlaubt uns, zu gehen und die Maschinen aufzufahren.« Der schneidende Unterton in seiner Stimme entging dem Sheriff nicht. Er schaute sich unschlüssig um. Er hatte Angst. So, wie ihre bewaffneten, schweren Kriegerleiber den Raum beherrschten, beherrschte ihre Macht die ganze Grafschaft. Niemals in seinem Leben hatte er sich so verlassen gefühlt. Als er sie anschaute, war ihm klar, daß er keine andere Wahl hatte. Er fürchtete sich davor, eine Entscheidung zu fällen, die weder von Macht und wirklicher Autorität getragen wurde, noch sich an einen ähnlich gelagerten Fall anlehnen konnte.

Er war hilflos. Mit einer Geste, in die er das letzte bemitleidenswerte Bißchen seines Stolzes legte, ging er zur Wand und nahm einen Schlüsselbund herunter. Alt und verrostet waren sie – die Nachschlüssel des Bürgermeisters. Ein ganzes Jahrzehnt waren sie nicht mehr benutzt worden.

»Ihr werdet also mit uns kommen und die Tür öffnen.« Es war keine wirkliche Frage, sondern ein Befehl. Dennoch war sich Marshall bewußt, daß er sich so weit nicht unterwerfen mußte. Noch war er der Oberste Sheriff. »Nein«, sagte er. »Laßt ihn mir durch einen Jungen zurückbringen.« Er übergab dem Baron den Schlüssel. Malabestia musterte ihn noch einmal sehr genau und fragte sich, ob man ihn mit Gewalt dazu zwingen könnte. Regungslos abwartend standen sie lange Zeit da. Schließlich wandte der Baron seine Augen ab, und die bewaffneten Männer drehten sich um und eilten davon.

Der Sheriff hob das Brett und die Schachfiguren auf, die umgestoßen worden waren, als sich die Männer von ihren Plätzen erhoben hatten. Langsam stellte er die Figuren wieder auf. Keiner konnte diese Heiden richtig verstehen, das war schon richtig. Doch auch wenn sie ein Übel darstellten, so hatte er ihnen gegenüber eine Pflicht zu erfüllen. Und da sie in einem gewissen Sinne das Eigentum des Königs waren, so war es die einzige wirkliche Pflicht, die er zu erfüllen hatte. Das Auftreten Malabestias und seiner Männer hatte ihn jedoch daran gehindert. Nicht immer braucht man Worte, um zu verstehen; die wortlose Warnung war deutlich gewesen: eine heikle, geheime Sache, hatten ihre Augen gesagt: bleib zu Hause und vergiß. Er durfte nichts fragen, durfte nichts unternehmen. Er legte die Schachfiguren weg, öffnete fast gedankenlos die Tür und trat auf den Hof des Gefängnisses.

Eine wunderschöne Nacht – es war Vollmond, und am Himmel hatte eine Legion Sterne ihr Lager aufgeschlagen, bewaffneten Engeln gleich. Jeder war hier bewaffnet. Der Deich, den man aufgeworfen hatte, um das Schloß und den Turm vor den Verwüstungen durch den Ouse, der mit der Flut anstieg, zu bewahren, verstellte Marshall die Sicht auf den unteren Teil des Turmes. Ziemlich deutlich ließen sich jedoch oben auf der Turmspitze Lichter ausmachen. In der Stadt selbst war es ruhig, doch auf der anderen Flußseite hörte er eine Menschenmenge schreien. Verwundert dachte er: sie haben nicht erwähnt, daß so viele gegen die Juden ausziehen würden. Er verließ den Hof und bog in die Straße ein, die zur Northstreet führte. Nun nahm er das Gebrüll des Mobs auf dem Turmberg wahr. Er näherte sich den Trümmern der Northstreet, an denen noch immer hartnäckige Flammen züngelten, betrat die Straße aber nicht. Von der Ousebrücke würde er einen besseren Blick auf das Geschehen um den Turm haben.

Als er in die Bridgestreet einbog, konnte er die Judenstraße in ihrer vollen Länge übersehen. Der Anblick ließ ihm den Atem stocken. »Ein paar Juden«, hatte der Baron gesagt. Mit seiner ganzen stillschweigenden Ehrlichkeit zeigte hier der Mond die noch rauchenden Trümmerberge ehemaliger Häuser, die Haufen vergessener Beute, die Toten mit dem erstarrten Blick – unzählige Tote! Er hatte sich übertölpeln lassen und wußte es – mit einer Handvoll Leben und einem Beutel Perlen übertölpeln lassen; doch hier handelte es sich nicht um »ein paar Juden«, hier handelte es sich um Krieg, um ein Massaker. Er war weit über die ihm gesteckten Grenzen hinausgegangen mit seiner Zustimmung zu diesem – diesem ... Sein Herz begann wild zu schlagen. Ich hätte nicht herauskommen sollen, dachte er. Wäre ich drinnen geblieben, hätte ich es nicht erfahren. Hier war ein so offensichtliches Unrecht geschehen, daß man die Augen nicht davor verschließen konnte – Barone hin oder her.

Mit wachsendem Grauen ging Marshall langsam über die Brücke, bis er zum Fuße des Cliffordturms sehen konnte. Plötzlich fiel es ihm wie Schuppen von den Augen, und mit seinem ganzen Schrecken brach das Verständnis dessen über ihn herein, was Malabestia vorhatte. Fassungslos stand er da. Die ganze Stadt war unterwegs; alle schrien und schwenkten ihre Fackeln. Am schmalen Eingang zum Turm waren die Barrikaden fortgestoßen und im Innenhof Feuer gelegt worden. Rauchschwaden wurden in den Turm geleitet, um die Belagerten zu ersticken. Einmal in der Menge, dann um sie herum, dann durch sie hindurch stürmte schreiend und fuchtelnd der weiße Mönch. Die Schloßtore waren geöffnet worden, und die schweren Belagerungsmaschinen bahnten sich mühsam ihren Weg zum Fuße des Turms. Eine irrsinnige Ekstase des Hasses hatte die Menge ergriffen – sie verlangten nicht nach einem Richterspruch, sie verlangten den Tod; nicht aus gerechtem Zorn handelten sie, sondern aus Rache; hier wurde nicht auf eine solche Weise Gerechtigkeit geübt, die den Sheriff hätte dazu verleiten können, durch die Finger zu sehen. Hier geschah Mord, ein gründliches Morden, ohne Überlebende und ohne Umschweife. Marshall wußte jetzt, daß er handeln mußte.

Er hatte keine Soldaten, keine Männer und nicht einmal die Schlüssel zur Waffenkammer. Er brauchte eine Streitmacht, um diesen Mob zu zerstreuen und dem Gemetzel ein Ende zu bereiten. Sich bewußt, daß er bereits eine Entscheidung getroffen hatte, blieb er auf der Brücke stehen. Hin und her überlegte er, wie er am besten vorgehen könnte. Er könnte ein schnelles Pferd nehmen und die Walmroad hinunter zu der kleinen Stadt Beverly reiten. Dort würde er eine Truppe finden, die gut genug war – selbst für seine Autorität, diesen Spinnwebfaden von Autorität. Fast schon wollte er losrennen, wollte handeln, wollte sich auf einen Weg begeben, der etwas in Gang bringen würde und dessen Ende er eben erst zu enträtseln versuchte. Als er die Folgen überblickte, blieb er erneut stehen. Wenn er nach Beverly ritt, würde das benachbarte Hull noch am gleichen Tag von der ganzen Sache erfahren. Und hundert Boote fuhren den Humber hinunter, folgten seinem Lauf bis zu seiner Mündung in die Themse und fuhren dann weiter nach London. In London saßen mächtige und einflußreiche Männer; hier wurden Privilegien vergeben und widerrufen. Wenn London die Nachricht zu Ohren kam, ein noch frisches, ungeschöntes Bild des Geschehens, würde, das wußte John Marshall, seine Laufbahn für immer zu Ende sein. De Glanville, der nun in London Minister war, würde möglicherweise sogar dafür sorgen, daß er allein für das Ganze verantwortlich gemacht wurde. Seine Person wäre keinen Pfifferling mehr wert. Ihm ging das Bild eines der am Anfang der Northstreet liegenden, aus starren Augen blickenden Toten durch den Kopf. Doch Tote blieben Tote. Es lag an den Lebenden, dem Bericht etwas hinzuzufügen oder etwas zu verschleiern. Er hatte sein ganzes Leben noch vor sich. Er mußte in dem Bericht die Gewänder dieser Leichen zurechtzupfen, ihnen die Augen schließen und ihren Händen die versöhnliche Geste des Gebets und des Friedens verleihen – Hände, die sich am Leben festgeklammert hatten, das ihnen unter so vielen Qualen entrissen worden war. Er würde nicht nach Beverly reiten. Es mußte doch eine Stadt geben, von der aus die Nachricht erst einmal in die Wildnis des Nordens durchsickerte, so daß genügend Zeit blieb, den Leichnam behutsam zurechtzulegen. Einen Tagesritt brauchte man, um in das nördlich liegende Durham zu kommen. Nachrichten, die dorthin gelangten, breiteten sich eher nordwärts in das schottische Niemandsland aus. Hin und zurück bestand der Unterschied zwischen beiden Ritten in nur einem Tag: zügig geritten, würde also nur ein Tag verloren gehen – ein Tag, und so viele Dienstjahre lagen noch vor ihm. Er würde die Northroad nach Durham einschlagen.

Er ging über die Brücke und durch die Stadt zum Bootham Tor, beschleunigte seinen Schritt, als er seinen Entschluß gefaßt hatte und immer bessere Begründungen fand, die für ihn sprachen; Durham besaß eine stärkere Truppe; sein Vetter Henry Marshall, der abwesende Dekan der Yorker Kathedrale, visitierte irgendwo im Norden; vielleicht war es klüger, ihn aufzustöbern und als Helfer zu gewinnen. Kirche und Gesetz mußten gemeinsam vorgehen.

Bei den Pferdeställen am Bootham Tor angekommen, wählte er das schnellste und beste Reitpferd, das er fand. Der Pferdeknecht, der jetzt beim Sterben der Juden seine Aufgabe erfüllte, hatte die Ställe offengelassen. Selbst die Stadttore waren unbewacht. Ein leichter Sattel und Zaumzeug aus Hanf (denn er war sehr in Eile), und schon trabten Pferd und besorgter Reiter zum Tor hinaus. Funkenschlagend galoppierten die Pferdehufe über das Straßenpflaster.

Er war beobachtet worden, als er sich entsetzt von der Northstreet abgewandt hatte und, einmal gehend, einmal stehend, über die Brücke gekommen war und schließlich seine eigenen Überlegungen akzeptierte und in Richtung Bootham Tor und Northroad losgerannt war. Was er während des Tages gegessen hatte, ins Wasser würgend, stand Lord Robert de Kuckney am Flußufer. Ihm war übel geworden, als er in die Synagoge gedrängt wurde und die fünf Toten, die so sinnlos Gestorbenen, gesehen und ihn der Gestank, der die Schändung durch den Mob begleitete, geknebelt hatte. Er war zum Ouseufer gegangen, um sich unbeobachtet erbrechen zu können. Dann hatte etwas anderes das Interesse der Plünderer auf sich gezogen, und sie waren brüllend an ihm vorbei zum Schloßberg gerannt. Unter stechenden Bauchschmerzen hatte er sich gekrümmt und sich, als sie nachließen, an einen steinernen Brückenpfeiler gelehnt.

Schließlich kletterte er die Böschung hinauf und wollte eben weitergehen, die verlassene Straße hinunter, als er auf der Brücke einen Mann sah. Lord Robert hatte den neuen Sheriff der Grafschaft nie gesehen; trotzdem wußte er auf den ersten Blick, wer der Mann war. Dem Beobachtenden schien mit einem Mal, als blicke er in die geheimsten Gedanken dieses Fremden; er sah, was Marshall mit Entsetzen vor dem Turm beobachtete; wußte, was jener dachte beim Gedanken an Durham und Beverly; wußte, warum es für die Juden noch weitere zwei Tage lang keine Rettung geben würde; wußte, daß von diesen feinen Unterscheidungen in Zeit, Entfernung und gutem Ruf die Beförderung abhing. Seltsam ist es, daß die Menschen angesichts von Widersinnigem in Lachen ausbrechen und sich ihre Augen dennoch mit Tränen füllen. Lord Robert hatte mitangesehen, wie sein Sohn mit dem Schwert der Ahnen auf Leiber einhieb, die zu jung oder zu schwach waren, um der Klinge auch nur einen Augenblick lang Widerstand zu leisten. Daß sich auf dem Gesicht des jungen Mannes dabei Stolz zeigen würde, war zu erwarten gewesen – dennoch krümmte sich der Vater, als erleide er Todesqualen. Nun, als er sah, wie der Sheriff nach Gründen suchte, sich aus seiner moralischen Verpflichtung herauszureden, wußte Lord Robert, was geschehen würde. Doch als er sah, daß es tatsächlich ausgeführt wurde, lehnte er sich tränenblind an den Steinpfeiler und stöhnte: »Oh, Gott! Oh, Gott! – Diese berechnende Tugendhaftigkeit!« Und wieder fühlte er einen Brechreiz aufsteigen.

33

Als die Belagerungsmaschinen zum Fuße des Turmes und auf ihren quietschenden, verbogenen Holzrädern langsam in Stellung gebracht wurden, steigerte sich die Erregung des Mobs erneut. Von der Leidenschaft ihrer Eltern mitgerissene kleine Kinder näherten sich dem Feuer im Innenhof, um Reisig und Holz nachzulegen. Gierige Flammen leckten züngelnd an manchen; weinend und unbeaufsichtigt irrten sie dann unter den erregten Trunkenen umher.

Im nächtlichen Feuerschein wurde das Vorhaben in den Köpfen der Menschen immer bedeutender und ruhmreicher. Anfangs hatte der Gedanke an Beute die Menschen mit gerechtem Zorn erfüllt; dann, als sie mit Stöcken und Werkzeugen gegen den Turm vorrückten, war der Reichtum vergessen – ein einziger Gedanke nur fesselte sie: der Gedanke an das Himmelreich. Der Übertritt zum wahren Glauben würde die ketzerischen Juden der Erlösung näherbringen, und ihre Bekehrer würden sich einen sicheren Platz im künftigen Paradies verdienen. Nun würden die Armen und Geringen – in Christo den anderen ebenbürtig – sich ihres Ruhmes versichern. Als die Flammen hoch und höher in den Kern des Turms schlugen, schien das Versprechen, sich zu bekehren, etwas zu Unbestimmtes und Unsicheres, als daß es mit ewiger Seligkeit belohnt werden könnte. Was wäre, wenn die Juden widerriefen? Wenn sie, um ihr Leben zu retten, nicht aber aus ganzem Herzen sich bereit zeigten? Zu viele hatten, vielleicht, weil sie den

Maßstab ihres eigenen Lebens anlegten, den leisen Verdacht, daß Glaube mit Gewalt nur den Knien, den Händen und den Lippen aufgezwungen werden konnte. Was, wenn diese Heiden verstockten Herzens wären? Würde der Himmel sich dann auch öffnen? Der fromme, weiße Mönch war überall zu sehen – bald legte er Gott knieend Gelübde ab, bald stand er mit zum Kruzifix ausgestreckten Armen vor dem Turm und stöhnte wie Christus am Kreuze, bald lief er unter den Aufrührern umher und schrie über ihre Jubelrufe hinweg, daß der Teufel sterben würde, heute nacht noch, hier, in York. Warum sollte man sich nicht einen Platz im Himmelreich sichern, indem man den Juden den Tod brachte? Dem Bekehrten würde am Jüngsten Tag kein Rückfall ins Ketzertum vorgehalten werden können. Schon lagen viele Juden tot in ihren brennenden Häusern. Mochten diese wenigen mit ihnen gehen, damit ihre Seelen für ewig in der Hölle schmorten. Die Stimmung der Menge hatte ihren Höhepunkt erreicht, als die Belagerungsmaschinen endlich in Stellung gebracht und auf die Mauer gerichtet waren. Der Mob hatte sich für den Tod entschieden.

Zu diesem Zeitpunkt waren einige Männer durch die Straßen zurück zur nächsten Schenke gelaufen, um ein paar Fässer zu holen und sie den durstigen, an ihrem Seelenheil arbeitenden Christen zu bringen. Willy, die Eule, war nicht aufzutreiben, doch drei andere Wirte boten sich eifrig an, seine Kundschaft zu bedienen. Der, der als erster ein Faß hinaufbrachte, würde mit seiner Nachtarbeit ein hübsches Sümmchen verdienen. Fromm faßten die Wirte den Entschluß, von den Durstigen keine Zulage zu fordern – wenigstens nicht mehr als einen halben Pfennig für ihre Mühe, die Fässer den Schloßberg hinaufzuschaffen. Krüge konnten in der Aufregung zerbrochen werden oder verloren gehen – sollten sie doch aus ihren Hüten oder Händen oder woraus auch immer trinken. Knaben mit flakkernden Fackeln in den Händen leuchteten den Weg, als der erste Wirt und seine Helfer mit ihrer Last den Berg zum Cliffordturm hinaufwankten. Als sie atemlos und keuchend mit den schwarzen Fässern eintrafen, waren die Sturmleitern bereits angelegt worden.

Über die Frage, wer zuerst die Leiter hinaufklettern sollte, war ein Handgemenge ausgebrochen. Aus rauhen, trockenen Kehlen hörte man wüste Flüche und Bezichtigungen der Feigheit. Dann tranken die Männer in kurzen, freudlosen Schlukken, als wäre das Trinken Teil der ihnen bevorstehenden Arbeit. Unter großem Gedränge und Gebrumme stellten sie sich in einer ungefähren Ordnung auf und bereiteten sich darauf vor, die Leitern zu besteigen.

Ein letzter Ruf ertönte: »Es ist der Wille Gottes!« Und schon faßten die Siegesgewissen voller Glaubenseifer, die Kehlen vom Wein heiß brennend, nach den Sprossen. In zwei Reihen stiegen sie hoch und höher hinauf. Schon verloren sie sich im Schatten des Turmes. Plötzlich löste sich eine der Sturmleitern in weitem Schwung vom Turm, hing schwankend in der Luft, hielt einen Augenblick das Gleichgewicht und fiel dann mit den schreienden, hilflos an den Sprossen hängenden Männern krachend zu Boden. Einen Augenblick später drehte sich die andere Leiter um die eigene Achse und fiel unter den Schreien ihrer in der Falle sitzenden Besteiger um. Mit Bestürzung hatten die Aufrührer gesehen, wie sich unterhalb der Zinnen Belagerungsstangen gezeigt hatten – lange, hölzerne Stäbe mit Haken am Ende; durch die in den Boden unter der Turmspitze eingelassenen Löcher gesteckt, konnten die Leitern damit soweit zurückgestoßen werden, bis sie von ihrem eigenen Gewicht in die Tiefe gerissen wurden. Die verdammten Juden erklärten ihnen den Kampf! Die Menge kreischte vor Wut über die Toten und Verletzten. Sie hatten, ohne Vorbedacht, versäumt, die beiden Leitern auf der gegenüberliegenden Seite des Turms anzulegen, denn dort gab es zu wenig Licht, um mit den Haken die Sprossen zu fassen und die Leitern umzustoßen. Malabestia knirschte mit den Zähnen, als er den Sturm so einfach abgewehrt sah.

Schuld am Aufruhr trugen die Aufrührer. Klar war aber auch, daß, wenn es am Ende dieser Nacht darum ging, jemandem die Schuld zuzuweisen, sie weit verstreut und verteilt wäre und niemand mehr verfolgt oder irgendeinem der Anführer der Gewalttätigkeiten sein Anteil an dem Geschehen nachgewiesen werden konnte. Der Mob vergaß; er war stark; er war sicher. Doch seine Vorteile untergrub er mit seiner Dummheit und blinden Leidenschaft. Diese vor Haß kreischenden Männer glichen gedankenlosen Kindern. Jeder beliebige Grünschnabel von Krieger würde eine Belagerung planen – der Mob war jedoch ohne jeglichen Plan zum Cliffordturm gezogen. Gott wird uns schon helfen, mögen auch die Sturmleitern umstürzen und zersplittern. Wer aber bezahlt uns den Wein? Malabestia wußte zudem, daß der Mob, mit seinem Kinderglauben und der Sehnsucht nach dem Himmelreich, sich allein mit dem Feuer und den Wurfmaschinen nicht zufrieden geben würde. Nicht die Mauern waren ihre Feinde; sie wollten nichts als das Häufchen sterbender Menschen im Innern des Turmes, denn um über die Seele zu verfügen, muß man erst des Körpers habhaft werden. Was dieser Haufe wollte, waren leibhaftige Juden. Rache und Opfer müssen an Lebenden verübt werden: an lebenden Menschen, die man körperlich besiegen konnte; die man töten konnte. Das Feuer sollte sie nur dazu zwingen, sich zu ergeben. Die Glut ließ den Mob nach etwas Wirklichem verlangen, über das man einen Sieg erringen konnte. Doch würden die Mauern zerstört, so würden die Juden mit ihnen in die Tiefe stürzen und wären verloren, hätten sich wieder einmal den Rachegelüsten von Menschen entzogen, die sich mit ihren Händen das Paradies erzwingen wollten. Diese Belagerungstaktik war nicht in Malabestias Sinne. Zunehmend besorgt beobachtete er die gierige Meute. Sie würde ihm alles kaputtmachen...

Um besser für das Himmelreich kämpfen zu können, hatte die Frau von Willy, der Eule, ihre Kleider und Schuhe ausgezogen. Jedem, der es hören wollte, beichtete sie beherzt und laut ihren Ehebruch. Der ruhmreiche Kampf für das Himmelreich lag in der Bestimmung der Männer. Die Frauen mußten es über die Beichte erlangen. Ein Kummer überschattete ihr Opfer: ihr Vergehen war allseits und wohl bekannt. Doch machten die Gedanken einen großen Sprung, und die Schande wurde dem schuldlosen Willy aufgebürdet. Wo war er denn, der Hahnrei? Die Scham brachte einen Verwandten Willys dazu, der Frau zwei Schläge zu versetzen, da sie doch zu lautstark ihre Sünden bekannte und Gott und alle ehrenhaften Männerlenden kreischend um Verzeihung bat. Am anderen Ende der wogenden Masse von Männern und Frauen war ein Handgemenge um den Besitz eines metallbeschlagenen Stabes ausgebrochen. Eine der Sturmleitern war an einem Felsen zerbrochen, doch die andere wurde bereits wieder für einen erneuten Angriff auf den Turm vorbereitet.

Die Toten des ersten Ansturms lagen unbeachtet herum; manche noch dort, wohin sie gefallen waren. Durch das Getöse hindurch waren die Hilfeschreie der Verwundeten zu hören. Einige der Toten hatte man aus dem von Fackeln beleuchteten Kreis, den der Mob bildete, herausgeschleppt. Die hungrigen Kinder der Armen zogen sie aus und durchsuchten sie nach Geld oder einer Brotrinde oder Messern oder irgend etwas, das sie später verkaufen konnten. Auch sie kämpften und töteten um ihr Raubgut – ein Abbild der Gewalttätigkeit der Älteren im Kleinen, aber darum nicht weniger hitzig; ein Haß, der durch die Dunkelheit kroch; ein Tod zwischen leisen Flüchen, Stöcken und Messern und kurzen, harten Schlägen. Doch da sie dem Verhungern nahe waren, nahmen sie sich nicht die Zeit, sich mit dem Hinweis auf das Seelenheil zu bewaffnen.

Bruder Lewis überblickte die Menge, als ruhte er einen Augenblick vom Krieg zwischen Gott und dem Satan aus; er merkte, daß der Eifer, der den Mob erfüllt hatte, langsam in einem Trinkgelage unterging. Nicht lange kann die Leidenschaft für etwas, das man nicht sieht, aufrechterhalten werden, selbst, wenn es dabei um die eigene, in Licht gekleidete und vom Manna der Engel gespeiste Seele ging. Müdigkeit vorschützend verschwanden schon Pärchen in der warmen, sternenübersäten Nacht. Andere wieder schlugen sich, tranken, fluchten, spielten, tanzten und scherzten mit lüsternem Blick und einem Grinsen auf den Lippen; küßten sich, zierten sich, zwickten sich, sangen, soffen, kreischten. Verzweifelt sah er sich nach einer neuen Fährte um, auf die er das rasende Tier setzen und wieder zum Gehorsam bringen konnte. Die Sturmleiter war wieder angelegt worden, doch dieses Mal klüger.

Eine Schar wurde losgeschickt, um an anderer, weiter vom Turm entfernten Stelle ein Geschrei zu veranstalten und so die Aufmerksamkeit von den die Leiter hinaufkletternden Kämpfern abzulenken. Rechtzeitig würden sie zu lärmen anfangen, um so das kratzende Geräusch der Leiter, wenn sie an sicherer Stelle angelegt wurde, und das Keuchen der hinaufsteigenden Männer zu übertönen. Das etwas halbherzige Geschrei setzte ein, die Leiter wurde aufgerichtet, doch nur wenige verfolgten den Fortgang des erneuten Sturmangriffs. Sie waren dabei, ihr Anliegen zu vergessen und die Welt ihrem Schicksal zu überlassen. Bruder Lewis wußte, daß es nicht so weit kommen durfte. Er stieß die erstaunten Leute beiseite und stellte sich mit hoch über den Kopf erhobenen, fleischlosen Armen vor die Leiter.

»O Herr!« schrie er in den Lärm, der um den Turm wogte. »Oh, gekreuzigter Herr! Siehe! Hier stehen deine Diener, deine Heiligen und geloben dir Hilfe!« Das Durcheinander legte sich etwas, als die schrille, harte Stimme kratzend wie ein Reibeisen in den Ohren und Köpfen der Zuhörer widerhallte. »O Herr, der du ans Kreuz genagelt wurdest, du Juwel, das du allen zum Anblick am Kreuze hingest – wieder werden wir hinaufsteigen und den Feind bestürmen, und ich, im Angesicht aller deiner Heiligen, vor der heiligen Jungfrau Maria und allen Engeln, ich, dein Diener, werde sie führen! Der erste werde ich sein, der sich erhebt und dem Teufel entgegentritt!«

In der erneuten, nur vom künstlichen Krächzen der Ködertruppe unterbrochenen Stille wandte Bruder Lewis sich um und schickte sich an, die Leiter zu besteigen. Ein Abglanz der alten Leidenschaft kehrte wieder, als handelte es sich nicht um eine Kraft, die in den Menschen, sondern vielmehr in der Luft lag – wie der Abendnebel, der über der Menge auf- und abstieg, dünner wurde und sich auflöste, wieder zunahm und wallend jedem in die Knochen kroch. Plötzlich wieder aufgewühlt, stellten sich die Männer hinter Bruder Lewis in einer Reihe auf, um die Leiter hinauf und ihrem Ruhm entgegenzuklettern. Endlich würden sie ihre Feinde in die Hände bekommen; von Angesicht zu Angesicht würden sie ihnen gegenüberstehen; allem Unrecht, das sie so lange um Frieden, Frömmigkeit,

Freude, Ruhe, Gesundheit, Wohlstand und Jugend betrogen hatte, würden sie ein Ende bereiten, und das Leben würde werden, wie es so lange schon hätte sein sollen. Nie erhob der Rechtschaffene Ansprüche, doch sie würden es jetzt tun. Nie zeichnete sich ein klarer Weg für den Menschen ab, doch nun würde er klar sein. Die Sünder, die den Himmel heulend um ihr Recht anriefen, würden nun gerichtet werden. Diese dort oben in die Enge getriebenen Heiden schienen mit einemmal zum Symbol allen Übels zu werden, das dem Menschen je widerfahren war. Alle Sünden ihrer Vergangenheit sollten getilgt werden und ein neuer Morgen heranbrechen – die Belagerer riefen mit neu erwachter Begeisterung: »Es ist Gottes Wille!«

Weit über ihnen hörte man ein Knirschen; doch ihre Gedanken hatten sich in ihre eigene, große Gier verbissen; sie schenkten ihm keine Beachtung. Noch ein lautes Geräusch. Dann, von der im Finstern liegenden Brustwehr herabgeworfen oder auch gefallen, stürzte aus dem Dunkel um die Turmspitze ein großer Stein, der eine Zinne gekrönt hatte, herunter. Er spaltete das obere Ende der schon bestiegenen Leiter, schlug einmal gegen die Mauer und zerbrach in zwei Teile; und mit dem Geräusch stand die Zeit, wie vor jeder Katastrophe, einen Augenblick lang still – noch in der Bewegung begriffene Menschen, manche lächelnd, manche in seltsamen, erstarrten Posen, manche mitten in der Rede unterbrochen, mit grotesk auf den Gesichtern verzogenen Mienen und in den Kehlen steckengebliebenen Lauten. Krachend brach das Verhängnis über sie herein; die beiden Hälften des großen Steines stürzten auf die Belagerungsmaschinen, zerschmetterten sie und rissen die großen Leitern entzwei.

Bruder Lewis und die zwei Männer, die ihm gefolgt waren, wurden grausam am Fuß der Leiter von der abgesplitterten Steinhälfte zermalmt und waren auf der Stelle tot. Die Leute wichen zurück, stumm und erstarrt vor Schrecken. Vor ihnen lag die zerborstene zweite Belagerungsmaschine; blutüberströmte Arme und Beine ragten aus der zerstörten Rampe. Hände faßten ins Nichts. Verwirrt und alles nur undeutlich wahrnehmend, erschöpft von ihrem Gefühlsrausch, verängstigt angesichts des Verlustes eines ihrer Führer und der scheinbaren Unbesiegbarkeit der Teufel des Satans im Turm, schwankte die Menge vor und zurück. Wieder einmal legte sich Richard Malabestia unerwartet und gewaltsam selbst ins Zeug, um seine Sache zu retten. Er sah diese mit Blindheit geschlagenen Kinder in ihrer Verwirrung auseinanderweichen und ihre Kraft verlieren. Man durfte diese Herde nicht in den Mißerfolg stolpern lassen; der Mob war seine Harfe, sein Instrument. Er würde daher seine Musik auf ihm spielen. Morgen mochten sie schlafen und vergessen. Heute mußte gehandelt werden; gehandelt, wie er es wünschte. Er warf sich auf die Knie, denn er brauchte eine Stellung, von der aus er aufspringen konnte und rief: »Wir werden den toten Märtyrer rächen!« und dann lauter: »Sieg für seinen Heiligen!«

»Rächt den Märtyrer! Gerechtigkeit! Gerechtigkeit!« Die schwankende Menge scharte sich um ihn. Mit seinem Arm gab er das Zeichen zum Angriff. Die Leute gierten nach seinen Worten, die ihre wütende Tatkraft nähren sollten. Sie verschlangen sie und spuckten sie kreischend wieder aus und rissen Teile aus den zerstörten Maschinen, um das Feuer im Innern des Turmes mit ihnen zu schüren. Wenn sie den Turm schon nicht stürmen konnten, würden sie die Teufel eben verbrennen. Nun, mit der Tat, kam auch der fromme Eifer wieder zurück. Und wenn es die ganze Nacht dauern sollte, Tage, Monate, ewig, sie würden diese Ketzer in einem Höllenfeuer hier auf Erden rösten. Hoch und höher stiegen die Flammen. Der Ritter Christi würde gerächt werden! Dem Märtyrer Christi würde Gerechtigkeit widerfahren! An den Soldaten Christi würde man sich erinnern! Dem Heiligen Christi diente man!

34

»Gott, höre mein Gebet
und verbirg dich nicht vor meinem Flehen.
Merke auf mich und erhöre mich,
wie ich so ruhelos klage und heule,
da der Feind so schreit
und der Gottlose mich bedrängt.«

Jomtow von Joigny, der Rabbiner, senkte sein Haupt und öffnete die Augen. Abseits, für sich allein stand er auf der Rampe, die ringförmig um die Turmspitze verlief. Einige der anderen waren gegangen, um in den Räumen im Innern Freunde, Waffen oder ein Gefühl der Sicherheit zu finden. Vom Feuer, das der Mob unten aufgeschichtet hatte, stieg Rauch in Schwaden über die Öffnungen der Stiegen im Turm ins zweite Stockwerk. Selbst hier, wo ein sanfter Frühlingswind vom dunklen Hochmoor herüber wehte, wurde die Hitze langsam unerträglich. Jomtow war nach Weinen zumute. Er wollte mit dem Nachdenken aufhören und sich nur noch seiner Trauer überlassen. Dort unten, jenseits des Gedränges hassender Menschen wartete ein neuer Frühling mit seinen jungen Reben und purpurfarbenen Blüten. Jenseits der toten und geschändeten Northstreet saßen irgendwo Juden an ihrer Festtafel, ergriffen glücklich ihre gefüllten Trinkbecher und stießen auf Liebe, Freiheit und den Triumph des kleinen Volkes an, das in Gottes Hand einst wohl gediehen war. Taumelnd und keuchend stolperte eine Gestalt aus dem rauchgeschwängerten Treppenhaus und kam auf ihn zu. Es war Josche. Jomtow setzte sich, damit auch Josche, ohne sich lange mit Ehrerbietung aufzuhalten, Platz nehmen konnte. Doch atemlos und übel, wie ihm war, vermochte dieser seine Höflichkeit nicht zu schätzen. Jomtow dachte traurig: Wenn das Ende naht, verlieren Sieger wie Opfer von ihrer Menschlichkeit. Was sie in tausend Jahren an Geboten und Umgangsformen entwickelt haben, legen sie ab, als hätten sie dergleichen nie gekannt.

»Die meisten Räume sind leer«, keuchte Josche. »Meir, der Sohn des Mose, hat den Verstand verloren. Wir mußten ihn binden. Sein kleiner Sohn und seine Tochter sind im Rauch, der von Raum zu Raum zieht, erstickt.«

»Sag den Leuten, sie sollen hier heraufkommen«, sagte Jomtow. »Seitdem der Steinblock von der Zinne die zweite Sturmleiter zerstört hat, habe ich kein Geräusch mehr gehört. Im Moment deutet nichts darauf hin, daß sie noch einmal versuchen wollen, heraufzuklettern oder die Wurfschleuder zu benutzen. Das Feuer jedoch ist stärker geworden. Sag den Leuten, daß sie hier oben sicherer sind.«

»Das ist schwer zu bewerkstelligen, Rabbi. Ich habe mich durch den Rauch gekämpft, doch bin ich oft beinahe ohnmächtig geworden. Hin und wieder lichten Windstöße den Rauch, so daß der Weg frei ist. Doch dann breitet er sein vergiftetes Leichentuch wieder aus, nimmt den Leuten die Sicht und läßt sie an Ort und Stelle ersticken.«

»Wir müssen versuchen, ihnen zu helfen. Die Räume unten sind gefährlich.«

Während sie noch sprachen, tauchten andere am Treppenabsatz auf, krümmten sich würgend und husteten keuchend. Josche löste die Schärpen und Gürtel der geschwächten Männer und knotete sie zusammen. Ein Ende befestigte er an einem in den Boden eingelassenen Haken. Dann zerrte er prüfend an dem behelfsmäßigen Seil und verschwand im Turm. Wenig später nur tauchten Anna und die Kinder auf, mit Brandverletzungen und voller Angst; dann Jakob, der Sohn Vives und ein paar von den anderen. Als Josche, vom Feuerqualm geschwärzt und angesengt, wieder erschien, ging er geradewegs zu Jomtow und winkte den Rabbiner beiseite. Immer mehr kämpften sich auf die Rampe durch.

»Sind das alle Überlebenden?« fragte Jomtow ungläubig und ließ seinen Blick über die zerlumpten, im Mondlicht kauernden Gestalten schweifen. Dreißig oder mehr sich krümmende Gestalten ruhten, vor Anstrengung keuchend, auf der Rampe aus.

»Nein«, sagte Josche. »Die Flüchtlinge aus Norwich und mehrere andere, die erst vor kurzem aus dem Süden gekommen sind, sitzen in einer der Waffenkammern auf dem Boden. Sie sagen, sie seien müde und würden sich nicht mehr rühren, um ihr Leben zu retten. Auch ich war schon des Lebens müde, doch nicht wie diese; wie ein schrecklicher Aussatz macht sich die Lebensmüdigkeit auf ihren Gesichtern breit. Und irgendwie zieht der Rauch an ihnen vorbei, obwohl er ihnen so gleichgültig ist – fast scheint es, als habe auch er Angst vor ihnen, so unnatürlich ist ihre Regungslosigkeit.«

»Und sonst ist dort niemand mehr?«

»Ich sage dies in diesem Augenblick nur ungern – ich habe Abram, diesen Knaben, immer sehr gern gehabt. Er war mir wie ein Sohn. Nun liegt er stammelnd im Stroh und ringt die Hände – wegen dieser Dienstmagd. Ich sagte: ›Wir müssen die Alten und Kranken suchen und sie außer Gefahr bringen.‹ Er schaute nur an die Wand und sagte: ›Ich frage mich, wo sie wohl ist.‹ Und dann etwas wie: ›Nach dieser Nacht wird dein Auftreten mich nicht mehr beeindrucken, denn alles, alles hat sich verändert...‹ Dann lachte er über das Gesagte. Ich habe vor Wut gezittert, so etwas mitansehen zu müssen. Denn seht, draußen bellen und geifern die Christen gegen uns. In jeder Ecke lauert das Feuer und in jeder Rauchschwade der Tod. Und er liegt dort und beraubt uns der Würde unseres Sterbens, untergräbt unseren Mut und befleckt unsere letzte Nacht mit dem Gedanken an eine Frau – eine Frau, die man nicht heiratet!«

»Lieber Josche, halt ein... Sie wären wohl erstaunt, glaube ich, all die jungen Leute, wenn sie hören könnten, daß du Raub und Befleckung nennst, was sie Leben nennen. Ich muß dich daran erinnern, daß Abram längst schon geheiratet hätte, wenn wir nicht gewesen wären – wenn wir alle nicht gewesen wären. Wahrscheinlich hat er nun das Gefühl, der Tod sei nahe genug, um dem, was wir für schicklich halten, die Gültigkeit zu nehmen.«

»Es ist eine Sünde, Rabbi, es schickt sich nicht. Wir müssen ihn bitten, sich zusammenzunehmen.«

»Ja, es schickt sich nicht. Und dennoch tröstet es mich, Josche. Denn strotzen die Lenden der Jungen so vor Leben, daß sie selbst im Vorzimmer des Todes ihre Träume umklammern und an ihnen festhalten, dann wird es, muß es jemanden geben, der die feurige Lebenskraft hat, um weiterzugehen, wenn wir längst nur noch körperlose Schatten sind. Wir müssen uns um die anderen dort unten kümmern und sie retten, wenn es möglich ist. Schicke andere, sie zu holen; du hast schon genug getan und mußt sehr müde sein. Zu müde sind wir alle schon.«

»Rabbi...«, sagte Josche leise. »Was die vier aus Norwich angeht – sie sind einen langen Weg gekommen, um hier zu sterben. Ihre Seelen sind schon gestorben. Lassen wir sie dort bleiben, wo sie sind. In dieser Zeit ist es ein Privileg, dann sterben zu dürfen, wenn man die eigene Lebenszeit abgelaufen glaubt.«

Jomtow schaute in den stillen Himmel hinauf. »Ja, wahrscheinlich hast du recht. Es ist ein Privileg, nach dem auch ich mich langsam sehne.«

Ruhig war es, wo sie war, und auch sie war ruhig. Der kleine, umzäunte Friedhof, Judenfriedhof genannt, lag im Osten, weit außerhalb der Stadtmauern. Dahinter verbreiterte sich das Bett des Foss', teilte sich und vereinte sich wieder, ehe der Fluß an den Anlegeplätzen und an ausgedehnten, im Mondschein schlummernden Hochmooren vorbei weiterfloß. Hin und wieder stand Betty auf und ging zwischen den Grabsteinen umher und lauschte in ihr Inneres beim Aufsagen der Namen der Schlummernden. Den Friedhof hatte ein Henry genehmigt, der nun selbst unter der Erde eine Herberge gefunden hatte. Erst ein Jahrzehnt war der Friedhof alt; Betty kannte jeden, der hier ruhte. »Euch einen schönen Abend, Master... Guten Abend Lady; guten Abend, ihr kleinen Zwillinge.« Alle waren sie gekommen, um bei ihrer Hochzeit dabeizusein. Sie selbst war dabei, ihr Hochzeitsgewand anzulegen. Freundlich ist der Mond zu den von ihm Erwählten: das zerfetzte und blutige Kleid, das Betty trug, glänzte in seinem Licht. Auch der Brautschleier und der Kranz der Jungfrau leuchteten hell. Als sie sich geschmückt hatte, rief sie ihn:

»Liebster, mein Liebster.« Dann legte sie langsam Kranz, Schleier und Brautkleid ab, bis sie nackt in der kühlen Nacht stand, doch sie fröstelte nicht. Lange hielt sie die Augen geschlossen, lächelte dabei und streckte die Arme nach Westen aus, auf die Stadt und das Feuer hin. Brautschleier und Haube der verheirateten Frau war ihr der Kleiderfetzen gewesen, der nun wieder schlaff ihren Körper bekleidete. Wieder sagte sie: »Liebster, mein Liebster.«

Weiß ist die Braut, rot die Mutter,
Rosenbett der Braut,
bald schon Wochenbett der Frau.
Und welkende Blätter sinken…

Auf dem weichen Boden durchlebte sie in Augenblicken die Monate der Schwangerschaft und den Jubel der Geburt. Sie stillte, entwöhnte und brachte ihre Söhne zur Schule. Von der Straße her war ein Geräusch zu hören; sie stand auf und hielt ihr Webmesser umklammert, damit sie ihre Kinder beschützen konnte.

»Wer da?« fragte Lord Robert. »Habt keine Furcht.«

Die zerlumpte Gestalt auf dem Friedhof rührte sich nicht. Er dachte: hier ist sie heute nacht sicherer als anderswo. Sobald es dämmert, werde ich sie in St. Helena oder in der Kapelle an der Stadtmauer verstecken. »Bleibt, wo Ihr seid, Lady«, rief er ihr zu. »Ich werde wiederkommen. Gott schütze Euch, Lady.«

»Shalom.« Die verschleierte Witwe antwortete ihm mit dem alten Abschiedswort: »Friede sei mit dir.«

Abram lag im finstern, kleinen Raum unter der zinnenbekrönten Spitze des Cliffordturms. Erschöpft und ermattet fühlte er sich; es erstaunte ihn, daß man ihn noch erkannte, daß sich sein Äußeres nicht verändert hatte. Josches Geschäftigkeit beantwortete er mit Murren und Apathie. Schon beim ersten Anzeichen, daß in dieser Nacht in den Straßen etwas auf sie zukam, hatte sich Josche erhoben. Seine ganze Familie und seine zahlreichen Gäste hatte er gerettet. Auch Abram war der Herr seines Hauses; er war geflohen und hatte seine Mutter und seine Liebste und die kleinen, noch kindlichen Gäste dem Tod ausgeliefert. »Ihr dummen Kinder«, sagte er zu der Wand. »Jeder in der Stadt hätte es euch sagen können: hütet euch vor diesem Haus. In einem Haus, wo alle mit Schande überhäuft sind, wird man keinen Schutz vor der Gefahr finden.« In seiner ganzen Schrecklichkeit stieg das Geschehene wieder in ihm auf. Vor Verzweiflung biß er sich in die geballte Faust.

Im Innenhof brannte unterdessen das Feuer immer heißer und zerstörerischer. Schon hatten die hölzerne Brüstung und das Geländer des ersten Stockwerkes Feuer gefangen; Funken bedrohten bereits das zweite. Giftige, erdrosselnde Dämpfe zogen von Raum zu Raum; bald hoben, bald senkten sie sich, um die dort Wartenden zu ersticken. Unter ihnen staute sich die Hitze; ihnen war, als befänden sie sich auf einer riesigen Pfanne. Endlich sah Abram ein, daß er zu den anderen auf die Turmspitze gehen mußte, wo man noch frei atmen konnte.

Er verließ den Raum, drängte sich in den Wehrgang hinaus und sah, daß ein Teil des Geländers von einem Funken, der sich dort verfangen hatte, in Brand gesetzt war. Die Hitze, die von dem schrecklichen Feuer ausging, fing an, unerträglich zu werden. Die erstickenden Rauchschwaden ließen ihn schwindeln; fast wäre er ohnmächtig geworden. Endlich erreichte er den Raum, von dem aus die Treppe zum Dach hinaufführte; hustend und um Atem ringend schleppte er sich hinauf. Als er das Dach erreicht hatte und in die Nacht hinaustrat, durchströmte ihn die frische Luft wie ein mit Gift vermischtes Getränk. Bewußtlos stürzte er zu Boden.

Als er die Augen wieder öffnete, sah er nur Schatten; als ihm nicht mehr schwindelte, hörte er ihre Stimmen über sich – näher und weiter weg, ansteigend und wieder abklingend wie die Wellen, die in einem Kanal aufeinander zulaufen, ineinander übergehen.

»Wir stehen im Angesicht Gottes – wer kann seinem Blick widerstehen?«

»Wir haben gesündigt; am Übel vieler Generationen sind wir erkrankt. Gott sei uns gnädig.«

»Nicht um mich selbst sorge ich mich, sondern um diese unschuldigen Kinder.«

»Wären wir nicht auserwählt, müßten wir jetzt nicht sterben.«

»Lobet den Herrn für seine gewaltigen Taten. Sein Wille geschehe.«

»Empfangen habe ich, bin schwanger gegangen, habe in Wehen gelegen – wofür? Zu diesem Zweck?«

Verzweifelt versuchte er aufzustehen; er wußte nicht, wo er war. Er hatte nicht die Kraft, gegen die Furcht anzukämpfen, die ihn überfiel. Als er zu sich kam, lag er in Josches Armen. Josche hatte erkannt, daß sein Zorn auf Abram der Zorn auf etwas viel Größeres und Tragischeres war, als es die letzten Sehnsüchte eines jungen Mannes sein konnten. Abrams Kummer empörte ihn nicht mehr. Sanft hielt er ihn im Arm, während Anna ihm die Fußknöchel und Jomtow ihm die Handgelenke rieben. Abram war bei Bewußtsein und weinte, ehe er wußte, warum. Mit leiser Stimme sagte Josche zu ihm: »Wie erbärmlich ist es doch, so wenig Zeit zum Abschiednehmen zu haben. Nichts Wahres und Passendes werden wir sprechen können, und unsere Toten werden sich ohne Zeremonie auf den Weg machen müssen.«

Weit entfernt tauchte ein dünner Lichtstreifen im Osten auf – es schien, als bräche das Morgengrauen die Nacht, die es gefangenhielt, auf. Das Geschrei am Fuße des Turmes hatte nicht nachgelassen; auch das Feuer wurde nicht schwächer, und unter ihnen staute sich die Hitze auf. Manche Stellen der Rampe konnte man schon nicht mehr betreten, denn man verbrannte sich die Fußsohlen selbst durch die Schuhe hindurch. Jomtow schaute hinaus auf den Lichtstreifen; dann blickte er lange die ungefähr dreißig sich am äußeren Rand des Turmes Zusammendrängenden an. Schließlich sagte er: »Meine Brüder – die Zeit ist gekommen, über den Tod zu sprechen. Nicht von jenen, die schon gestorben sind, wollen wir sprechen, sondern von uns – von uns, die wir sterben werden.«

Anna, bis jetzt tapfer gewesen, verbarg ihr Gesicht und begann zu zittern.

»Unser Josche hat vorhin zu mir gesagt, der Tod, dem man mit Würde und nach Ablauf seiner eigenen Lebenszeit entgegentritt, sei ein großes Geschenk und ein Privileg. In dieser Zeit jedoch, in der unsere Feinde voller Ungeduld darauf warten, uns niederschlachten zu können, sehen wir einem Tod entgegen, den man nicht als Geschenk betrachten kann. Die ganze Nacht haben wir ausgeharrt, doch noch immer schreien sie nach unserem Blut. Glied um Glied werden sie uns zerstükkeln, werden uns verbrennen oder uns zu Tode foltern, um ihre Gier zu stillen. Ich muß ihnen meinen Körper überlassen, nicht aber meine Seele – meine Seele will ich Gott anvertrauen, ehe sie noch mehr von der Widerwärtigkeit ihres frommen Hasses sieht. Hier in meiner Schärpe trage ich unser Schlachtermesser. Rein ist es; rein haben es unsere Gesetze gehalten; Gnade gewährt es durch unser Gebet; schnell ist es durch unsere Güte. Durch dieses Messer will ich zu Tode kommen. Auch werde ich jene, die es wünschen, töten. Schnell und mit einem Gebet werde ich töten.«

Einen Augenblick lang – sie hatten seine Worte vernommen und waren aufgefordert, sich zu entscheiden – rührte sich keiner. Dann sagte Josche: »Ich danke Euch, Rabbi. Tötet mich und meine Frau, wenn sie es wünscht; auch meine Kinder, wenn sie es wünschen. Auch die zwei Mägde, die bei uns sind, mögen den Feind mit ihrem Tod überlisten.«

»Du sollst nicht sterben, um sie zu überlisten. Willst du nur sterben, um ihnen den Triumph zu nehmen?« fragte Jomtow, denn in dieser Situation hätte er sie so gern als Heilige gesehen, die angesichts des Todes eine im Leben nie erreichte Vollkommenheit zeigen würden.

»Ich hasse sie, Rabbi«, sagte Josche. »Ich kann mir nicht helfen. Es sind Mörder, und ich hasse sie.«

Jomtow mußte einsehen, daß die Vollkommenheit selbst in diesem Augenblick unerreichbar blieb. Er lächelte ein wenig und sagte: »Ich werde stolz sein, dir in den Tod folgen zu dürfen, mein Freund. Doch laß uns keinen Gedanken an diese da verschwenden; schön soll unser Sterben sein. Wenn es uns schon nicht mehr gelingen mag, alles wohl zu durchdenken, wollen wir es wenigstens tief fühlen und unserem Tod die letzte Würde verleihen – nämlich frei von Makel und Niedrigem zu sein. Könnte es denn nicht sein, daß wir nicht fortgehen, sondern ankommen …«

Josche lachte freundlich: »Rabbi, Ihr verlangt von uns Engel zu sein, ehe wir aufgehört haben, Menschen zu sein.«

»Wenn du meinst.«

»Wir wollen beten«, sagte ein anderer. Wieder öffnete sich der Kreis der Umstehenden. Vier andere traten vor und stellten sich neben Jomtow und Josche. Eine Frau, die mit zerschmetterten Gliedern auf der Rampe lag, verlangte, in ihren Kreis aufgenommen zu werden. Jomtow formte die Hände vor seinem Mund zu einem Trichter, als ob seine Worte dadurch besser an Gottes Ohr dringen könnten: »Du Ewiger und Unendlicher. Du Einziger und Vollkommenster. Armselig sind unsere Danksagungen; bereichere uns. Verängstigt sind wir in unserer Sterblichkeit; verleihe uns Kraft. Überreich sind wir an Irrtümern; unterrichte uns. Gedankenlos haben wir das wunderbare Geschenk des Lebens vertan; hilf uns, es in Erinnerung zu behalten. Grausam wie Kinder waren wir, doch nicht liebevoll wie sie; grimmig wie Tiere, doch nicht dankbar wie sie; gedankenlos wie der Regen, doch nicht großzügig wie er; unfruchtbar wie der Schnee, doch nicht schön wie er; aller Tugenden entbehren wir und sind dennoch Dein. Siehe da, das Messer kennt seine Bestimmung genau, die ihm der Wille Gottes vorzeichnet, und auch wir, sterbliches Fleisch, sind der Bestimmung Deines göttlichen Willens unterworfen. Die Stimmen, die Du uns verliehen, werden wir danksagend erheben. Ein glückliches Los war es, Mensch gewesen zu sein. Wir danken Dir dafür. Erhöre uns in Deiner Unendlichkeit und nimm uns auf.«

Jomtow hob die Arme und begann langsam, auf Hebräisch die alten Worte der Lobpreisung zu wiederholen, mit denen sich die Söhne der Toten an ihren Gott wandten. Über viele Generationen hinweg und über vielen, vielen Toten waren diese Worte von hundert und aberhundert Zungen gesprochen und erprobt worden. Als das Gebet vorüber war und die

Worte nur noch in der Erinnerung nachklangen, blickten sie sich um, Erdenkinder einmal mehr, und fragten sich, die Kehle von panischem Schrecken zugeschnürt, wen das Messer als ersten treffen sollte – jenes so genau auf seine Bestimmung gerichtete, scharfe Messer.

Ein alter Mann ergriff das Wort: »Rabbi, wir wollen sterben, wie es die Natur eingerichtet hat: erst die Alten, dann die Jungen; erst die Männer, dann die Frauen, Witwen und Waisen.«

»So ist es wohl im Leben«, sagte Josche. »Gott hat jedoch die Natur mit einem Geschenk versehen, das wir hier nicht besitzen – die Zeit. Wie grausam wäre es, die Eltern vor den Augen der Kinder zu töten. Wir wissen um die Gründe unseres Sterbens und können dem Tod mutiger als sie ins Antlitz schauen.«

»Rabbi«, – Anna hatte, wie es sich für eine Frau gehörte, den Rabbiner in der Öffentlichkeit noch nie angesprochen – »laßt mich in der sicheren Gewißheit sterben, daß meine kleinen Lämmer vor mir im Tod Zuflucht gefunden haben. Dann werde ich ohne Furcht in den Tod gehen, werde nicht zögern, Abschied zu nehmen. Wir werden ihre kleinen Körper tröstend umfangen, wie sie die unseren niemals umfangen könnten.«

»Es ziemt sich nicht, daß unsere Kinder uns in unserem Blute liegen sehen«, sagte eine andere Frau. »Und da sie nicht das wissen, was wir wissen, werden sie sich ängstigen und davonlaufen, einem grausamen Tod in die Arme.«

»Wie ihr wünscht, so soll es geschehen«, sagte Jomtow. Die Mütter wandten sich ab. Die Kinder, manche schluchzend, manche steif und still, wurden eins nach dem anderen zu Jomtow gebracht. Josche und die anderen Männer hielten sie fest und flüsterten ihnen zärtliche Koseworte ins Ohr. Als der Rabbiner sein Messer hob und an dem kleinen Hals nach dem pochenden Lebensbringer suchte, erinnerte er sich, als stünde ihm eine Vision vor Augen, an Abraham, wie er Isaak zum Opfer bringt.

Aber ach, kein Engel wird kommen, kein Wunder geschehen, um das Messer aufzuhalten und ein geringeres Opfer auf den Altar zu legen. Die Klinge zerteilte das Fleisch, fand den

Pulsschlag, und das Kind stürzte zu Boden... Ein zweites... Ein drittes.

Josche hielt seine kleine Tochter in den Armen. Er vergrub sein Gesicht in ihrem weichen Haar, fühlte die glatte Stirn. »Warte auf mich«, sagte er. »Ich komme bald nach.« Dann übergab er das Mädchen Jomtows Messer... Noch eins... Noch eins und noch eins. Schon lagen um Jomtows Füße überall die kleinen Körper. Josche und zwei andere Männer gingen hin, trugen sie beiseite und bedeckten sie.

»Hier ist noch ein Kind«, sagte ein Mann.

Es war Dieulesault, Josches Drittgeborener. Er befreite sich aus den Händen der Älteren. »Laßt mich«, sagte er. »Faßt mich nicht an. Ich habe das Mannesalter erreicht. Vor zwei Wochen bin ich an den Thoraschrein getreten und habe aus dem Gesetz vorgelesen. Über eurer Trauer um andere habt ihr es vielleicht vergessen, doch ich bin ein Mann so gut wie jeder andere. Laßt mich wie ein Mann in den Tod gehen und nicht als Nachzügler in einer Gruppe Kinder.«

Schon setzte der Weinbauer an, um Einwände zu machen. Doch Anna unterbrach ihn ohne Scheu, um ihrem Sohn seinen letzten Wunsch zu erfüllen: »Er mag mit den Männern gehen. Wenn es nötig sein sollte, werde ich ihm meinen Platz abtreten.« Der Weinbauer wandte sich ab.

Ein alter Mann trat an Jomtows Seite und sagte: »Laßt nun die Betagten gehen – denn wir hatten größere Mühe und Furcht, haben länger gewartet und weniger gehofft als die, die uns in der Zeit nachfolgen.«

Dann sagte Jomtow: »Wir, wir Männer Yorks, sind eure Gastgeber und ihr seid unsere Gäste. Möge nun zu mir kommen, wer will. Mögen zuerst unsere Gäste kommen und dann wir als Gastgeber, nachdem wir euch zur Tür begleitet haben, nachfolgen. Mögen Mann und Frau getrennt sein, wenn sie es wünschen und jeder für sich entscheiden, ob er bleiben oder gehen möchte. Möge keine Entscheidung Scham oder Zorn hervorrufen – denn kein anderes Gefühl soll diese kurze Nacht beenden, als die Liebe.«

Da traten die vier aus Oxford vor; dann ein Ehepaar aus

Lynn; zwei aus Bury, vier aus Cambridge; dann drei, die den ganzen, traurigen Weg von London hierher gemacht hatten. Einer nach dem anderen traten sie vor Jomtow und wurden von Josche und Cresse von Doncaster weggetragen. Schließlich hatte sie alle ihre Flucht vor dem Haß unendlich weit weg geführt. Die Handvoll Essen, das für die Reise in die Provinz geschnürte Päckchen, der letzte, tränenblinde Blick gehörten schon nicht mehr zu der Reise, die in eine ganz andere Welt führte.

Die Leute aus York, die noch zurückgeblieben waren, schauten einander an.

Josche sagte: »Wir wollen schnell gehen, wir, die wir die letzten sind. Das Morgengrauen hißt seine Segel, kurz bemessen ist die Zeit der Sicherheit und müde schon unser geliebter Jomtow.«

Einige standen noch abseits, waren nicht gewillt zu sterben, hatten Angst oder hofften entgegen aller Vernunft, daß der wütende Mob unten ermüdete oder durch ein Wunder zu Tode kam oder ihn plötzlich Scham überfiel und sein Herz erweichte, damit er ein kleines Maß an Gnade gewährte.

Unter den Schweigenden stand auch Abram. Im Dämmerlicht fiel Jomtows Blick auf ihn – wenigstens schien es ihm so. Aus dem Bedürfnis heraus zu rechtfertigen, weshalb er das Leben wählte, trat Abram vor und sagte: »Rabbi, der Wein, den die Heiligen trinken, muß noch immer vom Weinbauern gekeltert werden. Laßt uns eure Totengräber sein. Der Letzte kann noch den Vorletzten zudecken, doch einer muß auch den Letzten bedecken.«

»Mag es geschehen, wie du meinst. Wir bitten dich nur, uns, solange du kannst, in Erinnerung zu behalten und über unserem Leichnam das Totengebet zu sprechen.« Jomtow drehte sich um, umarmte Cresse und tötete ihn; dann Samuel, dann Isaak und dann Dieulesault, den Sohn Josches, der ganz aufrecht da stand – seit kurzem erst ein Mann, mit ungebrochenem Stolz, selbst jetzt noch, in der Erschöpfung und angesichts dieser Umstände. Anna umarmte Josche und fragte: »Erinnerst du dich an den Tag, an dem wir die Glasscheiben einsetzten?

Erinnerst du dich noch an den Tag, an dem unser erster Sohn geboren wurde? Erinnerst du dich an den Tag, an dem wir gestritten und uns wieder versöhnt haben?« Seine Hand in der ihren haltend, stellte sie sich Jomtow, als wäre er der Todesengel. Mit ihrer ganzen Kraft versuchte sie, nur an die Dinge zu denken, von denen sie gesprochen hatte; doch im letzten Augenblick überwältigte sie der Lebenswille. Sie wollte um ihr Leben, um Schonung flehen – Bitte, bitte! Doch als sie den Mund öffnete, verschmolzen Leben und Tod. Ohne einen Laut stürzte sie zu Boden.

Josche trat neben sie: »Rabbi...«

»Lebewohl, mein Freund«, sagte Jomtow. »Liebe das Gesetz. Liebe deinen Gott. Vergib mir.«

»Glaubt Ihr, daß wir die Welt überwunden haben?«

»Ja. Ungeduldig warte ich darauf, diese Erfahrung zu machen.«

Sie umarmten sich und sagten sich Lebewohl. Als Jomtow sein Messer die Stelle tasten ließ, die es schnell und ohne Schmerzen öffnen würde, um das Leben ausströmen zu lassen, dachte Josche: Wie schade! Ich mache eine neue Erfahrung und werde sie mit niemandem besprechen können. Wie viele Erfahrungen habe ich nie gemacht... Und werde sie nie mehr machen... In diesem Augenblick fühlte er das Messer... Mein Gott! Wie verletzlich der Mensch doch ist! So leicht, so überaus leicht ist es zu sterben... Er war tot, ehe ihm bewußt werden konnte, daß er sein leichtes Sterben nur der Geschicklichkeit Jomtows zu verdanken hatte.

Noch im Sterben fluteten die Gebete über Jomtow von Joignys Lippen, die aus der Ferne von einem Gesang beantwortet wurden. Vielleicht würde es seiner Stimme, seinen Augen und seiner Liebe, die sich langsam betend in vergangene Zeiten sangen, gelingen, in jenen von fern erklingenden Gesang, der von der Bundeslade und dem Gesetz erzählte, einzufallen, noch ehe das Messer die richtige Stelle fand.

35

Es wurde Morgen in York. Einige wälzten sich im Schlaf auf dem harten Boden, kamen in feucht dampfenden Kleidern zu sich, wußten nicht mehr, warum sie hier mit dem sauren Geschmack einer durchzechten Nacht im Mund, mit Schüttelfrost und mit verschmutzten, stinkenden Gewändern aufwachten. Der Cliffordturm stand jetzt im Morgenlicht. Die wenigen, die noch lebten, sprachen das Morgengebet und stimmten zur liturgischen Totenfeier an, denn noch war ihr Alptraum nicht vorbei. Unter ihnen erstarb im Hof das Feuer, obwohl die rachedurstigen Aufrührer geschworen hatten, es werde bis zum Jüngsten Tag wüten. Doch noch immer quoll Rauch durch die um das zweite Stockwerk des Turmes eingelassenen Öffnungen und stieg aus der Mitte der Dachrampe auf. Überdrüssig, ihre unersättliche Gier zu stillen, standen manche aus der erschöpft am Boden schlafenden Menge auf, klopften den Staub von den Kleidern und gingen nach Hause, nachdem sie noch einmal in den Häusern der Northstreet nachgesehen hatten, ob in den geplünderten und noch immer rauchenden Trümmern etwas vergessen worden war. Es ging das Gerücht um, eine gewisse Margret, die in der Nähe des Mickletores wohnte, habe eine juwelenbesetzte Spange gefunden; man erzählte sich von Kämmen und Löffeln aus Elfenbein; doch alles, was das erneute Wühlen ans Licht beförderte, waren ein paar Handvoll Metallbolzen, ganz gewöhnliche Messer und ein oder zwei Scharniere. Die Leidenschaft war erloschen, die Glieder ermattet, die Kleider feucht und zerdrückt, und müde gingen sie von ihrem Sturm auf den Himmel nach Hause und zu Bett.

Viele jedoch blieben und beobachteten den Turm auf ein Lebenszeichen. Doch auch in diesen hatte der anbrechende Tag eine langsame Veränderung ausgelöst – die nahezu allmächtigen Söhne Satans der vergangenen Nacht schienen ihnen nun nicht mehr und nicht weniger menschlich als sie selbst; sie mochten wohl Feinde sein und auch der Schlüssel zum Seelenheil, doch sie waren längst nicht mehr übermenschlich mächtig und böse. Als es Tag war, kam jemand auf die Idee, man solle herausfinden, ob sie noch am Leben waren.

»Heeh, ihr Juden! Wieviel seid ihr noch da oben?« Keine Antwort. »Heeh, ihr Juden!« riefen sie wieder hinauf. Die müde Schar war froh, etwas zu tun zu haben.

Sie warteten, und eine schwache Stimme erreichte sie von oben. »Zwölf Lebende sind wir und ein Sterbender.«

Noch eine Frage, nichtig fast, und eine Antwort vom Turm, die eher einer Frage glich.

Gott erhalte dir deine Kraft, dachte Abram, als er den Mann anschaute, der, den Rücken ihm zugekehrt, über die Brustwehr gelehnt dastand und sprach. Mit eingezogenem Kopf ging er ins Treppenhaus und ins Innere des Turms hinab, um nachzusehen, ob jemand, verletzt oder schlafend in eine Ecke gesunken, dem Rauch vielleicht entgangen war. Ein Großteil der Toten war auf die Rampe gebracht worden, damit sie bei ihren Verwandten und Gastgebern waren. Die vier Männer aus Norwich jedoch saßen zusammen mit ihren elf Frauen und Kindern noch immer in völliger Regungslosigkeit in einem kleinen, neben dem Treppenhaus liegenden Raum. Auf ihren Gesichtern zeichnete sich die unendliche Müdigkeit ab, von der Josche gesprochen hatte. Abram ließ sie dort und ging weiter auf der Suche von Raum zu Raum. Er fand keine Überlebenden; doch in einem Alkoven, der jenem glich, in dem er selbst weinend gelegen hatte, fand er eine junge, erst seit sechs Monaten verheiratete Nachbarin in den Armen ihres Mannes liegend; erst sechzehn Jahre alt war sie. Der Anblick dieses Todes, der ein Abbild des großen Sterbens im Kleinen war, ein Bild, das zart und klein in ein Buch gezeichnet schien, ging über Abrams Kraft. Er rannte davon, zurück zum aufs Dach führenden Treppenhaus.

Eine Zeitlang lehnte er stöhnend an der Wand. Die Wand neben der Treppe war von hellerer Farbe als die anderen Wände; auch schien das Mauerwerk glatter. Als er sich wieder gefangen hatte, schaute er darauf und sah, daß sie ein Bild aus seinem Innern trug. Ihm war bewußt, daß ihm Hunger, Tod und Schlaflosigkeit halb den Verstand raubten; doch er überließ sich dem Wahn, breitete die Arme aus und sagte laut zu der unsichtbaren Welt: »Das ist die Seite, die mir versprochen wurde – mein Beitrag zum Codex Eboracum. Endlich kann ich mein Bild für das Yorker Gesetzbuch zeichnen – dieses Leben, diese Zeit, diese Welt, festgehalten in einem Augenblick.«

Er ging zum Ende des Wehrganges, wo ein Holzbalken herabgefallen und halb verbrannt dalag. Er nahm eine Handvoll verkohltes Holz und ging zur Wand zurück. Im Licht des frühen Morgens zeichnete er mit großen Strichen seine Vision; Gestalten, die fast lebensgroß waren. Er zeichnete nicht sehr kunstfertig, doch das Bild hatte sich ihm so eingebrannt, daß er ihm Form verleihen mußte. Die vergangene Nacht hätte der Vorabend des Passahfestes sein sollen, an dem fröhliche Lieder gesungen wurden. Lieder, die Rätsel aufgaben, Lieder voller Witz und Heiterkeit. Auf den oberen Teil der Mauer schrieb er: »Wer kennt die drei, wer kennt die vier? Drei Väter sind es, vier Mütter sind es.« Es waren die Worte eines Liedes, das zu singen sie keine Zeit gehabt hatten.

Abram zeichnete sie; doch es waren nicht die vier Mütter und die drei Väter aus dem Lied; es waren Rana, Anna und das junge Mädchen, das er in den Armen ihres Bräutigams hatte liegen sehen. Auch Betty stand dort als seine Braut, geschmückt mit dem Brautschleier. Er zeichnete sie, wie sie tot nebeneinander lagen; über ihren Köpfen schlug eine Wolke häßlicher Aasvögel mit ihren Flügeln, und über den Vögeln stand der Glorienschein der Heiligen in den Kirchen. Nicht Abraham, nicht Isaak und nicht Jakob waren die drei Väter, sondern Josche, Jomtow und der junge Bräutigam, auch sie tot, mit halb durchtrennten Kehlen; ein jeder streckte einen Arm zu den Müttern, den anderen zum Himmel aus. Über sie zeichnete Abram den Morgenstern. Die einstige Welt, die in Wirklichkeit eine Ansammlung kleiner Welten mit feststehenden Gesetzen und althergebrachten Vorbildern war, existierte nicht mehr. Die Welt des Kodex und die Welt der Thora existierten nicht mehr. Geplündert war die Synagoge und leer der Gesetzesschrein der Christen. Mit von seiner Qual verzerrten hebräischen und lateinischen Buchstaben schrieb Abram eine

Bildunterschrift unter die Szene, die er erblickt hatte: »Der Gerechte wird leuchten wie die Sonne.« Ein bitterer Scherz. Ein jüdischer Scherz.

Er hörte Schreie auf der Rampe und verließ seine Wand, ohne sich noch einmal umzusehen, denn die Vision dessen, was er hatte zeichnen wollen, war um so viel vollkommener als das von ihm Gezeichnete. In seiner Vision verschönte seine Liebe zu ihnen ihre Gesichter, sein Kummer verlieh ihren Gestalten im Tod noch Kraft, sein Zorn über ihren Tod verzerrte die Gestalten ihrer Mörder. Als er die Rampe erreichte, sah er, daß zwei Männer noch immer zwischen den Zinnen lehnten und zu den Christen hinunterriefen.

»Was sollen wir tun?« fragte einer von ihnen, als er sich umdrehte und Abram anschaute. Voll Müdigkeit und Verwirrung war das Gesicht des Mannes.

»Was wollen sie denn?« fragte Abram.

»Uns taufen und dann töten.«

»Ach so?« Abram lächelte verbittert. »Die Religion der Liebe stellt uns mit ihrer gewohnten Grobheit vor eine Wahl.«

»Wenn wir uns taufen lassen, werden sie uns rasch und würdevoll töten, sagen sie. Wenn nicht – wer weiß schon, zu was für Ausschweifungen sie jetzt greifen müssen, um sich zu erregen?«

Abram erinnerte sich an seinen Vater, auch er ein Konvertit, den man getauft und dann hatte sterben lassen. Er fühlte, wie er vor Zorn nahezu barst. Rotglühender Zorn schwoll in ihm an, stand hinter seinen Augen, verkrampfte seinen Magen, schnürte ihm die Kehle zu. Er lehnte sich zwischen den Zinnen über die Mauer und rief, in seinem Zorn fast über die Mauer fallend, zu ihnen hinunter:

»Was wollt ihr noch mehr, um euren Blutdurst zu stillen? Habt ihr denn noch nicht genug gemordet?« Er würde nicht dazu imstande sein, es ihnen zu sagen; nie würde sein ganzer Zorn sich in Worte kleiden lassen. »Wollt ihr eure Opfer? Dann nehmt sie! Nehmt sie!« Er rannte zu der Stelle, wo die Toten lagen, zog die Decke von den Leichnamen, packte mit der neuen Kraft, die ihm sein Zorn verlieh, einen kalten Körper. Er hob ihn hoch, taumelte mit ihm zur Mauer, stemmte das blutige, keinen Widerstand leistende Gewicht, das einst gelebt hatte, einst ein Jude gewesen war, mit der ganzen Kraft, die er aufbieten konnte, über die Brüstung. Als der Körper hinunterstürzte, war ein »Oh!« von der unten stehenden Schar zu hören. In ihren Stimmen lag Verwunderung und Schrecken, als erstaunte sie die Verzweiflung und Wut der Überlebenden ebensosehr wie die Häßlichkeit und der grauenvolle Anblick der Toten. Noch einer stürzte hinab. Dann noch einer. Und noch einer. Der zornentbrannte Abram und ein auf Mitleid hoffender Mann namens Benjamin begannen, die Toten zur Brüstung zu zerren, sie hochzuheben und über die Mauer zu werfen – zuerst die Kinder und die Frauen. Die Jahre des Zorns schienen Abram unmenschliche Kraft zu verleihen, als er sie möglichst weit und mit voller Wucht über die Brüstung warf. Einen jeden begleitete er mit dem Ruf: »Hier ist er... Hier ist sie... Eure Beute, eure Opfer!«

Dann kamen jene, die durch Jomtows Messer gestorben waren. Blutüberströmt boten sie in ihrem Tod einen Anblick des Grauens, das jenseits von allem lag, was Abram kannte. Und es waren so viele – all diese Toten mußten ausreichen, um ihnen den Rachen zu stopfen. Zwei, drei Männer traten heran, um ihnen zu helfen – aus Angst vor dem wütenden Abram, aus Angst vor den Toten oder aus der Hoffnung heraus, in den Kreaturen dort unten einen Funken Mitleid zu entfachen oder eine Art Überdruß in ihnen auszulösen. Doch bei *diesem*, diesem einen war es etwas anderes. Sie hoben die Hände zum Einwand und wollten Abram aufhalten, doch er hörte sie nicht. Er hob den Leichnam, die leere Hülle des Jomtow von Joigny und warf ihn über die Mauer; dann wandte er sich ihnen zu, doch er sprach zu dem toten Rabbiner: »Die Seele ist aus dir gewichen, weiser Lehrer – dein Körper soll daher schweben, leicht wie ein Blatt, um sich auf die Erde zu senken.« Ihnen schien, als hörten sie den seine Gebeine zertrümmernden Aufprall auf einer Erde voller Feinde.

Als keine Toten mehr übrig waren, lehnten sich Abram, Benjamin und ein Flüchtling aus Lynn über die Mauer und schauten auf die Menge hinunter. Der Anblick der Toten und des Blutes hatte sie erschüttert und zur Übelkeit gereizt verstummen lassen. Die Mutter und ihre Kinder, der Bräutigam und seine Braut, der Schüler und seine Mitschüler – alle lagen ohne Unterschied in verrenkten Stellungen dort, wo sie aufgeprallt waren. Einige aus der Menge wurden blaß, drehten sich um und gingen wortlos nach Hause. Andere blieben gebannt stehen. Lang dauerte die Stille, während die zwölf auf der Rampe sich anschauten. Eine so oft schon enttäuschte Hoffnung regte sich wieder leise in einem jeden von ihnen. Um sie in ein Gebet zu fassen, war sie nicht stark genug. Die Juden saßen oder standen ganz einfach da und warteten. Schließlich erreichte sie ein Ruf von unten. Wieder ging Abram an die Brüstung.

»He, ihr Juden!« Der Mann am Fuße des Turmes formte seine Hände zu einem Trichter. Er war Schuhmacher und besaß in der Nähe des Foss einen Laden. Abram kannte ihn.

»Sprecht!« rief Abram und fragte sich, ob auch er es in einem anderen Leben, in einer anderen Zeit über sich brächte, mitanzusehen, wie Menschen, die er kannte, die er bedient und einst gemocht hatte, niedergemetzelt wurden.

Der Mann holte Atem und begann: »Ihr habt großes Leid erfahren. Kommt herunter. Laßt euch taufen und ihr werdet leben.«

»Und wenn wir uns nicht taufen lassen? Was wird dann geschehen?«

»Dann werdet ihr im Turm zugrundegehen. Kommt herunter.«

Abram trat zurück, drehte sich um und gab die Worte des Mannes an die anderen weiter. Sie waren außerstande zu sprechen. Um ihnen Zeit für eine Entscheidung zu lassen, kehrte er zur Brüstung zurück.

»Was ist mit dem Feuer?« rief er. »Wir können nicht hinunter kommen. Der Rauch und das Feuer verwehren uns den Zugang zum Hof.«

»Wir werden dafür sorgen, daß das Feuer gelöscht wird.«

Er drehte sich zu den anderen um. Einer nickte, fast unmerklich, zustimmend mit dem Kopf. Dann ein anderer.

»Löscht das Feuer, und wir werden kommen«, rief Abram. Er wollte ihnen wenigstens etwas Zeit verschaffen.

»Ich bin an die Grenze dessen gelangt, was ich ertragen kann«, sagte der Mann aus Lynn. »Ich werde hinuntergehen, ihr Kreuz nehmen und dann diesen Ort so weit hinter mir lassen wie nur möglich.«

Eine der Frauen ergriff das Wort: »Wird uns vergeben werden, wenn wir unserem Glauben abschwören?«

Und Abram dachte: Das Gesetz wird euch vergeben, ja doch; und vielleicht auch eure toten Kinder und vielleicht auch eure toten Väter, doch niemals wird euch das Volk vergeben, niemals. Du Arme, die du da fragst – lang vor diesem Morgen hättest du mich fragen können: »Was wird man von mir sagen und denken?« Meine Mutter, meine Vettern und meine Freunde hättest du fragen können. Doch nun ist es zu spät, und ich werde nicht sprechen, damit du nicht vor Scham und Schuld weinst; damit du dich nicht besinnst und laut rufst, daß du lieber gestorben wärest.

Sie hörten, wie im Hof das Feuer ausgetreten wurde.

Einer rang noch mit sich. »Ich werde gehen«, sagte er schließlich bestimmt. »Leben ist besser als sterben.« Doch er schaute sich um, um zu sehen, ob die anderen seinen Entschluß mißbilligten.

»Auch ich werde gehen«, sagte ein alter Mann.

»Im Grunde...«, meinte die Frau.

Die Entscheidung war gefallen; die anderen würden ihnen folgen. Ihnen war nicht bewußt, warum sie diese Einigkeit, diese einstimmige Entscheidung brauchten, doch Abram sagte zu sich selbst: »Wie seltsam das doch ist!... Hier stehen wir nun und wählen zwischen Leben und Tod; und dennoch scheint uns das Wichtigste zu sein, ob wir uns voreinander schämen müssen.«

Bei diesem Gedanken mußte er ein wenig lachen. Er sagte: »Mögen sie soviel Latein über unseren Köpfen singen, bis sie schielen. Sie werden wie die Ochsen im Juli schuften müssen, um aus uns etwas anderes als Juden zu machen.«

Der Spott löste ihre Anspannung; ihre Scham schmolz dahin. Abram merkte es, ging zur Brüstung und rief: »Wir werden hinunterkommen. Wir werden uns taufen lassen.«

Ein Jubelruf stieg auf. Endlich war das Seelenheil errungen. Christus wird jene hochschätzen, die die Nacht ausgeharrt und die Irrgläubigen, die Widerspenstigen und Verschlagenen vor seinen Thron gebracht haben. Ihre Botschaften an die in der Falle sitzenden »Konvertiten« wurden höflicher: das Feuer sei fast erloschen, und wenn die Ketzer vorsichtig seien, könnten sie sich die Treppen herunter und auf den Hof und zur Tür hinaus wagen, ihren neuen Brüdern in Christo entgegen. Langsam stiegen die zwölf die Treppen von der Rampe in den Turm hinab. Am Fuß der ersten Treppe faßten die Stärkeren die Schwächeren erneut unter und schickten sich an, den engen Gang einzuschlagen, der um die Innenseite des Turmes herum führte. Abram blieb zurück.

»Komm!« sagte Benjamin. »Komm!«

»Ich komme gleich«, antwortete Abram und wollte noch einmal die Wand sehen, die er bemalt hatte. »Der Ketzer muß seinem Ketzertum Lebewohl sagen.«

Unten war für die Ankunft der Juden ein Weg freigemacht worden. Manche Männer sangen sogar, während sie noch brennende Holzscheite aus dem Feuer zogen und es mit ein paar Händen voll Erde erstickten. Malabestia, der sie von einem Ort in der Nähe des Schlosses aus beobachtete, stand auf und näherte sich mit Richard. Die anderen Edelmänner folgten.

»Haltet eure Schwerter griffbereit und fallt über sie her, wenn ich euch das Zeichen gebe. Wir dürfen keinen einzigen am Leben lassen, der sich an das hier erinnern könnte. Die Lage scheint sich zu unseren Gunsten zu ändern. Ich glaube, wir können eine Geschichte erfinden, daß sie Reliquien gestohlen und so lange Widerstand geleistet haben, bis wir keine andere Wahl hatten, als sie zu töten – vielleicht auch den Mob. Der Mob gerät leicht außer Kontrolle.« Er drehte sich abrupt um, schritt fort und gesellte sich zu der Menge, die das Feuer austrat.

»Eure Feinde sind klug, meine Freunde… Sie haben euch reingelegt«, sagte er zu dem kleinen Haufen.

»Wie das denn, my Lord?« fragte einer, aber er hatte sie schon wieder verlassen und stand bei einer anderen Gruppe von Zuschauern.

»Merkt ihr denn nicht, daß sie genau darauf gehofft haben?« sagte er hier und verschränkte seine Arme. »Sie werden die Taufe ganz sicher zu einem Gegenstand ihres Spottes machen, und ihr werdet für eure Mühen vom Teufel geholt.« Dann ließ er sie stehen und gesellte sich zu einem anderen Grüppchen, dann wieder zu einem anderen. Schließlich machte er die Runde zurück zu der am Feuer stehenden Schar.

»Der Teufel hält euch heute zum Narren, meine Freunde. Seine Leute könnten die Taufe gar nicht durchstehen – sie würden daran sterben. Und er wird sie nicht sterben lassen. Er hat vielleicht vor, sie im letzten Augenblick zu retten. Und ihr werdet für eure Torheit ein Leben lang gezeichnet sein.«

Und als sie sich umdrehten, um ihm zu antworten, stand er schon wieder lächelnd und mit den Füßen auf- und abwippend bei einer anderen Schar – nichts als ein Zuschauer.

Die Juden traten aus dem um die Innenseite des Turmes laufenden Säulengang und gingen behutsam an dem ausgetretenen Feuer vorbei zum Eingang hinaus, dessen eingeschlagene Tür ausgehängt und verbrannt worden war. Als sie aus der Türöffnung traten, schauten sie vorsichtig nach rechts und nach links, wie es Tiere manchmal machen, wenn sie im Wind etwas Gefährliches oder Ungewohntes wittern. Nun standen sie mit denen, die sie haßten, auf gleicher Höhe; standen einander, nach einer auf verschiedenen Stufen verbrachten Nacht, Auge in Auge gegenüber. Sie blickten von einem zum anderen und warteten darauf, daß jemand das Wort ergriff. Baron Malabestia, der junge Percy, Richard de Kuckney und der andere Knappe traten näher und stellten sich in einem engen Kreis um die Juden. Dann stürmten Malabestia und seine Männer plötzlich und ohne ein Wort zu sprechen auf sie ein, zückten ihre Waffen und ermordeten die noch lebenden Juden bestialisch. Es ging zu schnell, um noch beten zu können, aber nicht zu schnell, um keine Angst zu haben. (Benjamin machte eine Geste; eine Geste, die sagte: »Wartet – ich habe doch noch nicht aufgehört zu hoffen«; doch die Geste ging in einem Hagel von Schwerthieben unter, und dann war auch Benjamin nicht mehr.)

Schnell und gezielt hatten sie getötet; weder der Wunsch nach Beute noch der nach Erlösung hatte sie angetrieben. Die, die dabei zuschauten, standen einfach nur da, schauten und drehten sich, als es zu Ende war, betäubt um und gingen nach Hause. Malabestia würde sie später schon rechtfertigen. Manche würden sich des letzten Gemetzels als eines letzten, heroischen Sieges erinnern, den sie mit dem gleichen ruhmreichen Mut wie jene errungen hatten, denen es möglich gewesen war, ihre Tapferkeit nach Jerusalem zu tragen. Die Versprechen – sie glichen jenen, die man ungezogenen Kindern macht, um sie von etwas Gefährlichem fortzulocken –, die Versprechen, die sie ihren Opfern gemacht hatten, würden vergessen sein, ehe noch die müden Aufrührer in ihren Betten Ruhe gefunden hatten.

Die Edelleute blieben, standen herum und schauten sich an, was nach der zu Ende gegangenen Nacht übriggeblieben war. Da lagen ein paar zerrissene Mützen, ein Frauenrock hatte sich in einem Busch verfangen, ein paar Spieße und einzelne Messer, die zersplitterten Sturmleitern und die ungefähr sechzig leblosen Körper. Schon im Fortgehen sahen sie Robert de Kuckney von den Gärten am Ouse her auf sich zukommen. Als er die Trümmer und die übereinander gehäuft auf dem Boden liegenden Toten sah, wandte er seinen Kopf ab und übergab sich.

»Beim Erlöser«, sagte Malabestia und klopfte ihm auf den Arm. Daß er selbst hier, zwischen den Leichnamen, so ungezwungen gute Laune zeigen konnte, deutete auf eine Art Wahnsinn hin. »Da schau an, ich glaube, unser Lord Robert ist zimperlich.«

»Ich habe mich nicht vor euch zu verantworten«, gab Lord Robert zurück und machte einen Schritt weg vom Baron. Einen Augenblick lang sah es so aus, als würde er nach seinem Dolch greifen; doch er war zu erschöpft. Der Sohn eines mit Schande überhäuften Vaters war er, der Verwandte eines irren Mönches; geschlagen war er; geschlagen jenseits aller Begriffe von Ehre oder Tapferkeit.

Er schaute den Baron an und sagte leise: »Erklärt es mir noch einmal – wieso gab es für sie alle keinen anderen Weg als den des Todes; wieso darf keiner übrigbleiben, der mit dem Finger auf uns zeigen könnte? Laßt Euch von mir, der ich es weiß, gesagt sein, Herr Baron: jedermann liebt den Helden. Solange Ihr ein Held seid, werdet Ihr hundert Zeugen haben, die aufstehen und für Euch eintreten werden. Doch Ihr müßt Euch trotzdem in acht nehmen. Irgendjemand wird das Unternehmen in einem anderen Licht sehen oder plötzlich das von Euch Zerstörte benötigen. Neue Feinde werdet Ihr haben: ein Wechsel in der Herrschaft, ein rachsüchtiger Ehemann, ein geschlagener Knappe. Und ebenso plötzlich werdet Ihr der Gehaßte und Außenseiter sein. Keiner mag Mörder – ich weiß das besser als irgendein anderer hier. Herr Baron, wartet nur und schaut zu, wie Euch Eure Vorteile in den Händen zerrinnen wie Wasser. Plötzlich wird sich keiner mehr der Zustimmung, die er gegeben hat, erinnern; nicht an das Schwert, das er in sein Ziel gestoßen und nicht an den Willen, dem er verbunden war, wird er sich erinnern. Seid willkommen im Untergang, Herr Baron.«

Malabestia hätte den Feigling, der ihm da die Stirn bot, gern getötet. Nichts hatte er begriffen, nichts verstanden. Er wußte jedoch, daß er de Kuckney nicht töten konnte, ohne eine endlose Folge von Rache und Fehde unter dem Adel auszulösen – zu verflochten und verpflichtet waren sie untereinander durch Blut und Heirat. Ihm war klar, daß de Kuckney ihn vielleicht verraten würde, wenn er dem Haus nicht einen angemessenen Vorteil aus dem Tod dieser Juden verschaffte. Vielleicht einen beschwichtigenden Leckerbissen für den stümperhaften Sohn? Vielleicht könnte er dafür sorgen, daß er zum Ritter geschlagen wurde. Mit diesen Gedanken klopfte er de Kuckney auf die Schulter: »Kommt jetzt mit uns; wir werden mit unseren eigenen Händen die Schriftrollen zerreißen, auf denen Eure Schulden verzeichnet stehen. Ihr werdet frei sein – frei wie wir alle!«

Lord Robert war klar, daß er sich nicht gegen Malabestia stellen konnte. Malabestias Geste hatte ihm den Weg zum Ende der Knechtschaft seines Hauses gewiesen. Er ließ sich vom Baron führen. Als er sich von dem Ort abwandte, sah er seinen

Sohn allein dastehen; er sah so blaß und elend aus, daß er zuerst glaubte, der Junge sei krank oder verwundet worden. Eben wollte er seine Hand zum Gruße erheben, als sein Sohn einen Fluch murmelte und die Augen niederschlug.

»Laßt uns erst etwas trinken«, sagte der junge Percy. »Meine Kehle ist so trocken wie – wie die Northstreet!«

»Wir müssen zu John Marshall gehen«, antwortete Malabestia. »Die Zecherei kann warten, er muß diesmal jedoch mitmachen. Ich frage mich, ob er wohl noch beim Gefängnis ist. Kommt.«

»Da müßt Ihr weiter als nur über den Fluß gehen«, sagte Lord Robert und haßte sich dafür, daß er sich so leicht bestechen ließ. »John Marshall ist in Durham.«

»Durham!« Malabestia drehte sich mit einem Schwung um und faßte de Kuckney an der Schulter.

»Ich glaube, er ist aufgebrochen, um die Truppen zu holen.«

»Beim ...!« Malabestia spuckte den Fluch durch die Zähne. »Dann kommt, aber schnell. Wir müssen weg sein, bevor sie kommen!« Sie eilten durch die Straßen zur Kathedrale. Sie würden die Stadt verlassen haben müssen, ehe Marshall zurückkehrte. Als sie die Kathedrale erreicht hatten, fanden sie sogleich eine offene Tür und gingen hinein. Das Kreuz und den Tod des einen, der über dem Altar hing und für den die Kathedrale gebaut worden war, vergessend, trampelten sie durch das Kirchenschiff und die engen Stiegen zur Säulenhalle hinunter, wo die Truhen mit den Schriftrollen aufbewahrt wurden. Malabestia und Percy hielten die schwere Truhe auf der einen Seite, die zwei Knappen hielten sie auf der anderen Seite und hoben sie hoch, hievten die ächzende Last bis auf Kniehöhe und ließen sie dann mit voller Wucht auf den Boden fallen. Die Truhe zersplitterte an den Scharnieren.

»Die Nuß ist geknackt«, sagte der junge de Kuckney. »Nun zum Kern.« Lord Robert fiel auf, wie sein Sohn in Gestik und Stimme den trockenen Ton Malabestias nachzuahmen versuchte. Es paßte zu dem Jungen wie das juwelenbesetzte Mieder einer Hofdame zu einem Mädchen, das noch zu jung war, um Brüste zu haben. Ein empfindlicher, mitfühlender Knabe war er einst gewesen. Nun war er wie die Juden ein Opfer. Zu viele Jahre hatte der Knabe mit der Schande leben müssen.

Sie griffen in den zerstörten Kasten und fegten die Namens- und Schuldlisten heraus. Lord Robert zitterte. Alle Hände, die hier einst etwas geschrieben hatten, waren nun ohne Leben: Baruch von York, Josche von York, Cresse von Doncaster, Samson von York... Sie hatten zweimal unterschrieben, einmal in Latein und einmal in Hebräisch. Nun stand hinter den Namen kein Lebender mehr. Malabestia und Richard stopften die Schuldrollen unter ihre Mäntel.

»Laßt uns gehen und sie verbrennen«, sagte der Baron. »Ich möchte nicht gesehen werden.«

Sie gingen hinaus, hinter die Kathedrale, wo eine Mauer gut vor Blicken schützte. Dort verbrannten sie die Schuldlisten. Als das Pergament Feuer fing, konnte Lord Robert sich nicht dagegen wehren, daß ihn ein Gefühl der Befreiung, eine angenehme Welle der Erleichterung überflutete. Geld und Ländereien weggeschwemmt, das Haus verarmt und entehrt. Alle Angst und Schande löste sich nun zusammen mit den schönen Zeichen der jüdischen Schrift in Rauch auf.

»Einst habe ich diese Schrift neidisch betrachtet«, sagte Richard de Kuckney voller Verachtung. »Ich war noch jung und wußte nichts von Tapferkeit und Ehre. Ich kann meinen Namen schreiben. Das reicht schon.«

Lord Robert bewegte sich auf seinen Sohn zu. Er wollte sagen: »Vergib mir, daß ich dich so lange bei einem solch grausamen Mann habe dienen lassen, daß du seine Grausamkeit übernommen hast, als wäre es die deine. Vergib mir meine Armut, die mich daran hinderte, dich auszulösen und dich früher zum Ritter schlagen zu lassen, als du noch jung und voller Schönheit warst.«

Statt dessen sagte er: »Bald wirst du Ritter sein, mein Sohn.« Sie wandten sich voneinander ab und beobachteten, wie das Pergament verbrannte. Es durfte kein Beweismittel zurückbleiben.

Das Geklapper von Hufen hallte von der Northroad herüber. In Bootham stiegen die Reiter ab. Nicht John Marshall und seine Männer waren es; den hielt seine Umsicht noch einen Tagesritt weit entfernt. Doch Malabestia und die anderen wurden daran erinnert, daß bald schon nach ihnen gesucht werden würde. Sie mußten verschwinden, mußten fort aus der Stadt York. Ihre Dienstboten würden schwören, daß sie ihren Besitz nie verlassen hatten. Nur Malabestia, der Marshall und den anderen zu gut im Gedächtnis geblieben war, befand sich in wirklicher Gefahr. Sein Pferd war gezäumt, die Beute verstaut und wartete am Rathaus auf ihn.

Kurz schaute er seine Knappen an und sagte dann: »Kehrt ins Haus eurer Väter zurück.« Dann ritt er davon.

Richard de Kuckney rief ihm hinterher: »My Lord, my Lord!«, doch er drehte sich nicht mehr um.

»Er wird mich in Schottland brauchen. Dort werde ich ihm endlich dienen können. Dort werde ich ihm Freude machen!« Er war noch immer ein kleiner Junge, verlangte wütend nach dem aufopfernden Dienst in der Verbannung, hoffte noch immer auf etwas, das versprochen worden war – Respekt.

»Er hat dort Freunde«, sagte Lord Robert traurig. »Er ist dort sicher. Er hat alles, was er braucht.«

Sie schauten sich an; kein Wort gab es mehr, das sie wechseln konnten; keines, das für beide die gleiche Bedeutung gehabt hätte. Das einzige Gesetz, das das Leben dieser kleinen adeligen Herrscher regierte, gründete auf dem Einvernehmen zwischen Familien- und Clanmitgliedern. Galt es nicht mehr, schaukelte das Netz ihrer Kultur, noch schwächer geworden, im Wind der sich ändernden Zeiten.

Am Nachmittag gingen drei Brüder, weiße Mönche, durch die Straßen von York. Die ihnen verbotenen Pferde hatten sie in einem Gehölz jenseits der Stadtmauern von York versteckt. Die Menschen starrten sie an, und manche näherten sich, wobei sie sich ehrerbietig bekreuzigten oder niederknieten. Unnatürlich ruhig war es in der Stadt. Als sich eine Frau näherte und vor den Brüdern das Knie beugte, sagte Bruder Norbert freundlich: »Gottes Segen möge dir folgen, Frau.« Sie antwortete: »Ich habe heute morgen zu ihm gebetet, und schon geht es meinem

Sohn besser. Übers Jahr wird er sicher heilig gesprochen – als Märtyrer heilig gesprochen.« Wieder bekreuzigte sie sich.

Märtyrer? Simon war zu verwirrt, um noch irgend etwas fragen zu können, doch der weltgewandte Norbert fragte freundlich: »Und wo ist unser Bruder jetzt?« Sie zeigte mit dem Finger auf das Schloß und den alten Turm, an denen sie in einiger Entfernung vorübergegangen waren, ohne ihnen besondere Aufmerksamkeit zu schenken. Sie wüßte überhaupt nicht, warum nichts unternommen worden sei, sagte sie. Ein Heiliger sollte nicht mit *denen* zusammen den Geiern zum Fraß gelassen werden.

Denen? Schnell gingen die Brüder den Hügel hinauf zum Fuß des Turmes. Der Anblick ließ ihnen den Atem stocken. Simon zitterte am ganzen Körper. Die Toten erinnerten nur noch entfernt an menschliche Wesen – bleiche, zerfetzte, unförmige Gestalten mit blauen Lippen und weitaufgerissenen, großen, starrblickenden Augen. Über ihnen spähten die Geier von den Zinnen des Turmes herunter und warteten darauf, daß die Menschen gingen, damit sie sich wieder an ihr Festmahl machen konnten. Ein wenig abseits und schon ein wenig von den Aasvögeln angefressen, lag der Körper von Bruder Lewis, ihrem Bruder in Christo. Wortlos streiften die drei ihre Mäntel ab und bedeckten den Körper ihres Bruders und anderer, so weit sie konnten. Simon durchforschte auf der Suche nach Abram das abstoßende Knäuel von Leibern mit seinen Blicken – wenigstens wollte er ihn zudecken, wenigstens begraben. Doch er fand seinen Freund nicht, obwohl sie ihn erst unter den Toten und dann in den qualmenden Straßen der Juden gesucht und sich schließlich hustend ihren Weg durch die Gemeindehalle und die entweihte Synagoge gebahnt hatten. Nirgendwo fanden sie Abram und fanden doch wieder viele Abrams – zerfetzte Körperrümpfe, bei deren Anblick man nicht einmal mehr sagen konnte: »Das war ein Mann« oder »Das war eine Frau.« Während sie gingen, verlor selbst Bruder Norbert seine gelassene Weltgewandtheit. Als er in den Trümmern der Synagoge die letzte liebevolle Geste einer alten Frau erblickte, griff er sich an den Kopf und schrie auf: »Hört auf! Warum sind die

Menschen so schlecht?« Und dann: »Warum wurde ihr dies angetan?« Dann schritt er weg von diesem Ort.

»Wohin gehst du, Bruder?« rief ihm der Laienmönch nach.

»Zu einem Priester!« Sie mußten wohl oder übel rennen, um einen neuen Bruder Norbert einzuholen, einen Mann, der innerlich verbrannte.

Sie fanden Pater Odo in Allerheiligen. Auf den Knien tat er betend Buße.

»Nun«, sagte Bruder Norbert. »Was werdet Ihr tun?«

Der verblüffte Mann schaute zu ihnen auf. Er war alt – zu alt, um sich auf ein ihm verbotenes Pferd zu schwingen und irgendwohin zu reiten. Und wohin überhaupt? Kam denn nicht jede Hilfe zu spät? Er legte die gefalteten Hände an seine Lippen. Das Bein, das er dazu gezwungen hatte, ihm die ganze Nacht zu Diensten zu stehen, war unter seinem Gewicht zusammengebrochen. Völlig zerstört war es – er litt rasende Schmerzen, die ihn dazu brachten, um einen schnellen Tod zu beten.

»Keinen Menschen können wir mehr retten«, sagte er sanft. »Doch die Wahrheit können wir noch retten. Sucht nicht Vergeltung, sucht Zeugen. Begehrt nicht Rache, begehrt das Gehör und das Gewissen dieses Königreiches. Ich bin ein lächerlicher, nutzloser und elender alter Mann, doch ihr könnt nach Bridlington reiten. Dort sitzt ein Bruder in einer abgeschienenen Zelle und schreibt an einer Geschichte der Welt. Ihr werdet ihm sein letztes Kapitel diktieren. Er heißt William von Newbury, ist Augustiner und ein weiser und rechtschaffener Mann.« Er schaute Bruder Norbert und den trauernden Bruder Simon an. »Es mag euch wahnsinnig vorkommen, aber hier braucht man keine raschen, verzweifelten Taten; man braucht intellektuelle –« Er merkte, er hatte sie in Verlegenheit gebracht. Es waren Weiße Mönche, arbeitende Mönche, von deren Arbeit, Gebet und Ermunterung sich jahrelang der rachsüchtige Irre vom Cliffordturm genährt hatte. »Bringt mir den Körper eures Bruders. Ich kann leider nicht gehen und euch helfen und euch eure Zeugen besorgen, falls ihr euch entschließen solltet, dieses Grauen – niedergelegt als die Anschuldigung des Menschengeschlechts – aufzeichnen zu lassen. Nehmt den Wirt Willy, die Eule, als Zeugen.«

Erschöpfung und Schmerzen hatten ihn geschwächt. Sie brachten ihn in sein kleines Zimmer. Bruder Simon und der Laienbruder machten sich auf den Weg, um zu tun, was getan werden mußte. Bruder Norbert blieb als Pfleger und Priester in Allerheiligen zurück.

An der Kirche begann die zerstörte Northstreet. Die beiden gingen sie noch einmal entlang in der Hoffnung, irgendwo noch ein Anzeichen von Leben zu entdecken.

In der rauchenden Straße waren die beiden Steinhäuser stehengeblieben, doch in den Fenster- und Türrahmen klafften gähnende Löcher. An den Fensterscheiben – hervorstechendes Zeichen für Reichtum und Wohlstand – hatte sich der ganze Unmut entladen, und noch die Scherben waren von unzähligen trampelnden Füßen zu feinem Staub zermahlen worden. Eines der Häuser glich einer geplünderten Fleischbank; im anderen lagen die Körper von Kindern und einer Frau, die in der Nachlese der Plünderer, die schon leer auszugehen drohten, auch noch ihrer Kleider beraubt worden waren. Simon ging in ein Hinterzimmer, um sich zu vergewissern, daß sich niemand mehr versteckt hielt. Auch hier traf er auf die gleiche Zerstörung und die gleiche Verwüstung. Nur ein paar Plünderer hatten den Mut gehabt, sich bis hierher vorzuwagen – zu weit im Innern des Heidentums lag dieser Raum. Ein paar Fetzen und Trümmer lagen auf dem Boden verstreut. Geistesabwesend nahm Simon das eine oder andere Stück in die Hand, als könnten sie als Zeugen dienen. Ein Hocker mit zwei zersplitterten Beinen. Eine Handvoll verkohlten Pergaments. Sie hatten versucht, die Heidenbibel zu verbrennen. Ein Kleidungsstück. Er hielt es in der Hand und begann, als er es erkannte, plötzlich zu zittern – ein zu wahrheitsgetreues und nüchternes Zeugnis legte es ab. Sein Kopf dröhnte. Er hielt Bettys rote Jacke – ein zerrissener, schmutziger Fetzen – in seiner Hand... Sie war so stolz darauf gewesen. Ihm wurde bewußt, daß er sich in Abrams Haus befand. Er setzte sich auf den Lehmboden, und als

Bruder Joseph auf ihn zutrat, schaute er weinend auf und sagte: »Das waren keine verkommenen und verderbten Wesen, keine Teufel und Ungeheuer – das waren Abram, mein Freund, und meine kleine Base Betty.« Er weinte und schlug in seiner Hilflosigkeit mit den Fäusten auf den Boden.

Mit verbissenen Gesichtern machten sie sich an ihr Werk. Sie holten den Leichnam ihres Bruders am Turm, hielten in Allerheiligen Gottesdienste, fragten und hörten, sich zurückhaltend, zu und hatten bei allem das Gefühl, nicht wirklich anwesend zu sein. Als es Nacht wurde, gingen sie in Willys Schenke, der sie, nachdem er sich sicher war, daß er ihnen trauen konnte, in seinen Keller hinunter führte. Er sagte in seiner linkischen Art: »Nachdem alle fort waren, bin ich rumgegangen. In den Häusern lagen viele Tote, aber ich habe drei gefunden, die nur tot schienen; sie haben geschlafen. Einer ist wieder gegangen, zwei sind noch hier.« Sie stiegen die Leiter hinab und näherten sich den im Stroh zusammengekauerten Gestalten. In die Gesichter von Opfern blickten sie, die nun zu Zeugen gegen eine hochmütige und stolze Schar von Rittern werden würden.

Im Schutze der Dunkelheit ritten sechs Männer aus der Stadt nach Osten zum Augustinerkloster in Bridlington. Der Chronist würde ihren Worten lauschen und sie niederschreiben, damit sie der König nach seiner Rückkehr las oder damit wenigstens eine kommende Generation von Mönchen und Menschen bei der Lektüre des Buches, das von der Pracht der Könige berichtete, sich über das Geschehene Gedanken machte. Von Allerheiligen aus verabschiedete sie, ungeachtet seiner Schmerzen, Pater Odo mit einem Gebet. Er dachte an seinen Anteil an der Schuld, die York auf sich geladen hatte. Am Cliffordturm schrieen und stritten die nie schlafenden Aasvögel über ihrer Beute. Kein Kampf zwischen Tieren hatte ihnen jemals ein so reiches Mahl übriggelassen.

36

19. März 1190

Ein dichter, feuchter Nebel lag über dem Land. Die Bäume glänzten naß, das Straßenpflaster schien zu schwitzen. Eine Hand breit vor den Augen versank die Welt in Grau, als hätte Gott hinter diesem Fels, hinter diesem Baumstumpf, hinter diesem Graben die Welt nicht erschaffen. Doch es war März und der Nebel nicht zu kalt.

Er lag im Straßengraben. Über ihm hingen die Zweige eines Busches, und hin und wieder fiel ein Wassertropfen von seinen Blättern. Wie viele Stunden hatte er geschlafen? Er stand auf und stöhnte beinahe laut auf, so schmerzten seine unbeweglichen, von der kalten und feuchten Erde steifgewordenen Gelenke. Er hörte ein Geräusch und warf sich, ohne etwas zu denken oder zu sehen, wieder in den Graben. Sein Herz klopfte ihm bis zum Hals und den Schläfen. Wieder hörte er das Geräusch. Er mußte lange und genau hinhören, bis er erkannte, daß das Geräusch nur von einem Ochsenfrosch am Rande der Böschung kam; zu sehr noch glaubte er überall den Tod und die Jäger zu sehen, die vielleicht eine Treibjagd nach ihm veranstalteten. Er fand den Frosch und betrachtete ihn, bis sich sein Herzschlag wieder beruhigte. Dann richtete er sich auf und stolperte auf die Straße. Plötzlich sah er durch die Nebelschwaden eine Gestalt auftauchen und wachsen, bis sie sich zur vollen Größe aufgebaut hatte. Ihn durchzuckte die Erinnerung an etwas lang Zurückliegendes oder etwas, das er gefühlt oder geträumt hatte... An genau so einem Tag und auf genau so einer Straße waren sie aus Frankreich gekommen, die Verbannten; genau so haben wir uns getroffen, sind beinahe übereinander gestolpert... Bevor er Zeit hatte nachzudenken, was er bei einem Zusammentreffen tun sollte, torkelten er und der Schatten aufeinander zu; beide fielen zu Boden und versuchten wie verwundete Tiere, vom anderen wegzukriechen.

Aus dem Nebel ertönte eine Stimme: »O Gott, Gott! Verschont micht!«

»Wer da?« rief Abram. Er kannte diese Kinderstimme.

»Abram?« tönte es aus den Nebelschwaden. Und ebenso verzweifelt, wie sie sich bemüht hatten, voreinander in den unangenehmen, aber Schutz bietenden Nebel wegzukriechen, begannen sie nun, nacheinander zu suchen; sie kämpften mit der Erde und riefen den Namen des anderen, bis ihre schwachen Körper sich wieder trafen und sie sich in den Armen lagen – Abram und sein Vetter Samuel, Sohn eines Toten.

»Oh, mein Vetter! Mein Vetter!«

Als sie wieder genügend Kraft zum Aufstehen hatten, standen sie sich lange gegenüber und schauten sich an. Keiner wollte von dem Alptraum sprechen, denn sie wußten noch nicht, ob er vorüber war oder ob er nicht über ihre Worte wieder hereinbrechen würde; Worte, die doch nur die sicheren, banalen und seichten Alltäglichkeiten ausdrücken konnten. Abram schien, als spiegelten sich Erinnerung und Gegenwart ineinander, so daß er weder das eine noch das andere Bild festhalten konnte. Er sah sich selbst im Exil: er ging zur Rechten, sein Spiegelbild zur Linken – wo ging er im Leben? Mit einem Mal erkannte er, daß in den acht Jahren, die zwischen dem feuchten, nebligen Tag, als Jomtow kam, und diesem Tag seines eigenen Weggehens lagen, das Exil das gleiche geblieben war, nur gingen jetzt andere ins Exil – er war es, der die Geschichte wiederholte, nicht Baruch, der schon vor so langer Zeit prächtig gekleidet Jomtow entgegengegangen war. Für ihn, nicht für Baruch wiederholten sich Ägypten, Babylon, Rom, Jerusalem, Troyes, Blois, London und... York. Über seine Fragen und dem kurzen Aufleuchten von Baruchs Ruhm und der nachfolgenden Schande hatte er gelernt, daß nicht die Verbannung etwas Heiliges war. Nur das Geschenk war es – dieses große Geschenk des Lebens, die Kraft zu besitzen, um zu zweifeln und entscheiden zu können. Er schaute den Jungen an.

»Wie bist zu entkommen?« fragte Abram schließlich.

»Als sie kamen, saß ich mit meinen Eltern am Tisch. Ich

glaube, ich bin einfach auf den Boden gefallen. Eine Weile bin ich unter dem Tisch geblieben, und als die Männer um ihn herumstanden, bin ich an ihnen vorbei hinausgekrochen, um die nächste Ecke, und habe mich unter einem Toten versteckt. Als keiner geschaut hat, bin ich hinausgerannt und habe mich am Fluß versteckt. Am Morgen bin ich dann zum Turm gegangen und habe gesehen, daß... Dann bin ich weggerannt, immer weiter, bis ich umgefallen bin. Dann habe ich geschlafen. Ich möchte nach London gehen. Vielleicht finden uns unsere Mütter dort.«

Abram konnte es dem Jungen nicht sagen. Vielleicht hatte er nicht gesehen, was auch ihnen sicherlich zugestoßen war. Vielleicht war der kindliche Verstand sorgsam mit seinem kleinen Körper umgegangen und hatte zwischen ihn und den Alptraum das Vergessen gestreut. Ihm selbst war kein Augenblick des Grauens entgangen; wieder und wieder sah und hörte er es vor sich. Er wußte, einmal würde er davon erzählen müssen. In London vielleicht würde er von dem Sterben, das in drei Wellen herangebrandet war, erzählen, und auch von den Toten, die nun hilflos den streitenden Vögeln ausgeliefert dalagen; würde von Jomtow und Rana und Josche und Betty erzählen, deren Spur sich irgendwo dazwischen verlor. In London würde er davon erzählen und wieder bei denen seines Volkes schlafen dürfen, deren Schlaf nur Schlaf und keine endgültige Ruhe war.

»Und wie bist du entkommen?« fragte der Junge.

»Ich habe einfach nur Glück gehabt«, sagte Abram und schaute beiseite.

Er wußte, es war seine Unentschlossenheit gewesen, die ihn gerettet hatte – der gleiche Zweifel und das gleiche Zögern, die ihn sein ganzes Leben schon begleiteten. Eine jämmerliche Art des Überlebens. Er war im Turm vor seinem Gekritzel auf der Wand zurückgeblieben und hatte es betrachtet, während das durchs Treppenhaus und die große Schießscharte einströmende Licht es beleuchtete. In der Dämmerung war ihm das Zeugnis seiner Verbitterung stark und männlich erschienen; später überwog in ihm der Eindruck, er habe etwas Unreifes geschaffen. Während die anderen hinunter, ihrem Schicksal entgegengingen, blieb Abram und zeichnete mit dem verkohlten Stück Holz noch ein paar Linien. Beim Zeichnen fragte er sich, ob er eher heucheln oder sterben sollte – ob er das Kreuz, wie Baruch, annehmen oder aufrichtig, wie er es gerne sein wollte, als Märtyrer sterben sollte. Doch auch auf diese Weise wäre er zum Heuchler geworden. Als er sein Bild beendet hatte, war er in einen der Räume zu einem Fenster gegangen, um hinunter zu schauen. Er hatte die Mörder weggehen sehen. Auf der Erde, ein wenig von den anderen entfernt, lag ein neuer Haufen von Toten. Betäubt hatte er sich abgewandt, sich auf den Steinboden gelegt und war in einen tiefen Schlaf gesunken.

Bei Einbruch der Dunkelheit floh er; er verbarg sich in Akkerfurchen und Gräben, schlich hinter den Wachposten vorbei und schwamm durch den Fluß, bis er außerhalb der Stadtgrenzen war. In einem Straßengraben war er wieder eingeschlafen; der Hunger hatte gegen seine Magenwände gehämmert. Ihm war Leben geschenkt worden – und doch vermochte sich das Gefühl des Triumphes nicht einzustellen, das so viele andere empfanden, weil sie klug oder mutig gewesen und so dem Geschick der anderen entgangen waren. Doch sein Vetter sah ihn voller Staunen an: »Nun bist du sicherlich von deinem Zweifel geheilt«, sagte der Junge. In einem Augenblick, in dem er die Welt wieder wie eine gebirgige Landzunge vor sich auftauchen sah, griff er dankbar diesen Beweis von der Existenz Gottes auf.

»Du hast nicht abgeschworen, und Gott hat dich dafür gerettet.«

»Da hat er sich einen seltsamen ›Gerechten‹ aus dem ganzen kläglichen Rest ausgesucht«, sagte Abram und nahm den Jungen bei der Hand. Sie machten sich auf den Weg.

Leise sagte er: »Jomtow hat uns darum gebeten, ihn nicht zu vergessen. ›Ich werde einen Altar errichten auf den Trümmern meines zerstörten Herzens...‹ Erinnerst du dich an das Gebet, das er geschrieben hat? Elias hat mir einmal erzählt, Jomtow betrachte sich als lebende Glocke, die schlägt, damit sich die Menschen in Sicherheit bringen, damit sie leben und das Geschenk des Lebens verherrlichen könnten. Auf dem Turm hat er über sein Menschsein gelacht; er hat die Schönheit der Nacht gerühmt, und ich habe nicht verstanden, warum und weshalb. Doch es war eine Botschaft an mich – an mich, weil er hoffte, daß ich überleben würde. Nun werde ich diese Glocke sein und für das Leben läuten. Nicht den Tod, sondern das Leben werde ich preisen. Und sollte die Welt aus nichts anderem mehr als aus diesem Nebel bestehen, so müssen wir sie neu schaffen.«

»Und wenn wir sie neu schaffen«, sagte der Junge, den die Aussicht, noch am Leben zu sein, langsam fröhlicher werden ließ, »– und wenn wir sie neu schaffen, dann wird sie nicht mehr dumm oder eitel oder böse sein, nicht wahr?«

Um das Weinen zu unterdrücken, biß sich Abram auf die Lippen. Sie traten ihre Reise an.

Hannah Green

Ich habe dir nie einen Rosengarten versprochen
Bericht einer Heilung
rororo 4155

Mit diesem Zeichen
Roman
rororo 4869

Wenn es Sommer wird
Erzählungen
rororo 4992

Ohne sich zu berühren
Erzählungen
rororo 5661

Eine Zeit wie im Paradies
Roman
rororo 5901

Herbstzeitlose oder Glückliche Fügung?
Roman
rororo 12186

Landleben
Roman
rororo 12396

GEORGETTE HEYER

Die drei Ehen der Grand Sophy
(2001)

Der Page und die Herzogin
(2002)

Venetia und der Wüstling
(2003)

Penelope und der Dandy
(2004)

Die widerspenstige Witwe
(2005)

Frühlingsluft
(2006)

Serena und das Ungeheuer
(2007)

Lord «Sherry»
(2008)

Ehevertrag
(2009)

Liebe unverzollt
(2010)

Barbara und die Schlacht von Waterloo
(2011)

Der schweigsame Gentleman
(2012)

Heiratsmarkt
(2013)

Die Liebesschule
(2014)

Ein Mädchen ohne Mitgift
(2015)

Eskapaden
(2016)

Findelkind
(2017)

Herzdame
(2018)

ro
ro
ro

C 2187/1

Arno Surminski

Jokehnen oder Wie lange fährt man von Ostpreußen nach Deutschland?
Roman (1985)

Aus dem Nest gefallen
Geschichten aus Kalischken
(4246)

Kudenow oder An fremden Wassern weinen
Roman (4669)

Fremdes Land oder Als die Freiheit noch zu haben war
Roman (5259)

Wie Königsberg im Winter
Geschichten gegen den Strom
(5472)

Polninken oder Eine deutsche Liebe
(5869)

Gewitter im Januar
Erzählungen (12228)

rororo

C 2322/2

Sprich, Erinnerung, sprich

Ida Ehre
Gott hat einen größeren Kopf mein Kind . . . (12160)

Heinz Erhardt
Unvergeßlicher Heinz Erhardt
Heiteres und Besinnliches (4245)

Vera Figner
Nacht über Rußland
Lebenserinnerungen einer russischen Revolutionärin (5974)

George Grosz
Ein kleines Ja und ein großes Nein (1759)

Virginia Haggard
Sieben Jahre der Fülle
Leben mit Chagall (12364)

Axel Madsen
Jean-Paul Sartre und Simone de Beauvoir (4921)

Berhard Minetti
Erinnerungen eines Schauspielers (5950)

Edith Piaf
Mein Leben (859)

Jean-Paul Sartre
Sartre über Sartre (4040)

Irving Stone
Vincent van Gogh (1099)

rororo

C 2142/9